Knaur.

Knaur.

Über den Autor:
Zane Radcliffe, geboren 1969 in Bangor (Nordirland), lebt in Edinburgh und war zunächst Musikjournalist. Heute arbeitet er als Creative Director in einer großen Werbeagentur. Er hat bereits zwei Kriminalromane veröffentlicht, von denen einer mit dem »WHSmith New Talent Award« ausgezeichnet wurde.
Mehr über den Autor erfahren Sie auf seiner Homepage:
www.killersguide.com

Zane Radcliffe

Todesgruß

Ein Island-Krimi

Aus dem Englischen
von Wibke Kuhn

Knaur Taschenbuch Verlag

Die englische Originalausgabe erschien
unter dem Titel »The Killer's Guide to Iceland«
bei Black Swan Books, London.

Dieser Titel erschien im Knaur Taschenbuch Verlag
bereits unter der Bandnummer 63220.

Besuchen Sie uns im Internet:
www.knaur.de

Vollständige Taschenbuch-Neuausgabe Juni 2008

Umschlaggestaltung: ZERO Werbeagentur, München
Umschlagabbildung: VISUM/Thomas Lerch
Satz: Adobe InDesign im Verlag
Druck und Bindung: Nørhaven Paperback A/S
Printed in Denmark
ISBN 978-3-426-50104-7

2 4 5 3 1

Für Natalie

Bestu þakkir

Einar Svein Þórðarson:
guter Freund, mitternächtlicher Golfer
Friðrik Ásmundsson:
Inhaber der »Bar Frikki«, Jökulsárlón
Elli Cassata: weiß, wie man auf unbefestigten
Feldwegen klarkommt
Ásta Hrönn Stefánsdóttir: macht ein gefährlich gutes
Papageitaucher-Carpaccio
Helga Brá Árnadóttir: die verrückteste Griechin
von ganz Reykjavik
Snorri Þorisson und alle bei Pegasus / Panarctica
(www.pegasus.is)
Les »Ich mag Wale, aber einen ganzen
könnte ich nicht essen« Watt
Colonel Simson Mallinson und alle bei NMTP, Glasgow
Anna Margrét Björnsson: hat kluge, kritische Augen
(und keine schlechte Singstimme)
Kristin Zoega: hat mir Bücher gegeben und
mir alles über isländische Mädchen erzählt
Iceland Review (www.icelandreview.is)
hat mich zuverlässig auf dem Laufenden gehalten
Enorm dankbar bin ich auch Simon Taylor,
Jonny Geller und all den anderen netten Leuten bei
Transworld, Curtis Brown und Newhaven.

SKÁL!

»… am Polarkreis
werden die Tage durch die Nächte gesiebt,
und wenn die Nächte kommen,
sind darin noch kleine Stückchen Tag.«

Simon Armitage,
»From where we stand / the land«

1

Innerhalb weniger Sekunden war Glasgow vom Angesicht der Erde gelöscht.
Callum Pope empfand nicht allzu viel, als er beobachtete, wie seine Heimatstadt verdunstete, als er zusah, wie seine Familie, seine Freunde und seine Geschichte unter einer dichten, riesengroßen Wolke verschwanden.
Glasgow verschwand ... verschwand ganz langsam ... und war verschwunden.
Die 757 setzte ihren Steigflug fort und bahnte sich dabei energisch ihren Weg durch den Dunst, der sie einhüllte. Graue Zuckerwatte, dachte Callum. Himmelssuppe. Verloren in dieser finsteren Haufenwolke, presste er seine Stirn gegen das dicke Fenster neben Sitz 7A. Nur die leicht vibrierende Glasscheibe verhinderte, dass er durchs Fenster gesogen wurde wie Fleisch durch einen Strohhalm, hinaus ins Vergessen.
Die Wolke wurde dicker und dunkler und legte einen schwarzen Fensterladen über das Fenster, aber Callum klebte trotzdem weiter an der Glasscheibe, wie ein Freier in einer Peepshow, der darauf wartet, dass an seinem Guckfenster die Sicht freigegeben wird. Und als es schließlich geschah, war die Show tatsächlich atemberaubend. Das Flugzeug überquerte eine Stratosphären-Schneelandschaft, die in unendlichen Violett-Tönen und kräftigem Rosa leuchtete. Der Anblick hätte ihn fast zu der irrigen Annahme verleiten können, dass sie schon in Island angekommen waren, dem Land, in dem er nun den Rest seines Lebens verbringen wollte – ein Entschluss, den er allem Anschein nach aus einer seiner Launen heraus getroffen hatte.

Er musste so dringend pinkeln, dass er fast platzte. Ein Leuchtsymbol über seinem Kopf erinnerte ihn jedoch daran, dass er den Sicherheitsgurt noch nicht aufmachen durfte. Er überlegte, was für Möglichkeiten er sonst hatte. In die Spucktüte pinkeln? Das Papier war zwar gewachst, aber er war nicht ganz sicher, ob es damit auch wasserdicht war. Oder vielleicht einen Schuh ausziehen? Sich die Handtasche seiner Sitznachbarin schnappen? Vor dem Start hatte sie darin nach einem Bonbon gewühlt, um damit den Druck auf den Ohren zu bekämpfen. Callum hatte gesehen, dass sie einen Schwangerschaftstest dabei hatte. Wenn er jetzt in diese Tasche pinkeln würde, würde der Test wohl nachweisen, dass er demnächst Vater wurde?

This wasn't supposed to happen.

Wenn Callum sich früher vorgestellt hatte, Vater zu werden, hatte er immer das Bild vor Augen gehabt, wie er – genau wie sein Vater und vor ihm sein Großvater – sein erschöpftes Spiegelbild über blank gebohnerte Krankenhausflure schleppte, mit einer Zigarre in der Brusttasche, die erwartungsvoll im Takt seines Herzschlags mitbebte, während er das Mantra abspulte: *Bitte, lieber Gott, lass es gesund zur Welt kommen.* Niemals hätte er sich aber vorgestellt, dass es so laufen würde, wie es jetzt gekommen war. Natürlich, Schmetterlinge hatte er jetzt auch im Bauch. Wenn er ehrlich sein sollte, hatte er sogar Libellen im Bauch. Sein Herz klopfte ihm irgendwo oben in der Kehle. Und eine Zigarre hatte er auch, jawohl. Mit dem alleinigen Unterschied, dass Callums Zigarre knapp fünfzig Meter lang war, Flügel und eine Heckflosse hatte und ihn mit unwahrscheinlicher Geschwindigkeit zu einem neuen Zuhause mit einer neuen Frau brachte, und damit auch zu einem neuen Leben als Vater ihrer elfjährigen Tochter.

This wasn't supposed to happen, wiederholte Björk.
Callum nahm seine Kopfhörer ab und schaltete den neuen iPod aus. Den hatten ihm seine Mitarbeiter bei seinem Abschiedsessen geschenkt. Nur vier Leute hatten bei Strawdonkey für ihn gearbeitet. Er wusste es zu würdigen, wie tief sie für ihn in die Tasche gegriffen hatten.

»Neil, Morag, Becca und ich haben den Hut rumgehen lassen«, sagte Young Kenny und überreichte Callum eine kleine Schachtel, die in Geschenkpapier mit einem Eeyore-Eselsmuster gewickelt war. »Nur eine kleine Geste, als Dankeschön für sechs scheißunglaublich tolle Jahre beim Donkey.«
»O Maaaann, Kenny«, sagte Morag. »Gott sei Dank versteckst du dich meistens hinterm Computer, im Redenhalten bist du nämlich das Hinterletzte.«
Die Trattoria »Porchetta« war gesteckt voll. All-you-can-eat für 4 Pfund 95 war angesagt, und die Schlange reichte in Zweierreihen bis auf die Argyle Street. Die Tische standen einer am anderen von der Eingangstür bis nach hinten zu den Toiletten, und die Gäste saßen dicht gedrängt nebeneinander und bemühten sich, ihre Ellbogen nach Möglichkeit nicht in die Linguini ihres Nachbarn zu tunken.
Callum hätte auch irgendein anderes Restaurant in Glasgow für seine Abschiedsrunde wählen können, aber die Strawdonkey-Truppe gehörte bei Porky mittlerweile zum Inventar. Als Stammgäste kamen sie jeden letzten Freitag im Monat, und Callum sah keine Veranlassung, an diesem Freitag, seinem allerletzten, eine Ausnahme zu machen.
Alle Augen waren auf ihn gerichtet, als er vorsichtig das Klebeband von der Geschenkverpackung löste.

»Na, jetzt mach mal 'n bisschen hinne«, gröhlte die ordentlich angesäuselte Morag. »Wir haben noch ein paar Drinks vor uns.«
Callum zog sein Geschenk aus der Verpackung. »Ein iPod«, sagte er, obwohl diese Feststellung mehr als überflüssig war. Darin war er Meister. Er nahm das kleine Gerät aus seiner Schachtel.
»Zweitausend Songs für die Hosentasche«, erklärte Young Kenny. »185 Gramm Audio-Hexerei mit automatischen superschnellen FireWire-Updates. Wenn du die Menüleiste runterscrollst, kannst du sehen, dass ich schon den Grundstein zu deiner Musikbibliothek gelegt habe.«
»Mensch, das wäre echt nicht nötig gewesen.« Callum spielte an den Knöpfen herum. Auf den glatten weißen Block, der nicht größer war als ein Schokoriegel, waren zwei Dutzend Songs geladen, und jeder stammte entweder von Björk oder von den Sugarcubes.
»Das passte so gut, fand ich«, sagte Kenny.
»Also wirklich, das wäre nicht nötig gewesen.«
»Eine Rede!«, rief Becca und schlug mit einem Messer gegen den Rand ihres Weinglases.
»Wo soll ich anfangen«, begann Callum. Wo *soll* ich anfangen?, fragte er sich im Stillen. Er verfluchte sich dafür, dass er nichts vorbereitet hatte. »Ich, äh … ich meine … also, Young Kenny hat ganz recht. Diese letzten sechs Jahre waren wirklich absolut unglaublich toll.«
»Scheißunglaublich!«, korrigierte Morag.
»Das auch«, sagte Callum. »Aber ich … ich finde, dass nicht ich derjenige bin, der hier eine Rede halten sollte. Sarah konnte so was immer viel besser. Ich schätze, keiner von uns würde heute an diesem Tisch sitzen, wenn sie nicht gewesen wäre.«

Neil senkte den Kopf.
Morag griff nach ihrer Serviette.
Callum versuchte, seine Stimme wieder unter Kontrolle zu bekommen. Er merkte, wie sie ihn auf diese ganz bestimmte Art ansahen, wie sie es immer taten, wenn er Sarahs Namen erwähnte. Ein Blick, gleichzeitig respektvoll und anklagend. Callum versuchte es sich nicht zu Herzen zu nehmen.
»Damals, 1996, als mir die Idee für strawdonkey.com kam, hatte ich nicht die geringste Ahnung vom Internet oder wie man ein Internet-Business aufzieht«, fuhr er fort. »Mann, ich bin ja heute noch nicht in der Lage, auch nur meinen Videorecorder zu programmieren.«
Gedämpftes Gelächter.
»Damals hatte ich erst eine grobe Vorstellung, und Sarah war letztendlich diejenige, die meine Idee nicht nur unterstützt hat, sondern sogar ihren Job gekündigt hat, um meine Geschäftspartnerin zu werden. Und diese Idee damit in etwas verwandelte, das wenig später die Reiseführerbranche revolutionieren sollte. Und diese einfache Idee war, wie wir alle wissen, eine Website, auf der Reiseberichte von den Usern selbst veröffentlicht werden. Sarah war überzeugt, dass Strawdonkey eine praktische Informationsquelle für Millionen von Reisenden werden konnte. Und sie wusste, wie man sich die richtige Unterstützung dafür holen konnte.«
Callum merkte, dass auch die Gäste an den Nebentischen ihm zuhörten. Seine Abschiedsrede war zur Verkaufsansprache geworden. Ihm war bewusst, wie absurd das Ganze war.
»Das Tollste an Strawdonkey ist eben, dass unsere Reiseberichte von echten Leuten geschrieben werden, die echte

Geschichten zu erzählen haben. 1996 agierten die ganzen namhaften Reiseführer noch relativ verhalten im Internet und stellten höchstens Schlagwörter und Überschriften ins Netz, um den Absatz ihrer Verlage nicht zu gefährden. Diese Marktlücke habe ich entdeckt, aber es musste erst noch jemand wie Sarah mit ihrem Geschäftssinn kommen, um Strawdonkey auf die Beine zu stellen. Nur ihr war es zu verdanken, dass sich die Geldgeber nur so überschlugen, um sich an der Finanzierung unseres Konzepts beteiligen zu dürfen: eine Sammlung von Reiseberichten im Internet – ›*von euch für euch geschrieben*‹. Dieser Slogan ist berühmt geworden. Dieser Slogan stammt von Sarah. Es ist eine echte Tragödie, dass sie unseren Erfolg nicht mehr miterleben durfte.«

Callum hob sein Glas. Wortlos prostete er den anderen zu und trank seinen Amaretto. Er sah, wie Morag ihre Augen mit einer Serviette abtupfte, und wartete, bis sie sich die Nase fertig geputzt hatte. Dann fuhr er fort.

»Ihr seid ein begabter, hart arbeitender Trupp von Arschlöchern, und Sarah wäre stolz auf euch.«

»Auf die Arschlöcher«, rief Neil und verschüttete dabei Rotwein auf sein Hemd, das bereits aussah wie die linke Spalte einer Vorher-Nachher-Waschmittelwerbung.

Die Unterbrechung brachte Callum aus dem Konzept. Er war sicher, dass die »Arschlöcher« auf ihn gemünzt waren. Erst nach ein paar Sekunden fand er den Faden wieder.

»Im … äh. Pardon. In den letzten sechs Jahren hat die Dotcom-Industrie wahnsinnige Höhen, aber auch wahnsinnige Talsohlen erlebt. Niemand, nicht mal Sarah, hätte das so voraussehen können. Aber ihr habt dafür gesorgt, dass unsere Seifenblase nie geplatzt ist. Indem ihr Initiative gezeigt und neue Geldquellen aufgetan habt, vor allem durch den

Verkauf von Hyperlinks an Restaurants, Bars und Hotels … ich will hier ja keine Namen nennen, Becca … habt ihr Strawdonkey auf Platz acht der meistbesuchten Seiten in Großbritannien gebracht. Und ich schätze, es war kaum zu vermeiden, dass eines Tages eine Firma wie Backpackers, mit großem Kapital im Hintergrund, an unsere Tür klopfen würde.«

Sarkastisches Grunzen von Neil. Gefühle verbergen war noch nie seine starke Seite gewesen.

»Meine Entscheidung, Strawdonkey zu verkaufen, mag auf euch ein wenig plötzlich wirken, aber ich kann euch versichern, ich habe mir lange den Kopf zermartert«, erklärte Callum. »Ich weiß, ein paar von euch finden, ich hätte euch verraten und verkauft, und das kann ich ihnen auch nicht verübeln, aber ich habe mir diese Entscheidung nicht leichtgemacht. Ich wünschte, ich hätte sie mit Sarah besprechen können.«

»Sarah hätte uns nie verkauft«, schnauzte Neil.

»Hör ga nich hin«, mischte sich Becca ein. »Der is bloß besoffn.«

»Vielleicht hat Neil ja recht«, meinte Callum. »Leider wissen wir es nicht. Aber umso besser weiß ich, dass es Sarah wichtig war, dass der Name und das Firmenethos von Strawdonkey unangetastet bleiben, wenn es zu einer Übernahme kommt. Gott sei Dank haben sich die neuen Besitzer damit einverstanden erklärt. Sie möchten, dass ihr einfach das weiter tut, was ihr immer schon am besten konntet. Durch die zusätzlichen Investitionen, die Backpackers zugesagt hat, kann Strawdonkey in Zukunft weltweit einen noch größeren Kundenkreis ansprechen. Im Grunde also business as usual. Und obwohl für mich persönlich jetzt die Zeit gekommen ist, ein neues Leben anzufangen und eine alte Karriere wieder aufzunehmen, wird Strawdonkey – und damit meine ich euch alle hier am Tisch – immer einen ganz besonderen Platz in meinem Herzen haben.«

Ja, ja, Callum, schienen ihre Augen zu sagen. *Nimm du nur dein Geld und mach dich vom Acker.*

Egal, was sie dachten, sie klatschten jedenfalls.

Die Cappuccinos kamen, und Callum tauschte Platz mit Becca, um sich neben Neil zu setzen. Er musste mit ihm reden.

Neil redigierte die Reiseberichte, die bei Strawdonkey eingingen. Jetzt, wo Callum die Firma verließ, ging die Leitung des Glasgower Büros auf Neil über, aber er hatte Callums Entscheidung, Strawdonkey zu verkaufen, übel aufgenommen. Er machte kein Geheimnis daraus, dass er andere Optionen in Betracht zog. Callum wusste sehr wohl, dass Neil der kreative Kopf bei Strawdonkey war. Es war vor allem ihm zu verdanken, dass die Erfolge des Unternehmens nicht abrissen, und es war wichtig, ihn im Boot zu behalten.

»Tja, jetzt wo ich gehe, musst du dich wohl um unser Baby kümmern.« Callum goss Neil nach.

»Vorläufig schon«, räumte er ein. »Aber mir geht's ein bisschen wie dir, Cal. Ich muss ein paar wichtige Entscheidungen in meinem Leben treffen. Ich möchte nicht für den Rest meines Lebens Reiseberichte redigieren.«

»Und woran denkst du so?«

»Ich hab da so ein paar Projekte am Laufen.« Neil schob sich die Brille hoch.

Callum fand, dass ihm die neue Brille nicht stand. Sie nahm ihm jeden Gesichtsausdruck, wie diese Scherzartikelbrillen, bei denen die Augen aufgemalt sind.

»Ich glaube, ich würde mich lieber aufs Schreiben konzentrieren, statt zu redigieren«, fuhr Neil fort. »Ich arbeite gerade an einem Drehbuch. *Der Unhörbare*. Das verkauf ich dann ganz groß nach Hollywood: *Er war ein Mann, der etwas zu sagen hatte, aber er wusste nicht, wie*. He, da könnte sogar ein Westend-Musical draus werden. Zwei Stunden mordsmäßige Instrumentaleinlagen.«

»Der Untertitel ist fast so gut wie der, den du für *Die üblichen Verdächtigen* vorgeschlagen hattest.«

Neil verstellte seine Stimme: »Kevin Spacey ist Keyser Soze in … *Die üblichen Verdächtigen*.«

»Freut mich, dass du trotz allem deinen Sinn für Humor nicht verloren hast.«

»Der hält mich aufrecht, Cal. Und das war es auch, was ich am Donkey immer so gemocht habe. Wir sind alle Kumpels. Es gibt keine Hierarchien. Wir konnten uns immer gegenseitig verarschen. Aber das wird sich jetzt alles ändern, wenn wir einem Trupp von Anzugträgern in London unterstellt sind.«

»Das wird nicht passieren«, wandte Callum ein. »Ihr werdet weiterhin euern Spaß haben. Du wirst den Laden in Zukunft führen, niemand anders. Und soviel ich weiß, hat Neil Byrne den Job noch nie allzu ernst genommen.«

»Stimmt schon. Aber ist das immer noch der Job, den ich haben will?«

»Natürlich«, versicherte Callum, aber Neil sah nicht recht überzeugt aus. »Du hast es doch selbst gesagt. Du liebst diesen Job. Es ist einfach lustig. Stell dir einen regnerischen Montagmorgen vor, Neil … deine U-Bahn zur Queen Street hat Verspätung, und du versuchst dich immer noch von den fünf Toren zu erholen, die Motherwell sich am Samstagabend von den Jags eingefangen hat … aber dann kommst du zu Donkey, und in deiner Mailbox ist ein neuer Reisebericht, und zehn Minuten später kringelst du dich schon wieder vor Lachen. Das hast du doch immer so gemocht. Und das wird sich auch nicht ändern. He, erinnerst du dich noch an den Typen, der in Mosambik durch den Urwald gewandert ist?«

Neil nickte und konnte ein schiefes Grinsen nicht unterdrücken. Er erinnerte sich Wort für Wort an diesen Beitrag, aber er ließ Callum trotzdem gerne noch einmal erzählen.

»*Allen Leuten, die in den Urwald fahren*«, zitierte Callum, »*würde ich empfehlen, kleine laute Glöckchen an ihrer Kleidung zu tragen. So warnen Sie die Löwen, die sich in der Nähe herumtreiben, und erschrecken sie nicht. Ich würde auch Pfefferspray empfehlen, für den Fall, dass Sie einem Löwen begegnen. Und achten Sie auf Anzeichen, ob sich ein Löwe in der Gegend aufhält. Es ist wichtig, den Unterschied zwischen Löwenbabyscheiße und der Scheiße eines großen Löwen zu erkennen. Löwenbabyscheiße ist kleiner und enthält viele Beeren.*«

»*Während die Scheiße großer Löwen Glöckchen enthält und nach Pfeffer riecht*«, ergänzte Neil.

»Ein Klassiker!«, lachte Callum. »Verstehst du … für diese Dinge lebst du. Dafür stehst du morgens auf.«

Neils Miene wurde verdrossen. »Mir ist schon klar, was du hier machst, aber es zieht nicht. Ich bin nicht blöd. Es ist dir scheißegal, was ich tue oder wofür ich lebe. Du versuchst nur, dein Gewissen zu beruhigen, weil du uns hier sitzen lässt. Du hast das Schiff verlassen, und irgendwie werde ich das Gefühl nicht los, dass das Schiff am Sinken ist.«

»Das ist nicht wahr.«

»Blödsinn!«, sagte Neil; seine Stimme übertönte Dean Martin, der blechern aus den Lautsprechern der Trattoria schnulzte. »Hier ist doch was faul, Callum. Du beschließt doch nicht Knall auf Fall, ein Unternehmen zu verkaufen, das du über ein halbes Dutzend Jahre hinweg aufgebaut hast, und haust dann ab, um bei den Eskimos zu leben. Außer du weißt etwas, das wir nicht wissen.«

»Ich weiß auf jeden Fall, dass es in Island keine Eskimos gibt.«

»Darum geht's doch gar nicht, verdammt noch mal.« Neil stülpte sein Glas über Mund und Nase und trank den restlichen Wein aus. Sein ausdrucksloser Blick fiel wieder auf Callum. »Das Timing will mir nicht recht eingehen. Warum hattest du es mit dem Verkauf denn so eilig? Wenn ich ein Faible für Verschwörungstheorien hätte, könnte ich denken, es hat irgendwas mit der Polizei zu tun, die uns letzten Monat in unserem Büro besucht hat. Und mit der Vermutung wäre ich nicht mal allein. Das Gerede ist schon losgegangen, Cal.«

»Ich finde, wir sollten dieses Gespräch an einem etwas diskreteren Ort weiterführen. Ich kenne ein paar Schreiberlinge vom Herald, die gerne mal zum Essen hierher kommen. Und ich habe keine Lust, Details über Strawdonkey groß auf den Wirtschaftsseiten ausgebreitet zu sehen.« Callum zog seine Beine unterm Tisch hervor. »Wir sehen uns auf der Herrentoilette.«

Er ging ein paar Stufen hinunter und betrat die höhlenartigen, dunklen und ungelüfteten Toiletten des italienischen Restaurants. Die Fliesen rochen warm nach Knoblauch und Pisse. Neil kam nach und stellte sich neben ihn vor das Urinal. Eine Weile sagten sie gar nichts. Einer der Köche stand neben ihnen und hielt seinen Schwanz in derselben Hand, in der er auch eine angezündete Zigarette hatte. Sie warteten, bis er die letzten Tropfen abgeschüttelt und den Reißverschluss an seiner blutverschmierten Hose hochgezogen hatte, bevor sie anfingen zu reden.

»Manometer, man sollte doch wirklich annehmen, dass der sich die Hände wäscht«, sagte Callum, als sie hörten, wie der Koch die Holzstufen wieder hochtrampelte. »Hier ess ich nie wieder.«

»Sollte das ein Witz sein?«, erkundigte sich Neil.

Callum schüttelte den Kopf. »Hör mal, das haben wir jetzt oft genug durchgekaut. Du kennst meine Gründe, warum ich den Donkey verlasse. In den letzten paar Jahren habe ich alles gemacht, was ich mit dem Geschäft machen wollte. Das war eine Wahnsinnstour, aber ich bin so weit gekommen, wie ich kommen konnte, und jetzt ist es Zeit für eine Veränderung. Ich werde diese Geschichte mit den Filmproduktionen in Island aufziehen, weil das mein erstes Steckenpferd war. Ich habe meinen Job als Drehort-Scout hingeschmissen, um Strawdonkey auf die Beine zu stellen, aber ich habe mir immer gesagt, dass ich meine eigene Produktionsfirma gründen würde, sobald mir der Donkey langweilig würde oder ich ein bisschen Geld zusammengespart hätte. Das ist ein Wunsch, den ich schon sehr lange gehegt habe.«

»Das mag ja alles sein, aber ich kapier immer noch nicht, warum du so überstürzt verkaufen musstest. Du hast gleich das erste Gebot angenommen. Wenn es dir ernst damit gewesen wäre, Knete für dein neues Unternehmen zusammenzukriegen, hättest du auf ein besseres Angebot gewartet. Der Wert der Firma ist fast doppelt so hoch veranschlagt wie der Betrag, für den du sie verkauft hast. Backpackers hat wirklich ein Schnäppchen gemacht.«

»Backpackers hat genug geboten, nur das zählt.« Callum schüttelte ab. »Ich bin kein habgieriger Mensch, Neil. Sie haben mir so viel Geld geboten, dass ich tun kann, was ich schon immer tun wollte. Klar, ich wusste, dass sie mehr Geld in ihrer Brieftasche hatten, als sie vorgaben, und wenn ich gar nicht nachgegeben hätte, hätten sie vielleicht noch aufgestockt, aber ich schätze, es ist besser, wenn sie ihr flüssiges Kapital in Strawdonkey investieren und die Firma für euch alle stärker und gewinnträchtiger machen.«

»Ha!«, lachte Neil auf, und seine Stimme prallte von den Fliesen ab. »So wie du das hinstellst, war das eine große altruistische Geste. Aber tut mir leid, das kauft dir echt kein Mensch ab, Cal. Die Polizei führt doch irgendwas im Schilde, oder? Warum solltest du dich sonst entschließen, für einen Bruchteil des Wertes zu verkaufen, und dann verkünden, dass du das Land für immer verlässt ... um dich deinem ersten Steckenpferd zu widmen, der Filmproduktion? Das stinkt doch zum Himmel, wenn du mich fragst.«

»Glaub, was du glauben willst.« Callum ging zum Waschbecken und hielt seine Hände unter den Wasserhahn. »Ich weiß nicht, warum du so verbittert bist. Für dich ist dabei doch eine Beförderung rausgesprungen.« Er richtete seine Worte an Neils Spiegelbild über dem Becken. Der Spiegel war mit enthusiastischen Graffiti verziert: AMORUSO IST EIN TOTER MANN.

»Das kann man ja wohl kaum eine Beförderung nennen«, erwiderte Neil.

»Natürlich. Du wirst Geschäftsführer in Glasgow.«

»Ich leite einen Außenposten. Ich führe nicht die Geschäfte«, wandte Neil ein. »Bevor du uns abgestoßen hast, unterstand ich nur einem, nämlich dir. Jetzt, wo du weg bist und ich ›befördert‹ werde, unterstehe ich einem ganzen Trupp beschissener Direktoren in Mornington Crescent. Das würde ich nicht unbedingt einen Aufstieg nennen.«

»Verdammt noch mal, könntest du wohl aufhören, dich in deinem blöden Selbstmitleid zu suhlen, und die Dinge so nehmen, wie sie sind?«

»Nehmen, wie sie sind?« Neil packte Callum an der Kehle und knallte ihn gegen den Handtrockner, aus dem prompt heiße Luft zu strömen begann. »Ich zeig dir gleich, wie ich die Dinge nehme.«

»Jetzt komm wieder runter«, sagte Callum. Der Luftstrom an seinem Rücken war glühend heiß. »Ich weiß, dass du das alles nicht so meinst. Du hast deinen Standpunkt klargemacht. Und jetzt lass mich los, und wir sagen einfach, das war alles nur der Alkohol.«

»Volare!«, plärrte Dean Martin, als die Toilettentür aufging und Young Kenny hereinsprang. Er war völlig verblüfft, als er die beiden sah. »Was'n hier los?«, fragte er.

»Nichts«, antwortete Callum. »Neil zeigt mir nur gerade seinen vulkanischen Todesgriff. Nicht wahr?« Er sah seinen Freund scharf an.

Neil sagte gar nichts. Er nahm seine Hand von Callums Hals und drängte sich an Young Kenny vorbei nach draußen. Draußen auf den Stufen hörten sie ihn zweimal stolpern.

»Hau doch ab«, sagte Kenny. »Der ist ja stockzu.«

Callum ignorierte ihn und betrachtete sich im Spiegel. Dann beugte er sich übers Waschbecken und warf sich ein paar Hand voll kaltes Wasser ins Gesicht. Als er sein Spiegelbild wieder inspizierte, war auf seiner Stirn immer noch zu lesen: TOTER MANN.

Die Strawdonkey-Clique, abzüglich Neil, hatten ihren scheidenden Chef den Rest des Nachmittags noch großzügig mit Whisky-Cola versorgt. Callums Unfähigkeit, einen Drink abzulehnen, bescherte ihm einen enormen Druck in der Blase. Mit der Zeit ähnelte sie einer riesigen Hüpfburg, auf der ein paar kleine, aber sehr lebhafte Kinder herum-

sprangen. Und die Turbulenzen machten die Sache auch nicht gerade besser.
Er fragte seine Sitznachbarin nach der Uhrzeit: die Frau mit dem Schwangerschaftstest und den Bonbons für die Ohren.
»Ess ist Wirrtel nach ssieben«, antwortete sie in dem abgehackten Singsang der Isländer. Gerade dieser *härrliche* Akzent hatte Callum an Birna Sveinsdóttir als erstes fasziniert: ihre langgezogenen S, ihre kurzen Ks, ihre weichen Vs.
Callum drehte die Düse über seinem Kopf so zurecht, dass kalte Luft auf sein Gesicht strömte. Er brauchte einen Drink, irgendetwas, um die Angst zu unterdrücken, um ihn wieder ins Lot zu bringen.
Er hasste dieses widerliche Gefühl. Seit sechs Jahren begleitete es ihn nun schon, sechs Jahre zuviel, wie ein Parasit, der ihn langsam von innen auffraß. Er wusste, dass Island dieses Gefühl nicht beseitigen würde, aber er wusste auch, dass er endlich einmal etwas unternehmen musste. Natürlich wollte er bei Birna sein. Er liebte Birna. Zumindest glaubte er das. So, wie man jemanden eben lieben kann, den man erst seit einem Jahr kennt. Aber er machte sich etwas vor, wenn er glaubte, dass er aus irgendeinem anderen Beweggrund als aus Angst handelte – der Angst, dass die Vergangenheit wieder an seine Tür klopfen könnte.
Callum blätterte durch das Icelandair-Bordmagazin. März 2003. Zwei Monate alt. Egal, er betrachtete jede Seite mit derselben Gründlichkeit, mit der er zuvor die Wolken betrachtet hatte. Dabei bemühte er sich krampfhaft, seine Gedanken von den Dingen fernzuhalten, vor denen er davonlief.
Er las den Sonderbeitrag, ein spannendes Stück Enthüllungsjournalismus, in dem es um den riesigen Exportmarkt

für getrocknete Fischköpfe von Island nach Japan ging. Er enthielt auch ein Interview mit dem Koch Ruichi Kim aus Tokio, einem begeisterten Anhänger isländischer Meeresfrüchte, der obendrein für sein »Makrelenbaby-Tofu« berühmt war. In allen Details beschrieb Ruichi seine Spezialität. Für dieses Gericht musste man ein Stück Tofu in einen Topf mit kaltem Wasser legen, in dem munter und vergnügt ein Fischbaby schwamm. Das Ganze musste dann auf die heiße Herdplatte gestellt und zum Kochen gebracht werden. Sobald die Temperatur unerträglich wird, beginnt die kleine Makrele sich in das kühle Tofustück zu graben, um sich in Sicherheit zu bringen. Leider gibt es aber kein Entkommen, und der Fisch wird in seinem Unterschlupf mitgekocht.

Während Callum auf Reykjavík zuraste, fühlte er sich fast so wie diese Makrele.

2

Callum hatte sich auf den ersten Blick in Island verliebt, obwohl es hinter einem Schleier aus Regen und dicken, wirbelnden Schneeflocken verborgen gewesen war. Als Bewohner der schottischen Westküste war er mit horizontalem Regen durchaus vertraut, aber dass es auch von unten nach oben regnen konnte, hatte er zuvor noch nicht erlebt. Jetzt saß er auf seinem Koffer und beobachtete die Regentropfen, die in einem zittrigen Tanz die Glastüren des Terminals von Keflavík hinaufliefen. Der bescheidene kleine Koffer enthielt all seine irdischen Besitztümer. Zumindest enthielt er die Dinge, die er für wert erachtet hatte, aus dem Müll seiner jüngsten Vergangenheit gerettet zu werden: so viele Kleidungsstücke, wie er zwischen zwei Armen und dem Kinn tragen konnte, das ein oder andere Buch, ein Etui voll mit CD-ROMs, auf denen isländische Drehorte verzeichnet waren, der Mietvertrag für sein Haus in Glasgow, ein Laptop, eine Hand voll getrocknetes Heidekraut in Alufolie, ein Kuscheltier, das das Monster von Loch Ness darstellen sollte, und ein paar Fotos, die diskret in einer Reißverschlusstasche im Innenfutter des Koffers verstaut waren. Ziemlich miese Ausbeute für seine dreiunddreißig Jahre.

Callum gestattete sich jedoch nicht, länger darüber nachzusinnen, denn er hatte Birna ausgemacht, die gerade den Parkplatz überquerte und auf den Eingang des Terminals zusteuerte.

Sie rannte nicht. Sie zog sich ihren Mantel nicht über den Kopf, um trocken zu bleiben. Sie trug nicht mal einen Mantel. Ganz nonchalant spazierte sie durch den strömenden Regen, als würde sie ihn in vollen Zügen genießen. Als sie das Gebäude betrat, erspähte sie Callum sofort mit ihren hellen, wachen Augen, die blau waren wie eine Lagune. Erst in diesem Moment fing sie an zu laufen.

Er fing sie in seinen Armen auf, und sie küssten sich. Ihre Zunge war süß und kalt wie ein Eis am Stiel. Callums Wangen wurden nass von Regenwasser, das nach ihrem Shampoo roch. Vanille? Toffee? Er legte ihr die Hände seitlich an den Kopf und hielt sie fest, so dass ihre Küsse weniger eifrig, dafür aber entschlossener wurden. Als sie sich schließlich voneinander lösten, fragte Callum: »Hört es in deinem Land eigentlich irgendwann auch mal auf zu regnen?«

»Woher soll ich das wissen? Ich lebe hier erst seit neunundzwanzig Jahren.« Birna küsste seine Unterlippe.

»So«, sagte er und hielt sie auf Armeslänge von sich, um sie genauer mustern zu können. »Jetzt bin ich also hier.«
»Jetzt bist du hier«, sagte Birna, als könnte sie es noch nicht recht glauben.
Callum war ein klein wenig nervös. Er hatte alles aufgegeben, um mit dieser Frau zusammen zu sein, aber es fühlte sich immer noch an wie eine Urlaubsromanze zwischen zwei Teenagern. Er hatte Angst, sie könnte verschwinden, wenn er seine Augen einmal von ihr abwandte. Irgendwie schien sie so unwirklich.
Birna war ziemlich groß, aber nicht schlaksig. Schlank, aber nicht dünn. Ihr Haar war so rotbraun und seidig wie eine Kastanie, die man gerade aus ihrer Schale befreit hat. Wenn sie es nicht zu einem Pferdeschwanz zurückband, reichte es ihr bis auf Kinnhöhe. Auf jeder Wange war ein Löffel voll cappuccinofarbener Sommersprossen verteilt. Sie war keine klassische Schönheit, aber Callum war der Meinung, dass die schönsten Frauen das niemals waren.
Er hakte seine Daumen in ihre Gürtelschlaufen ein. »Was haben wir jetzt der Reihe nach so alles vor?«
»Meine Mutter und Ásta machen gerade das Essen für uns.«
»Wie geht es den beiden?«
»Mutter, die freut sich, dich endlich kennenzulernen. Und Ásta … na ja … Ásta ist eben Ásta. Elf ist ein schwieriges Alter für ein Mädchen. Aber he, wir müssen ja nicht sofort zu ihnen fahren. Du musst müde sein nach deinem Flug.«
»Ein bisschen«, gab Callum zu. »Das war ein ganz schön langer Tag. Kommt mir vor, als ob ich mich vor einer Woche von allen verabschiedet hätte.«
»Dann habe ich den perfekten Runtermacher für dich.«
»Muntermacher«, verbesserte Callum.

Birna gab ihm einen Stups auf die Nasenspitze. »Bis du nicht Isländisch sprichst, hast du kein Recht, dich über mein Englisch lustig zu machen.«
»Einverstanden.« Callum wusste, woran er war. Birna sorgte schon dafür. Das liebte er an ihr. Sie ließ sich von niemandem auf der Nase herumtanzen. Sie ließ sich nichts gefallen.
Birna griff nach seinem Koffer.
»Nein, den trag ich.« Callum versuchte ihr den Koffer aus der Hand zu nehmen.
»Jetzt markier hier nicht den Macho«, schimpfte sie. »Ich hab schon Schwereres getragen als das hier. Ich habe meinen toten Vater quer über ein Feld geschleppt.«
Callum zog seine Hand zurück und folgte ihr mit großen Augen hinaus in den Regen.

Der Himmel war überraschend hell, wenn man bedachte, dass es schon so spät am Tage und obendrein das Wetter so schlecht war. Callum stellte seine Uhr nach der Anzeige auf dem Armaturenbrett des Geländewagens: zehn vor zehn. Sie fuhren rasch über die Reykjanes-Halbinsel, auf der einzigen Straße, die Keflavík mit Reykjavík verband, eine scheinbar unfruchtbare Strecke, die sich durch trostlose Lavafelder zog. Moose und Flechten hatten die Steine weicher gemacht und ihnen eine hellbeige Farbe gegeben, was der Landschaft, soweit das Auge reichte, das Aussehen zerbröckelter Vollkornkekse verlieh. Callum war diese Strecke schon ein halbes Dutzend Male entlanggefahren, und obwohl dabei immer Birna neben ihm saß, ergriff ihn jedesmal ein Gefühl größter Einsamkeit (Birna hatte ihm erklärt, das sei absolut normal, sich einsam fühlen sei der Nationalsport der Isländer).

Auf der linken Seite spuckte der Nordatlantik seine weißen Schaumkronen bis zu ihnen hoch. Hellgelbe Schilder warnten den Fahrer, dass diese Straße leicht überflutet werden konnte. Außerdem war sie oft vereist. In Abständen von einem knappen Kilometer standen am Straßenrand Messgeräte, die die Bodentemperatur anzeigten, doch Birna ließ sich davon nicht weiter beeindrucken. Sie steuerte ihren kompakten Suzuki an der weißen Mittellinie entlang und drängelte sich vorbei an den schwerfälligen Bussen und den blöden Mietwagen, von denen sie noch abgehängt worden waren, als sie vom Flughafen losfuhren.

Callum wusste, dass er ihren Fahrstil besser nicht kritisierte. Stattdessen entschied er sich, an den isländischen Überlandstraßen herumzukritteln.

»Gibt es auf dieser Strecke nicht furchtbar viele Unfälle?«

»*Já*. Richtig viele Unfälle. Reykjanesbraut gehört zu den fünf gefährlichsten Straßen in Europa«, erklärte Birna, nicht ohne eine ordentliche Portion Stolz, wie Callum bemerkte. »Natürlich gibt es viele Unfalltote auf dieser Straße. Aber immerhin ist es eine richtige Straße mit Asphalt drauf. Die meisten Straßen außerhalb von Reykjavík sind Schotterpisten. Deswegen braucht man ein Fahrzeug mit Vierradantrieb, vor allem für meine Arbeit im Gelände. Du wirst auch so ein Auto brauchen, wenn du zu deinen Drehs fährst.«

»Ich weiß«, sagte Callum. »Und das macht mir angst. Ich bin einmal auf der Isle of Skye von einer unbefestigten Straße abgekommen und bin in einem sanft murmelnden Bächlein gelandet. Irgendwie hab ich das dumme Gefühl, wenn ich in Island von einer unbefestigten Straße abkomme, dann stürze ich in einen schwindelnden Abgrund aus brennendem Schwefel.«

»So schlimm sind unsere Straßen auch wieder nicht. Es

könnte schlimmer sein. Du hättest ja auch auf die Idee kommen können, nach Grönland zu ziehen.«

»Und warum wäre das schlimmer gewesen?«

»Das ist wie in diesem Witz«, erklärte Birna. »Wie kann man einen Grönländer am schnellsten zum Lachen bringen?«

»Keine Ahnung, aber ich schätze, du verrätst es mir gleich.«

»Du musst nach einer Straßenkarte fragen.« Sie trat auf die Bremse und bog scharf nach rechts ab.

Ein Schild sagte Callum, dass sie nun in Richtung Grindavík unterwegs waren.

»Warum fahren wir nach Grindavík?«, fragte er.

»Warum fährt überhaupt jemand nach Grindavík? Das hab ich mich schon immer gefragt.« Birna schüttelte den Kopf. »Aber wir werden es heute nacht nicht mehr herausfinden, denn wir fahren gar nicht nach Grindavík.«

»Wohin fahren wir denn?«

»Zur Lagune«, antwortete Birna.

»Zur Lagune?«

»Weißt du, ich muss mein Auto zur Reparatur bringen. Ich habe das Gefühl, dass da Echogeräusche sind.« Birna klopfte an die Fensterscheibe und warf gespielt fragende Blicke an die Decke.

»Aber du hasst die Blaue Lagune. Letztes Mal, als ich hier war, hast du mich alleine hingehen lassen.« Callum erinnerte sich an seinen Besuch und wie ein ältlicher Badegast ihn laut geschimpft hatte, weil er vergessen hatte, sich zu duschen, bevor er ins Wasser ging. Der Mann war so zornig gewesen, dass Callum dachte, ihm werde ein viel grässlicheres Vergehen zur Last gelegt, als hätte er dem Typen in den Schuh geschissen oder so. Erst als der alte Giftzwerg auf ein Bild zeigte, das einen nackten Mann beim Duschen zeigte, ging Callum auf, was für ein Verbrechen er tatsächlich begangen hatte.

»Du hast recht. Ich hasse die Blaue Lagune«, gab Birna zu. »Ich hasse die Blaue Lagune mit dem hübschen Logo und dem Busparkplatz und den Leihbadeanzügen und den Umkleidekabinen und dem Restaurant und den Holzbohlen und den Chromstühlen. Ich hasse die Blaue Lagune mit den Dampfbädern und den Andenkenläden und den teuren Kosmetikprodukten und dem Whisky und den Hotdogs und den Frauen, die fette Amerikaner massieren, die im Wasser aussehen wie Nilpferde. Gott sei Dank gehen wir nicht zu dieser Lagune. Wir gehen nämlich zu der Lagune jenseits der Absperrungen und Warnschilder, zu der Lagune, die es schon immer gegeben hat, schon bevor die Touristen kamen. Wir gehen zu den vielen kleinen Lagunen, in denen die Isländer gebadet haben, bevor sie das Ganze ausgebaggert und das warme Wasser reingeleitet haben und ein Schild danebenstellten und Eintrittsgeld verlangten. Für unsere Lagune brauchen wir keine Eintrittskarte.«

Birna drehte die Lüftung voll auf und richtete die Düsen so ein, dass die heiße Luft auf die Windschutzscheibe blies und das beschlagene Glas wieder frei wurde. Über ihnen entpuppte sich ein dunkler, kegelförmiger Hügel als Kohlefleck auf der grauen Leinwand des Abends. An diesem Hügel klebte ein zerzupfter Wattebausch, eine scheinbar unbewegliche weiße Rauchwolke, die über einem einzelnen fabrikartigen Gebäude hing. Im Vordergrund waren kleine Farbkleckse verteilt. Sie waren das einzig Farbige in dieser monochromen Szene, als würden Birna und Callum durch eine handkolorierte Schwarzweißfotografie fahren. Es waren Farben, die sich nicht einordnen ließen, weder in ein Pantone- noch in ein CMYK-Schema. So eine Farbe konn-

te Dulux gar nicht hinkriegen. Astralazur? Mondlichtblau-metallic?
Birna ignorierte die grell ausgeschilderte Abzweigung, eine Straße, deren breiter Schlund Busse und Autos schluckte wie Pillen. Stattdessen fuhr sie noch einen knappen Kilometer weiter und blieb an einem Lavaabhang stehen. Sie schaltete den Motor ab und damit auch die Klimaanlage. Jetzt hörte man nur noch den Regen, der auf dem Dach herumtrommelte wie mit ungeduldigen Fingern.
Wortlos zog Birna sich ihr T-Shirt über den Kopf. Sie hakte ihren BH auf. Er glitt ihre Arme hinunter und fiel in den Fußraum. Sie rutschte mit dem Hintern ganz nach vorne auf die Kante ihres Sitzes und hob die Hüften. Dann stützte sie sich ab, indem sie ihre Schenkel rechts und links neben das Steuerrad klemmte, knöpfte die Jeans auf und zerrte sie über ihre Knie. Die Unterhose zog sie dabei gleich mit herunter. Irgendwie schaffte sie es, ihre Füße aus dem ganzen Kleidersalat herauszuwinden, ohne dabei ihre Turnschuhe auszuziehen.
»Wenn ich gewusst hätte, dass du so heiß bist, hätte ich die Heizung ein bisschen runtergedreht«, bemerkte Callum.
»Das ist mal wieder typisch britisch.« Birna verstellte ihre Stimme zu einem dick aufgetragenen Wochenschau-Akzent. »Zieh deine Klamotten aus, altes Haus. Wir gehen jetzt ein bisschen baden.« Sie machte die Fahrertür auf und ging hinaus in den Regen.
Callum sah durch die Windschutzscheibe zu, wie sie um das Auto herumging. Ihre wiegenden Hüften wurden im Licht der Scheinwerfer hervorgehoben. Sie war langgliedrig und selbstsicher, ihre Haut war so milchweiß wie die verkalkten Ränder der Lagune, das Haarbüschel zwischen ihren Beinen so dunkel wie die versteinerte Lava. Dieser

ätherische Anblick litt ein wenig unter den plumpen Turnschuhen an ihren Füßen. Als Birna über die Felsen kletterte – sie sah aus wie eines der Mädchen auf dem Plattencover von Led Zeppelins *Houses of the Holy* – wurde deutlich, warum man hier Schuhe brauchte. Sie stolperte und ihre Knie gaben nach, sie ruderte mit den Armen wie ein betrunkener Autofahrer, den man bittet, eine gerade Linie entlangzugehen, und schürfte sich den Knöchel am Felsen auf. Als Callum seine Kleider ausgezogen hatte und aus dem Auto gestiegen war, war ihre Socke schon ganz blutig.
»Alles in Ordnung?«, fragte er, fasste sie bei den Ellbogen und dirigierte sie zwischen den scharfen Lavainseln hindurch. Jetzt, wo er näher dran war, entdeckte er plötzlich Lila und Schwefelgelb an den Felsen.
»Ich werd's überleben«, antwortete sie. »Ich bin aus Island. Wir sind gut im Überleben. Wir haben die schlimmsten Naturkatastrophen überlebt. Wir haben den größten Vulkanausbruch überlebt, den die Welt je gesehen hat. Monatelang hat die Asche die Sonne verdeckt, aber wir haben es trotzdem überlebt. Wir zucken einfach die Achseln und leben weiter.«
Callum gluckste. Typisch Sveinsdóttir. »Ich vergesse doch immer wieder, dass ich mit einer Vulkanologin zusammen bin«, meinte er.
»Vulkanologin, Glaziologin, Geologin«, korrigierte Birna. »Und Überlebenskünstlerin.«
Aber sie konnte nicht verhehlen, dass sie auf dem verletzten Fuß hinkte.
Das ist der völlige Wahnsinn, dachte Callum. Am Nachmittag hatte er noch im Fond eines Glasgower Taxis gesessen und dem Fahrer zugehört, der Gift und Galle spuckte, weil die Kosten für das schottische Parlamentsgebäude immer

weiter stiegen. Und weil die Regierung zwei Millionen Steuergelder für Fenster verpulvert hatte, die zu klein für die Öffnungen in der Außenmauer waren. Nun, wenige Stunden später, spazierte er nackt auf dem Neptun herum, und diese wunderschöne fremdartige Außerirdische brachte ihn zu ihrem Führer.

»Stop«, sagte Birna. »Hier ist es gut.«

Sie stützte sich mit einer Hand auf Callums Schulter und zog sich mit der anderen den Turnschuh von ihrem verletzten Fuß. Ihr Blut hatte den Schuh innen eingefärbt wie die letzten klebrigen Himbeersaucenreste, die in einer leer gegessenen Eistüte schmelzen. Sie tunkte ihren blutigen Fuß in das blaue Wasser. Rund um ihren Knöchel bildete sich eine lila Gewitterwolke. Sie schüttelte den Fuß, so dass sie verschwand.

»Es heißt, dass dieses Wasser heilen kann«, sagte sie. »Angeblich ist es gut gegen Schuppenflechte, Ekzeme und viele Hautkrankheiten.«

»Und, stimmt das?«

»Na ja, ich habe nie Schuppenflechte, Ekzeme oder viele Hautkrankheiten gehabt.« Birna zog ihren anderen Turnschuh auch noch aus und ließ ihren nackten Körper in den dampfenden Pool sinken, wie ein Keks, der in einen Becher heiße Milch getunkt wird.

Callum ließ sich neben ihr hineingleiten. Es hatte ihm widerstrebt, die Schuhe auszuziehen, aber Birna hatte ihm versichert, dass er sich nicht schneiden würde. Sie hatte recht. Als seine Fußsohlen den Lavaboden berührten, war er so weich wie Kitt. Warmer Schlamm saugte an seinen Füßen und leckte ihn zwischen den Zehen. Es fühlte sich an, als wäre dieses Felsbecken mit Anemonen ausgelegt.

»Die Lava ist mit Kieselerde bedeckt«, erklärte Birna. Sie

schöpfte ein wenig von dem weißen Schlamm von einem der Felsen ab. »Das gibt eine tolle Gesichtsmaske ab.« Sie verrieb das Porridge-Peeling auf Stirn, Wangen und Kinn und ließ heiße rosa Kreise rund um ihre Augen und ihren Mund frei.

»Tja, jetzt siehst du tatsächlich so aus, als hättest du eine Hautkrankheit«, bemerkte Callum.

Birna griff sich noch eine Hand voll weißen Schlamm und warf ihm den Brei ins Gesicht.

»Hör auf!« Callum blinzelte, und die warme Pampe peelte seine Augäpfel. »Du liebe Güte, du hattest recht mit dem Wasser hier. Es vollbringt tatsächlich wahre Wunder.« Er hob die Arme zum dunkler werdenden Himmel. »Lobet den Herrn! Einstmals sah ich, und nun bin ich blind!«

Birna spritzte ihn an.

Callum machte mit beiden Händen eine Welle, aber sie drehte rechtzeitig den Kopf weg, bevor ihr der ganze Schwall ins Gesicht spritzen konnte.

Als sie ihm ihr Gesicht wieder zuwandte, lächelte sie nicht mehr so sehr wie vorher. Sie warf Callum die Arme um die Schultern und verschränkte die Hände hinter seinem Nacken. Sie zog sich auf ihn und überließ ihr Gewicht ganz dem Wasser. Mit einer lässigen Bewegung schlang sie ihre Beine um seinen Oberkörper, als wären es zwei Wasserkobras, die ihn würgen wollten.

Sie küsste ihn: ein Bimsstein-Kuss, der weißen Sand auf seinen Lippen hinterließ.

Sie biss ihn in den Hals. Es tat weh, aber auf eine angenehme Art.

Nun war er in ihr. Alles, was sich unter der Wasseroberfläche befand, war geschmolzen, und dennoch raubte ihnen die Kälte über dem Wasserspiegel den Atem.

Birna ließ sich nach hinten fallen, eine im Wasser treibende Ophelia, deren Nase, Lippen und Brüste einzelne kleine Inseln auf der milchigen Oberfläche der Lagune bildeten.
Als sie kam, sank ihr ganzer Körper unter Wasser.
Ihre Wonne schoss mit einem Ruck und jeder Menge Luftblasen an die Oberfläche.

»Das ist einfach der totale Wahnsinn«, sagte Callum.
Das waren seine ersten Worte – die ersten Worte, die überhaupt einer von ihnen beiden sprach – nach einer ganzen Eiszeit, wie es scheinen wollte. Er hatte sie nur ausgesprochen, weil er sich wieder in die Gegenwart zurückholen wollte, sozusagen als verbale Entsprechung zu einer Gabel in den Oberschenkel. Sie waren eine ganze Weile im Wasser gewesen, und Callum glitt langsam in den post-koitalen Dämmerschlaf hinüber. Er saß in der Hocke im Heißwasserpool, nur sein Kopf guckte heraus und war dem kalten Regen ausgesetzt, der aufs Wasser prasselte. Tausend flüssige Krater tanzten um sie herum.
Callum hatte seine Knie in einem rechten Winkel angezogen, so dass Birna wie auf einem Unterwasserstuhl darauf sitzen konnte. Sie hatte ihm den Rücken zugewandt und lehnte an seinem Oberkörper, ihr Kopf ruhte schwer auf seinem Schlüsselbein. Er steckte seine Arme unter ihren Achseln hindurch und genoss die sanfte Reibung ihres Bauches bei jedem Atemzug, wenn sich ihre Lungen mit Dampf füllten, sich ihre Schultern aus dem Wasser hoben und wieder zurücksanken; die mächtigen Rauchschwaden eines nahe gelegenen Kraftwerks wirkten, als sollte man den Wasserkessel mal ausschalten.
»Birna, schläfst du?«
»*Já.*«

»Dann hast du mich also nicht gehört, als ich gesagt habe, dass das hier alles der völlige Wahnsinn ist.«
»Was ist Wahnsinn?«
»Das hier. Wir. Ich meine ...«, Callum hielt inne. Was meinte er eigentlich?
Wellen schlugen hoch. Gliedmaßen wurden umsortiert. Jetzt saß Birna mit dem Gesicht zu ihm. »Hast du es dir anders überlegt?«
»Nein. Lieber Gott, nein. Es ist nur ...«
»Was ist los, Callum? Du jagst mir Angst ein.«
»Es ist nur ... es gibt immer noch so viel, was wir nicht voneinander wissen.«
Er ließ den Satz in der Luft hängen.
»Aber findest du das denn nicht toll?«, fragte Birna. »Dass es immer noch so viel gibt, was wir aneinander entdecken können? Ist es denn nicht das, was eine Beziehung am Leben hält?« Sie nahm seine Arme und zog ihn an sich. »Es sind doch nicht die Dinge, die wir wissen, die eine Beziehung aufregend machen. Sondern die Dinge, die wir noch nicht wissen, die Witze, die wir uns noch erzählen können, die Überraschungen, die wir uns noch bereiten können, und all die wunderbaren Entdeckungen, die wir eines Tages miteinander teilen können. Eine gute Beziehung ist wie eine gute Geschichte. Man darf nicht schon auf Seite vier alles wissen.«
»Aber es geht hier doch nicht nur um uns zwei, oder? Wir sind zu dritt in dieser Beziehung.«
»Du, ich und Ásta?«, fragte Birna.
»Genau. Du, ich und Ásta.«
»Aber ich dachte, es stört dich nicht, dass ich ein Kind habe. Wir haben oft darüber gesprochen. Jedesmal, wenn du rüberkommst, reden wir über Ásta. Auch in unseren Telefon-

gesprächen und Mails, und du hast niemals erwähnt, dass es dich stört.«

»Es stört mich ja auch nicht, es ist nur … ich habe noch nie … ich bin nicht sicher, ob ich in der Lage bin …«

Birna griff nach seinen Händen. »Callum, ich hätte dich nicht gefragt, ob du bei uns leben willst, wenn ich nicht glauben würde, dass das auch für Ásta gut ist. Ich bin zehn Jahre lang nicht mit Männern ausgegangen, weil ich keinen getroffen habe, der gut genug für meine Tochter gewesen wäre. Aber dann bin ich beim Weihnachtseinkauf in Glasgow und treffe diesen wunderbaren Mann in einem Café in einer Buchhandlung – einen Mann, der mein Essen bezahlt, als ich merke, dass meine Tasche gestohlen worden ist –, und ich denke mir, dieser Mann ist anders. Dieser Mann hat ein gutes Herz.« Birna hielt seine Hände weiter fest und stieß sich von ihm ab, so dass ihre Beine hinter ihr im Wasser trieben.

»So ein gutes Herz habe ich überhaupt nicht.« Callum blickte in ihre blauen Augen. »Und wenn ich ehrlich sein soll, ich habe ein kleines bisschen Angst.«

»Angst? Wovor hast du denn Angst?«

Es gab viele Dinge, vor denen Callum Pope Angst hatte, aber in diesem Moment konnte er nur eines zugeben: »Ásta, schätze ich.«

»Ásta?« Birna zog die Beine an und setzte sich im Wasser auf. »Du hast Angst vor meinem kleinen Mädchen?« Sie lachte, obwohl ihr nicht nach Lachen zumute war.

»Ich habe Angst, dass ich es mir bei ihr verderbe«, gab Callum zu. »Und wie du gerade so schön gesagt hast: Sie ist *dein* kleines Mädchen. Ich kenne sie kaum. Ich habe das Kind erst einmal getroffen, und sie hat kein Wort mit mir geredet.«

»Ásta ist Männer nicht gewöhnt.« Birna rieb ihm über die Arme. »Wie gesagt, es ist lange her, dass ich einen Mann mit nach Hause gebracht habe. Aber vertrau mir, Ásta wird sich schnell an dich gewöhnen. Sie wird ihre Einstellung schon noch ändern. Das Leben ist nicht besonders nett zu meinem Mädchen gewesen. Sie hat ihren Vater nie kennengelernt.«

»Eben. Ásta kennt ihren Vater nicht und ich auch nicht. Findest du es nicht seltsam, dass ich ein neues Leben mit dir und deiner Tochter beginne und nichts über den letzten wichtigen Mann in eurem Leben weiß? Oder ist das eine dieser wundervollen Entdeckungen, die du noch zurückhältst, um unsere Beziehung wiederzubeleben, wenn sie am Einschlafen ist?«

Birna wirkte verletzt.

Es tat Callum weh, sie so zu sehen. »Tut mir leid«, sagte er. »Es war ein furchtbarer Tag.« Er drückte ihr einen Kuss auf die Stirn, und ihr Stirnrunzeln verschwand unter seinen Lippen.

Sie umarmten sich und blickten einander über die Schultern.

Als Birna ihre Stimme wiederfand, war ein Kratzen darin, wie bei einer alten 45er-Schallplatte. »Arnar, Ástas Vater, er ist gestorben, bevor sie zur Welt kam.« Sie räusperte sich. »Vor elf Jahren gab es in unserem Heimatort Heimæy auf den Westmänner-Inseln einen Vulkanausbruch. Er war klein im Vergleich zu dem Lavastrom, der unsere Insel in den siebziger Jahren fast zerstört hätte, aber vorsichtshalber wurden alle auf das Festland evakuiert. Alle außer Arnar. Der letzte Mann, der bei uns an Bord ging, sagte, dass er Arnar gesehen hatte, wie er in der Nähe der Stelle, wo sich die Erdspalte geöffnet hatte, eine Apotheke plünderte. Das Gebäude wurde von der Lava zerstört. Es ist unklar, woran Arnar gestorben ist. Ich schätze, er wurde von den giftigen Gasen getötet, bevor ihn die Lava verschlang. Ástas Vater wurde sozusagen versteinert.«

Callums Hände lagen auf Birnas Rücken. Ihre Schulterblätter hatten sich beim Sprechen zu einem harten Bogen angespannt.

»Tut mir leid«, sagte er.

»Das muss dir nicht leid tun. Ich hatte mit Arnar schon viele Monate vor seinem Tod Schluss gemacht. Er war nicht mehr der Mensch, in den ich mich verliebt hatte. Er war drogensüchtig geworden, ein Mensch, der eine Apotheke nach Tabletten durchwühlt, während um ihn herum die ganze Stadt brennt. Ich wollte nichts mehr mit ihm zu tun haben und sagte ihm das an dem Tag, an dem ich herausfand, dass ich schwanger war. Ich hatte eine Entscheidung gefällt. Ich wollte nicht, dass mein Baby über seine Spritzen krabbelt.«

Birna machte sich von Callum los. Sie kletterte aus dem Becken, strich sich mit den Händen das Regenwasser über Brüste, Schenkel und Unterarme, um sich die milchigen Rückstände aus der Lagune vom Körper zu spülen. Dann fuhr sie sich mit beiden Händen durchs nasse Haar und presste es fest an den Kopf.

»Du hast sicher Hunger«, sagte sie. »Wir sollten mal weiterfahren.«

3

Sie umfuhren das Zentrum von Reykjavík auf einer Straße, die südlich der Hauptstadt einen Halbkreis von Westen nach Osten beschrieb. Sie hielten auf die Vorstädte zu. Der Regen hatte nachgelassen, und die Bewölkung lockerte sich etwas auf, aber noch hatte sich die Dunkelheit nicht über die rauchige Bucht gesenkt, der die Stadt Reykjavík ihren Namen verdankte.

Die stygische Düsternis des langen isländischen Winters wich dem endlosen Licht des Sommers. Der Nachthimmel war dunkelblau, wie tintendurchtränktes Löschpapier, aber es war immer noch so hell, dass Callum leuchtend bunte Ansammlungen von Häusern ausmachen konnte, die in grellen Varianten von Lila, Orange, Limonengrün und Himbeerrot gestrichen waren.

Reykjavík war von einem Fünfjährigen angemalt worden.

Birnas Haus war ähnlich naiv, blau wie ein Entenei, eine einzeln stehende Schachtel, die etwas unglücklich auf einem Stück Land stand, welches aus dem ungeschütztesten Abschnitt der Bucht herausragte. Das Wetter hatte jeden Versuch vereitelt, das Äußere des Gebäudes in Schuss zu halten. Schichten von alter Farbe rollten sich von den Wänden, als hätte jemand versucht, sie mit einem Käsehobel abzulösen. Der Großteil der verwitterten Verschalung, die ursprünglich dazu gedacht gewesen war, den hölzernen Aufbau zu schützen, war von einem Sturm abgerissen und in dem umgebenden Unkrautwald verteilt worden. Im Boden hatte sich eine Erdspalte aufgetan, die ungefähr einen Meter tief und fünfmal so breit war und einen natürlichen Pfad vom Haus bis zum Meer bildete. Drei Ponys grasten hier

Klee und Grasnelken ab, die sich auf dieser Erdnarbe angesiedelt hatten.

»So sieht das also aus«, sagte Callum. »Das ist also Chez Sveinsdóttir.«

»Gefällt es dir nicht?« Birna hob seine Tasche aus dem Kofferraum.

Das Haus war alles andere als perfekt und so gar nicht das, was er erwartet hatte, aber als Callum so dastand, die salzige Luft einsog und ihm ein blondes Pony mit nassem Maul das Gras von der flachen Hand fraß, konnte er sich keinen Platz auf Erden vorstellen, an dem er jetzt lieber gewesen wäre.

»Ich finde es fantastisch«, sagte er. »Es ist total durchgeknallt, aber ich finde es fantastisch.«

Callum wischte sich die Hand am Hosenboden ab. Er nahm den Koffer und schleppte ihn die paar Stufen zum Haus hoch. Vor der Haustür fiel ihm ein Paar kleine rote Gummistiefel auf, die in Habachtstellung neben einem identischen Paar in einer Erwachsenengröße standen. Wie die Mutter, so die Tochter, dachte er.

Wenn Callum gehört hatte, dass die Leute vom Dunkeln im Inneren Islands sprachen, war ihm nie klar gewesen, dass sie das Innere von Birnas Haus gemeint hatten. Im Flur, der gerade eben breit genug war, dass zwei Personen aneinander vorbeigehen konnten, gab es kaum Licht. Er hätte schwören können, dass sich die Wände auf ihn zu bewegten, als wäre er beim Betreten des Hauses mit einem uralten Fluch belegt worden.

Ein Rechteck aus Licht zeichnete die Umrisse der Tür am anderen Ende des Flurs nach. Callum tippte, dass sich hinter dieser Tür die Küche befand. Er konnte das Klappern und Scheppern von Pfannen hören und das Rauschen eines

Dunstabzugs. Ein Geruch nach verbrannten Reifen und Anis durchzog das ganze Haus. Callum hatte ohnehin ein bisschen Angst davor, Birnas Mutter kennenzulernen, aber bei diesem Geruch wurde sein Widerwillen noch größer. Er hatte genug über isländische Hausmannskost gelesen, um Spekulationen über die gruseligen Dinge anstellen zu können, die sie für ihn zubereitete.
»Callum, das ist Sigriður«, sagte Birna und schubste ihn über die Schwelle in die enge Küche. »Und das ist Callum Pope, Mutter.«
Callum streckte der Frau seine Hand entgegen. Sie war eine Endfünfzigerin, kleiner und breiter als ihre Tochter, aber sie hielt Kopf und Rücken immer noch kerzengerade, eine elegante Haltung, die Birna von ihr geerbt hatte. Ihr von weißen Strähnen durchzogenes dunkles Haar hatte sie mit einer massiven Spange hochgesteckt. Die Sommersprossen ihrer Tochter waren bei ihr zu Teeflecken verschmolzen. Mit leicht zusammengekniffenen Augen sah sie Callum an, als wäre er ein Alien, der ihr aus gleißend hellem Licht entgegentrat. Sie wischte sich die Hände an einem Geschirrtuch ab und warf es sich dann über die Schulter. Dann nahm sie Callums Hand zwischen ihre Handflächen, aber statt sie zu schütteln, rieb sie sie kräftig, als wollte sie ihn aufwärmen.
»Du hast weiche Hände«, bemängelte sie. »Bist du sicher, dass du bereit bist für Island?«
Callum musterte ihr Geschirrtuch. Es hatte braune Blutflecken. Er bemerkte, dass dasselbe Blut unter Sigriðurs Fingernägeln getrocknet war und ihre Hände ganz gebräunt aussehen ließ. Was immer sie kochte, sie musste es wohl selbst geschlachtet haben. Was Callums Appetit nicht gerade steigerte.

»Ich bin sicher, Ihre Tochter wird mich abhärten«, erwiderte er.
»Já«, sagte Sigriður. Sie sprach es »Jau« aus und atmete dabei ein. »Abhärtung wirst du brauchen, wenn du mit meiner Tochter zurechtkommen willst. Sie ist genau wie ihr Vater.«
Birna stritt das weder ab noch pflichtete sie ihr bei. Sie hörte gar nicht zu. Etwas vor dem Fenster hatte sie abgelenkt.
»Ist Ásta draußen?«, fragte sie.
»Sie pflückt Unkraut für den Tisch«, antwortete Sigriður, als wäre es völlig normal, Unkraut für den Tisch zu pflücken. Diesen Zug fand Callum besonders liebenswert an den Isländern: ihre Fähigkeit, die außergewöhnlichsten Dinge im allersachlichsten Ton vorzubringen. Er fand es herrlich, wie Birna einen katastrophalen Vulkanausbruch so schildern konnte, als wäre er nicht folgenreicher als ein paar Regentropfen.
»Ist es normal für ein Kind, um diese Zeit draußen zu sein?«, erlaubte sich Callum zu fragen.
Die Frauen sahen ihn an, als wäre er verrückt geworden.
»Solange es draußen hell ist, können wir sie schlecht zurückhalten.« Birna legte ihm die Arme um die Taille und küsste ihn.
»Wofür war der denn?«
»Du hast dir Gedanken um meine Tochter gemacht.«
Sigriður schnaubte verächtlich, als wäre sie noch nicht bereit für solche öffentlichen Zärtlichkeiten. »Birna, hol dem jungen Mann mal ein Bier, ich füttere ihn mit ein bisschen Fisch«, bellte sie, als wäre Callum ein dressierter Seehund. Sie hielt ihm eine Schüssel hin, die mehrere Fetzen hellgelbes Schaumgummi zu enthalten schien, wie man es für die Isolierung von Dächern verwendet. »Das ist *harðfis-*

kur«, erklärte sie. »Getrockneter Fisch. Wir hängen den Fang auf Trockengestelle, und wenn die Möwen das Interesse daran verlieren, ist es gerade richtig für uns.«
Callum warf Birna einen Blick zu, den sie als Hilferuf interpretierte.
»Achte gar nicht auf meine Mutter. Sie macht ständig Witze.«
Widerwillig nahm er ein bisschen Fisch und biss hinein. Die zwei Frauen sahen zu, wie er kaute. Auf ihren Gesichtern lag ein schelmisches Grinsen, als hätten sie ihm ein Stück Scherzkaugummi verabreicht und warteten nun darauf, dass sich seine Zähne blau verfärbten. Callum kaute auf dem Stück Dorsch herum wie ein Wiederkäuer, ein dicker Knoten salziges Tau, das man unmöglich runterschlucken konnte.
»Das hier hilft.« Birna reichte ihm eine geöffnete Flasche Thule-Bier. »Du kannst meine Mutter unterhalten, während ich deinen Koffer nach oben bringe.«
»Nein. Den darfst du nicht tragen«, protestierte Callum. »Du hast dir den Knöchel verletzt.«
»Was ist mit deinem Knöchel passiert?«, wollte Sigriður wissen.
»Nichts, Mutter.«
»Lass mich mal sehen«, verlangte Sigriður. »Dann sag ich dir, ob es nichts ist.«
Birna schüttelte den Kopf. Sie hob das Bein und stellte den verletzten Fuß auf die Tischplatte. Sie rollte die Hose hoch und entblößte eine hellrote Schürfwunde in der Haut über ihrem Knöchel. Sie war einen halben Zentimeter tief und breit genug, dass die Spitze von Callums kleinem Finger hineingepasst hätte, wenn er sie denn hätte drauflegen wollen. Die Haut rundherum war übel aufgeschürft, und

schwarze Körnchen hatten sich in das beängstigend rosa aussehende Fleisch gedrückt, das dadurch wirkte wie eingelegter Räucherlachs.

»Sieht fast so aus, als müsste es mit ein, zwei Stichen genäht werden«, stellte Callum fest.

»Nei«, widersprach Sigriður. »Das heilt auch so, wenn ich einen Umschlag draufmache.«

Sigriður beugte sich über die Spüle und zupfte Blätter von ein paar der zahlreichen Topfpflanzen, die auf dem Fensterbrett aufgereiht standen. Dann nahm sie einen Schuhkarton von einem hohen Schrank und wühlte darin herum. Der Karton war voll mit Gefrierbeuteln, die kleine vertrocknete Grassoden zu enthalten schienen, wie sie im Sommer überall auf den Golfplätzen verstreut herumliegen. Auf jeder Plastiktüte war mit grünem Filzstift ein isländischer Name vermerkt worden: *Rjúpnalauf, Ljónslappi, Vallhumall.* Sigriður schüttelte ein paar hellgrüne Farnblätter aus einer Tüte mit der Beschriftung *Blódberg* und legte sie in eine steinerne Schüssel. Dann gab sie die Blätter der Topfpflanzen dazu und machte noch einen Schrank auf. Darin standen mehr als ein Dutzend Marmeladengläser, die verschiedenfarbige Öle enthielten – in einem anderen Zusammenhang hätte man sie vielleicht mit Whiskey, Parfum und Urin verwechseln können. Die Etiketten waren mit Wasserdampf von den Gläsern entfernt und durch kleine weiße Aufkleber mit einer unergründlichen isländischen Beschriftung ersetzt worden. Sie gab ein paar Tröpfchen hiervon, einen Schuss davon in ihre Steinschüssel und zerdrückte das Ganze mit einem Stößel.

»Meine Mutter ist eine der wenigen Leute in Island, die immer noch *grasalækning* praktizieren.« Birna hatte Callums Verwirrung bemerkt. »Das ist Heilkräutermedizin. Von der

Mutter an die Tochter weitergegeben. Ich habe diese Kunst allerdings nicht erlernt.«

»Birna war ein dickköpfiges Kind«, sagte Sigriður bedauernd. »Es ist wirklich ein Jammer. Die Natur bietet uns unbegrenzte Möglichkeiten. Es macht doch Sinn, Pflanzen als Heilmittel einzusetzen. Wir entstammen doch alle demselben Boden.«

Callum fiel ein, dass er ein Geschenk für Sigriður dabeihatte. Er hatte ihr etwas mitbringen wollen, was ihr wirklich gefallen würde, und hatte Birna um Rat gefragt. Folglich hatte er sein letztes Wochenende zum Großteil damit zugebracht, Heidekraut von den grauen Felsen zu pflücken, die die Monotonie der hübschen Birkenwäldchen von Perthshire durchbrachen.

Er stellte sein Bier ab, zog den Reißverschluss seiner Tasche auf und entnahm ihr ein dickes, längliches Paket aus Alufolie, das er Sigriður überreichte. »Das ist für dich. Ein kleines Stück Schottland.«

Sigriður legte das Päckchen auf ihr Brotschneidebrett und öffnete die Alufolie wie ein KitKat mit dem Daumennagel. Sie nahm die Heidekrautstängel einen nach dem anderen heraus und benannte jeden einzelnen. »Ah … Erica cinerea. Daboecia cantabrica. Und Erica arborea. Das sind gute Pflanzen, Callum. Natürlich sind sie nicht so stark wie isländische Pflanzen. Unsere Sonne scheint den ganzen Sommer und versorgt sie gleichmäßig mit Energie. Aber ich denke, ich kann deine schottischen Pflanzen einsetzen, um leichtere Beschwerden wie Verstopfung oder Blähungen zu kurieren.«

»Das kommt in Schottland häufig vor«, bemerkte Callum. »Ich würde sagen, daran ist unsere Vorliebe für Tiefkühlpizza schuld.«

Sigriður lachte, obwohl Callum klar war, dass sie keine Ahnung hatte, wovon er redete. Sie bedankte sich noch einmal bei ihm und kehrte zu ihrem Mörser zurück. Mit einem Teelöffel trug sie die grüne Masse auf die offene Wunde ihrer Tochter auf, verband das Ganze dann mit Gaze und fixierte die Packung auf Birnas Knöchel, indem sie ein Stück Stoff dreimal rundherum wickelte. »Kannst du auf diesem Fuß stehen?«, erkundigte sie sich.
Birna nahm den Fuß von der Tischplatte und verlagerte langsam ihr Gewicht darauf. Sie nickte.
»Braves Mädchen. So, und jetzt müsst ihr zwei euch mal frisch machen. Ich habe ein ganz spezielles Abendessen für den Herrn des Hauses vorbereitet. Callum, ich hoffe, meine *súrsaðir hrútspungar* werden dir schmecken.«
Birna lachte.
»Was gibt's zu lachen?«, wollte er wissen.
»Mutter sagt, sie hofft, dass dir ihre Hoden schmecken werden.«

Callum drehte beide Hähne auf. Das Wasser hatte einen stechenden Geruch nach Eiern und erinnerte ihn daran, dass er sich in einem Land voller Thermalquellen befand. Ein blauer Wurm ringelte sich aus einem Behälter in seine Hand. Er zerquetschte ihn zwischen den Handflächen und machte langsame Kreisbewegungen, bis das Gel cremig wurde. Er verteilte es auf seinen Wangen, seinem Kinn und seinem Hals. Mit dem Daumennagel fuhr er sich über die Lippen, um ein wenig Schaum zu entfernen, und sah danach aus wie ein Clown.
Er rasierte sich.
Als er den Stöpsel zog, schaute er zu, wie das Wasser in Spiralen abfloss. Im Rohr gurgelte es. Es rülpste. Callums

abrasierte Stoppeln klebten noch im Waschbecken. Er fuhr mit dem Finger darüber. Das Porzellan war rau wie Sandpapier. Er musterte den dunklen Halbmond aus Eisenspänen, der an seiner Fingerspitze hängengeblieben war.
»Der Herr des Hauses«, sagte er.

Er traf Birna am Fuß der Treppe. Sie empfing ihn mit einem breiten Lächeln. »Du siehst so gut aus.«
»Das klingt, als würde dich das überraschen.«
»Und du riechst gut … wie zu Weihnachten.«
Sie führte ihn in ein Wohnzimmer, das von David Lynch eingerichtet worden war. Die Decke hatte in der Mitte nachgegeben und hing durch, und die Bücherregale waren schief. In anderen Regalen standen keine Bücher, sondern Steine – geschmolzene Steine –, Lava, die beim Abkühlen zu seltsam menschenartigen Formen erstarrt war. Ein kleiner Tisch stand an einem Erkerfenster.
Auf vier Schieferuntersetzern standen vier Glasteller. Sie wetteiferten um den knappen Platz mit einem wilden Gestrüpp aus gigantischem Löwenzahn und riesigen nesselähnlichen Pflanzen mit Blättern, die aussahen wie die wild gezackten Sprechblasen, in denen man für gewöhnlich die Worte »Peng!« und »Kawumm!« findet.
Ein ausgestopfter Papageitaucher überblickte den Tisch vom Klavier aus. Der Vogel war ein Albino, zumindest war er bis auf die roten Augen vollkommen weiß, aber Callum identifizierte ihn anhand des typischen Malen-nach-Zahlen-Schnabels als Papageitaucher. An der Wand hinter dem Vogel war eine lange Stange befestigt, an deren Ende ein Netz hing.
Callum bemerkte, dass die Wände mit einer altmodischen Tapete im Ostküstenstil beklebt war: Senkrechte Streifen in

Blau und Creme, golden eingefasst. Ein Dutzend gerahmte Fotos war in unregelmäßigen Abständen im Zimmer aufgehängt worden. Jedes Foto zeigte ein Herz: Ein einzelnes Stück Moos bildete ein leuchtend grünes Herz vor einem Hintergrund aus schwarzem Sand, ein Block hellblaues Gletschereis enthielt ein dunkles Herz aus Vulkanasche, dessen Herzschlag eingefroren war, eine Muschelschale hatte sich zu einem violetten Perlmuttherz geöffnet, und ein schief aufragender Berggipfel war zu einem Herz geworden, als er sich in der gläsernen Oberfläche eines stillen Fjordes spiegelte.

»Hast du die gemacht?«, fragte Callum.

»Já«, sagte Birna. »Durch meine Feldstudien komme ich in alle möglichen Gegenden, und im Laufe der Jahre ist mir aufgefallen, dass man überall in der Natur Herzen findet. Sie brechen aus Schalen heraus, werden von Wurzeln geformt und als Fossilien in Stein verewigt. Wenn eine Eiderente den Kopf unter Wasser steckt, um nach Nahrung zu tauchen, sieht sie einen Moment lang aus wie ein Herz. Ich habe immer einen Fotoapparat dabei, auf die Art kann ich diese Herzen ganz leicht festhalten, wenn ich sie sehe.«

»Aber die sind richtig schön«, meinte Callum. »Hast du noch nie dran gedacht, mal eine Ausstellung zu machen?«

»O nein. In Island gibt es schon genügend Leute, die sich wichtig machen.«

»Schade drum. Ich würde ein paar von diesen Bildern zu gerne auf meiner neuen Website verwenden.«

»Benutz davon, was zu willst«, sagte Birna. »Hast du die anderen Bilder gekriegt, die ich dir geschickt habe?«

»Mist, ich hab total vergessen, mich dafür zu bedanken.«

»Ist schon gut.« Birna nahm sich einen Stuhl. »Ich lass dich trotzdem am Kopf der Tafel sitzen.«

Callum nahm seinen Platz ein. Von dort aus hatte er einen unverstellten Blick auf die Bucht und den brütenden Berg Esja an der gegenüberliegenden Küste. Der Berg wirkte wie ein schwarzer Saum, der zwischen zwei dickeren Schichten aus Meer und Himmel eingeschlossen war, wie ein Lakritz aus der Colorado-Tüte.

»Ein Uhr nachts, und ich setze mich zum Abendessen hin. Ist das normal?«, erkundigte er sich.

»Absolut normal«, bestätigte Birna.

»Und dieser klaffende Spalt in deinem Garten, ist der auch absolut normal? Oder die Sprünge in der Decke, sind die auch absolut normal?«

»Nicht wirklich. Alle Häuser, die seit den sechziger Jahren in Island gebaut wurden, sind für Erdbebenstöße von einer Stärke von 6,5 auf der Richterskala ausgelegt. Dieses Haus wurde lange davor gebaut, und deshalb hat sich das Ganze ein bisschen gelockert, als wir neulich ein Erdbeben hatten.«

»Neulich?«, vergewisserte sich Callum alarmiert. »Wie neulich war das?« Er hielt sich an den Ecken der Tischplatte fest wie ein Betrunkener auf einem Schiff mit Schlagseite.

»Du Scherzkeks«, kicherte Birna. »Das letzte große Beben war an unserem Nationalfeiertag 2000, das vergessen wir deshalb nicht so schnell. Ich war zu dem Zeitpunkt weit weg, auf der Snæfellsnes-Halbinsel und schrieb an einer Arbeit, einer Studie über die Vulkanaktivitäten am Snjófjöll im Oberen Pleistozän. Das muss ich dir mal vorlesen, es ist ziemlich lustig. Jedenfalls war das Epizentrum des Bebens in Þorlakshöfn, südlich von Reykjavík, aber ich habe die Erschütterung zweihundert Kilometer weiter noch spüren können.«

»Hört sich ja nach einem richtig großen Kerlchen an.«

»Allerdings. Sogar draußen auf dem Meer konnte man die Erschütterung noch spüren. Mein Cousin und seine Besatzung dachten, an ihrem Schiff würde sich ein Wal reiben.«

»Wo waren Ásta und deine Mutter?«

»Ásta war in der Stadt und amüsierte sich auf der Feier. Leider war meine Mutter im Haus, als die Erde bebte. Sie wurde gegen den Herd geschleudert, und dabei gingen drei Rippen zu Bruch.«

»Aua.«

»Halb so wild. Die Rippen gehörten dem Schaf, das sie gerade zubereiten wollte. Sie hatte Glück: Der Boden tat sich nämlich auf, und die Erde hätte das Haus mitsamt meiner Mutter verschlucken können, so einfach, wie wir ein Stück Schokolade verputzen.« Birna lächelte boshaft. »Ein Stück Schokolade mit Nuss drin.«

»Freut mich, dass du die witzige Seite dran sehen kannst. Ist es denn wahrscheinlich, dass so etwas wieder passiert?«

»*Já*. Denn Gott ist mit der Erschaffung von Island noch nicht ganz fertig.«

Callum fand ihre Entspanntheit bemerkenswert für jemanden, der über solch irdischem Tumult wohnte.

»Geologisch gesehen ist Island noch ein Baby«, erläuterte sie. »Wir sitzen mitten auf dem Rift, wo die europäische und die amerikanische Kontinentalplatte auseinander driften.« Birna veranschaulichte das Ganze, indem sie die Butterdose und die Untertasse mit dem eingelegten Hering nebeneinander stellte und dann wieder auseinander zog. »Unsere Insel wird buchstäblich in zwei Teile gerissen. Aber mach dir keine Sorgen. Wir sind automatisch durch die Isländische Katastrophenversicherung geschützt.«

Callum fühlte sich trotzdem nicht wohler. »Wir könnten doch hier ausziehen. Ein größeres Haus kaufen. Vergiss nicht, dass ich zu Hause gerade meine Firma verkauft habe. Es liegt einiges Geld auf der Bank.«

»Du brauchst das Geld aber, um deine Produktionsfirma auf die Beine zu stellen.«

»Nicht alles. Ich habe nur einen Bruchteil davon für mein Büro in der Stadt aufwenden müssen, und die Anschlüsse habe ich alle schon legen lassen. Ich werde noch ein bisschen Geld brauchen, um es einzurichten und zwei Assistenten einzustellen. Und ich werde wohl noch einmal ordentlich in die Tasche greifen müssen, um mir so ein haarsträubendes Geländefahrzeug mit Reifen in Schlauchbootgröße zuzulegen. Aber es werden noch genug krónur auf der Bank bleiben, dass wir uns jede Bude leisten können, die du dir wünschst.«

»Ich bin aber glücklich hier. Wir können hier alle vier glücklich sein.« Birna legte Callum die Hand in den Nacken und zog ihn zu sich heran, bis sich ihre Lippen berührten. Als sie sich wieder trennten, konnte sie in seinen Augen immer noch Sorge lesen.

»Bist du immer noch nervös?«, fragte sie.

»Ein bisschen.«

»Warum?«

»Ich glaube nicht, dass deine Mutter mich mag. Nur so ein Instinkt.«

»Gib ihr Zeit, Callum. Und sei nicht so argwöhnisch. Meine Mutter beißt nicht. Jedenfalls nicht dauernd.«

»Und was ist mit Ásta? Was, wenn sie sich mit mir nicht anfreunden kann?«

»Jetzt entspann dich mal. Alles wird prima laufen. Heute abend beginnt unser neues gemeinsames Leben. Und damit meine ich uns vier. Indem du dich an diesen Tisch gesetzt hast, bist du bereits ein Familienmitglied.«

Callum nickte. »Weißt du, ich bin schon glücklich. Vielleicht seh ich nicht so aus, und ich weiß, ich sag es dir auch nicht oft genug, aber es ist lange her, dass ich so glücklich war wie jetzt gerade. Das ist alles, was ich will. Du bist alles, was ich will.«

Sie küsste ihn nochmals.

Callums Laune besserte sich etwas. »Ich finde aber trotzdem, dass wir hier ausziehen sollten, bevor uns das Haus über dem Kopf zusammenbricht.«

»Lass uns in einem Jahr noch mal drüber reden. In einem Jahr wird die Einwanderungsbehörde unsere Situation prüfen, und dann werden wir in einer besseren Ausgangslage sein, um uns über Häuser und andere Dinge zu unterhalten.«

»Andere Dinge?«

»Já.« Birna atmete ein, während sie das Wort aussprach, wie ihre Mutter vorher. »Andere Dinge. Ich werde auch nicht jünger.« Sie nahm seine Hand und legte sie auf ihren Bauch. »Ich glaube, es wäre gut für Ásta, wenn sie einen Bruder oder eine Schwester hätte.«

»Nei!«

Callum zog seine Hand zurück. Der Aufschrei hatte ihn zusammenfahren lassen. Er war von der Tür gekommen. Beziehungsweise von einem jungen Mädchen, das auf der Schwelle stehengeblieben war, ein Mädchen, das so schnell verschwand, wie es sich zu Wort gemeldet hatte. Callum war sicher, eine Erscheinung gesehen zu haben, einen bösen Geist im weißen Festtagskleid, mit Haaren, so schwarz wie bei einem Labrador, und Augen, die deutlich zeigten, dass sie sich verraten fühlte.

»Ich geh ihr nach«, sagte Birna. »Sie ist nur ein bisschen nervös vor der ersten Begegnung mit dir.«

Sie ließ Callum alleine am Tisch sitzen, der einzige Gast auf seiner eigenen Party. Es fiel ihm nicht schwer, sich ein bisschen ungeliebt zu fühlen.

Sie wird ihre Einstellung schon noch ändern, sagte er sich. *Sie ist in einem schwierigen Alter. Sie ist keine fremden Männer im Haus gewöhnt.*

Er wandte seine Aufmerksamkeit den zwei Klößchen aus rohem Fleisch zu, die auf seinem Glasteller lagen. Sie hatten ihn die ganze Zeit schon etwas beunruhigt. Einer war sehr rosa und sah irgendwie wund aus, der andere war eine gelatineartige schwarze Murmel. Er stupste den dunkleren mit dem Finger an. So schwarzes Fleisch hatte er noch nie gesehen. Es sah aus, als wäre es in Teeröl mariniert worden.

»Das ist Lumme.« Sigriður hatte den Raum betreten. Sie stellte eine knallrote Sauce auf den Tisch und nahm gegenüber von Callum Platz. »Geräucherte Lumme. Das hellere ist geräucherter Saibling. Beides ist sehr lecker.« Sie schnitt ihr Fleisch auf amerikanische Art, indem sie nur die Seite ihrer Gabel benutzte. »Weißt du, Lummeneier sind etwas Wunderbares. Sie sind so blau, größer als ein Hühnerei und laufen an einem Ende spitz zu. Die Natur hat sie für die engen Nistplätze auf den Klippen entworfen: Wenn der Vogel dem Ei versehentlich einen Schubs gibt, dreht es sich, statt ins Meer zu plumpsen.«

»Sowas Ähnliches hatten wir in Großbritannien früher auch«, sagte Callum. »Diese kleinen Weebles. Sie wackelten, fielen aber nicht um.«

»Ich hab noch nie von diesen Weebles gehört. Aber ich bin sicher, sie schmecken köstlich.« Sigriður goss ihm ein Glas Wein ein.

Callum ließ seine Hände unter dem Tisch und rührte sein Essen nicht an, allerdings mehr aus Beklommenheit als aus

Höflichkeit. Er nutzte die Pause in der Unterhaltung, um die Bücherregale zu mustern. Dabei entdeckte er drei Bücher von Birna: zwei Studien über Vulkanologie und eine über Gletscher. Callum hatte sie nicht gelesen, aber nur, weil sie noch nicht ins Englische übersetzt worden waren.
»Sieht so aus, als würde Birna eine Weile wegbleiben«, sagte Sigriður. »Sie redet ein Wörtchen mit Ásta. Du kannst schon mal anfangen mit deinen Eiern.«
»Ich wünschte, du würdest sie nicht so nennen«, sagte Callum. »Einen Moment lang habe ich echt geglaubt, dass du uns Hoden zum Abendessen gekocht hast.«
»Hab ich ja auch. Das hier ist bloß die Vorspeise. Die Widderhoden sind das Hauptgericht.«
Callums Gabel blieb auf dem Weg zu seinem Mund in der Luft hängen.
Sigriður zwinkerte ihm zu und kicherte leise.
»Sehr gut«, sagte Callum. »Du hast mich schon wieder angeschmiert. Kannst du dir vorstellen, dass ich dachte, Isländer würden tatsächlich Hoden essen? Ich bitte um Entschuldigung. Wir Ausländer können so herablassend sein.«
»Entschuldigung angenommen. Als Hauptgericht haben wir heute abend Lamm mit karamellisierten Kartoffeln. Und du hast Recht: Wir essen keine Hoden. Zumindest nicht in den letzten paar Monaten. Nordlenska, eine Fleischfabrik, hat im vorletzten Herbst viele Tonnen von Widderhoden verarbeitet, aber dieses Jahr gibt es Engpässe. Viele Kinder waren sehr enttäuscht. Sie essen Schafshoden gerne als Snack.«
»Und das soll ich jetzt glauben?«
Sigriður gönnte ihm ein nonchalantes Schulterzucken.
»Was sollst du glauben?«, fragte Birna. Sie war ohne ihre Tochter an den Tisch zurückgekehrt.

»Ich habe Callum gerade erzählt, dass unsere Kinder gerne Schafseier naschen«, erklärte Sigriður. »Aber er glaubt es mir nicht.«
»Die hab ich auch die ganze Zeit gemampft«, bestätigte Birna.
Callum rutschte unbehaglich auf seinem Stuhl herum und gewann eine neue Einschätzung von Birnas abenteuerlicheren Einfällen beim Sex.
»Kommt Ásta nicht?«, fragte er.
»Sie ist müde«, sagte Birna, aber Callum sah ihrem Gesichtsausdruck an, dass mehr dahintersteckte. »Du wirst sie morgen sehen. Denk dran, dass ich nach Eldsveitirnar rausfahre, um meine Feldstudie abzuschließen. Ich weiß, das Timing ist wirklich beschissen, aber Abgabetermin ist Abgabetermin, auch in Island. Ich hatte mir jedenfalls gedacht, dass Ásta und du irgendwas zusammen machen könntet, während ich weg bin. Du könntest sie ins Kringlan-Einkaufszentrum mitnehmen. Sie braucht neue Schuhe. Das wäre eine gute Gelegenheit für dich, sie kennenzulernen.«
»Ich kann nicht«, wehrte Callum ab. »Ich habe morgen Einstellungsgespräche.«
»Ach ja, klar. Das hatte ich ganz vergessen. Dann eben ein andermal.«
»Auf jeden Fall.« Callum wusste, dass seine Einstellungsgespräche für Samstag nachmittag vorgemerkt waren, und wenn er wirklich darauf erpicht gewesen wäre, Zeit mit Ásta zu verbringen, hätte er vormittags mit ihr ins Einkaufszentrum gehen können. Er hatte den Verdacht, dass Birna das auch wusste, aber sie verlor darüber kein Wort.
Die drei ließen sich ihr rohes Fleisch schmecken und erzeugten mit ihrem Besteck eine sanfte, rhythmische Geräuschkulisse auf ihren Tellern.

»Also, Callum«, fing Sigriður an und füllte die Gesprächspause. »Birna hat mir erzählt, du willst in Island Filme machen.«
»Filme und Werbespots. Ich mache sie allerdings nicht wirklich selbst, ich mache sie nur möglich. Meine neue Firma wird die Produktionen unterstützen, Drehorte auftun, Mitarbeiter für die Teams finden, all so was. Das habe ich in Schottland auch schon ein bisschen gemacht.«
»Ich war noch nie in einem Filmtheater«, sagte Sigriður.
»Echt?«
»Du klingst überrascht.«
»Das bin ich auch«, erwiderte Callum. »Ich habe noch nie jemand getroffen, der noch nie einen Film gesehen hat.«
»Ich sage auch gar nicht, dass ich noch nie einen Film gesehen hätte. Ich habe nur gesagt, dass ich noch nie in einem Filmtheater war. Natürlich habe ich schon Filme im Fernsehen gesehen.«
»Aber das ist nicht dasselbe. Man braucht die große Leinwand, um einer Geschichte wirklich Leben einzuhauchen.«
»Mutter glaubt, man kann einer Geschichte nur Leben einhauchen, indem man sie erzählt«, erklärte Birna.
»Oder aufschreibt«, ergänzte Sigriður. »Die Bilder, die in meinem Kopf entstehen, wenn ich eine Geschichte lese oder höre, sind größer als die Bilder jeder Großleinwand. Und außerdem würde ich wetten, dass noch keiner eine Leinwand gebaut hat, die groß genug ist, Island einzufangen.«
»Vielleicht nicht«, gab Callum zu. »Aber mein Job ist es, Regisseuren alle Möglichkeiten zu geben, dem Land gerecht zu werden.«
»Dann tust du mir leid. Denn du hast dir ein unmögliches Ziel gesetzt. Noch etwas Lumme?« Sigriður bot Callum einen Teller mit dunklem Fleisch an.

»Nein, danke«, lehnte er ab.
»Schmeckt es dir nicht?«, wollte Birna wissen.
»Es schmeckt wunderbar«, beteuerte Callum. »Das ist zweifellos die beste Lumme, die ich jemals gegessen habe. Und es ist auf jeden Fall auch eine tolle Abwechslung zu Albatros.«
»Ich glaube, Callum nimmt uns auf den Arm«, meinte Sigriður. »Aber das ist nicht schlimm. Das heißt nur, dass wir eine Menge Spaß miteinander haben werden.«
Callum nickte. »Sieht ganz so aus.« Er hob sein Glas mit dem Trinkspruch: »Auf den Spaß.«
»Já«, sagte Sigriður. »Denn du bist ein Mann, der ein bisschen Spaß gut gebrauchen könnte.«
Sie legte ihre Gabel auf dem Teller ab und faltete die Hände auf dem Tisch. Sie musterte ihn so intensiv wie beim ersten Mal, als er durch ihre Küchentür getreten war. »Eine große Finsternis bemächtigt sich deiner, Callum. Das kann ich in deiner Aura sehen.«
»Mutter!«, warnte Birna.
»Meine Aura?«
»Hör gar nicht hin, was sie sagt, Callum.«
Sigriður fixierte ihn noch einmal. *»Já.* Ich kann dunkle Flecken auf deiner Aura sehen. Sie umkreisen dich wie Raben.«
Callum setzte sein Glas ab. Er fühlte, wie ihm die Hitze in die Wangen stieg, und das lag nicht am Wein.
»Kümmer dich nicht um meine Mutter, Callum. Das ist nur so ein kleiner Partyscherz von ihr.« Birna starrte Sigriður wütend an.
Callums Schläfen pochten. Wenn er mehr Zeitzonen durchflogen hätte, hätte er es dem Jetlag zugeschrieben. Er hatte das ebenso bizarre wie beunruhigende Gefühl, dass Sigriður

mehr über ihn wusste, als sie zugab. Hatte sie auf eigene Faust ein paar Erkundigungen eingezogen?
»Entspann dich, Callum«, sagte Sigriður. »Birna hat recht. Ich zieh dich nur durch den Kakao.«
»Ich weiß nie, wann ich deine Worte ernst nehmen soll und wann nicht«, sagte er und rang sich ein gezwungenes Lächeln ab.
»Schon in Ordnung. Ich merke, dass ich auch eine Weile brauchen werde, bis ich weiß, woran ich bei dir bin.« Sigriðurs Augen suchten die von Callum, aber er sah weg. Dann stand sie vom Tisch auf und sammelte die leeren Teller ein.
»Also«, sagte sie, »wer möchte jetzt noch Lämmerbacken?«

4

Regen. Unablässiger Regen. Überall rennen Tiere herum: Nashörner, Elefanten, eine Giraffe. Sie haben Angst. Ein Mann jagt in einem Gummiboot über den Fluss. Er hat ein Gewehr. Er schießt aufs Geratewohl auf die rasenden Tiere. Er trifft ein Reh in den Hals. Es hört auf zu rennen. Es wirft seinen Kopf hin und her, aber es kann den Pfeil nicht erreichen, der fest in seinen Muskeln steckt. Das Tier sieht nicht mehr ängstlich aus. Es wirkt verdutzt. Es versucht noch weiter zu rennen, rennt aber direkt gegen einen Baumstamm und bricht zusammen. Es atmet noch. Sein Brustkorb hebt und senkt sich. Ein Mädchen am Zeitungskiosk erklärt mir, dass die Armee alle Tiere betäubt. Sie spricht

Tschechisch, aber ich kann sie verstehen. Sie erzählt mir, dass die Tiere aus dem Zoo freigelassen wurden, als das Hochwasser kam. Sie warnt mich, dass die ganze Stadt bald unter Wasser sein wird, und noch während sie es ausspricht, bricht der Fluss über die Ufer. Er reißt eine Brücke mit sich. Leute schreien. Eine Frau mit einem Kinderwagen voller Sand rennt an uns vorbei. Über unseren Köpfen knattert ein Helikopter. Das Mädchen nimmt meine Hand, und wir halten auf die Hügel zu, die über der überfluteten Stadt aufragen. Wir rennen über Kopfsteinpflaster, und sie verliert einen Schuh. Wir hören Jazzklänge aus dem Keller eines schwarz gewordenen Gebäudes steigen und folgen ihnen. Das Mädchen führt mich genau hundert Stufen hinunter, die zählt sie beim Gehen, und dann betreten wir einen Keller, der in den Berg hineingebaut ist. Die Strawdonkey-Truppe sitzt an einem Ecktisch und trinkt, aber sie scheinen mich nicht zu kennen. Ich rufe Neils Namen, und er blickt auf und sieht mich an. Er nimmt die Brille ab und putzt sie mit dem Ärmel. Er hat keine Augen. Morag isst einen Fötus. Das tschechische Mädchen zieht mich zur Bar. Ein Albino-Papageitaucher schenkt uns einen Drink ein. Er füllt unsere Gläser mit grünem Sirup. Als ich ihn trinke, ist die Tschechin gar keine Tschechin mehr. Sie ist eine grüne Fee. Sie fängt an, mich auszulachen. Sie kann gar nicht mehr aufhören zu lachen. Also lege ich ihr die Hände um den Hals und erdrossle sie. Und jetzt ist sie gar keine grüne Fee mehr. Es ist Birna. Und ich habe sie erwürgt.

Callum erwachte schweißgebadet.

Birna war weg.

Er rollte sich auf die leere Seite des Bettes hinüber. Sie war kalt. Vermutlich war Birna schon eine ganze Weile weg. Er

vergrub sein Gesicht in ihrem Kissen. Es roch ein bisschen muffig, aber auch süß, wie die Luft nach einem heftigen Regenguss.
Das verschwommene rote Glühen des Radioweckers stellte sich bei genauerem Hinsehen als 08:20 heraus. Callum überschlug, dass Birna nur zwei Stunden geschlafen haben konnte. Aber selbst das war bewundernswert, denn ihre Schlafzimmervorhänge konnten nichts gegen das ununterbrochene Licht von draußen ausrichten.
Er erinnerte sich, dass er gegen vier Uhr ins Bett gefallen war. Sigriður hatte darauf bestanden, nach dem Abendbrot noch Klavier zu spielen. Das Repertoire enthielt auch einen trübseligen Choral, der davon handelte, dass das Leben eines Menschen so vergänglich ist wie eine kleine arktische Blume, die von einer Sense dahingerafft wird. Nicht gerade sehr vergnüglich.
Birna hatte ihn vorgewarnt, dass sie früh aufstehen musste. Sie fuhr über das Wochenende Richtung Südosten, zu den Eldsveitirnar, der vulkanisch aktivsten Region Islands. Sie hatte hart daran gearbeitet, eine Arbeit über *jökulhlhaups* fertigzustellen, die reißenden Schmelzwasserströme, die auftraten, wenn Gletschervulkane ausbrachen. Sie hatte Callum Fotos von diesen Orten gezeigt. Die Fluten hatten alles zerstört, was ihnen in den Weg gekommen war, und Wüsten aus schwarzer Asche geschaffen, die von silbernen Flüssen durchzogen wurden. Das Ganze sah aus wie in einem B-Movie mit dem Titel *Das Land der Monsterschnecken*.
Callum war zuversichtlich, britischen und amerikanischen Produktionsfirmen diese Gegend als vorgefertigte Mondlandschaft für Science-Fiction-Filme verkaufen zu können. Und wenn sie den Mars wollten, konnte er sie Richtung

Nordosten verweisen, zum Mývatn mit seinen zerkraterten Ebenen und dem Canyon, der durch Eiserosionen seine Form bekommen hatte, ein naturgetreues Abbild der Landschaft auf dem Roten Planeten. Er hatte sich gut vorbereitet und freute sich darauf, wieder ins Scout-Geschäft zurückzukehren. Seine frühere Karriere auf diesem Gebiet hatte sich darauf beschränkt, Dörfer zu finden, die aussahen wie die kitschigen Bilder auf den Shortbread-Dosen, hin und wieder ein paar öde Schlachtfelder oder unheimliche Lochs für trübselige schottische Dramen. Aber Island war eine ganz andere Geschichte, eine unglaublich abwechslungsreiche, sich ständig wandelnde organische Landschaft, die immer wieder für neue Überraschungen sorgte. Callum glaubte, dass auf dieser Insel noch unzählige Unterwelten auf ihre Entdeckung warteten – und dass es mehr als genug ausländische Filmteams geben würde, die reichlich krónur zu zahlen bereit waren, um sich solche Locations zu sichern.

Er wusch sich, zog sich an und ging dann nach unten. Ihm war nur zu bewusst, dass Birna ihn ihrer Mutter und Tochter auf Gnade oder Ungnade überlassen hatte. Gleich ins kalte Wasser springen, dachte er sich. Gott sei Dank war es nur für einen Vormittag. Am Nachmittag würde er in seinen neuen Räumlichkeiten in der Stadt bereits Einstellungsgespräche führen. Er hatte zwei Stellen zu besetzen: einen persönlichen Assistenten, der vom Büro aus arbeiten würde, und einen Produktionsassistenten, der ihn auf seinen Erkundungstouren und Drehterminen begleiten würde.

Er hatte Birna gebeten, eine Anzeige in die größte Tageszeitung zu setzen. Interessierte Bewerber sollten sich bei Fire and Ice Locations, Fríkirkjuvegur 5, 101 Reykjavík einfinden. Callum hielt nichts davon, sich von den Leuten ihren Lebenslauf zuschicken zu lassen. Er ging lieber nach der

Persönlichkeit als nach den Fähigkeiten. Seine bisherigen Erfahrungen als Arbeitgeber hatten ihn gelehrt, seine Mitarbeiter nach Bauchgefühl auszusuchen. Callum glaubte, dass das der Grund dafür war, dass Strawdonkey immer so eine vergnügte Truppe gehabt hatte. Neil Byrne etwa hätte er nie eingestellt, wenn er dem Zeugnis eines früheren Arbeitgebers Beachtung geschenkt hätte, das mit den Worten endete: *Neil lebt in der Wahnvorstellung, tatsächlich etwas zu können. Er setzt sich niedrige persönliche Ziele, und selbst die verfehlt er regelmäßig. Es ist kaum zu glauben, dass er sich gegen eine Million andere Spermien durchgesetzt hat.*

Als Callum die Küche betrat, war Sigriður gerade am Zeitunglesen.

»Guten Morgen«, grüßte er.

»Góðan dag.« Sigriður blickte nicht auf. »Du kannst dir dein Frühstück selbst nehmen. Ich habe ein paar Pfannkuchen gemacht. *Skyr* und Preiselbeeren sind im Kühlschrank.«

»Wo ist Ásta? Ich hab ihr ein Geschenk mitgebracht.« Callum stellte das flauschige Monster von Loch Ness auf die Arbeitsplatte. »Gestern abend bin ich nicht dazu gekommen, es ihr zu geben.«

»Ásta guckt im Esszimmer fern. Sie ist heute morgen besser gelaunt. Ich bin sicher, die Plüschschlange wird ihr gefallen.«

Callum nahm den Kochtopf, der auf dem Herd vor sich hin köchelte, und goss sich vorsichtig ein wenig Tee in seinen Becher. Er stellte sich neben Sigriður, um einen Blick in ihre Zeitung zu werfen.

»Es ist unhöflich, bei anderen Leuten über die Schulter mitzulesen«, tadelte sie.

»Genau genommen lese ich ja auch gar nicht«, verteidigte sich Callum. »Ich versteh doch kein Wort davon. Was ist denn die größte Neuigkeit heute morgen?«

Sigriður blätterte zurück zur ersten Seite und las die Titelgeschichte vor, die direkt unter der Kopfzeile des *Morgunblaðið* stand.

»*BÜRGERMEISTER IM ROLLSTUHL* lautet die Schlagzeile«, erklärte sie. *»Bürgermeister Thórólfur Árnason hat den gestrigen Tag im Rollstuhl verbracht, um Sjálfsbjorg zu unterstützen, eine Vereinigung für Behinderte. Árnason bezeichnete die Erfahrung als interessant, er habe aber auch mit vielen Hindernissen zu kämpfen gehabt.«*

»Das scheint mir unnötig grausam«, meinte Callum. »Ich meine, warum muss man es dem armen Kerl denn noch extra schwer machen?« Callum tippte mit dem Finger auf ein buntes Bild von einer Spielzeugente. »Was ist das hier für eine Geschichte?«

»GUMMIENTEN GESUCHT«, übersetzte Sigriður. *»Der amerikanische Wissenschaftler Curtis Ebbesmeyer hat die Isländer gebeten, sofort Kontakt mit ihm aufzunehmen, wenn an ihren Stränden Gummienten auftauchen sollten. Vor elf Jahren ist ein Schiff im Pazifik gesunken, das 29.000 Badewannen-Gummitiere geladen hatte.«*

»Und das ist die nationale Top-Nachricht?« Callum konnte es kaum glauben. »In diesem Land passiert nicht allzu viel, oder? Ich kann die morgige Schlagzeile kaum erwarten: Katze von Baum in Hafnarfjörður gerettet.«

»Das ist ziemlich unwahrscheinlich.«

»Warum das?«

»Weil es in Hafnarfjörður keine Bäume gibt«, antwortete sie. »Es gibt keine Bäume in Island. Na ja, ein paar gibt es schon, aber nicht annähernd so viele wie früher einmal. Un-

sere Wikingervorfahren haben die meisten davon gefällt, um ihre Langboote daraus zu fertigen.«
»Aber wenn es hier keine Bäume gibt, wo fallen dann die kleinen isländischen Jungs runter?«
»Ich weiß nicht«, sagte Sigriður mit unbewegter Miene. »Jedenfalls nicht von Bäumen. Es gibt bei uns eine Redensart: Wenn du dich mal in einem isländischen Wald verirrst, musst du bloß aufstehen.« Sie faltete die Zeitung zusammen und legte sie auf die Arbeitsplatte.
Callum schlug sie wieder auf und überflog das Kauderwelsch. Es gelang ihm herauszufinden, dass der KR Reykjavík drei zu null gegen Akranes gewonnen hatte und dass um acht Uhr dreißig die Benny Hill Show im Fernsehen kam, aber sehr viel mehr verstand er nicht.
»Ich werd den Dreh mit eurer Sprache nie rauskriegen. Ich muss einen Isländischkurs machen, wenn ich mich dauerhaft hier niederlassen will. Birna sagt, ich muss hundertfünfzig Stunden absolvieren. Ich schätze, wenn ich doppelt so viele mache, kommt es immer noch aufs Gleiche heraus. Ich bin einfach zu alt zum Lernen.«
»Blödsinn. Man ist nie zu alt zum Lernen.« Sigriður reichte Callum einen Pfannkuchen mit Butter. »Die beste Zeit, eine Eiche zu pflanzen, ist vor zwanzig Jahren. Die zweitbeste ist jetzt. Ich würde dich unterrichten, wenn du Lust hast.«
»Darauf könnte ich tatsächlich zurückkommen.«
Auf etwas anderes wollte er auch noch einmal zurückkommen: ihre angebliche Fähigkeit, die Aura eines Menschen zu sehen. Ob Sigriður nun die übernatürliche Begabung besaß, ihm in die Seele zu blicken, oder auch nicht, er fand die Frau unglaublich anstrengend. Seit dem Moment, wo er Birnas Mutter vorgestellt worden war, hatte sie ihm das Ge-

fühl gegeben, nackt zu sein, entblößt, als könnte sie direkt in ihn hineinsehen. Zu Anfang hatte er das darauf geschoben, dass jede Mutter den Partner ihrer Tochter so gründlich mustern würde, um festzustellen, ob er wirklich in Frage kommt. Aber da war er sich mittlerweile nicht mehr so sicher. Sie hatte ihn zu freimütig und auch zu treffend gedeutet. Wenn er ehrlich sein sollte, fand Callum diese ganze Sache mit der Aura ein bisschen abgefahren. Er verstand sie nicht, und er war sich auch nicht sicher, ob er sie überhaupt verstehen wollte. Er entschied, Sigriður lieber keine Fragen dazu zu stellen. Er würde ihr nicht gestatten, wie durch ein Fenster in seinen Kopf zu blicken. Wenn er das tat, würde sie jede Menge grässliches Zeug zu sehen bekommen.

»Ich will ja nicht unhöflich sein, aber ich muss dich leider hier rausschmeißen. Bald kommt mein erster Patient«, verkündete Sigriður.

»Bist du Ärztin?«, fragte Callum.

»So in der Art. Manchmal sieht es hier aus wie in einer Ambulanz.« Einen Moment sah Sigriður etwas verwirrt drein, als würde sie ihre Küche selbst nicht wiedererkennen. »Sie kommen zu mir, weil sie Kräutermedizin wollen. Aber ich mache keine Untersuchungen wie ein richtiger Arzt. Ich frage nur nach ihren Symptomen, und dann mache ich ihnen die passende Kräutermischung. Birna bringt mir von ihren Reisen viele Pflanzen mit. Ich hoffe, dass sie mir morgen ein bisschen Thymian mitbringt. Das schärft das Denken und stärkt die Sehnen.«

»Nächstes Mal, wenn ich bei *Wer wird Millionär* bin, werd ich dran denken.«

»Ich schätze, das soll ein Witz sein«, sagte Sigriður. »Aber du nimmst auch gerade Thymian zu dir. Der Tee, den du da trinkst, ist ein isländischer Bergtee. Ich habe ihn heute mor-

gen aus Thymian, Gemeiner Schafgarbe und Alpenfrauenmantel gemacht.«
»Und was bewirkt dieser Tee bei mir?«
»Er führt die Menstruation herbei.«
Callums Becher knallte auf die Tischplatte.
»Ich habe ihn für meine erste Patientin aufgebrüht«, lachte Sigriður. »Ihr Zyklus ist unregelmäßig.«
»Bist du sicher, dass sie nicht schwanger ist?« Callum leerte seinen Becher in die Spüle und wusch ihn aus.
»Sie ist nicht schwanger«, meinte Sigriður. »Dieses Mädchen ist erst vierzehn.«
»In Glasgow ist das das Durchschnittsalter einer Mutter von drei Kindern.«
»Dann bin ich nur froh, dass meine Enkelin nicht in Glasgow aufwächst.«
»Och, Glasgow is gaanich so übel«, versicherte Callum mit gespieltem Akzent. »Du solltest mal mit Birna auf einem ihrer Shoppingtrips rüberfliegen. Die Kelvingrove Gardens würden dir gefallen. Du könntest ein paar Rosen stehlen. Ich glaube die sind gut gegen Ehezwist.«
»Ich hatte noch nie das Verlangen, Island zu verlassen.« Sigriður wischte mit einem feuchten Tuch die Arbeitsplatten ab und hinterließ dabei große, glänzende Kreise.
»Du bist also nie von Island weg gewesen?«
»Noch nie. Ich habe kein Bedürfnis, woanders hinzureisen.«
»Du lieber Gott. Wenn jeder so denken würde, wäre mein letztes Geschäft schön gefloppt. Bist du nicht ein ganz klein wenig neugierig, mal andere Orte zu sehen oder andere Kulturen zu erleben? Geht es im Leben denn nicht eigentlich darum?«
Sigriður bedachte Callum mit einem vernichtenden Blick.

»Ich bin mit meinem Leben so zufrieden, wie es ist. Ich sorge dafür, dass ich immer beschäftigt bin. Ich stehe morgens auf, und bevor ich mich versehe, ist der Tag schon wieder um. Ich habe kein Bedürfnis, die Welt zu sehen, weil ich genau hier glücklich bin.« Sie presste den Lappen fest in ihrer Faust zusammen und drückte ihn an die Brust. »Wenn du in deinem Herzen glücklich bist, bist du überall glücklich. Du würdest gut daran tun, dir das zu merken.«

Die Hintertür ging auf. Ein Mädchen im Teenageralter schlenderte herein und zog ihren Mantel aus. Sie hatte nicht angeklopft, aber das schien Sigriður nicht zu stören.

»Ah, Ingibjörg. Hvað segirðu gott?«

»Allt fínt, en Þú?«

»Ó, allt í lagi«, antwortete Sigriður. Sie wandte sich an Callum. »Ásta ist im Esszimmer. Vielleicht solltest du ihr Gesellschaft leisten.«

Ásta lag bäuchlings auf einem Teppich, der Ähnlichkeit mit einem platt gewalzten Schaf hatte. Den Kopf hatte sie auf die Hände gestützt. Sie sah fern und schien nicht zu bemerken, dass Callum das Zimmer betrat und ein Loch-Ness-Monster neben sie stellte.

Er ließ sich in den Lehnsessel fallen. Er sagte kein Wort. Wenn er ehrlich sein sollte, wusste er nicht, was er sagen sollte.

Vielleicht musste er gar nicht mit dem Mädchen reden. Sich bloß fünf Minuten lang im gleichen Luftraum wie sie aufzuhalten, Mann, das konnte man schon einen Durchbruch nennen. Er würde ganz still sitzen bleiben und sich ansehen, was auch immer sie sich gerade ansah. Das wäre ihre erste gemeinsame Unternehmung, das erste Erlebnis, das sie miteinander teilten. Es war ein Anfang. Und bald schon würde er sie zum Ballettunterricht fahren, sie mit ihrem ersten BH aufziehen und ihren Verehrern eine Todesangst einjagen. All das, was normale Väter eben so taten.

Ásta sah sich kein Kinderprogramm an. Sie sah sich nicht mal ein isländisches Programm an. Vielmehr war sie ganz gefesselt von einem englischen Dokumentarfilm aus den frühen Achtzigern, wie Callum aufgrund des grobkörnigen Bildes schätzte. Der Film zeigte Tordalken und tauchende Eissturmvögel und machte dann einen Schnitt zu einer kleinen Insel mit Scharen von Papageitauchern, wo der dickflüssige Guano an den Klippen herunterlief wie die Vanillesauce über den Strudel.

»Die windgepeitschten Westmänner-Inseln«, verkündete der Sprecher, »liegen direkt vor Islands Südküste. Dreizehn grüne Smaragde mitten im tiefblauen Atlantik, deren steile Felsklippen von unzähligen Seevögeln bevölkert werden – leichte Beute für ... DIE PAPAGEITAUCHER-FÄNGER.« Die letzten drei Worte erschienen als Titel auf dem Bildschirm. Zur Untermalung ertönte das dissonante Kreischen mehrerer Blechblasinstrumente.

»Zwei Monate im Jahr riskieren diese erfahrenen Papageitaucherfänger Leib und Leben, wenn sie unter abenteuerlichen Bedingungen die steilen Klippen im Nordatlantik besteigen«, fuhr der Sprecher fort. »Moderne Technik kommt diesen Männern als Letztes in den Sinn. Nichts hat sich geändert, seit ihre Großväter mit Stangen in der Hand auf den gleichen Felsen standen und damit nach diesem äußerst seltsamen Vogel, dem orangefüßigen Papagei des Meeres, angelten.«

Callum blickte vom Bildschirm auf, um noch einmal die Wohnzimmerwand zu betrachten, an der eine lange Stange mit einem Netz am einen Ende befestigt war. Er musterte noch einmal das Klavier und den darauf thronenden Albino-Papageitaucher, der aussah, als wollte er sich im nächsten Moment in die schwarz-weiße Brandung der Tastatur zu seinen Füßen stürzen. Callum nahm an, dass Ásta wusste, woher dieser Vogel und das lange Netz stammten. Er überlegte, ob er sie danach fragen sollte, aber sie war ganz gefesselt von ihrer Fernsehsendung, wo der Himmel von fliegenden Papageitaucherschwärmen verdunkelt wurde, deren Flügel so komisch auf und ab schlugen, als wären sie in Wirklichkeit aufziehbare Blechvögel.

Auf dem Bildschirm erschien nun ein junger Mann mit dunklem Haar. Er war von Kopf bis Fuß in grüne Regenkleidung gehüllt und harmonierte wunderbar mit der grasbewachsenen Klippe, auf der er saß. Um ihn herum war ein Dutzend tote Papageitaucher auf Stangen gespießt, die als Lockvögel dienten.

Zwischen seinen Beinen hatte er eine lange Holzstange, deren Netz flach auf dem Boden lag. Jedesmal, wenn ein dunkler Schatten über seinem Kopf hinwegglitt, schwang der junge Mann seinen Stock in die Luft. Beim dritten Versuch ging ihm ein Papageitaucher ins Netz. Je mehr der Vogel zappelte, umso mehr verstrickte er sich im Netz. Der junge Mann löste den Vogel vorsichtig aus den Nylonfäden, in denen er sich verstrickt hatte. Dann brach er ihm das Genick. Es machte »pfff« – der letzte Atemzug eines Papageitauchers – und der Vogel erschlaffte.

Ásta zuckte mit keiner Wimper. Callum war überrascht. Er wunderte sich, wie ein Mädchen ihres Alters zusehen konnte, wie diese süßen Vögel geschlachtet wurden, und dabei seelenruhig ihre Fersen gegeneinanderschlagen ließ, als würde sie gerade Kylie Minogue in den *Top of the Pops* anschauen. Außerdem fiel ihm auf, dass sie das Geschenk, das er neben sie gestellt hatte, noch nicht angefasst hatte. Viel-

leicht hatte sie es nicht bemerkt. Wäre ja auch nicht das erste Mal, dass Nessie nicht gesichtet wurde.
Was beunruhigender war: Birnas Tochter hatte kein Wort gesagt, seit er ins Zimmer gekommen war. Sie hatte überhaupt keinen Laut von sich gegeben, abgesehen von dem gedämpften Kratzgeräusch ihrer dick gerippten Strumpfhose, wenn sie ihre Unterschenkel überkreuzte. Sie ignorierte ihn nicht nur, sie zog ganz bewusst eine Schau ab, da war sich Callum ganz sicher.
»Der Vogelfänger tötet keine Tiere, die Fische im Schnabel halten«, erklärte der Sprecher. »Denn das sind ausgewachsene Tiere, die zu ihren Nestern zurückkehren, um die Jungen zu füttern. Er tötet nur die Vögel, die nicht das Glück haben, gerade Nachkommenschaft zu haben. Nach dem Fang werden die toten Papageitaucher vierundzwanzig Stunden in Lammdung geräuchert.«
Der junge Mann mit dem dunklen Haar leerte die toten Papageitaucher aus seinen schweren Jutesäcken aus. Er band ein Dutzend Vögel zusammen wie zu einer Bananenstaude und hängte sie auf ein Räuchergestell. Während er diese Prozedur wiederholte, sprach er in die Kamera. Er redete isländisch, die Untertitel waren jedoch englisch. »Am besten lässt man die Vögel über Nacht liegen, bevor man sie auseinander bricht, denn frische Vögel sind noch warm und ihre Knochen sind zu hart.« Er nahm einen Vogel in die Hand und demonstrierte Callum und Ásta genau, was er mit »auseinander brechen« meinte. »Als Erstes reißt man einen Flügel ab«, erläuterte er. »Als Nächstes legt man einen Finger in die entstandene Höhlung und reißt auch den anderen Flügel ab. Dann zieht man den Magen zurück und nimmt das Brustfleisch heraus.« Mit einem scharfen Ruck riss der junge Mann das weinrote Fleisch aus dem gewölb-

ten Brustkorb des Papageitauchers. Als der Muskel vom Knochen gerissen wurde, gab es ein faseriges Geräusch, wie von zerreißendem Jeansstoff.
Ásta kicherte.
Callum dachte daran zurück, wie er in ihrem Alter einmal zugeschaut hatte, als seine Mutter einen Hasen häutete, den sein Vater in Aberfoyle geschossen hatte. Er erinnerte sich, wie ihn dieser haarlose Hase noch Monate später in Alpträumen gequält hatte. Überallhin verfolgte ihn dieses Bild, wie ein lebendig abgegangener Embryo. Aber Ásta? Sie schien so was amüsant zu finden.
Kann so was normal sein?, überlegte er. Wie kann eine Elfjährige solches Vergnügen an diesen Eingeweiden haben?
Auf die Antwort musste er nicht lange warten. Der Sprecher der Fernsehsendung gab sie selbst. »Arnar Jónasson kann täglich tausend Vögel fangen«, sagte er. »Das bringt ihm ein gutes Stück Geld ein. Aber wofür gibt Arnar es aus? Auf einer Insel wie Heimæy hat man für schnelle Autos und tolle Klamotten wenig Verwendung.«
»Ich spare auf einen Ring für meine Freundin«, sagte der junge Mann, dessen Haar so schwarz wie Ástas war. Er schaute direkt in die Kamera. Er warf ihr eine Kusshand zu.
Das Band hielt an, und der Kuss blieb irgendwo unterwegs hängen.
Ásta drehte sich mit der Fernbedienung in der Hand zu Callum um. »Das ist mein Vater«, sagte sie. »Er ist ein großer Held. Er starb, als er ein kleines Mädchen wie mich von einem brennenden Vulkan rettete.« Ásta legte die Fernbedienung auf den Teppich und stand auf. Sie glättete ihr Kleid und strich sich den Pony zu einem flachen schwarzen Streifen zurecht. Dann kickte sie das Loch-Ness-Monster unters Sofa und verschwand aus dem Zimmer.

5

Callums Taxi setzte ihn am Hafen ab. Es war ein strahlender Nachmittag, aber trotzdem kalt. Der Wind legte sich ihm um den Hals, als er an einer Flotte aus vier identischen Walfangschiffen vorbeiging, von denen jedes den Namen *Hvalur* trug. Ihre spitzen schwarzen Buge thronten stolz auf dem Wasser, Kopf-an-Kopf, in einer perfekten Reihe, wie die Zinken einer Haarschere. Aber es war lange her, dass diese Boote mit einsatzbereiten Harpunen den Nordatlantik gekreuzt hatten. Die Flotte war dauerhaft im Hafen festgemacht, seit ein Walfangverbot verhängt worden war. Trotzdem spritzte eine Gruppe Männer in orangefarbenem Ölzeug die glänzenden Schiffe mit Wasserschläuchen ab.
Birna hatte Callum erzählt, dass diese Schiffe in Schuss gehalten wurden, weil Island – angeblich »zu wissenschaftlichen Zwecken« – wieder mit dem Walfang anfangen wollte. Sie war strikt dagegen. Callum ebenso. Er hatte ihr zugestimmt, dass es keinen wissenschaftlichen Zweck gab, der das Töten rechtfertige, und dass Wale einzig und allein für den Verzehr geschossen werden sollten. Für diesen Ausspruch hatte Birna ihn in die Seite geboxt. Und sie hatte nicht mehr mit ihm gesprochen, als er gesagt hatte, dass er es für akzeptabel hielt, einen Delfin zu essen, solange er »thunfischfreundlich« gefangen worden war.
Vergnügt hing Callum dieser Erinnerung nach, während er die Geirsgata überquerte und das alte Zollgebäude von Reykjavík betrat. Ihm war eingefallen, dass der wöchentliche Kolaportið-Flohmarkt in vollem Gange sein musste, und er hoffte, dort ein paar Kleinigkeiten für sein unmöbliertes Büro aufzutreiben.

Der Markt, der im Gebäude abgehalten wurde, brachte das Kunststück fertig, gleichzeitig eintönig und fröhlich zu sein. Kaugummiautomaten aus längst vergangenen Tagen warfen verspielte Muster auf den glänzenden Zementboden. Slipper, Pumps und Sandalen waren auf bedrohlich wackligen Regalen aus Schuhkartons ausgestellt, die eine Art Road-Runner-Landschaft bildeten, die Callum nun durchquerte. In jeder dunklen Ecke standen schwarze Müllsäcke, die sich krümmten und Eingeweide aus alten Kleidern erbrachen. Der ganze Markt bot ein Sammelsurium von Hüten, Lampen, Feuerzeugen, feuergefährlicher Unterwäsche und Plastikblumen, Marilyn-Manson-T-Shirts und Darstellungen von Jesus Christus. Hätte Callum eine Kenwood-Küchenmaschine von 1960, ein Sideboard oder ein schnurloses Telefon kaufen wollen, wäre er hier richtig gewesen.
Er blieb stehen, um ein paar eselsohrige Vinylplatten durchzusehen, die aus einer gesplitterten Obstkiste quollen. An einem anderen Stand sah er sich die Klappentexte von Ruth Rendells *Dauða Dúkkan* und Alistair MacLeans *Forsetavélinni Rænt* an, obwohl er aus den isländischen Rezensionen sowieso nicht schlau wurde. Er nahm wahllos ein paar leere Videohüllen in die Hand und überlegte, ob Ásta wohl eine große Videosammlung hatte oder ob sie nur immer wieder den Dokumentarfilm ansah, in dem ihr Vater die Hauptrolle spielte. Nach kurzem Überlegen kaufte er ihr zwei Kassetten: Eddie Murphy in *Klikkaði Prófessorinn* und Gwyneth Paltrow in *Ástfanginn Shakespeare*.
Langsam bekam er Hunger. Als er das Haus verlassen hatte, hatten ihm Sigriðurs Roggenpfannkuchen immer noch schwer im Magen gelegen wie zwei triefnasse Socken, die man in der Waschmaschine vergessen hat. Aber jetzt sehnte er sich nach einem richtigen Essen.

Er ging zu den Essensständen hinüber. Leider schien sich die Auswahl auf Zuckerwatte, rohes Gemüse und *pylsur*, den allgegenwärtigen isländischen Hotdog, zu beschränken. Callum war sicher, selbst wenn man mitten in die unbewohnte Wildnis Islands fuhr, war man nie mehr als fünf Meter von einem dieser grauenhaften Hotdogs entfernt. Es war nicht ungewöhnlich, dass diese *pylsur* in Tankstellen, Schwimmbädern, und, soweit er wusste, sogar in öffentlichen Toilettenanlagen verkauft wurden. Er scheute vor einem Verkaufsstand mit den roten Würsten zurück, der direkt vor ihm stand. Die *pylsur* erinnerten ihn an das Phallologische Museum, das er in Reykjavík schon besucht hatte.

Die Fischstände waren ähnlich widerlich. Callum konnte nur mühsam den Brechreiz niederkämpfen, wenn er beobachtete, wie die Einheimischen mit Cocktailspießchen ölige Würfel vergammelndes Haifleisch aus ihren wiederverschließbaren Styroporbehältern pickten und verschlangen. Birna hatte ihm erzählt, dass die Isländer einen Hai für mehrere Monate im Boden vergruben, damit er verwesen konnte. Sie erwähnte, dass manche sogar noch darauf urinierten, um den Zersetzungsprozess zu beschleunigen. Genausogut konnte man den Hai aber auch im Freien verrotten lassen, da kein Tier, das auch nur das geringste bisschen Selbstachtung besaß, in seine Nähe gegangen wäre.

Callum fand eine Maschine, die eine Instantsuppe in einem dünnen Papierbecher ausgab, an dem er sich prompt die Finger verbrannte. Vorsichtig nahm er einen Schluck, konnte aber nicht herausfinden, ob es sich bei der Geschmacksrichtung um Pilz, Huhn oder Narwal handelte.

Er war gerade dabei, die Lust am Flohmarkt zu verlieren, als ihm etwas anderes ins Auge fiel. Ein altes Werbeschild aus

Blech für »Tunnock's Snowballs«, mit der vollständigen Beschriftung »Hergestellt in Uddingston, Glasgow«. Es zeigte einen rotwangigen Bengel, der sich eine der klebrig-süßen Schokoladen-Marshmallow-Bomben schmecken ließ. Das gesunde Aussehen wurde durch Rostflecken verdorben, die die Emaille befallen hatten und dem Kind einen fleckigen Teint verliehen. Für Callums Augen sah das Ganze aus wie Verbrennungen von Zigarettenkippen, als wäre der Junge ein misshandeltes Kind aus den Vororten. Von denen hatte er in Glasgow mehr als eines gesehen. Obwohl Callum entschieden hatte, dass er Schottland hinter sich gelassen hatte, weckte es Erinnerungen, die ihn dazu veranlassten, sich von fünfhundert krónur zu trennen. Er klemmte sich das große Metallschild unter den Arm, ohne zu bedenken, dass es auf seinem Weg durch die windigen Straßen wie ein Segel wirken und ihn nach Kräften behindern würde.

Das neue Büro von Fire and Ice Locations lag im obersten Geschoss eines hässlichen Betonblocks, der neben einer Kirche am Fríkirkjuvegur stand. Callum hatte dieses Büro ausgesucht, weil es so nah am Stadtzentrum lag, obwohl Reykajvík ohnehin so klein war, dass so ziemlich alles nicht weiter vom Stadtzentrum entfernt war als die Atemfontäne eines Wals. Was letztendlich den Ausschlag gegeben hatte, war der Ausblick vom Büro über den Tjörn, den ovalen Stadtsee, an dessen Ufer die bunten Holzhäuser wie auf einer Malerpalette arrangiert waren.

Als Callum am See ankam, war er fast völlig verdunkelt von einer ganzen Vogelkolonie aus Schwänen, Enten, Gänsen und Möwen. Seiner Einschätzung nach musste der Tjörn so etwas wie der Schiphol-Flughafen der Vogelwelt sein, ein internationaler Knotenpunkt, an dem die Vögel auf ihren Wanderungen Zwischenlandungen einlegten und die Anschlussflüge in ferne Gefilde abwarteten. Er blieb ein Weilchen auf dem Gehweg stehen und sah zu, wie eine Gruppe von Müttern und Kindern die Vögel fütterte. Jetzt, wo er sich wieder ein bisschen mit Reykjavík vertraut gemacht hatte, fühlte er sich etwas ruhiger.

Callum überquerte die Straße und nahm den Zwei-Personen-Aufzug zum obersten Geschoss in seinem Bürogebäude. Er war ein bisschen spät dran und erwartete schon, dass die Metalltüren aufgleiten und den Blick auf eine lange Schlange ungeduldiger, hoffnungsvoller Bewerber freigeben würden. Er war ein wenig beunruhigt, als er aus dem Lift kam und von einem einzigen blonden Mädchen begrüßt wurde, das barfuß im Schneidersitz auf dem Boden saß. Sie sprang sofort auf und balancierte dann erst auf dem einen, dann auf dem anderen Bein, als sie ihre Füße mit den lackierten Nägeln in ein Paar knallige Flip-Flops steckte.

»Afsakið«, sagte sie. Sie war rot geworden. Dann streckte sie ihm die Hand ihn. *»Ég heiti Anna Björk.«*

»Tut mir leid«, erwiderte Callum. »Ich spreche kein Isländisch.«

Die Miene des jungen Mädchens hellte sich auf. »Dafür brauchst du dich nicht zu entschuldigen. Isländisch ist was für Bauern und Fischer. Ich mag Englisch lieber. Hugh Grant ist so sexy.« Sie streckte ihm noch einmal die Hand hin. »Anna Björk Kristjánsdóttir. Ich wollte mich für den Job als persönliche Assistentin bewerben.«

»Callum Pope. Komm doch rein.«

Callum führte sie in einen großen, hellen Raum, von dem zwei Seiten fast nur aus Fenstern bestanden. Das Zimmer war frisch gebohnert, und der Geruch hing dick und betäubend in der Luft. Er kämpfte mit einem der Fenster, das sich nur mit großer Mühe öffnen ließ, denn es war gerade erst gestrichen worden, und zwar so schlampig, dass die Farbe in allen Ritzen getrocknet war. Es gab einen klebrigen Knackslaut, als die Farbe zu guter Letzt nachgab und das Fenster aufging. Eine längliche Borke aus elastischem Lackanstrich blieb dabei am Rahmen zurück. Sie schaukelte in der leichten Brise. Frische Luft strömte in den Raum und pustete in die winzigen Pyramiden aus Putz, die unter jeder der neuen Telefonbuchsen und Kabelanschlüsse zurückgeblieben waren. Callum machte sich eine geistige Notiz, dass er einen Staubsauger auf seiner ständig wachsenden Bürobedarfsliste hinzufügen musste.

Die einzige Möblierung in diesem Raum waren vier aufeinander gestapelte Plastikstühle und eine Kiste mit den Einzelteilen einer Stehlampe, die erst noch zusammengebaut werden musste.

»Ich muss mich für diesen Minimalismus entschuldigen. Die Möbel kommen nicht vor Montag. Aber zumindest können wir ein bisschen Reise nach Jerusalem spielen.« Callum nahm zwei der Stühle herunter und stellte sie mitten ins Zimmer, so dass sie sich genau gegenüberstanden.

Anna Björk hatte gar nicht zugehört. Sie hatte eine der beiden Türen geöffnet, die vom Hauptzimmer abgingen, und was auch immer sie dort sehen mochte, der Anblick ließ sie eine Grimasse ziehen.

»Das ist die Küche«, sagte Callum. »Wenn du das Bad suchst, musst du die andere Tür nehmen.«

»Ich muss aber gar nicht ins Bad.« Sie setzte sich auf einen der Stühle und fuhr sich mit der Hand über ihre gebräunten Waden. »Obwohl ich mir vielleicht mal die Beine rasieren müsste«, fügte sie hinzu.

»Ich finde, deine Beine sehen bestens aus. Wo hast du denn so eine Farbe bekommen?«

»In Reykjavík.«
»Natürlich. Ich vergesse immer, dass es in Island ja auch sonnig sein kann.«
»Du hast mich falsch verstanden. Ich hab die Farbe in einem Laden gekauft. Das ist so eine Creme, mit der man sich einreibt.«
»Aha.«
Anna Björk lächelte. Sie rückte die Sonnenbrille auf dem Kopf zurecht und stellte ihren Matchbeutel zwischen die Beine. Die Tasche öffnete sich einen Spaltbreit, so dass man ein zusammengerolltes Handtuch erkennen konnte, das mit einer Schwimmbrille zusammengebunden war.
»Also.« Callum wusste nicht recht, wo er anfangen sollte. Er kannte Anna Björks Namen, aber sonst nichts. Er hatte beschlossen, dass er bei der Einstellung nur nach Persönlichkeit gehen wollte, aber sein Widerwillen, Lebensläufe zu lesen, erschwerte es nun, ein Gespräch über ihre Qualifikationen zu eröffnen.
»Also«, wiederholte er. »Gehst du gerne schwimmen?«
»Nein. Ich habe nie schwimmen gelernt.«
»Aber …?« Callum deutete mit dem Kopf auf ihre Tasche.
»Ach so, der Badeanzug. Verstehe. Das verwirrt dich. Es ist so: Ihr Engländer trefft euch in euren Pubs, die Franzosen mischen sich in Cafés unters Volk, und wir Isländer gehen ins Schwimmbad. Wir gehen nicht immer schwimmen, sondern plaudern dort einfach mit unseren Freunden.«
»Und zum Plaudern braucht man eine Schwimmbrille?« Callum ignorierte die Tatsache, dass sie ihn beschuldigt hatte, ein Engländer zu sein.
»Ich brauche die Brille, um Männerärsche abzuchecken.« Anna Björk erlaubte sich ein mildes Lächeln, bevor sie fortfuhr: »Und Frauenärsche. Manchmal.«

Ehrlich war sie, soviel hatte Callum schon mal herausgefunden. Er kippelte ein bisschen auf den hinteren Stuhlbeinen. Irgendwie hatte er das Gefühl, dass er dieses Mädchen mögen würde.

»Erzähl mir ein bisschen von dir, Anna.«

»Anna Björk«, verbesserte sie. »Ich komme ursprünglich aus Ólafsvík, das ist der langweiligste Ort auf Erden.« Sie kreuzte ihre Hände auf dem Knie und seufzte. »Langweilig, langweilig, langweilig. Als Heranwachsende träumte ich davon, eines Tages aus Ólafsvík zu entkommen, indem ich Miss Island würde und durch die Welt zöge. Aber als mein großer Moment kam, und ich in die Ausscheidungen für die Miss-West-Island-Wahlen kam, wurde ich nur Dritte. Als Preis bekam ich eine Tasche mit Kosmetika und ein Leben in der Fischfabrik. Aber vor ein paar Jahren bin ich nach Reykjavík gekommen, um meinen achtzehnten Geburtstag zu feiern, und bin nicht wieder heimgefahren. Seitdem habe ich viele Jobs gehabt, manchmal drei gleichzeitig. Ich bin gut im Multitasking.«

»Und was hat dich dazu bewogen, dich für diese Stelle zu bewerben?«

»Ich brauche das Geld. Mein letzter Job im Óðal ist mir gekündigt worden.«

»Óðal?«

»Der Striptease-Club.«

Callum war fasziniert. »Ich hoffe, es macht dir nichts aus, wenn ich frage, aber wie stellt man es an, dass einem im Striptease-Club gekündigt wird?«

»Ich hab einen der Kunden gefickt.«

»Ach.«

»Es ist nicht so schlimm, wie es sich anhört. Weißt du, beim Strippen geht es ja nur drum, den Typen anzuheizen, ihn auf dich anzuspitzen, so dass er immer noch einen Tanz kauft. Männer sind doof genug für so was. Aber da war eben dieser eine Typ und, na ja, ich hab ihn halt nicht nur angeheizt. Er war Italo-Amerikaner und hatte wunderschöne dunkle Augenbrauen. Er bot mir zweitausend Dollar für einen Fick. Ich habe das Geld abgelehnt, hab ihn aber trotzdem mit nach Hause genommen. Ich bin keine Nutte. Er gefiel mir einfach. Er konnte gut reden, und er war so anders als die isländischen Männer. Isländer fick ich gar nicht mehr, die können einfach nicht reden. Sie stammen direkt von den Wikingern ab, und die konnten nur zwei Sätze: ›Nimm dies‹ zu den Männern und ›nimm das‹ zu den Frauen.«

Callum lachte. Birna hatte so ziemlich dasselbe behauptet, nachdem sie das erste Mal miteinander geschlafen hatten. Sie hatte ihn als aufmerksam bezeichnet, und obwohl er gehofft hatte, dass seine Fähigkeiten im Bett ein etwas dynamischeres Adjektiv verdient hätten – feurig? unwiderstehlich? schamlos? –, hatte Birna ihm versichert, dass »aufmerksam« das Großartigste war, was er überhaupt sein konnte.

»Das verstehe ich nicht«, sagte er. »Wenn du außerhalb des Clubs mit diesem Typen Spaß hattest, wie konnten sie dich dann feuern?«

Anna Björk lehnte sich vor, um zumindest ein klein wenig Intimität in der luftigen Leere des Zimmers zu erzeugen. »Mein italienischer Hengst arbeitete undercover für die isländische Kommission. Die hatten ihre Leute in alle Striptease-Clubs geschickt, um zu versuchen, die Mädchen in die Prostitution zu locken, indem sie ihnen große Geldsummen anboten. Wenn die Kommission beweisen kann, dass die Striptease-Clubs sexuelle Dienste anbieten, können sie sie schließen. Pah!« Sie klatschte sich auf die Oberschenkel. »Die sollten mal ins genetische Forschungszentrum bei deCODE gehen und diesen gebildeten Mädchen solche Summen anbieten. Dann würden wir ja sehen, wie viele da ja sagen. Das Ganze ist eine Falle, und zwar eine richtig üble.« Anna Björk schüttelte den Kopf und zog ihre Jeansjacke aus. »Ich bin rausgeworfen worden, weil ich mit einem Typen geschlafen habe, der mir Geld bot, obwohl mich seine Kohle gar nicht interessierte. Die Mädchen in den Clubs machen überhaupt nichts Unmoralisches, aber das will die Kommission nicht sehen. Glaub mir eins, Strippen ist um einiges weniger erniedrigend als die Arbeit in einer Fischfabrik.«

Callum konnte sich vorstellen, dass Anna Björk beim Strippen gutes Geld verdient hatte, und das nicht nur, weil sie »gut gebaut« war, wie sein Vater dazu sagte. Jedes der Kleidungsstücke an ihrem straffen Körper trug ein anderes Designerlabel, und zusammen bildeten sie ein harmonisches Ganzes. Dieser Look war definitiv nicht billig.

»Wie schlimm war es denn in der Fischfabrik?«

»Es war richtig schlimm. Ich musste so einen furchtbaren Plastikmantel, Gummihandschuhe und eine Duschhaube tragen.« Bei der bloßen Erinnerung wurde Anna Björk wütend. »Ich musste den ganzen Tag an einem Fließband stehen und auf diesen schrecklichen, beleuchteten Schneidetischen die Eingeweide aus … uah … großen, glitschigen Brocken silbrigem Fisch rausnehmen. Wenn ich die Augen zumache, kann ich noch ihre widerlichen Umrisse vor mir sehen.«

So, wie sie davon erzählte, kopfschüttelnd und mit aufgerissenen Augen, zweifelte Callum nicht an ihren Worten.

»Eines kann ich dir sagen«, fuhr sie fort, »ein Mensch sollte nicht in einer Fischfabrik arbeiten. Stundenlang immer wieder dieselbe Bewegung … schneiden, Eingeweide raus, schneiden, Eingeweide raus, schneiden, Eingeweide raus … wie ein Roboter. Dein Gehirn tropft irgendwann mit auf den Boden und wird dann zusammen mit den Eingeweiden weggespült. Als ich anfing, ließen sie mich Krabben pulen. Ich habe drei Tage lang geheult.«

Ein wiederholter, immer lauter werdender Piepton drängte sich zwischen sie. Anna Björk nahm ihre Tasche auf den Schoß und fischte eine Haarbürste heraus. Sie betrachtete sie mit unverhohlener Gereiztheit und schmiss sie zurück in die Tasche. Beim zweiten Versuch zog sie ihr Handy heraus. Sie starrte aufs Display und drückte einen Knopf. »Scheiße!«

»Stimmt was nicht?«

»Ich hab vergessen, meine Pille zu nehmen. Ich bekomme jeden Tag zur selben Zeit eine SMS zur Erinnerung.« Erneut wühlte sie in den Tiefen ihrer Tasche. »Tut mir leid. Sieht so aus, als hätte ich die Schachtel zu Hause vergessen. Das macht gerade keinen besonders guten Eindruck, oder? Ich bin sonst wirklich gut organisiert.« Sie zog einen Schmollmund und stellte die Tasche auf den Boden. »Ich werde wohl nach Hause fahren müssen. Scheiße. Diesen Job hätte ich wirklich gebraucht.«

»Jetzt entspann dich mal«, sagte Callum. »Es gibt zwei Gründe, warum ich dich anstellen werde. Erstens bist du ehrlich. Und zweitens, sonst ist keiner zum Vorstellungsgespräch erschienen. Also bist du sowieso meine einzige Option.«

»Du wirst es nicht bereuen.« Anna Björk sammelte ihre Sachen zusammen.

»Du kannst am Montag anfangen. Wenn du willst, kann ich dir eine Erinnerung schicken.«

»Nicht nötig«, strahlte sie, während sie rückwärts zur Tür

ging. »Wir sehen uns dann Montag.« Sie warf ihm eine Kusshand zu und verschwand.
Callum blieb im leeren Zimmer zurück, alleine mit seinen Gedanken. Es war vielleicht das erste Mal seit seiner Ankunft in Island, dass er wirklich alleine war. Es gab nichts, was ihn von dem fürchterlichen Schuldgefühl ablenken konnte, dass er seine Zeit jetzt auch mit Ásta verbringen könnte. Aber statt nach Hause zurückzufahren, um sie zum Schuhekaufen abzuholen und so den ersten Versuch zu starten, mit Birnas Tochter warm zu werden, überzeugte er sich, dass es im Moment wichtiger war, seinen Laptop anzuschließen und nachzusehen, wie viele Tore Partick Thistle geschossen hatte. Es war schließlich Samstagnachmittag. Wenn er den Zeitunterschied richtig berechnet hatte, dann war das Spiel schon abgepfiffen.
Er loggte sich auf der Website des *Glasgow Herald* ein, aber statt direkt zu den Live-Sportseiten zu gehen, ertappte er sich dabei, wie er sich durch ihr Nachrichtenarchiv scrollte. Das war bei ihm zur schlechten Angewohnheit geworden. Er wusste genau, was er suchte – eine Geschichte vom 12. Oktober 1996 –, und er brauchte nicht lange, bis er sie gefunden hatte. Er las sie wieder, obwohl er wusste, dass er das besser nicht tun sollte.

Schottische Geschäftsfrau
in Prag ermordet?

Die schottische Polizei untersucht derzeit den Tod von Sarah Glass, der schottischen »Geschäftsfrau des Jahres«, deren Leiche am Sonntag in den frühen Morgenstunden in Prag gefunden wurde. Bis jetzt ist noch nicht klar, wie sie ums Leben gekommen ist, aber ein Sprecher der schottischen Polizei gab an, dass man Mord nicht ausschließt.

Detective Inspector John Wedderburn bezeichnete die Umstände, unter denen die Verstorbene gefunden wurde, als »äußerst ungewöhnlich«, wollte sich aber nicht näher dazu äußern. »Wir müssen abwarten, bis wir von der tschechischen Polizei die Ergebnisse der rechtsmedizinischen Untersuchung bekommen, erst dann können wir mit unseren Ermittlungen fortfahren.« Er fügte hinzu, dass die Leiche von Sarah Glass am Mittwoch ins Vereinigte Königreich zurückgeflogen werde.
Man nimmt an, dass Sarah Glass sich in der tschechischen Hauptstadt aufhielt, um den Börsengang von Strawdonkey zu feiern, die Internet-Firma, die sie im Januar dieses Jahres gemeinsam mit Callum Pope, ebenfalls aus Glasgow, gegründet hatte. Glass und Pope sind zu den Lieblingen der britischen Wirtschaftspresse aufgestiegen, seitdem die Gewinne von Strawdonkey in schwindelnde Höhen geschnellt sind. Innerhalb von sechs Monaten nach seiner Gründung zählte der Online-Reiseführer über dreißig Millionen Besucher, und seine Gründer haben sich lukrative Werbeverträge mit neun der zehn größten Reiseunternehmen Großbritanniens gesichert, darunter Thomson, British Airways und Virgin.
Das erfolgreiche Jahr gipfelte mit der Ernennung von Sarah Glass zur »Geschäftsfrau des Jahres« auf einer Gala im September. Als sie verkündete, dass ihre Firma demnächst an die Börse gehen würde, waren die Anteile sechsfach überzeichnet. Börsenanalytiker befürchten, dass der Tod von Sarah Glass den Wert der Aktien jäh abstürzen lassen könnte, wenn die Börse morgen wieder öffnet.

»Hallo?«
Callum blickte vom Bildschirm auf.
»Hallo«, sagte der junge Mann, der in der Bürotür stand. Er war knapp zwei Meter groß und hatte Arme, so lang wie

anderer Leute Beine. Dazu einen Zweitagebart und hellblond gebleichte Kurt-Cobain-Locken, die aus einer eng am Kopf anliegenden Strickmütze hervorlugten. Er trug ein rot-weiß gestreiftes Fußballtrikot und hatte einen Motorradhelm unter den Arm geklemmt. »Ist das hier das Filmunternehmen?«, fragte er. »Bist du der Typ, der einen Produktionsassistenten sucht?«

»Ja … natürlich. Komm rein.« Callum klappte seinen Laptop zu. »Tut mir leid, ich war grade ganz woanders. Das ist eine der Gefahren, wenn man ein Unternehmen gründet … man muss sich den Kopf über jede Menge blöder Tabellenkalkulationen zerbrechen. Ich muss mich erst noch an eure Währung gewöhnen. Ich heiße übrigens Callum Pope.« Er streckte ihm die Hand hin.

»Friðrik Friðriksson. Aber die Leute nennen mich Frikki.«

»Freaky?«

»Eff-err-i-ka-ka-i«, buchstabierte der große Mann.

»Frikki, würde es dir wohl was ausmachen, wenn wir das Ganze bei einem Bierchen besprechen?«

Callum verspürte das dringende Bedürfnis, sich zu betrinken.

6

»Vor ein paar Jahren hat ein isländischer Millionär den Fußballclub Stoke City gekauft. Er hat unseren Nationaltrainer als Manager angestellt, und jetzt spielen viele Isländer für Stoke. Deswegen trage ich das Trikot.«

»Für so eine kleine Nation kommt ihr ganz schön rum. Ich

habe gelesen, dass ein Konsortium von Isländern gerade das berühmte Spielwarengeschäft Hamleys in London gekauft hat.«

»Stoke City und Hamleys, das sind Islands erste Schritte auf dem Weg zur Weltherrschaft.« Frikki hob sein Halbliterglas Viking-Bier und stieß mit Callum an. *»Skál!«*

Die zwei Männer hatten ein staubiges Sofa in der Kaffíbarinn mit Beschlag belegt und waren gerade bei ihrem dritten Bier. Das warme Sonnenlicht malte ein goldenes Fenster auf den Dielenboden zu ihren Füßen. Die Wände der Bar waren ebenfalls mit Holz verkleidet, aber diese Bretter waren in der Farbe von Erbsenpüree gestrichen worden. Callum war das erste Mal hier. Bei seinen früheren Besuchen war es ihm nie gelungen, in die Kaffíbarinn zu kommen. Es ging das Gerücht, dass Damon Albarn, der Sänger von Blur, Mitinhaber der Bar war, und deshalb war das Lokal normalerweise voller Teenager. Aber jetzt war Samstag nachmittag. Die Menschenmengen kamen erst gegen Mitternacht. Callum und Frikki hatten das Obergeschoss für sich allein.

»So, damit stünde also fest, dass in Island die stärksten Männer und die schönsten Frauen der Welt wohnen und dass euer Land eines Tages die Welt regieren wird.«

»Und den Anfang werden wir machen, indem wir in Dänemark einmarschieren«, verkündete Frikki ein wenig zu laut, obwohl Callum annahm, dass niemand in der Bar war, schon gar kein Däne, der irgendwie beleidigt hätte sein können.

»Was hast du denn gegen die Dänen?«

»Wir sind jahrelang von ihnen regiert worden. Und glaub mir eines, Dänen sind nur geeignet, Dänen zu regieren«, erklärte Frikki. »Aber ihr Briten, ihr seid okay. Ihr habt den Kabeljaukrieg gegen uns verloren. Wir Isländer mögen Verlierer, solange sie gegen Island verlieren.« Der große Mann lachte und stellte sein Glas geräuschvoll auf den Tisch. »Weißt du, wenn man im Wort ›Cod War‹ die Buchstaben umstellt, kommt ›Coward‹, der Feigling, dabei heraus. Wie sonst könnte man sich den Rückzug der mächtigen Britischen Marine erklären, als sie sich einer Flotte von isländischen Heringsschleppern gegenübersah?«

»Ganz recht«, stimmte Callum zu. »Soll aber nicht heißen, dass ich mich als Briten betrachte. Ich bin in allererster Linie ein Schotte.«

»Ich mag die Schotten. In meinen Adern fließt auch schottisches Blut.«

»Wie kommt das?«

»Vor Urzeiten haben Schotten und Iren in Island gesiedelt. Okay, unsere Vorfahren waren hauptsächlich Wikinger aus Norwegen und Dänemark, aber ein bisschen keltisches Blut ist auch dabei. Sagen wir mal so: Wenn die Dänen versuchen mir weiszumachen, dass ich von ihnen abstamme, dann werde ich ihnen erklären, dass meine Vorfahren Schotten waren, nur, um ihnen eins auszuwischen.«

Genau wie Anna Björk fand Callum auch Frikki sofort sympathisch. Der Kerl brachte ihn zum Lachen, und momentan konnte er ein bisschen Vergnügen weiß Gott gebrauchen. Sie führten jedoch kein Einstellungsgespräch im engeren Sinne. Die beiden hatten zwar ununterbrochen geredet, aber es war dabei nie um den Job gegangen. Einzig und allein auf dieser Grundlage hatte Callum dennoch beschlossen, den jungen Mann einzustellen. Er würde sehr oft mit seinem Assistenten unterwegs sein, also war die Fähigkeit, angenehme Konversation zu führen, eines der wichtigsten Erfordernisse für diesen Job.

Trotzdem dachte sich Callum, das er zumindest so tun sollte, als würde er sich für Frikkis andere Qualifikationen interessieren.

»Also, wie war das jetzt, was für Erfahrungen hattest du noch mal mit Film- und Fernsehproduktionen?«

»Gar keine. Ich arbeite fünf Monate pro Jahr auf einem Fischkutter, und damit verdiene ich genügend Geld, um mich den Rest des Jahres betrinken zu können.« Frikki erhob wieder sein Glas. *»Skál!«*

»Wenn du das Geld nicht brauchst, warum bewirbst du dich dann für diesen Job?«

Frikkis Lächeln verschwand, und er runzelte die Stirn. Er dachte über seine Antwort nach. »Der Winter ist zu Ende. Die Krabbensaison ist auch vorbei. Die Schiffe haben ihre Netze gegen Leinen eingetauscht und fahren jetzt weiter aufs Meer hinaus, zum Kabeljaufischen. Aber dieses Jahr fahre ich da nicht mit. Ich habe beschlossen, dass ich eine neue berufliche Laufbahn einschlagen will.«

»Wieso das?«

Eine unerwartete Ernsthaftigkeit hatte sich des großen Isländers bemächtigt. Seine Pupillen zogen sich zusammen, zogen sich an einen fernen Ort zurück. »Diese Reisen sind kein Spaß. Man ist furchtbar lang auf See. Vierundzwanzig Stunden am Tag ist es kalt und nass. Die einzige Wärme kommt von einem Ofen unter Deck. Dort muss man in regelmäßigen Abständen seine Gummihandschuhe anwärmen. Wenn man das nicht macht, werden die Schmerzen in den Händen beim Arbeiten mit den Leinen einfach zu groß.« Frikki wirkte ein bisschen verlegen. »Sogar für einen Wikinger wie mich.«

Callum konnte einen Blick hinter die Fassade des harten Mannes werfen. »Aber das Krabbenfischen macht dir nichts aus?«

»Nein, überhaupt nicht. Wir fangen *rækja*, eine rote Krabbenart, die in der Nähe der Fjorde bleibt. Da draußen kann es richtig friedlich sein, wenn man so dahintuckert und die grünen Netze hinter sich herzieht. Alles, was man da braucht, ist Geduld. Das Schiff fährt ganz langsam mit seinen Schleppnetzen dahin, eine Stunde, vielleicht auch zwei, bevor es soweit ist, dass man die Netze einholen kann. Die Möwen scharen sich zusammen, sobald sie die Winde hören. Mein Vater sagt immer, sie sind wie Schuljungs, die eine Rauferei wittern. Sie werden ganz wild, wenn die Netze geöffnet werden und sich eine Tonne rote Krabben aufs Deck ergießt. Wie ein Wasserfall aus Feuer sieht das aus.« Frikki machte ein »wusch!«-Geräusch und ließ seine Finger durch einen warmen Streifen Sonnenlicht flattern, um die feurige Flut nachzuahmen. Dann lehnte er sich wieder ins Sofa zurück und presste sein Bierglas an die Brust. »Nein, diese Art Fischerei macht mir überhaupt nichts aus. An schönen Abenden setz ich mich aufs Deck und spiel was auf meiner Gitarre.«

»Was spielst du denn so?«, wollte Callum wissen.

»Mal dies, mal das. Aber meistens spiel ich Bob Marley and the Whalers.« Frikki wartete kurz, bevor er Callum auf die Schulter haute und laut loslachte. »Ich mach nur Spaß!«

»Übrigens, wahrscheinlich kannst du mir die beste Auskunft geben«, wechselte Callum das Thema, bevor er sich einen weiteren Bluterguss einhandeln konnte. »In welchem Restaurant in Reykjavík gibt es denn die besten Meeresfrüchte?« Er wollte Birna und »die Mädels« in ein ganz besonderes Restaurant ausführen.

»Ich weiß nicht so recht. Ich esse keine Meeresfrüchte.«

»Du isst keine Meeresfrüchte?«

»Nein, ich bin allergisch.«

Callum wartete ab, ob er vielleicht gleich den nächsten Schlag abbekäme. »Im Ernst? Du verdienst deinen Lebensunterhalt mit Krabbenfischen und bist allergisch gegen Krabben?«

»Nur, wenn ich mir eine in den Mund stecke. Ich bin allergisch gegen Meeresfrüchte und Kiwis. Beides kann mich umbringen. Natürlich gab es bis in die Neunziger keine Kiwis in Island. Damals war das Leben noch nicht so gefährlich. Heutzutage ist es schon russisches Roulette, wenn ich einen Obstsalat esse.« Frikki kippte den Rest Bier hinunter und stand auf. »Noch ein Viking?«

»Lass mich das holen. Das Bier ist ganz schön teuer hier. Du kannst mir ein Bier spendieren, wenn ich dir dein erstes Gehalt gezahlt habe.«

»Nein, ich bestehe darauf«, beharrte Frikki. »Du darfst nicht vergessen, dass ich gerade eine Menge Geld auf den Schiffen verdient habe. In fünf Monaten verdiene ich da doppelt soviel wie ein Polizist oder ein Universitätsdozent in einem Jahr. Ich glaube, ich kann meinem neuen Chef schon noch ein Bier ausgeben.«

Er schob die Hand in die Hosentasche und zog ein weiches Bündel Geldscheine hervor.

»Weißt du, in Island ist richtiges Bier erst vor fünfzehn Jahren legalisiert worden. Davor mussten wir es uns aus Leichtbier und starkem Branntwein selbst zusammenbrauen. Das nannte sich *bjórlíki*, das bedeutet ›bierähnlich‹. Aber es schmeckte eher nach Pisse.« Frikki stützte sich auf die Rückenlehne eines Sessels. »Mein Vater hat außerhalb der Fischfangsaison immer Geld nebenbei verdient, indem er Selbstgebrannten mit seinem Schiff die Küste hochfuhr. Damit versorgte er die Leute, die in so entlegenen Gemeinden wohnen wie zum Beispiel in Bíldudalur; das ist so weit im Norden, wenn dir da im Oktober der Zucker ausgeht, musst du bis April warten, bis du wieder welchen kriegen kannst. Die Küstenwache war ständig hinter uns her. Für uns Jungs von den Fjorden war das immer sehr aufregend. Ich hielt meinen Vater für James Bond.« Frikki kicherte bierselig. »Vater sagte immer, eines Tages würde er seine Abenteuer niederschreiben und sie dann ›Fridriks Saga‹ nennen. Dabei konnte dieser Depp gar nicht schreiben.«

»Hat er es denn nie gelernt?«, fragte Callum.

»Natürlich hat er schreiben gelernt. Aber er konnte seine Kenntnisse nicht mehr praktisch umsetzen, nachdem ihm die Seilwinde den rechten Arm abgerissen hatte.« Frikki wandte sich wieder seinem Geld zu und musterte die Zahlen auf den zerknitterten Geldscheinen so eingehend, dass er eher wie ein verdutzter Tourist als wie ein Einheimischer wirkte. »Er hält aber immer noch den Landesrekord für einarmige Liegestützen«, fügte er hinzu. Er wandte sich von seinem neuen Chef ab und verschwand die Treppen hinunter.

Callum spürte, wie sein Rücken steif wurde. Er wuchtete sich aus dem Sofa hoch und ging zum Fenster hinüber. Er betrachtete die sauberen Straßen, die bunten Häuser, die sich aneinander schmiegten, und die Dächer, die sich so gestochen scharf gegen den strahlend blauen Himmel abhoben. Reykjavíks Architekten hatten Altes nahtlos mit Neuem kombiniert, das abblätternd Urige mit dem säuberlich Modernen, wie Chefköche, die ganz unterschiedliche Gewürze zu einer herzhaften Suppe zusammenstellen.

Callum bemerkte, dass eine Gruppe Arbeiter Steinplatten aus den Bürgersteigen auf der Laugavegur, der Haupteinkaufsstraße, brach. Ein Stück weiter die Straße hinunter rollten ihre Kollegen die Heizkabel aus, die die Gehwege im langen und unbarmherzigen Winter eisfrei halten würden. Sie legten die weißen Rohre im Asphalt zu so seltsamen Mustern zusammen, dass es für Callum so aussah, als würde das Skelett eines mammutgroßen Tieres ausgegraben, das seit der Eiszeit in der Erde gelegen hatte. Plötzlich erfüllte ihn eine große Liebe zu dieser verrückten Stadt, dieser nördlichsten Hauptstadt, dieser sturmumtosten Spielzeugstadt, unter deren Gehwegplatten Walknochen ruhten. Wo sonst auf der Welt würde er fünf Pfund für ein Bier zahlen und dabei rundum glücklich sein?

Er ging zum Sofa zurück, um sein Bier auszutrinken und über seine neuen Angestellten nachzudenken. Anna Björk und Frikki waren aus entlegenen Gegenden nach Reykjavík gezogen. Birna war von den Westmänner-Inseln in die Stadt gekommen. Sie hatte Callum erklärt, dass das symptomatisch für ein großes Problem in Island war: Viele kleine Gemeinden gingen langsam ein, weil sie ausbluteten – ihre jungen Einwohner wurden von den hellen Lichtern der Hauptstadt angezogen. Die ganze Insel konnte sich einer Einwohnerzahl rühmen, die sich auf ein Fünftel derer von Glasgow belief, und davon wohnten neunzig Prozent in Reykjavík. Abgesehen von Akureyri im Norden gab es wenige Städte in Island, die mehr als eine Seite im Telefonbuch verdienten (dasselbe Telefonbuch übrigens, in dem jeder Einwohner Islands unter dem Vornamen aufgeführt wurde).

»Verdammt.« Callum verfluchte sich selbst. Er hatte Birna anrufen wollen. Sein Handy hatte er für die Bewerbungsgespräche ausgeschaltet, und er hatte es total vergessen. Er zog es aus der Jacke und sah zu, wie es flackernd zum Leben erwachte und sich auf dem Flüssigkristalldisplay zu dem Wort *»Síminn«* die Uhrzeit 15:34 gesellte.

»Scheiße.« Er tippte eine Nummer ein und hielt sich das Telefon ans Ohr.

Jemand ging ran, aber die einzigen Geräusche, die Callum hören konnte, waren das Brummen eines Motors und das Ächzen eines widerwilligen Schaltknüppels.

»Birna?«

»Hi Ca-m. -ie geht's mei- Lover? Ich -ffe, Mutter hat -i- ein - önes Früh-ck g-acht.«

»Ich hör dich kaum. Wo bist du?«

»-ne Stu-e vor Rey-ví-, ich ha- -schlossen, zu-ück-ahren.«

»Du kommst zurück?«

»*Já.*«

»Wie kommt's? Wollen die Gletschervulkane keine großen Arche-Noah-reifen Fluten entfesseln?«

»Heu- -icht. Aber mo-en vielleicht«, witzelte Birna. »Hier weiß -an nie. Wa- mal kurz.« Der Motorenlärm erstarb. Callum hörte ein Klicken und dann ein gleitendes Geräusch: Wurde da gerade ein Sicherheitsgurt gelöst? Es folgte das unmissverständliche Geräusch einer sich öffnenden und dann zugeworfenen Autotür. »Hallo«, meldete sich Birna wieder. »Ist der Empfang jetzt besser?«

»Glasklar. Ich dachte, du kommst nicht vor morgen abend zurück.«

»Hatte ich auch nicht vor. Aber du fehlst mir.«

»O verdammt. Ich fehle ihr tatsächlich.«

»Ja, genau«, sagte Birna. »Die Universität wollte, dass ich das Wochenende hier draußen in den Ebenen verbringe und die Gletscherströme analysiere. Das ist wichtige Forschungsarbeit. Wenn die Flüsse ungewöhnlich viel Wasser führen, könnte das ein Anzeichen für Vulkanaktivität unter dem Gletscher sein. Aber heute morgen, als ich hier bis zu den Knien im Wasser stand und Veränderungen in der Strömung aufzeichnete, passierte mir etwas Seltsames. Ich fühlte mich plötzlich sehr einsam.«

»Aus dem einfachen Grund, weil du sehr einsam *warst.*«

»Stimmt. Aber ich bin es gewöhnt, in einsamen Gegenden zu arbeiten. Manchmal sind Flechten die einzigen Lebewesen, die ich den ganzen Tag über zu Gesicht bekomme. Aber heute war es anders. Kennst du das, wenn du dich ins Bett sinken lässt, und plötzlich sackt die ganze Welt unter dir weg? So ging es mir heute, ich stand in dieser Strömung und kriegte auf einmal totale Panik. Ich dachte mir, ich vermisse Callum. Er ist gerade erst angekommen, und schon sind wir wieder getrennt. Wir sind zu lange getrennt gewesen. Also habe ich meine Instrumente ins Auto gepackt und bin umgekehrt.«

»Du brauchst dir keine Sorgen um mich zu machen«, meinte Callum. »Du solltest deine Arbeit erledigen.«

»Nein«, kam die trotzige Antwort. »Die Arbeit kann warten. Zumindest für ein oder zwei Wochen, bis wir einander wieder richtig nahe gekommen sind. Ich hätte dich heute morgen gar nicht alleine lassen sollen. Nicht nach Ástas Anfall gestern abend.«

»Ach, das war doch nicht weiter schlimm. Du hast selbst gesagt, dass sie einfach nervös war. Sie ist es nicht gewöhnt, dass Männer im Haus sind.«

Es folgte ein hörbares Schweigen. Callum glaubte zu hören, wie Birna sich auf die Lippe biss. »Bist du noch dran?«, erkundigte er sich.

»*Já.* Tut mir leid. Es ist wegen Ásta. Sie hat gesehen, wie du mir die Hand auf den Bauch gelegt hast. Sie glaubt, dass ich schwanger bin, und hat Angst, dass ich dein Baby mehr lieben werde als sie.«

»Aber das ist doch lächerlich.« Callum war nicht ganz si-

cher, ob er damit Ástas Ängste meinte oder die Vorstellung, dass Birna und er ein Kind haben könnten.
»Das hab ich ihr auch gesagt, aber sie wollte mir nicht glauben.«
»Tja, das könnte erklären, warum sie dem Monster von Loch Ness einen Fußtritt versetzt hat.«
»Was hat sie getan?«, fragte Birna.
»Ach, nichts weiter. Hör mal, können wir weiter darüber reden, wenn du zurück bist? Ich muss jetzt aufhören.« Callum hatte Frikki entdeckt, der gerade wieder die Treppe hochkam. Die zwei Biere ergossen sich über seine nach vorne gestreckten Hände. »Ich bin gerade mitten in einem Einstellungsgespräch.«
»Hast du mit vielen Leuten gesprochen?«
»Es waren genug.«
»Toll«, sagte Birna. »Ich wusste, dass die Anzeige wirken würde. Ich ruf dich an, wenn ich in der Stadt bin. Wir sollten uns einen schönen Abend machen. Mutter passt auf Ásta auf, sie erwarten mich nicht zurück. Wir haben die ganze Nacht für uns allein. Ich dachte, wir könnten uns ein Zimmer nehmen und so tun, als wären es die guten alten Zeiten.«
»Ich kann's kaum erwarten.«

7

»Was ist denn das?«, fragte Callum und deutete auf ein Gericht auf der Speisekarte.
»Das brauchst du gar nicht zu wissen«, gab Birna zurück.
»Das sind Walsteaks in Pfeffersauce.« Frikki brach ein Bröt-

chen in der Mitte durch, wickelte die eine Hälfte um einen Würfel gefrorene Butter und stopfte sich das Ganze in den Mund, ohne die Butter vorher zu verstreichen.

Die drei hatten es geschafft, sich einen Fenstertisch im Þrír Frakkar zu sichern, einem lachsfarbenen Fischrestaurant, das abseits der Hauptstraße lag, als würde es sich ganz bewusst vor den Touristen verstecken. Callum drang kein einziges englisches Wort von den umliegenden Tischen an die Ohren.

»Das verstehe ich nicht«, wandte er ein. »Wenn Walfang verboten ist, wie kann dann Walsteak auf der Speisekarte stehen?«

Birna wollte gerade antworten, aber Frikki kam ihr zuvor. »Manchmal werden Wale an der Küste angeschwemmt. Laut Gesetz dürfen sie in diesem Fall verzehrt werden. Das isländische Wort für einen angeschwemmten Wal ist *hvalreki*, was auch soviel wie ›unverhoffter Glücksfall‹ bedeutet. Ein sehr passendes Wort.« Frikki spießte sich noch ein Butterstückchen aufs Messer. Seine zweite Brötchenhälfte ignorierte er und aß das Stückchen pur. »Außerdem passiert es auch manchmal auf See, dass ein Wal versehentlich getötet wird. Wenn er sich in unseren Netzen verfängt und mitgezogen wird. Dann kann es vorkommen, dass er ertrinkt. Einmal hat unser Schiff mit voller Wucht die Nase eines Finnwals gerammt und ihn sofort getötet.« Frikki zuckte die Achseln. »Unfälle passieren halt.«

Callum blickte zu Birna. Sie hatte die Ellbogen auf den Tisch gestützt und die Hände fest unterm Kinn verschränkt. Ihre Haltung drückte große Entschlossenheit aus, und Callum kannte sie nur zu gut. Ihr Gesichtsausdruck ähnelte einer einsatzbereiten Harpune. Er wusste, was jetzt kommen würde, schlug die Speisekarte zu und lehnte sich in

seinem Stuhl zurück wie ein Marlinfischer, der sich für den langen Kampf festschnallt.
»Unfälle passieren nicht einfach.« Birna hatte Frikkis Köder geschluckt. »Die Wale sind die Aristokraten des Meeres. Und Fischer wie ihr, ihr seid Mörder.«
Frikki lächelte. Er wandte sich an einen älteren Mann am Nebentisch und zupfte ihn am Ärmel. »Haben Sie das gehört, mein Lieber? Sie hat mich einen Mörder genannt.« Er stach in einer Norman-Bates-Imitation mit seinem Buttermesser in die Luft.
Der alte Herr sah einigermaßen erschrocken aus.
Frikki wandte sich wieder zu Birna. »Fischer sind keine Mörder. Wir sind der Lebensnerv Islands.« Das Stoke-City-Emblem auf seiner Brust schien anzuschwellen. »Schau her.« Er machte eine Handbewegung, die das ganze überfüllte Restaurant einschloss. »Auf all unseren Tischen ist Fisch.« Er suchte eine Hundertkronenmünze aus dem Kleingeld heraus, das er in der Folie seiner Zigarettenschachtel aufbewahrte, und legte die Münze aufs Tischtuch. »Auf unseren Münzen sind Fische«, erklärte er. »Denk mal drüber nach. Rund um unsere Häfen stehen Fischfabriken ... und unsere Häfen sind voller Fischerboote. Tausende von Fischen hängen auf den Trockengestellen und flattern im Wind, der durch unsere Küstenorte weht. Das Leben in Island ist gesalzener Fisch, sagte Halldór Laxness.«
Callum war überrascht und ermutigt durch Frikkis Zitat des isländischen Nobelpreisgewinners. Es war eine Erleichterung zu wissen, dass er keinen Analphabeten eingestellt hatte.
»Die Fischer sind unsere Retter«, fuhr Frikki fort. »Wir sind keine Mörder. Vielmehr bringen die Wale uns um. Sie vermehren sich zu schnell und schlucken Millionen Tonnen

von Krill. Unser Kabeljau verhungert. Wir müssen die Walpopulation unter Kontrolle halten, sonst werden unsere Fischgründe zerstört. Und das würde Island zerstören.«
»Bist du fertig«, sagte Birna. Das war keine Frage. Es war ein Befehl.
Callum musste ein Lächeln unterdrücken.
»Island wird zerstört, wenn wir wieder mit dem Walfang anfangen«, sagte sie. »Wenn wir damit wieder anfangen, werden wir dasselbe erleben wie schon in den Achtzigern. Die Umweltorganisationen werden die Firmen in der ganzen Welt auffordern, aus Protest keine isländischen Fischprodukte mehr zu kaufen. Und willst du etwa, dass sich wiederholt, was in den Achtzigern passiert ist? Willst du, dass die militanten Umweltschützer noch mehr Schiffe in unseren Häfen sabotieren und versenken? Willst du, dass wir …«
»Weißt du, und das macht mich immer so sauer«, unterbrach Frikki. Er war mutiger als Callum. »Warum glauben die Leute immer, dass Tiere, die an irgendeinem Ort der Welt in Gefahr sind, überall woanders auch gefährdet sind? Die Wale in unseren Gewässern sind nicht vom Aussterben bedroht. Es gibt jede Menge von ihnen, und wir müssen sie als natürliche Ressource betrachten. Die Araber haben ihr Öl, Island hat sein Meer voller Fische. Wir überleben, indem wir die Ressourcen unserer Meere ausschöpfen.«
»Wie steht es denn mit dem Tourismus?«, hakte Birna nach.
»Tourismus ist auch eine Ressource. Island bekommt ohnehin nur ein mickriges Rinnsal von den Touristen ab, die zwischen Europa und Nordamerika auf Reisen sind. Solche Sachen könnten sie schließlich ganz davon abhalten, unser Land zu besuchen. Und was ist mit den ganzen Walbeobachtungstouren? Die werden seit dem Walfangverbot immer beliebter. Die meisten Besucher unserer Insel buchen

so eine Fahrt. Wale beobachten ist einträglicher geworden als Wale fangen.«

»Sie hat recht, Frikki«, sagte Callum, in einem Versuch, das Ganze etwas zu entschärfen. »Ich bin bei meinem ersten Besuch hier auch zum Whale-watching gefahren. Ich hatte gehofft, ein Foto von einem springenden Buckelwal zu schießen, wie man sie auf dem Cover des *National Geographic* zu sehen kriegt, aber ich schaffte gerade mal einen unscharfen Schnappschuss von einer Zwergwalflosse. Oder hatte ich vielleicht doch bloß Staub auf der Linse?«

Birna versetzte ihm unter dem Tisch einen Tritt. Den dazugehörigen Blick warf sie Frikki zu. »Ich komme von den Westmänner-Inseln, der Heimat von Keiko, dem *Free Willy*-Star. Dadurch haben wir jede Menge positive Presse bekommen. Solange wir Leute zum Wale beobachten aufs Meer fahren und Keiko ein Zuhause geben, sind wir die Guten. Sobald wir wieder mit dem Walfang beginnen, sind wir die Bösen. Und Wale haben ein gutes Gedächtnis. Heute sind die Jungwale freundlich und posieren für die Kameras. Aber wenn wir ihnen wieder mit Harpunen nachstellen, werden sie tunlichst aufpassen, allen Booten aus dem Weg zu gehen. Denk mal nach, wie viele Jobs in Reykjavík, Husavík, Klettsvík und Hafnarfjörður verloren gehen, wenn die Walbeobachtungsfahrten eingestellt werden.«

»Da bist du auf dem Holzweg«, gab Frikki zurück, als Callum ihm gerade raten wollte, das Handtuch zu werfen. »Durch den Walfang werden neue Jobs geschaffen. Das Fleisch wird Geld bringen. Ein Finnwal kann siebzigtausend Kilo wiegen. Das ist eine Menge Fleisch, und man braucht eine Menge Leute, um es zu verarbeiten.«

»Blödsinn. Walfang ist noch nie ein bedeutender Wirtschaftszweig in Island gewesen«, behauptete Birna.

»Ich persönlich finde es beunruhigender, dass ihr Papageitaucher esst«, warf Callum ein.
Birna starrte ihn an.
»Na ja …«, fuhr er fort, » … da kommt man schon ins Grübeln, wenn ein Volk sein eigenes Wahrzeichen isst.«
»Unterbrich mich nicht«, sagte Birna. »Ich versuche gerade, deinem ignoranten Freund beizubringen, dass Walfang noch nie das große Geschäft war. Gerade mal zwei Prozent von unserem Export entfielen auf Walprodukte in den Jahren, bevor das Walfangverbot ausgesprochen wurde.«
Frikki blieb stur. »Ich finde trotzdem, dass wir sie jagen sollten«, beharrte er.
»Warum? Weil du ein stolzer Mann der Meere bist?«
»Nein«, antwortete Frikki. »Weil sie lecker schmecken.«
Stille senkte sich über den Tisch herab.
Sie wurde von der nebelhornartigen Stimme ihrer unerschütterlichen Kellnerin durchbrochen, die sich zwischen Tisch und Fenster aufgebaut hatte, so dass plötzlich alle im Schatten saßen. Zu ihren Schultern fiel Callum nur das Wort »gebärfreudig« ein. Sie tutete irgendwas in nachdrücklichem Isländisch.
Birna übersetzte für Callum. »Sie möchte unsere Bestellung aufnehmen.«
»Gut«, sagte er und war dankbar für die Unterbrechung. Er schlug seine Speisekarte wieder auf und sah hinein, obwohl er bereits entschieden hatte, was er essen wollte. »Ich hätte bitte gern die Ente.«
»Oh, Sie sind ein Mann mit teurem Geschmack«, meinte die Kellnerin.
Nun machte sich Callum doch Sorgen. In einem isländischen Restaurant konnte »teuer« nur den totalen Bankrott bedeuten. »Wie viel kostet denn die Ente?«, erkundigte er sich.

»Ungefähr fünfzig britische Pfund«, erklärte Birna, die den Preis auf der Speisekarte schnell umgerechnet hatte.
»Fünfzig Pfund!« Callum war wie vor den Kopf geschlagen. »Du lieber Himmel, wenn ich fünfzig Pfund für eine Ente bezahle, dann würde ich erwarten, dass sie ein paar nette Liedchen trällert und Zaubertricks vorführt.« Er überdachte seine Wahl noch einmal.
»Das ist hier ein Fischrestaurant«, sagte Birna. »Es wäre vernünftiger, Fisch zu bestellen.«
»Dann nehm ich die Meerbrasse«, entschied er.
»Seewolf«, sagte Birna lächelnd zur Kellnerin.
Dann richteten sich alle Blicke auf Frikki. Er schaute wieder auf die handgeschriebene Speisekarte, und sein Finger schwebte über dem Walsteak.
Die Kellnerin ratschte mit ihrem Stift an der Spirale ihres Notizblocks entlang.
Frikki klappte seine Speisekarte zu, so dass sein blonder Pony kurz im Luftzug hochflog. Er sah noch einmal Birna an, diesmal etwas direkter.
»Ich nehme das Lamm«, lautete seine Verzichtserklärung.

»Ach komm, Birna, so übel ist er nun echt nicht«, sagte Callum.
»Papageitaucherscheiße! Er ist ein arrogantes Arschloch, und du hättest ihn nie einstellen dürfen. Gab es denn keinen geeigneteren Kandidaten?«
»Nein.«
»Das glaub ich dir nicht. Wie kann dieses Schwein der beste Bewerber gewesen sein, mit dem du gesprochen hast?«
»Weil er das einzige Schwein war, das auf deine Anzeige reagiert hat. Es sieht so aus, als gäbe es nicht viele Leute in Reykjavík, die aktiv nach einem Arbeitsplatz suchen. Hier

hat schon jeder einen Job. Manche scheinen sogar zwei oder drei gleichzeitig zu haben.«
Birna dachte kurz darüber nach. »Stimmt schon ... das war immer ein großes Problem«, gab sie zu. »Früher, wenn man einen Job in Reykjavík suchte, musste man nicht tausend Bewerbungsgespräche führen wie anderswo. Man rief einfach einen Freund oder einen Verwandten an, oder man ging zum Hafen und heuerte auf irgendeinem Schiff an. Es hat immer zu viele Stellen gegeben und zu wenig Leute, um sie zu besetzen. Und obwohl die Arbeitslosigkeit langsam ansteigt, leben wir mit dem bizarren Zustand, dass unsere Postboten Häuser bauen, unsere Zahnärzte Taxi fahren und unsere Kellnerinnen Haare schneiden.«
»Und eure Stripperinnen persönliche Assistentinnen werden«, ergänzte Callum. »Ich habe heute ein Mädchen eingestellt, das aus einem Striptease-Club gefeuert worden ist.«
Birna hielt ihn am Arm fest, so dass sie mitten auf der Laugavegur stehenblieben.
»Du hast eine Stripperin eingestellt?«
Callum zuckte mit den Schultern. »Sie ist ein nettes Mädchen. Keine organisatorischen Fähigkeiten, aber, Mann, die hat echt fantastische Beine.« Er lächelte und machte sich auf einen Boxhieb in die Rippen gefasst. Aber Birna hatte keine Lust, sein Spiel mitzuspielen, das normalerweise mit einem spielerischen Kampf begann und dann unvermeidlich in heißem Gerangel in der nächstbesten Einfahrt endete.
»Die Striptease-Bars tun dieser Stadt nicht gut«, sagte Birna. Sie drehte sich um und blickte die steile Straße hinunter, die bis ins Stadtzentrum hinabführte. Ganz Reykjavík war beleuchtet, als wären ein paar überschüssige Sterne vom überfüllten Himmel gefallen. Birna hakte sich bei Callum ein und führte ihn weg von den lockenden Lichtern, noch ein

Stück weiter den Hügel hinauf. »Was du nicht weißt, ist, dass diese Clubs nur ein Deckmäntelchen für die Prostitution sind. Ich hab ein paar von den Mädchen gesehen. Sie sind verzweifelt. Sie werden aus ganz Europa, Amerika und Asien hierher gelockt, in ein Geschäft, das für alle Beteiligten erniedrigend ist. Vor zehn Jahren hatten wir dieses Problem in unserem Land noch nicht.«

»Anna Björk ist keine Prostituierte.«

»Anna Björk?«, fragte Birna, als wäre es jemand, den sie kannte. »Diese Stripperin ist Isländerin?«

»Sie ist aus Ólafsvík.«

»Das überrascht mich.«

»Pass auf!« Callum zog Birna vom Bürgersteig, so dass die drei Skateboardfahrer an ihnen vorbeirattern konnten. Die Jugendlichen fuhren dröhnend den Gehweg hinunter, in jeder Hand eine Dose Bier, um die unkontrollierte, alkoholgeladene Abfahrt auszubalancieren.

»Anna Björk behauptet, dass in den Clubs keine unsittlichen Dinge passieren.«

»Vielleicht nicht«, sagte Birna. »Aber für die Frauen ist es trotzdem erniedrigend.«

»Das sieht Anna nicht so. Sie meint, dass die Mädchen dort die Macht haben. Anscheinend geht es einzig und allein darum, den Typen völlig verrückt nach dir zu machen, ihn so zu triezen, dass er immer mehr private Tänze kauft. Sie behauptet, dass Männer in dieser Situation völlig dämlich sind.«

»Gefällt sie dir?«

Sie waren wieder stehengeblieben. Callum spürte, dass Birnas Augen seinen Blick suchten.

»Nein«, sagte er. »Sie gefällt mir nicht.«

»Du hast weggeguckt, als du das gesagt hast. Das heißt, dass

es nicht die Wahrheit ist.« Birna tat ihr Bestes, um gekränkt auszusehen, aber ein Lächeln strafte sie Lügen.
Callum legte ihr den Arm um die Schulter und zog sie fest an sich. »Es gibt nur eine Frau in meinem Leben.« Er drückte ihr einen Kuss auf den Scheitel.
»Und was ist mit meiner Mutter und Ásta? Ich glaube, Callum Pope hat drei Frauen in seinem Leben.« Jetzt zog sie ihn auf.
»Dann ist Callum Pope ja ein glücklicher Mann.«
Sie bogen in einen düsteren Durchgang ab, der am Mál-og-Menning-Buchladen vorbeiführte. Die bekritzelten Wände wurden von den Neonröhren über ihren Köpfen in grünlich-gelb fluoreszierendes Licht getaucht. Jemand hatte vor kurzem in die Ecke gepisst, und ein dünnes Urinbächlein kroch über die Fliesen. Wo es vom Fugenkitt aufgesogen wurde, floss es etwas langsamer. Eine zerbrochene Bierflasche wurde von Callums Stiefelabsatz zu feinem braunem Staub zermahlen, als er auf die Metalltür zuging. Birna öffnete die Tür, und sie betraten den »Zimmer mit Aussicht«-Apartmentblock. Birna kannte den Besitzer, Gudni, und hatte auf ihrem Weg zum Restaurant den Schlüssel bei ihm abgeholt.
Ein Fahrstuhl brachte sie bis in den fünften Stock und in einen weiteren Korridor, diesmal aber einen unbeleuchteten. Sie tasteten sich an der Wand entlang, bis sie das Appartment 512 erreichten. Birna schloss auf, öffnete die Tür und schaltete das Licht ein.
»Willkommen in deinem alten Zuhause«, sagte sie.
Bei seinen früheren Besuchen in Island hatte Callum in diesem Studio gewohnt. Es war so gestaltet, dass ein einziger großer Raum von ein paar Kleiderständern in ein Schlafzimmer und einen Wohnbereich unterteilt wurde. Das

Wohnzimmer wurde dominiert von einem unersättlichen Ledersofa. Wie oft sie sich auf diesem Sofa wohl geliebt hatten?, überlegte Callum. Wenn er es nur ansah, konnte er förmlich spüren, wie das kalte Leder an seinem nackten Hintern festklebte – ein Fall für Fetischisten.
Durch eine Wand aus blauen Glasbausteinen konnte man das Badezimmer sehen. Das wahrscheinlich kleinste Waschbecken der Welt war ein Triumph der Ergonomie. Wenn Birna geduscht hatte, stützte sie ihr Bein zum Abtrocknen gern auf diesem Waschbecken ab. Für Callum, der ihr durch das bläuliche Glas dabei zuschaute, sah sie aus wie eine von Degas' blauen Ballerinen bei ihren Dehnübungen.
In einer Wand war hinter zwei schweren Holzpaneelen eine Küchenzeile versteckt. Callum klappte eine Seite auf. Er stellte seine Tasche auf der Arbeitsplatte ab. Als die Tasche ein wenig zusammensackte, guckte der Hals einer Flasche Pölstar-Wodka heraus.
Callum öffnete den Kühlschrank und beugte sich vor, um den Inhalt in Augenschein zu nehmen.
»Gudni hat keine Cola mehr. Geht Orangensaft auch?«
»Klar.« Birna hatte die Überdecke vom Bett gezerrt und zog sie quer durchs Zimmer hinter sich her. Sie öffnete die Glastür zum Balkon, der Platz für genau zwei Personen bot.
»Was hast du vor?«, wollte Callum wissen.
»Ich dachte, wir könnten diese Nacht genießen. Um diese Jahreszeit ist es nur ein paar Stunden dunkel. Wir müssen das Beste draus machen, bevor die Dunkelheit total verschwindet.« Birna ließ sich auf den Balkonboden nieder und lehnte sich mit dem Rücken gegen die Hauswand. »Du musst das Licht ausmachen, bevor du rauskommst«, rief sie. »Dann können wir die Sterne sehen.« Sie zog sich die Decke über die Knie bis zum Kinn hinauf.

Callum tauchte das Apartment in Dunkelheit und setzte sich zu ihr. Er schlüpfte mit unter die Decke und reichte Birna einen großen Wodka-Orange. »Tut mir leid mit diesen Bechern. Gudni hat die Gläser, die wir an deinem Geburtstag zerbrochen haben, noch nicht ersetzt.«
»*Skál!*« Birnas Nasenlöcher verengten sich, als sie die saure Mischung nippte. »Das ist so wunderschön.«
»Meinst du? Ich finde ja, da gehört noch ein bisschen mehr Orange rein.«
»Nein. Ich spreche von der Aussicht. Die Hallgrímskirkja sieht wunderschön aus.« Birna zeigte auf die Kirche, die auf einem Hügel über Reykjavík aufragte. »Manche Leute finden sie sehr hässlich, aber ich kann das nicht verstehen.«
Die Kirche schoss zwischen den Dächern hoch wie eine Rakete beim Abschuss von der Startrampe. Eine schlichte, längliche Pyramide, die so beleuchtet wurde, dass sie sich scharf von der pechschwarzen Nacht abhob. Ihre Betonsäulen wurden oben spitz und wirkten wie Orgelpfeifen, als wäre das Gebäude ein riesiges Instrument, das man mit Tasten, Pedalen und Registern spielen konnte.
»Das Design geht auf die Basaltsäulen bei Seljalandfoss zurück«, erklärte Birna, die spürte, dass Callum ebenso bezaubert war wie sie. »Die Uhr ganz oben zeigt nie die korrekte Zeit an. Sie ist der höchste Punkt der Stadt, und dort ist der Wind so stark, dass er die Zeiger regelmäßig verstellt. Weißt du, in Reykjavík zeigen selten zwei öffentliche Uhren die gleiche Zeit an, weil der Wind sich ständig dreht.«
Callum gluckste. »Wie spät ist es jetzt also?«
»Gegen drei.«
Selbst um diese Uhrzeit waren die Straßen unter ihnen voller Leben. Hupen ertönten, Jugendliche schrien einander in Rattattatt-Isländisch an, und aus vielen Bars dröhnten Live-

Gitarren mit den Breakbeat-DJs um die Wette. Reykjavík klang wie ein schlecht eingestelltes Radio, das zwei Sender gleichzeitig spielt.

»Die Nacht ist hier so schön«, sagte Birna. »Hast du eigentlich schon mal das Nordlicht gesehen?«

»Ja. Ganz oben im Norden von Schottland kriegen wir so was auch zu sehen. Ich habe mal einen Drehort auf der Insel Lewis fotografiert und die ganze gespenstische Show beobachten können.«

»*Já*, in Island ist es genauso. Die Aurora borealis ist im Norden viel heller. Reykjavík veranstaltet an unserer Nacht der Kultur und an Neujahr große Feuerwerke, aber kein Feuerwerk kommt an das Nordlicht heran. Weiß du, wenn ich mal sterbe, dann möchte ich mich verbrennen lassen und meine Asche soll dann mit einem Feuerwerk in den Himmel geschossen werden.«

»Ach, das ist also gemeint, wenn man sagt: ›Sie ist ein echter Knaller‹?«

»Kann gut sein«, meinte Birna. »Ich möchte in Farbe und Licht explodieren. Ich möchte die Gesichter meiner liebsten Verwandten und Freunde erleuchten. Ich will in ihren Augen tanzen. Oder vielleicht sollte ich meinen Körper karbonisieren und in einen Diamanten verwandeln lassen.«

Callum rutschte mit seinem Hintern bis an den ihren heran. »Das ist was Besonderes hier draußen. In Glasgow gibt es so viel künstliches Licht, dass man die Sterne nicht sehen kann. Jedenfalls nicht richtig. Außerdem ist zu Hause die Luft auch so verschmutzt. Hier ist sie so klar, dass einem fast schwindlig davon wird. Aber vielleicht liegt das auch am Wodka.«

»Mach dir keine Gedanken«, sagte Birna. »Das passiert vie-

len Ausländern, wenn sie nach Island kommen. Sie kriegen einfach eine Überdosis Sauerstoff.«
Die Temperatur war gefallen, so dass sie näher zusammenrückten, um sich gegenseitig zu wärmen. Callum legte seine freie Hand unter Birnas Beine, seine Handfläche schmiegte sich an die Unterseite ihres Oberschenkels. Sie legte ihm den Arm um die Taille und bettete ihre Wange an seinen Hals, das letzte Teil im Puzzle ihrer Körper. Der Alkohol und die Daunendecke halfen, die Kälte abzuwehren.
»Wir kriegen das hin, stimmt's?«, fragte Callum.
»Natürlich.« Birna streichelte seine Wange. »Du und ich, wir sind nicht aufzuhalten.«
Dieser Augenblick wäre perfekt gewesen, hätte nicht etwas an Callum genagt. Er wollte es eigentlich nicht erwähnen, er wollte nicht, dass etwas zwischen ihnen stand. Aber der Masochist in ihm wollte es wissen.
»Warum hast du Ásta erzählt, dass ihr Vater ein Held war?« Noch während er die Frage stellte, bereute er es.
Birna hob den Kopf, und Callum spürte, wie es an seinem Hals kalt wurde. Sie sah ihn wortlos an.
»Du hast ihr erzählt, dass er getötet wurde, als er bei einem Vulkanausbruch ein kleines Mädchen rettete«, fuhr er fort. »Mir hast du aber erzählt, dass er bei seinem Tod gerade eine Apotheke plünderte, um an Drogen zu kommen.«
»Arnar war kein Held«, zischte Birna.
»Warum erzählst du dann deiner Tochter, dass er einer war?«
»Wie hätte denn die Alternative ausgesehen?« Birnas Stimme war so laut geworden, dass vom gegenüberliegenden Block ein Echo zurückgeworfen wurde. »Tut mir leid, ich sollte nicht wütend auf dich sein.« Ihre Gesichtszüge wurden wieder etwas weicher. Sie nickte, als würde sie auf eine

unausgesprochene Frage antworten. »*Já*. Ich sollte dir erzählen, was ich Ásta nicht erzählen konnte.«
Birna umfasste ihren Becher mit beiden Händen, als wäre es kein Wodka, sondern Kaffee und sie könnte sich daran wärmen. Ihr Gesicht sah aus, als würde sie ihm misstrauen. So hatte Callum sie noch nie gesehen.
Er hob die Decke hoch, eine stumme Einladung an sie, sich wieder an ihn zu lehnen.
Sie nahm an.
Callum schwieg, während sie mit den Sternen redete.
»Arnar fing an zu kiffen, als er sechzehn war. Mit neunzehn war er heroinsüchtig. Er behauptete, das sei ein Fluchtversuch, und das kränkte mich furchtbar. Wir waren von Kindesbeinen an ein Pärchen gewesen, und ich dachte, dass er vor mir davonlaufen wollte. Natürlich behauptete Arnar, es sei die Insel, die ihn ersticke.« Birna lachte sarkastisch und schlürfte an ihrem Wodka. »Wir sprachen darüber, ein Schiff aufs Festland zu nehmen, aber das konnte ich nicht durchziehen. Der Gesundheitszustand meines Vaters verschlechterte sich, und man brauchte mich auf dem Hof. Arnar war mir keine große Hilfe. Durch seine Drogen war er völlig benebelt – sogar buchstäblich. Er saß gerne oben auf den Klippen, in den Wolken, und wartete auf Papageitaucher, auch wenn gerade gar keine Fangsaison war. Auf die Art musste er sich nicht mit der Realität auseinander setzen.«
Birna schloss die Augen. Als sie sie wieder aufschlug, waren sie feucht. »Das war eine traurige Zeit. Arnar wurde zum totalen Außenseiter und musste in seiner kleinen Hütte oben auf den Klippen schlafen. Seine Eltern hatten herausgefunden, dass er Drogen nahm, und verboten ihm, nach Hause zu kommen. Er blieb eine Nacht bei uns, aber da

erwischte ihn meine Mutter, wie er Geld aus ihrem Nachtkästchen klaute. Er bestahl auch mich ständig und dachte, ich würde es nicht bemerken. Das ganze Geld, das er mit den Papageitauchern und dem Eiersammeln verdiente, ging direkt in seine Venen.«

Birnas Pupillen waren zu flachen schwarzen Kreisen geworden. Sie nahm noch einen Schluck aus ihrem Becher. »Einmal habe ich ihm Geld gegeben, damit er sich einen Mantel kaufen könnte. Ich ging ihm bis zum Hafen nach und beobachtete, wie er Heroin auf einem der dänischen Schiffe kaufte. Das ist das Beängstigende, dass man Drogen wirklich überall kriegen kann, sogar an so einem abgelegenen Ort wie Heimæy. Ich habe mal gehört, wie ein Arzt meinte, wenn man einen Heroinsüchtigen zum Aufhören bringen will, muss man ihn auf eine Insel bringen. Was für ein Blödsinn.«

Es entstand eine Pause, und Callum war nicht ganz sicher, ob sie erwartete, dass er etwas sagte. Er war froh, dass er nichts sagte, denn nun wurden Birnas Augen vor Wut ganz schmal.

»Sucht ist etwas Furchtbares, Grässliches, Paranoides«, sagte sie. »Ich war immer ganz erstaunt, was Arnars Körper so alles aushielt. Ich musste dabeisitzen und zusehen, wie er sich das Zeug spritzte. Das verfolgt mich immer noch.« Sie zog ihren Arm unter der Decke hervor, legte ihn auf ihr Knie und krempelte den Ärmel bis zum Ellbogen hoch. »So schnürte er sich den Arm ab, und dann wartete er, bis eine Vene raus kam.« Birna fuhr mit dem Finger über die weiße Innenseite ihres Arms. Sie wandte ihr Gesicht Callum zu. »Hast du schon mal Heroin gesehen?«

Er schüttelte den Kopf.

»Es ist wie Schlamm, wie rostiges Wasser in einer alten Badewanne.« Birna lehnte sich wieder an ihn und blickte in die Nacht hinaus.

Callum rückte die Decke zurecht, so dass ihre Füße bedeckt waren.

»Es gab schon einige Tiefpunkte in meinem Leben«, sagte sie. »Der Tod meines Vaters hat mich hart getroffen, aber dass Arnar drückte, war das Allerschlimmste, was ich jemals miterleben musste. Er war jemand, den ich liebte, mit dem ich aufgewachsen war, jemand, von dem ich dachte, dass ich mit ihm alt werden würde. Wir haben als Kinder immer zusammen gespielt, haben Schnee-Engel gemacht und Drachen steigen lassen. Wir haben uns an schlafende Schafe herangeschlichen und sie umgeschubst. Es ist kaum zu glauben, was für ein Mensch aus ihm wurde. Und kaum zu glauben, dass ich so loyal geblieben bin. Ich bin sogar auf die Schiffe mitgekommen, wenn er zu den Dealern ging ... diese Arschlöcher, die sich Spione in ihre Kabinentüren gebohrt hatten. Ich musste dortsitzen und lächeln, wo ich doch am liebsten mit beiden Fäusten auf sie losgegangen wäre.«

Callum kam sich dumm vor. Er war eifersüchtig auf Arnar gewesen, eifersüchtig auf einen großen Helden, der das Leben eines jungen Mädchens gerettet hatte. Wie konnte er damit konkurrieren? Wie konnte er hoffen, Ástas Zuneigung zu gewinnen? Verglichen mit ihrem Vater könnte Callum immer nur die erbärmliche zweite Geige spielen. Die einzige heroische Tat, die er einmal vollbracht hatte, war die Wiederbelebung der Wüstenspringmaus eines Freundes gewesen, mit Hilfe eines Föhns und einer in Whisky getauchten Fingerspitze.

Aber da war doch dieser kleine Rest von Bitterkeit in ihm, eine böse Seite, die wollte, dass Ásta die Wahrheit über ihren Vater erfuhr. Es war selbstsüchtig, und Callum hasste sich dafür. Warum sollte man ihr erzählen, dass Arnar ein Junkie war? Warum sollte man das Mädchen unglücklich machen? Und würde es etwas ändern? Würde sie plötzlich diesen fremden Schotten als väterliches Rollenbild akzeptieren, nachdem er ihr so schreckliche Wahrheiten offenbart hatte?

Einen Scheiß würde sie. Sie würde ihn dafür verachten, dass er ihr zum zweiten Mal in ihrem kurzen Leben den Vater wegnahm, dass er den Vater tötete, an den sie glaubte. Und dann? Würde er ihr als nächstes klarmachen, dass es keinen Weihnachtsmann gab? Die isländischen Kinder konnten an dreizehn Weihnachtsmänner glauben, die Weihnachtswichtel, die einer nach dem anderen an den dreizehn Tagen vor Weihnachten in die Stadt kamen, um den Kindern kleine Geschenke in die Schuhe neben den offenen Schlafzimmerfenstern zu legen. Würde Callum sie alle für null und nichtig erklären – Skyrgámur den Quarkfresser, Gluggagægir den Fenstergucker, Grýla den Oger – bis Ásta überhaupt keinen Zauber mehr in ihrem Leben hatte, bis es nichts mehr gab, woran sie glauben konnte?

Ásta hatte die Vorstellung, ihre Mutter könnte von Callum schwanger sein, übel aufgenommen. Sie fühlte sich davon bedroht, als würde ein zweites Kind die Liebe ihrer Mutter zu ihr irgendwie abschwächen. Aber vielleicht war es der einzige Weg, wie Callum wirklich Teil dieser uneinnehmbaren Familie werden konnte, indem er sich selbst in ihren genetischen Stoff mit einwebte. Wenn er ein Kind von Birna bekam, dann müsste Ásta das auch als eine Art Verbindlichkeitserklärung an ihre Mutter betrachten, ein Versprechen, dass er sie nicht verlassen, sondern hier bleiben würde.

Und Ásta sollte wissen, dass Callum bleiben würde. Der

einzige Mann in ihrem Leben hatte sie, ob auf unrechte Weise oder nicht, verlassen. Wie konnte Callum erwarten, dass dieses Mädchen auch nur das Geringste in ihn investierte, wenn sie Männer nur als flüchtige, schwer fassbare Wesen kannte, die jederzeit verschwinden können?
Callum setzte seinen Becher ab und legte seine Arme um Birnas Taille. Ihr T-Shirt war ein Stück hochgerutscht, und ihr Bauch fühlte sich warm an.
»Birna, ich finde nicht, dass wir ein Jahr warten sollten«, sagte er. »Ich will, dass wir jetzt schon versuchen, ein Baby zu bekommen.«
Der Becher fiel ihr aus der Hand und fiel auf den Boden, so dass der Griff abbrach und wie ein Schmollmund liegen blieb. Sie blieb ganz still und drückte ihren Kopf schwer an ihn, als würde das ganze Gewicht seiner Worte darauf lasten. Er wartete auf ihre Antwort, ein Lachen oder ein Schluchzen, ein Ja oder ein Nein. Aber es kam nur ein Brummen.
Sie war k.o.

8

Sie erwachte in einem Zimmer mit Aussicht, mit einem gehörigen Kater und einem ungeduldigen Freund, der sie streichelte, damit sie endlich aufwachte. Sie hatte ihre Augen noch nicht aufgeschlagen, doch Callum murmelte irgendwas von Kindern, wollte, dass sie versuchten, ein Kind zu machen. Aber Birna wollte nichts davon hören. Sie erklärte, dazu sei sie noch nicht bereit. Sie müsste noch ein paar Dinge erledigen, bevor sie erwöge, ein Kind von ihm

zu bekommen. Sie ging ins Bad, putzte sich die Zähne und warf ihre Pille in den Abfalleimer. Jetzt war sie bereit.
Der Sex war zögerlich und unsicher. Es war unwahrscheinlich, dass sie gleich beim ersten Versuch einen Volltreffer landen würden – vorher galt es noch Bücher zu lesen, Zyklen aufzuzeichnen, Laster aufzugeben und Folsäure zu schlucken – aber die Möglichkeit bestand dennoch. Plötzlich war es kein Sex mehr. Sondern Fortpflanzung. Callum und Birna konnten sich nicht mehr einfach ihrer Lust hingeben. Lust schien fehl am Platz, wenn man ein Kind machen wollte, es schien falsch.
Ohne die Zuflucht zur animalischen Leidenschaft empfanden sie daher eine unbehagliche Ehrfurcht. Als Callum an der Schwelle zu seinem Orgasmus stand, kämpfte er einen tapferen Kampf, ihn noch hinauszuzögern, denn er war sich der Seismologie dieses Aktes sehr wohl bewusst. Wenn die Erde bebte, könnte man die Nachbeben noch neun Monate lang und sogar für die Dauer eines ganzen Menschenlebens spüren. Das war der helle Wahnsinn.
Erst als Birna einen Hustenanfall bekam, ihre unwillkürlichen Spasmen hatten unfehlbare Wirkung auf ihn und er konnte sich nicht mehr zurückhalten. Callum knirschte mit den Augen – eigentlich hatte er geglaubt, das könne man nur mit den Zähnen – und sah eine schnell geschnittene Bilderabfolge wie in einem MTV-Werbevideo vorüberziehen: ein frisch gestrichenes Zimmer … ein Mobile über einem Kinderbett … eine Flasche Milch, die im heißen Wasser schaukelt … ein bekleckertes Lätzchen … eine Sandkiste … weiße Hundescheiße … zerkaute Filzstifte … ein Dreirad, das in den Nesseln gelandet ist … ein aufgeschürftes Knie … ein Sackhüpfwettbewerb … ein Federmäppchen … ein Geburtstagskuchen … Liebesperlen … Hunderte von Ma-

sern … ein zerbrochenes Fenster … ein geplatzter Ball … Poster an der Wand … ein Rennrad im Flur … ein frisch gestrichenes Zimmer.
Als sie wieder zu Atem kamen, nahm Callum ein Kissen vom Boden und stopfte es Birna unter den Hintern.
»Was tust du denn da?«, wollte sie wissen.
»Du musst deinen Unterleib hoch lagern. Ich habe gelesen, dass du zehn oder fünfzehn Minuten in dieser Stellung bleiben musst, damit die Schwerkraft ihre magische Wirkung entfalten kann.«
Das brachte Birna so zum Lachen, dass sie genau den entgegengesetzten Effekt erzielte. Er angelte hektisch nach der Kleenex-Schachtel und bat sie, ihre Oberschenkel zusammenzupressen.
Sie lagen nackt auf der Matratze, ihre Decke war längst auf dem Boden gelandet.
»Bist du sicher, dass du das wirklich willst?« Birna hatte ihre Augen starr auf den Deckenventilator über ihnen gerichtet, der ihre nasse Haut kühlte.
»Natürlich bin ich sicher. Aber hättest du mich das nicht fragen sollen, bevor wir ungeschützten Sex hatten?« Callum rollte sich zu ihr herum und stützte sich auf einen Ellbogen, um sie besser anschauen zu können.
»Wahrscheinlich schon«, räumte sie ein.
»Du überlegst es dir doch nicht gerade wieder anders, oder?« Callum fuhr mit dem Finger die sanfte Kurve ihres Nabels nach.
»Nicht anders überlegen. Aber … na ja … du hast gesagt, dass du Angst davor hast, Ástas Vater zu werden. Glaubst du, es wird einfacher, ein eigenes Kind aufzuziehen?«
»Ich weiß, dass es nicht einfach wird. Aber ich möchte wirklich, dass wir ein Kind bekommen«, sagte er. »Ich kann

gut mit Kindern umgehen. Ein paar meiner besten Freunde waren welche.«

Birna nahm das Kissen und schlug ihn damit. »Du nimmst das nicht ernst.« Jetzt lachte sie.

»Noch nie in meinem Leben habe ich etwas ernster gemeint. Ich möchte, dass wir eine Familie sind. Ich habe mein bisheriges Leben so vermasselt, dass ich finde, es wäre langsam an der Zeit, indirekt durch die Erfolge meiner Nachkommenschaft zu leben. Bei deiner Intelligenz und meinem umwerfend guten Aussehen sind unserem Kind sicher große Dinge vorbestimmt. Wer weiß, vielleicht betreibt er oder sie eines Tages eine eigene Fischfabrik?«

Birna lachte wieder. »Und was wird Ástas Schicksal sein?«

»Ich würde mal sagen, als Kind einer Geologin und eines Drogensüchtigen wird sie ihr Leben damit zubringen, stoned zu sein. Aber Arnar ist ja nicht mehr da. Hoffentlich kann ich einen positiveren Einfluss auf sie ausüben. Das wird ein interessanter Test zum Thema Vererbung contra Erziehung. Wenn sie dann nach Haggis und Shortbread süchtig wird, werden wir wissen, dass die Erziehung gewonnen hat.«

»Wir müssen mit ihr reden«, sagte Birna. »Wir müssen ihr sagen, dass wir ein Kind bekommen wollen.«

»Darüber wird sie sich nicht gerade freuen.«

»Es wird schon okay für sie sein, solange wir ihr nur das sichere Gefühl geben, dass wir sie nicht weniger lieben, sobald das Baby da ist. Wir sollten gleich heute mit ihr reden.«

»Sollten wir nicht ein bisschen warten, zumindest, bis du schwanger bist? Das würde mir ein wenig Zeit geben, sie kennenzulernen. Wie kann ich ihr Vertrauen einflößen, wenn ich ihr immer noch völlig fremd bin?«

»Je eher wir ihr es sagen, umso eher gewöhnt sie sich an die Idee, dass du ab jetzt fest zu unserem Leben gehörst«, widersprach Birna. »Du hast gesagt, du willst, dass wir eine Familie werden, also sollten wir uns langsam auch wie eine benehmen. Wir drei sollten heute zusammen irgendwohin fahren. Wir können Ásta abholen und mit den Ponys ein bisschen im Gelände reiten.«

»Ponys?«

»*Já*. Wir gehen zusammen reiten.«

»Als ich sagte, ich will, dass wir eine Familie werden, hatte ich nicht an Pony-Trekking gedacht. Ich hatte mir was Ruhigeres vorgestellt, Monopoly oder so.«

»In Island heißt Monopoly Matador«, erklärte Birna.

»Prima«, sagte Callum. »Was möchtest du sein: der Papageitaucher, die Harpune oder der Schafshoden?«

Die späte Morgensonne brach durch die Wolken und weckte die Berge aus ihrem Schlummer. Sie streckten ihre felsigen Glieder, von denen einige immer noch unter harschigen Schneedecken begraben waren. Zu ihren Füßen nahmen sich die drei Menschen und drei Ponys, die an einem großen See stehengeblieben waren, so nichtig wie Ameisen aus. Die riesige Wassermasse hatte sich in Folge des einen oder anderen Kataklysmus zum Teil ins Erdreich zurückgezogen und dabei den Großteil des Seebodens freigelegt. Das zurückbleibende Bett war von Rissen, Kratern und klaffenden Wunden durchzogen, die nicht mehr heilen wollten: dampfende Öffnungen, die zischten und buhten und mit faulen Eiern warfen.

Die Sonne drehte weiter auf, und der Schatten von Callums Pony erschien auf dem Gras, als würde sich ein Fohlen zum ersten Mal in seinem Leben auf alle viere stellen.

Er mühte sich ab, das Tier zu besteigen.
»Du bist noch nie geritten, oder?«, lachte Birna.
»Wie hast du das nur wieder erraten?« Callum hüpfte auf einem Fuß, während er mit dem anderen im Steigbügel festhing.
Er wusste, wie lächerlich er aussah, piekte sein Pony aber weiter mit der Schuhspitze in die Rippen und wedelte dabei mit den Händen, um die Fliegen zu verscheuchen.
Ásta fand das gar nicht komisch. Sie lenkte ihr Pferd von ihnen weg und den grasbewachsenen Abhang hinunter, der zum dampfenden Seeboden führte. Normalerweise machte sie gerne einen Ausritt mit den Ponys hierher, aber heute hatte sie keine Lust verkündet, und das hatte sie auch laut gesagt, vor Callum.
»Es ist ganz einfach«, sagte Birna. Sie hatte nicht bemerkt, dass ihre Tochter sich verdrückte. »Du musst dich mit beiden Händen am Sattel festhalten und dann dein Bein über seinen Rücken schwingen, als würdest du über einen Zaun springen.«
Als Callum zum letzten Mal über einen Zaun gesprungen war, war er zwölf Jahre alt gewesen, und seine Bomberjacke hatte seinen knubbeligen Bauch nicht verbergen können, der mit einem halben Dutzend Dosen Ginger Ale schwanger ging, die Callum aus dem Tante-Emma-Laden befreit hatte.
»Ich versuche ja die ganze Zeit, mein Bein über seinen Rücken zu schwingen, aber er dreht sich immer von mir weg«, protestierte Callum. Er dachte, er könnte das Pferd vielleicht zum Stehen bringen, wenn er ihm eine Hand auf die Nase legte, aber das Tier war anderer Ansicht. Es warf den Kopf zurück und verschlang seine Finger in seinem heißen, samtigen Maul. Callum wischte sich den Sabber auf seiner Hand an der langen blonden Mähne des Ponys ab.

Woraufhin das Pferd sich mit einem Schnauben beschwerte und die Morgenluft mit seinem hefeduftenden Atem füllte, der noch mehr Fliegen anzog.
»Soll ich dir raufhelfen?«, bot Birna an.
»Nein«, sagte Callum ein wenig brüsk. Er würde sich nicht geschlagen geben. Einen Moment überlegte er, ob er einfach Anlauf nehmen sollte, aber er hatte Angst, dass das Pony im letzten Moment beiseite treten würde, so dass er durch die Luft flöge wie ein Fußballer, der einem unsichtbaren Kopfball nachhechtet. Er erwog, sich dem Tier von hinten zu nähern, aber dann wurde ihm klar, dass er sich damit in die Reichweite seiner Hinterhufe begeben würde. Er hatte schon als Kind zu viele Cowboyspiele verloren, als dass er plötzlich so tollkühn werden konnte.
Nach mehreren abgebrochenen Versuchen gelang es ihm schließlich, sich in ziemlich würdeloser Manier auf das Pony zu hieven, wie ein Betrunkener, der versucht, voll bekleidet, aus einem Swimmingpool zu klettern. Sobald er im Sattel saß, gewann er sein Selbstvertrauen zurück, aber das verrauchte schnell, als Birna ihm erzählte, dass sein Pony blind war.
»Du hast mir ein blindes Pony gegeben?«
»*Já*. Unsere Ponys sind aus einem Stall in Dalland aussortiert worden. Dein Pony und meines sind blind. Sie sind Brüder: Hálfdán und Fróði. Sie sind mit einem genetischen Defekt auf die Welt gekommen, so dass der Stall sie nicht mal zur Zucht verwenden konnte.«
»Afghan und Frothy?«
»Hálfdán und Fróði. Ásta hat sie nach zwei Charakteren benannt, die in einer der Sagas vorkamen, die ich ihr immer vorgelesen habe. Hálfdán und Fróði waren Brüder. Einer war herzlich und freundlich, der andere ein Wilder.«

»Lass mich raten. Ich reite auf dem Wilden.«
»Richtig«, lachte Birna. »Als wir die Ponys kriegten, war Fróði der Widerspenstige und Hálfdán der Brave. Aber jetzt haben sie beide gute Manieren, obwohl Fróði die Leute immer noch gerne mal beißt, wenn er ihren Geruch nicht mag. Blinde Pferde haben empfindliche Nasen.«
»Was willst du damit sagen?« Callum schnüffelte demonstrativ an seinen Achseln.
Birna schüttelte den Kopf. Sie trieb ihr Pony an. »Komm, beeil dich. Ásta ist uns schon voraus.«
Callum klatschte dem Pony mit den Zügeln auf den Hals. Nichts. Er hüpfte ein wenig im Sattel auf und ab und sagte »Hüah!«, aber das Pony weigerte sich, sich vom Fleck zu rühren. Er versuchte es, indem er ihm die Fersen in die Flanken grub. Fróði antwortete, indem er seinen Kopf nach unten streckte und mit den Zähnen ein Büschel Moos aus dem Boden riss. »Wie kriegt man das in die Gänge?« Callum fuhr dem Tier über den Hals, als suche er nach der Zündung.
»Du musst ihn freundlich drum bitten.« Birnas Atem nahm Formen an vor ihrem Mund, während sie sprach. Obwohl die Sonne schien, war die Luft noch immer kalt. »Isländische Pferde sind sehr intelligent«, erläuterte sie. »Sie sind aus reinrassiger Zucht. Die Wikinger haben sie auf ihren Schiffen hergebracht, und da sie wenig Platz hatten, haben sie nur die besten mitgenommen. Deswegen sind die Islandponys heute berühmt für ihre Kraft, Ausdauer, ihren starken Willen und ihre Intelligenz.«
Callum lächelte. Er hätte keine besseren Vokabeln finden können, um Birna selbst zu beschreiben.
»Also, wie bitte ich ihn jetzt darum, loszugehen?«
»*Komdu!*«, rief sie.

Callums Pony trug ihn zu ihr.
»Aha«, meinte er. »Das Zauberwort. *Komdu.*«
»Das heißt ›komm her‹.«
»Und was sage ich, wenn er stehenbleiben soll?«
»Dann sagst du: *stansaðu hérna, takk.*«
»Was?«
»Das war nur ein Witz«, sagte Birna. »Wir haben ihm kein Wort für ›stop‹ beigebracht.«
»Du liebe Zeit, warum denn nicht?« Die Ponys gingen nun nebeneinander her, aber Callum war sich nicht sicher, ob er sein Tier unter Kontrolle hatte.
»Keine Angst. Wenn du fest an den Zügeln ziehst, dann bleibt er stehen.« Birna konnte an seinem Gesicht ablesen, wie unwohl ihm zumute war. »Entspann dich einfach. Ein Islandpony kann man viel einfacher reiten als ein normales Pferd. Sie sind trittsicherer wegen ihrer speziellen Gangart. Die meisten Pferde haben drei Gangarten: Schritt, Trab und Galopp. Diese Ponys haben daneben noch den Passgang und sogar noch einen fünften.«
»Wie einen fünften Gang?«
»So kann man sagen. Wir nennen ihn *Tólt*. Das ist wie schneller Schritt, und man sitzt dabei sehr bequem im Sattel. Wenn du so über eine Eisfläche reitest, hörst du den Hufschlag ganz deutlich. Das ist was ganz Besonderes.«
»Wie lange reitet Ásta schon?« Callum sah, dass Birnas Tochter nur noch ein Punkt am Horizont war und machte sich Sorgen um ihre Sicherheit, nicht zuletzt deswegen, weil er unmöglich abschätzen konnte, wie groß die Entfernung zwischen seinem und ihrem Pferd war. Die isländische Landschaft war so beschaffen, dass Callum nie sagen konnte, ob der Horizont zwei oder zwanzig Kilometer entfernt war.

»Um Ásta brauchst du dir keine Gedanken zu machen.« Birna hatte bemerkt, dass er sich um ihre Tochter sorgte, und das schien sie zu freuen. »Sie reitet seit ihrem sechsten Lebensjahr, als ihre Hände kräftig genug waren. Ich habe sie zwischen meine Beine gesetzt, und sie hat sich vorne am Sattel festgehalten.«

»Ist ihr Pferd auch blind?«

»*Nei.* Ástas Pony ist ausgemustert worden, weil es zu klein war. Snær leidet an Kleinwüchsigkeit, deswegen haben sie ihn abgegeben. Die Ställe beurteilen alle Fohlen nach ihren potentiellen Fähigkeiten. Sie untersuchen ihr Verhalten und ihren Gang, die Kopfhaltung und ihre Haltung im Allgemeinen. Snær ist auf allen Gebieten durchgefallen.«

»So wie er aussieht, würde ich tippen, dass Snær nach einer anderen Figur aus den Sagas benannt worden ist … ein Zwerg oder ein Krüppel vielleicht?«

Birna lachte. »Du musst bald anfangen, Isländisch zu lernen. Snær bedeutet Schnee. Ásta hat ihn wegen seines weißen Fells Snær genannt. Wenn er im Winter draußen ist, kann man nur schwer sagen, wo der Schnee aufhört und das Pony anfängt.«

»Ich finde es schwierig, mich an all diese seltsamen Namen zu gewöhnen«, sagte Callum.

»Du wirst dich an isländische Namen gewöhnen müssen, wenn wir ein Kind kriegen.«

»Nie und nimmer. Wenn wir ein Kind kriegen, dann bekommt es einen schönen, altmodischen, schottischen Namen, einen Namen mit sehr wenigen Buchstaben und keiner von diesen Runen drin. Ein guter Glasgower Name wie Tam, Rab oder Ally … kurz, prägnant, kein großes Gelaber.«

»Kann sein, dass diese Namen gar nicht möglich sind. Du wirst nicht drum herumkommen, deinem Sohn oder deiner

Tochter einen isländischen Namen zu geben. Das liegt ganz beim Mannanafnanefnd.«
»Gesundheit!«, sagte Callum, als hätte sie gerade geniest.
Birna lenkte ihr Pony zu ihm, bis sie nahe genug war, um ihm einen Tritt versetzen zu können. »Mannanafnanefnd ist das Komitee für isländische Namen«, erklärte sie.
»Warum braucht man für Namen denn ein Komitee? Und warum lässt man sich von denen was sagen, wo sie sich selbst nach einem unwillkürlichen Nasenreflex benannt haben?«
Birna ignorierte die Stichelei. »Das gehört zur Bewahrung unserer Sprache. Das Komitee entscheidet, welche Vornamen in Island erlaubt sind. Wenn du und ich ein Kind haben, müssen wir einen Namen isländischen Ursprungs aussuchen oder zumindest einen, der mit der isländischen Grammatik konform geht. Das Komitee erklärt jedes Jahr eine gewisse Anzahl von neuen Namen für gültig. Dieses Jahr waren das zum Beispiel Engilbjört, Marela, Ástvar und Dísella.«
»Sie haben Engilbjört genehmigt? Liebe Güte. Armes Kind. Da fragt man sich, welche Namen sie abgelehnt haben.«
»Damon«, sagte Birna.
»Damon?«
»Nach Damon Albarn. Das ist so ein gängiger Witz in Reykjavík: Seit sich der Sänger von Blur in der Stadt niedergelassen und die isländischen Frauen entdeckt hat, laufen eine Menge kleiner Damons durch die Gegend. Aber das Komitee hat den Namen nicht genehmigt, das geht also gar nicht. Wenn er sich danebenbenimmt, könnten die Frauen, die er geliebt und verlassen hat, sich immer noch damit trösten, dass der Nachname des Kindes aus dem Vornamen des Vaters gebildet wird. Aber bis jetzt gibt es noch keine Damonssons oder Damonsdóttirs in Ástas Schule.«

Callum wandte seine Aufmerksamkeit wieder Birnas Tochter zu. Sie holten langsam auf, aber sie war immer noch klein genug, um zwischen Daumen und Zeigefinger zu passen, wenn er sich die Hand direkt vor die Augen hielt.
»Woher hast du den Namen Ásta?«, fragte er.
»Das bedeutet Liebe.«
»Ásta Birnasdóttir … das hat einen schönen Rhythmus.«
»Ásta Arnarsdóttir«, verbesserte Birna. Sie spürte, dass Callum sie anschaute, aber sie erwiderte den Blick nicht.
»Du hast sie nach Arnar benannt? Aber er ist gestorben, bevor sie geboren war.«
»Ich weiß, dass er gestorben ist.« Birna schien gereizt. »Das haben wir alles schon besprochen. Arnar mag gestorben sein, er mag in seinem Leben ein Loser gewesen sein, aber er war trotzdem Ástas Vater. Ich fand es wichtig, dass sie seinen Namen trägt.«
Callum kam sich dumm vor, weil er danach gefragt hatte, aber wenn es etwas gab, das ihn daran hinderte, Ástas Vater zu werden, dann war es ihr Name. Er konnte an ihrem Verhältnis arbeiten, er würde eines Tages vielleicht ihr Vertrauen gewinnen, aber sie würde immer der Namen tragen: Arnarsdóttir. Und dieser Name sagte: *Dieses Mädchen gehört zu Arnar.*
»Tut mir leid«, entschuldigte er sich. »Du hast recht. Es geht mich überhaupt nichts an. Ich war nur überrascht, das war alles.«
Birna wurde sanfter. »Ist schon gut. Du fühlst dich ausgeschlossen. Ich verstehe das.« Sie langte zu ihm hinüber und rieb ihm die Schulter. »He, denk doch bloß, wenn du und ich ein Kind haben, bekommt es deinen Namen. Es wird ein Callumsson.«
»Du glaubst also, wir bekommen einen Sohn?«

Birna lächelte und nickte mit überraschender Überzeugung. »Meine Mutter hat es in meiner Aura gesehen.«
Das nun wieder, dachte Callum. »Kann sie wirklich die Aura eines Menschen sehen?«
»Meine Mutter kann eine Menge Dinge sehen, die andere Leute nicht sehen können.«
»Wie bei diesen 3-D-Bildern?«
»Du magst das vielleicht lustig finden, aber du bist gar nicht so weit von der Wahrheit entfernt. Die Aura eines Menschen zu lesen ist ein ähnlicher Prozess, wie er bei diesen Bildern nötig ist. Du musst die Dinge nur anders betrachten. Wenn du eine Person anschaust, musst du dich auf die Energie rund um diese Person konzentrieren.«
»Kannst du das auch?«
»Nein. Ich bin nicht mit den Gaben meiner Mutter gesegnet. Aber ich glaube, sie haben vielleicht einfach nur eine Generation übersprungen. Ásta zeigt gewisse Anzeichen.«
»Du liebe Güte, das klingt, als wäre sie das Kind Satans oder so was.«
Birna lachte. »Nein, so böse war ihr Vater nun auch wieder nicht.«
Callum rang sich ein Lächeln ab, aber er war nicht glücklich darüber, wie dieses Gespräch verlief, nicht zuletzt deswegen, weil Birnas Mutter auch sein Energiefeld erspürt hatte und ihr nicht gefallen hatte, was sie darin sah. »Wenn es ein Junge wird, musst du mir eines versprechen«, sagte er.
»Was?«
»Versprich mir, dass wir ihn nicht Snær nennen.«
»Snær Callumsson«, kicherte Birna. »der Yeti.«
Es verwunderte Callum, dass ganz oben auf den Bergen immer noch Schnee lag, denn die Sonne schien ihm heiß ins Gesicht. Die vielen Farben und Strukturen der Erde und

der Felsen rundherum wurden durch das starke Licht herausgearbeitet. Als ob jemand auf eine riesige Schachtel Pastellkreiden gestiegen wäre, um eine Landschaft zu schaffen.

Irgendwann hatten die beiden Ásta eingeholt. Sie zügelte ihr Pferd zu einem verhaltenen Galopp, aber Birna und Callum verlangsamten auch und ritten rechts und links neben ihr wie eine Eskorte.

»Wie geht's meinem Sternchen?«, fragte Birna.

Ásta zuckte die Achseln. Zumindest interpretierte Callum es als Achselzucken. Vielleicht hatte sie aber auch nur die Schultern bewegt, während sie die Zügel verkürzte, um wieder von ihnen fortzureiten.

»Ásta, wollen wir Callum von deiner Sammlung erzählen?« Birna sagte das so, als hätten sie das Ganze vorher geprobt und Ásta müsste nun ihre Zeile aufsagen.

Aber Ásta hatte das Drehbuch vergessen. Und sie reagierte auch nicht auf das ermunternde Nicken ihrer Mutter. Sie presste die Lippen weiter zusammen und senkte den Kopf, so dass ihr akkurat geschnittener schwarzer Bob ihr Gesicht verdeckte.

»Was sammelst du denn?«, fragte Callum. Er nahm an, dass man so mit Kindern umgehen musste: Man musste so tun, als würde man sich für alles interessieren, was sie interessierte. Warum sonst würde er auf einem blinden Pony durch einen Landstrich reiten, der so vernarbt und durch offene Erdspalten zerstört war, dass er schon einen halben See verschluckt hatte? Ein Hufbreit daneben, und Callum würde mitsamt Reittier die Hauptrolle in der Neuauflage von *Die Reise zum Mittelpunkt der Erde* spielen.

Birna erlaubte ihrer Tochter nicht, seine Frage zu ignorieren. Sie beantwortete sie für sie. »Ásta sammelt Wetter.«

»Wetter?«, vergewisserte sich Callum. Er hatte seine Stimme so klingen lassen wollen, als wäre er voll kindlichen Staunens, aber es hörte sich leider so an, als hielte er Ásta für völlig plemplem.
Callum hatte noch nie gehört, dass jemand Wetter sammelte. Er war wirklich fasziniert. »Wie sammelt man denn Wetter?«
»Ásta sammelt Wetter in den Marmeladengläsern ihrer Großmutter«, antwortete Birna. »Regen, Schnee, Hagel, jedes erdenkliche Wetter. Wenn sie Wind einsammelt, fängt sie ein Blatt auf, das durch die Luft fliegt, und verschließt es in dem Einmachglas. Einmal hat sie ein Wollbüschel gefangen, das der Wind aus einem Stacheldrahtzaun gelöst hatte. Und sie hat sogar Donner gesammelt. Ásta, erzähl Callum doch, wie du den Donner einsammelst.«
Schweigen.
»Sie nimmt ihn auf Kassette auf und tut die Kassette in ein Marmeladenglas«, erklärte Birna. »Ich bin sicher, Ásta wird dir ihre Sammlung zeigen, wenn wir nach Hause kommen. Sie ist sehr ordentlich. Auf jedem Glas ist ein Aufkleber mit Datum, der Art von Wetter, die es enthält, dem Namen der Person, deren Geburtstag an dem jeweiligen Tag war. Denn Ásta sammelt nur Wetter, wenn jemand aus der Familie Geburtstag hat. Stimmt's?«
Das Mädchen antwortete mit einem Nicken. Diesmal war Callum sicher, dass es ein Nicken gewesen war. Es war auf jeden Fall eine deutlichere Kopfbewegung als das monotone leichte Schaukeln, das von den langsamen Schritten des Ponys herrührte.
Birna betrachtete es als Durchbruch. »Erzähl Callum doch mal, was für ein Wetter du an deinem letzten Geburtstag gesammelt hast.«

»Sonnenschein«, sagte Ásta, in einem Ton, der dem Wort sein ganzes Licht raubte.
»Sonnenschein?«, echote Callum und gab dem Wort seine Leuchtkraft zurück. »Wow, das ist ja toll!« Er deutete auf den glühenden Ball am blauen Himmel zu ihren Köpfen. »Wie hat ein kleines Mädchen wie du denn diese riesige Sonne da oben in ein winziges Marmeladenglas gezwängt?«
»Ich habe ein Foto gemacht, du Blödmann«, antwortete sie brüsk. »Und hör auf, mit mir zu reden, als wäre ich ein Kind.«
Birnas Gesicht wurde hart. »Entschuldige dich bei Callum«, fuhr sie Ásta an.
»Das ist nicht nötig«, sagte er. »Wirklich nicht.« Er hob beschwichtigend die Hand.
Ásta trieb ihr Pony nach vorne, so dass sie wieder einen gewissen Abstand voneinander hatten.
»Ásta!«, schrie Birna.
Aber ihre Tochter hatte noch einmal beschleunigt. Sie hob ihren Hintern aus dem Sattel und lenkte ihr Pony ans Ufer des schwindenden Sees, wo das Wasser nur so um sie aufspritzte. Sie folgte der lang gezogenen Kurve um den See und verschwand hinter einem Haufen aus herabgestürzten Steinen, der bis auf den Weg reichte.
»Ich sollte ihr hinterherreiten«, sagte Birna.
»Ach … lass sie doch«, meinte Callum. »Wenn sie nicht zum Reden aufgelegt ist, dann können wir sie auch nicht zwingen.«
»Sie war früher nie so launisch. Sie war immer so unkompliziert.« Birna kniff die Augen zusammen, als würde sie in die Sonne schauen. »Manchmal finde ich, eine elfjährige Tochter zu haben, ist, als hielte man eine Handgranate in der Hand,

bei der der Sicherungsstift schon zur Hälfte herausgezogen ist. Jeden Moment kann sie explodieren.«

»Sie schmollt nur. Sie wollte nicht mit uns ausreiten, und das lässt sie uns jetzt spüren. Und ich war weiß Gott auch gut im Schmollen, als ich in ihrem Alter war. Liege ich richtig mit der Annahme, dass normalerweise nur ihr zwei ausreitet?«

»Já.«

»Na ja, dann liegt es daran. Ich verderbe ihr das ganze Erlebnis. Normalerweise hat sie dich für sich allein, und jetzt muss sie dich mit mir teilen. Also schmollt sie ... und will dadurch Aufmerksamkeit von dir bekommen.«

»Ich finde trotzdem, ich sollte ihr hinterherreiten.«

»Das kannst du nicht machen«, widersprach Callum. »Genau das erwartet sie doch. Wenn du ihr hinterherjagst, dann hat sie gewonnen. Du musst sie einfach machen lassen.«

Birna starrte ängstlich auf den leeren Horizont. »Ich bin mir da nicht so sicher. Sie macht gerade eine schwierige Zeit durch, Callum. Dadurch, dass ich dich ins Haus geholt habe, verlange ich eine große Umstellung von ihr. Ich hätte sie besser auf deine Ankunft vorbereiten sollen. Sie konnte bei dieser Angelegenheit überhaupt kein Wort mitreden. Ich finde wirklich, ich sollte ihr hinterherreiten und mit ihr reden, von Mutter zu Tochter.«

»Nein, Birna. Sie muss lernen, dass Davonlaufen keine Lösung ist. Meine Eltern haben sich auch nie von meiner emotionalen Erpressung beeindrucken lassen, selbst als ich androhte, für immer die Luft anzuhalten, wenn sie mich nicht für die Sportschau aufbleiben ließen.«

Birna brachte ihr Pony zum Stehen. »Gott, ist das süß.«

»Ich war alles andere als süß.« Callum zog an den Zügeln und zu seiner großen Überraschung blieb Fróði stehen.

»Du warst ein schwieriges Kind?«
»Nicht schwierig«, erklärte Callum. »Eigensinnig.«
»Meine Mutter sagt, dass ich genauso war.«
»Unmöglich. Keiner war so stur wie ich. Als ich klein war, konnte man mich nicht dazu bringen, irgendetwas zu tun, was ich nicht wollte. Bei uns zu Hause durfte man nach den Mahlzeiten nicht vom Tisch aufstehen, wenn man seinen Teller nicht ganz leer gegessen hatte. Ich tat, was man mir sagte, aber Tage später fand meine Mutter dann Rosenkohl in meinen Taschen oder zerkaute Fleischstücke in meinen Hosenaufschlägen.«
Birnas Grinsen wurde noch breiter. Sie sah Callum an, als hätte sie gerade ein Geheimfach in ihm entdeckt mit etwas Altem, Kostbarem und Seltenem darin. »Siehst du, das hatte ich gemeint. Es ist gut, dass wir noch nicht alles voneinander wissen. Unsere Beziehung wird immer voller Überraschungen sein, wie deine Hosentaschen.«
»Ich kann dir glaubhaft versichern, ich habe kein Gemüse in den Hosentaschen, aber wenn du die Hand tief genug reinsteckst, dann findest du vielleicht ein paar von den geräucherten Lummen deiner Mutter.«
»Du bist gemein zu meiner Mutter. Ich bin sicher, du wirst dich an ihre Küche gewö …« Birna stockte die Stimme. Etwas hinter Callums Rücken hatte ihre Aufmerksamkeit erregt. Sie streckte einen Arm aus und deutete hinter ihn. »Da ist Snær!«
Das weiße Pony galoppierte auf sie zu mit dem unerschütterlichen Selbstvertrauen eines Rennpferdes, das beim Grand National seinen Reiter abgeworfen hat.
»Ásta?«, schrie Birna. »Ihr ist etwas passiert. *Komdu!*« Birnas Pony gehorchte und galoppierte aus dem Stand los.
»Warte!«, rief Callum, aber Birna war bereits außer Hör-

weite. »Okay, Fróði … das müssen wir jetzt alleine schaffen. Lass mich bloß nicht im Stich. *Komdu!*«

Das Pony blieb wie angewurzelt stehen.

»Verdammt noch mal, bist du denn so taub wie du blind bist?« Callum versuchte es noch einmal – *»Komdu!«* –, aber das Tier rührte sich nicht vom Fleck. Vielleicht hatte er den Akzent nicht richtig hingekriegt. Vielleicht bedeutete »komdu«, so wie er es aussprach, etwas ganz anderes als »komm!« Es konnte ja gut sein, dass er »Mantel« oder »Schraubenschlüssel« gesagt hatte, ohne es zu merken. Aber in extremen Situationen muss man manchmal zu extremen Mitteln greifen. Er zog einen Kugelschreiber aus seiner Jackentasche und piekte Fróði mit der Spitze ins Hinterteil. Das Pony schoss los, als wäre gerade seine Startbox aufgegangen.

Callum jagte Birna bis in den See hinterher. Es war die einzige Möglichkeit, um den Steinhaufen zu umgehen, der ihnen den Weg versperrte. Verzweifelt klammerte er sich fest, als Fróði durch das Wasser rannte. Dann erreichten sie wieder festen Boden. Wie sich herausstellte, war das Gebiet hinter dem Steinhaufen wieder ein ausgedehntes trockenes Bett, von Sprüngen durchzogen, schwarz gesprenkelt mit Vulkanasche und willkürlich mit Felsbrocken übersät.

Mitten auf diesem Ödland lag zusammengekrümmt ein kleines Mädchen, genauso reglos wie die Steine um sie herum. Im Schlamm hatten Autoreifen tiefe, frische Spuren hinterlassen, die einen schwungvollen Bogen um Ásta beschrieben, bevor sie in der Ferne verschwanden. Callum folgte den Abdrücken mit den Augen bis zu einem grünen Jeep, der gerade eine Grasböschung auf der gegenüberliegenden Seite des Sees hochfuhr. Bevor er den angeblichen fünften Gang an seinem Pony finden konnte, um die Verfolgung aufzunehmen, hatte der Jeep schon die unbefestigte

Straße wiedergefunden. Das Licht spiegelte sich in seinen Fenstern, als er in den umgebenden Bergen verschwand.

»Geländefahrer«, rief Birna. »Sie müssen Snær erschreckt haben.« Mit einer einzigen fließenden Bewegung brachte sie ihr Pferd zum Stehen und stieg ab. Sie rannte zu ihrer Tochter und fiel neben ihr auf die Knie. »Ásta, ich bin's. Sprich mit deiner Mutter.« Birna strich ihrer Tochter übers Haar und fuhr im nächsten Moment zurück. Als sie ihre Hand in die Sonne hielt, glitzerte Blut daran.

»Um Gottes willen«, sagte Callum. Er kniete neben Ásta nieder und begann mit seinen Fingern strähnchenweise ihre verklebten schwarzen Haare abzuteilen.

»Was tust du da?« Birna klang verärgert.

»Ich versuche, die Wunde zu finden. Bevor wir versuchen, sie zu bewegen, müssen wir feststellen, wie schwer sie verletzt ist.«

»Nimm deine Finger von meiner Tochter«, rief Birna. Sie versetzte Callum einen Stoß, nicht besonders fest, aber doch mit genügend Schwung, dass er sein Gleichgewicht verlor und hintenüber kippte. »Du bist schuld«, schrie sie. »Du hättest mich nicht davon abhalten dürfen, ihr hinterherzureiten. Das ist alles deine Schuld.«

9

Die Dunkelheit senkte sich so sicher herab wie der Regen, als ich an der Station Malostranská nach oben auf den Platz kam. Mit der U-Bahn war ich unter der Moldau durchgefahren, dem Fluss, der sich jetzt anhörte wie das Meer. Über mir schossen

Wasserstrudel aus den Mündern der Wasserspeier, die sich vergeblich bemühten, von den Dachtraufen der Kathedrale zu springen. Straßenhändler bauten ihre Regale und Ständer ab, während sich ihre Kunden um die Regenmäntel stritten. In einem Restaurant, das am Fuß der Karlsbrücke ganz knapp über dem Wasser lag, wurden die Teppiche zusammengerollt, die Möbel hochgestellt und die elektrischen Geräte entfernt. Die Gehwegplatten kochten und zischten.

Eine Gruppe von Einheimischen hatte sich um einen Zeitungskiosk versammelt. Alle reckten die Köpfe und stellten sich auf Zehenspitzen, um einen besseren Blick auf den Minifernseher des Verkäufers zu bekommen.

Die Sendung, die gerade lief, zeigte einen Mann, der mit einem Hirsch rang. Sah in Prag so die Unterhaltung zur besten Sendezeit aus? Das Mädchen neben mir spürte meine Verwirrung und erklärte mir in studentischem Englisch, dass ihre Stadt sich auf eine Überschwemmung gefasst machte. Sie hatten bereits angefangen, den aufgeregtesten Tieren im Zoo Beruhigungsmittel zu verabreichen. Ich sah mir die Nachrichtensendung noch ein bisschen an. Tatsächlich bewegten sich die Tierpfleger zwischen all den gestressten Tieren mit der Entschlossenheit eines Noah.

Eine Frau rannte mit einem Kinderwagen voller Sandsäcke an mir vorbei. Über mir flog ein Helikopter, der wahrscheinlich den Pegel des Flusses kontrollierte. Ich hielt es für klüger, in Richtung Hügel zu laufen. Heute abend würde ich wohl nicht auf einer Terrasse am Wehr sitzen, um mein kühles Pilsner zu schlürfen.

Ein kleines bisschen Panik, ein Hauch von Chaos – die Ereignisse spielten bestens zusammen. Nicht, dass ich eine Überschwemmung hätte einfädeln können. Ich bin nicht Gott. Das Einzige, was ich mit dem Großen Puppenspieler im Himmel gemeinsam habe, ist die Macht, Leben zu nehmen. Und zu diesem Zweck war ich nach Prag gekommen.

»Na, schreibst du gerade an deinen Memoiren?«, fragte Frikki. Er stand neben Callum und las über dessen Schulter das Dokument auf dem Laptop seines Chefs.

Callum verkleinerte das Fenster. »Oh ... nein. Ich ... äh ... ich lese nur gerade ein Briefing, das ich von einer Produktionsfirma in London bekommen habe.« Callum drehte sich auf seinem Stuhl herum, so dass er den Bildschirm ganz verdeckte. »Sie erkundigen sich nach Drehorten für einen Auto-Werbespot. Sie haben ein Skript für den Renault Scenic, das Wasserfälle und Geysire verlangt und ein großes Finale, in dem zwei von den Autos auf einem Gletscher tanzen. Ich habe den Regisseur für eine Besichtigung eingeladen.«

»Cool. Unser erster Dreh.« Frikki reichte Callum einen Take-Away-Kaffee im Pappbecher.

»Noch haben wir den Auftrag nicht in der Tasche«, warnte Callum. »Wir müssen dem Typen die volle Show liefern, damit ihm kein Zweifel daran bleibt, dass Island der geeignete Ort für diesen Spot ist.«

»Wenn es was hilft, kann ich ja einmal ganz privat für ihn tanzen«, schlug Anna Björk vor. Sie saß mit einer aufgeschlagenen Zeitung auf dem Schoß am anderen Ende des Büros. Die Füße hätte sie auf den Tisch gelegt, wenn die Tische denn schon geliefert worden wären. Ein Irrtum beim Datum hatte dazu geführt, dass die Möbel nicht vor der nächsten Woche kommen würden. Folglich behielt das Büro vorerst seine etwas spartanische Note. Fire and Ice Locations war nicht das dynamisch-kreative Umfeld, das Callum sich vorgestellt hatte. »Schutt-und-Sägespäne-Locations« wäre treffender gewesen.

Anna Björk hatte zumindest einen Versuch unternommen, das Büro ein bisschen zu verschönern, indem sie ein halbes Dutzend Topfpflanzen anschleppte, die vorher in ihrem Souterrain-Appartment nach Licht gelechzt hatten. Und Frikki hatte ein Schlafsofa spendiert, um den Geist der Firma zu unterstreichen, obwohl seine altruistische Geste ein bisschen litt, als er fragte, ob er ein paar Nächte darauf schlafen könnte, bis er eine bezahlbare Wohnung gefunden hatte.

»Und wann tanzt du mal für mich?« Frikki reichte Anna Björk ihren Kräutertee. »Ich habe eine Hand voll Münzen aufgespart, die ich dir in den G-String stecken kann.«

»Ich tanz doch nicht für Kleingeld«, sagte Anna Björk. »Dieser Körper rangiert im oberen Dollarbereich. Das könntest du dir gar nicht leisten.«

»Ich könnte ja meine Kreditkarte durch deine Arschritze ziehen«, bot Frikki an.

Anna Björk fand das gar nicht komisch. Sie wandte sich wieder ihrer Zeitung zu.

»Was gibt's Neues, AB?«, fragte Callum. Er genoss das Büroleben und das dazugehörige Geplänkel. Das verschaffte ihm eine willkommene Erleichterung nach der angespannten Atmosphäre zu Hause. Seit Ástas Unfall waren vierundzwanzig Stunden vergangen, und in dieser Zeit hatte Birna kaum vierundzwanzig Worte mit ihm gewechselt. Wenn er den isländischen Wortschwall auf ihrer Heimfahrt vom See nicht mitrechnete. Sigriður mochte Ástas Kopfverletzung heilen können, aber sie hatte keine Kräutermedizin gegen Birnas Ärger.

»Also.« Anna Björk stellte den Tee zu ihren Füßen ab, um ihn ziehen zu lassen. Sie blätterte die Zeitung durch. »Was geht vor sich in unserem ach-so-schönen Lande?« Sie klang gelangweilt. *»MILCH IN FLASCHEN«*, übersetzte sie eine Überschrift. »*Die Molkerei von Reykjavík, Mjólkursamsala, plant, ab Ende Mai Milch in Flaschen zu verkaufen. Milch in Flaschen gab es zum letzten Mal vor sechsunddreißig Jahren. Marketingleiter Baldur Sigurjónsson erklärt: ›Das ist eine gute Nachricht für alle Leute, die ihre Milch gerne in der Flasche kaufen.‹* Jawohl, Baldur, erzähl uns nur die ungeschminkte Wahrheit. Was gibt's sonst noch …« Ihre Augen huschten über die Seite, bevor sie an einer anderen Überschrift hängenblieben. »*KUH AHOI. Der Fischer Sturla Jónasson entdeckte überraschenderweise eine tote Kuh neben seinem Boot, als er an der Küste von Patreksfjördur vorbeifuhr. Die Kuh streckte alle Viere in die Luft und schaukelte sanft auf den Wellen, als würde sie gerade ein Sonnenbad nehmen.*« Anna Björk schlug die Zeitung zu und öffnete sie wieder an einer anderen Stelle. »*SOLAR-COLA. Der Sargfabrikant Kristinn Kristmundsson aus Egilsstadir hat einen solarbetriebenen Getränkeautomaten mitten auf freiem Feld aufgestellt. Kristinn berichtet, dass Wanderer ihn oft mit einer Toilette verwechseln und dann überrascht feststellen, dass sie sich eine Cola kaufen können.*« Sie warf die Zeitung auf den Boden. »O Mann, dieses Land ist so Scheiße. Ich sollte nach England ziehen, wo lauter aufregende Sachen passieren, königliche Hochzeiten und Sexskandale und Zugüberfälle.«

»Und Zugunglücke und Aggressivität im Straßenverkehr und Kindesentführungen und institutionalisierter Rassismus und Politiker, die sich wichtig machen, den Willen ihres Volkes ignorieren und Kriege anfangen. Ja, in England passieren lauter aufregende Sachen«, bestätigte Callum. »Moriskentänze und Wettbewerbe, bei denen Käselaibe einen Hügel runtergerollt werden, ich könnte die Liste ewig fortsetzen.«

»Magst du England nicht?«, wollte Anna Björk wissen.
»Ich bin Schotte«, stellte Callum klar. »Hast du etwa ›Braveheart‹ nicht gesehen?«
»Nein. Aber England muss besser sein als dieses Land hier. Es ist so langweilig. Ich verbringe mein Leben damit, darauf zu warten, dass Rosen aus dem Lavaboden wachsen.«
»Dann geh doch nach England, wenn du hier so unglücklich bist«, sagte Frikki. Er hob die zerknitterte Zeitung auf und strich sie auf den Knien glatt. »Island ist ein tolles Land. Hier gibt es genug Aufregendes zu sehen. Du musst nur die Augen offen halten.« Er blätterte durch die Seiten, und war fest entschlossen, seine Aussage zu belegen. »Siehst du, hier zum Beispiel. Hört mal her. *›KROKO-MÜLLSCHLUCKER. Eine Fischverarbeitungsfabrik in Husavík hofft, demnächst Alligatoren importieren zu können. Die riesigen Reptilien sollen der Müllentsorgung dienen, indem sie die Fisch- und Fleischabfälle der Fabrik auffressen.‹«* Er warf Anna Björk einen Hab-ich's-dir-nicht-gesagt-Blick zu. »Ich wette, solche Alligatoren gibt es in England nicht.«
Anna Björk war damit beschäftigt, mit ihrem Mittelfinger den Teebeutel anzustupsen. Sie hob den nassen Finger in die Höhe und hielt ihn Frikki vors Gesicht (ein fischartiges Gesicht, das immer noch von seinem Ausflug zum Coffee-Shop gerötet war). Der große Mann schenkte ihr keine Aufmerksamkeit, denn er hatte schon eine andere Geschichte gefunden. »Hier steht, dass ein isländischer Trekking-Organisator Lamas aus Südamerika gekauft hat, die als Packtiere auf Ausflügen eingesetzt werden sollen. Lamas!«, betonte er, als wären es Einhörner. »Siehst du, Island ist nicht nur aufregend, es ist auch noch exotisch.«
»Das sagst du nicht mehr, wenn die Alligatoren die Lamas auffressen«, meinte Anna Björk.

»Kinder, bitte.« Callum hob beschwichtigend die Hand. »Das ist hier gerade mal die erste Woche unseres wunderbaren neuen Abenteuers. Wir wollen doch versuchen, gut miteinander auszukommen.« Er winkte sie zu sich, damit sie einen Blick auf seinen Laptop warfen. »Kommt mal her, ich möchte euch was zeigen.«

Callum tippte den Namen der Firma in die Google-Suchmaschine, ein und prompt erschien als erstes Suchergebnis ein Link zu seiner neuen Website, eingerichtet von seinen Kumpels bei Strawdonkey. Seine Freude war jedoch nur von kurzer Dauer, und er bereute sofort, dass er Young Kenny gebeten hatte, die URL für Fire and Ice Locations auszusuchen. Entweder hatte Kenny wenig Vertrauen in Callums neues Unternehmen, oder er erlaubte sich einen Witz auf Kosten seines alten Chefs, denn er hatte den Namen der Firma mit ihren Initialen abgekürzt, was zu der unglückseligen Webadresse *www.fail.is* führte.

»Voilà«, sagte Callum und klickte schnell auf den Link. »*Willkommen bei Fire and Ice Locations in Island, der Welt aus Grün und Blau, Feuer und Wasser, Schnee und Licht*«, las er die einführenden Zeilen vor, die auf einem dramatischen Bild von Eldhraun standen, einer der größten Lavaflächen der Welt: Hier wuchs hellgrünes Moos auf dunklem vulkanischen Gestein und schuf eine Landschaft, die aussah wie zerkaute Schokoladenbonbons mit Limonenglasur. Birna hatte dieses Foto mit ihrer Nikon geschossen, die sie auf ihren Feldstudien immer dabei hatte. Von ihr stammten sämtliche Bilder auf der Homepage, und Callum klickte sie eins nach dem anderen an. Er führte Anna Björk und Frikki vorbei an endlosen Horizonten, über Gletscher, Rhyolitgebirge, einschüchternde Fjorde, kegelförmige Vulkane und wogende Meere, die ihre weißen Wellen auf schwarze und knallrote Strände ergossen. Am liebsten mochte er ihr Bild von einem gefrorenen Wasserfall, der für alle Zeiten erstarrt war, wie eine heruntergebrannte Kerze in der Kirche.

Callum wandte sich an Anna Björk. »Schau dir diese Bilder an und dann erzähl mir, dass du immer noch in England leben willst.«

Sie bemühte sich, unbeeindruckt auszusehen.

»Was ich eigentlich meine, ist Folgendes«, fuhr er fort. »Island kann England sein. Euer Land kann Grönland, Afrika und der Mars sein. Es kann alles sein, was du dir wünschst. Und deswegen treten sich die Filmteams auch gegenseitig auf die Füße, um hierher kommen zu können.« Er spürte eine Welle der Erregung wie Heliumbläschen in seinem Blut. Hämoglobin, dachte Callum. Es war ein derartig reines Gefühl, wie er es seit geraumer Zeit schon nicht mehr empfunden hatte. Bei jeder neuen Szenerie, die auf dem Bildschirm erschien, erstand eine ganze Welt von Möglichkeiten.

»Und sie werden nicht nur wegen dieser Locations kommen, sondern auch wegen des subarktischen Lichts«, erklärte er. »Im Winter, wenn die Sonne tief über dem Horizont steht, wirft sie lange Schatten, die den profansten Dreh für eine Kühlschrankwerbung zu einem echten Drama machen können.«

»Aber das Licht ist nur toll, wenn das Wetter gut ist«, sagte Frikki. »Und auf gutes Wetter können wir uns nie verlassen. Island hat gar kein richtiges Wetter, sondern immer nur Kostproben.«

»Du hast recht«, stimmte Callum zu. »Wir können uns nicht auf das Wetter verlassen, aber wir können uns darauf vorbereiten. Das wird eine wichtige Rolle im Angebot von Fire and Ice spielen. Ich habe meine Kollegen in Glasgow gebeten, einen Link zum Isländischen Meteorologischen Dienst auf unserer Seite einzurichten.« Mit ein paar Mausklicks öffnete Callum die entsprechende Homepage. »An jedem Tag des Jahres können wir an jedem beliebigen Drehort fünf verschiedene Wetterlagen erleben. Wir müssen das Wetter ständig überprüfen, so dass wir jedem einbrechenden Hoch- oder Tiefdruckgebiet immer mindestens zwei Stunden voraus sind.«

»Auf den Isländischen Meteorologischen Dienst würde ich mich nicht verlassen«, warnte Anna Björk. »Die liegen immer daneben. Wenn die sagen, am Wochenende ist tolles Wetter zum Campen, dann sollte man sich lieber mit einem Wochenvorrat an Konserven in einem sturmfesten Gebäude verbarrikadieren.«

»Ich muss unserer Stripperin ausnahmsweise zustimmen«, erklärte Frikki, was ihm den erwarteten Schlag auf den Rücken eintrug. Er grinste, weil es ihm gelungen war, sie zu ärgern. »Ich weiß noch, als ich sechs Jahre alt war, haben sie uns vor einem Hurrikan gewarnt, der sich von der nordamerikanischen Küste her näherte. Sie kündigten an, dass er unsere Holzhäuser in ihre Einzelteile zerlegen würde, und die Leute wurden gebeten, sich mit einem wasserfesten Filzstift ihren Namen, ihr Alter und ihre nächsten Verwandten auf den Arm zu schreiben, damit man die Toten besser identifizieren könnte. Natürlich ist der Sturm nie gekommen. Wenn ich mich recht erinnere, war der Wind nicht mal stark genug, um Drachen steigen zu lassen.«

»Leider sind ihre Voraussagen aber das Einzige, wonach wir gehen können«, sagte Callum. »Wir werden unseren Kunden raten müssen, eine entsprechende Versicherung abzuschließen. Und wenn wir an einem Drehort sind, dann müssen wir sie eben um Geduld bitten. Stellt euch zum Beispiel vor, wir filmen an einem abgelegenen Küstenstreifen im Osten, wo das Wetter unbeständiger ist, und stellt euch vor, wir suchen uns eine Szene ohne Schnee aus, und im nächsten Moment bricht ein Blizzard aus. In Reykjavík könnten wir in so einem Fall innerhalb von wenigen Stunden den Schnee von den Häusern entfernen, aber an der Küste wäre so etwas unmöglich. Wie sollten wir die Berge schneefrei kriegen? Die Antwort lautet: Gar nicht. Wir müssten auf Tauwetter warten. In sehr abgelegenen Gegenden kann dann ein ganzes Filmteam wochenlang festsitzen. Geduld ist also extrem wichtig.« Callum klopfte Frikki auf die Schulter. »Aber ich bin sicher, das stellt für dich kein großes Problem dar, großer Mann. Du wirst merken, dass die Filmerei große Ähnlichkeit mit der Fischerei hat ... manchmal muss man eben einfach nur lange genug warten können. Wenn wir aber geduldig sind, können wir unseren Kunden zu den richtigen Aufnahmen verhelfen.«

»Und wie kriegen wir die richtigen Aufnahmen für diesen Renault-Spot hin?«

»Wie meinst du das?«

»Na ja, du hast gesagt, dass Gletscher im Skript stehen. Wie sollen wir die Gletscher in Augenschein nehmen, wenn wir kein Gefährt haben, das auf ihnen fahren kann?«

Callum lächelte. »Ich dachte schon, du würdest gar nicht mehr fragen.«

»Dies, meine lieben Freunde, ist unser großer Stolz: der Toyota Tundra V8 Double Cab. Der kommt bei jedem Wetter mit jedem Gelände klar. Außerdem sehen Sie hier den einzigen seiner Art in ganz Europa. Der Hersteller wird das Modell nicht vor Herbst auf den Markt bringen, und auch dann ist es nur in den Staaten erhältlich. Helgason Automotive hat ihn glücklicherweise im Angebot. Toyota testet nämlich all seine neuen Geländefahrzeuge in Island und verkauft die Wagen dann an uns, da sie das günstiger kommt, als sie wieder zurückzutransportieren.«

Callum und Frikki standen auf dem Vorhof eines der vielen Autohändler entlang einer stark befahrenen Straße. Ein ausgemergelter Verkäufer mit Milchzähnen führte ihnen einen makellosen Geländewagen in »magmarot metallic« vor, obwohl Callums Aufmerksamkeit mehr den riesigen Bierflaschen galt, die vor der Egils-Brauerei auf der anderen Seite der Straße standen.

Es war nicht so, dass ihn die Suada des Verkäufers nicht interessiert hätte – er hatte vielmehr einen richtigen Horror davor. Callum hatte sich noch nie sonderlich für Autos interessiert, schon gar nicht für Geländewagen, und er hatte Angst, dass der Verkäufer das merken würde. Er stand kurz davor, einen beträchtlichen Betrag für eine dieser glänzenden Monstrositäten auszugeben, er war aber sicher, dass seine Unfähigkeit, sich über Chromstoßstangen und umlegbare Rücksitze 60/40 zu ereifern, ihn sofort als nicht vollwertigen Mann brandmarken würde. Seine an Apathie grenzende Gleichgültigkeit gegenüber Autos, seine legendäre Unfähigkeit bei jeglicher Heimwerkertätigkeit und eine Menge Erfahrung darin, als Letzter für die Fußballmannschaft ausgesucht zu werden, sprachen eine deutliche Sprache: Callum war nicht gerade ein typischer Vertreter der Gattung Mann. Mit all dem männlichem Gepose à la »Wir-trinken-literweise-Bier-durch-ein-dreckiges-Suspensorium« wollte er nichts am Hut haben. Was freilich nicht bedeutete, dass er von der »Ich-schlürfe-meinen-Moscow-Mule-durch-einen-Kringelstrohhalm«-Fraktion gewesen wäre.

Aber sogar für Callums ungeübtes Auge sah der Toyota Tundra beeindruckend aus. Der Wagen hatte fünf Sitze. Das gefiel ihm, denn so war mehr Platz als nur für Birna, Ásta und ihn, für den Fall, dass sie jemals zu diesem ganzen »Familienkram« kommen würden, über den Birna und er gesprochen hatten (wenn sie denn jemals wieder mit ihm reden würde). Und wie ein klassischer Pickup hatte der Wagen hinten eine Ladefläche, auf der Beleuchtung, Kameraausrüstung oder Birnas Mutter mit Leichtigkeit verstaut werden konnten, je nachdem, ob die Fahrt geschäftlicher oder privater Natur war.

Callum war zufrieden, sich auf den Rücksitz zu setzen und seinen Assistenten die Einzelheiten prüfen zu lassen.

»Wie gut ist denn die Bodenhaftung?«, erkundigte sich Frikki. »Es könnte nämlich gut sein, dass wir mit dem hier auf die Gletscher fahren müssen.«

Das bleiche Gesicht des Verkäufers öffnete sich zu einem Lächeln wie ein Riss in einer Eisscholle. »Für den Toyota Tundra ist so ein Gletscher ein Kinderspiel. Lassen Sie mich das kurz erklären. Das Problem beim Fahren auf so festem Eis ist der extreme Druck. Und wie können wir den messen? Wir nehmen das Gesamtgewicht des Wagens, teilen es durch die Fläche, auf der die Reifen tatsächlich Kontakt mit dem Boden haben, und multiplizieren es dann mit der Anzahl der Reifen. Können Sie mir folgen?«

»Já«, sagte Frikki.

Callum nickte, schaute dabei aber nicht den Verkäufer an, sondern bestaunte stattdessen die Flaggen mit den verschiedenen Markennamen über seinem Kopf – Land Rover, Suzuki, Toyota, Jeep – die in der trägen Brise an ihren Stangen tanzten. Ihm fiel ein, dass der Jeep, der den Unfall mit Ásta gehabt hatte, sehr leicht aus diesem Autohaus stammen konnte. Vielleicht wurden Autos in Island ja auf diese Art getestet. Kein nettes Gejuckel durch die Stadt, um sich mit den Pedalen, Knöpfen und Gängen vertraut zu machen. In Island fährt man einfach raus aufs Land und wütet in ausgetrockneten Seen, macht Hundertachtziggradwendungen auf Gletschern und rammt kleine Mädchen von ihren Pferden.

Der Verkäufer hüstelte, ein offenkundiger Versuch, Callums Aufmerksamkeit wieder auf sich zu lenken. »Die einfachste Methode, die Bodenhaftung zu verbessern, besteht darin, die Fläche, wo sich Reifen und Eis berühren, zu vergrößern«, dozierte er. »Der naheliegendste Weg ist, breitere, größere Reifen zu benutzen, und was das angeht, haben Sie wahrhaftig großes Glück.« Er strich über einen der Vorderreifen des Toyota wie ein Gummifetischist. »Der Tundra hat eine spezielle Radaufhängung und einen extra angepassten Rahmen, der für Goodrich-Reifen mit neunzehn Zoll geeignet ist. Sie haben ein weniger aggressives Profil, das die Kontaktfläche noch vergrößert, so dass das Fahrzeug wie Klebstoff auf Eis, Schnee und Sand haftet.«

Callum konnte sich nicht vorstellen, wie Klebstoff auf Eis oder Schnee haften sollte, aber er hinterfragte es nicht.

»Wie steht es mit Packeis?«, wollte Frikki wissen. »Wir müssen uns unter extremen Bedingungen fortbewegen können.«

»In solchen Fällen können Sie die Luft zur Hälfte aus den Reifen lassen«, erklärte der Verkäufer. »Wenn man den Luftdruck senkt, erhöht man abermals die Kontaktfläche zwischen Reifen und Eis. Aber Vorsicht, Sie dürfen nicht zuviel Luft aus den Reifen lassen, sonst wird der Reifen von der Felge gerissen, und dann sitzen Sie auf einem Gletscher fest, keine Werkstatt in Sicht und das einzige Essen weit und breit ist das Fleisch auf den Knochen des Beifahrers.« Der Verkäufer wartete auf den verstörten Blick auf ihren Gesichtern, bevor er sie spaßhaft in die Seite boxte. »Nein, ganz im Ernst, solange Sie einen Toyota Tundra fahren, werden Sie niemals tot aufgefunden werden … der hat nämlich schlauchlose Reifen!«

Er kauerte sich neben den Vorderreifen auf der Beifahrerseite und erklärte ihnen die physikalischen Zusammenhänge des schlauchlosen Reifens. »Sehen Sie her, so einen schlauchlosen Reifen kann man innerhalb von Sekunden wieder aufziehen, auch wenn man mitten im Nichts stehenbleibt, oder, was noch schlimmer ist, mitten in Island.« Er lachte gekünstelt, aber weder Frikki noch Callum stimmten ein.

Der Verkäufer spürte, dass ihm sein Publikum entglitt und wurde lebhafter. »Aber warten Sie … das hier müssen Sie sich noch anschauen. Jetzt ist es Zeit für mein großes Finale. Ich zeige Ihnen, wie leicht es ist, diesen Reifen wieder aufzuziehen.« Er ließ Luft aus dem Reifen, und das schwarze Gummi begann zu schmelzen, wurde immer flacher, bis der Toyota zu einem höflichen Knicks nach vorne taumelte. Der Verkäufer verschwand im Ausstellungsraum.

»Was meinst du?«, fragte Callum.

Frikki kratzte seine Strickmütze. »Ich meine, dass ich mir für den Preis dieses Autos eine ganze Fischkutterflotte kaufen könnte.«

Der Verkäufer kam, mit einem gelben Behälter bewaffnet, wieder zurück.

»Was haben Sie da?«, fragte Callum.

»Feuerzeugbenzin.« Der Verkäufer ging in die Hocke, zog den Reifen beiseite und spritzte die leicht entflammbare Flüssigkeit rundherum auf die Radnabe. Dann stand er auf, und während ihm noch mehr Blut aus seinem anämischen Gesicht sackte, holte er eine Schachtel Streichhölzer aus seiner Tasche.

»O Gott, jetzt fackelt er ihn ab.« Callum hatte dieses Szenario oft bei den Jugendlichen beobachtet, die über das Ödland hinter seiner ersten Glasgower Wohnung herrschten und sich einen Spaß daraus machten, mit gestohlenen Autos auf Spritztour zu gehen.

»Zurückbleiben bitte«, sagte der Verkäufer, aber Callum und Frikki waren bereits einen Schritt zurückgetreten. Er warf das Streichholz gegen die Felge, und mit einem komischen »Fffffflupp!« blies sich der Reifen von selbst auf, bis er wieder ganz stramm war. »Es ist ein Wunder!« Der Verkäufer tätschelte die Motorhaube, wobei er schwache knochige Abdrücke auf dem roten Lack hinterließ. »Dieser Tundra hat serienmäßig ESP, vorne eine Kupplung für Ihren Schneepflug, Heizlüftung und ein Schiebedach.« Der Verkäufer überreichte Callum seine Visitenkarte und brachte seinen Verkaufssermon mit Zuversicht zu Ende. »Der Tundra hat außerdem ein Satellitennavigationssystem, was besonders günstig ist, wenn Ihr Fahrzeug zufällig mal in einer Gletscherspalte verschwinden sollte. Das System misst bis auf ein paar Meter genau, so dass Sie exakt wissen, wo Sie gestorben sind. Noch Fragen?«

»Ja«, sagte Callum. »Hat der auch so einen Haken, wo man sein Jackett dran aufhängen kann?«

Sie waren keine zwei Kilometer vom Autohaus entfernt, da verlangsamte sich der Verkehr auf Schritttempo. Sie waren in einen Stau geraten, weil hier auf dem Weg in die Stadt vier Straßen zu zweien zusammenliefen.

»Kann ja sein, dass der Tundra mit Schnee, Felsen und Eis

fertig wird, aber mit einem Stau wird er nicht fertig«, sagte Callum. Er brachte das Auto zum Stehen.
»Wir könnten die Abkürzung durch den Park nehmen«, schlug Frikki vor.
Er zeigte auf die Grünflächen rechts der Straße. Kinder spielten auf der Wiese, während ihre Mütter auf dem Gras lagen.
»Da sind lauter Leute«, wandte Callum ein.
»Kein Problem für den Tundra«, äffte Frikki die Sprüche des Verkäufers nach. »Der kommt mit jeder Art Gelände zurecht: Schnee, Eis, Fleisch und Blut.«
Callum lachte nicht.
»Ich hab bloß Spaß gemacht.«
»Das hoffe ich«, sagte Callum.
»Natürlich war das ein Witz. Für wen hältst du mich eigentlich?«
»Frikki, es gibt Leute, die sich nichts dabei denken, ein Kind zu überfahren.«
»Warum sagst du so was?«
»Ach, wir hatten gestern einen Unfall«, sagte Callum. »Birna und ich sind gestern mit Ásta ausgeritten, und so ein Geländefahrer hat sie vom Pony gerammt.«
»Geht's ihr gut?«
»Wem … Ásta oder Birna?«
»Dem Pony«, sagte Frikki. »War wieder 'n Witz«, fügte er hinzu. »Ich meine natürlich Ásta.«
»Es geht ihr gut. Sie hat sich die Handgelenke geprellt und hat eine Beule von der Größe eines Golfballs über dem rechten Ohr, aber sie wird es überstehen. Um Birna mache ich mir schon eher Sorgen. Sie ist total über die Richterskala hinausgeschossen. Mir gibt sie die Schuld, weil ich Ásta außer Sichtweite hab reiten lassen. Als hätte ich den Jeep

gefahren, der ihr verdammtes Pony scheuen ließ! Dafür kassier ich jetzt Ärger ohne Ende.«

Frikki schüttelte den Kopf und zog Luft durch die Zähne. »Nicht mal in der Hölle findest du eine Furie, die einer erzürnten Isländerin gleichkommt.«

»Hast du einen Tipp für mich?«, fragte Callum.

»Von mir willst du einen Tipp für den Umgang mit Frauen? Von dem Mann, der grade von seiner Freundin auf die Straße gesetzt worden ist, weil er ihre Dido-CD als Untersetzer für sein Bierglas benutzt hat?«

»Ach, deswegen schläfst du im Büro.«

»Das ist ja nur für ein paar Tage. Um die Zeit zwischen der letzten und meiner nächsten Wohnung zu überbrücken, sozusagen.«

»Und überbrückst du gerade auch die Zeit zwischen der letzten und deiner nächsten Freundin, ›sozusagen‹?« Callum deutete die Anführungszeichen mit den Fingern an.

»Ich hab es nicht eilig, mit der nächsten Frau ins Bett zu springen, wenn du das meinst. Damit würde ich mir nur jede Menge Kummer machen.«

»Hältst du die isländischen Frauen für schwierig?«

»Ich halte alle Frauen für schwierig«, sagte Frikki. »Aber ich kann verstehen, warum Birna wütend ist. Es klingt ja ganz so, als hätte irgend so ein Arschloch um ein Haar ihr Kind getötet. Kann sein, dass meine Ansichten über Frauen ein bisschen altmodisch sind, aber meine Ansichten über Familie sind genauso altmodisch. Und wenn jemand mit seinem Jeep mein Kind überfährt, würde ich ihn töten. Ohne zu zögern. Das ist die einzige Situation, in der ich ganz sicher jemanden töten könnte.« Er wandte sich zu Callum. »Glaubst du, du könntest jemanden töten?«

»Ja«, sagte Callum. Herausfordernd. Unerschütterlich. Unbeirrbar.
»Du scheinst dir ja ganz sicher zu sein.«
»O ja, das bin ich auch«, bestätigte Callum, und der Regen begann die Windschutzscheibe zu sprenkeln, wie an der Fensterscheibe seiner Zelle in einer nassen Nacht in Prag.

10

»Fangen wir mit den Grundlagen an«, begann Sigriður. »Das isländische Alphabet hat zweiunddreißig Buchstaben. Es ist die einzige Sprache, die immer noch Runen benutzt. Zum Beispiel das ›eth‹, das geschrieben wird wie ein lateinisches ›d‹ mit einem Querstrich durch den Hals.« Sigriður zog Callums unbenutzten Notizblock auf ihre Seite des Küchentischs. Sie schrieb das »ð« mit einem weichen, dunklen Bleistift auf das weiße Blatt. »Das wird ausgesprochen wie ein stimmhaftes ›th‹, wie in ›that‹. Nicht zu verwechseln mit ›thorn‹, das geschrieben wird wie ein ›p‹, nur mit einer Verlängerung des senkrechten Strichs nach oben. Es wird auch wie ›th‹ ausgesprochen, nur stimmlos und etwas in die Länge gezogen, wie in dem Wort ›thing‹.« Sigriður zeichnete ein »Þ« auf den Block. »Callum, du schaust mich an, als wäre ich verrückt.«
»Tut mir leid. Mir wird nur gerade klar, dass es drei Dinge gibt, die in Island unmöglich sind.«
»Und zwar?«
»Es ist unmöglich, auf einen Baum zu klettern, Vegetarier zu sein oder Isländisch zu lernen.«

»Hm. Verstehe. Was findest du denn am schwersten an unserer Sprache?«
Callum überlegte kurz. Sein Blick fiel auf das bauchige Glas Rotwein in seiner Hand, und dann fiel ihm die Antwort ein. »Wenn man jemanden bittet, isländisch zu sprechen, ist das, als würde man ihn auffordern, diesen Laut nachzuahmen …« Er schlug leicht mit dem Fingernagel gegen den Rand seines Glases und ließ ein leises »pling« erklingen. »Oder als würde man ihn bitten, das auszusprechen …« Er nahm ein Streichholz aus einer Schachtel auf dem Tisch und riss es an. »Isländisch verknotet mir die Stimmbänder. Jeder Satz ist wie eine Aneinanderreihung von Scrabble-Steinen mit Maximalpunktzahl.«
»Já«, sagte Sigriður, wobei sie das Wort wieder einatmete. »Ich gebe dir recht, es ist schon eine schwierige Sprache. Es gibt sogar ein Gedicht darüber.«
Sigriður hob ihren Stuhl ein bisschen in die Höhe, dann knallte sie ihn auf die Fliesen.
»Wer diese Sprache sprechen will, muss sitzen«, zitierte sie mit bedeutungsschwangerer Stimme. Sie starrte Callum an. *»Sie wiegt so schwer, in ihr kann man nicht höflich sein und auch nicht plaudern/Wenn du erst einen Satz begonnen hast, dann ist der Lauf des Lebens dir schon vorgezeichnet/Ein dummer Fehler sticht sofort heraus, auch dein Versagen und dein Kummer.«* Sigriður hielt seinen Blick fest, bevor sie sich wieder entspannt zurücklehnte. »Du bist nicht der Einzige, der unsere Sprache schwer findet.«
Seine Lehrerin mit dem wilden Blick erschreckte Callum ein bisschen. Bevor sie angefangen hatten, hatte Sigriður das Licht in der Küche ausgemacht und lauter Kerzen im Zimmer verteilt, um die richtige Szenerie für ihren Unterricht zu schaffen. Inwiefern ihm das helfen sollte, Isländisch

zu erlernen, war Callum nicht klar. Er fühlte sich vielmehr, als würde er an einer Séance teilnehmen und sollte Kontakt mit einer toten Sprache aufnehmen.

»Liest du viele Gedichte?«, wollte Callum wissen. Er verwendete dieselbe Taktik wie bei ihrer Enkelin am Nachmittag zuvor, indem er Interesse an ihren Interessen heuchelte, um sich einzuschmeicheln.

»Gedichte, Romane, Dramen, Sagas«, sagte Sigriður. »Ich lese alles. Snorri Sturluson ist mein Lieblingsdichter. Er war ein erstaunlicher Mann. Er unterhielt eine Herde mit hundertzwanzig Rindern, um immer genug Kälber zu haben, auf deren Haut er die ›Egils-Saga‹ niederschreiben konnte. Die Sagas haben die Isländer auf den Geschmack für Literatur gebracht. Wir haben ein Sprichwort: Lieber ohne Schuhe gehen als ohne Bücher.«

»Dann bist du sicher sehr stolz auf deine Tochter.«

»Ja, weil nämlich nicht nur Wissenschaftler Birnas Bücher mögen. Sie schreibt auf eine Art über unsere Landschaft, die sie für jeden lebendig macht. Das ist ein Talent, das sie von ihrem Vater geerbt hat. Svein war ein großer Geschichtenerzähler. Es ist zu schade, dass er nie etwas davon aufgeschrieben hat.« Ein schwermütiger Ausdruck huschte über Sigriðurs Gesicht. Die Kerzenflamme in ihrer dunklen Iris wurde immer kleiner, bis sie ganz verschwunden war, wie ein Streichholz, das in einen Brunnen fällt. Dann fing sie sich wieder. »Aber Island ist voller Geschichtenerzähler. Wir haben mehr Schriftsteller pro Kopf als jedes andere Land der Welt.«

»O Gott«, sagte Callum. »Ich glaube, ich kenne nur zwei isländische Schriftsteller, und einer von ihnen ist Magnús Magnússon. Obwohl – nein, Magnús nehme ich zurück. Den zähle ich eigentlich zu den Schotten.«

»*Rófur!*«, sagte Sigriður.
»Bitte?«
»*Rófur!* Das bedeutet Steckrübe. Ihr esst gerne Steckrüben in Schottland.«
»Haggis, Steckrüben und Kartoffeln«, sagte Callum. »Ich bin schwer beeindruckt.«
»Siehst du, man muss nicht in andere Länder reisen, um etwas über ihre Kultur zu erfahren. Ich habe mein ganzes Leben in einem Land verbracht, das so isoliert ist, dass es regelmäßig auf den europäischen Landkarten fehlt. Trotzdem weiß ich ganz schön viele Dinge über ganz schön viele Dinge. Man kann sich alles nötige Wissen aus Büchern holen.«
»Das stimmt nicht. Nimm meinen Fall: Island muss man sehen, um es verstehen zu können.« Callum stieß sein Glas gegen ihres.
»Haggis«, sagte Sigriður. »Das ist ein ziemlich interessantes Gericht. Wenn man bedenkt, dass du meine Küche kritisiert hast …«
»Wann hätte ich denn deine Küche kritisiert?«
»Du hast heute abend kein bisschen von dem *slátur* gegessen, das ich für dich gemacht habe.«
»Erst, nachdem du mir gesagt hast, dass es Innereien, Blut und Fett in einem Lammmagen ist.«
»Und was bitte ist Haggis, wenn nicht Innereien, Blut und Fett?«
»Ich esse kein Haggis.«
»Ach so«, sagte Sigriður, als wäre nun alles klar.
»Und selbst wenn ich Haggis essen würde«, fuhr Callum fort, »würde ich trotzdem kein *slátur* essen. Das ist ein isländisches Wort, dessen Bedeutung ich kenne. Wenn sich Familien in Großbritannien an den Tisch setzen, gibt es so nette Gerichte wie ›Cottage Pie‹ oder ›Angel Delight‹. In

Island dagegen tut man sich an einem Gericht gütlich, das ›Schlächterei‹ heißt. Und das ist, um es auf einen Nenner beziehungsweise auf einen Esstisch zu bringen, der Unterschied zwischen deinem und meinem Land.«

»Sehr gut, Callum. Du kannst schon ein bisschen Isländisch. Das ist auf jeden Fall ein guter Anfang.«

Callum konnte ihre Begeisterung nicht teilen. In Reykjavík würde er mit den beiden Wörtern für »Steckrübe« und »Schlächterei« nicht weit kommen. Und dem Wort snær. Er wusste, dass *snær* »Schnee« bedeutete. Steckrüben, Schlächterei und Schnee. Das war zwar fast genug, um einen isländischen Satz zu bilden, doch war ihm nicht recht klar, wie dieser Satz aussehen könnte und für welche Situation er geeignet wäre.

»Birna hat gesagt, dass ihr ein Komitee habt, das die isländischen Namen beschließt.« Gut gemacht, Callum, dachte er. Immer schön interessiert klingen. Dann schenkt dir die Frau Lehrerin ein Fleißbildchen. Und die Tochter von der Frau Lehrerin will vielleicht wieder mit dir schlafen.

»*Já*, Birna hat recht. Wir haben ein Komitee, das nicht nur unsere Namen schützt, sondern auch unsere Sprache. Wir erlauben nicht, dass fremdsprachige Wörter in unsere Sprache aufgenommen werden. Wenn also neue Erfindungen wie der Computer zu uns kommen, veranstaltet das Komitee einen landesweiten Wettbewerb, in dem ein neues isländisches Wort dafür gefunden wird.«

»Und wie lautet das Wort für Computer?«

»*Tölva*. Das ist eine Kombination aus *tala*, das heißt Zahl, und *völva*, das ist unser Wort für eine Prophetin. Computer heißt also wortwörtlich ›Zahlenprophetin‹.«

»So eine haben wir in Großbritannien auch. Sie heißt Carol Vorderman.«

Sigriður verstand den Witz nicht. Sie mochte ja eine Menge Bücher gelesen haben, aber mit dem britischen Fernsehen und der Moderatorin, die Mathematik für Jedermann auf den Bildschirm brachte, war sie nicht vertraut.

»Wie heißt das Wort für Fernseher?«, fragte Callum, um die Pause zu füllen.

»*Sjónvarp*, das heißt wörtlich übersetzt ›Bilder auswerfen‹. Komm, gib mir mal deinen Notizblock, dann schreib ich dir ein paar Worte auf, die du lernen kannst. Du wirst sehen, dass man sich isländische Wörter besser merken kann, wenn man weiß, wie sie zusammengesetzt sind.« Sigriður nahm den Bleistift und fing an zu schreiben, während sie weitersprach. »CD heißt *geisladiskar*, das ist eine Kombination aus unseren Wörtern für ›Strahl‹ und ›Scheibe‹. Ein Satellit ist ein *gervitungl*, eine Verschmelzung aus ›künstlich‹ und ›Mond‹. Ein Hubschrauber ist ein *Þyrla*, das heißt ›Quirler‹. Und mein Lieblingswort ist der Piepser, der heißt *friðþjófur*. ›Friedensräuber‹ heißt das wortwörtlich.«

»Moment, ich hab mir auch eins gemerkt«, sagte Callum mit einem Enthusiasmus, der nicht nur Sigriður, sondern auch ihn selbst überraschte. »Ich erinnere mich nicht exakt an das isländische Wort, aber ich weiß, dass euer Wort für einen angeschwemmten Wal dasselbe ist wie für einen unverhofften Glücksfall.«

»*Hvalreki*! Siehst du. Du bist schon am Lernen. Es gibt keinen Grund, Angst vor unserer Sprache zu haben.« Sigriður zwinkerte Callum zu und goss ihm nach. »Erzähl mal. Sprichst du noch andere Sprachen?«

»Nein, nur Englisch.«

»So ein Pech. Wir sagen immer, ein Mensch, der zwei Sprachen spricht, ist zweisprachig, aber wer nur eine spricht, ist Engländer. Nichts für ungut.«

»Kein Problem. Ich bin Schotte«, sagte Callum. »Aber ich bin sehr beeindruckt, dass jeder in Reykjavík fließend Englisch spricht. Da können sich die Glasgower echt verstecken.«

»Versteckt euch nicht«, sagte Sigriður. »Die Isländer schinden gerne Eindruck, indem sie zu Hause Englisch sprechen, aber sobald sie auf Reisen gehen, kehren sie wieder zu ihrer Muttersprache zurück.«

»Warum das denn?«

»Dann können sie die größten Beleidigungen aussprechen, ohne dass sich jemand beleidigt fühlt.«

Callum hätte das unter anderen Umständen vielleicht witzig gefunden, aber Birna hatte gestern auf dem Heimweg von ihrem Ausritt einen ganzen Schwall übellauniges Isländisch über ihn niedergehen lassen. Er hatte kein Wort verstanden, aber er hatte gemutmaßt, dass sie drohte, ihn wegen Totschlags vor Gericht zu bringen, sollte sich die Verletzung ihrer Tochter als tödlich erweisen.

»Schade, dass du keine norwegischen oder dänischen Wörter kennst«, sagte Sigriður. »Dann wäre es viel einfacher. In der Aussprache sind sie dem Isländischen oft sehr ähnlich. Birna hat einen Onkel in Kopenhagen, der die Sprachen immer durcheinanderbringt und sein *danska* mit *íslenska* mischt. Birna nennt ihn einen *ísdanski*.«

»Er ist Eistänzer?«

»Helgi? Ein Eistänzer?« Sigriður klatschte in die Hände und lachte, wie Callum sie noch nie hatte lachen sehen. »Das ist nun wirklich der Gipfel. Helgi der Eistänzer! Oje! Ich hab schon Schafe gesehen, die besser getanzt hätten als er.«

Die Tür ging auf. »Ihr zwei scheint euch ja gut zu verstehen«, sagte Birna. Sie rauschte an Callum vorbei, ohne ihn

anzuschauen, und ging zum Kühlschrank. Ihre Worte waren so barsch wie ihr Gesichtsausdruck.
»Möchtest du dich nicht auf ein Glas Wein zu uns setzen?«, fragte Callum.
»*Nei.*« Birna machte die Kühlschranktür auf. Das kalte Licht ließ ihr Gesicht so sauer aussehen, als wäre es geronnen. »Ich hole nur ein bisschen Milch für Ásta und les ihr dann noch eine Geschichte vor. Danach geh ich auch schlafen.«
Callum wusste nicht recht, was er sagen sollte. Er warf Sigriður einen bittenden Blick zu, aber sie hatte sich ausgeklinkt. Sie spielte mit dem offenen Notizblock herum und zeichnete ein kleines Kästchen mit einem spitzen Dach und einem Kreuz obendrauf: eine Kirche. Anscheinend konnte nicht einmal mehr der liebe Gott Callum vor Birnas offensichtlichem Zorn beschützen.
»Wie geht es ihr?«, versuchte er sein Glück nochmals.
»Als ob dich das interessieren würde.«
»Natürlich interessiert mich das.«
»Zu spät, Callum. Wenn du dir gestern nachmittag genauso viele Sorgen um meine Tochter gemacht hättest, dann würde sie jetzt nicht mit einer Platzwunde am Schädel im Bett liegen.«
»Wir sollten uns lieber freuen, dass ihre Verletzungen nicht so schwer waren«, warf Sigriður ein. »Sie hat keine Gehirnerschütterung und hat sich auch nichts gebrochen. Die Kräuterzubereitung, die ich auf ihre Wunde gelegt habe, wird das sicher im Handumdrehen heilen.«
»Sie hat recht, Birna«, sagte Callum. »Es war ein blöder Unfall. Es hätte viel Schlimmeres passieren können.«
»Das war kein Unfall«, erwiderte Birna. Sie stützte den Milchkarton leicht auf dem Rand des Glases ab.

»Was willst du damit sagen?«, fragte Sigriður.
»Ásta sagt, sie sind mit Absicht auf sie zugefahren.«
»Warum sollten sie das denn tun?«, wollte Callum wissen.
»Weil es ihnen einen Kick gab?«, meinte Birna. »Wer weiß?«
»Willst du, dass ich die Polizei anrufe?«, schlug Callum vor. »Ich hab ihr Nummernschild nicht erkennen können, aber den Jeep könnte ich ziemlich gut beschreiben.«
»Das hat keinen Sinn«, antwortete Birna. »Unsere Polizei taugt überhaupt nichts. Die drücken bei betrunkenen Autofahrern und all den anderen Rowdies, die sich auf unseren Straßen austoben, alle Augen zu. Außerhalb der Stadt herrscht sowieso Gesetzlosigkeit. Und außerdem ...«, sie stellte die Milch zurück in den Kühlschrank und knallte die Tür zu, »hast du schon genug Schaden angerichtet.«
»Birna ...«, bat Callum. »Sei doch nicht so. Ich hab dir doch schon gesagt, wie leid es mir ...«
Sie wischte seine Hand von ihrem Morgenmantel und ging mit der Milch zu ihrer Tochter.
Callum machte Anstalten, aufzustehen und ihr nachzugehen, aber Sigriður bedeutete ihm, sich wieder hinzusetzen.
»Lass sie gehen«, riet sie. »Sie muss noch ein bisschen kochen. Ihr jetzt hinterherzugehen wäre, als würde man Wasser auf eine brennende Pfanne gießen.«
»Ich wusste, dass sie stur sein kann«, sagte Callum. »Aber das hier, o Mann, sie lässt mich ganz schön leiden.«
»Sie hat einen starken Willen, das ist alles. Ich habe dir erzählt, dass Birna ihre Kreativität von ihrem Vater geerbt hat, aber sie hat auch meine Charakterstärke mitbekommen. Das darfst du nicht persönlich nehmen. Die isländischen Frauen sind willensstark und unabhängig. Diese Eigenschaften gehen Generationen zurück, zu den Tagen,

als unsere Frauen das Haus verwalteten und den Hof bewirtschafteten, während sie auf ihre Männer warteten. Oftmals kehrten unsere Männer gar nicht zurück. Aus diesem Grund sieht man heute auch noch so viele alleinerziehende Mütter in Reykjavík.«
»Weil ihre Männer alle auf See gestorben sind?«
»Nein! Das passiert heute Gott sei Dank nicht mehr so oft.«
Callum war entsetzt, dass es überhaupt noch passierte.
»Dass du so viele alleinerziehende Mütter siehst, liegt daran, dass das nie ein soziales Stigma bedeutet hat. Isländische Frauen haben ihre Kinder schon immer alleine großgezogen. Wir sind es gewohnt.«
Was Sigriður da sagte, trug nicht dazu bei, dass Callum sich besser fühlte. Sie bestätigte nur seine wachsende Angst, dass Birna und Ásta bestens ohne ihn auskommen konnten.
Sie musste es ihm angesehen haben, denn sie legte ihm eine Hand aufs Handgelenk. »Nun mach nicht so ein besorgtes Gesicht. Morgen früh geht es ihr wieder gut. Birna kann auch in ihren guten Momenten schon ziemlich schwierig sein.«
Callum nickte zustimmend, was Sigriður ein Lächeln entlockte. Sie zog ihre Hand zurück und griff wieder nach ihrem Weinglas. »Ich habe immer gesagt, dass meine Tochter eine großartige Politikerin abgeben würde, denn sie geht nicht so leicht in die Knie. Und Birna wäre nicht die erste weibliche Politikerin in diesem Land. Es ist kein Zufall, dass Island das erste Land mit einem weiblichen Staatsoberhaupt war, und außerdem hatten wir als erstes Land eine reine Frauenpartei im Parlament. Wie du siehst, haben Frauen schon immer eine mächtige Rolle in unserer Gesellschaft gespielt.«

»Ihr seid also eine Nation von Wikingern und Feministen? Das ist eine ziemlich heftige Kombination. Kein Wunder, dass hier die Funken fliegen.«
Sigriður schien sich zu amüsieren. »Stimmt schon, die jungen Männer heutzutage haben immer noch etwas Wikingerhaftes. Darum verlassen auch immer noch so viele ihre Freundinnen, die dann die Kinder alleine aufziehen müssen. Unser Parlament hat neulich ein Gesetz verabschiedet, nach dem isländischen Vätern mindestens drei Monate Vaterschaftsurlaub zugestanden werden, aber das war ein überflüssiges Experiment. Viele unserer Männer nehmen ein ganzes Leben Urlaub vom Vatersein. Ich glaube, du hast zur Hälfte recht, mit dem, was du sagst. Unsere Männer mögen Wikinger sein, aber unsere Frauen sind keine Feministinnen. Wir haben unsere Stärke und Unabhängigkeit über Hunderte von Jahren bewahrt. Feminismus wäre für uns ein Rückschritt. Warum sollten wir um die Gleichstellung kämpfen, wenn wir doch sowieso schon die Oberhand haben?« Sie zwinkerte Callum zu.
»Das mag ja sein. Aber wenn die Frauen so überlegen sind und die Familie oft alleine durchbringen, warum habt ihr dann immer noch dieses System, die Kinder nach den Vätern zu benennen?«
»Aha«, sagte Sigriður, und ihr Lächeln wurde ein bisschen schwächer. »Birna hat mir schon erzählt, dass du ein Problem damit hast. Sie hat gesagt, dass es dir gar nicht gefiel, als du von Ástas Nachnamen erfahren hast. Vielleicht war das der Grund, warum du gestern so kurz angebunden mit ihr warst.«
Callum konnte nicht glauben, was er hörte. »Ich habe kein Problem mit Ástas Namen. Ich war ein bisschen überrascht, das war alles. Aber kurz angebunden war ich nicht.«

»Bist du sicher? Du kommst mir jetzt gerade auch wieder ein bisschen gereizt vor.«
»Weil du mich aufziehst.«
»Ganz ehrlich, Callum, findest du es schwierig, dich hier zu integrieren?« Jetzt sprach sie mit ihm wie mit einem ihrer Patienten.
Das gefiel ihm ganz und gar nicht. »Ich fühle mich bestens integriert.«
»Bist du sicher? Sicher, dass dich nichts beunruhigt?«
»Was wird das denn jetzt? Die isländische Inquisition?«
Sigriður hob ihre Hand und beschrieb einen Bogen damit, als würde sie seine Umrisse nachzeichnen. »Ich kann immer noch dunkle Punkte in deiner Aura sehen. Irgendwas liegt dir schwer auf der Seele.«
»Könntest du jetzt bitte die Hand von meiner Aura nehmen?«, sagte Callum.
Was sollte er schon sagen? Sie machte ihn wahnsinnig. »Kein Wunder, dass du dunkle Flecken siehst, hier ist ja auch kein ordentliches Licht.« Auf seinem Rücken prickelte es. Ihm brach der Schweiß aus.
Sigriður hielt beide Hände in die Luft. Sie murmelte etwas.
»Das ist doch verrückt«, sagte Callum. »Ich mache jetzt das Licht an.«
»Bleib sitzen!«, fuhr sie ihn an. »Du darfst dich nicht bewegen. Hinter deiner Schulter steht ein Mann.«
»Was zum …«
»Ruhig jetzt, Callum.« Sigriður blickte noch konzentrierter auf einen Punkt hinter ihm. »Nein, das ist gar kein Mann. Es ist eine junge Frau. Sie hat eine Maske getragen, aber jetzt nimmt sie sie ab.«
»FICK DICH DOCH!«, schrie Callum. Er machte einen Satz zum Lichtschalter und riss dabei sein Weinglas um.

Jetzt war alles still.
Callum meinte, draußen vor dem Fenster ein Geräusch zu hören, als würde jemand Kies schippen. Aber dann fiel ihm ein, dass das Haus ja am Meer lag. Eine Welle von Schuld schwappte über ihn hinweg wie die Brandung über einen Strand. Im grellen elektrischen Licht sah Sigriður viel kleiner und älter aus. Das zerbrochene Glas lag zu ihren Füßen, und der Rotwein, tropf, tropf, tropfte von der Tischdecke auf die Küchenfliesen, als hätte jemand starkes Nasenbluten. Callum bückte sich, um den Stiel des Weinglases aufzuheben.
»Lass nur«, sagte Sigriður. »Ich mach das gleich sauber.«
Callum richtete sich wieder auf. »Es tut mir leid. Ich hätte nicht …«
»Pscht, lass das jetzt! Das ist alles nicht schlimm«, sagte sie. »Es ist ja niemand gestorben.« Sie richtete ihren Blick nicht mehr auf sein Energiefeld. Sie schaute direkt in seine Seele. »Oder doch, Callum?«

11

»Okay, wir fahren zuerst auf der Hauptstraße die Südküste entlang.« Callum breitete eine große, wasserfeste Karte auf der Motorhaube des Toyota aus und fuhr mit dem Finger die Strecke nach, um sie Rudi Jackson, dem jungen Regisseur, der diesen Morgen mit dem Flugzeug aus London eingetroffen war, zu zeigen. »Wir werden wohl so um die sechs, sieben Stunden brauchen, um die ganze Strecke von Westen nach Osten zurückzulegen. Also, Rudi, wenn du

sagst, dass du eine von den Locations im Osten benutzen willst, zum Beispiel die Eislagune, dann können wir das Team und die Schauspieler am Drehtag dort hinfliegen. Aber heute fahren wir die Strecke mit dem Auto. Auf die Art bekommst du viele verschiedene Landschaften zu sehen und die Locations an der Küste.«
»Mann, das klingt gut«, sagte Rudi.
»Bist du zum ersten Mal in Island?«, erkundigte sich Anna Björk. Callum hatte seine persönliche Assistentin dieses eine Mal auf eine Besichtigungstour mitfahren lassen, um ihr einen Geschmack des Filmproduktions-Business zu geben.
»Zum allerersten Mal«, bestätigte Rudi. »Ich habe schon in der ganzen Welt gedreht, aber noch nie so weit oben im Norden. Was Island betrifft, bin ich sozusagen noch Jungfrau.«
»Das können wir ändern«, versprach Anna Björk, und obwohl Rudis Gesicht so schwarz war wie sein bitumenartiger Kaffee, schien der Regisseur blass zu werden.
»Wie gefällt dir Island?«, fragte Frikki.
»Mann, gebt mir 'ne Pause! Ich bin doch gerade erst aus dem Flugzeug gestiegen.« Rudi wandte sich wieder an Anna Björk. »Bis jetzt gefällt mir, was ich sehe.«
»Wir haben nicht viele Schwarze in Island«, erklärte Frikki. »Oder Hunde.«
In Callums Kopf schrillten die Alarmglocken. Er mischte sich schnell ins Gespräch. »Ich möchte mich entschuldigen, Rudi. Ich glaube nicht, dass Frikki irgendwie die Absicht hatte, Schwarze und Hunde gleichzusetzen.«
»Wir haben sie verboten, weil sie immer auf unsere Gehsteige geschissen haben«, fügte Frikki hinzu.
»Das ist aber ein bisschen sehr hart«, meinte Rudi. »Einige von uns sind durchaus stubenrein.«

Callum sah seinen Auftrag bereits den Bach runtergehen. »Ich bin sicher, Frikki wollte dich nicht beleidigen. Die Isländer können manchmal ein bisschen unverblümt sein. Das ist einfach so ihre Art.«
»Bleib locker«, entgegnete Rudi. »Frikki ist echt cool.«
Die vier stiegen in den Tundra. Callum hatte Frikki zum Fahrer bestimmt. Er bat Rudi, auf dem Beifahrersitz Platz zu nehmen, während er und Anna Björk sich den Rücksitz teilten – worüber sie sichtlich enttäuscht war. Callum nahm sie beiseite. »Keine Sorge. Ich tausche mit ihm, sobald wir beim Skógafoss sind. Dann hast du ihn ganz für dich allein bis Jökulsárlón.«
»Denkst du, dass ich unbedingt neben ihm sitzen will?«, fragte Anna Björk.
»Oh, bitte. Du bist wie ein verknalltes Schulmädchen. Seit er hier ist, kannst du vor lauter Hormonen kaum noch aus den Augen gucken. Als ich ihn vorhin ins Büro mitgebracht habe, dachte ich, dass du ihm gleich dein Höschen zuwirfst.«
»Du täuschst dich in mir«, sagte Anna Björk, in einem Ton, dass Callum sich ganz schlecht vorkam. »Ich trage gar kein Höschen.« Sie hielt ihren Rock an den Knien fest und schwang die Beine ins Auto.
Callum rutschte neben sie. Er war zu müde zum Fahren. Der Kaffee half zwar, aber sein Kopf dröhnte ihm immer noch von zuviel Rotwein und Schlafmangel. Trotzdem war er dankbar für den frühen Aufbruch. So konnte er sich aus dem Haus schleichen, ohne Sigriður begegnen zu müssen. Oder Birna.
Die beiden mussten mittlerweile aufgestanden sein, vermutete er. Wahrscheinlich aßen sie gerade ihr Frühstück und lästerten über ihn. Birna beschwerte sich sicher bei Sigriður,

dass Callum mehr Zeit für seine Arbeit hatte als für ihre Tochter. Und Sigriður erzählte ihr im Gegenzug wohl von seinem Temperamentsausbruch, seiner vulgären Sprache und dem zerbrochenen Weinglas. Würde sie ihr auch von der jungen Frau erzählen, die sie hinter seiner Schulter gesehen hatte? Er hoffte nicht. Vielmehr betete er, dass die zwei Frauen über nichts Schlimmeres redeten als die beste Art, seine Eier zu kochen: Wollen wir sie lieber karamellisieren oder in Mayonnaise tunken?

»Müde?«, fragte Frikki, als er den Tundra auf die Autobahn lenkte. Er richtete die Frage über den Rückspiegel an Callum.

»Ein bisschen«, erwiderte Callum.

»Du hast dich noch nicht an unsere hellen Nächte gewöhnt. Im Winter wird dir das Schlafen bestimmt viel leichter fallen. Dann halten die Isländer ihren Winterschlaf. Den ganzen Schlaf, den wir im Sommer verpassen, holen wir im Winter nach, wenn es jeden Tag zwanzig Stunden dunkel ist. Das gleicht sich alles aus.«

»Also, ich weiß nicht, wie's euch geht, aber mir geht's super«, verkündete Rudi. »Ich habe mich gestern früh in die Falle gelegt, weil ich wusste, dass ich mitten in der Nacht aufstehen müsste. Ich hab geschlafen wie ein Baby.«

»In England schlaft ihr vielleicht wie Babys«, sagte Frikki. »Aber wenn in Island Winter ist, dann schlafen wir wie die Steine.«

»Ich habe letzte Nacht wie ein Baby geschlafen«, sagte Callum. »Ich bin um vier Uhr morgens schreiend aufgewacht und musste feststellen, dass ich mir in die Hosen geschissen hatte.«

Rudi haute aufs Armaturenbrett und lachte dröhnend.

»Du hältst das wohl für einen Witz«, sagte Callum und

dachte zurück an den Alptraum, aus dem er panisch erwacht war: Prag, Marionetten, Mord.
Der Tundra donnerte aus Reykjavík hinaus, immer den Schildern Richtung Hveragerði und Selfoss nach.
Das Wetter konnte sich nicht recht entscheiden. Sonne und Wind spielten Fangen auf den moosbewachsenen Lavafeldern. Nach einer Weile machten die unwirtlichen Ebenen einem fruchtbaren Landstrich Platz, der aussah wie grüner Samt und hie und da mit torfgedeckten Häusern gesprenkelt war, Symbolen eines älteren Island, deren staubige Netzgardinen unbewegt hinter dunklen Fenstern hingen. Sie fuhren an einem Toblerone aus kleinen weißen Bauernhöfen vorbei, die gefährlich nah am Fuß einer steilen Klippe standen. So nahe, dass ein Bauer nur seine Tür ein bisschen zu heftig zuknallen musste, und schon riskierte er, dass ihm ein herabstürzender Felsbrocken sein Haus platt machte. Es kamen noch mehr Gehöfte und Felder voller Heuballen, die mit weißen Plastiksäcken zugedeckt waren. Sie fuhren an sahnefarbenen Schafen vorbei, die sich für nichts anderes interessierten als den Geschmack des Grases. Frikki zeigte auf ein Feld, auf dem eine Familie einem Schaf beim Lammen zusah. Es war das erste menschliche Leben, das sie in einer ganzen Stunde Fahrt zu sehen bekamen.
Sie verlangsamten das Tempo, als sie sich einem Buckel auf der Straße näherten, der mit dem Schild *blindhæð* angekündigt wurde. Obwohl man hätte annehmen können, dass sie den ganzen Tag lang so weiterfahren konnten, ohne einem anderen Fahrzeug zu begegnen, verdeckte der Hügel das eine Auto, das sich aus der entgegengesetzten Richtung näherte. Frikki wich ihm so plötzlich aus, dass Callums Kopf gegen das Fenster knallte.
»Scheiße noch eins!«, schrie Rudi. »Wow, das war knapp!«

»Helvítis útlendingar!«, rief Frikki, während er sein Bestes tat, um den Tundra auf der Straße zu halten. »Immer diese verdammten Ausländer! Die haben keine Ahnung, wie sie auf unseren Schotterpisten fahren müssen. Statt das Auto gleiten zu lassen, steigen sie urplötzlich auf die Bremse. Kein Wunder, dass sie ständig von unseren Straßen fliegen und sich die Hälse brechen.«

»Das ist ja wohl nicht ihre Schuld, wenn unsere Straßen so mies sind«, bemerkte Anna Björk.

»An Islands Straßen gibt es überhaupt nichts auszusetzen.«

»Pah! Unser Verkehrsminister ist gleichzeitig der Vorsitzende des Nationalen Clubs für Dragsterrennen. Das sagt doch schon alles, finde ich.« Anna lehnte sich zwischen Fahrer- und Beifahrersitz vor. »Frikki, warum musst du dieses Land ständig verteidigen?«

»Weil ich stolz drauf bin, ein Isländer zu sein. Wir sitzen auf dem Dach der Welt. Buchstäblich.«

»Du redest derart viel Scheiße«, gab sie zurück. »Buchstäblich.«

»Also bitte … wir haben doch einen Gast.« Callum bereute langsam, die beiden mitgenommen zu haben.

»Auf mich braucht ihr keine Rücksicht zu nehmen.« Nach Rudis Lächeln zu urteilen hatte er sich von seinem Beinahetoderlebnis erholt.

»Aber Frikki redet Scheiße«, protestierte Anna Björk. »Island ist langweilig. Die Leute leben doch bloß hier, weil sie hier geboren wurden.«

»Stimmt doch gar nicht«, warf Callum ein. »Ich bin nicht hier geboren. Ich bin aus freien Stücken hierher gezogen.«

»Das hast du dir aber nicht ausgesucht«, widersprach Anna Björk. »Du hast dich in eine Isländerin verliebt. Das ist was ganz anderes, da hattest du gar keine Wahl. Und jetzt hat dich die Liebe völlig blind dafür gemacht, dass du am langweiligsten Ort der Welt wohnst, einem kleinen Felsen mit 280.000 Leuten drauf, der sich als Land bezeichnet.«

Frikki drehte die Musik auf, um sie zu übertönen. Es funktionierte nicht.

»Es gibt hier so viele Nichtse, die man tun kann«, fuhr sie fort. »Wenn Rudi einen Werbespot für Island drehen müsste, wie würde der aussehen? *Kommen Sie nach Island und salzen Sie ein paar Heringe ein!*«

»Dürfte ich dich wohl daran erinnern, dass wir gerade versuchen, eben dieses Island unserem geschätzten Regisseur schmackhaft zu machen?«, sagte Callum. »Er sucht nach Wasserfällen, Geysiren und Eisfeldern für einen Renault-Werbespot, und dieses ›langweilige‹ kleine Land hat das alles im Überfluss, zum Glück für uns.«

»O Mann. Das hoffe ich auch«, sagte Rudi. »Aber wenn wir das alles gesehen haben, darf ich dann Anna Björks Hering einsalzen?«

Erst eine Stunde später erreichten sie ihren ersten möglichen Drehort – eine ganze Stunde mit Sigur Rós, Trabant, Apparat Organ Quartet, Múm, Ské und allen möglichen anderen Bands auf Frikkis »Iceland Airwaves«-Kassette. Er bremste den Tundra ein wenig ab und fuhr nach links von der großen Überlandstraße herunter.

Sie rumpelten eine lange Schotterpiste entlang und hielten auf eine dürftige Ansammlung von Gebäuden zu, die den Ort Skógar bildete. Callum hatte Rudi hierher gebracht, um ihm den Skógafoss zu zeigen, eine sechzig Meter hohe Wasserwand. Sie parkten in einiger Entfernung vom Wasserfall, aber in dem Moment, als sie die Autotüren aufmachten, sprühte ihnen schon ganz fein das Wasser ins Gesicht.

Callum nahm einen Stapel Regenmäntel aus dem Auto und verteilte sie. »Den wirst du brauchen, Rudi. Skógafoss sieht aus der Ferne beeindruckend aus, aber aus der Nähe ist es noch besser.«

Das Wasser stürzte von einem hohen Plateau und landete lärmend in dem darunterliegenden Kessel. Als sie über den schwarzen Kies am Ufer liefen, wurde das Dröhnen lauter und die Vorderseite ihrer Beine immer nasser. Hoch über ihren Köpfen stießen Hunderte von Eissturmvögeln von unmöglich scheinenden Nistplätzen herab. Die Vögel kreisten durch den weißen Sprühnebel und verschwanden hinter zwei Regenbögen, die vor dem Wasserfall verliefen.

»Bleibt ihr mal kurz hier«, befahl Callum. »Ich gehe rauf, damit du einen Eindruck von den Größenverhältnissen bekommst. Stell dir vor, wie toll das Auto aussehen wird, wenn es vor so einem dramatischen Hintergrund aufgenommen wird.«

Callum lief an einer Gruppe Schulkinder vorbei: ein Dutzend nasse Wollbommel, die auf einem Dutzend nasser Wollmützen wippten. Der Wasserfall dröhnte in seinen Ohren. Der Skógafoss ging kerzengerade nach unten, wie nasses, gekämmtes Haar. Der Sprühnebel sammelte sich auf Callums Regenmantel und verdichtete sich zu kleinen Rinnsalen auf seinen Wangen, als er sich der lauten weißen Wand näherte. Für seine Kameraden dort unten war Callum kaum mehr als ein dunkles Sternchen am Fuß einer weißen Seite.

»Das ist fast perfekt«, meinte Rudi, nachdem er sich abgetrocknet hatte.

Sie saßen an einem Picknicktisch und tranken den letzten Kaffee aus Callums Thermoskanne.

Frikki hatte eine Kühltasche aufgemacht und bot nun kleine Pakete mit *skýr* an. Rudi und Anna Björk griffen zu, aber Callum wollte nichts von dem quarkartigen Zeug, denn er hatte aus bitterer Erfahrung gelernt, dass es wie Fugenkitt schmeckte.
»Was meinst du mit *fast* perfekt?«, hakte Callum nach, ohne sich weiter um Rudis Grimasse und die ausgestreckte, *skýr*-verschmierte Zunge zu kümmern. »Sehr viel größere oder bessere Wasserfälle als diesen hier gibt es kaum.«
»He, versteh mich nicht falsch.« Rudi wischte sich den Mund mit einer Serviette ab. »Ich wollte einen Wasserfall, und du hast mir den absoluten Wahnsinnswasserfall präsentiert. Aber das ist ein Drehbuch für einen Renault Scenic. Die Kampagne soll die Leute dazu animieren, mal was völlig anderes zu erleben. Es geht darum, ihre Fantasie zu entfachen, sie sollen an Orte fahren, von denen sie früher nur geträumt haben. So gesehen trifft es euer Wasserfall schon ziemlich gut. Aber es ist eben noch nicht perfekt. Ich möchte ein Paralleluniversum schaffen, eine Welt, die es nur in meinem Film gibt.«
»Film?«, fragte Anna Björk. »Ich dachte, du drehst einen Werbespot.«
Callum sah sie scharf an.
»Ich sehe das nicht gerne als Werbespot«, erklärte Rudi. »Ich will an die Sache herangehen, als ginge es um einen kleinen Film, um dem Ganzen eine gewisse epische Qualität zu geben. Und darum denke ich auch, dass diese Location noch mehr bieten muss. Wie ich schon sagte, ich möchte eine surreale Welt schaffen, eine Welt, die ein klein wenig neben unserer Realität liegt.« Rudi zog einen Kugelschreiber aus der Tasche und zeichnete damit einen Entwurf für eine Szene auf den hölzernen Picknicktisch.

»Ich glaube nicht, dass man da was draufschreiben darf«, bemerkte Frikki.
»Lass den Regisseur seinen Dreh entwerfen«, mischte sich Callum ein. »Ich werde das mit den Besitzern abklären. Wenn wir den Tisch ersetzen müssen, können wir das mit dem Budget für diese Produktion verrechnen.«
Rudi zeichnete die letzten Details in seine Skizze. »So möchte ich den Wasserfall filmen.« Er zeigte auf ein paar Striche. »Ich möchte, dass der Renault hier vor dem Wasserfall eine Acht fährt, und dann müssen auf mein Kommando drei Geysire im Vordergrund hochschießen. Wusch! Wusch! Wusch!«
»Geysire?«, vergewisserte sich Callum.
»Ich weiß!«, strahlte Rudi. »Total surreal, oder?«
»Aber hier gibt es keine Geysire. Und auch wenn es welche gäbe, die sind nicht besonders zuverlässig. Ich kann nicht garantieren, dass so ein Geysir auf das Kommando ›action!‹ loslegt.« Callum wusste, das war nicht, was Rudi hören wollte. Er starrte die Skizze an und versuchte, auf eine Lösung zu kommen. Das war schließlich sein Job. Probleme lösen. Schade, dass er seine Arbeit nie mit nach Hause nahm, dachte er. Wenn er drei Geysire kontrollieren könnte, wenn ihnen gerade nach Explodieren zumute war, dann könnte er sicherlich mit den drei Frauen in seinem Leben fertig werden. Im Moment schienen sie ähnlich unberechenbar.
»Ich hätte da eine Idee«, verkündete er schließlich. »Wir könnten nach Norden fahren und die Szene oben beim großen Geysir drehen. Dieser Geysir selbst ist seit vierzig Jahren nicht mehr aktiv, aber es gibt einen kleineren daneben, den Strokkur, der schießt alle paar Minuten eine große Fontäne hoch. Der ist ziemlich zuverlässig. Man könnte sa-

gen, er widerlegt die These, nach der ein Topf nie überkocht, wenn man ihn im Auge behält.«
Rudi war weniger beeindruckt. »Ich will aber drei Geysire, nicht bloß einen. Und diesen Wasserfall will ich im Hintergrund haben.«
»Und wie wäre es, wenn wir den Geysir dreimal vor einem großen Blue-Screen filmen? Jede Eruption würde ja anders aussehen. Dann können wir das Auto vor dem Wasserfall separat filmen und in der Nachbearbeitung alle Elemente zusammenbringen.«
»Ne, nix da.« Davon wollte der Regisseur nichts wissen. »Ich glaube nicht an Nachbearbeitung. Egal, wie gut die Leute sind, die das Ganze nachbearbeiten, die Übergänge sieht man immer. Ich habe mir meinen Namen damit gemacht, dass ich alles mit der Kamera schaffe. Nachbearbeitung kommt nicht in Frage.« Rudi nahm seine Sonnenbrille ab und rieb sich die Augen. »He, Moment mal. Ich hab's. Warum graben wir nicht einfach ein paar Geysire aus und bringen sie hierher?«
Callum musste den unwiderstehlichen Drang niederkämpfen, dem Typen eine aufs Maul zu geben. »Ich habe eine bessere Idee«, sagte er, denn ihm war klar, dass er ihm um den Bart gehen musste, wenn er sich diesen Auftrag sichern wollte. »Wir können ja selbst ein paar Geysire machen.«
»Wie wollen wir das denn anstellen?«, erkundigte sich Anna Björk.
»Fire and Ice Locations kann alles«, sagte Callum. Er hatte selbst keine Ahnung, wie das gehen sollte. »Wir machen das Unmögliche möglich«, fügte er dreist hinzu.
»Im Ernst? Das kriegst du also gebacken?«, fragte Rudi. »Du kannst mir drei Geysire hinstellen, die auf mein Kommando explodieren?«

»Das krieg ich gebacken.« Um die logistischen Probleme konnte Callum sich später noch kümmern.
»Wenn du das gebacken kriegst, dann krieg ich's auch gebacken.« Rudi setzte sich die Sonnenbrille wieder auf die Nase. »So … dann lasst uns doch jetzt mal diese Eislagune angucken.«

Sie machten in Vík halt, um zu tanken und Rudi den schwarzen Strand zu zeigen. An einem Ende der geisterhaften Küste ragten krumme schwarze Steinfinger aus dem schäumenden Atlantik, als gehörten sie zu einem ertrinkenden, brennenden Seeungeheuer in der Schlussszene eines Godzillafilms. Tja, dachte Callum, Rudi hatte gesagt, dass er es gerne »surreal« haben wollte. Jetzt beschwerte sich der Londoner während der nächsten Kilometer darüber, dass der raue Vulkansand seine Nikes ruiniert hatte.
Als sie die unfruchtbaren Gletscherstromebenen von Skeiðarásandur erreicht hatten, hatten sich die Wolken so über ihnen zusammengezogen, dass sie die Berggipfel abschnitten und die Sonne verdeckten.
Sie fuhren mit eingeschalteten Scheinwerfern die schmale Straße entlang, während der Regen hart auf die Windschutzscheibe prasselte. Die Reifen des Toyota protestierten lautstark, wenn sie über eine der vielen Metallbrücken fuhren, die über die reißenden Schmelzwasserströme führten. Alles war nass, schwarz und brüchig. Es fühlte sich an, als würden sie über den Boden eines Kohleeimers fahren.
Die Straße wand sich landeinwärts und gewährte ihnen einen ersten unheimlichen Blick auf die Schnauze eines Gletschers. Sie hielten direkt auf den Skaftafellsjökull zu, einen riesigen Strom aus Eis, der in nicht wahrnehmbarer Geschwindigkeit dahinfloss und in einer zerklüfteten weißen

Wand endete, die so langsam schmolz, wie sie sich voranbewegte. Ein kleines Hotel mit blauem Dach stellte sich dem Gletscherfluss in den Weg. Das winzige, zerbrechlich wirkende Gebäude erinnerte Callum an den Studenten, der sich damals auf dem Platz des Himmlischen Friedens vor den Panzer gestellt hatte: verletzlich, aber trotzig. Er wäre wahrscheinlich in Panik geraten, wenn er gewusst hätte, dass er in diesem Hotel die Nacht verbringen müsste.

Der langsam vordringende Gletscher drängte die Straße zurück ins Meer. Wie ein Bumerang kurvte der Toyota um eine konkave Landspitze, die ihre Füße in den grauen Atlantik tunkte. Beinahe im Handumdrehen verschwanden die Wolken, und die Sonne verlief in einem zartlila Himmel.

»Man kann durchaus behaupten, dass das Wetter hier sehr wechselhaft ist«, stellte Rudi fest.

»Der Himmel verändert sich in Island ständig«, erklärte Frikki. »Im einen Moment ist er noch voller Regenwolken, dann klart es plötzlich auf, und neben dir steht ein Berg, von dessen Existenz du vorher noch gar nichts wusstest.«

Sie rumpelten über eine weitere Meccano-Brücke, eine wackelige Konstruktion, die nicht aussah, als sollte sie dauerhaft hier stehen. Die Ingenieure schienen vielmehr in Kauf genommen zu haben, dass die Brücke eines Tages von einem mächtigen Strom aus Schmelzwasser und Eis davongerissen werden würde. Die Brücke spannte sich über die Mündung einer Lagune, wo das Süßwasser ins Meer hinausfloss und die Möwen sich versammelten, um sich über die Forellenpreise zu streiten.

»Da wären wir«, sagte Callum. »Die Eislagune Jökulsárlón … Islands hauseigene Eisbergfabrik.«

Sie bogen von der Hauptstraße ab und fuhren knirschend

eine Aschenbahn hinunter, die sie auf einem behelfsmäßigen Parkplatz ausspuckte. Und dieser Parkplatz war die reinste »Drive-in«-Aussichtsplattform.

Hellblaue Eisstücke schwammen auf dem grünen Wasser und stießen gegeneinander wie die Eiswürfel in einem klebrig-süßen Cocktail. Die Eismonolithen führten ein unablässiges Ballett aus Wasser und Licht auf, während sie unmerklich immer weiter Richtung Meer drifteten. Diese Eisberge stammten ihrerseits aus dem Breiðamerkurjökull-Gletscher, einem gewaltigen Eisfeld, das sich jenseits der Lagune erstreckte, bevor es von den Wolken geschluckt wurde.

»*Wo der Gletscher in den Himmel reicht, ist das Land nicht mehr von dieser Welt, sondern wird Teil des Himmels*«, zitierte Frikki. Er stellte den Motor ab. »*Heimsljós* von Halldór Laxness.«

»Du überraschst mich schon wieder, Frikki«, sagte Callum. »So langsam habe ich den Verdacht, dass du noch so einiges zu bieten hast, was sich auf den ersten Blick nicht offenbart.«

»Wie ein Eisberg«, sagte Frikki. »Nur ein Zehntel von mir ragt über die Wasseroberfläche.«

»Wenn Frikki ein Eisberg ist, dann ist er ein Eisberg in einer seichten Pfütze«, höhnte Anna Björk.

»Ich bin nicht seicht«, protestierte der große Isländer. »Du bist diejenige, die versucht, etwas darzustellen, indem du diese ganzen Designerlabels trägst.«

»Gegen Designerlabels gibt es überhaupt nichts zu sagen.« Rudi nahm seine Sonnenbrille ab und hielt sie hoch. »Diese Brille zum Beispiel. Dreihundert Lappen hat mich die gekostet. Aber wenn sie gut genug für David Beckham ist, dann ist sie auch gut genug für mich.«

»Beckham beeindruckt mich überhaupt nicht«, gab Frikki zurück. »Ich bin ein Fan von Stoke City.«
»Hör gar nicht hin, Rudi. Ich finde, du siehst sexy aus mit deiner Brille«, meldete sich Anna Björk wieder zu Wort. »Frikki wird niemals sexy aussehen. Die einzigen Designerlabels, die der trägt, sind GoreTex und 66° North.«
»Zumindest sind meine Klamotten praktisch. Im Gegensatz zu deinen«, erwiderte Frikki. »Wir wollen hier gleich um eine Eislagune wandern, und du trägst offene Sandalen aus *sjávarledur*.«
»Aus was?«, fragte Rudi nach.
»Fischleder«, übersetzte Anna Björk. »Das einzig gute Nebenprodukt unserer Fischfabriken. Prada fängt gerade an, Fischleder zu benutzen, und Dior macht Taschen daraus.« Sie hob ihren Fuß auf Rudis Knie und drehte ihn hin und her, um den Schuh herzuzeigen. »Das ist ein original David Meyer.«
Rudis Hand schwebte über ihrem Bein.
»Na los«, drängte sie. »Du kannst es anfassen. Es ist ganz weich.«
»Dein Bein oder das Fischleder?«
»Beides.«
Rudi strich über ihren Schuh und ließ seine Hand dann von den winzigen Schnallen und schmalen Riemchen weiterwandern, um auf dem nackten Rist ihres Fußes zu verweilen.
»So, genug Fußpflege für heute«, unterbrach Callum. »Wir wollen noch eine Lagune besichtigen.«
Sie stiegen aus dem warmen Auto und froren im nächsten Augenblick schon bis ins Mark. »Mannomann, es ist kalt.« Rudi machte den Reißverschluss seiner Fleecejacke zu.
»Jökulsárlón hat sein eigenes Mikroklima«, erklärte Cal-

lum. »Durch diese ganzen Eisberge ist das Ding ein natürlicher Kühlschrank.«

Sie gingen an dem kleinen Holzhaus mit einem Café und Geschenklädchen vorbei und stiegen einen Schieferhügel hinauf, von dessen hohem Gipfel man eine noch bessere Aussicht über die Lagune hatte. An dem großen Gletscher hing tief der Nebel und bildete eine Kulisse, die sich in der Unendlichkeit verlor. Eine kleine Fokker 50 flog über das Eis und wirkte nicht solider als ein Modellflugzeug aus Balsa, das mit einem Gummiband aufgezogen wird. Darunter fuhr ein Amphibienfahrzeug, ein Boot auf Rädern, eine Gruppe Touristen mit neonfarbenen Westen über die Schotterpiste und dann ins Wasser zu einer Kreuzfahrt durch die sich ständig wandelnde Ansammlung von Eisbergen.

»Kann man hier schwimmen?«, fragte Rudi.

»Ich würd's nicht versuchen«, riet Frikki. »Nach nicht mal einer Minute wärst du tot.«

»Es mag still und einladend aussehen, aber lass dich davon nicht täuschen«, sagte Callum. »Das kann hier sehr gefährlich werden. Du hast sicher bemerkt, dass das Boot auf Abstand zu den Eisbergen bleibt. Jeden Moment könnte einer von ihnen umkippen. Und wie Frikki sagte, ist jeder Berg unter Wasser neunmal so groß. Wenn du nur ein paar Meter von ihm entfernt bist, und er kippt, bist du Schneematsch.«

»Hier haben sie also die Autojagd aus *Stirb an einem anderen Tag* gefilmt?«

»Genau hier.«

Rudi suchte den Horizont ab, schien aber verwirrt. »Das sieht gar nicht so aus. Ich erinnere mich, dass sie in dem Film mit ihren Jaguars über Eisflächen gefahren sind. Ich sehe aber gar keine Eisflächen, nur jede Menge Eisberge, die im Wasser schwimmen.«

»Weil sie die Lagune für den Bond-Film eingefroren haben«, erläuterte Callum.
»Wie zum Teufel macht man das denn?«
»Man versperrt die Mündung, so dass sich das Salzwasser des Meeres nicht mehr mit dem Süßwasser der Lagune vermischen kann. Sobald das Wasser salzfrei ist, friert die Lagune mit einer so dicken Eisschicht zu, dass ein Auto darauf fahren kann.«
»Machen wir das auch für den Werbefilm?«, fragte Rudi. »Wow, das ist ja völlig abgefahren!«
»Freu dich lieber nicht zu früh. Der Bond-Film war ein Riesenprojekt mit einer Menge Kohle im Hintergrund. Bei unserem Budget müssen wir da ein bisschen realistischer sein.« Callum deutete auf ein flaches Areal zu ihren Füßen. »Ich würde vorschlagen, dass unsere Requisiteure dieses Gebiet mit Schnee bedecken. Wir werden ein paar kleinere Eisberge mit einem Boot heranschleppen, und die können wir dann mit einem Bagger auf den weißen Teppich befördern. Und für die Renaults lassen wir einfach eine schneefreie Fläche, die groß genug ist, dass sie darauf ihren Eistanz aufführen können.«
Rudi schüttelte den Kopf. »Aber das ist keine Eisfläche. Das Skript schreibt ganz deutlich vor, dass die Autos auf einer spektakulären Eisfläche tanzen.«
»Vertrau mir«, sagte Callum. »Wenn du mit der Kamera aus einem ganz flachen Winkel filmst, dann wirst du nicht einmal das Wasser sehen, es wird aussehen wie eine Eisfläche. Wir lassen die Autos im Vordergrund über den Schnee tanzen, und im Hintergrund sieht man die ganzen Eisberge und dahinter den riesigen Gletscher. Die Leute werden von den Socken sein.«
»Ohne Socken wird's hier draußen aber reichlich ungemüt-

lich«, bemerkte Frikki. »Da hast du in weniger als einer Minute deine Erfrierungen an den Zehen weg.«
Anna Björk gab ein missbilligendes Geräusch von sich.
Rudi hatte immer noch denselben verwirrten Gesichtsausdruck, den er den Großteil des Tages zur Schau getragen hatte. »Können wir die Renaults denn nicht auf den Gletscher bringen?«
»Da gibt es zwei Probleme«, erklärte Callum. »Wenn du da hochgehst wirst du merken, dass du so gut wie keinen Horizont hast. Der Gletscher ist nur eine flache weiße Leere. Auf Film sieht das nach überhaupt nichts aus. Zweitens sind die Renaults keine Geländefahrzeuge. Sie sind einfach nicht dafür gebaut, auf dem Eis zu fahren.«
»Ich bin mir irgendwie noch nicht so ganz schlüssig bei dieser ganzen Geschichte. Ich muss noch mal drüber nachdenken.«
»Du musst jetzt ja auch noch keine Entscheidung treffen. Wenn wir heute abend ins Büro zurückkommen, können wir ein paar Bilder von anderen Drehorten durchsehen. Mal gucken, was wir sonst noch so anbieten können. Und ich weiß nicht, wie es bei dir steht, aber ich glaube, wir könnten jetzt alle was Heißes vertragen.«
»Du kannst Gedanken lesen«, sagte Anna Björk. Sie zog den Reißverschluss an Rudis Fleecejacke bis obenhin zu und tätschelte ihm die Schultern. Dann nahm sie ihn bei der Hand und führte ihn zu dem kleinen Café.
Sie wählten die Meeresfrüchtesuppe und trugen ihre Schüsseln zu einem der kleinen Plastiktische, die in der Hütte verteilt waren. Frikki entschied sich stattdessen für den Hotdog und erklärte Rudi bis ins kleinste Detail die potentiell lebensgefährlichen Folgen einer Meeresfrüchteallergie. Die Suppenesser ließen sich jedoch nicht abschrecken. Ihre

Suppe war heiß und orange und wimmelte so von Meereslebewesen, dass Callum zweimal nachguckte, ob nicht irgendwo eine Möwe über seiner Schüssel kreiste. Als er gerade den ersten Löffel von der dünnen, safranfarbenen Brühe nahm, summte sein Handy. Es war Birna. Callum entschuldigte sich bei den anderen und ging nach draußen, um das Gespräch anzunehmen.

»Hallo«, sagte er.

»Hallo«, sagte sie.

Stille. Eine ohrenbetäubende Stille: der Klang von Eisbergen über einer Lagune.

»Callum«, sagte sie mit rauer und erschöpfter Stimme. »Ich bin nicht sicher, ob ich will, dass du heute abend nach Hause kommst.«

12

Sie sagte, sie hätte nachgedacht.

Er sagte: »Gefährlich.«

Sie sagte, sie glaube, dass sie die Dinge etwas zu schnell angegangen wären. Sie glaube, dass das die Dinge schwierig mache, nicht nur für sie beide, sondern auch für ihre Mutter und ihre Tochter. Sie habe das Gefühl, dass sie das Ganze etwas langsamer angehen sollten. Sie sagte, wenn er keine echte Beziehung zu ihrer Tochter entwickeln könne, dann wisse sie nicht, wie er ein Mitglied der Familie werden solle.

Er antwortete, das sei ja nun doch eine ziemliche Hundertachtziggradwende, und er erinnerte sie daran, dass sie bereits schwanger sein könnte.

Sie erklärte, dass sie das seit heute morgen sicher ausschließen könne.

Er sagte: »Aha.« Einen Moment lang überlegte er, ob ihre Periode vielleicht zu ihrer übellaunigen Phase beigetragen haben könnte, aber er war klug genug, so etwas nicht einer Frau gegenüber zu erwähnen, schon gar nicht bei Birna.

Sie sagte, sie sei vielleicht ein bisschen voreilig gewesen, als sie ihn bei sich einziehen ließ.

Er gab zu, dass er in ihrem Haus tatsächlich auch klaustrophobische Gefühle entwickelt hätte.

Sie glaubte, dass sich die Dinge vielleicht wieder bessern könnten, wenn er eine Weile in Gudnis Appartment wohnte.

Er hatte keine Einwände.

Sie beschrieb ihre Beziehung als Achterbahn, die zu einer langen Fahrt gestartet war, bevor alle Muttern und Schrauben richtig saßen.

Ihm wurde klar, dass sie der Wahrheit damit näherkam, als sie jemals ahnen konnte.

Sie sagte, sie habe seinen Koffer schon für ihn gepackt.

Er war ein bisschen überrascht, aber sein Auszug war ja nur auf Zeit und vielleicht vorerst die beste Lösung.

Sie sagte, sie habe zwei Fotos einer hübschen Frau im Futter seines Koffers gefunden.

Er sagte nichts.

Sie schlug vor, dass der Koffer wahrscheinlich einem alten Freund gehörte und dass er keine Ahnung gehabt hatte, dass Fotos darin versteckt waren.

Er sagte: »Stimmt.« Aber er sagte es ein bisschen zu eifrig. Dann erklärte er, dass ein alter Arbeitskollege, Neil Byrne, ihm den Koffer gegeben hatte.

Sie dachte, dass Callum die Frau auf diesen Bildern nicht mal kannte.

Er meinte, das sei wahrscheinlich so, denn Neil halte sein Privatleben immer streng geheim. Er spreche nie über seine Freundinnen und bringe sie auch nie zu Firmenfeiern mit.
Sie fragte, warum die hübsche Frau dann auf einem der Fotos Callums Jeansjacke trug.
Warum sie denn glaube, dass es seine Jeansjacke sei, fragte er.
Sie sagte, das habe sie an dem rot-gelben Partick-Thistle-Button auf der linken Brusttasche erkannt.
Er sagte nichts.
Sie sagte, er könne sich in der Zeit ihrer Trennung ja die Geschichte ausdenken, die hinter dieser hübschen Frau steckte.
Er sagte: »Birna …«
Aber sie hörte nicht mehr zu. Sie hatte das Gespräch beendet.

Callum und Anna Björk checkten im Hotel Freysnes ein, dem einsamen Haus mit dem blauen Dach, an dem sie am Nachmittag vorbeigekommen waren. Das nüchterne Hotel hatte weder Pool noch Fitnessraum noch Business-Center, dafür hatte aber jeder Raum seinen eigenen Gletscher. Der Skaftafellsjökull drückte seine Eisschnauze direkt gegen Callums Schlafzimmerfenster.
Frikki und Rudi waren schon auf dem Weg nach Reykjavík. Sie hatten am Flughafen von Höfn ein kleines Charterflugzeug bestiegen. Wenn man das denn einen Flughafen nennen wollte. »Höfn International«, wie Callum es ironisch getauft hatte, hatte kaum mehr zu bieten als einen asphaltierten Platz, eine Nissenhütte und einen Windsack. Erst hatte Callum vorgehabt, Rudi auf dem Rückflug zu begleiten und Frikki den Toyota die Südküste entlang nach Hau-

se fahren zu lassen. Aber nach dem Telefongespräch mit Birna war ihm klar, dass es nichts gab, weswegen er sich beeilen müsste, nach Hause zu kommen. Sie wollte, dass er Distanz zu ihr hielt. Das hatte sie ihm mehr als deutlich klargemacht.

Callum dachte, er könnte die lange Fahrt nutzen, um wieder einen klaren Kopf zu bekommen. Und Anna Björk konnte ihm Gesellschaft leisten. Er brauchte jetzt ein bisschen Gesellschaft.

Seine Freundin hatte ihn vor die Tür gesetzt. Und sie hatte gewartet, bis er so weit weg war, wie das auf der Insel Island nur irgend möglich war, bevor sie seinen Koffer gepackt hatte.

Anna Björk und Callum waren in ihren jeweiligen Zimmern verschwunden, um sich vor dem Abendessen frisch zu machen. Da Callum nicht erwartet hatte, auf dieser Fahrt irgendwo übernachten zu müssen, musste er nicht lange nachdenken, was er für den Abend anziehen wollte. »Komm, wie du bist« war sein Motto.

Er beschloss, die halbe Stunde vor dem Essen zu nutzen, um Neil Byrne anzurufen. Er musste mit jemand reden, und Neil war so ziemlich der beste Freund, den er hatte. Ihm war noch immer etwas unwohl, weil sie nicht ganz im Guten auseinander gegangen waren. Die Tatsache, dass es vor kurzer Zeit zu Handgreiflichkeiten zwischen ihnen gekommen war, war nur ein Beweis für die Tiefe ihrer Gefühle füreinander, oder zumindest hatte Callum sich das so eingeredet.

Er spielte mit dem Gedanken, Neil bei Birna anrufen zu lassen und sich dafür zu verbürgen, dass der Koffer, die Fotos darin sowie die dazugehörige Frau ihm gehörten und nicht Callum. Aber er konnte Neil nicht bitten, für ihn zu lügen. Und Birna würde es sowieso nicht glauben. Wie sie bereits bewiesen hatte, war sie viel zu schlau für so was. Trotzdem musste er sich eine glaubwürdige Erklärung für die Schnappschüsse einfallen lassen, bevor er wieder in Reykjavík war.

Callums Bett wackelte, als er sich zum Telefonieren hinsetzte. Er nahm an, dass sonst nur Wanderer und Radfahrer in einem so einsamen Hotel abstiegen, daran gewöhnt, kalte Nächte in abgelegenen Hütten oder engen Zelten zu verbringen, die sie hastig auf pieksendem Lavaboden aufgestellt hatten. Diese wackeligen Betten mussten im Vergleich geradezu luxuriös wirken.

Da er außerhalb der Bürozeiten anrief, wählte er Neils Handynummer. Der Anruf wurde von einer arroganten, weiblichen Automatenstimme beantwortet. Sie informierte Callum darüber, dass der Vodafone-Kunde, den er angerufen hatte, nicht ans Telefon ging. Sie bat ihn, bitte in der Leitung zu bleiben, während sie ihn an einen Anrufbeantworter-Service weiterverband. Nach ein paar weiteren Klingeltönen bat ihn dieselbe Frau, eine Nachricht zu hinterlassen. Aber das tat er nicht. Wo sollte er auch anfangen? Es gab einfach zuviel zu sagen.

Callum ging ins Badezimmer und spritzte sich Wasser ins Gesicht. Heißes Wasser. Seine Wangen brannten. Das war wohl einfach so, wenn man in einem Land voller Thermalquellen wohnte, nahm er an. Das Wasser kam erstmal heiß aus der Leitung, bevor es kalt wurde. Ihm fiel der Witz mit dem isländischen Jungen wieder ein, der die Treppe zum Badezimmer hochgeht, und seine Mutter ruft ihm von unten nach: »Und brauch nicht wieder das ganze kalte Wasser auf!« Er hatte das immer sehr lustig gefunden.

Er tupfte sich das Gesicht mit einem rauen Handtuch ab.

Seine Gedanken überschlugen sich. Heißes Wasser … Feuerwasser … Fire and Ice … Scotch on the rocks … gute Idee, Callum.
Er verließ sein Zimmer und begab sich auf die Suche nach einem Single Malt.
In der hell erleuchteten Bar traf er auf Anna Björk. Sie hatte ihr Markenzeichen, einen Wodka-Longdrink, in der einen Hand, während sie mit der anderen einem Engländer neben ihr den Stinkefinger zeigte. Zumindest nahm Callum an, dass der Mann Engländer war, nachdem er sein weißes Rugby-Shirt mit einer aufgestickten roten Rose auf der Brust gesehen hatte. Er legte sich gerade mächtig ins Zeug, um Callums Assistentin anzugraben.
»Bekomm ich keinen Kuss?«, fragte er sie. Laut. »Oder ist meine kleine eiskalte Schönheit ein bisschen frigide?« Er zog die Show für seine drei ebenso angesäuselten Kumpels ab, die ihn von ihrem Tisch aus anstachelten. »Na komm schon, du weißt doch, dass du es auch willst«, sagte er und hielt ihr die Wange hin. Sein Gesicht war so rot wie die Rose auf seinem Shirt. Und sein Akzent extrem Oberklasse.
»Oh, Callum!«, sagte Anna Björk. Sie war noch nie so froh gewesen, ihn zu sehen.
»Geht dir der Typ da auf die Nerven?«, fragte er.
»Überhaupt nicht«, sagte sie, nickte jedoch bestätigend. »Dieses Arschloch hier wollte gerade gehen.«
Der Rugby-Idiot wusste, wann er sich geschlagen geben musste, und trollte sich zu seinen Freunden.
»Bist du immer noch ganz verliebt in England?«, erkundigte sich Callum.
»Ich denke mal, nicht alle Engländer sind Arschlöcher.«
»Aber kannst du dir da sicher sein?«, fragte er verschmitzt.
»Rudi ist kein Arschloch.«

»Siehst du, hatte ich doch recht. Er gefällt dir.«
»Vielleicht.«
Anna Björk fuhr mit einem lackierten Fingernagel den Rand ihres Glases entlang. Erst in diesem Moment musste Callum anerkennen, wieviel Mühe sie sich gegeben hatte, sich für dieses Abendessen hübsch anzuziehen. Ihre Nägel waren lang und glänzend. Ihre Wangen hatte sie mit einem feinen Glitzerpuder bestäubt, das immer dann zu sehen war, wenn sie den Kopf bewegte. Sie trug eine schlichte schwarze Kreation, die wie angegossen auf ihrem Körper saß, und ihre Absätze waren so hoch und dünn wie der Sektquirl in ihrem Glas. Kein Wunder, dass sie unerwünschte Aufmerksamkeit auf sich gezogen hatte.
»Tja, ich glaube, wenn Rudi dich in diesem Kleid sehen könnte, würde er dahinschmelzen.«
»Danke.« Anna Björk zupfte ihren Saum zurecht. »Das ist eine Westwood-Kopie.«
Callum kannte sich in Modedingen herzlich wenig aus, sie hätte ihm das Kleid auch als Wedgwood-Original verkaufen können. »Erzähl doch mal«, sagte er. »Was hat Rudi, was zum Beispiel Frikki nicht hat?«
»Frikki? Du meine Güte! Das ist doch ein Schwein. So ein richtiger Wikinger, der sich den Wanst mit Fleisch und Bier vollschlägt und bis spätabends die Mädels belästigt, um dann am nächsten Morgen in den Kampf zu ziehen. Nur, dass Frikki nicht gerne früh aufsteht.« Anna Björks Miene wurde weicher. »Aber Rudi … na ja … der ist anders als die isländischen Männer. Das hat sicher auch viel mit seiner Hautfarbe zu tun. Ich fand den Gedanken schon immer schön, vielleicht mal ein Kind von einem Schwarzen zu bekommen. Das wär doch total süß, wenn ich ein schwarzes Kind hätte.«

»Du trägst also nicht nur Designerklamotten, du willst auch noch ein Designerbaby.«
Anna Björk lachte. »Du stellst mich ganz schön mies hin. Das ist alles überhaupt nicht so. Es ist nur, weil … na ja … wenn du dein ganzes Leben hier verbracht hast, dann sehnst du dich einfach nach etwas Exotischem. Und was sehr viel Exotischeres als einen schwarzen Mann gibt es kaum. Ich hab erst zwei schwarze Männer in Reykjavík gesehen. Sie sind in den Striptease-Club gekommen. Es konnte sowieso nichts draus werden, weil sie auf dem amerikanischen Luftwaffenstützpunkt in Keflavík arbeiteten. Den Mädchen im Club rät man davon ab, Beziehungen zu den Amerikanern einzugehen. Trotzdem kann mich keiner davon abhalten, mir vorzustellen, wie mich einer von diesen süßen schwarzen Jungs in seinen Stützpunkt reinschmuggelt.« Anna Björk sah aus, als wäre sie in Gedanken ganz weit weg, aber bald war sie wieder zurück im Hier und Jetzt. »Das Dumme an Reykjavík ist, es ist so klein und inzestuös. Jeder hat jeden schon mal gefickt. Und Romantik gibt es nicht. Die Typen hier verschwenden ihre Zeit nicht damit, ein Mädchen kennenzulernen, denn man kennt ja sowieso schon jeden. Dating kommt in unserem Wortschatz nicht vor. In Island geht man gleich aufs Ganze. Deshalb kommen auch so viele Typen aus dem Ausland hierher. Sie halten die isländischen Frauen für leicht zu haben.«
»Warum machst du dieses Land denn immer so schlecht? Ich meine, für einen Außenstehenden ist Island auf seine Art auch exotisch. Schau dir doch bloß die Landschaft an.« Callum zeigte auf die sich weit ausdehnende Landschaft des Skaftafell Nationalparks, die vom Fenster der Hotelbar eingerahmt wurde.
Die unebenen Felder aus moosbewachsener Lava glühten

leuchtend rosa im Abendlicht. Jetzt war die magische Stunde.

»Ich hab's so satt, mir immer die Geschichte von unserer wundervollen Natur und Landschaft anzuhören«, stöhnte Anna Björk. »Findest du es nicht witzig, dass unsere größte Touristenattraktion überhaupt nicht natürlich ist? Es ist eine von Menschen geschaffene Lagune. Nur in Island benutzt man das Wasser aus einem Erdwärme-Kraftwerk und motzt es dann mit einem Namen wie ›Die Blaue Lagune‹ auf. Das ist nicht besser als ein Abwasserkanal. Und das Meer ist so kalt hier oben, dass wir einen Thermalstrand in Nauthólsvík bauen mussten. Dann doch lieber Griechenland oder Spanien oder Mexiko oder so.«

»Okay«, räumte Callum ein. »Aber du wirst doch zugeben, dass die Lebensqualität in Island so hoch ist wie nirgendwo sonst. Ihr habt ein großartiges Gesundheitssystem, ihr esst jede Menge Fisch, und es gibt fast gar keine Umweltverschmutzung in eurem Land. Ihr habt die höchste Lebenserwartung von allen Völkern der Erde. Ich habe sogar gelesen, dass es euren Wissenschaftlern im deCODE gelungen ist, das ›Methusalem-Gen‹ zu isolieren, das für diese Langlebigkeit verantwortlich ist. Ich habe ja die Theorie, dass sie Birnas Mutter als Versuchstier benutzt haben. Ich habe den Verdacht, dass sie unsterblich ist. Wie auch immer, diese Forschung hat ergeben, dass die Lebenserwartung der Isländer noch weiter steigen wird.«

»Typisch«, knurrte Anna Björk. »Du meinst, ich muss dieses Land ertragen, bis ich zweihundert bin?«

»Ach komm, wenn Island wirklich so mies wäre, wärst du mittlerweile weggegangen.«

»Natürlich. Wie jedes junge Mädchen aus Ólafsvík habe ich davon geträumt, durch die Welt zu reisen. Ich habe mir immer vorgestellt, dass ich mal Stewardess bei Icelandair werde. Wie ich schon sagte, ich habe mich immer nach dem Exotischen gesehnt, schon als Kind.« Sie zog eine Grimasse. »Leider bin ich nie groß genug geworden, um Stewardess werden zu können. Deswegen auch die Absätze.« Sie drehte ihren Fuß in der Luft hin und her, damit Callum ihre Schuhe gründlich mustern konnte.

»Träumen die kleinen Mädchen in Island heute immer noch davon, für die nationale Fluggesellschaft Kaffee durch den Mittelgang zu schieben? Ich frage nur, weil ich ein bisschen Probleme damit habe, Birnas Tochter näherzukommen.«

Callum richtete sich auf. Er fühlte sich unwohl, wenn er über sein häusliches Leben sprach. Nicht, dass er noch ein Zuhause gehabt hätte. Aber ihm ging gerade auf, dass Anna Björk ihm vielleicht helfen konnte.

»Es wäre toll, wenn jemand mir einen Tipp geben könnte, wie es ist, als junges Mädchen in diesem Land aufzuwachsen.«

Anna Björk wirkte verblüfft. »Wie alt ist Birnas Tochter denn?«

»Elf, aber demnächst wird sie fünfundvierzig. Sie gibt mir das Gefühl, dass eigentlich ich das Kind bin. Neulich hat sie mich einen Blödmann genannt.«

»Ich bin nicht sicher, ob ich weiß, was sie gerade für eine Phase durchmacht. Es ist immerhin schon zehn Jahre her, dass ich in ihrem Alter war. Heutzutage wachsen die Kinder ganz anders auf, weißt du. Nicht nur die wunderbare Landschaft verändert sich schnell in Island. Vor einem Jahrzehnt gab es donnerstags kein öffentlich-rechtliches Fernsehen und in großen Teilen von Island wurden Nachrichten noch mit dem Brief-Papageitaucher geschickt. Aber heute werden die Kinder mit MTV großgezogen und jedes hat ein Handy. Das war undenkbar, als ich noch ein Mädchen war.«

»Ásta hat kein Handy.«

»Dann muss sie das einzige Mädchen in Reykjavík sein, das keins hat.«

»Tja, das wäre dann wohl schon mal ein gutes Weihnachtsgeschenk«, sagte Callum. »Obwohl, wenn ich genauer drüber nachdenke, hat sie wahrscheinlich nur deshalb keins, weil ihre Mutter es nicht erlaubt. Da sollte ich mich vielleicht besser nicht einmischen.«

»Hat Ásta viele Freunde?«

»Nicht, dass ich wüsste.«

»Ist sie in keinem Sportverein?«

»Sie reitet.«

»Hm. Als ich aufwuchs, hatten nur die reicheren Mädchen ein Pferd.«

»Oh, Birna ist nicht reich. Die Pferde sind von einem Gestüt in der Nähe ausgemustert worden.«

»Verstehe. Ist Ásta in einem Handarbeitsklub?«

»Ich glaube nicht. Ich hab sie noch nie mit Nadel und Faden gesehen.«

»Das darfst du nicht so wörtlich nehmen«, seufzte Anna Björk. »Handarbeitsklub ist bloß so ein Ausdruck für eine Gruppe Freundinnen, die immer zusammenstecken. Sie verbringen ihre Zeit miteinander und passen aufeinander auf. Wie eine Clique, aber nichts irgendwie Elitäres. Ich schätze, Ásta ist noch ein bisschen zu jung, um zu so einer Gruppe zu gehören.«

»Wie gesagt, ich bin nicht sicher, ob Ásta überhaupt Freunde hat.«

»Du kennst sie noch gar nicht, oder?«

Callum schüttelte den Kopf. Er kam sich mies vor.

»Hängt Ásta in der Stadt rum? Geht sie ins Einkaufszentrum? Shoppt sie gerne? Nervt sie ihre Mutter damit, dass sie Make-up und Tangas haben will?«
»Sie ist doch erst elf«, wandte Callum ein.
»Ja und ...?«
»Na ja, hast du einen Tanga getragen, als du elf warst?«
»Ich konnte meine Großmutter nie dazu überreden, mir einen zu stricken.«
Anna Björk wartete, bis Callum aufhörte zu grinsen.
»Ich meine es ernst. Junge Mädchen wünschen sich heutzutage andere Dinge, vor allem Mädchen, die in der Hauptstadt aufwachsen. In meiner Heimatstadt wohnen nur ein paar tausend Leute. Wir haben keine großen Geschäfte in Ólafsvík, also war Shopping nie so das Thema. Vielleicht bin ich deswegen so ein Mode-Junkie geworden. Aber die jungen Mädchen heutzutage, die sehen Christina und Britney auf MTV, und plötzlich tragen sie Tangas. Es gibt keine Unschuld mehr. Nicht mal in Island, das jahrhundertelang das unschuldigste Land der Welt war ... obwohl ich es eher als rückständig bezeichnen würde.«
»Ich glaube nicht, dass Ásta MTV guckt«, sagte Callum. »Das ist auch so etwas, was ihrer Mutter nicht ins Haus kommt. Allerdings sieht sie sich Videos von alten englischen Dokumentarfilmen an. Und sie sammelt Wetter.«
Anna Björk sah Callum ähnlich verdutzt an, wie er Ásta angesehen hatte, als Birna das seltsame Hobby ihrer Tochter erwähnt hatte.
»Ich weiß«, sagte er. »Komisch, oder? Aber andererseits, dieses Land ist voller Seltsamkeiten. Es würde mich gar nicht so überraschen, wenn Wettersammeln eine ganz normale Freizeitbeschäftigung für ein isländisches Mädchen wäre.«

»Für mich war das nicht normal, aber vielleicht ist das was Neues, womit sich die Kids heute beschäftigen.«

»Und wie hast du dich amüsiert, als du ein Mädchen warst?«, fragte Callum. »Ich komme mir irgendwie blöd vor, dich das zu fragen, als wäre es schon fünfzig Jahre her.«

»Manchmal fühlt es sich direkt so an«, meinte Anna Björk und zuckte die Achseln. »Ich hab auf jeden Fall nicht viel ferngesehen, als ich klein war. Stattdessen sind meine Freunde und ich oft zum Hafen runtergegangen und haben nach Walen Ausschau gehalten. Wenn wir Glück hatten, durften wir bei einem unserer Väter an Bord gehen. Und wenn wir so richtig großes Glück hatten, dann haben wir einen Blauwal gesehen, der ganz nahe an der Wasseroberfläche träge vorbeiglitt und uns mit seinem uralten Auge anstarrte.« Auf Anna Björks Gesicht hatte sich ein Kinderlächeln breitgemacht.

»Ich glaube, du magst Island lieber, als du zugeben willst«, meinte Callum.

»Blödsinn!« Sie leerte ihren Wodka. »Wale stinken. Ihre Atemlöcher sind voller Krill und Bakterien. Sie riechen nach Leiche. Ólafsvík ist voller lebender Toten.«

Der Barkeeper räumte ihr leeres Glas ab. »Dasselbe noch mal?«, fragte er.

Callum nickte. »Und einen Scotch on the rocks.«

Er sah schweigend zu, wie Anna Björk in dem kleinen Spiegel ihrer Puderdose ihre Wimpern kontrollierte. Er konnte kaum glauben, dass sie als Stripperin gearbeitet hatte. Sie war noch ein Mädchen.

»Gibt es irgend etwas, das ich tun kann, damit die kleine Ásta anfängt, mich zu akzeptieren?«, fragte er.

»Ganz einfach«, antwortete Anna Björk und schloss die

Puderdose mit einem energischen Klack, wie eine puderige Kastagnette. »Du musst aufhören, sie als die kleine Ásta zu betrachten. Du musst aufhören, sie wie ein Kind zu behandeln.«

»Witzig, Ásta hat genau dasselbe zu mir gesagt.« Callum nahm seinen Whisky vom Barkeeper in Empfang.

»Ich mache jetzt langsam zu«, erklärte der Barmann. »Kann ich euch Turteltäubchen noch irgendwas geben?«

Anna Björk prustete in ihren Wodka.

Callum wurde rot. »Nein danke«, antwortete er, und der Mann drehte sich auf dem Absatz um. »Er glaubt, wir hätten was miteinander. Wie lächerlich.«

»Was wäre daran so lächerlich?« Anna Björk verzog ihren Mund zu einem gespielten Schmollen.

»Na komm, schau uns doch an. Du bist mehr als zehn Jahre jünger als ich. Und schau dir an, wie du angezogen bist. Du siehst nach einer Million Dollar aus. Ich hingegen nach fünfzig krónur. Er muss sich fragen, was du an mir findest.«

»Ich sehe einen wahnsinnig netten Mann. Einen wahnsinnig netten Mann mit sorgenvollen Augen.« Sie lehnte sich in ihrem Stuhl zurück. »Du erinnerst dich doch, wie Frikki sich heute als Eisberg bezeichnet hat, bei dem nur ein kleiner Teil über der Wasseroberfläche zu sehen ist. So sehe ich dich, Callum. Es gibt noch so vieles, was du erst noch offenbaren musst. Und sobald du das tust, wird die kleine Ásta auch erkennen, was für ein Mann du wirklich bist. Ein guter Mann nämlich.«

»Gut? Da wäre ich mir nicht so sicher. Der Schein kann trügen.«

Anna Björk lehnte sich wieder vor und stellte ihren Drink auf dem Tisch ab.

»Ich muss dir was gestehen«, sagte sie und legte den Kopf

leicht schräg. Mit teenagerhafter Bewunderung blickte sie ihn aus großen Augen an.
»Jetzt erzähl mir bitte nicht … dass du als Mann auf die Welt gekommen bist.«
»*Nei, nei, nei*. Sei nicht albern. Solche Größenordnungen hat mein Geständnis auch wieder nicht. Ich wollte dir nur sagen, dass ich von deinem Roman weiß. Und wenn du mich fragst, ich glaube, du hast einen brillanten Romananfang hingekriegt.«
Callum schaute sie verständnislos an. »Tut mir leid, AB, vielleicht liegt es am Whisky, aber ich habe keinen blassen Schimmer, wovon du redest.«
Sie zog wieder ihren Schmollmund. »Ich dachte mir fast, dass du so reagieren würdest. Es war mies von mir, ich weiß. Aber ich konnte nicht widerstehen, ich musste das einfach lesen.«
»Gib mir einen Tipp«, sagte Callum. »Was für ein Roman?«
»Schon gut, Callum. Du brauchst es nicht abzustreiten. Schau mal …« Anna Björk setzte sich auf ihrem Stuhl zurecht. »Neulich, am Nachmittag, als Frikki und du weg wart, um den Geländewagen zu kaufen, da … na ja … da war ich alleine im Büro und mir wurde langweilig. In der Zeitung stand nichts Besonderes, da steht ja grundsätzlich nichts Besonderes drin, also dachte ich, ich spiele ein bisschen Solitaire auf deinem Laptop. Ich hab gesehen, dass du ein Dokument auf dem Bildschirm offengelassen hattest. Ich konnte nicht anders. Ich habe den Anfang des *Prag-Reiseführers eines Mörders* gelesen. Es ist wirklich gut, Callum. Es ist so … brutal«, fügte sie mit beinahe schon sadistischer Freude hinzu. Aber dann sah sie ihn wieder bittend an. »Bitte hass mich nicht dafür.«
»Sei nicht dumm. Ich hasse dich nicht. Aber was du da ge-

lesen hast, ist nicht das, wofür du es hältst. Zumindest ...« Callum kippte seinen Whisky und wartete auf das Brennen in seinem Brustkorb, bevor er fortfahren konnte. »Das ist alles noch im Werden«, erklärte er. »Und es ist alles streng geheim. Niemand weiß, dass ich das schreibe, nicht mal Birna. Ich bin ein ziemlicher Geheimnistuer, was meine Schreiberei angeht.«

»Hat Birna schon mal was von deinen Sachen gelesen?«

»Nein«, sagte Callum ein wenig zu nachdrücklich. »Birna weiß überhaupt nicht, dass ich schreibe. Niemand weiß das. Ich spreche nicht gerne darüber. In der Medienlandschaft von Glasgow hab ich einfach zu viele Typen erlebt, die in den Bars die Leute mit ihrem Gewäsch über ihre neuesten Romane oder Drehbücher langweilen. Natürlich wird nie irgendetwas davon wirklich fertiggestellt. So jemand will ich eben nicht werden. Ich habe mir geschworen, niemandem von dem Buch zu erzählen, bis der Entwurf fertig ist und ich einen Vertrag mit einem Verlag habe.«

»Dann werde ich es nie wieder erwähnen. Aber ich fühle mich sehr privilegiert, dass ich es gelesen habe«, sagte Anna Björk. »Vor allem diese Stelle, wo der Typ das Mädchen erdrosselt und er weiß, dass sie tot ist, als sie aufhört, grünen Zucker auf seine Handgelenke zu husten.« Anna Björk legte Callum eine Hand aufs Knie. »Weißt du, unter deinem wahnsinnig netten Äußeren hast du ein ganz schön verkorkstes Hirn.«

»Tja ... na ja ...«, räumte Callum ein. »Da hast du nicht ganz unrecht.«

13

Callum rannte von seinem Apartment in die Stadt. Er war unterwegs zu einem Treffen mit Birna und konnte es sich nicht leisten, zu spät zu kommen. Er hatte sie seit drei Tagen nicht gesehen, drei Tage, die sich für ihn wie Monate angefühlt hatten.

Auf seinem Rückweg von der Eislagune hatte Callum bei Birna vorbeigeschaut, um seine Sachen abzuholen, aber ausgerechnet Ásta hatte ihm aufgemacht. Sie eröffnete ihm, dass ihre Mutter für ein paar Tage auf die Westmänner-Inseln gefahren war. Er wollte wissen, warum dann bitte die Vorhänge von Birnas Schlafzimmer zugezogen seien. Ásta zuckte die Achseln. Callum fragte, ob er hereinkommen dürfe. Sie fragte Callum, ob er eine andere Freundin habe. Als er nein sagte, nannte ihn Ásta einen Lügner und knallte ihm die Tür vor der Nase zu.

Callum wich den Besoffenen am Busbahnhof aus und lief die Posthússtræti entlang. Als er auf den Austurvöllur-Platz einbog, stolperte er über eine Frau, die auf dem Pflaster kniete. Er rappelte sich wieder hoch und untersuchte die Aufschürfungen an seinen Daumenballen. Seine Nase schmerzte, sein Herz klopfte wie wild, und ihm war übel. Passanten starrten ihn an.

»*Fyrirgefðu!*« Es schien der Frau aufrichtig leid zu tun.

»Was zum Teufel tun Sie denn da unten?«, schrie Callum. Er spürte etwas Warmes auf seinen Lippen und entdeckte dann, dass auf den Pflastersteinen ein Blutstropfen nach dem anderen erschien. »Verdammt, meine Nase.«

Die Frau wühlte in ihren Taschen und reichte ihm ein Taschentuch. »Hier«, sagte sie. »Es tut mir wirklich leid.«

»Das ist mal wieder typisch«, sagte Callum. Ihm war klar, dass Birna jetzt gerade im Kaffibrennslan saß und auf ihre Uhr schaute.
»Sie rennen zu schnell«, protestierte die Frau. »Ich konnte Ihnen ja gar nicht ausweichen.«
Eine Erinnerung zur rechten Zeit, dass er sein Tempo ein bisschen drosseln musste. Birna hatte ihm gesagt, dass er die Dinge nicht überstürzen sollte. Leichter gesagt als getan, dachte er. Callum war schon immer ungeduldig gewesen.
Die Passanten begannen sich wieder zu zerstreuen. Sie waren sichtlich enttäuscht, dass es zu keinem weiteren Streit gekommen war und es auch keine gebrochenen Knochen zu bestaunen gab.
Callum bemerkte, dass die Frau auf dem Gehweg einen dünnen Pinsel in der Hand hielt und rund um ihre Knie mehrere Töpfe mit leuchtender Farbe verteilt waren. »Sie haben mir keine Antwort auf meine Frage gegeben«, sagte er. »Was machen Sie denn da unten?«
»Ich bemale *tyggigúmmí*«, erwiderte sie.
»Sie tun was?«
»*Tyggigúmmí* ... Kaugummi ... diese ganzen hässlichen Flecken auf dem Gehweg ...« Sie zeigte mit ihrem Zobelhaarpinsel darauf. »Ich bemale sie mit fröhlichen Farben.«
»Warum das denn?«
»Weil ich eine Künstlerin bin. Das ist meine Beschäftigung. Ich bemale Kaugummi. Ich tätowiere auch Organe und stelle Fetischmasken für Tiere her, aber diese Ausstellungen haben mir eine Menge Ärger eingebracht. Mit dieser Arbeit hier entdecke ich meine Unschuld wieder.« Die Frau stand auf, kratzte sich am Kinn und betrachtete die leuchtenden Konstellationen zu ihren Füßen. »Sieht doch hübsch aus, oder?«

»Ich denke schon«, sagte Callum, obwohl er den Kopf in den Nacken gelegt hatte und in den Himmel guckte. Er lehnte sich vor, um ihre Arbeit besser in Augenschein nehmen zu können, und sofort explodierte ein Kreis aus Blut auf dem Zement wie ein Einschussloch.

»Das ist großartig! Sie machen das Ganze noch besser!« Die Frau holte eine Kamera aus ihrer Tasche und schoss ein Digitalfoto vom Gehsteig. Dann drückte sie Callum ihre Karte in die Hand. »Da ist meine Website drauf. Sie können sich das Bild runterladen und es auf Ihren Desktop laden.«

Er bedankte sich bei ihr, ohne zu wissen, warum.

Es war Mittagszeit, und das Kaffibrennslan war gesteckt voll, was Callum gut passte. Er hatte für das Treffen mit Birna ein beliebtes Café im Zentrum ausgesucht, denn er wusste, dass es voll sein würde. Er musste noch immer eine Erklärung für die Frau in seinem Koffer liefern und hielt es für klüger, das an einem so öffentlichen Ort zu tun, denn dort war die Wahrscheinlichkeit geringer, dass sie in die Luft gehen und eine Szene machen würde (obwohl er da bei Birna nie ganz sicher sein konnte). Außerdem hatte er das Kaffibrennslan auch vorgeschlagen, weil er wusste, dass Birna süchtig nach deren *Adalskaffi* war, einer eiskalten Kaffeemischung aus einem doppelten Espresso, Butter-Rum-Sirup, einem Klacks Sahne und einem Schuss Kahlua, um den Puls ein bisschen runterzubringen. Er hoffte, dass sie das dämpfen würde.

Er sah Birna, bevor sie ihn sah. Sie saugte mit ihrem Strohhalm eine Kaffeebohne an und beförderte sie dann in ihr leeres Kaffeeglas mit dem Sahnerand.

»Darf ich dir noch einen holen?«, fragte er.

»Oh ... *já*«, sagte Birna, als wäre sie überrascht, ihn zu sehen. »Was ist denn mit deiner Nase passiert?«

»Das war so ein großer Junge, und der ist dann einfach weggerannt.«
»Bist du in Ordnung?«
Callum wusste, dass Birna wütend auf ihn war, also tröstete ihn ihre Besorgnis ein wenig.
»Mir geht's gut.« Er tupfte sich vorsichtig seine Nase und untersuchte dann das Taschentuch. »Ich glaube, die Blutung hat aufgehört. Ich bin nur ziemlich erschrocken. Jetzt brauch ich einen Tee mit ganz viel Zucker.« Callum bekam eine Kellnerin zu fassen und bestellte die Getränke. Dann setzte er sich zu Birna an den Fenstertisch. »So ... da wären wir also.«
»Wie ich sehe, ist dir deine Fähigkeit, Offensichtliches festzustellen, nicht abhanden gekommen«, bemerkte Birna.
»Das fällt mir ganz leicht. Warte, lass mich noch mal ... du siehst ganz fantastisch aus.«
»Und du siehst richtig scheiße aus.«
»Das machen die schlaflosen Nächte ohne dich.«
»Blödsinn, Callum. Die letzten paar Nächte, in denen wir zusammen waren, hast du überhaupt nicht geschlafen. Irgendwas hat dir zu schaffen gemacht.«
»Es ist zu hell zum Schlafen.«
»Mein Schlafzimmer hat Vorhänge.«
»Ich weiß, und die sind zugezogen, seit ich ausgezogen bin. Übrigens, wie *war* es denn auf den Westmänner-Inseln?« Er bemühte sich nicht, seinen Sarkasmus zu verbergen.
»Du weißt, dass ich nicht zu den Vestmannaeyjar zurückgefahren bin«, sagte Birna. »Ich habe Ásta gebeten, dir auszurichten, dass ich nicht da bin, weil ich keine Lust hatte, mit dir zu reden. Ich musste alleine sein.«
»Deine Tochter ist eine schlechte Lügnerin.«
»Das freut mich. Lügner mag ich nämlich nicht. Das Hero-

in hat aus Ástas Vater einen notorischen Lügner gemacht. Ich habe unsere Beziehung beendet, weil ich seine Lügen satt hatte.« Entweder fing der Kaffee gerade an zu wirken, oder der Kahlua war durch einen Schuss Adrenalin ersetzt worden, aber Birna war definitiv gereizt. »Man darf mich nicht anlügen, Callum. Man darf mich nicht für blöd verkaufen.«

»Ich hab dich nie angelogen.« Okay, vielleicht war er nicht ganz ehrlich gewesen, vor allem, was die Fotos betraf. Er fand, dass es manchmal besser war, die Leute vor der Wahrheit zu schützen. Was man nicht wusste, konnte einen auch nicht verletzen, zumindest hatte er das immer geglaubt. Aber jetzt wurde ihm klar, dass er Birna weh tat, wenn er ihr die Wahrheit vorenthielt. Er konnte es ihrem Gesicht ablesen. Eigentlich war er nicht einmal sicher, ob er Birna schützen wollte, indem er sich bei seiner Vergangenheit so bedeckt hielt. Wollte er sich am Ende selbst schützen?

»Bist du sicher, dass du mich nie angelogen hast?«, fragte sie.

»Natürlich«, sagte Callum und schaute ihr fest in die Augen. Er wusste, dass Birna Blickkontakt als ein Barometer für Ehrlichkeit und Aufrichtigkeit betrachtete. Aber niemals wäre er auf die nächste Frage gefasst gewesen.

»Du bist also nicht verheiratet?« Es klang so, als hätte sie ihn das schon immer fragen wollen, hätte sich aber nie ein Herz fassen können.

Die Kellnerin stellte ihre Getränke auf den Tisch, aber Birna bemerkte es gar nicht. Sie fixierte Callum und zwang ihn zu einer Antwort.

»Verheiratet? Um Gottes willen, nein!« Callum war überrumpelt und verwirrt. »Warum hast du geglaubt, ich wäre verheiratet? Wegen ein paar alten Fotos in meinem Koffer?«

»Also gibt es in Schottland nicht noch eine andere Frau?« Birna sah aus, als würde sie sich in der nächsten Sekunde entweder für Zorn oder für Verzweiflung entscheiden. Callum fühlte einen überwältigenden Drang, sie einfach in seine Arme zu ziehen und zu drücken, aber er wusste, dass er damit eine Grenze überschreiten würde. Und diese Grenze würde zwischen ihnen stehenbleiben, bis er die Geschichte hier endlich geklärt hatte.

»Das Mädchen auf den Fotos, das ist Sarah, eine alte Flamme aus ur-ur-alten Zeiten«, erklärte er. »Sie war auch meine Geschäftspartnerin bei Strawdonkey.«

»Sie muss dir immer noch viel bedeuten«, sagte Birna. »Man trägt nicht Fotos von jemandem rum, der einem nichts bedeutet.«

»Ich wusste gar nicht, dass die Fotos noch im Koffer waren«, log Callum. »Die habe ich vor langer Zeit dort hineingetan und muss sie einfach vergessen haben. Was wiederum beweist, wie wenig mir Sarah bedeutet. Es ist schon sechs Jahre her, dass wir uns getrennt haben.« Log er Birna an, oder schützte er sie immer noch vor der Wahrheit? Callum wusste es selbst nicht mehr. Er wusste nur, dass er sich dabei schrecklich mies fühlte, als würde er beide Frauen betrügen.

»Wie ist eure Beziehung auseinander gegangen?«

»Ach, du weißt schon«, sagte Callum. »Das Übliche. Wir haben uns einfach auseinander gelebt. Ich schätze, es ging ab dem Moment abwärts, als wir zusammen die Firma aufbauten. Es ist schon schwierig genug, mit jemand zusammenzuleben, aber wenn man dann auch noch mit ihm zusammenarbeitet, na ja … dann braucht man irgendwann einfach mal wieder ein bisschen Platz zum Atmen.«

Birna brauchte nicht zu wissen, dass Sarah tot war. Diese Karte wollte Callum noch nicht ausspielen, nicht heute und ganz sicher auch nicht hier, am hellen Fenster eines belebten Cafés in der Innenstadt. Nicht, nachdem Birna ihn gerade erst gebeten hatte auszuziehen. Sie könnte den Bericht von Sarahs Tod nur zu leicht als einen erbärmlichen Versuch seinerseits interpretieren, sich wieder in ihr Herz und ihr Haus zu mogeln, indem er an ihr Mitgefühl appellierte. Oder sie würde ihn aufrichtig bemitleiden. Und das könnte Callum nicht ertragen. Wenn die Beziehung zwischen Birna und ihm funktionieren sollte, dann mussten sie zuallererst gegenseitigen Respekt empfinden. Wie konnte Birna Respekt für Callum empfinden, wenn er ihr leid tat? Und wie konnte Callum jemals wissen, ob Birna ihn wirklich liebte, wenn er immer den Verdacht haben müsste, ihre Liebe sei nur ihrem Mitleid entsprungen?«

»Aber es gab mal eine Zeit, als du ihre Fotos immer dabei hattest«, sagte Birna. »Sie muss dir doch etwas bedeutet haben, als ihr zusammen wart.«

»Ich denke schon.« Callum bemühte sich, ein möglichst blasiertes Gesicht aufzusetzen, als ob Sarah nicht alles auf der Welt für ihn gewesen wäre. »Aber rein technisch gesehen, habe ich nie Fotos von Sarah dabei gehabt, jedenfalls nicht bewusst. Ich habe damals Drehorte in ganz Schottland vermittelt, das heißt, ich war in dieser Zeit extrem viel unterwegs. Sarah überraschte mich gerne, indem sie Sachen in meinem Koffer versteckte … daher auch die Fotos. Manchmal fand ich ein Kuscheltier in meinem Kulturbeutel oder eine Unterhose von ihr, die sie mir in einen Schuh gestopft hatte. Das war wohl ihre Art, ›vergiss mich nicht‹ zu sagen, wenn wir getrennt waren.«

»Sie klingt nett.« Birna nahm mit dem Löffel die drei Espressobohnen von ihrem *Adalskaffi* und tat sie auf ihre Untertasse.

»Ich gehe nur mit netten Mädchen aus«, versuchte er ihr ein Lächeln zu entlocken. Er hoffte, dass sie sich langsam etwas entspannte. Sie musste sich wieder auf die Beziehung zu ihm einlassen.

»Ich bin kein nettes Mädchen«, widersprach Birna. »Ich bin unfair zu dir gewesen, Callum. Ich hätte nicht gleich so wahnwitzige Schlussfolgerungen ziehen dürfen.«

»Ist schon okay. Ich kann dich auch verstehen.«

»Nein. Nein, du verstehst mich nicht. Es ist alles so schwierig für mich.« Birna sah aus dem Fenster, und als das Licht auf ihre Augen fiel, schimmerten sie feucht. »Mir fällt es schwer, Männern zu vertrauen. Ich bin schon verletzt worden, und ich möchte nicht wieder verletzt werden. Das ist wohl der wahre Grund, warum ich so lange lieber nicht mit einem Mann ausgegangen bin. Ich habe dabei nicht an meine Tochter gedacht, sondern an mich selbst.«

Callum schob seine Hand über den Tisch und legte ihr einen Finger aufs Handgelenk. Er hatte noch nicht den Mut, ihre ganze Hand zu fassen.

»Ich will, dass wir zusammen sind, Callum. Aber du musst Geduld mit mir haben.«

»Ich werd's versuchen.«

»O Mann, schau dich bloß mal an«, sagte sie, schniefte heftig und lächelte durch ihre Tränen. »Du siehst aus, wie ein verletzter Hund.« Callum bot ihr sein blutbeflecktes Taschentuch an, aber Birna lehnte ab und nahm lieber eine der Papierservietten. »Bitte, Callum, ich möchte nicht, dass du Angst hast, das hier könnte schon unsere Trennung bedeuten. Ich möchte sozusagen bloß ein Stückchen zurückspulen. Wir müssen wieder ein bisschen Spaß miteinander haben. Und du musst dich an unseren Lebensstil hier gewöhnen, bevor wir zwei uns endgültig zusammentun können.«

»Bist du sauer, dass ich soviel arbeite?«
»Nein, ich bin nicht sauer, aber Arbeit ist auch nicht alles. Hier arbeiten wir alle Stunden, die der liebe Gott uns schenkt, und Island schenkt er ja einiges mehr an Stunden, aber das kann zu unguten Situationen führen, wenn es die Familie gefährdet. An unserem ersten Abend als Familie, als du sagtest, du müsstest deine Einstellungsgespräche führen und könntest nicht mit Ásta Schuhe kaufen gehen, da wusste ich zum Beispiel, dass du am Samstagvormittag frei hast. Und obwohl ich weiter nichts dazu gesagt habe, hatte ich Angst, dass du deine Arbeit als Ausrede benutzt, um dich nicht mit meiner Tochter auseinander setzen zu müssen. Ich weiß, dass die Situation zu Hause sehr schwierig für dich war. Aber für mich war sie auch schwierig. Ich arbeite weiß Gott auch hart, aber die Menschen, die ich liebe, gehen immer vor. Deswegen habe ich auch meine Forschungsarbeit unterbrochen und bin zurück nach Reykjavík gefahren. Es war der erste richtige Tag deines neuen Lebens in Island, und ich wusste, dass ich bei dir sein sollte.« Birna lächelte dieses gewisse Lächeln, mit dem sie Callum immer kriegte. »Mag sein, dass ich dich zu Hause rausgeschmissen habe und dich beschuldigt habe, eine andere Frau zu haben, aber ich liebe dich tatsächlich, und du wirst mir immer wichtiger als meine Arbeit sein.«
Callum griff nach ihrer Hand und drückte sie in seiner Faust, als wäre sie ein Wurzelballen, der Halt finden musste.
Sie sagten nichts und schauten einfach nur zu, wie die Welt draußen vor ihrem Fenster Ebbe und Flut spielte, während im Café die Espressomaschine gurgelnd und keuchend den Soundtrack dazu lieferte. Ein kleines blondes Mädchen mit Puppengesicht und Kulleraugen presste ihren Mund von draußen an die Scheibe und blies die Backen auf. Callum

spielte den zu Tode Erschrockenen, woraufhin das Mädchen einen Kicheranfall bekam. Birna lachte auch und drückte Callums Hand fester.

»Erzähl doch mal, was macht die Arbeit?«, sagte Callum und genoss es, so ein profanes Thema anschneiden zu können. Es war schon eine gute Weile her, dass sie zum letzten Mal über das tägliche Einerlei gesprochen hatten. Seit Ásta von ihrem Pony gestürzt war, hatten sie nur noch gestritten, und ihr letztes Telefongespräch war mehr als angespannt gewesen.

»Ich arbeite gerade an ein paar theoretischen Sachen«, sagte Birna. »Damit will ich dich nicht langweilen.«

»Nein, erzähl. Ich liebe es, wenn du mich langweilst«, beteuerte er. Und er meinte es auch so.

»Okay, aber du wirst noch bereuen, dass du das gesagt hast.« Birna setzte sich auf ihrem Stuhl zurecht. »Im Grunde genommen geht es darum, dass ich glaube, es könnte einen riesigen Irrtum geben, was das geologische Konzept der ›Hotspots‹ an der Erdoberfläche betrifft. Versuch einfach wach zu bleiben, während ich es dir erkläre.«

Callum hielt sich die Augenlider auf.

»Über dreißig Jahre lang sah die Theorie so aus, dass das Magma, das sich unter vulkanisch aktiven Gebieten wie Island und Hawaii befindet, aus einer Tiefe von dreitausend Kilometern an die Oberfläche kommt, wo es abkühlt und Landmasse bildet. Aber meine Forschung hat ergeben, dass wir diese Ansicht vielleicht revidieren müssen.«

»Faszinierend«, warf Callum ein.

Birna verschränkte die Arme. »Ich hatte dir gesagt, dass es nicht interessant ist.«

Callum grinste. »Ich will dich nur ärgern. Erzähl weiter.«

»Na ja, auf jeden Fall glauben die Hotspot-Theoretiker,

dass diese Magmaröhren Tausende von Kilometern tief in die Erde reichen. Aber auf Grundlage meiner Studien an vulkanischen Gletschern glaube ich, dass sie nur vierhundert Kilometer weit unter die Erdoberfläche gehen. Wenn ich recht haben sollte, dann werden wir unsere ganze Vorstellung von der Entstehung Islands neu überdenken müssen, und dann müssen alle Lehrbücher und Seminare an der Universität korrigiert werden.«

»Du hast recht«, meinte Callum ironisch. »Das ist wirklich völlig uninteressant.«

Birna warf mit einem Zuckertütchen nach ihm. »Okay, dann bist du jetzt dran. Erzähl mir von deiner großen, supersexy Filmfirma.«

»Da gibt's nicht viel zu berichten«, begann Callum. »Anna Björk glaubt, dass ich ihr Gehalt erhöhen werde, wenn sie sich die Haare rot färbt.«

»Warum das?«

»Sie hat eine Studie gelesen, nach der Blonde in Reykjavík im Durchschnitt 20.000 krónur weniger verdienen als Brünette, die Rothaarigen hingegen Spitzengehälter erwarten können. Also droht sie jetzt damit, ihr Haar zu färben. Ich glaube, sie tut es vielleicht, um einen Regisseur aus London zu beeindrucken, der bei uns gewesen ist.«

»Hast du den Auftrag für die Produktion bekommen?«, fragte Birna. »Das sind ja tolle Neuigkeiten.«

»Noch steht nichts fest«, wiegelte Callum ab. »Ich erfahr es erst in ein paar Wochen.«

»Wenn das so ist, dann könntest du ja mal was mit Ásta unternehmen, mit ihr ins Schwimmbad gehen oder so. Nur ihr zwei. Morgen ist schulfrei.«

»Morgen?« Callums Stimmung sackte nach unten. »Ich kann nicht. Ich hab zu tun.«

»Du bist unmöglich!« Birna runzelte die Brauen. »Ich dachte, ich hätte genug davon geredet, dass die Familie vor der Arbeit kommt.«

»Ich weiß. Ich weiß. Aber ich kann das nicht absagen. So unglaublich es klingen mag, aber ich habe einen Termin im Umweltministerium.«

»*Já*. Das klingt in der Tat unglaublich.«

»Ich hab mir das nicht ausgedacht. Wie es aussieht, gibt es da ein großes Problem mit dem Dreh, den ich gerade zu organisieren versuche. Ich muss draußen beim Skógafoss drei Geysire aufbauen, und ein paar Leute von hier haben dagegen protestiert.«

»Wie haben sie denn überhaupt davon erfahren?«, wollte Birna wissen.

»Sie haben einen Artikel im *Morgunblaðið* gelesen. Blöderweise habe ich meinen Assistenten Frikki mit dem Londoner Regisseur am Samstagabend nach Reykjavík zurückgeschickt. Die beiden haben sich im Sirkus einen angesoffen und haben alles an einen Journalisten ausgeplaudert, der dort privat unterwegs war. Aber das Schärfste kommt erst noch. Diese Blödmänner, die Protest eingelegt haben, sagen, dass wir das Land bei Skógafoss nicht stören dürfen, weil dort Elfen wohnen! Und jetzt muss ich zum Umweltministerium, damit die ganze Sache wieder irgendwie in Ordnung kommt. Hast du schon mal so was Lächerliches gehört?«

»*Huldufólk*«, sagte Birna. Ihr Gesicht war so glatt und ausdruckslos wie ein kleiner flacher Stein. »Das verborgene Volk.«

»Das verborgene Volk?«

»In unseren Geschichten sind das die Kinder, die Eva noch nicht fertig gewaschen hatte, als Gott zu Besuch kam, also mussten sie versteckt werden.«

»Und diesen Quark glaubst du?« Am Nachbartisch spitzte man bereits die Ohren.
Birna senkte ihre Stimme fast bis zum Flüstern. »Wie die meisten Isländer, glaube ich nicht an diese Dinge, aber ich würde ihre Existenz nicht abstreiten.«
»Ist das nicht dasselbe, als würdest du dran glauben?«
»Nein«, erwiderte Birna. »Wenn du einen Isländer fragst: ›Glaubst du an Elfen oder Geister?‹, dann wird er höchstwahrscheinlich mit *nei* antworten. Aber wenn du fragst: ›Kennst du jemanden, der einen Geist gesehen hat oder mit dem verborgenen Volk in Kontakt war?‹ und: ›Glaubst du, dass er das wirklich erlebt hat?‹, dann werden neun von zehn Leuten *já* sagen. Obwohl die meisten Leute nicht von sich aus an diese übernatürlichen Wesen glauben, akzeptieren sie dennoch deren Existenz.«
»Und? Kennst du jemanden, der einen Geist gesehen oder Kontakt mit dem verborgenen Volk gehabt hat?«, wollte Callum wissen.
»Meine Mutter kann sie sehen.«
»Warum überrascht mich das so überhaupt nicht?« Callum strengte sich an, möglichst schnoddrig zu klingen, aber das Gespräch über Geister hatte die schreckliche Erinnerung an jenen Abend geweckt, als Sigriður die Frau hinter seiner Schulter stehen sah, die Frau, die eine Männermaske getragen hatte, wie Sarah bei ihrem Tod. Die einzige Art für Callum, mit dieser Vision von Sigriður umzugehen, war, sie abzutun.
»Gib's zu, Birna, deine Mutter hat einen Elfenfimmel.«
»Meine Mutter glaubt sehr fest an gewisse Dinge. So, wie wir hier sitzen und Kaffee trinken, ist es einfach, sie zu verspotten. Oder sich über die Vorstellung lustig zu machen, dass übernatürliche Wesen unser Land beherrschen. Aber

wenn es jetzt Winter wäre und wir lägen um Mitternacht im abgelegensten Hochland in einer Torfhütte wach, dann wäre die Situation ganz anders. Dein Hirn würde hinter jedem Geräusch und jeder Bewegung draußen etwas Gruseliges vermuten. Die isländische Landschaft ist so, dass wir uns einfach unbedeutend neben ihr vorkommen müssen. Und da unser Land so völlig unberechenbar ist – wo heute grünende Felder sind, kann morgen schon wieder Asche und Lava sein –, haben wir gelernt, uns nicht zu sehr auf das zu verlassen, was uns unsere fünf Sinne sagen.« Birna trank von ihrem Kaffee und leckte sich die Sahne aus den Mundwinkeln. »Manchmal, wenn ich bei meinen Feldstudien bin, sehe ich aus dem Augenwinkel plötzlich einen Schatten oder eine Bewegung. Dann schaue ich mich um und erwarte, dass ein Stück Lava hervorsteht oder dass ein Vogel wegfliegt, aber dann verschwindet dieser Schatten einfach im Boden. Wer könnte mit Sicherheit sagen, dass ich nicht tatsächlich eine Elfe gesehen habe? Dieses Land kann deinen Sinnen schon mal einen Streich spielen, Callum. Die Stille und die Nähe zur Natur verleihen den Isländern einen sechsten Sinn.«

»Ich sehe tote Menschen«, flüsterte Callum gepresst. Er zog Birna durch den Kakao, indem er ihre unbeabsichtigte Anspielung auf den Bruce-Willis-Film aufgriff.

»Über solche Dinge solltest du keine Witze machen.« Birna nagte an ihrer Lippe, als versuchte sie gerade, eine Entscheidung zu treffen. »Meine Mutter wurde von meinem Vater besucht, nachdem er gestorben war«, sagte sie.

Callum kam sich dämlich vor. Mit einem Schluck kaltem Tee wusch er sich das Lächeln vom Gesicht. Er hatte Sigriður's Visionen zu schnell abgetan, weil er die Dinge, an die sie glaubte, gar nicht verstehen wollte. Doch nun wurde ihm klar, wenn er eine Zukunft mit Birna aufbauen wollte, dann musste er auch anfangen, ihre Mutter ernst zu nehmen.

»Sigriður sieht Geister?«

Birna nickte. »Meine Mutter sieht viele Dinge. Sie sieht Farben und Lichtstrahlen um Menschen, Tiere, Gegenstände. Sie sieht sogar Farben, wenn sie Musik hört. Und sie hat das *huldufólk* gesehen. Als ich ein kleines Mädchen war, hat sie mir viele Geschichten von ihnen erzählt. Sie sagte immer, die Welt gehört den Elfen, und die Menschen sind nur ihre Gäste. Für sie ist das *huldufólk* eine Personifikation der Natur und ihrer Schönheit … und der Tatsache, dass die Natur auch Rechte hat. Und darum setzt sie sich auch dafür ein, dass Gegenden, in denen das *huldufólk* wohnen könnte, geschützt werden.«

»Willst du damit andeuten, dass deine Mutter eine von den Leuten sein könnte, die gegen meinen Film Protest eingelegt haben?«

»Es wäre nicht das erste Mal, dass sie sich an unsere Behörden wendet.« Birna schob ihren Kaffee beiseite und räumte auf dem Tisch einen Fleck frei, auf den sie mit zwei ausgestreckten Fingern zeigte. »Stell dir vor, das hier ist Reykjavík … und hier drüben ist die Stadt Kópavogur. Die Hauptstraße, die die beiden verbindet, heißt Álfhólsvegur oder Elfenhügelstraße. An einer Stelle biegt sie ohne ersichtlichen Grund scharf nach links ab.« Birna fuhr mit dem Finger über den Tisch, um die scharfe Biegung zu demonstrieren. »Meine Mutter war in der Gruppe, die sich erfolgreich dafür eingesetzt hat, dass diese Straße um einen Elfenhügel herum geführt wurde.«

»Es besteht also tatsächlich die Möglichkeit, dass das Umweltministerium auf diese Leute hört?«

»Natürlich. Das geschieht andauernd. Auf der Hauptstraße von Grundarfjördur steht ein Felsen zwischen den Häusern 82 und 86. Sieht so aus, als würden in Nummer 84 die Elfen wohnen.«

»Und das findest du nicht lächerlich?«, fragte Callum.

»Nein, ich finde das bezaubernd. Wenn Leute in Grundarfjördur einen großen Felsen bewahren möchten und behaupten, dass das verborgene Volk darunter zu Hause ist, dann ist das nur ihre isländische Art auszudrücken, dass sie auf Seiten der Natur stehen. Und außerdem gibt es dieses *huldufólk* ja nicht nur in Island. Überall in Skandinavien, Irland und im restlichen Europa hört man Geschichten von versteckt lebenden Wesen. Die ersten Siedler in Island waren irische Mönche. Wenn wir teilweise von den Iren abstammen, dann müssen wir auch an das kleine Volk glauben.«

Callum war sicher, ein Zwinkern in Birnas Augenwinkel gesehen zu haben. »Wie wahrscheinlich ist es denn dann, dass euer Umweltministerium meinen Dreh genehmigt?«

»Ich würde mal sagen, du hast keine Chance, vor allem, weil du Ausländer bist. Und du hast weniger als keine Chance, wenn du meine Mutter als Gegnerin hast. Und selbst, wenn du die Erlaubnis bekommst, das Land für deinen Dreh aufzugraben, zeigen die Erfahrungen der Vergangenheit, dass jeder Versuch, das *huldufólk* zu stören, so sinnlos ist, wie der Versuch, am eigenen Ellbogen zu lecken. Deine Bulldozer werden nicht anspringen, deine Werkzeuge werden kaputtgehen, dein Team wird krank werden und deine Glühbirnen reihenweise zerspringen.«

Callum ließ sich von Birnas Pessimismus nicht entmutigen. In Wirklichkeit hörte er ihr gar nicht mehr richtig zu. Er war nämlich zu beschäftigt mit dem Versuch, an seinem Ellbogen zu lecken.

»Wenn du damit aufhörst und mir zuhörst«, sagte Birna, »dann kann ich dir vielleicht auch helfen.«
»Wie kannst du mir helfen?«
»Ich kann heute abend nach Hause gehen und meine Mutter bearbeiten. Ich könnte versuchen, sie davon zu überzeugen, dass der Umwelt durch deinen Dreh kein Schaden zugefügt wird.«
»Das wird er auch nicht«, beteuerte Callum. »Ich werde alle Elfen wieder so hinstellen wie vorher. Für die Zeit der Dreharbeiten kriegen sie alle einen eigenen Wohnwagen von mir.«
Birna verdrehte die Augen.
»Und im übrigen«, sagte er, »du musst das nicht für mich tun. Ich kann sie selbst fragen, wenn wir nach Hause kommen.«
Birna zog eine Grimasse. Sie drückte seine Hand. »Callum, du kommst nicht mit mir nach Hause. Ich habe gesagt, wir sollten die Dinge langsamer angehen, und das finde ich immer noch. Natürlich möchte ich, dass du dich mehr um meine Mutter und meine Tochter bemühst. Aber erst wenn Ásta mich drum bittet, dass du ganz zu uns kommst, erst an dem Tag wirst du wieder bei mir einziehen.«

14

»Habt ihr euch einen Kuss gegeben und euch wieder vertragen?«, fragte Anna Björk.
»Ich glaube schon«, rief Callum.
»Warum ist Birna dann nicht mitgekommen?«

»Sie erledigt einen Auftrag für mich«, schrie er. »Sie hat angeboten, ein paar Takte mit ihrer Mutter zu reden, damit wir vielleicht um unsere morgige Anhörung herumkommen.«

Sie saßen an einem Ende der langen Bar des Thorvaldssen, direkt neben der Tanzfläche. Callum hatte Schwierigkeiten, sich verständlich zu machen.

Frikki quatschte mit dem DJ, mit dem er gut befreundet war. »Discjockey« war freilich eine etwas unpassende Bezeichnung, denn er weigerte sich, Platten auf einen Plattenteller zu legen, sondern holte die Songs mit Hilfe von Laptop und Maus live aus dem Netz. Callum sah zu, wie er die Songtitel von der einen oder anderen Website auf seinen Bildschirm zog. Kein Mixen, kein Scratchen, keine Einsätze für irgendwelche Intros – sein Gerät ließ einfach einen Song in den nächsten übergehen.

Frikki sah ganz aufgeregt aus, als er an die Bar zurückkam. »Daddi hat mir angeboten, in seiner Band Gitarre zu spielen«, sagte er.

»Daddy?«, fragte Callum.

»Daddy?«, wiederholte Frikki.

»Freaky und Daddy. Du liebe Güte, wie heißt bloß der Rest der Band? Dösi, Dick und Schnarchnase?«

»Birgir und Sigtryggur«, antwortete Frikki. »Und alle zusammen sind wir ›Die 101 Dalmatiner‹.«

»Wie der Film?«

»Nein. Wie 101, die Postleitzahl der Reykjavíker Innenstadt. Die 101 Dalmatiner sind absolut coole Hunde.«

»Es gibt gar keine Hunde in Reykjavík«, widersprach Callum.

»Scheiß drauf. Das Wichtigste ist, dass ich in einer Band mitspiele! Und wir gehen auf Tour!«

»Du fährst also weg?« Anna Björk klang hoffnungsvoll.
»Nicht ganz«, sagte Frikki. »Daddi hat Zugriff auf einen Hubschrauber. Tagsüber arbeitet er für ein Unternehmen, das Helikopterflüge anbietet. Er sagt, er fliegt uns dann durchs ganze Land, und wir spielen eine Runde Sveitaball.«
Anna Björk stöhnte.
»Sveitaball?«, hakte Callum nach. »Ist das so was Ähnliches wie Volleyball?«
»Die Sveitaballs sind völlig durchgeknallte Live-Auftritte in den abgelegenen Ortschaften«, erklärte Anna Björk. »Die Kids dort sind so ausgehungert nach Live-Musik, dass sie sich bei diesen Sveitaballs restlos die Birne zudröhnen und sich aufführen wie die Berserker. Der volle Scheiß!«
»Das ist kein Scheiß«, protestierte Frikki. »Ich bin als Jugendlicher in den Westfjorden immer auf die Sveitaballs gegangen. Ich weiß noch, wie immer alle Mädchen aus dem Dorf mit den Bandmitgliedern poppen wollten. Die sind einfach zu denen hin und haben den Typen die Titten ins Gesicht gedrückt.«
»Und darauf freust du dich, hm?«, fragte Anna Björk.
»Nein, ich freu mich viel mehr darauf, einem Pulk flaschenwerfender Teenager dämliche Bruce-Springsteen- und Bryan-Adams-Coverversionen vorzuspielen. Was glaubst du denn?«
Callum hatte das Gefühl, dass er ein bisschen auf Frikki abfärbte. Der große Mann hatte sich auf jeden Fall ein wenig kaledonischen Sarkasmus zugelegt. »Spielt ihr denn nur Coverversionen?«, erkundigte er sich. »Spielt ihr nie eure eigenen Stücke?«
»Niemand würde dafür bezahlen, unsere Songs zu hören. Es gibt zu viele Bands in Reykjavík, die ihre eigenen Songs

spielen, und die meisten von ihnen verbringen ihre Zeit damit, in diesen verdammten Fischfabriken zu arbeiten, damit sie ein bisschen Geld zum Leben verdienen. Und die Sveitaballs bedeuten gutes Geld.«

»Es hat also gar nichts damit zu tun, dass euch die jungen Mädchen ihre Titten ins Gesicht drücken?«, fragte Anna Björk.

»Ich weiß nicht, warum du so selbstgefällig tust«, erwiderte Frikki. »Hast du vorher denn nicht auch dein Geld damit verdient?«

»Klar. Aber ich habe mehr Geld in einer Nacht verdient als du auf deiner gesamten Tour verdienen wirst.«

»Zumindest muss ich mich dafür nicht erniedrigen.« Der große Mann wandte sich wieder seinem Bier zu.

»Da wäre ich mir nicht so sicher«, meinte Anna Björk. »Bruce-Springsteen- und Bryan-Adams-Coverversionen? Ich stell es mir eher schwierig vor, seine Würde zurückzugewinnen, wenn man jede Nacht so einen Scheiß spielen muss.«

»Es reicht.« Callum knallte seine Bierflasche auf die Bar. »Wir wollten zusammen ausgehen, damit wir vor unserem ersten Dreh unser Zusammengehörigkeitsgefühl noch ein bisschen festigen können, aber wenn ihr die ganze Zeit nur streitet, dann gehe ich zurück ins Büro. Eigentlich muss ich sowieso ins Bett. Das wird ein langer Tag morgen.«

Callum hatte Frikki als Übernachtungsgast im Fire-and-Ice-Büro abgelöst. Gudnis Appartments waren momentan alle vermietet, und Callum musste jetzt auf dem Schlafsofa im Büro kampieren, bis das deutsche Pärchen aus Zimmer 512 wieder auszog. Laut Gudnis Auskunft hatte das Pärchen für zwei Wochen gebucht. Sie gehörten zu einer New-Age-Gruppe, die Island heimgesucht hatte, weil man hoffte, eine Landung von Außerirdischen auf dem Snæfellsjökull zu erleben. Gudni hatte Callum versichert, dass das Apartment innerhalb von vierzehn Tagen wieder frei werden würde. »Wenn sich die Marsmenschen nächsten Dienstag nicht zeigen«, hatte er gesagt, »dann sind diese Hirnis aus Frankfurt wieder weg, bevor du ›bringt mich zu eurem Guru‹ sagen kannst.«

Callum griff sich seine Jacke vom Barhocker.

»Bleib hier«, bat Anna Björk. »Ich verspreche, dass wir uns benehmen.«

»Já«, sagte Frikki. »Wenn du mit uns durch die Clubs ziehst, dann werden die Stripperin und ich so tun, als würden wir uns mögen.«

»Ich werd mir die Clubs heute schenken«, sagte Callum. »Ehrlich gesagt bin ich ziemlich k.o. Ich hatte einen ganz schön heftigen Tag wegen Birna und so. Und morgen ist die Anhörung im Parlamentsgebäude. Ich muss in Topform sein, wenn ich die Elfen in aller Öffentlichkeit diskreditieren will.« Er schüttelte Frikki die Hand und gab Anna Björk ein Küsschen auf die Wange. »Macht euch einen Fetzenabend. Ich werd dafür sorgen, dass der Kaffee gekocht ist und das Paracetamol auf euren Schreibtischen bereit liegt, wenn ihr morgen früh ins Büro gekrochen kommt.«

Es war irritierend, um Mitternacht einen vollen Club zu verlassen und ins Sonnenlicht hinauszutreten. Als Callum den Laugavegur entlangtaumelte, kam es ihm vor, als würden ihm alle absichtlich aus dem Weg gehen. Das Ganze erinnerte ihn an seine feuchtfröhlichen Mittagspausen mit dem Strawdonkey-Team, wenn er aus »Porky's« herauskam und sturzbetrunken zur besten Rushhour durch die Menschenmengen auf der Buchanan Street lief, wo er wie ein Ball beim Flipper von einem genervten Passanten zum nächsten prallte. Nur in diesem Zustand ließ er sich von den Glasgower Straßenverkäufern bequatschen, die auf Tapeziertischen ihren Krimskrams anboten. Wenn er irgendwann zur Wohnungstür hereinstolperte, las Sarah ihm die Leviten, und Callum reichte ihr dann als Versöhnungsgeschenk drei Paar Socken oder drei Feuerzeuge zum fürstlichen Preis von einem Pfund.

Callum musste ein bisschen lachen, als er daran zurückdachte, aber dann verfluchte er sich. Er sollte nicht an Sarah denken. Er sollte lieber sein neues Leben auf die Reihe kriegen. Sarah war Geschichte. Jetzt musste er über Birna nachdenken: Birna und ihre komplette Familie.

Aber seine Gedanken kehrten wieder zu seiner Exfreundin zurück. Sarah und er hatten auch über eine Familiengründung gesprochen. Übers Reden waren sie allerdings nie hinausgekommen. Irgendwie hatten sie immer einen Grund gefunden, ihr Vorhaben wieder hinauszuschieben.

Im ersten Verliebtheitsrausch ihrer Beziehung waren sie zu sehr miteinander beschäftigt gewesen, als dass sie an Kinder gedacht hätten. Und als es ihnen irgendwann in den Sinn kam, entschieden sie, dass sie nicht genug Geld hatten, um sich ein Kind leisten zu können. Als Sarah einen gutbezahlten Job bei der Royal Bank of Scotland ergatterte, schien eine Familie tatsächlich möglich. Leider stand in ihrem Vertrag, dass sie zwölf Monate arbeiten musste, bevor sie Anrecht auf Mutterschaftsurlaub hätte. Diese Zeit verging dann schnell genug, aber die beiden vergeudeten ihr Geld immer noch für die Miete in einer Gegend, die außerhalb des Einzugsgebiets aller guten Grundschulen lag. Sie beschlossen, ein Haus in einer besseren Gegend zu kaufen, bevor sie versuchten, ein Kind zu bekommen. Als die Teppiche verlegt waren und zu guter Letzt auch die Farbe an

den Wänden ihres neuen Reihenhauses in Kelvinside getrocknet war, setzte Sarah die Pille ab.
Diese Erinnerung brachte Callum wieder zum Lächeln. Er wusste noch gut, wie Sarah ihm gesagt hatte, dass sie keine Verhütungsmittel mehr nahm, und er erinnerte sich, dass er sofort und auf der Stelle ungeschützten Sex mit ihr in ihrer neuen Shaker-Küche eingefordert hatte. Aber Sarah wies seine Annäherungsversuche zurück. Stattdessen brachte sie einen Kalender am Kühlschrank an, in dem sie ihre »fruchtbaren Tage« angestrichen hatte. Sie sagte, dass sie sich ein paar Wochen zurückhalten sollten, bis sie ihren Eisprung hatte.
Aber in ein paar Wochen kann viel passieren. Und es passierte auch viel. Sarah kündigte ihren Job bei der Bank, ließ auf ihrer beider Namen eine Internetfirma eintragen und bat ihre Frauenärztin, ihr ein neues Rezept für eine Sechsmonatspackung Marvelon auszustellen. Die beiden hatten erst einmal ein anderes Baby bekommen, und nun entschieden sie, mit dem Kinderkriegen zu warten, bis Strawdonkey richtig ins Rollen gekommen war.
Während der ersten zwei Jahre steckten sie alles, was sie hatten, in ihr neues Unternehmen – Geld, Energie, Zeit – und es lohnte sich weiß Gott. Genau eine Woche nach dem Börsengang von Strawdonkey wurde Sarah in einem Metallsarg aus Prag nach Hause geflogen.
An der Tür des Bürogebäudes gab Callum den Code ein, wobei er die Tasten um einiges energischer drückte als nötig. Die Tür öffnete sich. Er fühlte sich nicht besonders. Eine innere Nervosität hatte ihn ergriffen, das Blut schien schneller durch seine Adern zu strömen. So fühlte er sich seit dem Nachmittag, als er zum ersten Mal mit Birna über Sarah geredet hatte. Glücklicherweise hatte Birna ihn nicht

zu detailliert über seine Exfreundin ausgeforscht, aber das war sicher nur eine Frage der Zeit. Und wieviel würde er ihr dann erzählen müssen?
Callum wartete im Erdgeschoss auf den Fahrstuhl, aber die 3 leuchtete weiter, als wäre der Aufzug auf dem Stockwerk steckengeblieben, in dem sich sein Büro befand. Also nahm er die Treppen. Unterwegs kam ihm ein Mann mit einem dichten schwarzen Haarschopf auf der Betontreppe entgegen.
»Gott kvöld«, sagte er, und Callum fasste es als Höflichkeit auf, obwohl das Gesicht des Mannes so unbewegt wie ein Stein blieb.
Callum antwortete mit einem Nicken.
Als er den dritten Stock erreichte, zog er die Schlüssel aus seiner Tasche. Bevor er zu seinem Büro ging, sah er am anderen Ende des Flurs nach, was mit dem Fahrstuhl los war. Irgendein Witzbold hatte die Tür mit einem Feuerlöscher blockiert. Callum nahm ihn weg, und der Lift gehorchte seiner vorherigen Aufforderung, ihn im Erdgeschoss abzuholen.
Er stellte den Feuerlöscher in seinen Behälter an der Wand zurück. Er suchte in seinem Bund den Türschlüssel heraus und versuchte ihn in den Schlitz zu stecken. Vergeblich. Er verfluchte sich dafür, dass er soviel getrunken hatte. Auch sein zweiter Versuch, den Schlüssel in den dunklen Schlitz zu fummeln, misslang. Frustriert versetzte er der Tür einen Fußtritt, und widerstandslos ging sie auf. Erst in diesem Moment bemerkte Callum die dünnen Holzsplitter zu seinen Füßen und die Delle im Türrahmen. Jemand hatte sich gewaltsam Eintritt verschafft.
»Hallo?«, rief er. Vorsichtig ließ er seinen Blick durchs Büro schweifen, bevor er sich traute hineinzugehen.
Keine Antwort.

»Ich bin zu Hause, Schatz!«, rief er.
Wieder nichts.
Callum trat ein, sah erst in die Küche und dann ins Badezimmer. Anscheinend war der Einbrecher – oder die Einbrecher – schon weg. Er nahm an, dass der Fahrstuhl manipuliert worden war, damit niemand den Einbruch stören konnte. Auf den Betontreppen erzeugte man ein Echo, das laut genug war, um jeden Eindringling zu warnen, dass sich jemand näherte. Ganz schön schlau, dachte er.
Callum bemerkte, dass seine neuen iMacs immer noch in ihren Kartons auf den Bürotischen standen. Seltsam. Warum hatte der Dieb – oder die Diebe – die nicht mitgehen lassen? Er untersuchte das ganze Zimmer um festzustellen, was fehlte. Sein Koffer lag offen auf dem Klappsofa, und seine Kleider waren auf dem Boden verstreut, aber soweit er sagen konnte, war nichts weggekommen. Sogar sein Laptop stand noch auf dem Schreibtisch, der Bildschirm war hochgeklappt und leuchtete stolz vor sich hin.
Moment, dachte er, warum ist der nicht auf Standby? Schon nach fünf Minuten musste der Bildschirm eigentlich schwarz werden.
Er ging zu dem Gerät hinüber. Auf seinem Desktop waren ein paar offene Dokumente, und er verkleinerte nacheinander sämtliche Fenster: die Fire-and-Ice-Tabellenkalkulation, sein Antrag für den Dreh des Autowerbespots am Skógafoss, eine Aufschlüsselung der Produktionskosten für den Spot und die Geschichte eines Mordes in Prag.
Fuck.
Er hatte keine Ahnung, wer ins Büro eingebrochen war. Aber er wusste, dass er vor fünf Minuten noch hier gewesen war und nun die Wahrheit kannte: die Wahrheit über Sarah und die Wahrheit über ihre Ermordung. Seine einzige Hoff-

nung war, dass der Einbrecher den *Reiseführer eines Mörders* wie Anna Björk als Fiktion interpretierte. Aber Callum hatte seine Zweifel. Soviel Glück hatte er bestimmt nicht zweimal. Wer auch immer hier eingebrochen war, er hatte kein Interesse an materiellen Werten. Er war einzig und allein in der Absicht hier eingedrungen, sich Informationen über ihn zu beschaffen. Und wer diese Information erst einmal besaß, würde sie wahrscheinlich nicht einfach als kleinen Spleen abtun. Soviel stand fest.

Aber wer würde so etwas tun? Und was wollte er?

Callum spekulierte kurz, ob der Eindringling einer von den Leuten sein könnte, die gegen seinen Dreh waren. Suchten die Elfenfans nach Informationen, die ihnen helfen würden, seine Produktion zu kippen? Aber irgendwie würde ihnen so etwas nicht ähnlich sehen. Und trotz Birnas Warnungen, dem *huldufólk* lieber nicht zu sehr in die Quere zu kommen, bezweifelte er, dass die Elfen Spionage größeren Ausmaßes betrieben.

Das Geräusch eines Motors, der nicht anspringen wollte, ließ Callum ans Fenster treten. Der Himmel war mit hektisch flatternden Vogelschwärmen übersät, die augenscheinlich von dem lauten Knall aufgeschreckt worden waren. Callum beobachtete, wie sie sich wieder beruhigten und auf dem Tjörn niederließen. Erst in diesem Moment bemerkte er den Geländewagen, der vom Ufer davonfuhr: einen grünen Jeep. Callum war sich ziemlich sicher, dass es derselbe grüne Jeep war, der auf Ástas Pony zugehalten hatte. Und nun war er auch überzeugt, dass Birnas Tochter die schreckliche Wahrheit gesagt hatte, als sie behauptete, ihr Sturz sei kein Unfall gewesen. Der Jeep war mit Absicht auf sie zugefahren. Sein Fahrer hatte versucht, Ásta Schaden zuzufügen, und jetzt war er in Callums Büro eingedrungen.

Aber warum? Callum bemühte sich, einen sinnvollen Zusammenhang zu konstruieren. Er lebte noch nicht lange genug in Island, als dass irgendjemand Grund haben könnte, einen Rachefeldzug gegen ihn zu führen. Aber andererseits konnte er ja auch nicht sicher sein, dass der Eindringling ein Isländer gewesen war.

Callum drehte sich der Magen um. Nur enge Freunde und seine Familie wussten, dass er in Reykjavík war. Sicher nicht, dachte er. Neil …?

Er erinnerte sich, wie Neil ihn auf seinem Abschiedsfest bedroht hatte. Callums Verkauf der Firma war ihm sauer aufgestoßen, und er hatte deutlich zu verstehen gegeben, dass er unfeine Beweggründe hinter diesem hastigen Verkauf vermutete. Callum hatte es auf den Alkohol geschoben, und, na ja, Neil war schon immer ein bisschen seltsam gewesen, Freundschaft hin oder her. Wenn er nicht gerade mehr Zeit, als gesund für ihn war, auf seinem Xbox Ballerspiele spielte, stöberte Neil in Auktionshäusern nach militärischen Erinnerungsstücken. Sein Fetisch galt Nazi-Memorabilien, und Callum wusste, dass er ein besonderes Faible für Waffen hatte. Und obwohl Neil sich keinesfalls mit der Nazidoktrin identifizierte, sprach er von seiner alten Heimat in den Gorbals, dem schäbigen Stadtviertel am Südufer des Clyde, als »Goebbels«.

»Und was zur Hölle soll das alles hiermit zu tun haben?«, schnauzte er sein eigenes Spiegelbild im Fenster an. »Glaubst du allen Ernstes, dass es einer deiner Freunde drauf anlegt, dich so fertigzumachen? Du bist paranoid, Pope. Du bist völlig paranoid, verdammt noch mal.«

Das Ganze ließ sich ja schnell aufklären. Er beschloss, Neils Privatnummer in Glasgow anzurufen. Auf die Art konnte er ihn von der Liste der Verdächtigen streichen.

Callum ließ es zwanzigmal klingeln, bevor er aufgab. Er versuchte es auf Neils Handy, aber selbst, wenn er rangegangen wäre – was er freilich nicht tat –, bewies das noch nicht, dass Neil diesen Anruf nicht am Steuer eines grünen Jeeps entgegennahm.

»Verdammt nochmal, Callum, mach dich nicht lächerlich. Reiß dich zusammen, Mann.« Wieder schimpfte er mit seinem Spiegelbild.

Er scrollte die Namen in seinem Adressbuch durch und suchte »Becca Zuhause« heraus. Becca war die einzige Angestellte bei Strawdonkey, die Kinder hatte und deswegen um diese Zeit höchstwahrscheinlich zu Hause war. Sie würde Callum erklären können, warum er Neil nicht erreichen konnte. »Hallo, hier McCleod … – ich hab gesagt, ihr zwei sollt jetzt aufhören! … und ich mein es ernst! … Darren, wenn ich dich nochmal dabei erwische, dass du deiner Schwester Lego in die Nase steckst, dann erwürg ich dich … Tut mir leid, Rebecca am Apparat.«

»Das hört sich ja an, als hättest du alle Hände voll zu tun.«

»Callum! Du liebe Zeit, wie geht's dir denn?«

»Ach, du weißt schon …«

»Ist alles in Ordnung bei dir? Du klingst ein bisschen fertig … Darren, lässt du wohl bitte den Hund in Ruhe? … KEINE SCHERE hab ich gesagt! … Tut mir leid, Callum, die Kinder sind ein bisschen überdreht. Sie waren heute nachmittag bei ihrer Oma, und die hat ihnen wieder jede Menge Cola gegeben. Manchmal glaub ich, das macht sie, um mich zu ärgern.«

»Ich halte dich nicht lange auf, Becca. Eigentlich wollte ich nämlich Neil anrufen. Er geht aber nicht ran.«

»Ach du Scheiße«, sagte Becca. »Willst du damit sagen, du weißt das von Neil noch gar nicht?«

»Nein … warum? Was ist mit ihm?«

»Beruhig dich, nichts Schlimmes. Neil ist auf Weltreise gegangen. Ich kann gar nicht glauben, dass er dir davon nichts erzählt hat.«

»Auf Weltreise?«

»Die neuen Besitzer haben ihn am Montag nach deiner Abreise nach London runterbestellt. Sie schicken ihn um die ganze Welt, um coole Reiseziele zu recherchieren, mit Blick darauf, wo man eine Kette von Strawdonkey-Cybercafés eröffnen könnte.«

»Warum wollen sie das machen?«

»Sie sagen, sie wollen das Beste aus dem Markennamen rausholen. Strawdonkey steht für einmalige Urlaubserlebnisse, normalerweise die Erlebnisse von Alleinreisenden, und darum will Backpackers jetzt Strawdonkey-Stützpunkte schaffen, damit diese Leute, die unsere Tagebücher schreiben, dort hinkommen, sich einloggen und mit Leuten auf der ganzen Welt kommunizieren können. Und, hallo, wenn sie sich dazu noch einen Milchshake, ein Stück Bananenkuchen und ein Strawdonkey-Mousepad kaufen, dann können die Gewinne ja nur in die Höhe schießen.«

»Steht Neil auch hinter dieser Idee?«

»Natürlich nicht«, sagte Becca. »Aber dieser Scheißglückspilz kommt jetzt in der ganzen Welt rum: Südafrika, Indien, Thailand, Australien, Kanada. In den Staaten geht seine Reise zu Ende. Sie möchten, dass er in New York als Aushängeschild den ersten Laden eröffnet. Unter uns gesprochen, ich glaube, er wird dort drüben bleiben.«

»Du liebe Güte, kein Wunder, dass er sich nicht bei mir gemeldet hat. Der lebt ja wie Gott in Frankreich.«

»Das ist ja gerade der Haken. Man sollte meinen, er würde sich darüber freuen, aber als er abreiste, hatte er ein Gesicht auf wie zehn Tage Regenwetter. Ich glaube, er ist immer noch verbittert über den Verkauf der Firma. Er denkt, dass Backpackers Strawdonkey total ausbluten lassen wird. Er ist desillusioniert, Cal. Er glaubt nicht an diesen ganzen Corporate-Scheiß, mit dem sie uns aus London beglücken. Ich muss sagen, dass ich da durchaus einer Meinung mit ihm bin.«

»Aber wenn er gar nicht mehr an die Firma glaubt, warum macht er dann eine Promotion-Tour um die ganze Welt?«

»Er glaubt, dass die Reise gleichzeitig als Recherche für seine Schreiberei dienen kann. Reiseführer meets Thriller, oder so ähnlich hat er sich ausgedrückt. Er hat seinen Laptop mitgenommen. Wir haben im Büro sogar eine Wette laufen, dass wir Neil Byrne sicher nicht mehr zu Gesicht bekommen werden. Er wird Broadway-Stücke schreiben oder bei so einer Schreibertruppe für eine amerikanische Sitcom mitarbeiten. Ich wünsche ihm alles Gu – Kirsty! … das ist eine Schüssel Spaghetti und kein Hut!«

»Hör mal, Becca, ich lass dich jetzt am besten wieder allein mit deinem Höllenduo. Wenn du was von Neil hören solltest, dann sag ihm, er soll sich mal bei mir melden.«

»Kein Problem, Cal. Aber könnte genausogut sein, dass du ihn eher triffst als ich. Er hat gesagt, er fährt vielleicht auch nach Reykjavík rüber, wenn er in Kanada fertig ist. Kirsty! … Gib mir sofort die Fernbedienung … Ich sagte SOFORT! … Ich muss aufhören, Callum, die Kleine entdeckt gerade den Kanal mit den Erwachsenenfilmen für sich. Ich habe Davie schon x-mal gesagt, dass er das Abo kündigen soll, aber er kümmert sich kein bisschen um das, was ich sage. Mach's gut, Callum, und pass gut auf dich auf.«

»Wird gemacht«, versprach Callum.

Er legte auf.

Er sammelte seine Kleider vom Boden auf und warf sie zurück in seinen offenen Koffer.
Dann schaltete er seinen Laptop aus und legte ihn in eine Schublade. Er schob einen der Schreibtische vor die Bürotür, damit sie zublieb. Dann setzte er den Kessel auf und goss sich die letzten Reste aus einem Milchkarton in einen Becher. Er bemühte sich sehr, sich nicht das Unvorstellbare vorzustellen.

15

Callum hatte sich den isländischen Umweltminister als bierbäuchigen Anzugträger vorgestellt, Typ Geschäftsmann, der sich an den Schmiergeldern der Aluminiumgesellschaften gesundgestoßen hatte, die große Teile des Landes aufgekauft hatten. Auf den Anblick der umwerfenden, rothaarigen Walküre im Etuikleid und schwarzen Strumpfhosen, die ihn im Flur des AlÞing-Parlamentsgebäudes abholte, war er definitiv nicht gefasst gewesen.
»Erna Snorradóttir«, stellte sie sich vor, als wäre es der Name eines besonders verführerischen Parfums. »Und Sie müssen Callum Pope von Fire and Ice Locations sein.«
»Vielen Dank, dass Sie mich empfangen«, entgegnete Callum. »Das ist mein Kollege, Friðrik Friðriksson«, fügte er hinzu, das Stichwort für Frikki, der Ministerin die Hand zu geben.
»Die anderen sind schon im Sitzungssaal«, sagte Erna.
»Die anderen?«
»Sie wissen schon, die Vertreter der Spirituellen Gesell-

schaft … die Leute, die dagegen protestieren, dass Sie am Skógafoss Ihren Film drehen.«

»Sind es viele?«, erkundigte sich Callum, der bereits einen New-Age-Lynchmob befürchtete.

»Ach, so ein halbes Dutzend ungefähr«, erwiderte Erna. »Drei Elfen, zwei Trolle und ein Zwerg.« Ihr Grinsen reichte ihr bis zu den Augen.

Erna führte sie durch den dunklen Korridor der Macht (das AlÞing war relativ klein) zu einem Raum, der von einem ovalen Tisch dominiert wurde, an dem Birna, Sigriður, Ásta und zwei ältere Herren saßen. Callum kam sich vor, als sollte er einen häuslichen Streit beilegen und keine Diskussion über Umweltfragen führen. Er nahm neben Birna Platz, während Erna bescheiden die Kaffeetassen verteilte, zusammen mit kleinen Gläsern sprudelnden Mineralwassers.

»Euch hatte ich hier nicht erwartet«, flüsterte Callum Birna zu.

»Ich bin zur moralischen Unterstützung gekommen.«

»Wen willst du unterstützen – mich oder deine Mutter?«

»Euch beide. Das ist das Mindeste, was ich tun kann. Ich konnte sie nicht dazu bewegen, einen Rückzieher zu machen.«

»Ich warne dich, das hier könnte eine heftige Angelegenheit werden«, sagte Callum. »Ich habe mich eingehend mit der Vergangenheit deiner Mutter befasst und werde ihren miesen Charakter schonungslos offenlegen. Ich bin davon ausgegangen, dass ich nur eine Chance habe zu gewinnen, wenn ich sie in der Öffentlichkeit bloßstelle. Du hast mir ja nie erzählt, dass sie eine Bordellkette betreibt. Und was ihre Waffenschiebereien angeht …«

»Ich glaube, Mutter ist bereit zum Kampf.« Birna lächelte.

»Wenn das ein blutiger Kampf werden sollte, wäre es dann

nicht besser, wenn Ásta nicht dabei ist?« Callum wusste sehr gut, dass Ástas Anwesenheit ihn in eine ausweglose Lage brachte. Er wollte in der Anhörung nicht den Kürzeren ziehen und als Verlierer dastehen vor diesem Mädchen, das seinen echten Vater als lebensrettenden Helden sah. Sollte Callum jedoch gegen Ástas Großmutter gewinnen, dann würde er sich mit beiden nur noch größere Feinde machen.

»Ásta muss dabei sein. Ich hab dir doch gestern erzählt, dass heute ihr erster Ferientag ist, und es ist niemand zu Hause, der auf sie aufpassen könnte.« Birna sagte das, als wäre es eine Anklage.

»Okay, okay«, meinte Callum. »Morgen geh ich mit ihr ins Schwimmbad. Ich verspre ...«

»Fangen wir an«, begann Erna Snorradóttir. Sie saß am Kopfende des Tisches, vor sich einen säuberlichen Stapel unberührter Dokumente. Ihre Brille mit den halbmondförmigen Gläsern hielt sie unterhalb ihres Kinns, und statt sie aufzusetzen, fuhr sie mit ihr über das Papier wie mit einer Lupe. Sie sprach, während sie die Schriftstücke überflog.

»Ich möchte diese Geschichte hier ein bisschen dalli über die Bühne kriegen. Um drei kommt eine Gruppe, die immer noch über den Kárahnjúkar-Staudamm in den östlichen Fjorden jammert. Denen scheint nicht ganz klar zu sein, dass ich die Sache nun nicht mehr aufhalten kann. Das Dynamit hat bereits ein Loch in die Dimmugljúfur-Schlucht gesprengt. Wozu soll eine Petition gut sein, die die Rettung von sechzig Wasserfällen und Brutstätten für Kurzschnabelgänse verlangt, wenn das ganze Gebiet schon unter Wasser steht? Sehen die denn nicht, dass der Zug mittlerweile abgefahren ist?« Erna schüttelte den Kopf, als wäre die ganze Welt verrückt geworden. »Die Umweltschützer können den Hals nie voll genug kriegen. Ich habe eben erst ein Jagdverbot für Schneehühner für die nächsten drei Jahre verhängt. Die sollten sich lieber freuen, dass ihr Weihnachtsessen ab jetzt keine Schrotkugeln mehr enthalten wird. Nun«, sagte sie, schob ihre Papiere zusammen und warf einen Blick in den Raum. »Ich habe mir Mr. Popes Fall betreffend der Dreharbeiten für einen Werbespot am Skógafoss durchgelesen – für die Ortsansässigen werden Jobs im Team geschaffen, ausländische Kunden werden gute Preise bezahlen, ein Dorf wie Skógar wird kurzfristig auch von der Anwesenheit dieser Filmleute profitieren, die bei ihnen ihr Geld ausgeben werden – das hört sich alles recht gut an. Ich habe auch den formalen schriftlichen Einspruch der Spirituellen Gesellschaft durchgelesen – irgend so ein Quark über Elfen – und meiner Meinung nach sind die Dinge ziemlich klar. Ich kann keinen Grund erkennen, warum dieser Dreh nicht stattfinden sollte.«

Frikki jubelte auf, aber Callum brachte ihn mit einem Tritt gegen das Schienbein zum Schweigen.

»Wie können Sie so etwas sagen?«, schrie Sigriður. Sie stand von ihrem Stuhl auf und schlug mit den Handflächen auf den Tisch. »Das ist ja der helle Wahnsinn. Sie sollen die Ministerin *für* unsere Umwelt, nicht *gegen* sie sein.« Ihre Hände zitterten, als sie sprach.

Birna hielt sich die Hände vor den Mund.

Die Ministerin wurde zornig. »Ich darf Sie daran erinnern, dass ich das Recht habe, Sie von dieser Anhörung auszuschließen. Also setzen Sie sich jetzt bitte wieder hin und bleiben Sie ruhig. Offensichtlich hegen Sie leidenschaftliche Gefühle für das *huldufólk*, aber wir haben keinerlei Beweise für seine Existenz, abgesehen von diesen albernen Karten, die Sie an Touristen verteilen.« Erna bezog sich auf die Karten, die die Spirituelle Gesellschaft herausgab, auf denen sie in kindlicher Kartografie die angeblichen Wohnstätten des *huldufólk* eingezeichnet hatten. »Mag ja sein, dass frühere Minister sich von Folklore und Märchen einwickeln ließen, aber bis Sie die Existenz dieser sogenannten ›Landgeister‹ beweisen können, werde ich mich nur mit den modernen Realitäten abgeben. Mr. Pope hat nachgewiesen, dass dieser Werbespot Jobs schaffen wird und zudem eine kleine Finanzspritze für die Wirtschaft der Gegend bedeutet. In seinem Antrag versichert er mir, dass das Land am Skógafoss wieder in den Zustand versetzt wird, in dem er es vorgefunden hat.«

»Aber dazu wird es dann zu spät sein«, widersprach Sigriður. »Dann sind die Elfen schon gestört worden.«

Erna wurde sichtlich gereizt. »Hat irgendjemand in diesem Raum tatsächlich schon mal eine *álfur* gesehen?«

Callum stupste Birna an und flüsterte: »Was ist eine *álfur?*«

»Eine Elfe«, antwortete sie.

»Nun?«, fragte die Ministerin, in einem Ton, der verbot, ihr etwas entgegenzusetzen.

Eine schüchterne Hand erhob sich – ausgerechnet der unwahrscheinlichste Kandidat im Zimmer meldete sich zu Wort, ein Achtzigjähriger mit wässrigen Augen und blaugrauen Venen, die sich über seine Wangen ausbreiteten wie versteinerte Farne. Er trug ganz offensichtlich das erste Hörgerät, das jemals hergestellt worden war, welches normalerweise mit einer Autobatterie betrieben wurde, die man über die Schulter tragen musste.

»Ich habe viele *kálfur* gesehen«, gab er zu Protokoll. »Als junger Mann habe ich mit einer *kálfur* Liebe gemacht.«

Stille senkte sich über den Raum, jedes Geräusch erstarb, bis auf das unablässige leichte Sprudelgeräusch von neun

Gläsern Mineralwasser. Callum konnte an den Gesichtern der Versammelten ablesen, dass hier etwas ganz und gar nicht stimmte. Nur Ásta lächelte. Er stupste Birna noch mal an und flüsterte: »Was ist eine *kálfur?«*

»Eine *kálfur*«, erklärte sie, »ist eine junge Kuh.«

»Willst du damit sagen, dass der Freund deiner Mutter Sex mit einer …«

»Sieht wohl so aus.«

»Ich habe Elfen gesehen«, verkündete Sigriður und lenkte die Aufmerksamkeit damit von ihrem verwirrten Freund ab. »Ich wurde mit der Fähigkeit geboren, Elfen zu sehen.« Callum konnte keine Anzeichen von Verrücktheit oder Verlegenheit in ihrem Verhalten erkennen. Sie sprach aus fester Überzeugung. »Sie sind soziale Wesen, die in Gruppen zusammenleben, und wenn wir ihr Land zerstören, zerstören wir damit ihren Lebensraum.«

»Wie sehen diese Elfen denn aus?«, erkundigte sich Erna mit einem skeptischen Lächeln auf den Lippen. »Haben sie spitze Ohren?« Sie konnte ihre Verachtung nicht verhehlen. »Und warum haben Sie keine Elfen mitgebracht? Ich würde mir zu gerne ihre Unterstützung für die nächsten Wahlen sichern, damit ich meine Stimmenzahl verdoppeln kann.«

»Es ist doch immer dasselbe mit euch Politikern«, sagte Sigriður. »Ihr hört den Sorgen der Leute nie zu. Ihr müsst uns ständig herabsetzen. Es geht euch doch nur um das Geld und um eure Machtposition, dabei solltet ihr lieber die Reichtümer unseres Landes schützen. Stattdessen sprengt ihr unberührte Wildnis in die Luft, um Platz für Staudämme und Aluminiumhütten zu machen, die kein Mensch haben will. Und heute haben Sie gezeigt, dass Sie jedem gestatten, unsere heiligen Orte aufzubuddeln, solange nur das

Geld stimmt.« Sigriður hatte sich wieder hingesetzt. »Das Ganze ist nur ein weiteres Beispiel für das Verhalten der herrschenden Schichten, die den Willen der guten Menschen in Island unterdrücken.«
»Schluss! Das hör ich mir nicht länger an«, unterbrach Erna mit einer solchen Strenge, dass sich Ásta hinter einer Falte in der Strickjacke ihrer Großmutter versteckte, wie eine Elfe hinter einem Felsen.
Aber Sigriður war nicht zu bremsen. »Diese Regierung verschmutzt unsere Flüsse, zerstört das Land, füllt unsere Meere mit Blut und vergiftet unsere Natur. Und gleichzeitig zerstört ihr die Gemeinschaften der Wesen, die seit Jahrhunderten unser Land bewohnen. Aber wer der Natur Schaden zufügt, der muss eines Tages den Preis dafür bezahlen, und darum schickt sie uns auch immer mehr Erdbeben und Überschwemmungen.«
»Jetzt reicht's!«, sagte Erna. »Ich habe mir beide Seiten angehört und eine Entscheidung getroffen, mit der Sie leben müssen. Mr. Pope hat einen gut begründeten und vernünftigen Antrag eingereicht, um am Skógafoss filmen zu dürfen, Sie hingegen … Sie …« Die Ministerin sah Sigriður an, als wäre Birnas Mutter eine grausame Verwandte, die ihr damit drohte, sie zu enterben, (wobei Sigriður wohl argumentiert hätte, dass Erna zukünftige Generationen einer Landschaft beraubte, die ihnen von Rechts wegen zustand). »Sie legen überhaupt nichts vor«, fuhr sie fort. »Sie tragen nur altmodische Vorstellungen und romantische Ideen vor. Das ist doch alles Hörensagen und Nonsens. Der Dreh wird stattfinden.«
»Nein, das wird er nicht.«
Alle Köpfe drehten sich zu der Person, die den Einspruch erhoben hatte. Und der kam wieder von Sigriður, Eirik dem

Kuhficker noch einem der anderen Lobbyisten. Er kam von Callum.

Frikki war ebenso überrascht wie alle anderen. Er hob Callums Glas und roch am Wasser, um festzustellen, ob vielleicht ein Schuss Alkohol darin gewesen war. Achselzuckend ließ er seinen Chef fortfahren.

»Es tut mir leid, Frau Ministerin, aber ich kann mich Ihnen nicht anschließen«, verkündete er.

Erna starrte ihn an. Ihre Augen weiteten sich, während ihr Mund sich zu einer dünnlippigen, bitteren Grimasse verzog. Wo sie beleidigt sein mochte, waren die anderen schlicht verblüfft. Sie sahen ihn an, als wäre er eine *álfur*. Oder eine *kálfur*. Er war sich nicht ganz sicher.

»Sigriður hat recht«, fuhr er fort. »Ich bin erst vor kurzem nach Island gezogen und bin noch nicht mit eurer Geschichte, eurer Kultur oder der gegenwärtigen politischen Landschaft vertraut. Was ich aber sehr gut weiß, ist, dass mein Geschäft mit der Vermittlung von Drehorten nur florieren kann, wenn das Land intakt bleibt. Und obwohl ich wirklich vorhatte, jeden Schaden am Skógafoss wieder zu reparieren, möchte ich die anderen Dinge, die dieses Land so unwiderstehlich machen – und damit meine ich seine Einwohner und sein *huldufólk* – auf keinen Fall stören. Ich behaupte damit nicht, dass Letztere tatsächlich existieren, aber wer kann schon mit Sicherheit sagen, dass es sie nicht gibt? Ich habe nicht die geringste Absicht, die Bewohner dieses Ortes wütend zu machen, ob sie nun sichtbar oder unsichtbar sind.«

Er richtete seinen letzten Satz an Sigriður, und während er noch sprach, kam Ásta wieder hinter der Strickjacke hervor. »Ich werde eine Alternative für den Skógafoss finden«, schloss er.

Ein Lächeln breitete sich auf Sigriðurs Gesicht aus. Es war ein unsicheres Lächeln, aber dennoch ein Lächeln.
»Mag sein, dass Sie noch nicht mit der isländischen Kultur vertraut sind, Mr. Pope, aber Sie fangen schon an, sich wie einer unserer Bürger zu benehmen«, bemerkte Erna. Sie knüllte Callums Antrag zusammen und warf ihn in ihren Papierkorb. »Seit ich diesen Posten übernommen habe, konnte ich feststellen, dass dieses Land voll mit Leuten ist, die meine Zeit verschwenden wollen. Sie können mit aller Zufriedenheit behaupten, dass Sie sich da wunderbar eingliedern.«

»Mit diesem Dreh hätten wir eine Menge Geld machen können«, sagte Frikki. »Warum denn diese Hundertachtziggradwendung? Ich kapier das nicht.«
»Ich schon«, sagte Birna, die mit drei Flaschen Thule an den Tisch zurückkam.
Sie saßen im Biergarten des Sirkus, einem gepflasterten Vorhof, der größer war als die Bar selbst. Sie waren auf allen Seiten von hellblauen Himmeln und dicken grünen Palmen umgeben, die man ringsherum auf die Wände gemalt hatte. Es verlieh diesem unkaribischsten aller Settings einen karibischen Touch, und süßlicher Cannabis-Mief erfüllte die Reykjavíker Luft.
Hier hingen jede Menge hübscher junger Dinger herum, die an ihren Bierflaschen nuckelten, in die Sonne blinzelten und ihr Bestes taten, um hip auszusehen. Währenddessen kämpften sich zwei unterernährte Typen mit Verstärkern und Schlagzeug durch die immer dichter werdende Menschenmenge, um unter einem Vordach in einer Ecke des Hofes die Bühne aufzubauen. Callum glaubte, die Musik, die von der Bar herüberdrang, als Jesus and Mary Chain

identifiziert zu haben, aber Frikki bestand darauf, dass es die Slingers seien.
»Callum hat es sich anders überlegt, weil er sich endlich entschlossen hat, seine Familie an die erste Stelle zu stellen.« Birna legte Callum eine Hand auf den Rücken und rieb ihn in langsamen Kreisen.
»Ich wusste noch gar nicht, dass Callum aus einer Elfenfamilie stammt«, frotzelte Frikki.
»Ich nehme an, dass du auch nicht an die kleinen Wesen glaubst, oder?«, fragte Callum.
»Nein, ich glaube nur an drei Dinge: Rockmusik, Bier und Frauen. Oder, vielleicht sagen wir eher zwei: Rockmusik und Bier. *Skál!*« Frikki kippte sein halbes Bier auf einmal herunter, wovon ihm ein weißer Schaumbart auf der Oberlippe zurückblieb. Er entfernte ihn mit Hilfe seiner unteren Schneidezähne und rülpste laut, bevor er fortfuhr: »Ich bin zu schlau für Elfen. Nur Idioten glauben an so was.«
»Du hältst dich vielleicht für schlau, dabei hast du nur Vorurteile«, mischte sich Birna ein. »Je gebildeter die Leute sind, umso mehr Vorurteile entwickeln sie gegen Dinge, die sie nicht verstehen. Ein paar Patienten meiner Mutter sind gebildete Menschen wie Lehrer und Rechtsanwälte, und viele von ihnen haben ihr anvertraut, dass sie *huldufólk* gesehen haben. Aber in der Öffentlichkeit würden sie deren Existenz immer leugnen. Sie haben Angst davor, von Leuten wie dir als verrückt abgestempelt zu werden.«
»Sie *sind* ja auch verrückt.«
»Wenn sie verrückt sind, dann laufen über 10.000 Verrückte auf unseren Straßen rum, bringen uns unser Essen, ziehen uns die Zähne und fahren unsere Schiffe. So viele Mitglieder hat nämlich die Spirituelle Gesellschaft, und sie kommen aus allen Bereichen unserer Gesellschaft.«

»Und was kriegt man, wenn man da beitritt?«, wollte Frikki wissen. »Ein Paar Elfenstiefel und eine Tasche Zauberstaub?«
»Hör auf damit, Frikki.« Callum wollte nicht, dass das Ganze wieder auf einen giftigen Streit hinauslief, wie damals bei ihrem Krach zum Thema Walfang.
»Ich hab doch nur Spaß gemacht«, protestierte Frikki, aber er ahnte, dass sein Chef nicht zu weiteren Diskussionen aufgelegt war. Also wandte er sich zu Birna und entschuldigte sich mit großer Geste: »Tut mir leid, dass ich mich über deine Glaubensansichten lustig gemacht habe, Birna.«
»Kein Problem, Friðrik. Aber ich habe nie gesagt, dass ich an das *huldufólk* glaube. Wenn du wissen willst, wie ich die Sache sehe, bitte sehr: Ich glaube nicht an das verborgene Volk, ich akzeptiere es einfach. Genauso, wie ich auch nicht an den Wind, den Regen, die Sonne und die Sterne glaube. Ich akzeptiere einfach nur ihre Existenz.«
»Und glaubst du deiner Mutter, wenn sie behauptet, dass die Überschwemmungen und Erdbeben von den Elfen gemacht werden?«, fragte Callum.
»Ich bin Wissenschaftlerin«, erwiderte Birna. »Natürlich glaube ich das nicht. Andererseits bin ich nicht sicher, ob meine Mutter das tatsächlich glaubt. Sie fand wohl einfach, dass es gut klingt, und deswegen hat sie die Umweltministerin damit eingeschüchtert. Sie hatte schon immer ein Talent dafür, unheimliche Geschichten zu erzählen. Ich möchte fast wetten, dass Erna Snorradóttir beim nächsten Erdbeben an Elfen denken wird.«
Ein lautes Pfeifen durchschnitt die Luft und fuhr Callum stechend ins Trommelfell. Einer der beiden Typen unter dem Vordach war zu nahe am Verstärker gestanden, als er seine Gitarre stimmte. Er murmelte eine Entschuldigung

ins Mikrofon und musste einem Hagelsturm aus Zigarettenkippen und Kronkorken ausweichen, die von einer Gruppe Jungs in der ersten Reihe geworfen wurden. Es war jedoch freundschaftlich gemeint, denn die jungen Männer schienen sich alle untereinander zu kennen.

»Das sind die Slingers«, sagte Frikki. »Obwohl ein paar von ihnen auch bei den Funerals mitspielen. Wir haben echt Glück, dass die heute abend hier auftreten.«

Callum widersprach nicht. Nach dem, was Frikki ihm über die Bedeutung von Singapore Sling in der isländischen Musikszene erzählt hatte, war dieser Auftritt so, als würde Primal Scream in Clyde spielen. Aber er wollte die Show nicht mehr abwarten. Obwohl er in der unklaustrophobischsten Kneipe Reykjavíks saß, kam es ihm vor, als würden die blauen Himmel und die Palmen von allen Seiten auf ihn zukommen.

Die Ereignisse des Nachmittags hatten Callum daran erinnert, dass er in diesem Land völlig fremd war. Die Umweltministerin hatte zwar gemeint, dass er bestens hierher passte, aber sie hatte es nicht als Kompliment gemeint. Callum wurde klar, dass er um einiges härter arbeiten musste, als er anfänglich gedacht hatte, wenn er Island und seine Schrullen meistern wollte. Als ob ihm jemand seinen guten alten Dudelsack weggenommen und stattdessen ein Wollknäuel in die Hand gedrückt hätte, mit dem Auftrag einen *lopi*-Pullover mit dem typischen, vom Hals ausgehenden Schneeflockenmuster zu stricken. Wie war er nur auf die Idee gekommen, es würde einfach werden, sich hier niederzulassen?

»Birna, ich glaube, ich gehe jetzt besser.«

»Stimmt was nicht?«

»Nein, ich brauch nur ein bisschen frische Luft.«

»Aber wir sind doch draußen, die Luft ist wunderbar«,

warf Frikki ein. Er lehnte sich in seinem Stuhl zurück und atmete tief ein.
»Das sagst du doch bloß, weil du hier von den Joints anderer Leute high werden kannst«, meinte Callum.
»Stimmt, aber ich finde trotzdem, dass du jetzt nicht gehen solltest. Mir ist da so ein Gerücht zu Ohren gekommen, dass Björk später noch im Sirkus auflegen soll.«
»Dann komm ich vielleicht noch mal zurück.« Callum stand auf und knöpfte seine Jacke zu. »Ich geh rüber ins Büro. Ich sollte wohl mal nach London mailen und ihnen mitteilen, dass wir einen neuen Drehort für den Renault-Auftrag suchen. Rudi wird darüber nicht glücklich sein, aber zumindest hab ich jemanden auftun können, der an seinen künstlichen Geysiren bastelt, das sollte den Schlag etwas abmildern.«
»Ich komm mit«, sagte Birna.
»Lass mich nicht allein«, protestierte Frikki.
»Du bist nicht allein.« Birna wickelte sich den Schal um den Hals und zeigte auf etwas hinter dem großen Mann. »Hinter dir steht ein schönes Elfenmädchen und macht dich die ganze Zeit an.«
»Ich hab dir doch gesagt, dass ich für Elfen zu schlau bin«, rief Frikki ihnen hinterher, als sie auf den Ausgang zugingen. Als er sie außer Sichtweite glaubte, brachte er seinen Pony in Ordnung und warf einen Blick über seine Schulter.
Callum und Birna traten auf die Hauptstraße.
»Nett von deiner Mutter, dass sie dir Ásta abgenommen hat und wir ein bisschen Zeit miteinander verbringen können«, bemerkte er.
»Sie weiß zu schätzen, was du heute getan hast. Ich auch. Mach weiter so.«
»Ich werd's versuchen.«

»Warte.« Birna hielt ihn am Arm fest. »Wir sollten nicht in dein Büro gehen. Wenn wir schon Zeit füreinander haben, dann sollten wir was richtig Wildes machen.«
»Was richtig Wildes?«
»*Já.* Weißt du, wenn wir die Dinge langsamer angehen lassen wollen, dann können wir ja jetzt einfach so tun, als hätten wir gerade unsere erste Verabredung.«
»Interessant«, sagte Callum, obwohl er skeptisch aussah. »Tja, wenn das so ist, dann sollten wir jetzt schleunigst einen Platz zum Poppen finden.«
»Poppen?«
»Sehen die ersten Verabredungen in Island denn nicht so aus?«, erkundigte sich Callum. »Frikki hat mir erzählt, dass ihr diese ganzen Formalitäten mit Flirten und Anbaggern einfach weglasst. Er hat gesagt, ihr kommt gleich zur Sache.«
»Frikki ist ein Rotzlöffel. Deswegen sitzt er ja auch alleine in einer Bar, ohne eine Freundin, zu der er heimgehen kann.«
»Da könntest du freilich recht haben«, räumte Callum ein.
»Was machen britische Pärchen denn bei ihrer ersten Verabredung?«, fragte Birna.
»Sie streiten. Meistens, wer wofür zahlen soll.«
»Wirklich? Sie streiten?«
»Meistens.«
»Aber wo gehen sie denn hin?«
Callum dachte nach. »Wir Briten haben nicht viel Sinn fürs Abenteuer. Kino ist ziemlich beliebt für eine erste Verabredung. Ist natürlich nicht gerade wild.«
»Das ist doch klasse. Wir gehen ins Kino. Wie in den alten Zeiten.« Birna hakte sich bei ihm ein und zog ihn durch die Straßen.

Callum war glücklich, dass sie ihn hinter sich herzog. Ihre Worte hatten ihm wieder Auftrieb gegeben. Daran merkte er, dass seine Gefühle für Birna echt waren. Es war keine Ferienromanze, keine unbekümmerte Laune, kein Kniesehnenreflex auf die Schrecken seiner Vergangenheit. Callum war sicher, dass er mit dieser Frau eine Zukunft haben konnte, denn, wie sie gerade bemerkt hatte, sie hatten ja auch schon eine gewisse Vergangenheit miteinander. Die »alten Zeiten« hatte sie es genannt. Wenn sie »alte Zeiten« hatten, dann hatte ihre Beziehung auch Substanz. Bis Birna diese Worte ausgesprochen hatte, hatten sich für Callum die »alten Zeiten« immer auf sein Leben vor Sarahs Tod bezogen. Nach ihrer Beerdigung war alles nur noch Lücke, ein Leben in der Warteschleife, als hätte er auf den Pausenknopf gedrückt. Irgendwann hatte er akzeptiert, dass es eben immer so sein würde.
Aber er hatte nicht geahnt, dass diese wunderbare Isländerin in sein Leben platzen würde. Sie war die Verkörperung des Neuen. Sie war zäh, sympathisch, liebevoll, und – was sehr wichtig war – ihre Liebe war nicht Mitleid entsprungen. Callum wollte nicht bemitleidet werden.
Nachdem er Sarah zu Grabe getragen hatte, war er der Leute schnell überdrüssig geworden, die ihn kaum kannten, ihm aber beteuerten, wie leid ihnen sein Verlust tue, und ihn fragten, ob sie etwas für ihn tun könnten. Warum dachten alle, sie könnten plötzlich sein Leben für ihn ordnen, das in Scherben vor ihm lag? Als ob sie sich um ihn scharten, weil sie eine Ersatzbefriedigung aus seinem Elend zogen, wie Schaulustige, die langsamer fahren, um einen Unfallort besser begaffen zu können.
Zumindest konnte ihn Birna niemals bemitleiden, denn sie wusste nicht, wofür sie ihn hätte bemitleiden sollen. Soweit

sie wusste, war Sarah Glass nur eine ehemalige Flamme von Callum, und sie hatten sich einfach auseinander gelebt. Soweit sie wusste, hatte er eine reine Weste. Und das musste auch so bleiben, denn nur dann konnte Birna ihm weiter vertrauen.

Warum sollte er Birna erzählen, dass Sarah ermordet worden war? Warum sollte er sich sein ganzes Leben lang bemitleiden lassen, nur weil ein Wahnsinniger beschlossen hatte, die Frau zu erwürgen, die Callum geliebt hatte? Sollte sein ganzes Leben durch eine schreckliche Nacht in Prag definiert bleiben? Nicht, wenn er etwas dagegen tun konnte. Und wenn das bedeutete, dass er Birna vor der Wahrheit schützen musste, dann sollte das eben so sein.

»Da wären wir«, sagte Birna, als sie die stille Hellusund-Straße betraten, die nicht weit von Callums Büro entfernt lag. Sie standen vor einem kleinen Gebäude, das aussah wie der Garagenanbau hinter einem ganz normalen Vorstadthäuschen. Auf einem Schild über der Tür stand: »Vulkan-Show«.

»Sieht nicht aus wie ein Kino«, stellte Callum fest.

»Ich habe gesagt, wir sollten was Wildes tun, und die Filme, die sie hier zeigen, sind das Wildeste, was man sich vorstellen kann.« Birnas Augen weiteten sich. »Mach dich auf ein pyroklastisches Spektakel gefasst, eine Filmserie der letzten Vulkanausbrüche, inklusive Hekla, Surtsey und des großen, der beinahe meine Heimatinsel Heimæy zerstört hätte.«

»Wer spielt die Hauptrollen?«, fragte Callum und fing sich einen Klaps dafür ein.

Birna schleppte ihn ins Kino.

Die beiden blieben die einzigen Zuschauer der einstündigen Vorführung. Birna drückte Callums Hand ein bisschen fester, als der Bericht über Heimæy gezeigt wurde. Sie sahen zu, wie der Lavastrom große Teile der Insel vernichtete. Es sah aus, als würde er unausweichlich auch den kleinen Hafen zuschütten, der für die abgelegene Insel lebenswichtig war. Es war nur dem Einfallsreichtum eines ortsansässigen Physikers und den herkulischen Anstrengungen zweier Baufirmen zu verdanken, die mit Wasserwerfern über fünfzig Millionen Liter Wasser pro Tag auf die vordringende Lava pumpten, dass Birnas Eltern nicht gezwungen waren, auf das Festland abzuwandern und dass von Heimæy nicht nur toter, nutzloser Fels übrig blieb.

»Sieh doch mal die positive Seite«, flüsterte Callum. »Wenn das passiert wäre, dann hättest du Arnar wahrscheinlich nie getroffen.«

Birna sah ihn vorwurfsvoll an. »Und meine schöne Tochter wäre wahrscheinlich nie geboren worden.«

»Tut mir leid«, sagte er. »Ich denke, wenn die Insel bei dem Ausbruch von '73 zerstört worden wäre, dann wäre Arnar auch nicht bei der Fortsetzung ums Leben gekommen.«

»1993 war keine Fortsetzung!«, sagte Birna. »So wie du das sagst, hört sich das an wie eine Hollywood-Produktion.«

»Du meinst also, das kommt hier gar nicht ins Kino? Ich hatte mich doch schon so gefreut auf *Heimæy 2: Die Rückkehr der Lava.*«

Birna verschränkte die Arme.

»Entschuldige, ich sollte das wirklich nicht trivialisieren. Es ist nur irgendwie komisch, im Kino zu sitzen und sich so was anzugucken. Das ist eben nicht die romantische Komödie mit eimerweise Popcorn, wie ich mir das vorgestellt hatte. Und wir können nicht mal zum Rumknutschen in die letzte Reihe gehen.«

»Ach nein?« Birna stand auf und zog ihn hoch.

»Was machst du denn?«

»Wir setzen uns jetzt in die letzte Reihe. Und dann knutschen wir rum.«
Und das machten sie auch. Callum spürte, wie seine Gefühle alle auf einmal loszubrechen drohten, wie heißes Magma aus kaltem Gestein. Und so seltsam es auch schien, ihm war traurig zumute, denn er wusste, wie sehr er Birna liebte und wieviel er zu verlieren hatte. Und Callum konnte nicht gut mit Verlusten umgehen.
Als er Birna kennenlernte, hätte er gesagt, dass sie alles war, was er sich nur je hätte wünschen können, wäre da nicht: Sarah. Und Birna zu bitten, die Lücke zu füllen, die Sarah hinterlassen hatte, wäre gewesen, als würde man sie bitten, die stockfinstere Albert Hall mit einem Feuerzeug zu beleuchten. Es war ein völlig sinnloses Unterfangen, und Callum wollte sie damit nicht belasten. Bevor er nach Island kam, hatte er also den Entschluss gefasst, Birna niemals von Sarah zu erzählen. Zum einen wollte er ihr Mitleid nicht, zum anderen hielt er es für unfair, ihr diese Vergangenheit aufzuhalsen.
Aber je länger er Sarahs Ermordung geheim hielt, umso schlimmer machte er die Dinge für Birna und umso mehr setzte er ihre Beziehung aufs Spiel, das wusste Callum sehr gut. Denn egal, was Birna tat, egal, wieviel Liebe sie ihm gab, sie konnte sein Herz niemals heilen, denn sie wusste ja nicht einmal, dass es Heilung brauchte.
Als sie für die letzte Dokumentation wieder etwas ruhiger wurden, spürte Callum sowohl Traurigkeit als auch ein wenig Hoffnung. Er rief sich in Erinnerung, wie sie von ihren »alten Zeiten« gesprochen hatte. Sie war überzeugt, dass sie bereits etwas Handfestes zusammen geschaffen hatten – eine Beziehung, eine Geschichte – und Callum wusste, dass sie diese Grundlage geschaffen hatten, obwohl zum dama-

ligen Zeitpunkt in seinem Leben nur noch bittere Hoffnungslosigkeit geherrscht hatte. Das zeigte, dass auf totem Boden neues Leben Fuß gefasst hatte.

Die Vulkan-Show endete mit einem Film über die Entstehung von Surtsey, einer vulkanischen Insel, die in den sechziger Jahren an der isländischen Küste nach einem Vulkanausbruch aus dem Meer aufgetaucht war. Sogar Callum musste zugeben, dass das ziemlich spektakulär war. Lava und Gestein blubberten aus einem kochenden Ozean nach oben, um die neueste Landmasse auf der Erde zu bilden. Das Inselbaby zischte dreieinhalb Jahre in den Wellen vor sich hin, und als es abgekühlt war, stellte man es sofort unter Schutz, um dort wie in einem großen natürlichen Labor zu forschen. Zutritt hatte nur eine Hand voll Wissenschaftler, die hier beobachten konnte, wie das Leben diesen neuen und scheinbar unfruchtbaren Felsen kolonisierte.

»Ein paar Jahre nach seiner Entstehung wurde eine Tomatenpflanze auf Surtsey entdeckt«, flüsterte Birna. »Niemand konnte erklären, wie der Samen dort hingekommen ist, obwohl es ein paar Theorien gab. Hatte sich der Samen im Gefieder eines an der Küste lebenden Zugvogels verfangen? Wurde er durch einen Mistral dort hingebracht?«

»Oder ist er einem Wissenschaftler aus seinem Sandwich gefallen?«

Die Hypothese war gar nicht so dumm, und Callum gratulierte sich zu seiner unkonventionellen Denkweise. Aber als der Abspann lief und die Lichter angingen, fiel es ihm schwer, eine Theorie zu formulieren, wie es der Liebe gelungen war, wieder auf dem toten Gestein seines Herzens zu blühen.

16

Als sie das Kino verließen, sahen sie, dass die Sonne verschwunden war und der Himmel über Reykjavík so pissgrau geworden war wie eine ungewaschene Netzgardine. Missgelaunte Regenspritzer gingen auf die beiden nieder, während sie durch die Stadt hasteten, um dem drohenden Schauer zu entkommen. Auf dem Pfad, der am Tjörn entlangführte, stapften sie durch Pfützen aus aufgeweichtem Brot und Gänsescheiße. Die Vögel würdigten die durchweichten Krusten, die von einem früheren Regenguss bereits in Brotsauce verwandelt worden waren, schon keines Blickes mehr.

Als Callum und Birna das Büro erreichten, hämmerte der Regen gegen die Fensterscheiben wie Schrotkugeln.

»Was ist denn mit der Tür passiert?« Birna fuhr mit der Hand an der zersplitterten Kante des Türrahmens entlang.

»Vorsicht«, warnte Callum. »Sonst ziehst du dir noch einen Splitter ein.«

»Ist hier jemand eingebrochen?«

»Ja«, bestätigte Callum. »Ich.«

»Du bist in dein eigenes Büro eingebrochen?«

»Letzte Nacht bin ich mit Frikki und Anna Björk ausgegangen. Ich hab ein bisschen zuviel getrunken und … na ja, ich hab meine Schlüssel verloren.«

»Du solltest ein bisschen weniger trinken.«

»Du hast recht. Wie immer.« Callum streckte die Hände aus. »Komm, gib mir deinen Mantel. Ich häng ihn auf die Heizung.«

»Ich bin pitschnass. Meine Jeans klebt an den Beinen.« Birna zeigte auf die nassen Flecken, die vorne an ihren

Oberschenkeln und Schienbeinen entlangliefen wie dunkelblaue Knochen: ein Jeans-Röntgenbild.

»Dann zieh sie aus, und ich häng sie auch über die Heizung.«

Birna warf ihm einen zweifelnden Blick zu.

»Jetzt komm, Birna, das ist doch wohl nicht der passende Moment, auf verschämt zu machen.«

»Okay, aber ich brauche ein bisschen Hilfe.« Birna ließ sich rückwärts aufs Sofa fallen und streckte die Beine in die Luft. Sie zog den Reißverschluss auf und zerrte die Jeans unter ihrem Hintern hervor. »Die Beine musst du machen. Ich hab Angst, dass ich mir einen Muskel zerre.« Sie blickte Callum unverwandt an, während er sich erst auf ihr rechtes Bein konzentrierte. »Weißt du was? Ich bin richtig stolz auf das, was du heute getan hast«, sagte sie.

»Wirklich?« Callum legte Birna eine Hand zwischen die Beine und spürte die weiche Baumwolle ihrer Unterhose an seinen Fingerknöcheln. Er schob seine Hand in ihre Jeans, zwischen den nassen Stoff und ihren eiskalten Schenkel. Mit der anderen zog er das Hosenbein langsam bis zum Knie herunter.

»Já«, sagte sie. »Und ich glaube, Ásta war auch stolz auf dich.«

»Wieso glaubst du das?« Er zog die Socke von ihrem rechten Fuß und rieb ihr die kalten Zehen.

Birnas Körper bäumte sich auf, und sie zuckte mit den Hüften. »Das kitzelt«, protestierte sie. Als sie sich wieder entspannte, war ihr T-Shirt genau so weit hochgerutscht, dass man einen schmalen Streifen violette Seide sehen konnte, der ihre Brust stützte. Ihre Unterwäsche – lila BH, weiße Unterhose – passte nicht zusammen, was Callum besonders sexy fand, denn er fand es ehrlicher und selbstbewusster

(aus demselben Grund, warum er Frauen, die wenig oder gar kein Make-up trugen, anziehender fand).
»Du hast meine Frage noch nicht beantwortet«, sagte er, während er seine Aufmerksamkeit ihrem anderen Bein zuwandte. »Warum glaubst du, dass Ásta stolz auf mich ist?«
»Weil du das Richtige getan hast.«
»So einfach ist das?« Callum fand Birnas linkes Bein problematischer als ihr rechtes. Er legte ihr eine Hand unter den Hintern, nur zum Abstützen, während er mit der anderen mit einem kräftigen Ruck an ihrem Jeansbein zog.
»So einfach ist das«, bestätigte Birna. »Ásta kennt den Unterschied zwischen richtig und falsch. So habe ich sie erzogen. Und heute nachmittag hast du das Richtige getan. Du bist für ihre Großmutter aufgestanden, als diese unverschämte Frau im Alþing sie als verrückt hingestellt hat. So hat Ásta es jedenfalls empfunden.«
Callum machte Birna ein Zeichen, dass sie sich auf den Bauch drehen sollte. Irgendwie klebte ihre Jeans hartnäckiger an der Rückseite ihres Beins als an der Vorderseite. Er dachte, es wäre einfacher, sie auszuziehen, wenn Birna auf dem Bauch lag.
»Das sagst du doch nur, damit ich mich nicht so schrecklich fühle, weil ich gerade meinen ersten Auftrag aufs Spiel setze«, sagte er. Er zog so kräftig an Birnas Hosenbein, dass ihr Hintern mit hochhüpfte. Ihr Slip war verrutscht und entblößte eine blasse, runde Hinterbacke mit leuchtend roten Fingerabdrücken, als hätte Callum ihr den Hintern versohlt.
»Doch, wirklich, so hat Ásta es empfunden.« Birnas Stimme klang ein bisschen erstickt, als ihr Gesicht ins Sofakissen gedrückt wurde. »Das hat sie mir selbst gesagt, bevor meine

Mutter sie nach Hause gefahren hat. Ha!«, rief sie, als sie ihre Jeans schließlich los war. Sie drehte sich wieder auf den Rücken und streckte Callum ihren linken Fuß hin.

Er zog ihr die andere Socke auch noch aus. Dann setzte er ihren Fuß wieder auf den Boden und sah zu, wie sie mit dem Hintern auf die Sofakante vorrutschte und sich mit aufgestützten Ellenbogen zurücklehnte.

Birnas Pony war immer noch nass, denn der Wind hatte ihn vorhin unter ihrer Kapuze hervorgeweht (derselbe Wind, der den Regen jetzt über Reykjavíks Straßen verteilte wie das Salz aus einem Streuwagen). Winzige Perlen aus Regenwasser fielen von ihren dunklen Haarspitzen, rannen ihr im Slalom über die Wangen und den Hals und verschwanden im V ihres T-Shirts. Sie zog sich das klamme Kleidungsstück über den Kopf und warf es auf den Mantel und die Jeans, die Callum schon auf dem Arm hatte. Sie legte sich flach aufs Sofa und zog ihren Slip wieder zurecht. »Was?«, fragte sie und lächelte Callum an. »Was guckst du?«

»Dich guck ich an«, sagte er. »Du bist so schön.«

»Halt die Klappe!« Birna warf ein Kissen nach ihm. »Geh und häng meine Klamotten zum Trocknen auf, ich mach uns in der Zwischenzeit eine heiße Schokolade.« Ihre nackten Füße patschten über die hölzernen Dielen, als sie zur Büroküche ging. »Aber erst muss ich mich noch zurechtmachen«, fügte sie hinzu, griff sich ihre Tasche vom Tisch und steuerte auf die Tür des Waschraums zu.

Callum hängte die Jeans und das T-Shirt in die Lücke zwischen Heizung und Wand. Birnas Mantel war zu dick, also hängte er ihn an der Kapuze an seiner Stuhllehne auf. Als er vor seinem Schreibtisch stand, fiel ihm wieder ein, dass er ja eine E-Mail nach London schicken musste. Er fuhr mit seiner Maus über den Tisch und sein Laptop sprang an. Callum klickte auf das Netscape-Symbol und dann auf »verbinden«. Gleichzeitig rief er in Richtung Waschraum: »Birna, ich weiß, dass du absolut noch nicht bereit dafür bist, dass ich wieder bei dir einziehe, aber würdest du heute nacht vielleicht hier bleiben?«

Verbindung wird aufgebaut …

»Im Büro? Wo sollen wir denn schlafen?«

Verbindung wird aufgebaut …

»Das Sofa kann man ausklappen. Ist eigentlich ganz bequem. Die letzten paar Tage hab ich hier gewohnt. Gudnis Apartment ist gerade vermietet.«

Verbindung hergestellt. Benutzername und Kennwort werden überprüft.

»Oh. Okay. Ich schätze, Mutter kann für Ásta was kochen. Was essen wir denn?«

Verbindung zu http:/www.fail.is … wird aufgebaut.

»Wir könnten uns doch Pizza kommen lassen«, bot er an. Fertig.

»Já. Ég ætla að fá silungur, sveppir en gulrætur.«

Kennwort wird überprüft. Verbindung zu mailserver@fail.is

»Auf Englisch?«

Eingegangene Mails (1 Nachricht). Klick.

»Wenn du dein Isländisch verbessern willst, dann musst du dich an den Klang der gesprochenen Sprache gewöhnen«, schrie Birna. Im gekachelten Waschraum hatte ihre Stimme ein leichtes Echo. »Ich sagte, ich hätte gerne Pizza mit Forelle, Pilzen und Karotten.«

Von: j.wedderburn@strathclydepolice.org.uk

Betreff: Iago Kohl

»Forelle, Pilze und Karotten auf einer Pizza?«, fragte Callum. Er sagte es schnell, denn er wollte den Satz unbedingt zu Ende bringen, bevor ihm die Stimme versagte. Sein Nacken war ganz heiß, und sein Herz raste. »Man könnte echt denken, du bist schwanger.« Callum klickte auf den Namen des Kriminalkommissars und öffnete die Nachricht.

Callum.
Entwicklung in Sachen Kohl. Ruf mich an.
JW

Die Toilettenspülung rauschte, fast wie eine Imitation des Regens auf den Dachziegeln. Birna kam zurück ins Büro. Ihr halbnackter Körper wurde nur von draußen beleuchtet, wo langsam der Himmel dunkler wurde. Sie ging auf Callum zu, und er sah, dass sie ihr Haar zurückgebunden hatte, so dass nichts den Blick auf ihr frisches Gesicht mit den roten Wangen störte.

»Nein, Callum, ich bin nicht schwanger.« Sie trat hinter ihn und sah ihm über die Schulter, um die Nachricht auf dem Bildschirm zu lesen.

Aber bevor sie ein Wort lesen konnte, drückte Callum auf »löschen«.

Birna hatte den Mund ganz nah an seinem Ohr, als sie flüsterte: »Ich bin nicht schwanger … noch nicht.« Sie zog Callum sein T-Shirt über den Kopf, so dass er seine Arme hochnehmen musste, als Zeichen seiner kampflosen Kapitulation.

Er konnte nicht schlafen. Ein Sturm hatte das Haus im Würgegriff. Es kam ihm vor, als würde das ganze Gebäude auf einer regennassen Autobahn zwischen zwei Schwerlastern dahinrasen. Auch Birna hatte sich unruhig hin und her gewälzt. Irgendwann gegen drei Uhr setzte sie sich auf und klagte, dass ihr auf dem Bettsofa der Rücken wehtat. Einmal wach, fiel es ihr schwer, wieder zur Ruhe zu finden. Sie machte sich Sorgen, dass die Fenster eingedrückt werden könnten.

Callums Schlaflosigkeit war weder auf die außergewöhnliche Wetterlage noch auf das unnachgiebige Bettsofa zurückzuführen. In seinem Kopf arbeitete es zu sehr, als dass er hätte schlafen können. Er hatte wach gelegen und Spekulationen zu John Wedderburns E-Mail angestellt. Es gäbe eine »Entwicklung« in Sachen Kohl, hatte er geschrieben. Eine Entwicklung, die Sarahs Mörder betraf: Iago Kohl.

Callum konnte nur beten, dass dieser Wichser sich zu guter Letzt doch noch an einem der Heizungsrohre in seiner Glasgower Zelle erhängt hatte, oder dass ein Mitgefangener ihn in der Dusche erstochen und ihm seine Eingeweide mit einem Kartoffelschälmesser herausgeholt hatte.

Schließlich kam er nicht mehr gegen die quälende Sorge an. Er musste es wissen.

Er wartete, bis er sicher war, dass Birna schlief, dann nahm er sein Handy aus der Jacke und schlich sich in den Waschraum. Er rief Wedderburn an.

»John?«

»Mr. Pope«, sagte der Kriminalinspektor. »Ist Ihnen klar, dass es im Vereinigten Königreich zwei Uhr morgens ist?«

»Ihre Nachricht klang dringlich.« Callum saß rittlings auf der Toilette, ein Handtuch über dem Kopf. Er hoffte, dass der schwere Frottee seine Stimme dämpfen würde. Er wollte Birna auf keinen Fall wecken.

»Also gut, da Sie jetzt sowieso schon meine Frau mit aufgeweckt haben und mich zu einer Nacht im Gästezimmer verurteilt haben, können wir genausogut aufbleiben und plaudern. Wie ist's denn so im Land des Eises?«

»Immer sonnig«, sagte Callum.

»Schön, das zu hören«, erwiderte Wedderburn, dem nicht klar war, dass Callum das buchstäblich meinte. »Sie haben es verdient, wieder glücklich zu sein. Aber ist es nicht sehr teuer? Wie hoch ist denn die Hypothek für ein Iglu?«
»Es gibt keine Iglus in Island.«
»Keine Iglus in Island?«
»Es gibt nicht besonders viel Eis.«
»Wollen Sie damit sagen, dass das ganze Gedöns um die globale Erwärmung doch kein Quatsch ist? Als nächstes erzählen Sie mir noch, dass es gar kein Eishotel gibt.«
»Gibt es auch nicht. Das Eishotel steht in Schweden.«
»Und was gibt es dann in Island?«
»Fisch. Und schöne Frauen«, sagte Callum. »Aber vor allem Fisch.«
»Wir haben bei der Qualifikation für die EM unentschieden gegen Island gespielt. Sollten eigentlich sechs leichte Punkte für Bertis Jungs sein, aber man kann ja nie wissen, gegen die Färöer lagen wir nach einer halben Stunde auch zwei zu null zurück. Wie gibt's das eigentlich, dass diese pupsigen kleinen Inseln plötzlich richtige Fußballteams aufstellen? Manchmal denke ich, Schottland würde besser dastehen, wenn wir elf Schafficker von den Shetland-Inseln auf den Platz schicken würden.«
»John, ich würde zu gerne die Telefonrechnung eines Polizeibeamten in die Höhe treiben, indem ich mit ihm in Erinnerungen über Archie Gemmills Zaubertricks schwelge, über David Nareys Schüsse mit der Fußspitze, über die Torlatte in Wembley und dass Schottland bis jetzt noch bei jedem Weltcup den Preis für die ›nettesten Fans‹ gewonnen hat, aber da wäre noch die kleine Geschichte mit dem Mord an meiner Freundin und dieser sogenannten ›Entwicklung‹.« Callum war selbst überrascht über seinen Sarkasmus.

»Ja. Natürlich.«
»Sagen Sie mir, dass er tot ist, John. Sagen Sie mir, dass Kohl tot ist und ich endlich wieder schlafen kann. Es wäre das erste Mal seit sechs Jahren.«
»Es sind keine guten Nachrichten.«
»Irgendwie hatte ich das dumme Gefühl, dass es keine guten sein würden.«
»Er ist draußen, Callum. Sie haben ihn vorzeitig entlassen.«
Callum steckte sich eine Ecke des Handtuchs in den Mund und biss zu, so fest er konnte.
»Callum? Sind Sie noch dran?«
Er drückte sich eine andere Ecke des rauen Stoffes gegen die Augen, um alles aufzusaugen. »Sagen Sie mir, dass das ein Witz ist, John. Sagen Sie, dass das hier ein beschissener Alptraum ist, aus dem ich gleich aufwachen werde.«
»Ich mache die Regeln nicht, Callum. Eines kann ich Ihnen sagen, wenn es nach mir ginge, dann wäre Iago Kohl noch hinter Gittern, aber so ist das Gesetz heutzutage eben nicht. Lebenslänglich heißt nicht mehr lebenslänglich. Nicht, wenn man es durch gute Führung verkürzen kann.« In der Stimme des Kommissars schwang echter Zorn mit. »Halte deine Zelle sauber, schüttel dein Kissen schön auf und iss dein Gemüse, klapp den Toilettendeckel wieder runter, nachdem du den Eimer ausgeleert hast, benutz ein Lesezeichen für die Bücher aus der Gefängnisbibliothek, statt einfach nur die Ecken umzuknicken, tu das alles und bleib schön unauffällig, während du es tust, und egal, wen du ermordet hast, nach fünf Jahren kannst du wieder draußen sein.«
»Wie könnt ihr ihn rauslassen? Der Kerl ist verdammt gefährlich! Er hat meine Freundin bedroht. Er hat sie monatelang verfolgt. Er ist uns bis nach Prag gefolgt, wo er sie entführt und erwürgt hat. Er hat die ganze Nummer ge-

plant. Er hat alles aufgeschrieben, jedes verdammte Detail, und hat es dann als Reisetagebuch an Strawdonkey geschickt. Und ihr lasst ihn wegen guter Führung raus?« In Callums Trommelfellen dröhnte es heiß. Er merkte, dass er dem Strömen seines eigenen Blutes zuhörte.
»Ich weiß, wie Scheiße das ist, Callum, aber Sie …«
»Es ist *Scheiße?* Mehr fällt Ihnen dazu nicht ein? Es ist *Scheiße?* Sie haben auch nicht die geringste Ahnung, was?«
»Callum, ich … Sie wissen, dass diese Möglichkeit bestand. Deswegen haben wir Sie kurz vor Ihrer Abreise noch in Ihrem Büro aufgesucht.«
»Ja, und alles, was ihr damit erreicht habt, war, dass in meinem Büro das Gerede losging. Das Strawdonkey-Team glaubt, dass ich die Firma verkauft habe, weil Sie wegen finanzieller Unregelmäßigkeiten ermittelt haben.«
»Das war nicht unsere Absicht, Cal. Wir wollten Sie nur vorwarnen, dass man gerade noch einmal über Kohls Situation nachdachte.«
»Sie haben gesagt, das sei nur eine Formalität. *Teil des Strafprozesses*, meinten Sie. Sie haben mir gesagt, dass er lebenslänglich einsitzen würde, und ich hab Ihnen geglaubt.«
»Was soll ich sagen, ich bin …«
»Erzählen Sie mir jetzt bitte nicht, dass es Ihnen leid tut, John, denn ich würd's Ihnen sowieso nicht glauben, verdammt noch mal!« Callum legte auf.

Er dachte über Sarah nach und er dachte über Kohl nach. Er dachte über Birna nach, darüber, wieviel hier für ihn auf dem Spiel stand, und eine Gallefontäne schoss ihm wie heißes Quecksilber die Kehle hoch.
Er erbrach sich ins Waschbecken, bis seine Eingeweide völlig leer waren.

Dann ging er ins Büro zurück und setzte sich an seinen Schreibtisch. Sein Stuhl quietschte auf den Dielen, aber das Geräusch des Regens übertönte alles. Soweit er beurteilen konnte, schlief Birna noch. Ihre Schultern hoben sich bei jedem ihrer langen, trägen Atemzüge. Regentropfen rannen ihr über den nackten Rücken – sie wurden durch das Licht, das durch die sturmgepeitschten Fenster fiel, auf ihre Haut projiziert.

Wie so oft in seinen schwärzesten Momenten, dachte Callum wieder an Prag.

Er schaltete seinen Laptop an und rief Kohls Tagebuch auf. Er las es zum x-ten Mal und stellte sich vor, er müsste nur einen Abschnitt löschen, ein Wort abschwächen oder einen Namen ändern, um irgendwie diese ganze entsetzliche Geschichte rückgängig zu machen.

Von: puppenspieler@hotmail.com
An: reisebericht@strawdonkey.com
Datum: Mon, 12. Okt. 1997, 02:39:45 +0000
Betreff: PRAG-REISEFÜHRER EINES MÖRDERS

Eine gotische Fußgängerbrücke aus Stein führt über die breite Moldau und verbindet fünf alte Städte zu einem Prag. Westlich davon liegt das pastellfarbene Barock der Altstadt. Östlich liegt Malá Strana (die Kleinseite), deren Kathedralen, Friedhöfe, Cafés und Parks den Hügel hinabpurzeln, auf dem die Burg steht und von dem aus man verschiedene Aussichten über die Stadt hat. Die Kleinseite, die seit dem siebzehnten Jahrhundert als traditionelles Handwerkerviertel und als Heimat von Dichtern, Betrunkenen und Mystikern gilt, schien mir ein angemessener Ausgangspunkt, um das jährliche Puppenspielerfestival von Prag zu genießen. Außerdem sind ihre verschlungenen Kopf-

steinpflastergässchen, unter denen sich Gräber, Keller und labyrinthische Kammern verbergen, besonders anziehend für jene unter uns, die einen Mord planen.
Mord liegt hier schon in der Luft.
Dies ist schließlich die Stadt Kafkas. Ein Ort des dunklen Surrealismus, an dem nichts so ist, wie es scheint. Ein Ort, der durchdrungen ist von Alchemie und Tragödien, wo die Vergangenheit greifbar ist und die heutigen Straßen mit ihren Geistern bevölkert. Ein Ort, der Menschen zu Kakerlaken macht.
Ich hatte ein Zimmer mit Aussicht im Na Kampé 15 gebucht, einer neuen Pension auf der Kampa-Insel, zwischen verfallenden Gebäuden, stillen Parks und dem Teufelsstrom (der, wie man mir mehrfach erzählte, nach einem Dämon im Wasser benannt wurde oder nach der wütenden Laune einer Waschfrau). Für 4.300 Tschechische Kronen pro Nacht bekam ich ein gut ausgestattetes Zimmer mit rohen Holzbalken und einem wunderbaren Mansardenfenster mit Blick auf den vollen, schwellenden Fluss.
Als ich mein Zimmer bezog, machte ich einen Kommentar zu den aufgestapelten Sandsäcken, die ich am linken Moldauufer gesehen hatte. »Das Wasser steht eben ziemlich hoch«, meinte der Empfangschef achselzuckend. »Soll ich Ihnen meine Badehose verkaufen?«
Das trübe Oktoberwetter – nass und unerbittlich, das letzte bisschen Herbst, bevor er in den Winter übergeht – konnte mich nicht von einem Ausflug in die Altstadt abschrecken. Ebensowenig wie die vielen Puppenspieler, die sich in der Stadt versammelt hatten. In jedem dunklen Winkel und in jedem schiefen Torbogen führten die Marionetten ihre Dramen vor.
Ich sah grüne Kobolde und Nymphen mit silbernem Haar. Ich sah weiße Engel, rote Teufel, Könige, Königinnen, Prinzen und Prinzessinnen in ihrer ganzen Pracht. Ich blieb stehen, um Stab-

puppen zuzusehen, die den Don Giovanni spielten und dabei von zu langsam abgespielten Kassetten synchronisiert wurden. Ich ließ mich von einem hölzernen Mädchen vom Lande bezaubern, deren gefleckte Wangen ihrem leichten Lächeln den Ausdruck einer unaussprechlichen Freude verliehen. Sie war so ein hübsches kleines Ding. Und gemeinsam mit mehreren bekifften Teenagern genoss ich die bemerkenswerte *Symphonie Fantastique*, eine Puppenshow, die unter Wasser in einem 5.000-Liter-Tank aufgeführt wurde.

»Leg dich nie mit einer Puppe an. Dabei ziehst du dir bloß Splitter ein«, rief ein Polizist an Marionettenfäden, während ein echter Polizist den protestierenden Studenten abführte, der seine Fäden in der Hand hielt. Mönche in Kutten, Nonnen in ihrer Ordenstracht, Narren, Förster und zahlreiche Puppen, die den Heiligen Petrus darstellten, tanzten mir um die Füße und halfen mir, das unfreundliche Wetter zu vergessen. Einmal klatschte ich sogar dem Gevatter Tod Beifall.

Ein blinder Mann mit einen Gesicht wie aus Stiefelleder verkaufte Skelettmarionetten, die er selbst mit der Hand geschnitzt hatte. Ich fragte ihn, wie ein blinder Mann etwas herstellen konnte, das so viel Feinarbeit erforderte. »Das ist ganz einfach«, erklärte er mir. »Ich bekomme ein Stück Holz und schneide alles weg, was kein Skelett ist.«

Ich liebe Puppen, und ich liebe die Fantasie. Die tschechische Hauptstadt ist der Traum eines jeden Fantasten. Wo immer ich hinsah, war ich von Geschichten umgeben. An Torbögen saßen Kobolde und Nymphen, während Dämonen auf Erkertürmchen herumtollten und die roten Ziegeldächer stützten. Prag ist Grimms Märchen in Stein.

Ich verließ die ungebührlichen Horden in der Altstadt und ging zurück zu den weniger vollen Straßen auf der Kleinseite, zu den alltäglichen und unauffälligen Kneipen, zu den versteckten

Jazzspelunken, wo die Einheimischen ihr hart erkämpftes Recht ausübten, sich zu versammeln, sich zu streiten und kreativ zu sein.

Ich musste eine Verabredung einhalten.

Obwohl man die wichtigsten Sehenswürdigkeiten innerhalb eines Tages zu Fuß besuchen kann, ist Prag gut mit Bussen, Trams und U-Bahnen versorgt. In der Letzteren suchte ich vorübergehend Schutz vor dem schlechten Wetter. Im Gegensatz zu den schwarzfahrenden Einheimischen bezahlte ich die bescheidenen acht Kronen und wartete dann an der Station Mostek auf einen Zug Richtung Osten. Der Bahnsteig war mit großen, von Bläschen durchzogenen Fliesen in metallischen, grellen Farben ausgelegt, die aussahen wie flach gedrückte Daleks (man fragt sich, wie sie die Treppen runtergekommen sind oder ob sie gerade wegen dieser Dummheit so flach gedrückt worden sind).

Die Dunkelheit senkte sich so sicher herab wie der Regen, als ich an der Station Malostranská nach oben auf den Platz kam. Mit der U-Bahn war ich unter der Moldau durchgefahren, dem Fluss, der sich jetzt anhörte wie das Meer. Über mir schossen Wasserstrudel aus den Mündern der Wasserspeier, die sich vergeblich bemühten, von den Dachtraufen der Kathedrale zu springen. Straßenhändler bauten ihre Regale und Ständer ab, während sich ihre Kunden um Regenmäntel stritten. In einem Restaurant, das am Fuß der Karlsbrücke ganz knapp über dem Wasser lag, wurden die Teppiche zusammengerollt, die Möbel hochgestellt und die elektrischen Geräte entfernt. Die Gehwegplatten kochten und zischten.

Eine Gruppe von Einheimischen hatte sich um einen Zeitungskiosk versammelt. Alle reckten die Köpfe und stellten sich auf Zehenspitzen, um einen besseren Blick auf den Minifernseher des Verkäufers zu bekommen. Die Sendung, die gerade lief, zeigte einen Mann, der mit einem Hirsch rang. Sah in Prag so die Unterhaltung zur besten Sendezeit aus? Das Mädchen neben mir spürte meine Verwirrung und erklärte mir in studentischem Englisch, dass ihre Stadt sich auf eine Überschwemmung gefasst machte. Sie hatten bereits angefangen, den aufgeregtesten Tieren im Zoo Beruhigungsmittel zu verabreichen. Ich sah mir die Nachrichtensendung noch ein bisschen an. Tatsächlich bewegten sich die Tierpfleger zwischen all den gestressten Tieren mit der Entschlossenheit eines Noah.

Eine Frau rannte mit einem Kinderwagen voller Sandsäcke an mir vorbei. Über mir flog ein Helikopter, der wahrscheinlich den Pegel des Flusses kontrollierte. Ich hielt es für klüger, in Richtung Hügel zu laufen. Heute abend würde ich wohl nicht auf einer Terrasse am Wehr sitzen, um mein kühles Pilsner zu schlürfen.

Ein kleines bisschen Panik, ein Hauch von Chaos – die Ereignisse spielten bestens zusammen. Nicht, dass ich eine Überschwemmung hätte einfädeln können. Ich bin nicht Gott. Das Einzige, was ich mit dem Großen Puppenspieler im Himmel gemeinsam habe, ist die Macht, Leben zu nehmen. Und zu diesem Zweck war ich nach Prag gekommen. Das biblische Wetter war nur noch eine Draufgabe. Durch die drohende Flut waren alle abgelenkt. Die Leute waren mit anderen Dingen beschäftigt. Der lange Arm des Gesetzes hatte genug mit den Sandsäcken zu kämpfen.

Ich ging die steil ansteigende Letenskástraße hinauf, an der St.-Nikolaus-Kirche vorbei, und kam nach Tržiště, wo mein Weg von verzierten Straßenlaternen beleuchtet wurde, deren wässriges Licht den Hügel hinabfloss und das schwarze Kopfsteinpflaster golden glänzen ließ. Wahrhaftige Alchemie.

In dieser Straße befindet sich die Kneipe U Schodů Vola. Ich ging die Schiefertreppen hinunter, die ihr den Namen gegeben hatten. Hier hatte ich das Treffen mit Callum und Sarah arran-

giert, dem netten Pärchen, neben dem ich auf dem Flug aus Glasgow gesessen war. Ich hatte ihnen für ihre erste Nacht in der Hauptstadt eine Einführung in die böhmische Kunst des Biertrinkens versprochen.
In Wirklichkeit war es kein Zufall, dass ich ein Gespräch mit ihnen angeknüpft hatte. Ich war ihnen gefolgt und hatte es so eingerichtet, dass ich im Flugzeug neben ihnen zu sitzen kam. Bei diesen Billig-Airlines kann man sich seinen Platz selbst aussuchen, die Sitze werden nicht im voraus vergeben. Ich habe gehört, wie sich die Leute über das würdelose Gedrängel vorm Einstieg beschwerten, wenn alle um ihre Sitze kämpfen, aber dieses System hat deutliche Vorteile für jeden, der ein potentielles Opfer beschattet.

Reisetipps für Mörder: Bleib deiner Beute dicht auf den Fersen (ich hatte dafür gesorgt, dass ich direkt hinter ihr die Treppen hochging, als wir ins Flugzeug einstiegen).

In Prag wird in jenen verrauchten Spelunken richtig getrunken, wo die Tischdecken schmutzig sind und mürrische Kellner mit dubiosen Rechenkünsten bedienen. U Schodů Vola widersetzt sich diesem Trend nicht. Es besteht aus einem gemauerten Kellergewölbe mit schmucken Tischen aus alten Schrankkoffern und einer Zwanzig-Watt-Beleuchtung. Selbstverständlich ist es verraucht, wie nicht anders zu erwarten in einem Land, das ausschließlich von Kettenrauchern bewohnt zu sein scheint und sich einer Zigarettenmarke rühmt, die »Start« heißt.
Gott sei Dank ist das U Schodů Vola eine der wenigen Kneipen in der Innenstadt, das die einheimischen Trinker noch nicht durch überhöhte Preise vertrieben hat. Es ist nach wie vor ein schlichtes Refugium für Studenten, Straßenmusikanten und Arbeiter in Overalls, die ihren Durst mit einem wohlverdienten

pivo oder zwei löschen. Kurz und gut, es zieht arme Schlucker an, die eine Vorliebe für gutes Bier und schlechten mährischen Wein haben.
Ich war früh gekommen, um ein bisschen tschechischen Mut zu sammeln. Mein Plan war einfach. Ich wusste genau, wie ich die Frau von ihrem Partner weglocken konnte. Ich wusste schon ziemlich genau, wie ich sie töten würde. Ich war noch etwas hin- und hergerissen, wie ich ihre Leiche loswerden würde. Ich musste sie irgendwo lassen, wo sie für mindestens vierundzwanzig Stunden unentdeckt bliebe. Vermutlich würde die Polizei nach der Vermisstenanzeige erst einmal vierundzwanzig Stunden verstreichen lassen, bevor sie ihr Verschwinden als etwas Schlimmeres als einen Pärchenstreit behandelten. Das würde mir reichlich Gelegenheit geben, unbemerkt aus der Stadt zu verschwinden. Wenn ich länger wartete, würde es am Flughafen vor Polizisten nur so wimmeln. Ich hatte nur eine Chance, aus Prag zu verschwinden, und die musste ich nutzen. Ich hatte dem Pärchen einen falschen Namen genannt und ihnen das Märchen aufgebunden, dass ich in Kroatien lebe, nicht in Glasgow (was zum Teil korrekt ist, denn ich habe die ersten acht Jahre meines Lebens in Zagreb verbracht, so dass mir die Geschichte und der Akzent nicht schwerfielen).
Aber ich wusste, dass der Freund mich nach diesem Vorfall sofort identifizieren könnte, wenn er mich sah. Er würde eine Aussage machen und dabei angeben, wann er seine Freundin zum letzten Mal gesehen hatte und was er über den Mann wusste, mit dem sie unterwegs war. Die Polizei würde die Passagierliste des Fluges überprüfen, mit dem wir gemeinsam gekommen waren. Gott sei Dank war der Name in meinem Pass nicht der Name, unter dem ich in Schottland lebte. Dieses Doppelspiel war vor vielen Jahren nötig geworden, als meiner Familie in Großbritannien das Asyl verweigert wurde.

Reisetipp für Mörder: Existiere nicht.

Ich war pitschnass. Statt mit dem allgegenwärtigen Staropramen setzte ich mich mit einem halben Liter Herold Tmavý Ležák 13° auf eine Eckbank, ein dunkles Bier, das Ähnlichkeit mit einem Stout hat, mit Zichorie-Malz-Aroma und einem lakritzartigen Nachgeschmack. Es hatte eine gute, dicke Schaumkrone, die an der Innenseite meines Glases eine Reihe von Ringen hinterließ, je weiter ich es leerte. Eine Frau mit einer kuriosen Perücke brachte mir ein neues Bier, ohne dass ich darum bitten musste; so ist es hier Brauch. Bei zwölf Kronen pro Glas hatte ich keinen Grund, mich zu beschweren. Das Problem war eher, sich am Ende des Abends zu erinnern, wie viele man getrunken hatte.

Nicht, dass ich vorhatte, zum Zahlen zu bleiben. Dieses Privileg würde ich einem betrunkenen Schotten überlassen, während ich mit seiner halb bewusstlosen Freundin verschwand.

Die haarige Kellnerin stellte ein Gefäß in die Mitte meines Tisches, das einen schlecht konservierten Fötus zu enthalten schien. Sie erklärte mir schnell, dies sei ein utopenec, was soviel wie »ertrunkener Mann« bedeutet. Anscheinend gehört er zu den Lieblingsgerichten tschechischer Kneipenbewohner. Wie es aussieht, mögen sie den Geschmack, den nur Essig einer Wurst verleihen kann. Als meine Gäste eintrafen, stieß ich schon nach eingelegtem Baby auf und prostete ihnen mit dem leicht rotstichigen Červený drak zu, dem »Roten Drachen«, einem absoluten Muss in Prag, und für zehn Kronen wahrhaftig geschenkt.

Callum und Sarah waren in Prag, um den Börsengang ihrer neuen Firma zu feiern. Sie fragten mich, in welchem Bereich ich tätig sei. Ich sagte, meine Aufgabe sei es, sicherzustellen, dass sie die ganze Vielseitigkeit des legendären böhmischen Hopfens aus Žatec kennenlernten, bevor die Nacht vorüber war. Und so tranken wir in flottem Takt ein Bier nach dem anderen, dunkles Bier, helles Bier, aromatisiertes Helles, frisches Pilsner und teeriges Stout. Sarah zauderte eine Weile über einem bitteren Kozel, was ich freilich nicht zulassen konnte, aber mit ein paar von U Schodůs berühmten Fruchtbieren, Vinové und Banánové, kriegte ich sie bald wieder in die Gänge.

Unsere Unterhaltung wurde bald so ausgelassen wie das Wetter. Für die Freuden, die einem hier drinnen geboten wurden, warben wir besser als jedes Neonschild, unüberhörbar für jeden Passanten, der sich der Kneipe auch nur auf hundert Meter näherte. Es war wirklich zu schade, dass ich Sarah töten musste. Unter anderen Umständen hätten wir gute Freunde werden können. Prag hat diese unheimliche Eigenschaft, Leute zusammenzubringen, die sich sonst sicher niemals zusammengetan hätten. Oder liegt das nur am Bier?

Ich erhöhte den Einsatz mit ein paar Becherovka (vierzehn Kronen pro Glas, aber Achtung, im Stadtzentrum wird man gerne über den Tisch gezogen, indem sie einen für Doppelte zahlen lassen, die man gar nicht bestellt hat). Diesen gelben Kräuterlikör mit Bier zu mischen, ist riskante Alchemie und ungefähr so effektiv wie Rohypnol, wenn man ein Halbkoma herbeiführen will (wie es für mein Endspiel nötig war). Aber verwirrenderweise schienen meine Gäste immun gegen seinen lähmenden Zauber. Hallo, hier hatte man es mit Schotten zu tun.

Die Bar hatte kein Pferdebetäubungsmittel mehr, also bestellte ich das was dem am nächsten kam: Absinth, den Ruin so manches romantischen Poeten. »Heute nacht feiern wir wie 1899«, sang ich, als uns die Kellnerin die grüne Flasche an den Tisch brachte.

Ich hatte vor, Sarah mit so viel Holzgeist abzufüllen, bis sie die

Eigenschaften und die Beweglichkeit einer Eiche annahm. Aber sie wollte nichts davon wissen. Sie lehnte das giftgrüne Shampoo im Schnapsglas ab und verlangte, dass ihr Freund sie ins Hotel zurückbrachte.

Getreu dem Mary-Poppins-Prinzip, dass mit einem Löffelchen voll Zucker auch die bittere Medizin schmeckt, verführte ich Sarah dazu, ihr Gift nach ortsüblichem Ritual zu trinken. Unsere Kellnerin, die bizzarerweise immer unattraktiver geworden war, während der Abend (und das Bier) sich dahinschleppte, holte die erforderlichen Gerätschaften. Ich zeigte Sarah, wie sie ihren Teelöffel mit Zucker in den Absinth tauchen müsste. Sie brauchte drei Anläufe, bevor sie überhaupt das Glas traf, was mir Zuversicht gab, dass ich sie bald dort haben würde, wo ich sie haben wollte. Sie zog den Löffel wieder heraus und hielt ihn hoch. Ich zündete mit meinem Feuerzeug den nassen Zucker an und sah zu, wie er in ihren immer größer werdenden Pupillen langsam gurgelnd zu Karamell schmolz. Als die Flamme ausging, wies ich sie an, den Löffel wieder in ihr Glas zu stecken und umzurühren.

»Mach die Augen zu, kipp ihn runter und versuch, nicht an morgen zu denken«, sagte ich. Denn ein Morgen wird es nicht mehr geben.

Glücklicherweise schlug der Arm, mit dem sie das Glas gehalten hatte, vor ihrer Stirn auf dem Tisch auf und konnte so den Stoß abfangen. Callum trank seinen Absinth pur. Als er aufstand, um zur Toilette zu gehen, bat er mich, auf seine Freundin aufzupassen. »Nicht, dass sie noch irgendwo hinlaufen könnte«, witzelte er.

Es war ganz schön mühsam, Sarah die Treppen hochzukriegen, aber als ich das erst einmal geschafft hatte, ging es nur noch bergab, und ihre Beine liefen, der Schwerkraft gehorchend, von allein vorwärts. Die Blase ihres Freundes war randvoll mit Bier,

das reichte, um uns einen Vorsprung von drei oder vier Minuten zu verschaffen.
Der Regen hatte die Leute von der Straße gewaschen, aber ich ging kein Risiko ein und machte einen Bogen um die Mostecká. Stattdessen benutzte ich auf unserem Weg zur Kampa-Insel die kleinen Seitenstraßen. Wir überquerten die kleine Brücke an der Hroznová und liefen weiter hinunter zur Mole des Kampa-Kais. Wie ich ganz richtig vermutet hatte, war er auf Grund der drohenden Hochwassergefahr völlig verlassen.
Ich war nicht müde, obwohl ich den Hauptanteil von Sarahs sechzig Kilo tragen musste. Der Alkohol und das Adrenalin hielten mich aufrecht und strömten mit derselben Kraft durch meine Adern wie der Fluss, der wild um uns herum sprudelte. Die Moldau war fuchsteufelswild. Der Fluss, der die Hauptstadt in zwei Teile teilte, war zu einem reißenden Strom geworden, drehte sich in wilden Strudeln, riss Stücke des Wehrs mit sich und klatschte auf die Inseln, die im Fluss lagen.
Mein ursprünglicher Plan war gewesen, Sarah zu erwürgen und dann in den Fluss zu werfen: Morgen um diese Zeit wäre sie dann schon in Dresden. Leider war es nun, wo der Fluss über seine Ufer trat, wahrscheinlicher geworden, dass sie in irgendeinem Baum vor Prags großartigem Fred-und-Ginger-Gebäude hängenbliebe. Das Risiko konnte ich einfach nicht eingehen.
Am Nachmittag hatte etwas auf der Werft meine Aufmerksamkeit erregt und mich auf eine andere Idee gebracht. Ein spektakuläres Marionettenstück des Spejbl-und-Hurvínek-Theaters. Die Truppe hatte einen kleinen Kran auf der Mole aufgestellt. An seinem einzigen Arm hingen an Haken vier lebensgroße Puppen: die Gier, die Eitelkeit, der Tod und der Türke (dieselben Figuren, die zu jeder vollen Stunde unter der Astronomischen Uhr von Prag ein blutrünstiges moralisches Lehrstück aufführen). Jede Puppe war aus Holz geschnitzt und trug ein

passendes Gewand. Der Arm des Krans hing über den Fluss, so dass die Füße jeder Marionette gerade eben im Wasser hingen. Die Menschenmengen auf der Karlsbrücke fanden diese großen Puppen sehr amüsant, weil es aussah, als würden sie wild auf dem Wasser tanzen, wobei jeder Schritt von den Launen und Bewegungen des Wassers choreographiert wurde (und eines stand fest, der Fluss war ganz schön schlecht gelaunt).

Die kalte Nachtluft schien eine belebende Wirkung auf Sarah zu haben, also erwürgte ich sie, bevor sie wieder zu sich kam. Ich wusste, dass sie tot war, als sie keinen grünen Zucker mehr auf meine Handgelenke hustete.

Ich schwenkte den Kranarm zur Pierseite. So konnte ich die Marionetten besser sehen. Ich entdeckte, dass jeder Holzmann je einen festgeschraubten Ring an seinem Kopf, an seinen Handgelenken und seinen Knien hatte, an denen man fünf Taue befestigt hatte, mit denen er am Kran hing.

Obwohl er viel schwerer war, als er aussah, machte es mir keine sonderlichen Schwierigkeiten, Eitelkeit abzunehmen und neben Sarah zu legen. Und es gelang mir mit erstaunlicher Leichtigkeit, ihre Kleider auszutauschen. Es war nur ein bisschen schwierig, Sarah auszuziehen, weil Tote notorisch unkooperativ sind. Ihre Jeans war nass, und von ihren Schenkeln ließ sich die feuchte Kleidung wesentlich schwerer herunterziehen als vom polierten Holz der Marionette. Was jedoch mehr Probleme aufwarf, war die Frage, wie ich die Haken an Sarahs Gliedmaßen befestigen sollte. Es würde nicht ausreichen, sie einfach durch ihr neues Kostüm zu bohren. Der Stoff würde ihr Gewicht nicht tragen und reißen.

Es gab nur eine Methode, wie ich das Problem lösen konnte. Ich musste die Haken in ihrem Körper verankern.

Ich ließ zwei leblose Körper auf dem Kai liegen, während ich nach einem schweren Gegenstand suchte. Schließlich gelang es mir, einen losen Stein aus einem kleinen Bogen an der Ufermauer zu lösen (im Laufe der Jahre musste das Wasser ganz schön darauf eingedroschen haben).

Ich senkte den Kranarm so weit ab, wie es ging, bis die Taue auf den Planken der Mole auflagen. Ich fasste Sarah bei den Beinen und zog sie in die Nähe der Vorrichtung. Die Haken waren so groß, dass ich sie direkt durch ihre Handgelenke hämmern konnte. In ihren Kniekehlen erwies sich das jedoch als unmöglich. Die Spitzen der Haken weigerten sich einfach, in dem fetteren Fleisch zu halten. Entweder rutschten sie in alle Richtungen weg, oder sie sprangen nach jedem Schlag gleich wieder zurück. Je länger ich es versuchte, umso mehr schwollen ihre Beine an und umso schwieriger wurde es, Halt zu finden. Schließlich gab ich auf und hämmerte sie ihr in die Kniescheiben.

Ich rollte Sarah wieder auf den Bauch und legte ihr die zusammengefaltete Jeans unter den Kopf. Der verbleibende Haken drang mit einem Schlag in ihren Schädel ein. Ich ruckte einmal kräftig an jedem Tau, um sicherzugehen, dass sie gut befestigt war.

Und das war sie.

Ich nahm Eitelkeit die Kapuzenmaske ab und befestigte sie an Sarahs Kopf. Als ich sie an der Winde auf die Füße hochzog, kam ein Schlauchboot der Armee den Fluss heraufgefahren. Es verlangsamte seine Fahrt, als es vorbeikam. Ein Mitglied der Mannschaft richtete seine Taschenlampe auf uns.

Ich nahm Sarahs Hand und winkte ihnen damit zu. Die Mannschaft winkte zurück. Sie lachten. Dann warfen sie ihren Außenbordmotor an und verschwanden unter der leeren Karlsbrücke (die von Behörden gesperrt worden war).

Ich drehte den Kranarm um hundertachtzig Grad und ließ ihn

über dem Fluss soweit herunter, dass Sarahs Füße ihren Tanz begannen.
Von meinem Erkerfenster im Na Kampé 15 aus, auf dem Schoß eine ordentliche Schüssel wärmender Gulaschsuppe, die mir der Zimmerservice gebracht hatte, konnte ich ihren wilden Veitstanz genießen.

17

»Wach auf.«
Callum spürte eine Hand auf dem Rücken, die ihn leicht schüttelte. Er setzte sich aufrecht hin und sofort fuhr ihm eine Messerklinge zwischen die Schultern. Er war an seinem Schreibtisch eingeschlafen und mit einem steifen Genick aufgewacht.
»Konntest du auf dem Schlafsofa nicht schlafen?«, fragte Birna. Sie trug Callums Partick-Thistle-Fußballtrikot, und ihr Haar war nass. Anscheinend hatte sie geduscht.
»Es lag nicht am Bett. Es liegt am Licht. Dieses Büro könnte ein paar Vorhänge vertragen.« Callum rieb sich den Schlaf aus den Augen. »Als ich wachlag, dachte ich mir, ich könnte genausogut ein bisschen arbeiten und Alternativen für den Skógafoss suchen.« Er klappte seinen Laptop zu. »Hoffentlich finde ich ein paar Orte, die nicht von Elfen bewohnt sind.«
Birna stand hinter ihm und massierte ihm die Schultern.
»O Gott, tut das gut«, seufzte er.
»Wen hast du letzte Nacht angerufen?«, fragte sie.
Callums Schultern versteiften sich.

»Ich hab dich im Badezimmer gehört. Diese Kacheln werfen ein ganz schönes Echo.«
»Ach, das. Ich hab einen von den Jungs bei Strawdonkey angerufen. Neil. Ich hab noch ein paar Aufnahmen von Drehorten auf seiner Festplatte und wollte sie mir von ihm mailen lassen.«
»Und da hast du ihn um vier Uhr morgens angerufen?«
»Neil leidet an Schlaflosigkeit. Er verbringt die meisten Nächte mit irgendwelchen Computerspielen, in denen er den Elitesoldaten mimt. Ich wusste, dass ich ihn erreichen würde.«
Birna drehte seinen Stuhl herum, so dass sie auf seinem Schoß sitzen konnte. »Du hast ganz verquollene Augen. Jeder würde annehmen, dass du geweint hast.« Sie küsste Callum auf die Augenlider.
»Das kommt, wenn ich pausenlos dem Tageslicht ausgesetzt bin«, erklärte er. »Ich muss mir mal so eine Schlafbrille kaufen.«
»Das darfst du nicht tun. Dann bist du in deinen Träumen blind.«
»Ehrlich gesagt, Birna, bei den Träumen, die ich in letzter Zeit hatte, wäre das gar nicht mal so schlecht.«
Sie stand auf. »Dann zieh dich jetzt mal an. Du musst mich nach Hause fahren.« Sie nahm ihre trockenen Kleider von der Heizung.

Sie parkten vor Birnas Haus, mit roten Backen und vollen Mägen. Auf ihrem Weg durch die Stadt hatten sie beim Grey Cat Café haltgemacht, um sich schwarzen Kaffee durch die Adern zu pumpen und ihren Kater mit Waffeln und Marmelade zu bekämpfen.
Der Wind war das Erste, was Callum auffiel, als er aus dem

Toyota stieg und auf den Unkrautteppich trat, der zu den Eingangsstufen führte. Eine kräftige Bö wehte ihm mitten ins Gesicht, mit einer durchdringend klaren Kälte, die ihn endgültig aufweckte. Es war ein arroganter Wind, so rein und scharf, dass er einen stechenden Schmerz zwischen den Augen spürte, wenn er tief einatmete (dasselbe passierte ihm, wenn er einen Schluck kaltes Wasser nahm, nachdem er ein extra starkes Mentholbonbon gelutscht hatte).

Am anderen Ende der Bucht ragte der Berg Esja auf und präsentierte dankbar seine Farben, als die Sonne ihm die Flanken streichelte. Die Wolken wurden vom Wind gejagt, und ihre Schatten rasten über den Berg wie aufgewühlter Pelz.

»Jedesmal, wenn ich zu diesem Berg rübergucke, sieht er anders aus«, sagte Callum. »Ich bin überzeugt, dass er seine Größe verändert. Manchmal ist er kühn und unverschämt, dann wieder distanziert und zurückhaltend. Und schau ihn dir jetzt mal an. Er glüht ganz eindeutig.«

»Ich glaube nicht, dass Esja die Größe verändert«, meinte Birna. »Aber er wechselt ständig die Farbe. Das ist sicher seinen Stimmungsschwankungen zuzuschreiben. Und oft beeinflusst seine Stimmung auch meine eigene Gemütslage. Jeden Morgen, wenn ich über die Bucht schaue, teilt Esja mir mit, was für einen Tag ich haben werde. Heute sieht es ziemlich gut aus.« Sie gab Callum einen Kuss auf die Nasenspitze.

»Guten Morgen.« Sigriður kam mit einem großen Wäschekorb, in dem sich jede Menge frischer Wäsche türmte, aus dem Haus. »Na, habt ihr euch gut amüsiert gestern?«

»Wir sind ins Kino gegangen«, antwortete Birna. »Ich habe Callum in die Vulkan-Show mitgenommen.«

»Ich wette, das war nicht so wild wie das Wetter letzte

Nacht.« Sigriður klemmte sich eine Reihe Wäscheklammern vorne an ihre Schürze und begann dann das schwierige Unterfangen, Wäsche an einer Leine aufzuhängen, die einfach nicht stillhalten wollte.

»Wie war's bei euch?«, fragte Callum. »Habt ihr auch Spaß gehabt, Ásta und du?«

»Nicht Ásta und ich haben gestern Spaß gehabt, sondern das *huldufólk*.«

»Mutter«, mahnte Birna. »Callum hat doch schon zugestimmt, dass er seinen Film woanders drehen wird. Zieh ihn doch nicht auf.«

»Ich ziehe ihn nicht auf. Während ihr die Vulkane angeguckt habt, haben die Elfen uns Streiche gespielt.« Sigriður nahm noch eine Wäscheklammer von ihrer Schürze und befestigte eine Unterhose an der Leine.

Callum tippte, dass die Unterhose Birnas Mutter gehörte, denn sie wäre groß genug gewesen, die ganze Familie zu beherbergen, sollte Birnas Haus zu guter Letzt doch noch einem Erdbeben zum Opfer fallen.

»Was für Streiche?«, erkundigte sich Birna.

»Die Wäsche, die ich hier gerade aufhänge, habe ich gestern nacht eingesammelt, als der Sturm losging. Aber es fehlen einige Teile. Ásta sagt, sie hat gesehen, wie einer vom *huldufólk* mit den Kleidern verschwand.«

Callum bohrte seine Fußspitze in den Kies. Er wollte hier nicht dabei sein. Er fand, dass Sigriður ihr Glück jetzt doch ein bisschen herausforderte.

»Mutter, es gibt eine ganz einfache Erklärung für die fehlenden Kleidungsstücke.« Auch Birna verlor die Geduld. »Wir leben an der Küste. Durch diesen Wind kommen uns immer wieder Sachen abhanden. Und gestern nacht war er dreimal so stark wie sonst.«

»Es war aber nicht der Wind«, widersprach Sigriður.
»Wie kannst du dir da so sicher sein?«
»Weil nur Sachen von Ásta verschwunden sind.« Sigriður legte eine Strickjacke über die Leine und steckte sie fest. Das Kleidungsstück protestierte und gestikulierte wild mit den Armen. »Woher sollte der Wind wissen, dass er nur Ástas Kleider stehlen soll?«
Bei ihren letzten Worten blickte Callum wieder auf. »Bist du sicher? Er hat nur Ástas Sachen gestohlen?«
»Ásta kann nicht sicher sagen, ob der *álfur* ein Er war, aber es fehlen nur Sachen von ihr.«
»So, Birna«, sagte Callum. »ich muss jetzt zurück an die Arbeit.« Er machte die Autotür auf.
»Warte«, sagte sie. »Hast du nicht irgendwas vergessen?«
Callum wirkte völlig ratlos.
Birna spitzte ihre Lippen zu einem Kuss.
»Ach. Natürlich.« Callum gab ihr einen kurzen Kuss.
»Warum hast du's denn plötzlich so eilig?«, fragte Birna.
»Ach, nichts. Ich … ich muss meine Mitarbeiter ins Büro lassen.«
»Aber dein Büro hat doch gar kein Schloss mehr. Die Tür ist kaputt.«
»Da hast du natürlich recht«, gab Callum zu, aber das hielt ihn nicht davon ab, sich hinter das Steuer seines Toyotas zu klemmen und den Motor anzulassen.
Er fuhr in die Stadt. Er wollte im Büro sein, bevor Anna Björk und Frikki auftauchten. Er brauchte ein bisschen Zeit zum Nachdenken. Laut Kriminalkommissar Wedderburn war Kohl ein freier Mann. Und Callum hatte das schreckliche Gefühl, dass Sarahs Mörder in Island war. Das erklärte den Jeep, der auf Ásta losgefahren war. Das erklärte den Einbruch und die Sachen, die von der Wäscheleine ver-

schwunden waren. Kohl stellte ihm nach. Der Scheißkerl war wieder frei und fest entschlossen, den Mann zu bestrafen, der ihn hinter Gitter gebracht hatte. Callum hatte Kohl durch seine Zeugenaussage sechs Jahre seines Lebens geraubt, und jetzt versuchte Kohl sich zu rächen, indem er Callums zweiten Anlauf auf das Glück zerstörte.

»Du bist ein Wichser, Pope«, rief Callum. Er schlug mit den Händen aufs Steuerrad. »W-I-C-H-S-E-R. Du hättest den Arsch umbringen sollen, als du die Gelegenheit dazu hattest.«

Vier Tage nach Callums Rückkehr aus Prag wurde Sarahs Körper nach Glasgow zurückgeflogen. Ein tschechischer Pathologe hatte die Autopsie durchgeführt. Er hatte nichts in ihrem Blut gefunden, und es hatte auch keine anderen Eingriffe in ihren Körper gegeben, so dass es bei der ersten, offensichtlichsten Hypothese blieb, dass die Todesursache in direkter Verbindung mit den Würgemalen an ihrem Hals stand.

Callum hatte der Prager Polizei geholfen, ein Phantombild von dem Kroaten zu erstellen, der mit seiner Freundin aus der Kneipe verschwunden war. Er hatte auch eine Aussage gemacht, obwohl es ihm schwerfiel, sich an alle Details zu erinnern. Es gab gewisse Zeitspannen an diesem Abend, die sich ihm einfach entzogen. Das lag vor allem an der Alkoholmenge, die er zu sich genommen hatte, und an der Tatsache, dass er die ganzen zwanzig Stunden nach Sarahs Verschwinden wachgelegen hatte. Ein Teil von ihm weigerte sich zu glauben, dass sie verschwunden war. Als hätte er sie nur verlegt, wie seine Autoschlüssel, und er würde sie wiederfinden, wenn er nur Schritt für Schritt nachvollzog, was er zuletzt getan hatte.

Aber als sie ihn anriefen und ins größte Prager Krankenhaus bestellten, damit er eine weibliche Leiche identifizierte, ging seine Welt in Trümmer.

Er wurde von einem Polizisten über die Moldau gefahren, der ihm die ungewöhnlichen Umstände erläuterte, unter denen die Tote gefunden worden war. Er sagte, dass auf Grund der Todesart der Frau alles Blut in die untere Hälfte ihres Körpers gesackt war. Er warnte Callum, dass ihr Gesicht vielleicht nicht sofort wiederzuerkennen wäre, und riet ihm, sich darauf zu konzentrieren, seine Freundin durch besondere Kennzeichen wie Muttermale, Tattoos oder Narben zu identifizieren.

Aber als der Pathologe das steife grüne Tuch zurückzog, hatte Callum keine Zweifel, dass es sich um Sarah handelte. Ihr Gesicht war dünner und sah zerbrechlicher aus, aber es war Sarah. Ihre bleichen Wangen hatten die fahle Farbe eines eine Woche alten Hühnerfilets angenommen, aber es war definitiv Sarah. Es sah aus, als hätte man ihr zwei große lila Blumen rund um den Hals gemalt, und obwohl Callum wusste, dass seine Freundin kein solches Tattoo hatte, war es unverwechselbar, unumstößlich Sarah.

Sie gaben ihm sofort ein Beruhigungsmittel.

Als er das Medikament ausgeschlafen hatte, wurde er zurück in die Polizeistation gebracht, wo man ihn weiter befragte. Ein Vertreter der Britischen Botschaft war abgestellt worden, um ihm zu helfen und seine Rückreise nach Großbritannien zu organisieren. Der Mann erwies sich nun wirklich als große Hilfe. Er konnte Callum nicht davon abhalten, auf einen tschechischen Polizeibeamten loszugehen, der die etwas verworrene erste Aussage zum Anlass nahm, zu unterstellen, Callum habe seine Freundin in Folge eines Streits im Suff umgebracht.

Sie sperrten Callum in eine Zelle, damit er sich wieder beruhigte, aber in diesem Stadium war er schon jenseits von Gut und Böse. Er hätte gar nicht sicher sagen können, ob er wieder in die Welt entlassen werden wollte, dieselbe Welt, die ihm das Einzige genommen hatte, was ihm wirklich wichtig gewesen war.

Aber sie setzten ihn noch am selben Abend in ein Flugzeug.

Der *Prag-Reiseführer eines Mörders* wartete auf ihn, als er ins Strawdonkey-Büro kam. Darin stellte sich Sarahs Mörder als schwer dingfest zu machender, illegaler Immigrant dar, der unter diversen Namen in Glasgow lebte, aber das konnte genausogut eine falsche Spur sein, und weitere Anhaltspunkte lieferte er nicht. Auf jeden Fall enthielt der Reisebericht genug Informationen, dass die tschechische Polizei ihre Ermittlungen abschloss und das Problem an Strathclyde, ihre schottischen Kollegen, weiterreichte.

Damals hatte Callum zum ersten Mal Besuch von Kriminalkommissar John Wedderburn bekommen, einem Mann, den Neil Byrne später »den stinkenden Inspektor« taufen sollte. Er stand am Morgen nach Sarahs Begräbnis um neun Uhr bei Callum vor der Tür, in der Hand eine durchsichtigen Tüte voller fettiger Blätterteigpasteten von Greggs Bäckerei. Er begann seine Fragen damit, ob Callum wohl ein wenig Sauce hätte?

Wedderburn war beunruhigt, weil es so gar kein Motiv für Sarahs Ermordung zu geben schien. Er hätte es verstanden, wenn sie entführt worden wäre, um Lösegeld mit ihr zu erpressen, denn Callum und Sarah waren auf den britischen Wirtschaftsseiten das Thema gewesen. Zwei Tage vor ihrer Abreise nach Prag waren sie auf der Titelseite des Herald abgebildet gewesen, wie sie sich auf den erfolgreichen Börsengang ihrer Firma zuprosteten. Dieser Schachzug hatte das Paar auf die »Liste der 40 Bestverdienenden unter 40 Jahren« katapultiert. Die Sechsuhrnachrichten hatten einen kurzen Bericht über Strawdonkey gebracht, der unter anderem eine bizarre Graphik enthielt, in der dargestellt wurde, wie viele Esel es bräuchte, um Callums und Sarahs anzunehmendes Vermögen von Mallorca nach Glasgow zu bringen, wenn jedes Tier einen Korb mit 100.000 Pfund auf dem Rücken trug.

Entführung, das hätte Wedderburn eingeleuchtet. Aber Mord? Das ergab keinen Sinn. Der Kommissar aß ein Fleischpastetchen auf und krümelte dabei Blätterteigschuppen auf Callums runden Glastisch. Er bat Callum, sich bei ihm zu rühren, sobald ihm irgendjemand einfiel, der besonderen Groll gegen Sarah gehegt haben könnte.

Aber Sarah war gerade mal einen Tag unter der Erde, und Callum war unfähig, überhaupt etwas zu denken.

Der Durchbruch kam ein paar Wochen später, als Sarahs Eltern ihn überredeten, die Sachen ihrer Tochter aus der Wohnung zu schaffen. Nicht alles, nur den Kleinkram, der zu nichts mehr nütze war. Callum würde sich schließlich selbst einen Gefallen tun, wenn er die Wohnung ausräumte, sagten sie. Wenn er alle Sachen von Sarah an ihrem Platz beließ, dann machte er sich doch nur vor, dass ihr Tod ein langer Urlaub sei, von dem sie eines Tages zurückkommen würde.

Aber Sarah würde nie wieder zurückkommen. Callum brauchte jetzt eine gute Dosis Realität, und ihre Eltern waren die Einzigen, die das Recht hatten, sie ihm zu verabreichen. Wahrscheinlich waren sie die Einzigen, die das Ausmaß seines Verlusts überhaupt abschätzen konnten.

Er verbrachte einen ganzen Tag damit, ihre Kleidung,

Schuhe und Taschen auszusortieren, ihr Make-up, Cremes, Puder, Tampons, Gläser mit ihrem Lieblingsbrotaufstrich aus Hefeextrakt und ein halbes Dutzend »Ganz Frau«-Sampler, die Sarah gekauft hatte, wenn Callum gerade nicht hinguckte. Der Kleinkram, der zu nichts mehr nütze war. Er löschte die Erinnerung an sie nicht ganz aus. Jedes Gemälde hatte sie mit ihrem sicheren Geschmack ausgesucht, und die blieben alle an den Wänden hängen. Er behielt eine von ihren Haarbürsten, in der noch ihr blondes Haar hing. Und er versprach sich selbst (wie er es auch Sarah immer versprochen hatte), dass er sich irgendwann aufraffen und alle Urlaubsfotos in Alben kleben würde.

Er räumte ein kleines Aktenschränkchen aus, das Sarah bei IKEA gekauft hatte, als sie ihren Job hinschmiss. Es war voller Rechnungen, Quittungen, Kontoauszüge, Arbeitsverträge und alter Papiere, die mit ihrer Anstellung bei der Royal Bank zusammenhingen.

Callum dämmerte, dass Sarah diejenige gewesen war, die ihren gesamten Papierkram erledigt hatte: die Hypothek, die Versicherung, die Grundsteuer, das gemeinsame Bankkonto, die Schulden und die Rechnungen, und Sarah war es auch gewesen, die Kostenvoranschläge für Arbeiten am Haus bekam und die Tage und Uhrzeiten für diese Arbeiten ausmachte. Als Callum ihre Papiere durchsah, ging ihm langsam auf, dass er sich hier nicht mit den bürokratischen Folgen des Todes seiner Freundin auseinander setzte, sondern dass er eine Trennung vorbereitete. Ihre Trennung. Da brach er in Panik aus. Denn jetzt war der Moment gekommen – und das war noch schrecklicher, als ihre leichenhallenkalte Wange zu streicheln, noch schwieriger, als ihr Gewicht in die Kirche zu tragen –, in dem sich alles auflöste und er wusste, dass er allein war.

Was sollte er tun? Wie sollte er zurechtkommen?
Es vergingen mehrere Tage, bis Callum sich wieder gefasst hatte. In den Papieren, die er kreuz und quer auf dem Schlafzimmerboden verteilt hatte, fand er jedoch zum ersten Mal den Namen Iago Kohl. Mr. Kohl war als Adressat auf diversen kopierten Seiten angegeben, die den Briefkopf der Royal Bank of Scotland trugen. Als Callum die Blätter in chronologischer Reihenfolge ordnete, stellte sich heraus, dass Sarah sechs Monate, bevor sie die Bank verließ, mit dieser seltsamen, shakespearisch klingenden Figur korrespondiert hatte.
Im ersten Brief vom März 1995 hatte Iago Kohl um ein Treffen mit der Bank gebeten. Seinem beigefügten Lebenslauf war zu entnehmen, dass er vom ehemaligen Sprachdozenten zum Gründer und Herausgeber von Chameleon Press aufgestiegen war, einem unabhängigen, in Glasgow ansässigen Verlag. Chameleon war gerade Pleite gegangen, und Kohl hatte Konkurs anmelden müssen, aber er war entschlossen, wieder von vorne anzufangen. Daher hatte er sich wegen eines neuen Geschäftskredits an Sarah gewandt. Er wollte sich mit ihr treffen, um seine »große Idee« hinter dem Rücken der Bank zu verhandeln.
Die Darstellung seiner »großen Idee« hatte er in einem dicken Ringhefter eingereicht, den Callum zwischen Sarahs Ordnern entdeckte. Kohl wollte seine eigenen Reiseführer schreiben, veröffentlichen und vermarkten, unter dem Namen *Europa für Zwei*. Er glaubte, das seine Reiseführer ein Bedürfnis befriedigen würden, das seiner Meinung nach noch nicht bedient wurde. Immer mehr Leute machten von den Angeboten der Billig-Airlines Gebrauch, um sich kurze Städteurlaube in Europa zu gönnen, vor allem Pärchen. Keiner der gängigen Reiseführer berücksichtigte dieses

Phänomen, so war jedenfalls Kohls Meinung. Alle europäischen Großstädte sollten jeweils aus einer weiblichen und einer männlichen Perspektive beschrieben werden. Er wollte dabei mit Kirsty McNabb zusammenarbeiten, einer seiner Lektorinnen bei Chameleon. Sie hatten bereits zwei Bücher angefertigt: *Rom für Zwei* und *Barcelona für Zwei*. Die Bücher konnten sowohl von vorne als auch von hinten gelesen werden, je nachdem, ob man eine Frau oder ein Mann war. Mit anderen Worten: Er konnte den Spielplan für das Nou-Camp-Stadion nachschlagen und sich die Bewertungen der Strip-Bars auf Las Ramblas durchlesen, danach konnte sich seine Freundin den Reiseführer schnappen und sich die besten Shopping-Adressen in Barcelona heraussuchen oder den Preis eines Liegestuhls am Strand herausfinden.

Kohl war sicher, dass er damit einen Riesenerfolg landen würde. Die *Europa für Zwei*-Reiseführer konnten sich schnell zu *Die Welt für Zwei*-Reiseführern weiterentwickeln. Das war seine verlockende Geschäftsidee. Aber er wollte das Konzept keinen anderen Verlagen unterbreiten. Er hatte Angst, dass sie eine zu hohe Beteiligung fordern würden oder ihm die kreative Kontrolle über sein Konzept entreißen würden. Die großen Verlagshäuser würden darauf bestehen, ihre eigenen Autoren für dieses Projekt einzusetzen. Und er glaubte, sie würden *Europa für Zwei* nicht mit der nötigen Kampagne auf den Markt bringen. Sie würden die Bücher vielmehr auf den Nebenmärkten streuen, damit sie den anderen Reiseführern in ihrem Programm keine tödliche Konkurrenz machen konnten.

Um seiner Idee zum großen Erfolg zu verhelfen, musste Kohl sie allein durchführen. Aber er brauchte einen Financier im Hintergrund, und die Royal Bank war seine letzte

Hoffnung. Beziehungsweise Sarah Glass. Aber Sarah lehnte seinen Kreditantrag ab, ohne Kohl auch nur zu treffen. Sie hielt seine Idee nicht für originell genug und behauptete, er stelle auf Grund seiner unternehmerischen Vergangenheit ein »inakzeptables Risiko« für ihre Bank dar.

Als Callum die monatelange Korrespondenz durchlas, die sich an diese kurze, aber professionelle Absage anschloss, bemerkte er, dass Kohl nicht die Sorte Mensch war, der eine Absage einfach wegstecken konnte. Sein Ton wurde schärfer, was so weit ging, dass er Sarah tatsächlich bedrohte. Ein besonders übler Brief war an ihre Privatadresse geschickt worden. Die Botschaft war klar: *Ich weiß, wo du wohnst*.

Callum fragte sich, warum Sarah ihm nichts von den Briefen erzählt hatte. Sie hatte sicher Angst gehabt, aber er hätte etwas dagegen unternehmen können. Vielleicht war das der Grund, warum sie es für sich behielt. Sie wollte nicht, dass Callum sich in Schwierigkeiten brachte.

Der letzte Brief, der von der Royal Bank an Kohl geschrieben wurde, war von einem von Sarahs Vorgesetzten. Er drohte, Kohl der Polizei zu melden. Das schien zu helfen, denn die Briefe versiegten sofort.

Die Bank versetzte Sarah von der Abteilung Geschäftskredite in die Abteilung Hypotheken. Damals hatte sie Callum weisgemacht, das sei eine Beförderung. Sie schien es richtig toll zu finden und meinte, dass sie angesichts ihres höheren Verdienstes nun doch versuchen könnten, ein Baby zu bekommen. Aber Callum fand einen weiteren Brief von ihrem Vorgesetzten, aus dem klar hervorging, dass diese Versetzung nur der Sorge um ihre Sicherheit entsprungen war.

Nach knapp vier Wochen in ihrem neuen Job hatte Sarah gekündigt. Sie hatte selbst eine Geschäftsidee, die auch mit Reisen zu tun hatte.

Auf Basis dieser Briefe konnte Callum einiges an Spekulationen anstellen. Er vermutete, dass Kohl Sarah noch beobachtet hatte, als sie schon lange nicht mehr bei der Bank arbeitete. Er hatte verfolgt, wie sie eine eigene Firma auf die Beine stellte, mit einer Geschäftsidee, die zwar anders war als seine, aber nicht ganz unähnlich, und er hatte angefangen, sie dafür zu hassen. Vielleicht war Kohl wütend gewesen, weil Sarah – in seiner verzerrten Sichtweise – sein »Baby« gestohlen hatte. Vielleicht fand er, dass er ein Recht auf all das Geld und die Publicity hatte, die es ihr eingetragen hatte. Er hatte sich höchstwahrscheinlich mit dem Gedanken gequält, wie ungerecht das war: Was sie hatte, stand in Wirklichkeit doch ihm zu. Hatte er dann mit ihr abrechnen wollen?

Rache war freilich ein Motiv, und ein Motiv hatte in der Mordermittlung bis jetzt gefehlt. Und wenn Kohl 1995 schon so ernstzunehmende Drohungen gegen Sarah ausgestoßen hatte, dass ihr Arbeitgeber sich berechtigte Sorgen um ihre Sicherheit machte, war er sicherlich auch fähig, sie ein Jahr später anzugreifen.

Callum war zu der Überzeugung gekommen, dass Iago Kohl Sarahs Mörder war: der selbststilisierte »Puppenspieler« im anonym verfassten *Prag-Reiseführer eines Mörders*. Er musste die Briefe nur noch an Wedderburn übergeben. Die Polizei würde ihn aufs Revier mitnehmen und ihn durch eine Gegenüberstellung mit Callum identifizieren lassen. Callum vergaß niemals ein Gesicht, und dieses schon zweimal nicht.

Aber warum sollte Callum die Polizei einschalten? Warum sollte er auf Gerechtigkeit warten, wenn er doch selbst handeln konnte? Er hatte Kohls Privatanschrift. Er konnte kurz durch die Stadt fahren und ihn dann an der Tür identifizieren. Und wenn er ihn identifiziert hatte, dann hätte er allen Grund der Welt, diesem Arschloch den Schädel einzuschlagen.

Callum fuhr ins Glasgower West End und parkte sein Auto verbotenerweise auf einem Parkplatz, der ausschließlich für die Anwohner des schönen grünen Lynedoch Crescent reserviert war. Er wollte einem der Anwohner des schönen grünen Lynedoch Crescent gleich erheblichen Schaden zufügen, also war ein Strafzettel seine allerletzte Sorge. Er kam sich ziemlich gesetzlos vor. Was sollten sie schon tun – ihn zu sieben Jahren für Mord verurteilen, zuzüglich 30 Pfund Strafe für sein kleines Verkehrsdelikt? Wenn das geschehen sollte, würde er beim Falschparken auf Unzurechnungsfähigkeit plädieren. Das würde sie verwirren. Denn was die Ermordung Kohls betraf, handelte Callum ganz kühl und mit klarem Kopf.

Der Wind schüttelte den Baum über Callums Auto, und der Regen klebte die herabfallenden Blätter an die Windschutzscheibe. Er schaltete die Scheibenwischer an, so dass er freie Sicht auf eine Reihenhauswohnung im Erdgeschoss auf der gegenüberliegenden Straßenseite hatte. Hinter dem Fenster saß ein Mann an einem großen Esstisch. Callum hatte ihn eine gute Stunde lang beobachtet, obwohl er nur wenige Sekunden gebraucht hatte, um in ihm den Mann wiederzuerkennen, der ihn in einer Prager Spelunke unter einen weit weniger beeindruckenden Tisch getrunken hatte.

Iago Kohl hatte sich jedoch nicht zum Essen hingesetzt. Er tippte etwas in seinen Laptop, mit denselben anmutigen Fingern, die in der tschechischen Hauptstadt so irreparablen Schaden angerichtet hatten. Ab und zu stand er von seinem Stuhl auf, um sich schwere Bücher aus seinen schweren

Bücherregalen zu holen. Callum saß in seinem Auto und ließ die Heizung auf höchster Stufe laufen. Er ging nicht in den Regen hinaus, bis der Nachmittag von Grau in Blau in Schwarz und schließlich in Orange übergegangen war, als die Straßenlaternen zum Leben erwachten.

Callum hätte Kohl in dieser Zeit jederzeit stellen können. Aber er hatte es nicht getan. Nicht, dass er daran gezweifelt hätte, dass er ihn umbringen wollte. Nicht, dass er sich in dieser Zeit Fragen zu seiner eigenen moralischen Berechtigung gestellt hätte. Er hatte sich nur gedacht, dass Blutflecken im orangefarbenen Licht von Straßenlaternen nicht wie Blutflecken aussehen. Also hatte er gewartet, bis es dunkel wurde. Es gab ja keinen Grund, die Nachbarn aufzuscheuchen, wenn er zu seinem Auto zurückkehrte, nachdem er seine schmutzige Variante von Gerechtigkeit durchgesetzt hatte.

Callum machte den Kofferraum auf. Er nahm einen »Louisville Slugger CU31 Alloy«-Zwölfzoll-Baseballschläger mit gepolstertem Griff heraus. Young Kenny hatte ihm den Schläger als Geschenk aus New York mitgebracht. Callum las die Beschriftung auf dem schlanken, sich nach unten verjüngenden Griff und fragte sich, was wohl *power end load* bedeuten mochte. Er nahm an, dass Kohl es demnächst erfahren würde.

Bevor er auf Kohls Tür zuschritt, vollführte Callum einen Probeschlag in der Luft, um herauszufinden, wie er seinen Schlag am besten führen musste.

Aber gerade, als er durchziehen wollte, wurde ihm der Schläger aus der Hand genommen.

»Ich hoffe, Sie denken nicht wirklich daran, das Ding zu benutzen«, sagte Kriminalkommissar Wedderburn.

Der Kommissar hielt den Schläger wie ein Billardqueue

und versenkte einen imaginären Ball quer über die Motorhaube von Callums Auto.

Ich hätte diesen Wichser umbringen sollen, als ich die Gelegenheit hatte.

Callum trank seinen Kaffee und sah zu, wie die Vögel Sturzflüge auf den Tjörn vollführten. Er kehrte an seinen Schreibtisch zurück und suchte im Netz nach Neuigkeiten über Kohls Freilassung.

Seit sechs Jahren trug Callum das Bild von Sarahs Mörder in seinem Kopf herum: das Gesicht von Iago Kohl, das ihn einst bierselig über einen klebrigen Tisch in Prag hinweg angegrinst hatte. Jedesmal, wenn er seine Augen schloss, war das Gesicht wieder da. Es war wie ein hartnäckiges Bild, das auf der Netzhaut eingebrannt blieb, weil er es zu lange angestarrt hatte. Er konnte es nicht mehr loswerden … bis heute. Denn Callum hatte endlich ein neues Bild gefunden, womit er es ersetzen konnte: das Gesicht von Iago Kohl, wie es am Tag seiner Freilassung in jeder schottischen Zeitung abgedruckt worden war. Dasselbe Gesicht, das ihn jetzt aus seinem Laptop anblickte.

Callum vergrößerte das Foto von der Website des *Scotsman*. Nach fast sechs Jahren Haft war Kohl bleich und aufgedunsen wie ein Stück Gemüse, das man unter einen Blumentopf gezwängt hatte. Seine eigene Mutter hätte ihn nicht wiedererkannt. Zweifellos hatte sie schon den ausdruckslosen Mörder nicht wiedererkannt, der damals ins Gefängnis gewandert war. Sie war wahrscheinlich im Gerichtssaal gesessen und hatte sich gefragt, wie das ungepflegte Vieh, das aus der Anklagebank geführt wurde, ihr schöner Sohn sein konnte, den sie vor vielen Jahren einmal großgezogen hatte – ihr Iago, der Junge, der keiner Fliege

etwas zuleide tat, der kein Wässerchen trüben konnte und immer so ein schüchternes Kerlchen gewesen war.
Das tat Callum aber leid.
Kohl mochte bleich und aufgedunsen aussehen, aber in seinen Augen lag immer noch eine Leidenschaftlichkeit, die den Gedanken nahelegte, dass dieser Mann etwas im Schilde führte. Und Callum befürchtete, dass er es auch in die Tat umsetzen würde. Irgendwie musste man ihn aufhalten.
Er rief Wedderburn an.
»John?«
»Cal?«
»Ich hoffe, Sie haben heute morgen noch ein wenig schlafen können, oder?«
»Ja.« Der Inspektor gähnte. »Das Gästebett und ich sind mittlerweile gute Bekannte. Ist Ihr Kopf mit dem Tageslicht wieder etwas klarer geworden?«
»Er ist so klar wie schon vor fünf Stunden im Nachtlicht«, sagte Callum. »Tatsächlich könnte er kaum klarer sein. Kohl stellt mir wieder nach. Er ist in Island und ist in mein Büro eingebrochen.«
»Kohl ist nicht in Island, Cal.«
»Warum sollte ich Ihnen das abkaufen?«
»Na ja, zunächst einmal mag er ja aus dem Gefängnis raus sein, aber er ist noch kein freier Mann. Wir überwachen ihn sieben Tage die Woche und vierundzwanzig Stunden am Tag. Und selbst, wenn wir das nicht täten, muss er sich immer noch zweimal pro Woche bei seinem Bewährungshelfer melden.«
»Zweimal pro Woche? Du lieber Himmel, John, Sie können innerhalb von zweiundsiebzig Stunden an jeden Ort dieser Welt fliegen und wieder zurückkommen.«
»Sie hören mir nicht zu, Cal. Wir beschatten ihn rund um

die Uhr. Außerdem ist sein Pass beschlagnahmt. Der fliegt nirgendwohin.«

»Und ich sage Ihnen, er ist in Reykjavík. O Mann, ihr Typen von der Strathclyde seid echt blöder, als ich dachte. Denken Sie mal ein paar Jahre zurück an einen gewissen Mord in Prag. Kohl ist mit einem falschen Pass dorthin gereist. Wer sagt, dass er nicht noch einen anderen hat?«

»Cal, bitte, Sie werden langsam paranoid. Glauben Sie mir. Iago Kohl hat Großbritannien nicht verlassen, er ist nicht in Island, und er stellt niemandem nach.«

»Wo ist er jetzt?«, fragte Callum.

»Was?«

»Wo ist Iago Kohl jetzt, in diesem Moment?«

»Das kann ich Ihnen nicht sagen.«

»Sehen Sie, Sie haben nicht den geringsten Schimmer. Der Wichser ist euch doch schon wieder entwischt.«

»Jetzt beruhigen Sie sich bitte, ja? Mein Gott, Cal, Sie wissen, dass ich Ihnen nicht sagen kann, wo Kohl ist. Wir haben ihn an einem geheimen Ort untergebracht. Wir haben ihm eine neue Identität verpasst. Zu seinem eigenen Schutz.«

»Sie beschützen *ihn*? Sie beschützen diesen kranken Wichser?« Callum war wütend. »Wie wäre es mit ein bisschen Schutz für seine Opfer? Wie wäre es mit Schutz für mich?«

»Das tun wir doch, Cal. In gewisser Weise tun wir das ja auch, um Sie zu schützen.« Es gab einen lauten Klick in der Leitung, als hätte der Inspektor eine Tür geschlossen. »Schauen Sie«, fuhr er fort, und seine Stimme wurde weicher, »wir hatten das doch alles schon mal. Wir können nicht zulassen, dass Sie die Dinge, beziehungsweise einen Baseballschläger, in die eigene Hand nehmen. Deswegen bleiben Kohls neue Adresse und seine neue Identität ein

Geheimnis. Ich weiß, dass Sie das auf die Barrikaden treibt, aber …«

»Verdammt noch mal, und ob mich das auf die Barrikaden treibt! Sie haben ja keinen Schimmer, wie mich das auf die Barrikaden treibt. Ich kann nicht glauben, dass Sie ihm eine neue Identität verpasst haben. Dem Typen geht's doch gut, wenn er ein Doppelleben führen kann. Er ist unter einem falschen Namen nach Großbritannien eingereist. Er hat sich ein Leben und eine Karriere und einen Mord ermöglicht, indem er seine Identität wechselte, wann immer es ihm einfiel. Sein Verlagshaus hieß Chamäleon. Verdammte Scheiße, ich könnte beinahe drüber lachen, wenn ich es nicht so durch und durch zum Kotzen fände.«

»Ich weiß. Mir würde es genauso gehen, wenn ich an Ihrer Stelle wäre.« Wedderburn konnte ein weiteres Gähnen nicht unterdrücken.

»Ihnen ist das doch alles scheißegal, oder?«, warf ihm Callum vor. »Ich meine, wie soll ich überhaupt sicher sein, dass Kohl an einem geheimen Ort ist?«

»Weil ich es sage. Sie müssen sich auf mein Wort verlassen.«

»Warum sollte ich mich auf Ihr Wort verlassen, John? Weil Sie Polizist sind? Sie haben mir vor sechs Jahren auch Ihr Wort gegeben, dass Sarahs Mörder ein alter Mann sein würde, wenn er aus dem Gefängnis käme … *wenn* er überhaupt je aus dem Gefängnis käme. Woher soll ich wissen, dass Sie mich nicht schon wieder verarschen? Wenn Kohl getürmt ist, dann würde Strathclyde es doch nur zu gerne vertuschen. Sähe doch nicht gut aus, oder? Ein Mörder, der euch einfach so entwischt? Schlechte PR.«

»Sie haben recht. Das würde nicht gut aussehen«, sagte Wedderburn.

»Ja, ich schätze, so was würden Sie lieber schön unterm Deckel halten. Solange Kohl den Leuten in anderen Ländern nachstellt, sind die kostbaren Bürger des Vereinigten Königreichs nicht unmittelbar gefährdet, und die Polizei ist nicht unbedingt gezwungen, sein Verschwinden publik zu machen. Und deswegen werden Sie überhaupt nichts unternehmen, stimmt's? Sie wollen da was vertuschen, das riech ich doch zehn Meter gegen den Wind.«

»Ich versichere Ihnen, wir vertuschen hier gar nichts«, beschwichtigte ihn Wedderburn. »Also gut, wenn es Ihnen damit besser geht, dann schicke ich ein paar von meinen Leuten nach Helsinki.«

»Wozu soll das denn bitte gut sein? Ich bin in Reykjavík.«

»Jetzt werden Sie nicht pedantisch, Cal. Sie wissen, was ich meine.«

»Ganz im Ernst, John, wozu soll das gut sein, wenn Sie ein paar von Ihren Jungs herschicken?«

»Es könnte helfen, weil Sie sich dann vielleicht ein bisschen sicherer fühlen. Sie hätten Zeit, sich an den Gedanken zu gewöhnen, dass Kohl ein freier Mann ist. Cal, ich verstehe, dass das ein echter Schock für Sie ist. Sie fühlen sich verletzbar. Und wenn jemand sich verletzbar fühlt, kann ihm sein Hirn allerhand Streiche spielen.«

»Ich werde aber nicht verrückt!«, schrie Callum. »Kohl ist in Island. Er hat versucht, Birnas Tochter umzubringen. Er hat ihre Kleider gestohlen und ist in mein Büro eingebrochen. Der Typ wird wieder zuschlagen, und Sie unternehmen einen Scheißdreck dagegen.«

Callum warf sein Handy auf das Klappsofa.

Es prallte ab und spuckte die Batterie auf den Holzboden.

Er nahm seinen Kaffeebecher mit in die Küche, lutschte an seinen Knöcheln und wartete, bis der Kessel kochte.

18

Callum stand im kalten Schatten eines Lagergebäudes im Reykjavíker Hafenviertel. Er bemühte sich redlich, die Schwadronen von tschilpenden Seeschwalben zu ignorieren, die gewagte Sturzflüge auf ihn ausführten, aber sie schienen entschlossen, ihm jedes Haar vom Kopf zu rupfen. Er holte ein Fax aus seiner Gesäßtasche und verglich die Adresse mit einem Schild am Gebäude. Hier war er definitiv richtig.

Er schritt durch die offenstehenden Doppeltüren, die groß genug waren, um einen Öltanker durchzulassen. Sein Trommelfell wurden von einem lauten, metallischen Jaulen attackiert. Ein Polizist lag ausgestreckt auf einer Werkbank, und Callum musste hilflos zusehen, wie eine Kreissäge den Kopf des Beamten sauber vom Körper trennte.

Der Mann, der die Säge bediente, blickte auf. Er trug einen vollgespritzten Overall, und sein Gesicht war hinter einer getönten Schutzbrille verborgen. Er ging auf Callum zu, die kreischende Säge noch immer in der Hand, als wäre er der Star eines Horror-Videos. Dann schaltete er seine Mordwaffe aus und lüftete seine Maske, um ein hageres Gesicht mit eingesunkenen Augen zu enthüllen, das etwas Vogelartiges oder auch etwas von einem Reptil an sich hatte. Irgendwie wirkte er wie ein noch nicht ganz fertiger Vogel, dessen Ei aus dem Nest gefallen war. Er stellte sich als Ólafur vor und streckte eine Hand aus, die gleich zu einer Klaue werden würde.

»Hallo. Callum Pope«, begrüßte ihn Callum.

»Aha, du bist der Typ mit dem Geysir! Meine Jungs für die Special Effects haben das ganze Wochenende nach deinen

Vorgaben gearbeitet. Ich glaube, wir haben da eine Lösung gefunden.« Der Vogelmann streckte seine Klaue nach Callums Arm aus. »Komm mit. Sie sind draußen.«

Ólafur führte Callum durch die riesige Halle, die »IcePics« beherbergte, die sogenannte »Nummer 1 in Island für Special Effects« – obwohl die Firma sicher nicht allzuviel Konkurrenz hatte. Zum Angeben taugte das ungefähr soviel, als wenn Callum sich als Fachmann Nummer 1 für Paviane in Lanarkshire ausgegeben hätte.

»Darf ich fragen, was es mit dem geköpften Polizisten auf sich hat?«, erkundigte sich Callum, als sie an der kopflosen Puppe vorbeigingen. Die Luft war erfüllt von süßem Harzgeruch.

»Die Hafnafjörour-Polizei hat uns gebeten, zwanzig Holz-Dummies herzustellen und sie in Polizeiuniformen zu stecken. Sie wollten sie so lebensecht wie möglich haben. Diese Dummies haben sie dann an der Reykjanesbraut-Straße aufgestellt, um die Fahrer zur Beachtung der Verkehrsregeln zu ermahnen, aber das Ganze hat überhaupt nicht funktioniert. Vier von den Polizisten wurden in der ersten Woche umgefahren, und zwei weitere wurden gestohlen.« Ólafur zog eine Grimasse. »Sie haben uns gebeten, die überlebenden Dummies zu zerstören. Die Polizei meint, dass die Puppen wohl nur als Feuerholz taugen. Witzig irgendwie, manche Leute haben dasselbe nämlich schon von unserer echten Polizei behauptet.«

Ólafur ging mit Callum im Schlepptau ganz nach hinten in eine luftige Werkstatt. Sie kamen an einem Modellbauer vorbei, der gerade einen Eisbär in Lebensgröße aus einem riesigen Styroporblock herausschnitzte. Callum sah Dutzende von handbemalten Holzplatten an den Wänden lehnen, übrig gebliebene Kulissen von ehemaligen Filmsets.

Ein paar waren mit hellblauen Himmeln und puffigen weißen Wolken bemalt, einige wenige ahmten mit einem pastosen Farbauftrag die unregelmäßig geformten Wände einer unterirdischen Eishöhle nach, andere wiederum stellten die Wände eines Penthouse-Apartments dar, mitsamt Fenstern, die auf eine verschwommene, mit dem Schwamm aufgemalte Skyline hinausgingen.

»Du brauchst die Geysire für einen Auto-Werbespot, wenn ich das richtig in Erinnerung habe«, sagte Ólafur.

»Genau.«

»Ich war mal Art Director bei einem Spot für Porsche. Da haben wir im Norden gefilmt, in Akureyri.«

»Akureyri kenn ich auch«, sagte Callum. »Meine Freundin und ich sind vor ein paar Monaten da hochgeflogen.«

»Dann ist dein Flugzeug sicher über einem dramatischen Fjord runtergekommen, und du bist auf einer Landebahn gelandet, die fast das Wasser berührt.«

»Ich kann mich erinnern, dass das eine ganz schön knappe Angelegenheit war.«

»Bei dem Porsche-Dreh hatte ich den Auftrag, einen Pier zu bauen, der die Start- und Landebahn mit dem Fjord verband. In dem Spot fährt unser Held sein Auto mit hoher Geschwindigkeit über die Landebahn.« Ólafur blieb vor einer Werkbank stehen und stellte die Szene nach, mit einem Stück Sandpapier als Landebahn und einem großen rosaroten Radiergummi als Porsche. »Er fährt auf den Pier, macht eine Schleuderbremsung mit der Handbremse und bringt das Auto haarscharf vor dem Wasser zum Stehen.« Ólafur drehte den Radiergummi, um das Manöver darzustellen. »Dann springt der Held aus dem Auto und landet auf seiner Luxusyacht, die am Pier vertäut ist.« Eine Tube Klebstoff markierte das Boot. »So war es jedenfalls geplant. Aber der

Stuntman hatte am Abend vor dem Dreh *brennivin* mit uns getrunken, und ich glaube, das hat seine Einschätzung ein bisschen vernebelt. Beim ersten Take hat er den Porsche pfeilgerade vom Pier gefahren und ist mit ihm auf eine Sunseeker-Yacht gekracht, die fast zwei Millionen Dollar wert war. Einer der Einheimischen, der die Szene beobachtet hatte, meinte zu mir, wir hätten ja mal Glück gehabt, dass das Boot da war und der Porsche nicht ins Wasser gefallen sei ... diese Porsches würden ja mehrere Tausend kosten.« Ólafur ging weiter. »Unsere Nachbarn im Norden sind nicht unbedingt die Hellsten.«

Er lotste Callum durch eine Tür, die nach draußen auf einen leeren Parkplatz führte. Leer bis auf zwei bärtige Männer und eine Öltonne.

»Das sind Bragi und Elli«, stellte Ólafur vor, sagte aber nicht dazu, wer von beiden welcher war.

»Hallo«, sagte Callum.

»Sie haben einen Geysir gebaut, der auf Befehl explodiert.« Ólafur wandte sich an die Männer. »Wie läuft's, Jungs?«

»Wir wollten gerade einen Test machen«, sagte der Mann mit dem röteren Bart.

Callum bemerkte, dass das Ölfass mit einem Hammer bearbeitet worden war, so dass es oben schmaler war als unten. Dieser umgekehrte Trichter war mit kochendem Wasser angefüllt. Aus der Öffnung zischte Dampf, graue Fetzen, die wilde Pirouetten auf der brodelnden Oberfläche vollführten, bevor sie von der kalten Luft am Kai erfasst und verschlungen wurden. Zwei Gummikabel kamen aus dem Boden des Fasses und schlängelten sich quer über den ganzen Parkplatz. Callum vermutete, dass eines der Kabel als eine Art Tauchsieder fungierte. Es war mit einem kleinen Generator verbunden, auf dessen Thermostat sich die Nadel in nervösen Zuckungen zwischen 110° und 115° hin und her bewegte. Das andere Gummikabel war an einem klobigen Gaskanister befestigt, der wiederum mit einer Fernbedienung in Rotbarts Hand verbunden war. Das letzte Mal hatte Callum so eine Fernbedienung gesehen, als sein Vater damit sein Modellflugzeug gegen einen Baumstamm gelenkt hatte.

»Sobald ich diesen Knopf drücke«, erklärte Rotbart, »wird eine ordentliche Portion CO_2 in das Wasser geleitet. Das verändert den Druck im heißesten Wasser am Grund des Fasses, so dass es ganz schnell nach oben steigt, denn das ist der einzige Weg, auf dem es entweichen kann. Mit etwas Glück schießt es in die Luft wie ein Geysir. Wenn es funktioniert, dann können wir drei solche Fässer am Skógafoss eingraben.«

»Ach«, sagte Callum. »Ich fürchte, Skógafoss ist abgeblasen. Ich guck mir stattdessen gerade ein paar Wasserfälle im Nordosten an.«

»Kein Problem«, beteuerte Rotbart. »Wir können die Fässer an jedem beliebigen Ort eingraben. Wenn sie in der Nähe einer Wasserquelle sind, können wir sie jederzeit neu befüllen. Auf die Art sollte es eigentlich möglich sein, mehrere Explosionen in kurzer Abfolge zu produzieren.«

»Klingt gut«, meinte Callum.

Rotbarts Kollege führte sie ein Stück nach hinten. »Bitte zurückbleiben. Das Wasser ist sehr heiß.«

»Extrem heiß«, warnte Rotbart. Er leckte seinen Finger an und hielt ihn hoch, um die Windrichtung festzustellen. Dann änderte er seine eigene Position noch ein wenig und hob die Fernbedienung. »Okay. Dann mal los. *Fimm … fjórir … þrír … tveir … einn …*«

Er drückte den Knopf, und das Fass explodierte. Dolchgroße Stücke zerfetztes Metall zischten Callum über den Kopf und bohrten sich in den Rumpf eines Fischkutters. Bei der Explosion war eine riesige Wassersäule gen Himmel geschossen. Sie erreichte eine Höhe von ungefähr zehn Metern, bevor sie wie ein Schornstein in sich zusammenfiel und auf den Asphalt zurückprasselte. Den Rotbart riss sie auf ihrem Weg einfach mit.

»Um Gottes willen«, rief Callum. Er hatte sich neben Ólafur zu Boden geworfen. »Was zum Teufel ist passiert?«

Rotbart brüllte wie am Spieß. Callum drehte sich um und sah, wie der Mann versuchte sich aufzurappeln. Einer seiner Füße stand in der falschen Richtung ab, und von seinen Unterarmen hing die Haut herab wie aufgeknöpfte Manschetten.

»Bragi«, wandte sich Ólafur an den anderen Bärtigen. »Es wäre, glaube ich, eine gute Idee, einen Krankenwagen zu rufen.«

»Er kommt wieder in Ordnung«, sagte Sigrún Hrönn Vilhjálmsdóttir. Sie hatte den längsten Namen aller Krankenschwestern auf der Unfallstation. Callum wusste das, weil er die vergangene Stunde damit zugebracht hatte, ihnen auf die Brust zu schauen. Soll heißen, er hatte sich die Namensschilder auf der Brust angeschaut. Sigrún Hrönn hatte Magnea Solla Finnbogadóttir um einen Buchstaben ausgestochen. Und eine Körbchengröße.

»Wir haben das abgerissene Hautgewebe an beiden Armen ohne Einsatz von Transplantaten wieder in Ordnung bringen können, und jetzt ist Elli gerade im OP, wo sein Fuß gerichtet wird. Wir behalten ihn hier, bis seine Arme so weit verheilt sind, dass er sich seine Verbände selbst wechseln kann.«

»Er hat Glück gehabt«, sagte Ólafur, als die Krankenschwester einem Jungen zu Hilfe kam, dem ein Angelhaken im Augenlid steckte.

»Nicht soviel Glück wie wir«, widersprach Callum. »Die Metallteile hätten uns den Kopf abtrennen können. Ich habe aber kaum einen Kratzer abgekriegt.«

»Du wirst uns also nicht verklagen?«, fragte Ólafur.

»Nein, ich werde euch nicht verklagen.«

»Es war nämlich nicht unsere Schuld.« In Ólafurs Augen sah man die Panik. »Bragi glaubt, dass sich jemand an der Ausrüstung zu schaffen gemacht hat. Er hat ein Loch im CO_2-Schlauch gefunden, als wir das ganze Chaos aufgeräumt haben. Kann natürlich auch sein, dass es bei der Explosion einen Riss abgekriegt hat. Aber wenn das Loch vorher schon im Schlauch gewesen war, dann ist viel zuviel CO_2 in die Tonne geleitet worden. Das würde dann auch die Mordsexplosion erklären.«

»Warum sollte sich jemand an eurer Ausrüstung zu schaffen machen?«, fragte Callum, obwohl er bereits seine eigene Theorie dazu aufstellte.

»Hier in den Docks hängen eine Menge Kids rum. Die meisten wollen hier bloß Skateboard fahren. Wir sagen uns immer, wenn wir nett zu ihnen sind, dann sind sie auch nett zu uns. Aber ein paar Unruhestifter gibt es eben immer.«

»Sollten wir damit nicht zur Polizei gehen?«

»Die *löggan* wird uns da keine große Hilfe sein. Nicht nach dem Ärger mit den Holzpuppen. Wenn die sehen, dass Ice-Pics eine Anzeige erstattet, dann werden sie sich Mühe geben, noch uneffektiver als sonst zu arbeiten. Wenn das überhaupt möglich ist.«

Callum streckte ihm die Hand hin. »Na ja, solltest du deine Meinung ändern, weißt du ja, wo du mich findest.«

»Kann ich davon ausgehen, dass du noch immer möchtest, dass wir an der Sache mit den Geysiren arbeiten?«

»Klar«, erwiderte Callum. »Aber seid vorsichtig. Ich habe langsam das Gefühl, dass diese ganze Geschichte unter einem ungünstigen Stern steht. Vielleicht spielen uns die Elfen ihre Streiche.«

Callum fuhr in die Stadt, um sich eine ordentliche Portion Zucker zuzuführen. Er war mit den Nerven am Ende. Er fuhr zurück zum Kai und quetschte sich an einen Tisch im Kaffivagninn, von dem aus er einen guten Blick auf die Schiffe hatte. Eine junge Kellnerin brachte ihm ein Halbliterglas Cola und ein Plundergebäck. Er hatte eine Stunde, um sich wieder zu fangen.

Er hatte Birna versprochen, Ásta abzuholen und mit ihr ins Schwimmbad zu gehen. Im Moment hätte er sie gerne beide abgeholt, und Sigriður gleich noch dazu, um mit ihnen zum Mond zu fliegen. Es spielte keine Rolle, dass er alles aufgegeben hatte, um an einem so abgelegenen Ort wie Island zu leben, denn wie es aussah, war Callum an keinem Ort der Welt sicher vor Iago Kohl.

Er war überzeugt, dass Kohl den Geysir-Test sabotiert hatte. Wenn Kohl in Callums Büro eingebrochen war, dann musste er auch die Unterlagen zum Dreh des Werbespots entdeckt haben. Alles war offen auf seinem Laptop gewesen. Der Produktionsplan enthielt die Adresse von IcePics mitsamt Datum und Uhrzeit für den Testlauf, zu dem Callum fahren sollte. Das reinste Geschenk für jemanden, der darauf versessen war, ihm Schaden zuzufügen.

Callum konnte sich Kohl jetzt vorstellen, wie er in eine Bar in Reykjavík ging und sich sein erstes Bier seit sechs Jahren bestellte. Kohl liebte Bier. Er würde sich ein Viking oder ein

Gull bestellen, aber er würde es nicht sofort trinken. Callum erinnerte sich, wie Kohl immer zuerst seinen kleinen Finger ins Glas tunkte und die Schaumkrone so ansteigen ließ, bis sie beinahe über den Rand des Glases quoll. Als nächstes zog er seinen Finger wieder heraus und untersuchte den weißen Schaumring, den das Bier daran hinterlassen hatte. Je weiter die Spuren von seinem Fingernagel entfernt waren, umso besser sei die Qualität des Bieres, so hatte Kohl es einem jungen schottischen Paar in einer nassen Prager Nacht erklärt. Callum stellte sich vor, wie er diesen Schaumring von seinem Finger lutschte – einer von den vielen Fingern, die ihre Male auf Sarahs Hals hinterlassen hatten – während Kohl den Geschmack der Freiheit genoss, die ihm doch für immer hätte verwehrt werden müssen.

Er pulte die Rosinen aus seinem Gebäck und zerdrückte sie mit dem Daumen wie Schmeißfliegen. Man musste Kohl unbedingt aufhalten. Aber wie?

Callum wusste, dass er damit allein gelassen war. Das war definitiv eine Do-it-yourself-Aufgabe. Allerdings war Callum nicht gerade ein Naturtalent in Sachen do-it-yourself. Sarah und er hatten die einzige Wohnung Glasgows gehabt, in der man das Badezimmer von außen verriegeln konnte.

Wie immer waren seine Gedanken zuverlässig zu Sarah zurückgekehrt. Sie hatte dieses Badezimmer geliebt. Ein ganzes Wochenende lang hatte sie von Hand Seepferdchen auf jede dritte Kachel an der Wand gemalt. Callum erinnerte sich, wie sie nach Vollendung ihres Kunstwerks ein wohlverdientes Bad genommen hatte. Er erinnerte sich, wie er ihr ein Glas Rotwein gebracht hatte, und er erinnerte sich an ihren Gesichtsausdruck, als sie ihn eingeladen hatte, sich doch zu ihr in die Badewanne zu legen. Das heiße Wasser hatte nach Mandarinen geduftet. Er konnte sie vor sich

sehen, wie sie mit ihren farbbekleckssten Händen die Blasen wegdrückte, die sich an ihren Körper schmiegten, bis sie schließlich nackt vor ihm lag. *Schau mich an*, sollte das heißen. *Hier bin ich, nackt und schön, und gehöre ganz dir.*
Die Kellnerin räumte Callums Tisch ab. Sie bot ihm eine Serviette für seine Augen an. Er bedankte sich und schob seine Tränen auf die blendend helle Sonne, die über die Bucht hereinschien. Er nippte an den letzten Resten seiner Cola und überlegte, ob er zur Polizei fahren und ihnen alles erzählen sollte: vom Jeep, der versucht hatte, Ásta zu überfahren, von dem Einbruch, von den verschwundenen Kleidungsstücken, von dem explodierenden Geysir. Aber wo waren seine Beweise? Diese Vorfälle konnte man auf diverse andere Arten erklären: jugendliche Verkehrsrowdys (der Jeep), der Wind und/oder die Elfen (die verschwundenen Kleidungsstücke) und fehlerhaftes Material (die Öltonne war ein Testlauf, der eben danebengegangen war). Das einzig beweisbare Verbrechen war der Einbruch im Büro, aber Callum hatte Birna gesagt, er habe die Tür selbst aufgebrochen, weil er seine Schlüssel verloren hatte. Außerdem war ja überhaupt nichts gestohlen worden.
Was konnte er tun? Strathclyde konnte ihm hier nicht helfen. Wedderburn stritt immer noch ab, dass Kohl während seiner Bewährungsfrist abgehauen war. Callum konnte sich nicht einmal an einen alten Freund wie Neil Byrne wenden, um ihn um Rat zu fragen. Er war nicht zu erreichen, und außerdem war Callum wohl sowieso der letzte Mensch, dem Neil im Moment zuhören wollte.
Callum zog auch die Möglichkeit in Betracht, dass Wedderburn die Wahrheit sagte. Wenn Kohl nun wirklich an einem geheimen Ort wohnte? Wenn wirklich der Wind Ástas Kleider gestohlen hatte? Und wenn sich tatsächlich ein paar

jugendliche Geländefahrer einen Spaß daraus gemacht hatten, Ástas Pferd zu erschrecken? Okay, Calum hatte nach dem Einbruch den grünen Jeep vor dem Bürogebäude wegfahren sehen, aber es gab Hunderte von Jeeps in Reykjavík, und er nahm an, dass viele von ihnen grün waren. Wer konnte schon sagen, ob dieser Jeep irgendetwas mit dem Eindringling zu tun hatte? Genausogut könnte ein Hobbyornithologe mittleren Alters darin gesessen haben, der gerade Vögel am Tjörn beobachtet hatte.

Callum beschloss, Birna gegenüber nichts von alldem zu erwähnen. Vielleicht hatte Wedderburn ja recht. Vielleicht war Callum einfach nur paranoid. Und wenn Kohl tatsächlich vierundzwanzig Stunden pro Tag und sieben Tage die Woche unter Beobachtung stand, wie der Kriminalkommissar behauptet hatte, dann gab es keinen Grund, Birna unnötig zu beunruhigen. Sie brauchte nichts von Sarahs Ermordung zu erfahren, und sie brauchte auch nichts von Kohl zu erfahren. Die Konsequenzen wären kaum auszudenken. Callum entschied, dass alles genauso bleiben musste, wie es war, wenn er mit Birna zusammenbleiben wollte. Wenn ein Schmetterling auf deinem Arm landet, hältst du ganz still. Sonst fliegt er davon.

19

»Tut mir leid, dass ich so spät komme«, sagte Callum.

»Ich dachte schon, du würdest kneifen«, neckte Birna.

Callum sah, dass Ásta schon mit ihrem Matchbeutel auf der windigen Terrasse stand. Ihr schwarzes Haar wehte ihr wild

um den Kopf, als würde eine Krähe versuchen, ihr die Klauen in den Schädel zu bohren.
Sigriður kniete vor ihrer Enkelin und zog ihr gerade den Reißverschluss einer knallrosa Steppjacke zu. Dazu trug Ásta eine weinrote Strumpfhose und auffallende lila Turnschuhe. Sigriður führte Ásta die Treppen herunter und gab ihr einen leichten Schubs in Richtung Callum.
»Hallo«, begrüßte er sie. »Freust du dich schon aufs Schwimmen?«
»Ich hab Bauchweh«, klagte Ásta.
»Jetzt ist es aber mal genug«, schnauzte Sigriður. »Es ging dir gut genug, dass du Pfannkuchen zum Frühstück essen konntest. Und jetzt denk dran, was wir besprochen haben.« Sie wandte sich an Callum. »Ásta hat was für dich. Nicht wahr, Ásta?«
Ásta sah Sigriður an, als würde sie auf ein weiteres Zeichen warten. Ihre Großmutter nickte ihr noch einmal zu. Das Mädchen machte einen Schritt auf Callum zu und gab ihm eine goldene Münze. »Die gehört dir, wenn du's länger im heißesten Becken aushältst als ich.« Sie sah wieder zu Sigriður, die ihr ein glückliches Lächeln schenkte.
»Fimmtíu krónur«, sagte Callum und überraschte Ásta mit seinem Isländisch. Sie wusste nicht, dass er es von der Münze abgelesen hatte.
Callum drehte das Metallstück herum und musterte die Krabbe auf der Rückseite. »Und muss ich dir auch fünfzig krónur geben, wenn ich verliere?«
Ásta nickte und lächelte ein bisschen, gerade genug um zu verraten, dass ihr ein Zahn fehlte.
»Aber wenn ich dir fünfzig krónur gebe, dann werden dich alle Jungs in Reykjavík wegen deines Geld heiraten wollen«, wandte Callum ein.

Birna lachte. Sie strich ihrer Tochter die Haare aus den Augen.
»Ich mag die Jungs in Reykjavík nicht«, erklärte Ásta. »Die besaufen sich ständig und dann übergeben sie sich auf der Straße.«
»Und dein Zahn – hat dir den etwa nicht ein Junge weggeküsst?«, wollte Callum wissen.
Ásta schüttelte heftig den Kopf.
»Okay, ich glaub dir. Aber ich möchte fast wetten, dass dir eine Fee diese Münze für deinen Zahn gegeben hat, oder?«
»Warum sollte eine Fee so was tun?«, fragte Ásta.
»Na ja, als ich ein Junge war, hab ich einen ausgefallenen Zahn immer unter mein Kopfkissen gelegt, und in der Nacht hat ihn die Zahnfee mitgenommen und eine Münze dafür dagelassen. Die Zahnfee sammelt Milchzähne von allen Kindern in der ganzen Welt und baut daraus wunderschöne Feenschlösser.«
»Glaubst du denn an Feen?«, hakte Ásta nach.
Callum sah, dass Sigriður ihn mit einer hochgezogenen Augenbraue anblickte. »Na, Callum?«, fragte sie interessiert. »Glaubst du an Feen?«
»Ich …« Callum wand sich. Er sah, wie Sigriður die Situation genoss. »Ich meine … wenn man es so nimmt …« Er entdeckte einen Hoffnungsschimmer in Ástas Augen. »Natürlich«, behauptete er mit Nachdruck. »Klar, Ásta. Natürlich glaube ich an Feen.«
»Dann bist du aber ganz schön blöd.« Ásta drängte sich an ihm vorbei und machte die Tür zur Rückbank des Toyota auf.
»Du kannst vorne bei mir sitzen«, bot er an, aber sie hatte sich schon ins Auto gesetzt und die Tür zugezogen.
Ásta hatte es schon wieder fertiggebracht, dass Callum sich

wie ihr dummer kleiner Bruder vorkam. Er ärgerte sich über sich selbst. Ihm fiel Anna Björks Ratschlag ein, dass er aufhören sollte, Ásta wie ein Kind zu behandeln. Was also tat er bei der nächsten Gelegenheit, bei der er mit dem Mädchen ins Gespräch kam? Er verwandelte sich prompt in den Moderator eines Nachmittagsprogramms für Vorschulkinder. Im Grunde hätte er sich auch gleich eine übergroße Latzhose anziehen können, mit einem großen lila C vorne draufgestickt.

»Pass auf, dass Ásta sich die Haare föhnt, wenn sie aus dem Becken kommt«, sagte Birna.

»Vielleicht hilft ihr dabei ja die Haarfee.« Sigriður konnte ihr Lachen kaum unterdrücken. Mit einer Ecke ihrer Schürze tupfte sie sich die Tränen aus dem Augenwinkel. »Tut mir leid, ich sollte mich nicht darüber lustig machen. Ich sollte mich lieber für das bedanken, was du gestern getan hast.«

»Kein Problem«, antwortete Callum.

»Wirst du viel Geld verlieren, wenn du diesen Drehort absagst?«, erkundigte sich Sigriður.

»Ein bisschen. Nichts, was ich nicht wieder reinholen könnte. Ich fange jetzt gleich damit an, indem ich deiner Enkelin fünfzig krónur abknöpfe.«

»Da wäre ich mir mal nicht so sicher. Das heiße Becken ist fünfundvierzig Grad heiß, und meine Enkelin ist so stur wie ich.«

»*Já*«, bestätigte Birna. »Wenn du das Geld gewinnen willst, dann musst du zuerst deine Eingeweide pochieren.«

»Dann spende sie nach meinem Tod doch Sigriður. Kann auch nicht schlechter schmecken als das Zeug, das sie sonst so auftischt.« Er zwinkerte Birnas Mutter zu und stieg ins Auto.

Callum fand das Laugardalur-Erlebnisbad ohne Hilfe von Ásta, die auf der Fahrt durch die Stadt beharrlich schwieg. Wann immer sie vergaß, sich den Bauch zu halten und Krankheit vorzutäuschen, schrieb sie mit den Fingern Wörter auf die angehauchten Scheiben. Callum merkte, dass sie von rechts nach links schrieb. Nicht, dass er es hätte lesen können, wenn er es von außen gesehen hätte, denn sie schrieb Isländisch. Als an einer Ampel eine Frau neben ihm hielt, sah sie ihn so argwöhnisch an, dass er vermutete, Ásta habe etwas geschrieben wie »Ich bin mit einem Vollidioten unterwegs«.

Er erinnerte sich, dass die Freibadanlage neben dem Fußballstadion lag, das er bei seinem Besuch im letzten Winter besucht hatte. Birna hatte an einem verschneiten Nachmittag an irgendeiner Studie gearbeitet, und Callum war alleine ins Stadion gegangen, um Zeuge des legendären 0:0-Fußballkrimis zwischen Island und Lettland zu werden. Erst als die Teams auf dem gefrorenen Rasen einliefen, bemerkte er, dass es sich um Frauenfußball handelte. Dritte Liga. Ein Freundschaftsspiel.

Callum nahm seine Schlüssel zwischen die Zähne und wühlte in den Taschen nach dem moderaten Eintrittsgeld für die Laugardalur-Bäder. Er fischte noch ein bisschen mehr hervor, genug für zwei große Handtücher. In eines von beiden rollte er seine Schlüssel und seinen Geldbeutel. Bevor Ásta ihm entwischen und in den Damenumkleiden Zuflucht suchen konnte, kniete er sich neben sie und nahm ihr das Versprechen ab, dass sie nicht ins Wasser gehen würde, bevor er nicht auch da war. Ihm war klar, dass er sie wie einen Säugling behandelte – isländische Kinder wachsen im Wasser auf, und Birna behauptete oft, ihre Tochter sei mit Kiemen zur Welt gekommen –, aber er fühlte sich verantwortlich für sie. Er musste sie die ganze Zeit im Auge behalten, und er war nicht glücklich damit, ihr ein Handtuch zu geben und sie allein durch die Tür zu den Umkleidekabinen gehen zu lassen. Ein verunsicherndes Gefühl, als hätte Birna ihm eine Porzellanpuppe anvertraut, die einzige ihrer Art, und er schickte sie durch die Waschanlage.

In der Männerumkleide hatte ein großer, etwas schaurig wirkender Mann die Aufsicht. Wie es aussah, war es sein einziger Lebenszweck, die Einhaltung der Regel zu überwachen, dass jeder sich duschte und wusch, bevor er in den Pool sprang. Der unheimliche junge Mann stützte sich reglos wie eine Wachsfigur auf seinen Besen und sah Callum finster beim Ausziehen zu.

In den Gemeinschaftsduschen gab es zwei Temperaturen: eiskalt und kochend heiß. Callum entschied sich für das kalte Wasser und rang nach Luft, als der Schock ihm die Brust zusammenschnürte.

Als Callum ein kleiner Junge gewesen war, war ein Tag im Freibad ein lustiger Ausflug gewesen, aber als Erwachsener fand er dieses Erlebnis nur noch anstrengend. Dieses ermüdende Ritual der Vorbereitungen kannte er aus seiner Kindheit nicht. Es hatte Zeiten gegeben, da kam er mit der Badehose unter seiner Kleidung ins Schwimmbad, so dass er sofort und ohne Umwege ins Wasser hüpfen konnte. Er schmiss seine Kleider hinter sich, während er über die Fußwaschbecken setzte, und stürzte sich ins tiefe Wasser.

Die erwachsene Herangehensweise an etwas so Einfaches wie einen Freibadaufenthalt – ein in die Länge gezogenes Vorspiel, zu dem nicht nur gehörte, dass man sich den ganzen Körper wusch, sondern dass man auch seine Jeans säuberlich zusammenlegte und am Eingang Geld wechselte, um die passenden Münzen für den Spind zu haben – entzog ihm das letzte bisschen Energie, das er hatte. Das war nicht die Erholung, die er so dringend brauchte. Er hatte viel über die erholsamen Eigenschaften der heißen Quellen gehört, aber höchstwahrscheinlich würde ihm die Erschöpfung den Rest geben, bevor er auch nur einen Zeh ins Wasser getunkt hatte.

Und Callum war wirklich müde. Er hatte gehofft, dass ein Besuch im Thermalbad seine Gestresstheit ein bisschen lindern würde. Außerdem war es auch eine Chance, Ásta besser kennenzulernen, eine Gelegenheit, mit ihr allein zu sein und ihr Vertrauen zu gewinnen.

Er war enttäuscht, als er sah, dass sie seine Ermahnung, noch nicht ins Wasser zu gehen, ignoriert hatte. Als er kam, saß sie mit mürrischem Gesichtsausdruck in dem großen, runden Planschbecken, wo sich die Fliesen zu ihren Füßen in konzentrischen schwarzweißen Kreisen nach außen ausbreiteten wie eine Zielscheibe. Sie hatte einen cremefarbenen Badeanzug mit einem schwarzen Nike-Symbol unter jedem Arm an.

Auf Zehenspitzen nahm er Kurs auf Ásta und durchquerte die kalte, zementierte Anlage, in der es ein großes Schwimmerbecken, ein Planschbecken, einen Whirlpool und ein Kinderbecken, ein Dampfbad, eine Wasserrutsche und fünf Hot Pots gab. Das Bad war das reinste Bienenhaus, vor allem alte Leute hielten sich hier auf, aber nur wenige von ihnen schwammen. Sie saßen im vulkanisch beheizten Wasser, stritten und lachten und gestikulierten mit den Armen. Ihre roten Schultern hoben sich gegen das blaue Wasser und den weißen Dampf ab wie das Kreuz auf der isländischen Flagge. Callum kam in den Sinn, wie Anna Björk ihm erklärt hatte, dass diese Pools ein Teil der isländischen Lebensweise waren. Er sagte sich, wenn er die kulturelle

Quintessenz von Reykjavík anzapfen oder sich auch einfach nur eine beeindruckende Sammlung von schlaffen Oberarmen ansehen wollte, dann war er hier auf jeden Fall am richtigen Ort.
»Ist es schön da drin?«, fragte er Ásta.
Sie zuckte die Achseln, als hätte sie sich noch nicht recht entschieden.
Callum ließ sich neben sie plumpsen. Das Wasser, das Ástas Brustkorb bedeckte, ging ihm nicht einmal bis zu den Rippen.
»Ich hätte gedacht, dass es heißer ist«, begann er. Er bemerkte, dass sich Ásta immer noch den Bauch hielt. Sie blickte auf ihre Hände hinab, als hätte sie gerade einen Fisch vor ihrem Bauch gefangen. Er wusste, dass er auf derart durchsichtige Schauspielerei eigentlich gar nicht eingehen sollte, aber er dachte sich, dass sie sich ihm vielleicht eher öffnen würde, wenn er ein wenig Besorgnis an den Tag legte.
»Hast du immer noch so Bauchweh?«
Ásta nickte.
»Wetten, dass kommt von den ganzen Pfannkuchen, die du gegessen hast? Ich krieg auch immer Bauchweh von dem Essen, das deine Großmutter kocht.«
Er glaubte, die Andeutung eines Lächelns auf ihrem Gesicht zu erkennen.
»Magst du Marsriegel?«, fragte er.
»Já«, antwortete Ásta kaum hörbar.
»Wo ich herkomme, in Schottland, taucht man Marsriegel in Pfannkuchenteig und brät sie wie Fisch.«
Über Ástas Kopf erschien ein Fragezeichen.
»Ich weiß«, räumte er ein. »Die Leute in Schottland sind ein bisschen komisch. Die Männer tragen Röcke und werfen

Baumstämme durch die Luft. Und die Frauen lassen Steine übers Eis schlittern und erledigen ihre Hausarbeit in der Zeit, bis die Steine zum Stillstand kommen. Manche sind so gut, dass sie Goldmedaillen dafür bekommen.«

»Trägst du auch Röcke?«, wollte Ásta wissen.

»Nur, wenn deine Mutter gerade nicht in der Nähe ist. Aber das bleibt bitte unser kleines Geheimnis.« Callum tippte ihr auf die Nasenspitze und zwinkerte ihr verschwörerisch zu.

»Meine Mutter sagt, dass sie dich liebt.« Ásta nahm die Hände aus dem Wasser und drehte sich damit die Haare auf einer Seite zu einem glatten Pferdeschwanz: der Schwanz des schwärzesten Grubenponys, das am kürzesten Tag des Jahres in der dunkelsten Kohlenmine arbeitet.

»Ich liebe deine Mutter auch«, gab Callum zurück.

»Warum hast du sie dann zum Weinen gebracht?«

»Ich hab sie zum Weinen gebracht?«

»*Já*. Als sie dachte, dass du eine andere Freundin hast, ist sie zwei Tage lang im Bett geblieben, und als ich ihr ein bisschen Suppe gebracht habe, hab ich gesehen, dass sie geweint hatte.«

Wieder war Callum nicht ganz sicher, ob er die richtigen Worte fand.

»Ich hatte nicht die Absicht, deine Mutter zum Weinen zu bringen«, sagte er. »Aber manchmal ist Weinen auch gut. Die Menschen weinen, wenn sie viel füreinander empfinden. Wenn dir jemand ganz egal ist, dann verschwendest du deine Zeit nicht damit, Tränen wegen ihm zu vergießen.«

Ásta sah zumindest so aus, als würde sie ihm zuhören. Das gab ihm den Mut weiterzusprechen.

»Willst du noch ein Geheimnis wissen?«

Ásta nickte.

»Deine Mutter hat mir erzählt, dass sie geweint hat, als du

geboren wurdest«, erzählte Callum. »Und sie hat an deinem ersten Schultag geweint. Und ich weiß, dass sie jedesmal ein bisschen geweint hat, wenn du vom Pferd gefallen bist, auch wenn sie aufgepasst hat, dass du es nicht mitbekommst. Sie weint, weil sie dich so lieb hat.«

»Wenn sie mich so lieben würde, dann würde sie sich kein Baby wünschen.« Ásta ließ ihren Pferdeschwanz los, und die Haare gingen wieder auf. Dann teilte sie ihr Haar in drei Strähnen und begann sie zu einem Zopf zu flechten.

»Deine Mutter wird dich immer noch lieben, auch wenn sie noch ein Baby bekommt.« Callum suchte verzweifelt nach einer besseren Erklärung. »Eure Ponys ... die zwei Brüder ... wie heißen sie noch mal?«

»Hálfdán und Fróði.«

»Genau. Hálfdán und Fróði. Ich könnte wetten, dass ihre Mutter sie beide gleich lieb gehabt hat. Und wenn deine Mutter dir einen Bruder oder eine Schwester schenkt, dann wird auch sie euch beide gleich lieb haben.«

»Das ist nicht wahr.« Ásta schien sich ihrer Sache sehr sicher zu sein. »Hálfdán und Fróði wurden von ihrer Mutter verstoßen. Sie kamen blind zur Welt, und ihre Mutter konnte sie nicht zum Saugen bringen. Sie hätte sie verhungern lassen.«

Tolles Beispiel, Callum. Diese Elternkiste war schwieriger, als er gedacht hatte. Wie schafften die Leute das nur Tag für Tag? Und wie kamen sie zurecht, wenn sie mehr als ein Kind hatten? Callum musste Ásta nur einen Nachmittag lang betreuen, und schon jetzt hatte sie seine allgemeinen Kenntnisse zu fundamentalen Themen wie Liebe, elterliche Bindungen und Transvestismus ganz schön auf die Probe gestellt. »Also, Ásta, wir hatten doch gewettet«, wechselte er das Thema. »Sollen wir mal langsam in die Hot Pots gehen?« Callum hatte die dampfenden Becken bereits mit dem Fuß getestet. Die Temperatur reichte von »Sehr heiß« im ersten Becken bis zu »geschmolzene Lava« im letzten. Ásta schien nur ungern aus dem Wasser gehen zu wollen. Ihre Hände waren jetzt wieder unter Wasser, und sie hatte die Beine in Embryonalhaltung an den Körper gezogen. Während die anderen Badegäste vom heißen Wasser ganz rot geworden waren, war aus Ástas Gesicht jede Farbe gewichen. Sie stützte das Kinn auf die Knie und schien sich selbst sehr leid zu tun.

»Immer noch Bauchweh?«, fragte Callum.

Ásta nickte.

»Vielleicht solltest du dir einfach ein bisschen den Bauch massieren.«

»Gehen die Schmerzen dann weg?«

»Das kann ich dir nicht versprechen«, meinte Callum. »Aber bei mir wirkt es, wenn ich zuviel von den Pfannkuchen deiner Großmutter erwischt habe. Und wenn ich zuviel Bier getrunken habe.«

Ásta streckte die Gliedmaßen wieder aus. Ein bisschen unsicher rieb sie sich den Bauch, als hätte man sie gebeten, sich gleichzeitig mit der anderen auf den Kopf zu klopfen.

»Wird's schon besser?«, erkundigte sich Callum.

»*Nei*«, stöhnte Ásta. Sie schüttelte den Kopf. Sie sah aus, als müsste sie sich gleich übergeben.

»Reib weiter«, drängte Callum.

»Mir wird schon der Arm lahm.«

Ásta verlagerte ihr Gewicht auf die andere Pobacke und wechselte die Hand. Ihren müden Arm zog sie aus dem Wasser, um ihn ein bisschen zu strecken. Ein dünnes Blutrinnsal lief ihr über die Finger und zog kleine Streifen über ihre Handfläche.

»Aua. Wobei hast du dir denn in den Finger geschnitten?«, fragte Callum.

»Keine Ahnung«, erwiderte Ásta, aber in diesem Moment hatten sie beide den Fleck auf ihrem Badeanzug entdeckt: ein winziges Fleckchen zwischen ihren Beinen, der in dem seichten Wasser deutlich zu erkennen war. Mehrere dünne braune Fäden hingen waagrecht im Wasser, blieben an ihrem Bein hängen, sobald sie die Haut berührten, und schlängelten sich an der Innenseite ihrer Oberschenkel entlang.

Ásta brach in Tränen aus.

Callum fasste sie bei den Schultern. »Ásta ... hör zu ... hattest du das schon mal?«

Sie schüttelte den Kopf. Ihre Schluchzer hatten die Aufmerksamkeit der Badegäste im nächsten Becken erregt. Sie sahen Callum missbilligend an, als wäre er ein schlechter Vater.

»Das kommt wieder in Ordnung. Das ist was absolut Normales.« Callum sprang aus dem Pool und schnappte sich ein Handtuch, das sauber gefaltet auf einem Paar Flip-Flops lag. Er ignorierte den lautstarken Protest seines deutsch klingenden Besitzers und kletterte wieder zu Ásta. »Alles wird gut. Das kommt alles wieder in Ordnung. Wir kriegen das schon hin.« Er breitete das Handtuch aus. »Kannst du aufstehen?«

»Aber dann sehen es alle.« Ásta wurde von Schluchzern geschüttelt. Eine Schnodderblase blähte sich in ihrem Nasenloch. Sie wirkte verängstigt.

»Niemand sieht dich. Ich wickel dich gleich in das Handtuch. Na komm, Ásta ... probier's einfach. Du kannst mir die Hände auf die Schultern legen.«

Ásta schlang ihm die Arme um den Hals und zog sich hoch.

»So ist es gut, mein Schatz.« Callum hüllte sie mit dem Handtuch ein und wischte ihr mit einer Ecke die Nase ab. »So, jetzt bist du eingewickelt wie ein Würstchen im Teigmantel. Und niemand kann dich sehen.« Er hob Ásta aus dem Wasser. Sie war federleicht. Sie vergrub ihren Kopf unter seinem Kinn und verbarg ihr Gesicht an seiner Brust. Callum trug sie zu den Umkleidekabinen, während Ásta zitterte und mit den Zähnen klapperte. Er hoffte, dass es von der Kälte kam. Als er eine weibliche Aufsichtsperson entdeckte, winkte er.

»Entschuldigung, ich glaube, ich brauche hier Hilfe, es geht ihr nicht gut, sie blutet, ich glaube, sie hat gerade zum ersten Mal ihre Periode gekriegt, und ich kann schlecht in die Damenumkleide mitgehen, ich glaube, ich sollte auch besser ihre Mutter anru …«

Die Bademeisterin machte eine beschwichtigende Geste, um Callum zu beruhigen. »Immer eins nach dem andern«, sagte sie. »Wie heißt Ihre Tochter denn?«

»Ásta«, sagte er, ohne zu zögern. Er kniete sich hin und stellte das Mädchen wieder auf den Boden.

»Ásta, ich bin Sigga.« Die Frau stupste Ásta leicht an die Nase, um sicherzugehen, dass sie ihr zuhörte. »Wir zwei Mädels gehen jetzt mal schön duschen, und danach ziehen wir uns saubere Sachen an.« Ásta ergriff die Hand, die Sigga ihr entgegenstreckte.

»Takk«, sagte Callum. Es war das einzige isländische Wort, das er sich in der Öffentlichkeit zu sagen traute, und er wusste, dass er es zu oft benutzte. »Danke«, fügte er hinzu.

»Ist schon in Ordnung. Das gehört zu meinem Job. Wir treffen uns dann vorne am Eingang.«

Callum ließ sich Zeit beim Umziehen. Es gab keinen Grund

zur Eile. Ásta war in guten Händen, diese Bademeisterin hatte so gewirkt, als wüsste sie, was sie tat. Wenn sie irgendwie beunruhigt gewesen wäre über Ástas Zustand, dann hätte sie sicher einen Arzt gerufen.
So etwas passierte sicher ständig, dachte er. Natürlich, das passierte doch jedem Mädchen, oder? Callum nahm allerdings an, dass es für Ásta doch ein gewisser Schock gewesen war, das erste Mal und überhaupt. Es war erschreckend zu sehen, wie zerbrechlich sie sein konnte. Birnas Tochter erschien ihm plötzlich als die heranwachsende Elfjährige, die sie ja auch war. Callum fand es absurd, dass er diesen Eindruck gerade in dem Moment hatte, als sie die Schwelle zum Erwachsensein überschritt. In gewisser Weise fühlte er sich geehrt. Er war vielleicht nicht dabei gewesen, als sie zur Welt kam oder als sie ihre ersten Schritte tat, aber er war dabei, als Ásta zur Frau wurde. Er schätzte, dass es nicht viele Väter auf der Welt gab, die das von sich behaupten konnten. Vielmehr nahm er an, dass die meisten Männer überhaupt keine Notiz nahmen von jener größten Veränderung im Körper ihrer Tochter, bis zu dem Moment, wo ihre Tampons als Posten in den Haushaltsausgaben auftauchten.
Die sollte man überhaupt kostenlos verteilen, fand Callum, als er sich zwischen den Zehen abtrocknete. Er wandte sich an den Aufseher der Umkleideräume. »Keine Frau sollte für ihre Hygieneartikel bezahlen müssen.«
Der Besenstiel des Aufsehers rutschte auf den nassen Fliesen weg und landete ihm unangenehm zwischen den Rippen.
Callum trocknete sich ab. Er fühlte sich, als sei auch er gerade erwachsen geworden.
Er ging in den geschäftigen Eingangsbereich zurück, warf

ein paar Münzen in einen Getränkeautomaten und zog zwei Colas, eine für sich, eine für Ásta. Sie musste ihren Blutzuckerspiegel sicher erstmal wieder anheben, dachte er sich. Einen Moment überlegte er, ob er Birna anrufen sollte, aber dann entschied er sich dagegen. Er sollte es Ásta selbst überlassen, die frohe Nachricht mitzuteilen. Das war eine Geschichte zwischen Mutter und Tochter. Callum hatte seinen großen Moment gehabt, jetzt musste er wieder einen Schritt beiseite treten.

Er setzte sich hin und beobachtete das rege Kommen und Gehen der Badegäste: Väter, Töchter, Mütter, Söhne, Omas, Opas, Ehemänner, Ehefrauen, Freunde, Freundinnen und alles mögliche dazwischen.

Nach einer Weile kam die Bademeisterin auf ihn zu und sah ihn verdutzt an. »Hallo«, sagte sie. »Haben Sie noch was vergessen?«

»Ich glaube nicht. Aber Sie vielleicht?« Callum tat so, als würde er versuchen, ihr hinter die Beine zu gucken. »Oder hat sich meine Tochter nur hinter Ihnen versteckt?«

»Wie lange sitzen Sie denn schon hier?«

»Ungefähr zehn …«, Callum warf einen prüfenden Blick auf die Uhr, die über ihm an der Wand hing, »nein … zwanzig Minuten.«

»Aber ich habe Ihre Tochter vor einer halben Stunde zu Ihrem Auto gebracht«, sagte die Frau. »Sie meinte, sie will noch ein bisschen CDs hören. Das arme Mädchen sitzt die ganze Zeit da draußen. Wahrscheinlich schläft sie schon. Sie war furchtbar müde.«

»Wie ist sie denn ins Auto gekommen? Ich hatte doch abgeschlossen.«

»Sie hatte die Schlüssel in ihrem Handtuch. Sie meinte, die geben Sie ihr immer, weil sie nicht so lange zum Anziehen braucht. Sie hat gesagt, sie darf dann immer im Auto sitzen und CDs anhören, während sie auf Sie wartet.«

»Natürlich«, sagte Callum. Er musste Ásta das falsche Handtuch gegeben haben. »Ich bin ganz durch den Wind. War ein ziemlich heftiger Tag heute.«

»Kann ich verstehen«, sagte die Bademeisterin.

»Ging es ihr denn wieder gut?«

»Ihrer Tochter geht es gut, aber ich an Ihrer Stelle würde jetzt zusehen, dass ich nach Hause fahre, damit sie ein bisschen Ruhe bekommt.«

»Danke.« Callum stand auf. »Ich meine ... *takk*.«

»Takk fyrir.«

Callum ging hinaus auf den stürmischen Parkplatz und überlegte sich auf dem Weg zum Auto eine gute Entschuldigung. Er sah, dass die Fenster des Toyota beschlagen waren, so dass man Ástas Kritzeleien wieder erkennen konnte. Eine halbe Stunde, dachte er. Er machte sich Sorgen, dass es vielleicht noch länger gewesen sein könnte, denn er hörte keine Musik im Auto. Vielleicht hatte sie schon ein ganzes Album abgespielt, während er in der Anlage herumsaß.

»Du Arme«, sagte er, als er die Autotür aufmachte.

Aber Ásta konnte ihn nicht hören.

Der Toyota war leer.

Callum stand allein im Schatten eines Fußballstadions – ohne Schlüssel, ohne Portemonnaie und ohne Tochter.

20

Er wartete ein paar Minuten neben seinem Toyota, für den Fall, dass sie zum Schwimmbad zurückgegangen war, um ihn zu suchen. Dann ging er wieder hinein und durchkämmte das ganze Gebäude. Er schickte eine Engländerin mit einer Beschreibung von Ásta in die Damenumkleide: nasses schwarzes Haar, rosa Steppjacke, auffällige lila Turnschuhe, hängende Mundwinkel.

Einer der Mitarbeiter am Eingang machte eine Durchsage auf Englisch und Isländisch, während Callum im Vorhof wartete und auf einer Schautafel immer wieder durchlas, wie die Leute schon seit 1772 im Laugardalslaugin badeten und dass sie damals die Pools noch mit Aalen geteilt hatten. Er riss sich erst los, als offensichtlich war, dass Ásta nicht wieder auftauchen würde. Er ließ sich auf einen Stuhl plumpsen und sah, dass die Mädchen am Eingang ihn anstarrten. Er war sich nicht sicher, ob sie sich mit ihm sorgten oder ob sie über seine Qualitäten als Vater entsetzt waren. Schließlich rief er Birna an und bat sie, mit den Ersatzschlüsseln vorbeizukommen. Sie schimpfte, weil er seine Schlüssel verloren hatte, und er hielt es für klüger, ihr von Angesicht zu Angesicht zu erklären, dass er auch ihre Tochter verloren hatte.

»Du bist doch echt ein Idiot«, sagte Birna, als sie hereinkam und die Schlüssel in der Hand schwenkte. Sie trug dunkle Jeans, schlammverkrustete Stiefel und ein enges T-Shirt mit Tarnmuster. Ihre Haare trug sie zu zwei Zöpfen gebunden. Niemand hätte sie für eine Mutter gehalten.

Sie drückte ihm den Bund in die offene Hand. »Deine Ersatzschlüssel. Mutter hat gemeckert, dass du immer zu spät kommst, aber ich habe dich verteidigt. Ich meinte, es sei toll, dass Ásta und du endlich mal richtig Zeit miteinander verbringt, aber Mutter sagte, sie wisse, dass dich etwas aufhält. Sie meinte, sie habe da so ein Gefühl. Sie musste sich hinsetzen. Offensichtlich hatte sie recht. Oh, und ich soll dir noch ausrichten, das Abendessen ist im Eimer. Aber ich bin sicher, darüber wirst du nicht sonderlich enttäuscht sein.« Birna sah sich um. »Ich hoffe, Ásta ist nicht gerade am Kiosk und kauft sich Schokolade. Ich dachte mir, da das Abendessen sowieso verbrannt ist, könnten wir zu Galileo gehen und uns ein bisschen Pasta gönnen.«

»Birna ... ich ...« Callum konnte ihr nicht ins Gesicht sehen.

»Magst du keine Pasta?«

»Birna, hör zu. Ásta ist nicht am Kiosk. Ich weiß nicht, wo sie ist. Sie hat sich vor mir angezogen, und als ich rauskam, war sie weg. Sie hat meine Schlüssel und mein Portemonnaie.«

»Was meinst du damit, sie ist weg? Habt ihr zwei euch wieder gestritten?«

»Nein. Überhaupt nicht. Sie fühlte sich nicht so besonders, deshalb sind wir aus dem Wasser gegangen. Ihr Bauchweh war echt. Ich glaube, sie hatte zum ersten Mal ihre ... ihre Sache.« Callum deutete auf seinen Bauch.

»Ihre Sache? Was für eine Sache? Was ist mit meiner Tochter passiert?« Birna war eher verwirrt als besorgt, aber nur deswegen, weil Callum nicht in der Lage war, ihr zu erklären, worüber sie sich Sorgen machen musste.

»Ich bin da doch auch kein Experte, ich hab so was noch nie miterlebt. Aber da war so ein bisschen Blut ... da unten.« Er deutete wieder auf seinen Bauch. »Mädchenblut.«

»Mädchenblut??«

»Ja«, sagte Callum. »Heißt das in Island auch Periode?«
»Okay. Langsam aber sicher kommen wir der Sache näher. Meine Tochter hat ihre erste Menstruation bekommen. Wo ist sie jetzt?«
Callum war überrascht, wie wenig Besorgnis sie zeigte. Trotz der erschütternden Neuigkeiten blieb Birna völlig ruhig. Sie war seltsam vernunftgesteuert und interessierte sich vor allem für die wesentlichen Fakten. Callum wusste, dass er an ihrer Stelle völlig hysterisch werden würde. In Krisensituationen war er nicht besonders gut. Birnas instinktiver Wille, sich zu konzentrieren und nicht in Panik auszubrechen, war ein Reflex, wie ihn nur Eltern besitzen konnten.
»Ich weiß es nicht, Birna. Ich weiß nicht, wo sie ist. Die Bademeisterin, die Ásta beim Waschen und Anziehen geholfen hat, hat Ásta in den Toyota gesetzt, wo sie sich Musik anhören wollte. Aber als ich rauskam, war sie schon weg. Mitsamt meinen Schlüsseln und meinem Portemonnaie.
Statt in die Luft zu gehen, nickte Birna nur. Ihr Gesicht entspannte sich mit einem Lächeln.
»Was denn?«, wollte Callum wissen. »Weißt du irgendwas, was ich nicht weiß?«
»Ásta kann ein richtiger Schelm sein.« Birna nickte immer noch versonnen und lächelte.
»Ein Schelm? Meinst du etwa, sie ist weggelaufen, um mir einen Streich zu spielen?«
»*Já*. Ich glaube schon.«
»Mann, Birna, sie war total müde. Sie fühlte sich nicht gut. Sie war garantiert nicht in der Laune, mir Streiche zu spielen.«
»Du kennst meine Tochter nicht«, beharrte Birna. »Ásta hat von meiner Mutter nicht nur die Sturheit geerbt, sondern

auch den etwas speziellen Humor. Sie spielt uns ständig Streiche. Einmal hat sie Sigriðurs Zahnpasta mit ihrer Hämorrhoiden-Creme vertauscht.« Birna kicherte. »Mutter wahrt immer noch eisernes Schweigen darüber.«

»Deine Tochter ist verschwunden, und du erzählst mir hier Witzchen?« Callums Stimme zog noch mehr Blicke vom Eingang auf sie, aber es war ihm egal. Birna nahm den Vorfall nicht ernst. Verdrängte sie das Ganze, versuchte sie durch Humor die bittere Realität auszuschalten? Er wollte sie packen und schütteln. »Ich glaube, ich verstehe nicht mal *dich*, geschweige denn deine Tochter.«

»Ásta hält dich zum Narren, Callum. Du solltest dir nicht so große Sorgen machen. Das ist ein gutes Zeichen. Sie fühlt sich im Umgang mit dir sicher genug, um dich zu veräppeln. Sie glaubt jetzt, dass du wegen ihr ohne Auto und ohne Geld nach Hause laufen musst. Wahrscheinlich sitzt sie gerade zu Hause in der Küche und erzählt ihrer Großmutter, wie sie dich angeschmiert hat.«

»Und wie sollte sie nach Hause gekommen sein?«, fragte Callum.

»Hier draußen halten die Busse. Ásta ist schon oft mit dem Bus hierher gekommen.«

»Aber doch nie alleine … sie fährt doch sicher mit ihren Freunden, oder?«

»Nicht immer. Sie fährt auch oft alleine.«

Callum konnte es einfach nicht verstehen. »Aber sie ist doch noch ein kleines Mädchen.«

»Reykjavík ist nicht Glasgow … oder London … oder New York«, beschwichtigte Birna. »Unsere Kinder können jederzeit unbeaufsichtigt auf der Straße spielen. Wir haben hier keine Entführer oder Perversen wie bei euch.«

»Wie kannst du dir da so sicher sein?« Callum wusste, dass

er seine Worte sorgfältig wählen musste. Er wollte sie nicht unnötig beunruhigen.

»Das ist einfach eine Tatsache. Auf den Straßen von Reykjavík ist noch nie ein Kind entführt worden. Wir lieben unsere Kinder. Warum sollten wir ihnen etwas Böses tun?«

»Das kann ja alles sein, aber es würde mir wesentlich besser gehen, wenn du mal zu Hause anrufst und dich vergewisserst, dass sie gesund und munter angekommen ist.«

Birna sah ihn an, als täte er ihr ein bisschen leid. Sie tippte ein paar Tasten auf ihrem Handy und ging mit einem Finger im Ohr ein Stückchen von ihm weg. Sie wirkte völlig entspannt. Als sie am Fenster angekommen war, drehte sie sich auf dem Absatz um und kam wieder zu ihm zurück.

Wenn Birna entspannt war, durfte er sich dann auch entspannen? Sie war nicht besonders besorgt um ihre Tochter, warum sollte er es dann sein? Ásta hatte Callum nur einen Streich gespielt. Eigentlich sollte ihm das Mut machen. Das Mädchen interessierte sich immerhin schon mal für ihn. Bis vor kurzem hätte ihn Ásta nicht einmal angespuckt, wenn er gebrannt hätte. Er sollte sich einfach entspannen und den Dingen ihren Lauf lassen. Wahrscheinlich würde Ásta ihn später damit aufziehen, aber das war kein Problem. Callum würde sich sogar darauf freuen. Er würde ihr Geplänkel genießen, denn es wäre ein Zeichen dafür, dass sie einen Schritt weitergekommen waren. Vielleicht hatte er sie nach den Ereignissen des Nachmittags endlich für sich gewonnen.

Aber wie konnte er sicher sein, dass alles nur ein Streich war? Zuerst mussten sie sie finden. Wenn in Glasgow ein Mädchen kurz zum Schwimmen ging und verschwand, war sie um zehn Uhr in den Nachrichten und am nächsten Morgen zierte ihr Konterfei die Seite einer Milchtüte.

Callum musste sich vor Augen halten, dass das hier nicht

Glasgow war. Er dachte an das, was Birna gesagt hatte, dass es so etwas wie Entführer oder Perverse in Reykjavík gar nicht gab (und sie hatte in demselben skeptischen Ton davon gesprochen, in dem er von Elfen und Trollen redete). Wenn man Birna glauben durfte, war Reykjavík kinderfreundlich und frei von Kriminalität. Und wahrscheinlich hatte sie damit sogar recht. Callum konnte sich nicht erinnern, während all der Zeit, die er in der isländischen Hauptstadt verbracht hatte, auch nur einmal eine Polizeisirene gehört oder einen Polizisten in Uniform gesehen zu haben. Reykjavík war eine völlig sichere Stadt, zwischen deren schlichten, aber kunterbunten Häusern man seine Kinder unbesorgt spielen lassen konnte.

»Mutter sagt, dass Ásta noch nicht nach Hause gekommen ist.« Birna steckte das Telefon in ihre Jeanstasche. »Außerdem hat sie gesagt, dass sie eine Lammhaxe aus dem Gefrierschrank geholt hat und sie für uns kocht.«

Callum befiel wieder das große Zittern, und nicht etwa wegen des Gedankens an Sigriðurs Lammhaxe. »Was, wenn Ásta versucht hat, zu Fuß nach Hause zu gehen? Was, wenn sie sich verlaufen hat? Sie könnte ohnmächtig geworden sein. Sie war wirklich furchtbar blass.«

»Ásta ist immer sehr blass. Es geht ihr sicher gut. Mädchen in ihrem Alter sind zäher, als du glaubst.« Birna biss sich auf die Lippe. »Obwohl …«, fing sie an und ließ den Satz dann unvollendet in der Luft hängen, während sie nachdachte.

»Obwohl …?«, soufflierte Callum.

»Ach, nichts«, sagte Birna. Aber sie wirkte immer noch zerstreut. »Hm … ich glaube langsam, du könntest vielleicht doch recht haben. Wie lange ist sie jetzt schon verschwunden?«

Callum sah auf seine Uhr: neun Minuten vor fünf. »Ich würde sagen, sie ist jetzt seit einer Dreiviertelstunde weg.«

»Das ist ganz schön lang.« Birna schaute zum Fenster und blickte ernst durch ihr Spiegelbild hindurch auf die Straße. »Hier geht alle zehn Minuten ein Bus. Mittlerweile müsste sie tatsächlich zu Hause sein.«

»Siehst du? Und ich bin schuld an der ganzen Misere.« Callum geriet in Panik.

»Ach, jetzt weiß ich!« Birnas Gesicht hellte sich wieder auf. »Sie ist zu Lilja gegangen.«

»Zu Lilja?«

»Lilja ist Ástas Freundin. Sie wohnt im Hólsvegur, nicht allzuweit weg von hier. Das sind vielleicht zehn Minuten zu Fuß, aber echte Isländer, die wir sind, fahren wir mit dem Auto hin. Komm, du kannst hinter mir herfahren.«

Birna und Callum gingen eilig zum Parkplatz, wo sie ihn kurz zurückhielt, bevor sie bei ihren Autos waren. Sie legte ihm die Arme um die Taille und küsste ihn. Als sich ihre Lippen berührten, hörte Callum Vogelzwitschern und sah im Augenwinkel bunte Lichter tanzen: Birna hatte hinter seinem Rücken per Fernbedienung ihr Auto entriegelt.

»Wofür war der Kuss?«, wollte Callum wissen, als sie sich wieder von ihm gelöst hatte.

»Für deine Sorge.«

Callum hatte mehr Grund zur Sorge, als sie wissen konnte. Wenn er recht hatte und Kohl im Lande war, dann wäre es nicht das erste Mal, dass ihm der Kroate jemanden direkt vor seiner Nase raubte. Er konnte nur beten, dass Ásta nicht dasselbe Schicksal widerfahren war wie Sarah. Aber es war jetzt nicht der richtige Zeitpunkt, um Kohl zu erwähnen. Das war das Letzte, was Birna jetzt gebrauchen konnte. Und wenn sie Ásta bei ihrer Freundin fanden, dann konnte es immer noch sein, dass Callums Beziehung zu Birna und ihrer Familie die Enthüllung nicht überleben würde, dass ein Mann wie Kohl hinter ihnen her war, um ihnen etwas anzutun.

Der Verkehr rund um den Park hatte chaotische Formen angenommen. Zu Fuß wäre es schneller gegangen, dachte Callum, aber er wollte sich nicht beklagen.

Ásta, seine Schlüssel und sein Portemonnaie mochte er verloren haben, aber er würde den Teufel tun, ihre Mutter zu verlieren. Birna saß als Silhouette nur ein paar Meter vor ihm in ihrem Auto, dessen Bremslichter ununterbrochen rot leuchteten.

Eine Horde Mädchen im Teeniealter hüpfte durch die Lücke zwischen ihren beiden Autos. Sie trugen die traditionelle arktische Kluft: Miniröcke, kniehohe Stiefel, kurze Tops und Gänsehaut. Hätte auch Glasgow im Winter sein können. Callum hoffte jedoch, dass die Ähnlichkeit der beiden Städte hier aufhörte, dass Ásta sicher im Zimmer ihrer Freundin war und in eine Haarbürste trällerte. Wie glücklich wäre er, wenn sie Lilja gerade erzählen würde, was im Schwimmbad passiert war. Er fragte sich, ob die erste Periode etwas war, womit die Mädchen voreinander prahlten, so wie Jungs, wenn sie entdeckten, dass sie ejakulieren konnten (und einige dann auch gerne den Beweis antraten, sogar in öffentlichen Verkehrsmitteln). Er machte sich mit diesem Gedanken ein wenig Hoffnung und baute darauf, dass Ásta deswegen davongelaufen war. Sie hatte jemanden gebraucht, mit dem sie reden konnte, und wer war besser dazu geeignet als ihre beste Freundin? Das lag nahe. Niemand kann ein elfjähriges Mädchen besser verstehen als ein anderes elfjähriges Mädchen.

Birna parkte vor einem Bungalow aus rötlichbraunem Wellblech. Er sah aus, als wäre er aus jenen gerippten Papierlagen gebaut, wie man sie als Abdeckung in Pralinenschachteln findet. Das einstöckige Gebäude war teilweise überschattet von Islands »einzigem Baum«.

Wenn Callum auf das Haus eines Fremden zuging, überlegte er meistens, was das Haus gekostet haben mochte, und stellte Vermutungen darüber an, was für einen Job seine Besitzer hatten, um es sich leisten zu können. Aber er hatte festgestellt, dass die Häuser in Reykjavík alle ähnlich schlicht waren und selten etwas über die Leute verrieten, die in ihnen wohnten. Und Liljas bescheidene Behausung bildete da keine Ausnahme. Nach Callums Erfahrung konnten ihre Eltern genausogut Finanzhaie wie Fischer oder Spinner sein.

Er blieb im Auto sitzen, und ließ Birna alleine zur Tür gehen.

Sie klopfte zweimal kräftig an.

Sie wartete.

Nichts.

Sie hatte gerade die Hand gehoben, um noch einmal zu klopfen, als eine große Frau die Tür öffnete. Sie hatte einen dicken Schopf blondes Haar, der von einem hellblauen Haarband gehalten wurde, und trug eine Brille mit breitem schwarzem Rahmen. Neben ihr tauchte eine kleinere Ausgabe dieser Frau auf, das gleiche Haarband, die gleiche Brille. Birna lächelte das kleine Mädchen an und stellte ihrer Mutter eine Frage. Die große Frau schüttelte den Kopf. Sie nahm ihre Brille ab und hauchte die Gläser an. Dann wischte sie sie mit dem Ärmel ab, während Birna weitersprach.

Das junge Mädchen hüpfte über die Wiese auf Callums Toyota zu, blieb aber abrupt stehen, als sie sah, dass jemand darin saß. Sie warf einen kurzen Blick auf Callum. Als sich der Baum über ihr in der leichten Brise bewegte und wechselweise Sonnenlicht und Schatten auf sie warf, wechselte ihre blonde Haarfarbe zwischen leuchtendem Orange und gedecktem Olivbraun. Die Mutter des Mädchens rief nach ihr und winkte sie zurück ins Haus. Bevor sie die Tür wieder schloss, umarmte sie Birna kurz.

Birna sah Callum an und schüttelte den Kopf, als sie wieder zu ihrem Auto zurückging. Er folgte ihr nach Hause.

»Die Polizei meint, wir sollen die Nacht abwarten, und wenn sie bis zum Morgen nicht aufgetaucht ist, dann schicken sie jemand rüber.« Callum hängte das Telefon wieder an seinem Platz an der Küchenwand ein. »Sie haben Ástas Beschreibung an alle Streifenwagen rausgegeben und wollen auch den lokalen Radiosender informieren.«

»Diese nutzlosen Idioten«, giftete Birna.

»Ruhig jetzt«, sagte Sigriður. Sie goss ein durchsichtiges Gebräu aus dem Topf in einen Becher und reichte ihn ihrer Tochter. Die Küche roch intensiv nach Klee. »Viel mehr können sie ja nicht unternehmen.«

»Wir wissen beide ganz genau, dass das Blödsinn ist«, widersprach Birna. »Die sind doch nur faul. Die haben zu wenig zu tun, und wenn so was wie das hier passiert, dann kümmert sie das einfach nicht. Bitte einen *löggan* um etwas, wozu er keine Lust hat, und du rennst gegen eine Wand aus eiskalter Sturheit.«

»Ich habe ihnen eine Beschreibung von dem grünen Jeep gegeben«, sagte Callum, »der damals Ástas Pferd erschreckt hat.«

»Warum das denn?« Birna wirkte beunruhigt.

»Ich … ich dachte, ich sollte … du weißt schon … nur für den Fall der Fälle.«

»Du glaubst, dass Ásta entführt worden ist, stimmt's?«
Callum fühlte sich mies, als hätte er sie betrogen. »Ich bin sicher, dass es ihr gut geht. Ich wollte den Polizisten nur alle Informationen geben, die ihnen irgendwie weiterhelfen könnten.«
»Pah! Die *löggan* brauchen weiß Gott jede Hilfe, die sie kriegen können.«
»Was könnten sie schon mehr tun?«, wollte Sigriður wissen.
»Sie werden nur noch einmal überall dorthin gehen, wo ihr schon gesucht habt ... zu Lilja, zu den Ställen, an die Küste.«
»Das ist doch lächerlich«, meinte Callum. »In Großbritannien wären schon sämtliche Leute draußen und würden Felder und Wiesen durchstöbern, um sie zu finden.«
Ein paar Sekunden lang war es vollkommen still, als hätte jemand die Pausentaste gedrückt. Birna stellte ihren Becher ab und verbarg ihr Gesicht in einem Geschirrtuch.
»Denk gefälligst nach, bevor du was sagst«, zischte Sigriður.
»Tut mir leid. Ich wollte nicht so klingen, als ob ... ich wollte doch nur ...« Aber Worte konnten den Schaden nicht wieder gutmachen.
»Ist schon okay«, sagte Birna und hob den Kopf wieder. Sie wickelte sich das Geschirrtuch um einen Finger und tupfte sich die Tränen von den Lidern. »Ich sollte mich nicht so aufregen. Es ist schließlich nicht das erste Mal, dass Ásta einfach so verschwindet. Sie kommt schon zurück, wenn sie dazu bereit ist.«
»Willst du damit sagen, dass sie das regelmäßig macht?«, fragte Callum.
»Nein. Aber letztes Jahr ist sie einmal nicht von der Schule heimgekommen und erst um zwei Uhr morgens wieder aufgetaucht.«

»Hast du dir denn keine Sorgen gemacht?«

»Natürlich hab ich mir Sorgen gemacht. Ich bin ihre Mutter.« Birna sah Callum an, als käme er von einem anderen Stern. »Es war ein Sommerabend, wie heute. Um diese Jahreszeit ist es gar nicht ungewöhnlich, dass die Kinder draußen bleiben und das Licht genießen. Und das muss man ihnen ja auch gönnen, im Winter kriegen sie so wenig davon ab. Schau ...« Birna zeigte auf die Pflanzen auf dem Fensterbrett, die immer noch keck und mit geöffneten Blüten in ihren Töpfen standen. »Es ist halb zwölf, und unsere Pflanzen erfreuen sich immer noch am Tageslicht. Darum erlauben wir unseren Kindern auch, diese Sommernächte zu nutzen. Und darum wird die Polizei auch bis morgen früh nichts unternehmen.«

»Trink deinen Tee«, mahnte Sigriður, mit einer Stimme, die so sanft und heilsam schien wie ihr Kräuteraufguss.

Callum goss sich auch eine Tasse ein. Das brauchte er jetzt.

»Als Ásta zum ersten Mal verschwunden ist, wo ist sie denn da hingegangen?«

»Als sie aus dem Schulbus stieg, hat sie beschlossen, an der Küste entlang nach Hause zu laufen. Eine Gruppe von Delfinen hatte einen Heringsschwarm in die Bucht getrieben, und Ásta setzte sich hin, um ihnen beim Spielen zuzuschauen. Sie suchte sich ein windgeschütztes Fleckchen unter dem Rumpf eines Bootes, das irgendwann mal ein paar hundert Meter von hier angeschwemmt worden war. Ich weiß noch, dass ich mit dem Pony losgezogen bin, um sie zu suchen, aber unter dem Schiffswrack war sie natürlich nicht zu sehen. Um zwei Uhr morgens kam sie hier zur Tür hereinspaziert, und ihr Gesicht war vom Schlafen auf der Schultasche noch ganz faltig.«

»Warst du denn nicht böse auf sie?«, fragte Callum.

»Warum sollte ich böse sein? Ich hatte meine Tochter zurück.«

»Ich weiß, aber sie hätte dich doch anrufen können, um dir Bescheid zu geben, wo sie ist.«

»Ich erlaube Ásta kein Handy. Sie braucht keins. Wen sollte sie denn anrufen? Ásta hat nicht viel mehr Freunde als Lilja, und die beiden sehen sich sowieso jeden Tag in der Schule. Das ist hier keine Großstadt wie Glasgow. Warum sollte man jemand anrufen, wenn du ihm auch gleich auf die Schulter tippen oder direkt zu seinem Haus rüberlaufen kannst?«

»Anna Björk meinte, hier in Reykjavík hat jedes Mädchen ein Handy.«

»Ásta ist aber nicht jedes Mädchen in Reykjavík«, bemerkte Sigriður schroff.

»Ich weiß«, beschwichtigte Callum. »Aber wenn sie ein Telefon hätte, dann könnten wir sie jetzt wenigstens anrufen.«

»Dazu müsste sie aber erstmal rangehen«, wandte Birna ein.

»Wie? Sie würde nicht rangehen, wenn du sie anrufst?«

»Wer weiß? Könnte sein, dass sie gerade ein bisschen alleine sein will. Es war ja doch ein ganz schön heftiger Tag heute.«

»Aber weiß sie denn nicht, dass du ihr helfen kannst? Wenn sie mit jemand reden muss … na ja … würde sie da nicht am ehesten mit ihrer Mutter reden? Sie weiß doch bestimmt, dass du dir Sorgen um sie machst.«

Birna, die gerade den Becher zum Mund führen wollte, hielt in der Bewegung inne und dachte über diese Frage nach. »Ásta ist ein unabhängiger Geist. Sie löst die Dinge gerne auf ihre Art. Ich war in ihrem Alter genauso.«

»Du bist doch immer noch so«, scherzte Sigriður.
Birna lächelte zum ersten Mal seit Stunden. »Ásta ist gerne mit sich allein. Deswegen ist sie auch nicht wie alle anderen Mädchen in Reykjavík. Ich würde gar nicht wollen, dass sie wie alle anderen ist.«
»Und was, wenn sie ausgerissen ist?«, fragte Callum. »Wie du sagst, sie ist ein unabhängiger Geist. Und sie hat mein Portemonnaie.«
»Warum sollte sie denn ausreißen?«, wollte Birna wissen.
»Sie könnte ein bisschen durcheinander sein, oder? Nach dem, was im Schwimmbad passiert ist.«
»Das bezweifle ich. Ásta und ich haben über diese Dinge schon von Frau zu Frau geredet. Ich habe dafür gesorgt, dass sie weiß, was in ihrem Körper vorgeht.«
»Warum war sie dann so verstört, als es passierte?«
»Der Mann versteht überhaupt nichts«, bemerkte Sigriður.
Calum sah, dass sie Eier in eine Schüssel schlug.
»Der erste Anblick von Blut ist für jedes Mädchen verstörend«, erklärte Birna. »Aber es würde Ásta nicht ähnlich sehen, wegen ein bisschen Blut von zu Hause auszureißen. Und wo sollte sie denn überhaupt hingehen? Außerhalb von Reykjavík hat sie gar keine Freunde.«
»Ist es nicht irgendwie komisch, dass sie so wenig Freunde hat?«, fragte Callum.
»Ásta hat so viele Freunde, wie sie braucht.« Sigriður begann die Eier mit dem Schneebesen zu traktieren. »Sie hat ihre Mutter und ihre Großmutter, Lilja, ihre Ponys, die Vögel am Himmel und die Delfine in der Bucht. Für die meisten Leute ist die Natur nur ein Hobby oder ein Zeitvertreib. Für unsere Familie ist sie jedoch eine Lebensphilosophie.«
Nicht zum ersten Mal fühlte Callum sich wie ein Fremder.

Es kam ihm vor, als würden all seine Regeln hier nicht mehr gelten, als würde er überhaupt nicht zählen.
Birna bemerkte seinen hoffnungslosen Gesichtsausdruck. »Ich weiß, dass du all diese Fragen stellst, weil du etwas für meine Tochter empfindest. Ich hoffe, dass du immer etwas für sie empfinden wirst. Aber versuch zuerst, sie überhaupt zu verstehen. Dann wirst du dir auch nicht mehr so große Sorgen machen. Ásta ist ein gutes Mädchen. Wir sollten alle froh darüber sein, dass sie so ist, wie sie ist. Und wenn sie hier zur Tür hereinspaziert, dann werden wir ihr das auch alle sagen.«

21

Birna schlief allein in Ástas Zimmer.
Beziehungsweise lag sie die ganze Nacht wach auf dem Bett ihrer Tochter, horchte zur Tür hin und hörte doch nur See und Wind, das Klappern von Metall und die arktischen Seeschwalben, die ihren isländischen Namen schrien: *kría, kría, kría.*
Als Callum ihr um sechs Uhr morgens einen Kaffee brachte, saß sie auf der Bettdecke und trug immer noch die Kleidung vom Vortag. Sie hatte sich nicht einmal die Mühe gemacht, ihre schlammverkrusteten Stiefel auszuziehen.
»Hier, trink das.« Er reichte ihr den dampfenden Becher. »Und ich hoffe, dass du auch Hunger hast. In der Küche stapeln sich die Pfannkuchen schon bis zur Decke. Sigriður muss die ganze Nacht gebacken haben.«
»Ich riech sie schon«, sagte Birna. »Das ist wohl Mutters

Art, damit fertigzuwerden. Als mein Vater starb, bekam jeder Haushalt auf den Westmänner-Inseln eins von ihren Heidelbeerbroten.«

Callum setzte sich zu ihr auf das schmale Bett. Er sah sich im Kinderzimmer um, in dem überraschenderweise überhaupt keine Poster hingen. Er hätte erwartet, dass ihm hier Kylie ihren Hintern entgegenrecken würde, Justin ihn mit seinem Waschbrettbauch beschämen und Britneys Schuluniform nach einer Stunde Nachsitzen schreien würde. Aber das einzige Bild an der Wand war ein gerahmtes rechteckiges Stück Leinen, auf das zwei Pferde gestickt waren – eines braun, eines weiß – deren körperlose Köpfe von einer Girlande aus violetten Lupinen umkränzt wurden. Callum bemerkte, dass Ásta jede Menge Bücher auf ihren Regalen hatte. Irgendwo dazwischengequetscht sah er auch die zwei Videos, die er ihr vom Flohmarkt am Hafen mitgebracht hatte. Keine der Filmkassetten war aus der Plastikschutzhülle herausgenommen worden. Weitere Regale enthielten reihenweise Einmachgläser. Einige voller Wasser. Andere enthielten ausgeblichene Polaroid-Fotos von unglaublich sonnigen Himmeln. Wieder andere enthielten Kassetten, auf deren Cover kindliche Blitze aufgemalt waren. Jedes Glas trug einen Aufkleber, auf den mit lila Filzstift Name und Datum gekritzelt waren.

»Was denkst du gerade?«, wollte Birna wissen. Sie hatte sich aufrecht hingesetzt, um ihren Kaffee nicht zu verschütten.

»Du willst nicht wirklich wissen, was ich denke.«

»Nein, los, erzähl.« Sie legte ihm eine Hand auf den Rücken. »Schlimmer als die Gedanken, die mich die ganze Nacht verfolgt haben, kann es gar nicht sein.«

»Na ja … es ist nur …« Callum drehte sich um, so dass er

ihr direkt ins Gesicht schaute. »Bist du sicher, dass du das hören willst?«

Birna nickte. »Ich will, dass du aufrichtig zu mir bist.«

»Okay«, sagte Callum, obwohl er nicht ganz sicher war, wie ehrlich er sein sollte. »Die Sache ist die – ich gucke mich in diesem Zimmer um und merke, dass hier ein interessanter kleiner Mensch wohnt. Ich möchte diesen Menschen kennenlernen. Ich glaube, ich könnte auch noch von ihm lernen. Aber ich habe Angst, dass das vielleicht gar nicht mehr möglich sein wird.« Callum hielt inne. Seine Augen begannen zu brennen. Er kniff sich in die Nasenspitze.

»Wenn du weinen willst, dann wein«, forderte Birna ihn auf.

»Ich will nicht weinen«, verteidigte er sich, als hätte sie ihn beleidigt. »Das ist mein Heuschnupfen.«

»Callum, in Island kriegt man keinen Heuschnupfen. Wo bitte schön sollten denn die Blüten herkommen?«

»Es geht mir gut. Ich mache mir nur Sorgen um dich. Was denkst du?«

»Das Schlimmste«, antwortete Birna mit der Präzision ci ner Guillotine.

Callum stützte seinen Kopf in die Hände. All das war seine Schuld. Selbst wenn Birna es nicht aussprach, sie dachte es zweifellos. Warum machte sie ihm keine Vorwürfe? Sie hatte ihm ihre Tochter für einen Nachmittag überlassen. Einen einzigen, popligen Nachmittag, und er hatte es geschafft, alles, aber auch wirklich alles zu vermasseln. Warum brach sie keinen Streit mit ihm vom Zaun, warum schlug sie ihm nicht ins Gesicht, warum trommelte sie ihm nicht mit beiden Fäusten auf der Brust herum, warum tat sie nicht das, was sie in dieser Situation doch eigentlich tun müsste?

»Nein, das stimmt nicht ganz«, schränkte sie ein. »Ich würde lügen, wenn ich sagen würde, dass ich nur Schlimmes denke. Bevor du kamst, habe ich daran zurückgedacht, wie es im Krankenhaus war, gleich nach Ástas Geburt. Ich habe daran gedacht, wie die Schwestern mir dieses winzige Bündel brachten, bei dem oben der schwarze Schopf herausguckte. Bevor sie sie mir in die Arme legten, machten sie mein Bett, während ich darin lag. Sie stopften die Decken so fest, dass ich nicht mal mehr mit den Zehen wackeln konnte.« Birna stellte ihren Kaffee ab und griff nach Ástas Kissen. Sie drückte es an sich und bettete ihre Nase in eine Falte.

»Einen friedlicheren Augenblick als diesen habe ich nie erlebt … der Augenblick, als ich Ásta zum ersten Mal im Arm hielt. Diese kleine Person öffnete ihre Augen und sah zu mir hoch, als würde sie erwarten, dass ich etwas machte. Aber ich konnte einfach nur lächeln. Das ist ihr wohl ziemlich schnell langweilig geworden, denn sie drehte den Kopf weg und guckte zur Sonne, die zu den Krankenhausfenstern hereinschien. Dann streckte sie ihre Ärmchen und schlief wieder ein, ganz rosa und gelb und flaumig, wie ein kleiner Pfirsich.«

Birna blickte zu Callum, als würde auch sie von ihm erwarten, dass er etwas machte. »Bitte, Callum …« Ihr Gesicht verzog sich. »Bitte bring mir mein Baby zurück.«

Er fing sie auf, bevor sie wegsacken konnte. Während er sie fest an sich drückte, lag Ástas Kissen sicher zwischen ihren warmen Körpern.

»Birna«, flüsterte Sigriður.

Sie stand auf der Schwelle.

»Birna«, wiederholte sie etwas lauter. »In der Küche sitzt ein Polizist.«

Birna machte sich von Callum los. Sie fächelte sich mit der Hand kühle Luft ins Gesicht. Ihr Hals war ganz fleckig und gerötet.
»Sag ihm, ich komme gleich«, sagte sie. »Ich gehe kurz ins Badezimmer und mach mir das Gesicht ein bisschen zurecht.«

»Diese Pfannkuchen sind einfach spitze«, hustete Hallgrímur Hoskuldsson durch einen Mundvoll zerkauten Brei. Der Polizist reichte Sigriður den leeren Teller. Sie war nicht ganz sicher, ob er einen Nachschlag haben wollte, oder ob er erwartete, dass sie den Teller in die Spüle stellte. Also ging sie auf Nummer Sicher, griff zu ihrem Pfannenwender und belud den Teller des Beamten mit einem neuen Stapel weicher goldener Scheiben.
»*Takk*«, sagte er. »Aber das sind jetzt wirklich die Letzten. Ich werde noch fett, wenn ich noch länger in diesem Haus bleibe.« Er lachte und klopfte sich auf den großen Medizinball, der sich unter seinem Hemd versteckte.
»Hallgrímur, Sie erinnern mich an einen Bekannten«, sagte Callum. »Das ist fast schon unheimlich.« Er dachte an Wedderburn.
»Sieht er sehr gut aus?« Hallgrímur klopfte Sigriður auf den Schenkel und erwartete, dass sie mitlachte. Aber ihr Gesicht blieb unbewegt.
Birna hatte inzwischen die Küche betreten.
Der Polizist stellte vorsichtig seinen Teller hin. Er sah aus, wie ein Trauergast, der bei der Totenwache mit einem Cocktailwürstchen in der Hand ertappt wird, bevor auch nur ein einziges Gebet gesprochen worden ist. »Sie müssen die Mutter sein«, sagte er und leckte sich die Marmelade aus den Mundwinkeln.

»*Já*. Ich bin Birna Sveinsdóttir.«

Callum sah, dass Birna mehr Make-up aufgelegt hatte als normal. Und sie hatte ihr T-Shirt mit dem Tarnmuster gegen ein gediegenes schwarzes Poloshirt ausgetauscht, das ihren Hals verbarg.

»Birna Sveinsdóttir«, sagte der Polizist und langte nach seiner Jacke, die über seinem Hocker hing. Er beugte sich so weit hinunter, wie es ihm sein Bauch erlaubte, und zog ein Notizbuch aus einer der Taschen. »Bir-na Sveins-dót-tir«, wiederholte er und schrieb den Namen in sein Buch.

Birna schaute Callum an und schüttelte ungläubig den Kopf. Er nickte zustimmend. Sigriður sah es und ermahnte sie mit erhobenem Zeigefinger. Der Polizist jedoch bemerkte davon nichts.

»Gibt es irgendwelche Neuigkeiten?«, wollte Birna wissen. Callum wusste, dass sie sowohl gute als auch schlechte meinte.

Hallgrímur hustete, wobei ihm ein paar gelbe Stückchen unverdauter Pfannkuchen auf die vorgehaltene Hand flogen. Birna schaute weg, während ihre Mutter ihm ein Taschentuch reichte. »Neuigkeiten«, sagte er und wischte sich die Hand trocken. Dann räusperte er sich. »Es gibt nichts Neues zu berichten. Bis jetzt ist das Mädchen nirgendwo gesehen worden. Aber die gestrige Suchmeldung im Radio hat uns ein erfreuliches Ergebnis gebracht: Eine Reporterin des *Morgunblaðið* hat mit uns Kontakt aufgenommen. Sie möchte ein Foto von Ásta in der Zeitung abdrucken.«

»Sie sind doch wirklich zu nichts nütze!«, schrie Birna völlig überraschend.

»Bitte, Birna«, sagte Sigriður eindringlich. »Das bringt uns doch nicht weiter.«

»Nein, Mutter, *er* ist es, der uns nicht weiterbringt.« Sie zeigte mit einem anklagenden Finger auf Hallgrímur. »Unsere Polizei ist völlig ratlos. Die sind doch total unfähig, mit einem ernsten Fall fertigzuwerden.«

»Ich versichere Ihnen, Birna, wir haben es jeden Tag mit ernsten Verbrechen zu tun«, beteuerte der Polizist. Seine Augen schweiften wieder zu seinem Pfannkuchenstapel. Sie wurden langsam kalt.

»Blödsinn!«, brüllte Birna. »Das ernsteste Verbrechen, mit dem ihr zu tun habt, ist doch, wenn ihr in die Docks gerufen werdet, um einen Streit zwischen einem Besoffenen und einer Möwe zu schlichten.«

»Na, komm.« Sigriður streckte die Arme nach ihr aus.

»Das stimmt nicht«, sagte Hallgrímur. »Erst letzte Nacht war ich im Breiðholt-Viertel auf Streife. Da geht es wirklich ganz schön heftig zu. Manchmal glaube ich, da wohnt in jedem Haus ein Drogendealer.«

»Sie waren also in Breiðholt und haben ein paar Joints beschlagnahmt, während Sie eigentlich nach meiner Tochter hätten suchen müssen.« Die Röte hatte sich von Birnas Hals auf ihr Gesicht ausgebreitet.

»Ich verstehe Ihre Enttäuschung, aber ich kann Ihnen versichern, wir tun alles, was in unserer Macht steht«, sagte Hallgrímur.

»Das ist doch Scheiße«, schnauzte Callum. »Haben Sie denn tatsächlich schon einmal Ihren fetten Arsch hochgekriegt, um nach dem Mädchen zu suchen?«

Auf einen Schlag verfinsterte sich das Gesicht des Polizisten. Unter seinen hängenden Lidern sah er ihn aus blauen Augen an. »Sind Sie der Vater des Mädchens?«, erkundigte er sich.

»Nein«, mischte sich Birna ein, als ob sie Callum daran erinnern müsste. »Ástas Vater ist schon lange tot.«

Der Polizist wandte seine Aufmerksamkeit wieder dem Schotten zu. »Sie sind also …«

»Callum Pope. Ich bin Birnas Partner.«

»Und Ausländer«, ergänzte der Polizist.

»Was zum Teufel hat das damit zu tun?«

»Bitte, Callum«, sagte Sigriður. »Beherrsch dich ein bisschen, ansonsten solltest du lieber gehen.«

Callum atmete tief durch, bevor er sich wieder auf den Polizisten konzentrierte. »Hören Sie mal, mein Lieber, was meine Person angeht, so braucht Sie nur zu interessieren, dass ich mit Ásta unterwegs war, als sie verschwand. Ich bin einer der Letzten, der sie lebend gesehen hat.«

»Wollen Sie damit sagen, dass sie tot ist?«, fragte Hallgrímur.

»Callum? Was redest du denn da?« Birna sah ihn an, als würde sie ihn gar nicht kennen.

»Das war ein Versprecher«, verteidigte er sich.

»Woher wissen Sie denn, dass sie tot ist?«, bohrte Hallgrímur weiter.

»Warum sagst du denn so was?«, fragte Sigriður. »Warum, Callum?«

»Ich hab es nicht so gemeint. Ich hab einfach nicht nachgedacht.«

Hallgrímur führte unterdessen Selbstgespräche: »Also, ich habe niemals behauptet, dass sie tot ist. Und die Frau hat auch niemals behauptet, dass sie tot ist. Woher kann er also wissen, dass sie tot ist?«

»Birna«, flehte Callum. »Du weißt doch, dass ich Ásta niemals etwas antun könnte.«

»Antun? Ihr etwas *antun*?«, wiederholte Hallgrímur. »Jetzt sagt er auch noch, dass er ihr etwas angetan hat.«

Callum beugte sich zu ihm herab und schrie ihm direkt ins

Ohr: »Könnten Sie verdammt noch mal eine Minute den Rand halten und zuhören, was ich sage? Ásta ist nicht tot, und ich habe ihr kein Haar gekrümmt.«

Birna war mittlerweile in Tränen ausgebrochen und lag in den Armen ihrer Mutter.

»Es tut mir leid, Birna.« Callum war ganz schlecht, und das sicher nicht deswegen, weil er noch nicht gefrühstückt hatte. »Ich sollte besser gehen. Ich bin hier nur im Weg. Das ist eine Familienangelegenheit und ... na ja, ich gehöre nicht zur Familie, nicht wahr? Ihr möchtet das sicher lieber untereinander ausmachen.«

In dem Moment, als Callum seine Jacke vom Stuhl neben dem Polizisten nahm, schloss sich mit leisem Klicken eine Handschelle um sein Handgelenk.

»Der einzige Ort, wo Sie jetzt hingehen«, erklärte Hallgrímur, »ist das Polizeirevier.«

»Sie werden sicher erfreut sein zu hören, dass Reykjavík keine Ähnlichkeit mit der Bronx hat«, sagte Hallgrímur, als er Callum durch die Stadt fuhr. »Wir hatten 1984 unseren ersten bewaffneten Raubüberfall. Aber in den letzten zwanzig Jahren hat Island rasche Fortschritte in allen anderen Bereichen gemacht, warum sollte das bei den Verbrechen anders sein? Ich bin stolz, Ihnen mitteilen zu können, dass wir mittlerweile in drei Jahren zwei Morde verzeichnen.«

»Sie würden einen Mörder doch nicht erkennen, wenn er Ihnen sein Messer in den Bauch rammt«, höhnte Callum.

»Ach du Scheiße«, rief Hallgrímur aus. »Mir fällt gerade ein, ich hab total vergessen, Sie zu durchsuchen. Sagen Sie ... tragen Sie ein Messer bei sich?«

»Nein, ich habe kein Messer dabei.« Der Reiz des Neuen an Callums Situation begann zu schwinden. »Hören Sie, Hallgrímur, ich hoffe sehr, dass Sie sich was Sinnvolles bei dieser Geschichte hier gedacht haben. Und Sie sollten sich weiß Gott was verdammt Sinnvolles dabei gedacht haben. Denn während Sie Ihre Zeit mit mir verplempern, ist ein Kind irgendwo da draußen wahrscheinlich in Schwierigkeiten. In ernsten Schwierigkeiten, glauben Sie mir. Ich meine, was soll dieser ganze Quark hier eigentlich? Wollen Sie mich verwarnen?«

»Darüber habe ich noch nicht entschieden.«

»Natürlich nicht.« Callum stieß ein paar stumme Obszönitäten aus.

Zuvor hatte es geregnet, und obwohl der Schauer vorbei war, schillerten auf den Fenstern des Polizeiautos noch große Regentropfen. Callum war dankbar. Die diamantenbesetzten Fenster machten es den gaffenden Einheimischen schwer, sein Gesicht zu erkennen. Leider hatte Hallgrímur die Aufmerksamkeit durch den unnötigen und melodramatischen Einsatz der Polizeisirene unweigerlich auf sich gezogen. Callums Anonymität war dahin, als er auf dem Vorplatz der Polizeistation aus dem Auto stieg. Dort stürzte sich zwar keine Meute erfahrener Paparazzi auf ihn, die ihn mit ihren zuckenden Blitzlichtern brieten wie einen Breitling. Stattdessen aber wartete dort ein kahlgeschorenes, mit einer Wegwerfkamera bewaffnetes Mädchen. Callum bereute es sofort, nicht mit einem Kissenbezug über dem Kopf ausgestiegen zu sein.

Hallgrímur legte eine Hand über die Linse ihrer Kamera. Er blökte sie auf Isländisch an, aber sein Satz enthielt weder die Wörter »Steckrübe« noch »Schnee«, da war sich Callum ganz sicher. Er nahm an, dass der Polizist sie darauf aufmerksam machte, dass er ihre Kamera konfiszieren musste, wenn sie unerlaubt Bilder schoss.

»*Morgunblaðið*«, antwortete das Mädchen. Sie zog eine Visitenkarte aus ihrer Brieftasche und zeigte sie dem Beamten.
»Ah, Katrin Rós«, sagte Hallgrímur, gab ihr die Karte zurück und setzte ein Lächeln auf. »Callum, das hier ist Katrin Rós Þórleifsdóttir. Sie ist die Journalistin, von der ich Ihnen erzählt habe, die um ein Foto von Ásta gebeten hat. Sieht so aus, als könnte unser Foto morgen auch noch in der Zeitung erscheinen.«
»Sind Sie der Kerl, der sie ermordet hat?«, fragte Katrin. »Wie haben Sie sie umgebracht? Und wie haben Sie die Leiche verschwinden lassen?«
»Keine Fragen, Katrin«, wies Hallgrímur sie an. »Du darfst nur fotografieren. Die Befragung überlass lieber den Profis.«
»Wenn's sein muss«, sagte das kahlgeschorene Mädchen. »Aber könnte ich euch beide bitten, euch so hinzustellen, dass die Gesichter im Sonnenlicht sind? Mein Blitz ist nämlich ziemlich schwach.«
»Was zum Teufel soll denn werden?«, fragte Callum. »Könnten wir bitte reingehen?«
»Kein Problem, Katrin«, versicherte Hallgrímur und ignorierte Callums Protest. Er zwang seinen Gefangenen, die erforderliche Position einzunehmen.
Die Fotografin war nicht ganz glücklich. »Hallgrímur, könntest du ihm bitte die Hand auf die Haare legen, als würdest du dran ziehen?«
Diesmal schien der Polizist doch zu zögern. »Ich fasse ihm nur in die Haare, wenn du mir versprichst, dass zu diesem Bild keine Story über brutale Polizeimethoden erscheint.«
Katrin lachte. »Natürlich nicht. Ich dachte nur, dass die Festnahme ein bisschen dramatischer wirkt, wenn es ein

bisschen nach Gerangel aussieht. Wenn du den Mörder härter anfasst, ist die Wahrscheinlichkeit viel größer, dass ich dich auf die Titelseite bringen kann.«
»Ich bin kein Mörder«, protestierte Callum.
»Kein Problem, Katrin.« Hallgrímur hob eine Strähne von Callums Haaren hoch und schloss seine Faust darum. »Mr. Pope, sagen Sie mir bitte Bescheid, wenn Ihnen das wehtut.«
»Das ist doch alles völlig durchgeknallt«, meinte Callum. »Ich würde lachen, wenn's nicht so ernst wäre.«
»Seh ich gut aus, Katrin?«, fragte Hallgrímur. »Ich könnte ja noch so tun, als würde ich ihm meinen Finger ins Auge bohren, wenn das ein besseres Bild abgibt.«
»Du siehst gut aus. Aber bevor ich euch jetzt bitte, ›cheese‹ zu sagen, dürfte ich vielleicht noch eine Frage stellen: War es ein sexuelles Motiv?«
»Katriiiin«, gurrte Hallgrímur. »Du böses Mädchen! Keine Fragen, hab ich gesagt.«
Katrin zuckte die Achseln. War ihr doch egal. Sie hatte ihr Foto.
Als sie im Gebäude waren, schaute Callum noch einmal durch die Glastür zurück und sah, wie sich die kahlköpfige Journalistin auf der Motorhaube des Polizeiautos räkelte. Sie verschoss offensichtlich noch die letzten Bilder auf dem Film mit ein paar Aufnahmen von sich selbst.
»Was war das denn?«, fragte er. »Ich nehme doch an, dass die nichts drucken können, bevor Sie mich für schuldig befinden.«
»Sie geben also zu, dass Sie schuldig sind«, stellte Hallgrímur fest.
»Das habe ich überhaupt nicht gesagt. O Mann, Birna hatte echt recht. Sie *sind* ein Stümper.«

»Das will ich mal lieber nicht gehört haben.« Hallgrímur hievte seinen massigen Körper hinter Callum und machte ihm die Handschellen auf.

»War das wirklich nötig, dass Sie mir Handschellen anlegen?«

»Ja«, entgegnete Hallgrímur. »Ich muss sie ab und zu benutzen, sonst verrosten sie mir noch ganz. So, und jetzt kommen Sie bitte mit, ich glaube, wir haben ein Vernehmungszimmer am Ende des Korridors.«

»Sie *glauben*?«

»Ist nur so ein Gefühl. Aber ich bin Detektiv. Ich habe eine Nase für solche Dinge.«

Er führte Callum in einen kleinen Abstellraum mit nikotinfarbenen Wänden. Darin stand ein Tisch mit vier orangefarbenen Stühlen rundherum. Callum hatte eigentlich ein Aufnahmegerät auf dem Tisch erwartet, mit dem das Verhör aufgezeichnet werden konnte, aber anscheinend war nachts jemand eingebrochen, hatte es gestohlen und hatte stattdessen ein Dutzend säuerlich riechender Flaschen Egils Gull hinterlassen, einen Satz abgegriffener pornographischer Spielkarten und eine Schüssel, die wohl einmal Salzbrezeln enthalten hatte, jedenfalls wiesen die Krümel und Salzreste darauf hin. Auf dem Boden war eine dünne Schicht Zigarettenasche.

»Tut mir leid, ist gerade ein bisschen unaufgeräumt«, meinte Hallgrímur. »Das liegt an diesen Putzfrauen von den Philippinen, die wir neuerdings beschäftigen. Die arbeiten billig, aber wahrscheinlich kriegt man auch nur das, wofür man bezahlt. Die Zuwanderung wird dieses Land eines Tages noch ruinieren.« Hallgrímur fuhrwerkte am Tisch herum, sammelte die leeren Bierflaschen ein und stellte sie auf den Boden. Als er die klebrigen Spielkarten vom Tisch löste, riss er jede Menge Titten und Schwänze ab. Dann legte er die frisch zensierten Karten in ihre Schachtel zurück. »Wir haben den reinsten Genpool der Welt, und jetzt wird alles verschmutzt«, klagte er. »Unsere Töchter ficken Polacken oder gehen mit einem Schotten ins Bett.« Er blickte zu Callum und lächelte sarkastisch. »Soll ich Ihnen einen kleinen Schluck Whisky holen?«

»Sie sollen mich hier rauslassen.« Callum zog sich einen Stuhl heraus. Auf der Sitzfläche hatte eine Zigarette ein Brandloch im Plastik hinterlassen. Er nahm an, dass es Absicht gewesen war. Diese Annahme bestätigte sich rasch, als er sich setzte und ihm ein kalter Luftzug verriet, dass sich die Position dieses Loches haargenau mit dem Loch in der Mitte seines Hinterteils deckte.

»Sind Sie sicher, dass ich Ihnen nichts zu trinken holen soll? Ich hole mir auch einen Kaffee. Ob ich zwei Tassen mache oder eine, kommt auf dasselbe heraus.«

Callum winkte ab. Er wollte überhaupt nichts mehr sagen. Er war froh, als Hallgrímur die Tür hinter sich schloss, froh, die Luft für einen Augenblick mit niemandem teilen zu müssen, auch wenn diese Luft mit Alkohol und Nikotin geschwängert war.

Es war nicht das erste Mal in seinem Leben, dass er beschuldigt wurde, einen Menschen umgebracht zu haben, dazu jemanden, den er liebte. Die Erinnerung an seine Festnahme in Prag war bestenfalls schemenhaft. In seinem damaligen Zustand hatte er die Details gar nicht aufnehmen können. Er hatte mit ganz anderen, viel entsetzlicheren Dingen fertigwerden müssen. Aber diesmal war es anders. Sein Kopf war vollkommen klar, und außerdem war offensichtlich, dass die Leute hier – im Gegensatz zur Policie Praha – Amateure waren. Sie legten ihn in Handschellen, schleiften ihn durch die Stadt wie Starsky oder Hutch, und dann dieses Verhörzimmer, das nebenbei als Mondscheinkneipe fungierte: die reinsten Laien. Und je lächerlicher seine Situation geworden war, umso erschreckender war sie auch geworden. Irgendwo da draußen war ein junges Mädchen in Schwierigkeiten, und diese Typen hier hatten garantiert nicht die geringste Aussicht, sie zu finden.

Und dann noch Birna. Und Sigriður. Sie hatten überhaupt nichts unternommen, um den Polizisten davon abzuhalten. Sie hatten nichts getan, um ihn zu verteidigen. Sie dachten doch wohl nicht wirklich, dass … dass Callum jemals … dass er ein … oder doch?

Die Tür ging wieder auf. Der Kalender mit den Pin-Ups, der an der Tür gehangen hatte, fiel zu Boden. Hallgrímur kam herein und balancierte drei Kaffeetassen in der Hand.

»Ich wollte keinen Kaffee«, erinnerte ihn Callum.

»Stimmt«, bestätigte Hallgrímur. »Aber wir haben Besuch.«

Eine Hand erschien über der Schulter des Polizisten – die Hand einer Frau. Sie hielt ihm die Tür auf. Callum erkannte den Bronzering am kleinen Finger wieder. Der schwarze Ärmel war ein weiterer Hinweis.

»Birna?«

Sie betrat den Raum nach dem Polizisten, drehte sich um und winkte noch jemand herein.

»Sigriður?«, fragte Callum.

Eine junge Frau kam zögernd herein: die Dame von der Kasse im Laugardalur-Freibad.

»Sieht aus, als wäre heute Ihr Glückstag, Mr. Pope«, verkündete Hallgrímur. »Anscheinend ist gerade Ihr Alibi eingetroffen.«

Der Regen rauschte mit voller Kraft auf die Windschutzscheibe des Suzuki nieder. Reykjavík schäumte über. Dächer platzten, Gebäude gurgelten und Körper strömten in die Gullys. Birnas Scheibenwischer kamen gegen diesen Regen nicht mehr an.

»Danke«, sagte Callum.

»Bei mir musst du dich nicht bedanken«, wehrte Birna ab. »Schick deine Blumen ans Freibad. Die Kassiererin hat dich da rausgeholt. Sie hat dich nämlich zu dem Zeitpunkt, als Ásta aus deinem Auto verschwunden sein muss, im Eingangsbereich warten sehen.«

»Ich weiß, aber wenn du sie nicht ausfindig gemacht hättest ... ich meine ... die hätten mich da festhalten können bis ... wer weiß, wann die mich ...«

»Die *löggan*? Pah! Die hätten doch Tage gebraucht, bevor sie das Freibad aufgesucht hätten, und dann noch mal Wochen, um eine Aussage von diesem Mädchen aufzunehmen. Und ich habe nicht wochenlang Zeit. Auch nicht tagelang. Ich muss Ásta jetzt finden.« Birnas Gänge krachten, als sie die Schaltung kämpfte. »Wenn du willst, dass die Dinge ordentlich erledigt werden, dann musst du sie selbst erledigen. Das war das Motto meines Vaters. Deswegen hatte er seine eigenen Unternehmen, im Sommer exportierte er Papageitaucher, im Frühling sammelte er Angelika, in den dunklen Monaten züchtete er Austern. Er hat sich nie darauf verlassen, dass jemand anders die Arbeit für ihn tut, und das werde ich auch nicht. Mein Vater ist seinen eigenen Weg gegangen, und das tu ich auch. Ich muss meine Tochter selbst finden, selbst wenn das bedeutet, dass ich an jeder Haustür läute und jeden Menschen anhalte, den ich auf der Straße treffe.« Birna sah Callum nicht an. Sie starrte entschlossen in den Regen.

Er machte sich Sorgen um sie. Hinter ihrer stählernen Fassade litt sie, das wusste er. Sie errichtete eine Wand um sich, wie eine Wand aus Lava, die abkühlt und steinhart wird, unter der sich aber instabile Schichten verbergen.
»Bitte lass mich mitsuchen«, sagte Callum.
»Das wird schwierig«, gab Birna zurück.
»Warum sollte das schwierig sein? Ich habe meinen eigenen Wagen. Auf die Art können wir ein größeres Gelände abdecken. Zwei Augenpaare sehen mehr als eines.«
»Ich weiß. Aber das ist nicht möglich.«
»Warum nicht? Birna, du musst mir erlauben, dir zu helfen. Ich bin für diese ganze Geschichte verantwortlich.«
»Darum geht's ja gerade. Ich persönlich glaube nicht, dass du dafür verantwortlich bist. Aber meine Mutter beginnt langsam anders über diese Angelegenheit zu denken. Sie glaubt, dass du etwas mit Ástas Verschwinden zu tun hast.«
Callum konnte nicht glauben, was er hörte. Dieser Tag war voller Mutmaßungen und langsam hochkochender Anspielungen gewesen, und das hier gab ihm den Rest. »Sigriður glaubt, dass ich Ásta etwas angetan habe?«
»Sie hat mir gesagt, ich soll dich nicht mehr in die Nähe unseres Hauses lassen. Bis Ásta wieder aufgetaucht ist. Sie sagt, wir hätten dich von vornherein nicht bei uns einziehen lassen sollen. Sie befürchtet, dass es eine Menge gibt, was wir über dich nicht wissen.«
»Wofür hält sie mich?«
Callum konnte nicht glauben, dass Sigriður ihn für fähig hielt, ihrer Enkelin etwas anzutun. Aber hatte er nicht auch mehr als einmal daran gedacht, dass Neil Byrne versuchen könnte, sich an ihm zu rächen, indem er in sein Büro einbrach und mit dem Auto auf Ásta losging? Vielleicht kann

man einen Menschen nie ganz kennen, dachte er. Nicht einmal die Menschen, die einem am nächsten stehen. Auch Sarahs langwierigen Briefwechsel mit Kohl hatte er erst nach ihrem Tod entdeckt. Bis dahin hatte er geglaubt, dass er alles von ihr wusste. Er dachte daran, wie Birna gesagt hatte, es sei gut für ihre Beziehung, dass sie nicht alles voneinander wussten. Sie hatte sich auf all die »wunderschönen Entdeckungen« gefreut, die sie miteinander teilen würden. Befürchtete sie jetzt, dass es auch schlimme Entdeckungen zu machen gab?

Birna sah kurz zu Callum hinüber, dann wandte sie ihren Blick wieder auf die Straße. »Mutter … sie … sie sagt, du hast einen jähzornigen Charakter.«

»Das hat sie gesagt?«

Birna nickte.

»Birna, du kennst mich doch. Bin ich ein gewalttätiger Mensch? Habe ich auch nur jemals meine Stimme erhoben, wenn ich mit dir geredet habe?«

»Jetzt zum Beispiel.«

»Das nennt sich Frustration. Deine Mutter beschuldigt mich im Prinzip, ich hätte … ich hätte … weiß der Himmel.«

»Sie sagt, du hast sie auch schon einmal angeschrien. Sie hat gesagt, dass du dich einmal abends mit ihr gestritten hast, als sie dir Sprachunterricht gab. Sie sagt, du hättest sogar ein Glas nach ihr geworfen.«

»Ich habe kein Glas nach ihr geworfen! Ich habe es vom Tisch gestoßen. Das war keine Absicht.« Callum legte den Kopf zurück. Er hatte darauf gewartet, dass das eines Tages hochkommen würde. Er wusste, eines Tages würde Sigriður ihm dieses Glas wieder ins Gesicht werfen. »Und ich habe mich bei ihr entschuldigt«, fuhr er fort. »Wir hatten eine Meinungsverschiedenheit und … du weißt schon …

ich hatte ein bisschen was getrunken. Das ist keine Entschuldigung, ich weiß. Ich hätte nicht so reagieren dürfen. Kann sein, dass ich etwas schottisches Temperament abbekommen habe, aber ich bin kein gewalttätiger Mensch.« Noch während er es aussprach, kam Callum schlagartig eine dunkle Nacht in Glasgow in den Sinn. Er erinnerte sich an das Gefühl des Baseballschlägers in der Hand, an sein Gewicht, so täuschend leicht, und die Symmetrie des Schaftes, eine Verlängerung seines Körpers, eine Stromleitung.

»Das ist noch nicht alles«, sagte Birna, warf ihm erneut einen Blick zu und sah immer verunsicherter aus. »Mutter sagt, ich sollte dir nicht trauen. Sie sagt, dass du etwas vor mir verbirgst.«

»Und das glaubst du ihr?«

»Ich weiß nicht mehr, was ich glauben soll.« Birna klang müde. »Ich habe immer geglaubt, dass das hier eine sichere Stadt ist, und jetzt ist meine Tochter verschwunden. Letzte Nacht habe ich geglaubt, dass sie einfach zur Tür hereinkommen würde, aber jetzt glaube ich, dass sie ...« Birna schüttelte den Kopf. »Nein, ich muss einfach glauben, dass es ihr gut geht.«

»Und was ist mit uns?«, wagte Callum zu fragen. »Glaubst du noch an uns?«

Birna hielt die Augen starr auf die Straße vor sich gerichtet. »Über uns kann ich im Moment nicht nachdenken.« Sie bog um eine Kurve und stieg auf die Bremse. Sie fluchte in ihrer Muttersprache und hupte einen Fahrradfahrer auf Irrwegen an. Bevor sie wieder anfuhr, wandte sie sich zu Callum: »Im Moment besteht das einzige ›wir‹ aus Ásta und mir.«

22

Callum bat Birna, ihn beim Apartmenthaus abzusetzen. Frikki hatte angerufen und ihm mitgeteilt, dass Gudni im Büro vorbeigeschaut und die Schlüssel für das frei gewordene Apartment 512 vorbeigebracht hatte. Er hatte angeboten, Callums Sachen gleich mitzunehmen.

Birna ließ den Suzuki auf den Gehsteig vor dem Block rollen. Sie meinte, sie würde ihn anrufen, sobald es etwas Neues gäbe. Der Kuss, den sie ihm auf die Wange gab, war rein platonisch. Ein geschwisterlicher Kuss.

Sisters are doing it for themselves, dachte Callum, als er zusah, wie sie wegfuhr, um sich auf die Suche nach ihrer Tochter zu machen.

Er fühlte sich äußerst überflüssig.

Callum verbrachte die Nacht auf dem Balkon und ließ seine Blicke über die Stadt schweifen, lauschte auf, konzentrierte sich auf jenes, analysierte jedes Geräusch und interpretierte es als Birnas Auto, Ástas Lachen, das Schlurfen von lila Turnschuhen auf der Straße vor dem Haus … *oder war das hier nur ein Echo? War sie in Wirklichkeit drüben bei der Kirche?* Sein Gehirn spielte ihm Streiche. Nein, Ásta war diejenige, die gerne Streiche spielte. Das hatte Birna selbst gesagt. Morgen würden sie herzlich darüber lachen, Ásta und er. Dieser Polizist, hat es den echt gegeben? Pfannkuchen? Putzfrauen von den Philippinen? Glatzköpfige Mädchen mit Kameras? Callum konnte sich gar nicht mehr erinnern, wann er zum letzten Mal geschlafen hatte. Muss ich total verpennt haben, dachte er.

Du lieber Himmel, er brauchte dringend Schlaf.

Er wurde wach vom Geräusch einer LKW-Luftdruckbremse und einem unglaublichen Gestank. Er linste durch die Latten des Balkons und sah zwei Männer, die etwas aus einem Lieferwagen entluden: eine Steige mit eisgekühltem Fisch. Die beiden Männer belieferten das Restaurant unten im Haus, während über ihnen die hungrigen Möwen schrien. Als Callum ins Badezimmer ging, sah er, dass ihm eine von ihnen auf den Kopf geschissen hatte. Er ging pinkeln, bevor er sich in die Dusche stellte.

Sowie er sich angezogen hatte, ging er nach draußen, um sich einen Bagel zu besorgen. Er hatte richtige Lust auf einen Bagel. Wahnsinn, dachte er. Bagels in Reykjavík! Er ging den Laugavegur entlang und versuchte sich einen Witz auszudenken, dessen Pointe in einer bemalten Mauer mit Meeresmotiven bestand.

Schließlich fand er ein Café, in dem Kaffee und Waffeln angeboten wurden. Die Cafés rechts und links davon boten ebenfalls Kaffee und Waffeln an. Ebenso die gegenüberliegenden Cafés. Callum nahm es als Zeichen. Warum sollte er sein Schicksal herausfordern? Er bestellte sich eine Zuckerwaffel und einen Cappuccino zum Mitnehmen. Er war schon ein bisschen spät dran fürs Büro.

Die Frau, die ihn bediente, prallte zurück, als er anfing zu sprechen.

Callum legte sich die Hände vor Mund und Nase und pustete hinein, um festzustellen, ob sein Atem schlecht roch. Pfefferminzfrisch. Was hatte sie für ein Problem? Hinter der Frau befand sich ein Spiegel, und Callum warf einen prüfenden Blick hinein, ob er irgendwo noch Möwenscheiße hatte. Nada. Warum also schaute sie ihn an, als hätte er gerade ihr Erstgeborenes aufgegessen?

»Stimmt irgendwas nicht?«, erkundigte er sich.

»Smári!«, rief sie dem Mann zu, der die Tische abwischte. Sie zeigte auf Callum. »Smári!«
Der Mann kam hinter die Theke und stellte sich neben seine Kollegin. »Kann ich Ihnen irgendwie behilflich sein?«
»Sie verkaufen doch immer noch Kaffee und Waffeln, oder?« Callum legte einen Geldschein auf die Theke.
»Tut mir leid«, sagte der Mann. »Unmöglich.«
»Ach … ich versteh schon …«, meinte Callum, als wüsste er jetzt endlich, was eigentlich los war. Er nahm den Geldschein zurück und legte stattdessen seine Kreditkarte hin. In Island zahlte man überall mit Kreditkarten. Isländer warfen keine Münzen in einen Brunnen, sondern Karten. Er war so dumm gewesen, bar zahlen zu wollen, was die Frau anscheinend beunruhigt hatte. Wahrscheinlich hatte sie angenommen, er sei nicht vertrauenswürdig und würde sie bestehlen. Der Mann las Callums Namen auf der Karte. Dann nickte er seiner Frau zu. War sie überhaupt seine Frau? Callum nahm es an. Wie auch immer, sie verschwand jedenfalls in der Küche. Ihr Mann gab ihm die Karte zurück.
»Die kann ich nicht annehmen«, erklärte er.
»Ich versichere Ihnen, die Karte ist in Ordnung«, beteuerte Callum. Sie musste in Ordnung sein. Es war die Einzige, die er dabei hatte. Alle anderen waren in seinem Portemonnaie. Und sein Portemonnaie war bei Ásta. Und Ásta war bei …
»Das ist meine Visa Business-Karte«, protestierte er. »Mit der kann ich einen Hubschrauber chartern.«
»Tut mir leid«, wiederholte der Mann. »Wir können Sie nicht bedienen.«
Hinter Callum bildete sich langsam eine Schlange. »Wie Sie wollen.« Er schnappte sich seine Karte. »Sie haben nun ja weiß Gott nicht das Waffelmonopol in dieser Stadt.«
Er überquerte die Straße.

Frikki und Anna Björk waren schon im Büro, als Callum ankam. »Tut mir leid, Leute. Eine Möwe hat mir auf den Kopf geschissen.«

Sie antworteten nicht. Sie sahen ihn nur todernst an. Vermutlich waren sie sauer auf ihn.

»Ich weiß, was ihr denkt«, sagte Callum. »Diese blöde ›mir hat eine Möwe auf den Kopf geschissen‹-Ausrede. Haben wir schon tausendmal gehört. Kommt direkt nach ›mein Hund hat meine Hausaufgaben aufgefressen‹. Obwohl das hier wahrscheinlich nicht so oft vorkommt, weil ihr ja keine Hunde habt. Was für Tiere sind eigentlich in Island zuständig dafür, die Hausaufgaben der Kinder aufzufressen? Das wäre doch mal eine tolle Frage für Magnús Magnússon.« Callum rieb sich den Kopf an der Stelle, wo ihn die Möwe getroffen hatte. »Soll ja Glück bringen, sagt man. Also, die Vogelscheiße, meine ich. Ich kann mir nicht vorstellen, dass es Glück bringt, wenn ein Hund deine Hausaufgaben auffrisst. Wahrscheinlich muss man sogar nachsitzen. ›Sagt *man*‹? Was sind das eigentlich für Leute, die *so* was sagen? Wenn ihr die mal trefft, schönen Gruß auch, und *ich* sage, sie sollen lieber ihre Klappe halten. Heute morgen hat mich ein Vogel angeschissen, und was passiert? Drei Cafés, und nirgends krieg ich Frühstück. Hat sich was mit Glücksbringer. Ich musste mir am Hotdog-Stand an der Bushaltestelle so ein Teil hier kaufen.« Callum hielt seine Schoko-Milch in die Höhe. »Netter Mann. Ukrainer.« Er bemerkte, dass seine Angestellten ein wenig griesgrämig dreinsahen. »Tut mir leid ... ich habe euch noch gar nicht guten Morgen gewünscht, oder?« Er prostete ihnen mit seiner Milch zu. »Guten Morgen. Oder haben wir schon Nachmittag?«

»Geht's dir gut?«, erkundigte sich Anna Björk. »Du redest so unzusammenhängendes Zeug.«

»Wir hatten eigentlich nicht erwartet, dass du heute reinkommst«, sagte Frikki.
»Wir haben von Ásta gelesen«, fügte Anna Björk hinzu.
»Ihr habt von ihr *gelesen?«*
Anna Björk stellte den Nagellack aus der Hand und griff in ihren Matchbeutel. Sie zog die Morgenzeitung heraus, reichte sie Callum und tippte mit einem frisch lackierten Finger auf die Titelseite. »Du bist berühmt.«
Callum musste das Foto erst einmal verdauen. Mit einer Rennie-Tablette. Das glatzköpfige Mädchen mit der Kamera hatte ihn nicht gerade aus dem günstigsten Winkel erwischt. Und ihr Daumen war auch noch mit aufs Bild gekommen. Aber es war unbestreitbar Callum. Und wie es aussah, wurde er gerade von einem dicken Polizisten drangsaliert.
»Haben sie dich zusammengeschlagen?«, fragte Frikki. »Haben sie dich mit brennenden Zigaretten gefoltert und Asche in deinen Kaffee getan? Wie lange hat es gedauert, bis sie deinen Willen gebrochen hatten?«
»Halt den Mund«, schimpfte Anna Björk. »Lass ihn erstmal lesen.«
»Der kann das doch gar nicht lesen. Er kann nur die Bilder angucken.«
»Dann lass ihn die Bilder angucken.«
»Könnt ihr zwei bitte mal eine himmlische Minute lang mit eurem Gezänk aufhören und mich die Zeitung lesen lassen?«
»Du kannst die Zeitung doch gar nicht lesen«, wiederholte Frikki.
»Richtig«, bestätigte Callum. »Aber ich kann so tun, als würde ich sie lesen.«
»Wozu soll das denn gut sein?«, wollte Anna Björk wissen.

»Weil … ich mich dann ein bisschen so fühlen würde, als würde ich dazugehören.«

»Aber du gehörst doch dazu«, behauptete sie. »Du bist nur total durcheinander. Du solltest nach Hause gehen zu deiner Familie. Birna braucht dich jetzt.«

»Ach, weißt du, genau in diesem Punkt täuschst du dich, AB. Denn ich habe keine Familie, zu der ich nach Hause gehen kann. Wenn ich recht drüber nachdenke, hab ich nicht mal ein Zuhause, wohin ich gehen könnte.«

Frikki lächelte. Er entspannte sich und streckte Callum jovial die Pranke entgegen. »Betrachte mich als deine Familie.«

Callum konnte ihn nur anstarren.

Anna schnalzte dem großen Mann ein Gummiband ins Gesicht.

»Hej, wofür war das denn?«, entrüstete sich Frikki. Weder er noch Anna Björk schienen Callums Unschuld zu bezweifeln. Jedenfalls hatte ihn keiner von beiden aufgefordert, etwas zu seiner Verteidigung zu sagen.

Und das blieb nicht unbemerkt.

»Warum redet ihr zwei überhaupt noch mit mir?«, fragte Callum. Die Frage brachte die beiden völlig aus dem Konzept. Keiner schien eine Antwort parat zu haben.

»Ich meine, warum seid ihr überhaupt hier?«, fuhr er fort. »Mein Gesicht ist riesengroß in der Morgenzeitung abgebildet. Und ich schätze mal, nette Sachen schreiben sie hier nicht über mich, sonst hätten mich die Waffelverkäufer von Reykjavík vielleicht ein bisschen höflicher behandelt.«

Callum strich die Zeitung auf dem Tisch glatt, wo das durch die neuen Jalousien hereinsickernde Licht aufs Papier fiel. Er stützte seine Hände rechts und links auf den Tisch und beugte sich über die Zeitung, als hätte er sich noch nicht recht entschieden, ob er Liegestützen machen oder sich auf das Papier erbrechen wollte.

»Ich kann echt nicht glauben, dass die das gedruckt haben«, sagte er. »Haben die keine richtigen Storys, über die sie berichten können?«

»Das ist, weil du Ausländer bist«, erklärte Anna Björk. »Du bist nicht so bekannt in Reykjavík, also kann die Zeitung über dich drucken, was sie will, und niemand wird das groß hinterfragen. Das wäre nicht passiert, wenn du ein Einheimischer wärst.«

»Aber ich hab doch überhaupt nichts getan«, beteuerte Callum. »Die stellen das so hin, als hätte ich was ganz Schreckliches getan. Da muss man ja nicht mal den Artikel lesen, das Bild sagt doch alles. Wie kann es angehen, dass die so was einfach machen können?«

»Sie können behaupten, was sie wollen, weil du ein neues Gesicht in Reykjavík bist. Das hier ist eine kleine Stadt, Callum. Die meisten Leute kennen sich, und die Familien halten zusammen. Wenn du von hier wärst, dann hätte die Zeitung zu große Angst, Spekulationen über dich anzustellen. Sie bräuchten Beweise für deine Schuld. Und wenn sie keine hätten, würden sie Gefahr laufen, mit so einem Artikel sämtliche Freunde und Verwandten von dir auf die Barrikaden zu bringen, und das können schnell mal zweihundert Leute werden. Wenn man Isländer so richtig sauer macht, dann rotten sie sich zusammen und wollen Rache.«

»Denk nur an den Kabeljaukrieg«, warf Frikki ein.

»Was ich damit sagen will«, Anna Björk ließ sich nicht beirren, »ist, dass aus zweihundert Leuten schnell auch tausend werden können, und dann hat die Zeitung ein Problem. Das würde sich in ihren Verkaufszahlen nämlich schmerzhaft bemerkbar machen.«

»Ich kann nicht glauben, dass die ungestraft mit so was davonkommen.« Callum schlug die Zeitung auf, nur um zu entdecken, dass die Story auf Seite zwei weiterging.

»Reg dich nicht zu sehr auf«, sagte Anna Björk. »Diese Story hat gar keine Substanz. Das ist nichts als Klatsch. Wir Isländer lieben Klatsch. Unsere meistverkaufte Zeitschrift besteht ausschließlich aus Klatsch.«

»Das ist in Großbritannien auch nicht anders.«

»Ja, aber da habt ihr mehr Leute, über die ihr klatschen könnt. Wir haben nur sehr wenige. Fast jeder in Island bekommt mehr als nur seine fünfzehn Minuten Ruhm ab. Aber deswegen haben wir eben auch ein Problem: Wir lesen immer nur von denselben Leuten, und dabei wird uns langweilig. Man könnte sagen, da in Island jeder berühmt ist, ist im Endeffekt keiner berühmt. Wenn sich also so eine Geschichte anbietet, noch dazu mit einem neuen Gesicht im Mittelpunkt, dann ist das Interesse garantiert. Deswegen haben sie dich auf der Titelseite gebracht. Und da dich niemand kennt, können die Journalisten eine Story über dich konstruieren, auch wenn es gar keine gibt. Wer sollte sie in Frage stellen?«

»Es wird noch schlimmer werden, bevor es besser wird«, kündigte Frikki an. »Jetzt stellen sie erstmal Nachforschungen an. Zum Wochenende wird ganz Island alles über dich wissen.« Hinter den Vorhängen seines blonden Ponys hervor warf er Callum einen unheilverkündenden Blick zu. »Ich hoffe, du hast keine Leichen im Keller.«

»Ach, du Scheiße.« Darauf war Callum nicht gefasst gewesen. Die ganze miese Geschichte – seine Festnahme, die kahlköpfige Paparazzo-Reporterin mit der Wegwerfkamera – war wie ein Streich auf einem Junggesellenabschied, der plötzlich nach hinten losgeht. Sobald die Journalisten sich mit diesem Fall beschäftigten und jeder Isländer mehr über ihn wissen wollte, konnte diese Situation richtig übel enden. Wie lange würde es wohl dauern, bevor sie die Geschichte von Sarahs Ermordung herausfanden? Da mussten sie gar nicht lange suchen.

»Sagt mir doch bitte, was sie in diesem Artikel so alles mutmaßen«, verlangte Callum. Sogar seine Stimme war ganz bleich geworden.

»Du darfst nicht alles glauben, was in der Zeitung steht«, warnte Anna Björk.

»Sie hat recht«, meinte Frikki. »Die erfinden ständig irgendwelche Lügen. Letzten Sommer haben sie eine Schauergeschichte veröffentlicht über Staubmilben, die angeblich über Island herfielen. Aber wie sich herausstellte, hatten die Wissenschaftlerinnen nur zwei Staubmilben in ganz Reykjavík gefunden. Und die eine hatte noch nicht mal Beine. Also, die Staubmilbe meine ich. Nicht die Wissenschaftlerin.«

»Frikki, manchmal finde ich, man sollte dir die Klappe zunähen und dich per Tropf ernähren«, sagte Anna Björk.

»Kann mir jemand bitte mal den Artikel übersetzen?« Callum verlor langsam die Geduld. »Zumindest die Überschrift?«

Anna Björk las vor: »IST DIES DAS GESICHT EINES KINDERMÖRDERS?«

»Und? Ist es das?«, fragte Callum. Er zeigte auf sein Gesicht. »Sehe ich wie ein Kindermörder aus? Und wie genau sieht so ein Kindermörder bitte aus?«

»Du bist kein Kindermörder.« Anna Björk griff nach seiner Hand. »Du hast dieses Mädchen lieb gehabt. Als wir im Hotel Freysnes in der Bar waren, habe ich gemerkt, dass du sie lieb hattest. Du hast es zwar nicht gesagt, aber es stand dir ins Gesicht geschrieben. Und das war nicht das Gesicht eines Kindermörders.«

»Du hast gemerkt, dass ich sie lieb hatte?«, hakte Callum nach.
»Ja.«
»Dass ich sie lieb *hatte*. Du hast gesagt, lieb *hatte*. Vergangenheit«, stellte er fest.
»Nein!«, protestierte Anna Björk erschrocken. »Das hab ich doch nicht so gemeint.«
»Was hast du denn dann gemeint mit diesem ›du hattest sie lieb‹ … dass ich sie jetzt nicht mehr liebe?« Callums Stimme bekam Widerhaken. Er wusste, dass er sie auf unfeine Art in die Enge trieb, aber er konnte sich nicht bremsen.
»Nein! Bitte …« Anna Björk saß auf dem Sofa, und obwohl ihr Nagellack schon trocken war, schüttelte sie ihre Hände hin und her. »Nein, Callum … ich hab einfach das falsche Wort benutzt. Mein Englisch ist nicht so gut, wie ich dachte.« Ihre Verzweiflung war ebenso offensichtlich wie ihre Unschuld.
Callum fühlte sich mies. Warum führte er sich so auf? Warum trieb er sie so in die Enge? Schließlich war sie auf seiner Seite, trotz all dem Mist, den die Zeitung gedruckt hatte.
»Entschuldige bitte, AB«, lenkte er ein. »Ich habe nicht viel geschlafen. Das sollte ich echt nicht an dir auslassen.«
Er wandte sich wieder der Zeitung zu und schlug sie auf.
»Na los, muntern wir uns ein bisschen auf«, schlug er vor. »Schauen wir doch mal, was für Nachrichten ich am Montag, den 16. Juni 2003 von der ersten Seite verdrängt habe.«
Anna Björk putzte sich die Nase mit einem zerknitterten Taschentuch, das schon über und über mit Lippenstiftabdrücken übersät war, lauter Farbkopien von ihrem Mund.
»Sollte ich dir nicht lieber die Titelgeschichte vorlesen?«, fragte sie. »Ist zwar alles engstirniger Blödsinn, aber du solltest doch zumindest wissen, was sie über dich sagen.«

»Kein Bedarf«, wehrte Callum ab. »Aus der Zeitung von heute essen wir doch morgen schon wieder unsere Fish 'n' Chips.«
Die zwei Isländer sahen ihn fragend an.
»Das ist so eine britische Redensart«, erklärte er. Er blätterte durch die Zeitung und pickte sich aufs Geratewohl eine Geschichte heraus. »Frikki, du liest doch so gerne. Worum geht's denn hier?«
Frikki warf einen kurzen Blick auf die Überschrift auf Seite vier. Er schien ein bisschen unsicher, aber dann las er trotzdem vor: *»PHALLUS-MUSEUM NICHT MEHR LANGE IN ISLAND. Das Isländische Phallus-Museum steht zum Verkauf. Besitzer Heidur Hjartarson gibt an, dass er es sich nicht leisten kann, das weltweit einzige Penis-Museum weiter zu unterhalten. Es umfasst eine Sammlung von Penissen von Hunderten von Land- und Meeressäugern, die in Island beheimatet sind. Lehrer Hjartarson, der demnächst in den Ruhestand gehen wird, erklärt, dass er sich nicht in der Lage sieht, persönlich zu dieser Sammlung beizutragen.«*
»O Gott, das wollen wir nicht hoffen«, witzelte Callum. Aber seine Kollegen lachten nicht. »Na, los jetzt lacht mal wieder ein bisschen. Du liebe Güte, man könnte echt meinen, es sei jemand gestorben.« Callum legte seine Hand auf die Seite fünf. »Frikki. Übersetz mal.«
Der große Mann gab widerwillig nach. *»Angeblich waren einige Isländer nicht sonderlich entgegenkommend zu den Greenpeace-Mitgliedern, die gerade um die Insel segeln, um Islands Projekt des ›Walfangs zu wissenschaftlichen Zwecken‹ zu unterbinden. Nach Berichten auf einer Greenpeace-Website hat eine Gruppe Isländer ein Walsteak-Grillfest direkt neben der Anlegestelle der* Rainbow Warrior

veranstaltet, dem Flaggschiff der Vereinigung. Die Einheimischen bewarfen das Schiff mit Eiern, und als ihnen die Eier ausgingen, griffen sie zu Sardinen.«

»Also, das würde auf die Titelseite gehören«, meinte Callum. Er wandte sich an Frikki. »Das ist doch lustig, oder?«

»Hör auf damit!«, schrie Anna Björk. »Das ist bescheuert! Ein Kind wird vermisst, und wir unternehmen nichts, um sie zu finden. Wir sollten draußen sein und sie suchen.«

Callum klappte die Zeitung zu. Er setzte sich neben Anna Björk aufs Sofa und fuhr sich durchs Haar. »Du hast ja recht. Aber wo sollen wir anfangen? Sie ist schon seit achtundvierzig Stunden verschwunden. Sie könnte überall sein.«

Der Regen klopfte an die Fenster und bat dringend um Einlass. Die drei blieben eine Weile schweigend sitzen. Niemand wollte aussprechen, dass es hoffnungslos war, aber andererseits machte auch keiner Anstalten, mit der Suche zu beginnen.

Klopf, klopf, klopf.

Sie wussten, dass Callum recht hatte. Ásta konnte überall sein. Genausogut konnten sie eine Stecknadel im Heuhaufen suchen. Oder nach einem kleinen Körper in der Gesteinsspalte eines Lavafelds, das so groß war wie ganz Lanarkshire.

Klopf, klopf, kloppediklopf.

Callum setzte sich aufrecht hin und ließ seinen Blick durchs Büro schweifen, als wäre er gerade im Zimmer eines Fremden aufgewacht. »Hier ist doch irgendwas anders«, sagte er, aber er hätte nicht sagen können, was es war.

»Wahrscheinlich das Poster«, versuchte Frikki. Er zeigte auf die Wand zwischen den Fenstern. »Das hab ich für dich gekauft. Ich dachte, das macht dir ein bisschen Freude.«

Callum ging hinüber, um es sich aus der Nähe zu betrachten. Es war eine Karte von Island. Genauer gesagt, ein Holzschnitt von Islandia, die alte Darstellung einer Insel, die aus Feuer und kochenden Seen bestand. Die Kartographie war nicht ganz akkurat. Die Westfjorde nahmen ein Drittel der Insel ein, und das Meer rundherum war eine Ursuppe, die von allen möglichen Viechern wimmelte. Eine Seeschlange mit Pferdekopf und Schwimmhäuten sprang über die Halbinsel Reykjanes. Eine walgroße Kreatur mit Schuppen und einer schiefen Schweineschnauze prustete Wasserwölkchen aus zwei Blaslöchern. Eine riesige gefiederte Schildkröte kämpfte mit einem vierbeinigen Merlin. Ein fischköpfiger Grizzly mit einem Maul, mit dem er Hekla hätte verschlingen können, brüllte einen Aal mit Löwenmähne an. Stiere brachen durchs Meer, und Eisbären mit Menschengesichtern sahen auf ihren versprengten Schollen erschüttert zu. Islandia war wahrhaftig der unwirtlichste aller Orte auf Gottes schöner Erde.

Callum hatte langsam das Gefühl, dass sich da bis heute wenig geändert hatte.

»Es gefällt dir nicht, stimmt's?«, fragte Frikki. »Ich seh doch, dass es dir nicht gefällt.«

»Nein, wirklich, ich find's toll. Es ist sehr … aktuell. Vielen Dank.«

»Aber du wirkst so ängstlich«, sagte Anna Björk.

»Tut mir leid.« Callum dreht sich wieder zu ihnen um. »Irgendwas stört mich hier immer noch. Das Büro sieht definitiv anders aus als sonst.« Callum blickte suchend durch den Raum. »Wartet mal … wo zum Teufel sind die Macs?«

»Ach«, machte Anna Björk. Sie sah zu Frikki, als erwartete sie sich Hilfe von ihm.

»Wir hatten abgemacht, dass *du* es ihm erzählst«, zog Frikki sich aus der Affäre.

»Aber ich hab ihm das mit der Zeitung schon erzählt«, protestierte sie.
»Kann mir jetzt bitte mal einer erklären, was mit den Macs passiert ist?«, verlangte Callum. Alle Schreibtische waren abgeräumt, nur die zurückgelassenen Kabel lagen wie Efeu kreuz und quer auf dem Boden.
»Die Polizei war hier«, begann Frikki. »Sie wollten wissen, welcher Computer deiner ist. Wir haben es ihnen nicht gesagt, und da haben sie alle drei mitgenommen.«
»Warum wollten sie denn meinen Mac?«, fragte Callum.
Frikki senkte die Augen. »Sie haben gesagt, sie suchen nach Beweisen. Sie glauben, du könntest Kinderpornos auf deiner Festplatte haben.«
»Verdammt und…« Callum trat mit einem Fuß nach dem Kabelsalat. »Verfluchte Scheiße!« Er setzte sich auf die Kante seines Schreibtisches. »O Gott! Wann nimmt das alles mal ein Ende?«
Weder Frikki noch Anna Björk konnte ihm diese Frage beantworten.
Nicht, dass er eine Antwort erwartet hätte.
»Okay, tief durchatmen, Callum«, befahl er sich selbst. »Deine Probleme sind nichts … NICHTS … verglichen mit denen von Birna. Du musst dich jetzt zusammenreißen, Kumpel. Sie werden nichts Anstößiges finden, und dann kriegst du deinen Mac zurück. Verdammt noch mal, es ist doch bloß eine Maschine. Du kannst bestens ohne sie überleben. In der Stadt gibt es jede Menge PCs.« Er hüpfte vom Schreibtisch. »Okay, Leute. Ich geh jetzt los und such mir irgendein Internetcafé. Mal sehen, ob ich uns einen Auftrag an Land ziehen kann. Bleibt brav.« Er ging zur Tür.
»Halt«, rief Frikki.
»Frikki! Frikki, Frikki, Frikki. Ich weiß deine Besorgnis zu

schätzen, wirklich. Du meinst, ich übertreibe es ein bisschen. Du meinst, ich sollte am besten nach Hause gehen, mich ins Bett legen, mich betrinken, alles mögliche, nur nicht arbeiten. Du kapierst das einfach nicht, oder? Wenn ich mich jetzt nicht irgendwie beschäftige, dann denke ich nur weiter über diese ganze Geschichte nach. Und wenn ich über diese ganze Geschichte nachdenke, dann rege ich mich auf. Und wenn ich mich aufrege, fange ich wahrscheinlich an zu heulen, und das wäre jedem in diesem Zimmer äußerst unangenehm. Also versuch bitte nicht, mich aufzuhalten.«

»Ich versuch dich ja gar nicht vom Arbeiten abzuhalten. Ich dachte nur, wenn du in die Stadt gehst, möchtest du dir vielleicht das hier ausleihen.« Frikki nahm seine Stoke City-Strickmütze ab – Callum sah ihn zum ersten Mal ohne – und stülpte sie seinem Chef über den Kopf. »So ist es besser«, sagte der große Mann. »Jetzt wird dich niemand für den Mörder aus der Zeitung halten.«

Islands Wiederaufnahme des Walfangs hatte die Touristen in keinster Weise abgeschreckt. Die Straßen waren überschwemmt mit GoreTex in allen Farben des Regenbogens. Und in der Tat hatte sich auch ein Regenbogen über dem Hafen von Reykjavík gebildet, ein irisierendes Willkommensbanner an einem dunklen, überschatteten Himmel.

Ausnahmsweise störten Callum die Touristenscharen nicht. Sie boten ihm gute Deckung, um unentdeckt die Lækjargata entlangzulaufen. Er schätzte, dass hier auf einen *Morgunblaðið*-Leser acht Touristen kamen, also war die Wahrscheinlichkeit relativ gering, dass ein Gelegenheitsheld im Rugby-Stil auf ihn losgehen und ihn verhaften würde. Nicht, dass die Isländer für ihr Rugby bekannt gewesen wären.

Er hörte seinen eigenen Pulsschlag in den Ohren. Er war schweißgebadet. Eigentlich wusste er, dass er Birna anrufen und auf einem Treffen bestehen sollte. Er schätzte, dass er sechzehn Stunden hatte, um ihr alles zu erzählen – der Mord an Sarah, Kohl, das Prager Tagebuch –, bevor sie es in der morgigen Zeitung lesen konnte. Jeder halbschürige Schreiberling, der nur annähernd wusste, wie man eine Suchmaschine benutzte, war in der Lage, diese Informationen zutage zu fördern. Er musste auspacken.

Für Sigriður wäre es natürlich ein gefundenes Fressen?, dachte Callum. Die komplette Beichte. *Callums Saga.* Sie würde geradezu in Ekstase geraten. Sie würde Birna erklären, dass sie die ganze Zeit recht gehabt hattet, was ihn betraf. »Ich habe es in seiner Aura gesehen«, würde sie behaupten. »Ich wusste, dass man ihm nicht trauen kann, ich wusste, dass er etwas verbarg.« Sie würde sich nicht mehr einkriegen.

Aber er musste Birna alles erzählen.

Außer …

Callum überlegte, ob er der Zeitung mit einer gerichtlichen Verfügung in die Parade fahren könnte. Mit dem isländischen Recht war er nicht vertraut, aber er vermutete, wenn Anna Björk recht hatte und in Reykjavík jeder jeden kannte, dann war »Verletzung der Privatsphäre« wohl die letzte Anklage, die in einem isländischen Gerichtssaal erhoben werden konnte, denn dann hatte ja niemand eine Privatsphäre, die verletzt werden könnte. Außerdem würde er Zeit brauchen, um diese Verfügung zu erwirken. Die morgige Zeitung wäre schon erschienen, bevor er sich überhaupt einen Anwalt besorgt hätte (auf dem Rücksitz eines Reykjavíker Polizeiautos war ihm aufgegangen, wie bitter nötig er einen Rechtsbeistand eigentlich hätte).

Was konnte er tun? Es gab sicher einen Weg, sie davon abzuhalten, die Story zu drucken. Vielleicht sollte er mit der Journalistin Kontakt aufnehmen und ihr seine Sicht der Dinge schildern. Er konnte ihr alle möglichen Details aus seinem Leben geben – nur nicht Sarahs Tod – und dann hoffen, dass sie nicht weiter wühlte. Und wenn sie es trotzdem täte, könnte er ihr immer noch drohen. Er hatte so ein Gefühl, dass sie auf Drohungen ansprechen würde. Wenn sie ihn für fähig hielt, ein Kind umzubringen, dann würde sie auch wissen, dass er nicht lange fackeln würde, ihr den kahlen kleinen Schädel aufzuknacken, um das Eigelb auszuschlürfen.

Oder sollte er den Ball flach halten und hoffen, dass die isländischen Reporter so schludrig waren wie die Polizisten? Es bestand immer noch die Chance, dass sie nicht hinter seine schreckliche Vergangenheit kamen. Was bedeutete, dass immer noch die Chance bestand, dass Birna und er zusammenblieben. Das hätte Callum schon gereicht. Aber nach genau drei Minuten und vierzehn Sekunden an seinem PC im Internetcafé auf der Klapparstigur wurde ihm diese Chance genommen.

Und damit jede Chance, Ásta lebend wiederzufinden.

Von: puppeteer@hotmail.com
An: callum@fail.is
Datum: Mo, 16. Juni 2003, 15:21:16 +0000
Betreff: REISEFÜHRER EINES MÖRDERS DURCH REYKJAVÍK

Da wärst du also, frisch aus dem Gefängnis entlassen, und stehst am Flughafen von Glasgow mit Bargeld in deiner Gürteltasche und einem falschen Pass in der Hand.

Wohin fliegst du?

Ich hatte beschlossen, jeglichen Unentschlossenheiten aus dem Weg zu gehen und den ersten Flug nach Irgendwo zu nehmen. Aber ein Blick auf die Tafel mit den Abflügen verriet mir, dass dieses Irgendwo New York, La Guardia war. Also scheiß drauf. Nach dem 11. September hatten die ihre Sicherheitsmaßnahmen gehörig verschärft. Ich brauchte etwas weniger Aufdringliches, einen Ort, an dem ich eine Weile untertauchen konnte. Ich brauchte das Ende der Welt, und glücklicherweise gab es einen Direktflug.

Ich war unterwegs nach Island.

Ich wusste wenig über das Land, also kaufte ich mir in der Buchhandlung im Flughafen einen Reiseführer. Das war eine schöne Lektüre für den Flug.

Offenbar ist Reykjavík die sicherste Hauptstadt der Welt. Die Isländer haben keine nennenswerte Armee, und ihre Polizisten tragen keine Waffen. Straftaten beschränken sich auf Schlägereien zwischen Betrunkenen, einem Einbruch hie und da und minimalem Handel mit Freizeitdrogen. Mord ist selten. Er ist so selten, dass ein Mord, der im neunzehnten Jahrhundert im Norden des Landes geschah, noch heute für Diskussionen sorgt. Als 1990 ein weiterer Mord verübt wurde, zog die Polizei einen Kommissar aus Hamburg hinzu, weil sie nicht wussten, wie sie die Sache anpacken sollten. Laut meinem Reiseführer bedeutet diese niedrige Kriminalitätsrate, dass die Reykjavíker Polizei oft ratlos ist, wie sie asozialen oder gar gewalttätigen Personen begegnen soll. Meist zieht sie es vor, beide Augen zuzudrücken. Tja, da hatte ich wohl mal wieder Glück, was? Erst so richtig reingerasselt, aber hinterher stand ich besser da als vorher.

Mein Reiseführer behauptete auch, dass Reykjavík 2002 bei einer Umfrage unter Schauspielern und Popstars als »Coolstes Reiseziel der Welt« genannt wurde und damit Paris von seinem

Spitzenplatz verdrängt hatte. Das war wirklich inspirierend. Ich fand es nur korrekt, dass ich nun überprüfen würde, inwiefern Reykjavík sich als Reiseziel für den anspruchsvollen Mörder eignete: Konnte Prag noch übertroffen werden?
Es gab einen Bus, der die Passagiere direkt vom Flughafen Keflavík nach Reykjavík brachte, aber ich entschied mich für einen Leihwagen, obwohl der ungefähr soviel kostete wie eine Dreizimmerwohnung in Fife. Es war der einzige Weg, wie ich Bob und Jennifer abschütteln konnte, ein Paar aus Wyoming, das sich durch nichts davon abhalten lassen wollte, mich für den Rest der Reise zu adoptieren. Ich konnte es mir nicht leisten, Freundschaften zu schließen. Es sei denn, ich hätte vor, ihnen die Zungen rauszuschneiden. Und glaub mir eins, ich hatte gute Lust.

Reisetipp für Mörder: Ein Mörder muss seine Unabhängigkeit wahren.

Ich hatte gehofft, mich im Hótel Borg einquartieren zu können, einem schönen, renovierten Art-déco-Gebäude im alten Stadtzentrum. Leider gab es dort keine Zimmer mehr. Die Dame an der Rezeption informierte mich darüber, dass Reykjavík mit Touristen überlaufen war, die den Feierlichkeiten zum Nationalfeiertag am 17. Juni beiwohnen wollten. Der sei sehr wichtig für die Isländer, erklärte sie mir, die Erinnerung an den Tag 1944, als ihr Land seine Unabhängigkeit von Dänemark erklärte. Reykjavík bereitete sich gerade auf die vierundzwanzigstündige Feier vor, mit Feuerwerken, Umzügen, Straßentheater und Livemusik in allen möglichen Lokalen. Sie meinte, die Hotels und Herbergen im Zentrum seien bestimmt ausgebucht, und wenn ich mitten im Geschehen bleiben wollte, hätte ich im Gästehaus der Heilsarmee am Platz gegenüber die besten Chancen.

In diesem Gästehaus fand ich dann tatsächlich mein Heil. Es war schlicht, aber hübsch und sauber, und es war ein Bett frei. Es passte mir gut, denn ich würde es ja nur als Basislager benutzen. Ich wollte gleich hinaus. Meine Glieder waren ganz steif vom Flug, und ich hatte gelesen, dass Reykjavík mit jeder Menge Thermalbäder und Hot Pots gesegnet war, die magische Heilkräfte besaßen. Man versicherte mir, dass mich das Bad von Laugardalur, direkt beim Fußballstadion, wieder herstellen würde.

Reykjavík ist ein seltenes Phänomen, eine moderne Metropole, dennoch ungewöhnlich sicher. Eines der ersten Dinge, die mich überraschten, als ich durch die Stadt fuhr, war die Zahl der Kinder. Überall waren Kinder: Sie rotteten sich in Ecken zusammen, fuhren auf Inlineskates über die Plätze oder saßen allein in Kinderwägen vor den Geschäften. Wie es aussah, vertrauten sie den Erwachsenen, und sie konnten überall gefahrlos spielen. Die Gelegenheit schrie zum Himmel.

Auch das Bad war voll mit tobenden Kindern. Wenn man Lust hatte, eins zu entführen – und während ich meine Knochen in einem Hot Pot kochte, bekam ich definitiv Lust dazu – konnte man sich einfach eines aussuchen.

Ich hatte also diese Theorie im Kopf, die besagt, dass man sich nach einem Autounfall am besten sofort wieder hinters Steuer setzt, um darüber hinwegzukommen. Bei meinem letzten Opfer war ich unvorsichtig gewesen, und schon hatte die Polizei an meine Tür geklopft. Ich musste meinen Stil wiederfinden und zwar rasch. Und so wie sich der ängstliche Unfallfahrer mit einer vorsichtigen Runde um den Block wieder erholt, brauchte auch ich etwas Leichtes, um in Form zu kommen. Warum sollte man sich das Leben unnötig schwer machen? Oder den Tod, wenn man so will.

Ich dachte mir, dass es sicher unproblematischer wäre, ein

Kind zu töten als einen Erwachsenen. Sie haben nicht genug Kraft zum Kämpfen, und ihre Körper sind kleiner und leichter, so dass man die Leiche problemloser entsorgen kann. Natürlich machen Kinder eine Menge Lärm, einige von ihnen sind furchtbare Schreihälse, aber nicht, wenn man sie schnell zum Schweigen bringt (ein Rasiermesser an der Kehle kann in der Beziehung Wunder wirken). Aber so brutal muss man gar nicht sein. Ein Kind beruhigt sich schnell, wenn man sein Vertrauen gewinnt. Wenn es glaubt, dass man keine Gefahr darstellt, was gibt es dann schon zu schreien?

Was für ein günstiger Umstand für mich, dass isländische Kinder so vertrauensselig sind.

Die Mehrheit der Kinder im Bad war in Begleitung Erwachsener. Wenn nicht, dann blieben sie in Gruppen zusammen und planschten und tauchten unter den wachsamen Augen des Bademeisters. Meine Chancen waren am größten, wenn ich draußen wartete und ein herrenloses Kind abpasste: ein Mädchen, das auf seine Mutter wartete, einen Jungen, der sich an die Bushaltestelle stellte, ganz egal. Alles in der Altersgruppe von acht bis zwölf war mir recht, und das Geschlecht war mir sowieso gleichgültig. Es ging nicht um Sex. Ich bin ein Mörder, kein Pädophiler. Solchen Typen sollte man die Eier abschneiden.

Irgendwann sah ich sie alleine auf dem Rücksitz eines roten Toyota, der genau gegenüber von meinem Leihwagen geparkt war. Ihr nasses schwarzes Haar klebte an der Fensterscheibe. Sie wirkte, als würde sie sich selbst sehr bemitleiden, wie ein Hund, der an einem heißen Tag in einem Auto mit geschlossenen Fenstern eingesperrt ist. Sie hörte Musik. Ich klopfte an die Scheibe und bedeutete ihr, sie solle das Fenster runterlassen.

»Was ist denn das für Musik?«, fragte ich.

»Emiliana«, sagte sie.

»Die ist toll«, sagte ich. »Darf ich mal das Cover sehen?«
Sie langte auf den Vordersitz, griff sich die CD und reichte sie mir.
»Gehört die dir?«, erkundigte ich mich.
Sie nickte.
»Also nicht deiner Mama oder deinem Papa?«
»Mein Papa ist tot.«
»Oh, das tut mir leid«, sagte ich.
»Er war ein Held«, verkündete sie.
»Wow! Du musst stolz auf ihn sein.«
Sie nickte.
»Heißt das also, dass du mit deiner Mama da bist?«
Sie schüttelte den Kopf.
»Mit der Mutter einer Freundin?«
Sie schüttelte wieder den Kopf. »Mit dem Freund von meiner Mama«, erklärte sie.
»Und wo ist der jetzt?«
»Der sucht wahrscheinlich seine Schlüssel. Die hat er versehentlich mir gegeben, aber das weiß er noch nicht. Ich hab mich in seinem Auto versteckt, um ihn zu überraschen.«
»Spielst du den Leuten gerne Streiche?«
Sie nickte.
»Hm, was meinst du, wollen wir ihm einen noch größeren Streich spielen?«
»Wie denn?«, wollte sie wissen.
»Warum versteckst du dich nicht einfach in meinem Auto? Wenn der Freund von deiner Mama rauskommt und sieht, dass du nicht in seinem Auto bist, kannst du auf die Hupe drücken und ihn richtig erschrecken. Der fällt bestimmt um vor Schreck.«
Sie lachte. »Das wär lustig.«
»Wollen wir?«

Sie dachte kurz nach und nickte schließlich. Dann machte sie die Tür auf und sprang auf den Asphalt. »Soll ich die Musik ausmachen?«
»Ist schon okay, das kann ich machen«, bot ich an. »Du hast nasse Haare, du solltest lieber gleich in mein Auto steigen.« Ich beugte mich in den Toyota und stellte den CD-Spieler ab. Dann zog ich den Zündschlüssel ab. Auf dem Fahrersitz lag ein Portemonnaie, das nahm ich auch gleich mit. Mamas Freund würde ganz bestimmt nirgends mehr hinfahren.
Mamas kleiner Schatz leider auch nicht. Sie lehnte sich gegen mein Auto und hielt sich den Bauch. Sie sah ein bisschen erschöpft aus.
»Geht's dir gut?«
»Ich hab Bauchweh«, klagte sie.
Mein Herz schlug schneller. Das war einfach perfekt. Ich konnte gar nicht schnell genug antworten. »Du hast ja vielleicht ein Glück. Ich bin nämlich Arzt. Und ich weiß, was ich tun muss, damit es dir besser geht. Wenn du dich in mein Auto setzt, dann bring ich dich gleich ins Krankenhaus.«
»Und Mamas Freund?«, fragte sie, als sie auf den Rücksitz kletterte.
»Ich lass ihm einen Zettel am Auto.« Mit großer Geste holte ich ein Stück Papier aus der Tasche. Ich drehte mich von ihr weg und zerknüllte es in der Hand. »So«, sagte ich, als ich endlich hinterm Steuer saß. »Sitzt du schön bequem da hinten?«
Aber mein kleines Mädchen antwortete nicht mehr. Was auch immer sie gehabt haben mochte, in der Wärme des klimatisierten Wagens hatte sie schließlich der Schlaf übermannt.
Die isländischen Tankstellen sind ganz wunderbar. Man braucht überhaupt nicht aus seinem Auto auszusteigen. Du fährst einfach zu den Zapfsäulen, an denen »Full Service« steht, und dann füllt dir ein netter Mann den Tank bis obenhin, nimmt dein

Geld, bezahlt dein Benzin, kauft deinen Proviant ein und bringt dir das Wechselgeld zurück. Während der Mann, der mich bediente, den Tank vollaufen ließ, betrachtete er das kleine Mädchen auf dem Rücksitz.

»Sie haben aber eine schöne Tochter«, sagte er.

»Nicht wahr?«, pflichtete ich ihm bei.

»Sie sieht aus wie Sie.«

»Das sagen alle.«

»Ich hab selbst zwei Töchter«, erklärte er. »Teenager.«

»Dann haben Sie ja genügend Probleme zu Hause.« Ich nickte ihm vielsagend zu.

»Warten Sie's nur ab … Lange dauert's nicht mehr, dann haben Sie auch Ihre Probleme.«

»O ja, ich weiß.«

»Wie alt ist sie denn?«

»Zehn«, riet ich.

»In dem Alter sind sie wunderbar.« Er warf noch einen Blick auf sie. »Und sie sehen so schön aus, wenn sie schlafen.«

»O ja«, bestätigte ich.

Ich gab ihm Geld, und er brachte mir mein Wechselgeld, zusammen mit einer Straßenkarte, vier Flaschen Wasser und vier Tafeln Schokolade.

Ich fuhr ins Landesinnere. Ich brauchte einen Ort, an dem es nicht so viele Augen gab.

Alle fünfzehn Minuten veränderten sich das Szenario und das Gelände. Außerhalb der Stadt sahen die Hügel aus wie ein Teppich, der von einer Tür zusammengeschoben worden war. Ihre weichen Umrisse erhoben sich zu scharfen Gletschergipfeln, die vor dem mattblauen Himmel weiß funkelten. Wir bogen ins Landesinnere ab und folgten einem Flusslauf. Die ganze Zeit sah uns ein dunkler Berg zu, der den Horizont beherrschte und finster in meinem Rückspiegel aufragte.

Von der Seite sah er aus wie eine gigantische Paranuss, und um die Taille trug er einen Kummerbund aus Wolken. Das Land rundherum war eine schwarze Kruste, die an verbrannte Lasagne erinnerte. Gezwirbelte Türme aus glänzendem schwarzem Obsidian glitzerten in der Sonne. Hie und da verriet ein lila Aufblitzen, dass zwischen den Felsen Blumen blühten. Wir fuhren in ein tiefes Tal hinab und kamen an einem See vorbei, mit dessen Wasser ein Kraftwerk betrieben wurde. Von hier schlängelte sich unsere Straße wieder aufwärts und erreichte schließlich eine öde Ebene aus dunkelgrauem Sand, ein monotoner Kilometer nach dem anderen.

Der Wind peitschte den Sand auf, und aus dem Himmel wich jede Farbe. Wir waren unterwegs ins Nichts. Die Gletscher und Berge, die diese Einöde einrahmten, schienen weit entfernt. Keine Vögel, keine Kühe, keine Schafe, keine Pferde, keine Bäume, keine Häuser, keine Autos, keine Menschen. Nur ein Mann und der Berg. Nur der Mann und das Mädchen.

Natürlich hätte ich sie schon jetzt umbringen können, und sie hätte es gar nicht groß mitbekommen. Aber wo blieb denn da der Sportsgeist? Und je länger ich sie schlafen ließ, umso mehr kostbare, sorgenfreie Stunden blieben mir, sie möglichst weit von Reykjavík fortzubringen.

Kurz überlegte ich, ob ich sie aufwecken sollte. Ich hätte gerne ein bisschen Gesellschaft gehabt. Wir waren auf einer einsamen Reise ins Ödland, und es wäre hübsch gewesen, jemanden zum Reden zu haben. Aber ich brauchte ein wenig Luft, ein bisschen Zeit zum Nachdenken. Nicht, dass es mich genervt hätte, im Gegenteil. Das war ja gerade der vergnüglichste Teil des Ganzen, der Moment, für den ein Mörder lebt: der Moment, in dem er überlegt, wie er sein Opfer am besten verschwinden lässt.

Wir fuhren durch den Sand, ratterten über Steine und spritzten durch eisige Wasserläufe, die von einem Gletscher kamen, der gut und gerne fünfzig Kilometer entfernt war, der aber trotzdem meine gesamte Windschutzscheibe ausfüllte.

Ich fragte mich, ob es wohl möglich wäre, jemanden mit einem Eiszapfen zu erstechen. Wäre das Eis fest genug, um durch die Rippen zu dringen und in den Herzmuskel zu schneiden? Ich vermutete, dass es funktionieren würde, wenn das Eis über Millionen von Jahren hinweg komprimiert worden war. Dann gäbe es die perfekte Mordwaffe ab, denn nach der Benutzung würde das Beweisstück einfach schmelzen.

Irgendwann nahm der Sand ein Ende, aber was folgte, war noch teuflischer und deprimierend düster: ein endloses Lavafeld. Plötzlich waren wir ungeladene Gäste auf einem fremden Planeten, dessen Oberfläche mit seltsamen, explodierten Felsbrocken übersät war, Spuren einer höllischen Schlacht. Die Straße führte erst steil nach oben, dann wieder hinunter, das Gelände wurde immer schwieriger. Die Steigungen und Gefälle waren enorm, und ab und zu sah man Reifenspuren, die von der Piste abgekommen waren.

Ich dachte, dass die Bodenunebenheiten und das Geknirsche der Reifen das Mädchen aus dem Schlaf reißen würden. Aber wir waren nun schon seit fast fünf Stunden unterwegs, und ich hatte noch keinen Pieps von ihr gehört. Ich hielt an und vergewisserte mich, dass sie noch atmete. Sie atmete noch. Nicht, dass es wichtig gewesen wäre, ob sie schlief oder wach war. Wohin hätte sie schon laufen können, wenn sie versucht hätte zu entkommen?

Um auf Nummer Sicher zu gehen, zog ich ihr die Turnschuhe aus. Wenn sie davonrannte, würde ihr die Lava die Füße zerschneiden. Falls sie sie nicht gleich ganz schluckte. Während das Auto stand, konnte ich mir die Gegend besser ansehen. Irgendein Vorgang geologischer Brutalität hatte Spalten und Risse in der Landschaft hinterlassen, die nur wenige Meter breit waren, aber bodenlos tief. Mit jedem Versuch, sie zu überspringen, hätte man es dem Leinwandhelden gleichgetan, der vom Dach des einen Hochhauses aufs nächste springt, während der Böse es nicht ganz schafft. Es gab wirklich keinen Fluchtweg.

Ich überlegte mir zuerst, ob ich das Mädchen in eine dieser Spalten werfen sollte. Selbst wenn sie dabei nicht sofort starb, der Tod würde unweigerlich kommen. Und wenn sie tot war, gäbe es keine Hoffnung, jemals ihren Körper zu finden. Ich nahm an, dass nicht einmal ein Helikopter mit Wärmesuchgeräten eine eiskalte Leiche aufspüren könnte. Und ich hatte auch meine Zweifel, dass Tiere sich in so einen Abgrund hinabwagen würden, auch wenn sie den Körper vielleicht wittern würden. Die Spalten waren so schmal und tief, dass ein Fuchs oder ein Raubvogel, der versuchte, sich das Fleisch zu holen, ihre Knochen doch nie von dort unten heraufbringen könnte.

Aber ich machte einen anderen Plan: eine Idee, zu der mich ein Artikel in der *Iceland Review* inspiriert hatte, den ich in der Lobby des Gästehauses gelesen hatte. Darin war es um Wildwasserfahrten gegangen, einen populären Sport in Island. Wie es aussieht, gibt es hier einige Gewässer, die auf Grund der großen Eisdecken und des enormen Schmelzwasservolumens im Sommer ziemlich bedrohlich anschwellen. Das Magazin war voller Bilder von diesen Flüssen gewesen: große wirbelnde Strudel in metallischem Blaugrau, das sich grün verfärbte, wenn der Fluss über die senkrechten Wasserfälle hinabstürzte.

Am meisten fürchteten sich die Kajakfahrer davor, in einen ganz besonders gefährlichen Strudel zu geraten, einen Mini-Malstrom, der am Fuße eines Wasserfalls entsteht oder auch in der Vertiefung vor einem Felsen, an dem sich der Fluss teilt. Hier haben die Strudel eine so gewaltige Kraft, dass ein Körper, der einmal untergegangen ist, in endlosem tödlichem Kreiseln herumgewirbelt wird. Die einzige Hoffnung auf Überleben besteht darin, dass man so tief wie möglich nach unten taucht und versucht, unter dem Strudel hindurchzuschwimmen. Aber das würde man in diesem Moment nicht tun, denn der Instinkt drängt einen, an die Oberfläche zu schwimmen. Tut man das, wird man wie eine leblose Flickenpuppe wieder nach unten gedroschen. Gegen die Kraft des Wassers kann man nichts ausrichten. Man wird unablässig von oben nach unten geschleudert, das Gewicht des Wassers bricht einem die Rippen und zerquetscht einem die Lungen. Ist man einmal in so einen Wasserstrudel geraten, gibt es kein Entkommen mehr.

Der Artikel hatte den isländischen »Wasserfall der Diebe« erwähnt, in den früher die Langfinger und Viehdiebe geworfen wurden, die darin den sicheren Tod fanden. Aber dieser Wasserfall war auf meiner Karte nicht verzeichnet. In der Tat war ich mehr als hundertfünfzig Kilometer vom nächsten angegebenen Wasserfall entfernt – Gulfoss –, und der nützte mir nichts, denn er war eine der größten Touristenattraktionen des Landes. Zu viele Augen.

Ich breitete die Karte ganz auf der dunklen, vulkanischen Straße aus und bemerkte, dass sich eine dicke blaue Vene über sechs Quadranten an der anderen Seite der Lavawüste entlangschlängelte und dabei ein großes weißes Gebiet im Süden mit dem Meer im Norden verband. Das sah aus wie ein Prachtstück von einem Fluss, und anscheinend war ich schon in der richtigen Richtung unterwegs.

Wie sich herausstellte, war dieser Ort für die Hinrichtung bestens geeignet. Der Fluss war so kraftvoll, dass er eine Schlucht in Fels und Lava gegraben hatte. Riesige Steinbrocken waren von den Canyonwänden herabgestürzt und bildeten im Fluss nun Hindernisse, die seinen unablässigen Strom teilten. Der größte dieser Felsen schien mir der geeignetste Kandidat zu sein. Die Strömung umtoste ihn und bildete einen Strudel an der flussabwärts gelegenen Seite. Ich war sicher, dass es sich hier um einen der beschriebenen gefährlichen Strudel handelte, denn der Fluss versuchte unermüdlich, das entstandene Loch zu füllen, und das Wasser, das von allen Seiten hineindonnerte, bildete einen tiefen, schäumenden, wirbelnden Malstrom.

Als ich das Mädchen an den Abgrund trug, weckte das Brüllen des Wassers wieder ihre Lebensgeister. Der kühle Sprühnebel legte sich auf ihre Haut und bildete Tröpfchen auf ihrer Stirn. Ich musste sie nur noch hineinfallen lassen, aber ich hatte Angst, nicht die richtige Stelle zu treffen. Zwar wäre es selbst dann immer noch sehr unwahrscheinlich, dass sie es überleben würde. Sie würde sofort von der eiskalten, wütenden Strömung davongerissen werden. Dennoch bestand die Möglichkeit, dass ihr Körper es schaffte, einen Weg durch dieses Puzzle aus Felsen und Strudeln zu finden und an den Stromschnellen vorbeizukommen. Zudem ist belegt, dass Kinder sehr robust sind, was kaltes Wasser betrifft. Das hat damit zu tun, dass ihr Metabolismus fast bis auf den Nullpunkt absinken kann und sich damit eine geringe Überlebenschance erhält. Es sind Fälle bekannt, in denen Kinder in einem zugefrorenen See einbrachen und eine halbe Stunde unter Wasser blieben, um dann mit intakten Körperfunktionen geborgen zu werden. Mir durfte hier kein Fehler unterlaufen.

Ich stellte sie aufrecht an die Felskante. Sie war nicht ganz wach, und ihre Beine gaben unter ihr nach, so dass ihr Körper nach vorne taumelte. Ich fing sie auf, bevor sie abstürzen konnte.

Ich hatte ihr das Leben gerettet, aber jetzt musste ich es auslöschen.

Ich fasste sie um die Taille und hielt sie gerade nach vorne, so dass ihre unbeschuhten Füße direkt auf einen Punkt hinter dem Felsen zeigten. Sie war leicht genug, dass ich sie so halten konnte, ohne dass ihr Gewicht mich hinuntergezogen hätte, aber sie war nicht so leicht, dass der Wind ihren Körper auf dem Weg nach unten ablenken konnte.

Dann löste ich meinen Griff und sah zu, wie sie lautlos verschwand. Der Fluss sog sie in seinen dunklen grünen Bauch. Die wild wirbelnden Wogen der Strömung hoben sie wieder an die Oberfläche, so dass ich ihre rosa Jacke kurz aufblitzen sah, bevor das Wildwasser sie wieder unter die Oberfläche drosch.

Sie kam wieder hoch und wurde wieder hinabgerissen, rauf und runter, eine halbe Ewigkeit, wie ein Tischtennisball unter einem aufgedrehten Wasserhahn.

23

»Hallo?«

Keine Antwort.

»Na komm, ich kann hören, dass jemand im Flur ist, also tut nicht so, als wäre niemand zu Hause.«

»Gehen Sie weg. Wir wollen nicht mit der Presse sprechen. Wir möchten alleine sein. Das hab ich Ihrer Kollegin vor einer Stunde auch schon gesagt.«

»Sigriður, ich bin's. Callum.«

»Für dich gilt dasselbe.«

»Aber ich muss mit Birna reden. Es ist wegen Ásta. Es gibt Neuigkeiten.«

Sigriður öffnete die Tür einen Spaltbreit. Sie achtete darauf,

die Tür nur so weit aufzumachen, dass Callum keinen Fuß in die Öffnung zwängen konnte.
»Was für Neuigkeiten?«, fragte sie.
»Birna soll es zuerst erfahren.«
»Dann können es keine guten Neuigkeiten sein.«
»Lass mich doch einfach rein«, bat Callum. »Abgesehen von allem anderen werde ich hier draußen nämlich auch noch pitschnass.«
Er log nicht. Sein T-Shirt triefte bereits und klebte ihm so am Körper, dass Sigriður hätte annehmen können, dass er nur Körperbemalung trug. Callum hatte seinen Mantel an der Stuhllehne von Platz 3 im Klapparstigur-Internetcafé hängenlassen. Ebenso wie Frikkis Stoke-City-Strickmütze, die auf dem Mousepad liegengeblieben war. Er hatte alles stehen- und liegenlassen, nachdem er den *Reiseführer eines Mörders* gelesen hatte, aber er war nicht direkt zu Birna gelaufen. Zunächst hatte er im Gästehaus der Heilsarmee angerufen, um zu überprüfen, ob Kohl ausgecheckt hatte. Wie sich herausstellte, hatte Kohl niemals eingecheckt, zumindest nicht unter diesem Namen. Der Sturzregen war in einem so plötzlichen Wasserschwall gekommen wie ein Konzertapplaus. Das Geräusch, das er auf dem Wellblechdach von Birnas Haus hervorrief, war ähnlich stürmisch.
Sigriður gab nach. Sie öffnete die Tür und führte ihn ins Wohnzimmer. »Birna schläft. Sie ist erschöpft. Mein armes Mädchen war die ganze Nacht mit dem Auto unterwegs. Ich geh mal nachsehen, ob sie mit dir sprechen will.«
Callum saß am Tisch beim Erkerfenster, auf demselben Stuhl, auf dem er an seinem ersten Abend in Birnas Haus gesessen hatte, an jenem Abend, als Sigriður ihm rohe Lumme vorgesetzt und dann überrascht festgestellt hatte, dass Trauer in seiner Aura zu erkennen war. In den Tagen, bevor

Birna ihn aus dem Haus geworfen hatte, war dieser Stuhl »Callums Stuhl« geworden. Jetzt fühlte sich Callums Stuhl mit seiner geraden Rückenlehne und den fehlenden Armstützen an, als würde er gar nicht zu ihm passen. Er war hart, kalt und steif wie die letzte Kirchenbank, die den sturmgeschüttelten Türen am nächsten steht. Natürlich hätte er auch auf einer der gemütlicheren Sitzgelegenheiten Platz nehmen können – auf dem Sessel oder dem Sofa –, aber keine von beiden erschien ihm angemessen, um Birna zu erklären, dass ihre Tochter tot war.

Callum hatte keine Ahnung, wie er es anfangen sollte. Er hatte den *Reiseführer durch Reykjavík* ausgedruckt: ein Reisebericht, der die Entführung und Ermordung eines Kindes beschrieb, bei dem es sich zweifellos um Ásta handelte. Und Callum war sicher, dass Kohl der Verfasser war. Der freigelassene Mörder hatte es zwar so klingen lassen, als hätte er einfach die günstige Gelegenheit genützt, das erstbeste Kind zu töten, das ihm in Reykjavík in die Finger geriet. Er hatte behauptet, nicht wählerisch zu sein. Aber Callum wusste es besser. Er wusste, dass Kohls Wahl kein Zufall war. Er hatte Ásta umgebracht, um sich an Callum dafür zu rächen, dass er ihn hinter Gitter gebracht hatte. Das war sonnenklar. Alles deutete darauf hin: Der Wichser war aus dem Gefängnis entlassen worden, er war abgehauen, obwohl er sich bei seinem Bewährungshelfer hätte melden müssen, und die Polizei in Schottland vertuschte es; und zu guter Letzt wusste Kohl auch noch, dass Callum in Island war. Er hatte den Reisebericht an seine isländische Mailadresse geschickt. Er war Callum nach Island gefolgt, wie er ihm damals nach Prag gefolgt war. Und er hatte Birnas kleines Mädchen getötet, um Callums zweiten Versuch zu vereiteln, sich ein Leben aufzubauen.

Callum faltete die ausgedruckte Mail zusammen und steckte sie in seine Hosentasche. Er war sich nicht sicher, ob er Birna diese Mail zu lesen geben sollte. Aus bitterer Erfahrung wusste er, welchen Schaden das anrichten konnte. In den vergangenen Jahren hatte er es oft bereut, dass er das Prager Tagebuch mit Sarahs Ermordung gelesen hatte. Die Details waren für ihn besonders schmerzhaft gewesen, und zwar nicht die blutrünstigen Einzelheiten wie das Erwürgen oder die Haken durch ihre Gliedmaßen, sondern das intime Moment dabei, das Persönliche. Warum hatte es Callum so verstört, dass Kohl sie ausgezogen hatte? Warum nahm es ihn immer noch so mit, wenn er daran dachte, dass Sarah an ihrem Galgen hin- und hergetanzt war, als sie gefunden wurde? Vielleicht, weil sie sich bei einer schottischen Volkstanzveranstaltung kennengelernt hatten?
Callum glaubte immer, er wäre besser mit Sarahs Tod klargekommen, wenn er nicht gezwungen gewesen wäre, diese Einzelheiten zu lesen. Er glaubte, dass Dinge, die man nicht wusste, einem auch nicht wehtun konnten, dass Nichtwissen auch ein Segen war. Deshalb hatte er Birna auch nichts von Sarah und Kohl erzählt. Was sie nicht wusste, konnte ihr auch nicht wehtun. Aber Kohl konnte Birna wehtun. Und er hatte ihr wehgetan. Und jetzt musste Callum ihr den Eiszapfen ins Herz stoßen.
Sie betrat das Zimmer, mit einem Morgenmantel über der Kleidung. Ihre Augen waren rot und sahen wund aus, aber Callum konnte schlecht einschätzen, ob Müdigkeit oder Tränen daran schuld waren. »Mutter sagt, du hast Neuigkeiten über Ásta«, sagte sie.
Sigriður kam hinter ihr ins Zimmer und warf ihm ein trockenes Handtuch zu.
»Danke«, sagte Callum. Er rubbelte sein Haar einmal kräf-

tig durch und legte das Handtuch dann auf den Boden.
»Birna, ich sollte besser mit dir alleine reden.«
»*Nei*. Alles, was Ásta betrifft, betrifft auch Sigriður.«
»Ich bin ihre Großmutter«, erinnerte ihn Sigriður.
»Dann setzt euch lieber hin.«
»Warum sollten wir uns hinsetzen, Callum?«, schrie Birna. »Glaubst du, wir klappen zusammen, wenn du uns sagst, dass Ásta tot ist?«
»Bitte, Birna, versuch stark zu sein.« Sigriður hielt ihrer Tochter die Hand. »Du musst es ihn sagen lassen.«
Die zwei Frauen standen nebeneinander und blickten auf Callum hinab, als würden sie in ein Grab hinunterstarren.
»Ihr habt recht«, bestätigte er. »Ásta ist tot.«
Birna nickte. »Siehst du. Wir stehen immer noch. Keiner ist in die Knie gegangen.« Sie löste ihre Hand aus dem Griff ihrer Mutter und wischte sich mit den Fingern etwas von der Wange. »Wo haben sie sie gefunden?«
Callum schloss die Augen. Auf diese Frage war er gefasst gewesen, aber deswegen konnte er sie auch nicht leichter beantworten. »Sie haben sie noch nicht gefunden«, gestand er. Als er die Augen wieder aufmachte, war Birna nur noch ein verschwommener Fleck. Der ganze Raum war ein verlaufenes Aquarell.
»Aber die Polizei muss sie gefunden haben. Woher willst du denn sonst wissen, dass sie tot ist?«, wandte Birna ein.
»Die Polizei weiß noch gar nicht, dass sie tot ist.«
»Woher weißt du es dann?«
»Das ist ja äußerst seltsam«, sagte Sigriður. Sie geriet in helle Aufregung, wie ein aufgescheuchtes Huhn. »Äußerst seltsam«, wiederholte sie.
»Antworte mir, Callum. Woher weißt du, dass meine Tochter tot ist?«

»Ich hab dich angelogen, Birna. Deine Mutter hatte recht. Ich habe etwas verheimlicht.«

»Was hast du meiner Tochter angetan?«, schrie Birna.

»Ich habe ihr überhaupt nichts angetan«, rief Callum. »Warum wird hier ständig unterstellt, ich hätte ihr etwas angetan? Den Blödsinn habt ihr wahrscheinlich aus der Zeitung. Zum allerletzten Mal: Ich hätte Ásta niemals wehgetan. Okay, Ásta und ich hatten ein schwieriges Verhältnis, aber warum hätte ich ihr denn wehtun sollen? Glaubst du etwa, ich hätte keine Gefühle für sie, nur weil sie nicht mein eigen Fleisch und Blut ist?«

»Vielleicht«, antwortete Birna. »Kann sein. Ich bin nicht mehr sicher, was ich glaube und was nicht.« Sie wurde ungehalten. »Aber was ich glaube, ist auch gar nicht wichtig. Wichtig ist nur, woher du weißt, dass meine Tochter tot ist.«

»O Mann, wenn ihr mich einfach mal erzählen lassen würdet!«, schrie Callum. Die Fenster schepperten, und er hätte nicht sagen können, ob sie auf seine laute Stimme oder auf die Sturmböen reagierten.

Die Frauen schienen schockiert von seinem Ton.

»Ich hab's dir gesagt, Birna. Ich hab dir gesagt, dass er ein jähzorniger Mensch ist«, bemerkte Sigriður.

»Ach Scheiße, verpiss dich doch«, fluchte Callum.

»Was hast du für ein Recht, meiner Mutter zu sagen, dass sie sich verpissen soll?«, schrie Birna.

»Alles Recht der Welt. Die Frau hatte mich doch vom ersten Tag an auf dem Kieker. Sie hat mordsmäßig rumgetan, als würde sie mich in diesem Hause akzeptieren, aber wir wissen doch alle ganz genau, dass sie mich nie hier haben wollte, und irgendwann hat sie ihren Willen ja auch gekriegt. Sie hatte nie ein Interesse daran, dass aus unserer Beziehung was wird, und bitte schön, hier stehen wir jetzt und streiten miteinander, und zwar ausgerechnet in dem Moment, in dem wir uns gegenseitig eine Stütze sein sollten. Sie muss ihre helle Freude dran haben.«

»Du täuschst dich in mir«, sagte Sigriður.

»Hört auf!«, rief Birna. »Hört sofort auf damit!« Sie zog den Gürtel um ihren Morgenmantel noch fester zu. Dann ging sie quer durchs Zimmer und setzte sich auf den Klavierhocker, den sie leicht herumdrehte, so dass sie Callum ansehen konnte. »Jetzt erzähl mir, woher du weißt, dass meine Tochter tot ist.«

»Ihr Mörder hat es mir gesagt.«

»Sie ist ermordet worden«, sagte Birna. Es war keine Frage. Sie setzte sich selbst vom Tod ihrer Tochter in Kenntnis. Als wäre ihre eigene Stimme die Einzige, der sie noch Glauben schenken konnte. »Wer hat sie ermordet?«

»Dieselbe Person, die auch die Frau ermordet hat, die ich geliebt habe.«

»Das Mädchen auf den Fotos«, ergänzte Birna.

Callum nickte.

»Ich wusste, dass hinter dieser Beziehung mehr steckte, als du mir erzählt hast.« Birna nickte leicht, wie um es sich selbst zu bestätigen. »Du hast das Ganze zu schnell abgetan.«

»Wer hat Ásta getötet?«, unterbrach Sigriður. Plötzlich sah sie so alt aus, wie sie wirklich war.

»Ich werde es euch erzählen«, sagte Callum. »Aber zuerst muss ich Birna endlich die Wahrheit erklären.« Er atmete schnell ein und ließ die Luft dann langsam wieder hinaus. »Du hattest recht mit dem Mädchen auf den Fotos … Sarah … hinter unserer Beziehung steckte mehr, als ich zugegeben habe. Wir haben fünf Jahre zusammengelebt. Bevor wir Geschäftspartner wurden, hat Sarah für die größte schottische Bank gearbeitet. Sie musste Anträge von Leuten prüfen, die einen Kredit für neue Geschäfte brauchten. Vor langer Zeit, 1996, lehnte sie den Antrag dieses Typen ab, so ein Verrückter, ein Verleger, der plötzlich selbst Bücher schreiben und Reiseführer auf den Markt bringen wollte. Er war wütend über ihre Entscheidung. Sechs Monate lang bombardierte er sie mit Drohbriefen. Er verfolgte sie regelrecht. Ich wusste damals gar nichts davon. Sie wollte mich nicht damit belasten.«

Callum sah aus dem Fenster und richtete seine Worte an den Berg auf der anderen Seite der Bucht. »Sarah hatte den Kerl nie zu Gesicht bekommen, denn Kontakt hatten sie nur per Telefon und Post. Na ja, und als er sich auf unserem Flug nach Prag zu uns gesellte, konnte sie ihn natürlich nicht wiedererkennen. Er saß neben uns und redete und redete und redete. Er tat uns ein bisschen leid. Wir hielten ihn für so einen traurigen Geschäftsmann, der sein Leben lang aus dem Koffer lebt und seine Familie nie zu Gesicht kriegt. Wir dachten, dass er deswegen auch so versessen darauf war, sich mit uns zu unterhalten. Er bestand darauf, uns auf einen Drink auszuführen, nachdem wir in unseren Hotels eingecheckt hätten. Angeblich hatte er die tschechische Hauptstadt schon oft besucht, und wir dachten eben, der kann uns sicher ein paar Tipps geben. Aber während ich meine Biere in die Toilette einer Prager Kellerkneipe pisste, tötete Iago Kohl meine Freundin. Und jetzt hat er Ásta umgebracht.«

Birna lehnte sich ans Klavier. Wäre der Deckel nicht heruntergeklappt gewesen, hätten ihre Ellbogen den passenden dissonanten Akkord angeschlagen.

Sigriður spielte mit ihrer Halskette und wickelte sie sich um den Finger, bis die Spitze feuerrot war.

Callum schauderte leicht. Die Kombination von kalt und nass kühlte ihn aus.
»Wie kannst du sicher sein, dass diese Person meine Tochter umgebracht hat?«, wollte Birna wissen.
Callum griff nach dem Beweis in seiner Hosentasche, dann überlegte er es sich anders und zog rasch seine Hand zurück.
Das durfte er ihr nicht zumuten. Er musste einen anderen Weg finden, dass sie ihm glaubte.
»Nachdem er Sarah ermordet hatte, hat Kohl mir eine anonyme Mail geschickt«, fuhr Callum fort. »Sie war im Stil eines Reiseberichtes verfasst, solche, wie wir sie bei Strawdonkey immer gekriegt haben. Nur, dass er in seinem *Prag – Reiseführer eines Mörders*, wie er das Ganze zynischerweise betitelte, detailliert beschrieb, wie er meine Freundin umgebracht hatte. Das war keine schöne Lektüre.« Callum griff wieder nach dem Handtuch und legte es sich gefaltet auf die Knie. »Kohl wurde vor vierzehn Tagen aus dem Gefängnis entlassen. Die Polizei hat mir gesagt, dass er sich an einem geheimen Ort aufhält – zu seinem eigenen Schutz, nicht zu meinem.« Callum gestattete sich ein reuevolles Stöhnen. »Aber als in mein Büro eingebrochen wurde, hatte ich so eine dunkle Ahnung, dass es Kohl gewesen war. Und als Ástas Kleider von der Wäscheleine gestohlen wurden, wusste ich, dass er mich verhöhnen wollte. Er gab mir zu verstehen, dass ich ihn niemals abschütteln könnte. Ich habe mich deswegen mit der Glasgower Polizei in Verbindung gesetzt, aber sie haben Angst zuzugeben, dass sie ihn aus den Augen verloren haben. Die meinten, ich sei paranoid. Eine Weile hab ich ihnen sogar geglaubt. Deswegen hab ich dir auch nichts gesagt. Ich hätte es dir erzählen sollen, Birna. Er hat Ásta entführt, und er hat sie

ermordet, und das Ganze ist meine Schuld.« Callum versuchte sich zusammenzureißen, so gut es ging. »Es tut mir so leid.«

»Woher soll ich wissen, dass du mir die Wahrheit erzählst?«, fragte Birna. »Woher soll ich wissen, dass nicht du sie entführt hast?«

Callum sah sie an. Seine Augen brannten. »Warum sollte ich dich in dieser Sache anlügen?«

»Weil du mich angelogen hast, seit wir uns zum ersten Mal begegnet sind, seit ich dumm genug war, meine offene Tasche in einem Glasgower Buchladen abzustellen und mir von jemand mein Geld stehlen zu lassen. Im Grunde könntest du selbst der Dieb gewesen sein.«

»Warum hätte ich denn so was tun sollen?«, fragte Callum. »Das ist doch verrückt. Hab ich dir an dem Tag nicht dein Mittagessen bezahlt?«

»Doch, sicher. Aber vielleicht hast du es ja mit meinem eigenen Geld bezahlt. Vielleicht hast du es mir gestohlen, um mich ansprechen zu können.«

»Ist es tatsächlich so weit mit uns gekommen?«, fragte Callum. »Dass du mich beschuldigen kannst, ich hätte dein Geld gestohlen und deiner Tochter etwas angetan? Weißt du denn gar nichts über mich?«

»Doch, ich dachte schon«, gab Birna zurück. »Aber was soll ich denn glauben, wenn du mir pausenlos Lügen erzählst? Woher soll ich wissen, dass deine Freundin überhaupt tot ist?«

»Weil ich sie gesehen habe«, sagte Sigriður.

Beide brauchten einen Moment, um ihre Stimme einordnen zu können, fast, als hätten sie vergessen, dass sie überhaupt noch anwesend war. Im Zimmer war es in der Tat sehr dunkel geworden, als sich draußen die Gewitterwolken zusammenzogen. Callum konnte Sigriðurs Gesichtszüge nicht erkennen, aber er traute sich nicht, Licht zu machen.

»Callum sagt die Wahrheit«, fuhr sie fort. »Ich habe mehr als einmal eine junge Frau auf seiner Schulter gesehen. Sie folgt ihm wie ein Móri.«

»Ein Móri?«, hakte Callum nach.

»Ein Móri ist ein Geist, der einer Familie über Generationen hinweg folgt.«

»Warum hast du mir das nie gesagt?«, wollte Birna wissen.

»Ich hab's versucht«, erklärte Sigriður. »Ich habe dir gesagt, dass er etwas verheimlicht, aber ich konnte dir nichts Genaueres sagen. Es musste von Callum selbst kommen. Ich musste erst sehen, ob er bereit wäre, dir die Wahrheit zu erzählen. Aber die Wahrheit ist für uns alle zu spät gekommen.«

»Wusstest du, dass seine Freundin ermordet worden war?«, fragte Birna.

»Nein«, erwiderte Sigriður. »Wenn ich so etwas gewusst hätte, dann hätte ich es dir gesagt. Ich wusste nur, dass Callum einen großen Verlust erlitten hatte und es nicht zugeben wollte.«

»Und jetzt soll er mir leid tun?«, fragte Birna und erhob ihre Stimme, um das Donnergrollen zu übertönen.

»Ich will dir nicht leid tun«, mischte sich Callum ein. »Ich wollte dir nie leid tun. Das war einer der Gründe, warum ich dir nichts von Sarahs Tod erzählt habe.« Er kratzte sich an den Armen, die unter dem feuchten T-Shirt anfingen zu jucken. »Lass es dir erklären«, bat er. »Als wir uns zum ersten Mal begegneten, war ich mir nicht sicher, ob überhaupt was aus dieser Geschichte werden würde. Seien wir doch mal ehrlich, wir hatten keine große Chance. Erstens lebtest du in Island. Und obwohl du es nicht wissen konntest, ich machte damals gerade die Hölle durch. Ich dachte, ich könnte nie wieder jemanden so lieben wie Sarah. Aber nach unserem ersten Wochenende in Zimmer 512 wusste ich, dass meine Gefühle für dich genauso stark waren. Ich wusste, dass wir eine Chance hatten, aber ich wollte sichergehen, dass du für mich genauso empfindest.«

»Ich habe genauso empfunden«, bemerkte Birna.

»Ich weiß. Und da ich dir nichts von Sarah erzählt hatte, wusste ich auch, dass deine Gefühle für mich echt waren. Ich wusste, dass es kein Mitleid war, das sich als Liebe ausgab. Wenn ich dir von Sarah erzählt hätte, hätte ich da nie sicher sein können.«

»Es hätte nichts geändert.«

»Kann sein, dass es nicht viel geändert hätte. Aber es hätte etwas geändert. Du hättest dich mir gegenüber anders verhalten.«

»Das hätte ich garantiert nicht«, widersprach Birna.

»Das sagst du jetzt. Aber ich hatte ein paar gute Freunde, die sich nach Sarahs Tod mir gegenüber anders verhielten. Am Anfang waren sie alle ganz toll, riefen immer an, vergewisserten sich, dass es mir gut ging, schleiften mich zum Trinken mit oder holten mich in ihre Teams, wenn sie Fußball spielen gingen. Aber mit diesen Anrufen war es ziemlich bald zu Ende, und Drinks gab es auch nicht mehr, und zum Fußballspielen waren sie immer schon zu viele. Niemand wollte mehr Zeit mit mir verbringen. Sie fühlten sich verlegen in meiner Gegenwart. Einer dieser sogenannten Freunde gab sogar zu, er habe das Gefühl, vor mir nicht mehr lachen zu können. Sarahs Tod hatte die Dinge total verändert.«

»Ich bin aber nicht wie deine Freunde«, beharrte Birna.

»Du hättest mir von ihr erzählen sollen. Und du hättest mir

von dem Mann erzählen sollen, der sie ermordet hat. Der einzige Unterschied wäre gewesen, dass meine Tochter jetzt noch am Leben wäre.« Birna ließ den Blick durchs Zimmer schweifen, als würde sie ihre Zigaretten suchen oder gerade versuchen, sich zu erinnern, wo sie ihren Whisky abgestellt hatte. Aber Birna rauchte nicht und trank so gut wie nie. Sie war hilflos. Sie brauchte eine Krücke. Hätte er zu ihr gehen können, hätte er es getan. Aber die Schranke, die sie zwischen ihnen errichtet hatte, war zu hoch.

»Du brauchst dir keine Sorgen machen, dass du mir jemals leid tun wirst.« Jetzt weinte sie. »Wie könnte ich Mitleid mit dem Mann haben, der einen Mörder an meine Schwelle geführt hat? Mit dem Mann, der zugelassen hat, dass ein Mörder mein Kind entführt?«

Zuckendes Licht ging durch den Raum, als draußen das Gewitter losbrach.

Birna schaltete das Licht ein. Sie musterte ihr Gesicht in dem Glas, hinter dem ein Foto gerahmt war. Es war ein Bild von schlammgefüllten Becken, die munter vor sich hinblubberten wie schmelzende Schokolade im Wasserbad. Die Becken in der Mitte waren so angeordnet, dass sie ein Herz bildeten. Birna sah hinein und zog ein wenig an ihren Tränensäcken. Dann legte sie die Hand über den Mund, als ob der Schock sie in diesem Moment endlich voll erwischt hätte und sie sich übergeben müsste. Für ein paar Sekunden blieb sie so. Dann riss sie das Foto von der Wand und schmetterte es mit beiden Händen auf den Boden. Sie grub ihre nackten Füße in die Glasscherben.

»Birna!«, rief Sigriður.

Aber ihre Tochter hörte nicht zu.

»Callum«, bat Sigriður. »Ich glaube, du solltest jetzt besser gehen.«

Er konnte keine neue Diskussion vom Zaun brechen. Das war's, das war ihm in diesem Moment klar. Hiermit war die ganze Geschichte am Ende. So wie ihre Beziehung mit einem Bagatellverbrechen im Café einer Glasgower Buchhandlung begonnen hatte, endete sie jetzt mit dem denkbar schlimmsten Verbrechen überhaupt: mit der Ermordung eines Kindes. Hier zerbrach nicht nur ihre Beziehung. Hier zerbrach gerade eine ganze Familie.

Er sah zu, wie eine junge Mutter ihre nackte Ferse in Glasscherben grub, bis das Blut herauslief wie der Saft aus einer ausgepressten Zitrone. Ihm war zumute, als müsste er sich übergeben.

Wie konnte er damit leben? Wie sollte er überhaupt weitermachen?

Er drehte sich um und marschierte zur Tür.

»Callum, warte«, sagte Birna. »Du kannst noch nicht gehen.«

Er blieb stehen.

»Ich will die Mail sehen.«

»Birna, ich glaube nicht, dass du …«

»Zeig es mir!«, schrie sie. »Ich muss es wissen.«

Callum zog die aufgeweichten Blätter aus seiner Tasche und reichte sie ihr.

»Birna, dein Fuß blutet«, sagte Sigriður. »Komm, ich mach dir einen Verband.«

»Zum Teufel mit deinen Verbänden!«, rief Birna.

Sigriður blieb beharrlich. »Du verlierst Blut. Und du holst dir eine Infektion. Na komm.« Sie wollte nach Birnas Arm greifen, aber ihre Tochter zog ihn weg.

»Lass mich in Ruhe! Ich brauche deine Medizin nicht. Die hilft doch sowieso nicht. Sie hat meinem Vater nicht geholfen, und mir wird sie auch nicht helfen.« Birnas Blut hatte

sich mit dem pulverisierten Glas zu einem Erdbeersorbet vermischt. Sie ignorierte den Schmerz und ließ ihre ganze Wut über ihre Mutter niedergehen. »Willst du wissen, warum ich nie in deine Fußstapfen treten wollte mit dieser ganzen Heilkräutermedizin? Ich werd's dir sagen. Jahrelang hat mein Vater Angelika angebaut, weil du und andere Heilkundige überzeugt wart, dass es gegen Krebs hilft. Als er seinen schweren Husten bekam, untersuchte ihn der Arzt und stellte fest, dass der Krebs seine Lungen auffraß. Sie wollten ihn ins Krankenhaus bringen, aber du hast darauf bestanden, ihn selbst zu behandeln. Nach ein paar Wochen fing er schon an, besser auszusehen. Du dachtest, du hättest ihn geheilt, und hast ihn wieder an die Arbeit geschickt. Aber ich war dabei, als mein Vater zusammenbrach und starb. Wir standen in einem Feld voller Angelika, wo wir zu zweit geerntet hatten. Was hast du da ausrichten können mit deinen Pflanzen?«
Sigriður sagte nichts, als Birna aus dem Zimmer humpelte.
»Soll ich ihr nachgehen?«, schlug Callum vor.
»Nein. Du würdest es nur noch schlimmer machen.« Sigriður kniete sich auf den Boden und begann Glasscherben aus dem Teppich zu klauben. »Weißt du, Callum, bevor du kamst, ging in diesem Hause nichts zu Bruch. Wir haben Erdbeben erlebt, die weniger Schaden angerichtet haben als du.«
Callum starrte an den dunklen Riss, der sich über die ganze Decke zog, aber er sagte nichts.
»Wenn du mir nur von Sarah erzählt hättest, dann wäre wahrscheinlich nichts von alldem passiert«, fuhr sie fort. »Ich habe dir so viele Gelegenheiten gegeben, über sie zu reden, aber du hast mich einfach nur als Verrückte abgetan.«

Callum kniete sich auch nieder und half ihr, das Glas aufzusammeln. »Ich weiß ... nur, dieser ganze Kram mit der Aura und so ... das ist doch nicht normal, oder? Findest du es nicht seltsam, dass du diese Dinge sehen kannst und andere Leute nicht?«

»Daran ist überhaupt nichts Seltsames«, meinte Sigriður. »Das ist etwas ganz Natürliches. Als Menschen existieren wir auf verschiedenen Ebenen. Wir haben unseren materiellen Körper aus Fleisch und Blut. Den kann jeder sehen. Aber wir haben auch noch eine geistige Ebene, die manche Leute als Farben oder Schattierungen wahrnehmen können. Das ist wunderschön, Callum. Und es ist absolut normal.«

»Das mag ja alles sein, aber wie ist es mit dem Paranormalen? Du hast gesagt, dass du Sarah gesehen hast. Du hast gesagt, dass sie eine Maske trug. Als sie starb, trug sie tatsächlich eine Maske. Deswegen bin ich damals so ausgeflippt.«

»Verstehe«, sagte Sigriður. »Ich wusste nicht, dass sie so gestorben war.«

»Aua!«, rief Callum aus. Er hatte sich in den Finger geschnitten und steckte ihn in den Mund.

»Sei vorsichtig. Die Scherben sind scharf.« Sigriður nahm Notenblätter vom Klavier und schaufelte damit ihre Scherben auf. Dann kippte sie alles auf Callums nasses Handtuch.

»Ich meine, vielleicht findest du es ja normal, die Aura eines Menschen zu sehen«, fuhr Callum fort. »Aber ist es auch normal, Gespenster zu sehen?«

»Ich sehe keine Gespenster«, erwiderte Sigriður.

»Aber du gibst zu, dass du Sarah gesehen hast. Und ohne es wissen zu können, hast du beschrieben, was sie anhatte, als sie starb.«

»Es stimmt schon, manchmal kann ich Menschen sehen, die bereits verstorben sind. Aber ich sehe sie nicht als Gespenster. Ein Gespenst ist etwas Durchsichtiges, das nichts von dem inneren Licht einer Person hat. Die Frau, die ich gesehen habe, war kein Gespenst. Die Frau, die ich gesehen habe, hatte das innere Licht.« Sigriður bemerkte, dass Callum aufgehört hatte aufzuräumen und im Schneidersitz auf dem Boden saß. Er starrte vor sich in die Luft. »Sie fehlt dir, stimmt's?«

Callum nickte.

Sigriður seufzte. »Es wird Zeit, dass du sie endlich gehen lässt, Callum. Sarah wird gut ohne dich zurechtkommen.«

»Woher willst du das wissen?«

»In Island haben wir das Wort *afturgöngur*, das bedeutet wortwörtlich ›Rückkehrer‹. Die *afturgöngur* sind Geister, die an die Orte zurückkehren, an denen sie früher gewohnt haben. Der einzige Unterschied zu Sarah besteht darin, dass sie immer wieder zu dir zurückkommt. Sie denkt, dass du immer noch um sie trauerst. Sie möchte dir zu verstehen geben, dass es ihr gut geht, damit du aufhören kannst, um sie zu trauern, und sie freigibst.«

»Das ist mir alles ein bisschen zu schräg«, sagte Callum. Er schniefte. »Ich glaube nicht an diesen Scheiß, aber warum wühlt mich das dann alles so auf?«

»Es wühlt dich auf, weil du immer noch trauerst.« Sigriður legte die Noten auf den Boden und entfernte die feinen weißen Kristalle von ihrer Hand. »Callum, ich möchte dir eine kleine Geschichte erzählen. Birna hat recht mit dem, was sie über ihren Vater gesagt hat. Aber eines weiß sie nicht: Als ich darauf bestand, Svein zu Hause zu behalten und ihn selbst zu behandeln, habe ich ihn überhaupt nicht behandelt. Ich wusste, dass seine Krankheit schon zu weit fortgeschritten war und dass ihn nichts mehr retten konnte. Ich habe ihn wieder an die Arbeit geschickt, weil ich wusste, dass sich Svein bei der Arbeit am wohlsten fühlte. Ich war glücklich, dass er seinen letzten Tag damit verbracht hat, mit seiner Tochter ein Feld abzuernten, statt in irgendeinem einsamen Krankenhausbett zu sterben.«

»Was willst du mir damit sagen?«, wollte Callum wissen.

»Ich will damit sagen, dass ich wusste, wann ich ihn loslassen musste. In meinem Fall war das einen Monat vor seinem Tod. Deine Situation ist eine andere, denn man hat dir deine Freundin ganz unerwartet und auf grausame Weise geraubt. Du konntest dich anders als ich nicht darauf vorbereiten. Aber du musst sie trotzdem loslassen. Sonst zwingst du sie, für immer auf deiner Schulter zu bleiben.«

»Und Svein sitzt nicht auf deiner Schulter?«

»Nein«, antwortete Sigriður. »Obwohl ich ihn fast sein ganzes Leben lang am Hals hatte.« Sie lächelte. »Als wir Birnas Vater begruben, sah ich ein Licht über der kleinen Orgel in unserer Kirche. Ich wusste, dass es Svein war. Ich konnte spüren, wie seine Anwesenheit durch den Raum ging. Er teilte mir mit, dass er glücklich war. Er sagte mir, dass er auf dem Weg an einen anderen Ort war.« Sigriður zuckte die Achseln. »Also habe ich ihn gehen lassen.«

Callum zog das Foto mit dem blubbernden Schlammherz aus dem zerbrochenen Rahmen. Birnas Blut hatte Streifen auf dem Bild hinterlassen.

»Und was ist mit Ásta?«, fragte er. »Kannst du sie sehen?«

»Nein«, sagte Sigriður, und das Lächeln schwand aus ihrem Gesicht. »Ásta wird zu ihrer Mutter gehen.«

Callum ließ den Kopf hängen. »Ich kann einfach nicht glauben, dass das hier alles passiert.«

»Es ist nicht deine Schuld, Callum.«

»Natürlich ist es meine Schuld. Ich bin nach Island gekommen, weil ich dachte, ich hätte hier eine Chance. Ich dachte, ich könnte tun, was du vorgeschlagen hast, und Sarah loslassen. Und ich dachte, dass Birna mir dabei helfen könnte.«
»Aber sie hat dir nicht geholfen. Sie konnte überhaupt nicht wissen, dass du ihre Hilfe brauchtest.«
»Das weiß ich jetzt auch. Und mir ist klar geworden, dass ich Sarah nicht um Birnas willen verschwiegen habe. Ich habe es für mich selbst getan. Und jetzt ist Ásta tot, weil ich so selbstsüchtig war.«
»Es stimmt durchaus, dass trauernde Menschen oft nur noch an sich selbst denken«, erklärte Sigriður. »Aber das ist nicht der Grund dafür, dass Ásta gestorben ist. Manchmal gibt es einfach schreckliche Dinge im Leben, gegen die wir nichts unternehmen können. Wie das, was du in Prag erlebt hast. Und jetzt erleben wir alle gerade wieder so etwas.«
Sigriður schlug das Handtuch um die Scherben und band die vier Ecken zu einem Knoten zusammen.
»Ich sollte jetzt wohl besser gehen, damit du dich um deine Tochter kümmern kannst«, meinte Callum. »Aber tu mir einen Gefallen, Sigriður. Wenn Birna sich in ihrem Zimmer einschließt, dann guck immer mal wieder nach ihr, ja? Ich weiß nicht, wie sie auf die Mail reagieren wird, die ich ihr gegeben habe.«
»Es wird ihr nicht schaden, Callum. Es ist gut, dass sie das liest. Nichts ist schlimmer als Ungewissheit.«
Sigriður begleitete Callum zur Tür. »Soll ich dir eine Jacke leihen?«, fragte sie.
»Schon gut. Ich kann sowieso nicht mehr nasser werden.«
Callum faltete das Bild mit dem Herz zusammen, steckte es in seine Tasche und trat hinaus in den Regen.
Aber bevor Sigriður die Tür hinter ihm zumachen konnte,

drehte er sich noch einmal um. »Ich war wirklich gemein zu dir«, rief er. »Warum bist du so vernünftig?«
»Du hast mich falsch eingeschätzt«, erwiderte Sigriður. »Ich bin eine vernünftige Frau.«

24

Als er wieder in Apartment 512 war, trug Callum das Telefon zum Sofa. Er rief John Wedderburn an. Entweder lag es an der Zeitverzögerung, oder der Kriminalinspektor hatte geahnt, dass er anrufen würde, denn er nahm den Hörer noch vor dem ersten Klingeln ab.
»Er hat sie umgebracht.«
»He, immer langsam! Also wirklich, Callum, reicht's denn nicht mal für ein ›Hallo‹ oder ein ›Wie geht's‹?«
»Ich hab keine Zeit für Höflichkeiten, John. Er hat sie umgebracht. Ich hab Ihnen doch gesagt, dass er so was tun würde.«
»Jetzt schalten Sie mal einen Gang runter, Cal. Immer schön eins nach dem andern. Also, … wer hat wen umgebracht?«
»Kohl. Er hat Birnas kleine Tochter ermordet.«
»Cal … ich glaube echt, Sie sollten mal einen Arzt konsultieren. Und da spreche ich als Freund.«
»Ich bin Ihr Freund, John. Und hab mir das hier nicht ausgedacht. Dieser Wichser hat mir wieder einen Reisebericht gemailt. Er hat mir Ásta vor der Nase wegentführt und sie in einen Fluss geworfen.«
»Kohl hat überhaupt niemanden entführt«, widersprach Wedderburn.

»Es steht alles in dem Reisebericht«, beharrte Callum. »Ich hab ihn an Sie weitergeleitet. Kohl gibt zu, dass er Ásta aus dem Schwimmbad entführt hat. Das ist der Beweis, dass er Sie an der Nase herumgeführt hat. Woher sollte er wissen, dass sie nach einem Besuch im Schwimmbad verschwand, wenn er immer noch unter Ihrer sogenannten Vierundzwanzigstundenüberwachung steht?« Callum spuckte die letzten Worte geradezu aus.

»Warte mal kurz … kleinen Moment … ich mach meine Mails auf.«

Callum konnte den Inspektor klicken und tippen hören.

»So, ich hab's«, sagte Wedderburn.

»Soll ich Ihnen einen Moment geben, damit Sie es verdauen können?«, fragte Callum.

»Nicht nötig.« Wedderburns Stimme war auf einmal ganz hart. »Das ist doch Scheiße, Callum. So kann man mich nicht verarschen. Das haben Sie doch selbst geschrieben.«

»Warum zum Teufel sollte ich das tun?«

»Damit Sie eine Chance kriegen, ihn wieder hinter Gitter zu schicken.«

»Verdammte Scheiße, ich glaub's nicht«, sagte Callum.

»Ich bin nicht blöd, Cal, und Sie auch nicht. Wir beide wissen, dass es eine üble Verletzung der Bewährungsauflagen wäre, wenn Kohl Ihnen eine Mail schriebe. Das hier ist ganz offensichtlich von jemandem geschrieben worden, der ihn wieder im Kittchen sehen will.«

»Aber das ist doch Kohls Hotmail-Adresse. Er nennt sich immer noch Puppenspieler.«

»Die Mailadresse kann sich jeder geholt haben. Hotmail-Adressen erlöschen, wenn man sie sechs Monate lang nicht benutzt. Damit ist Kohls Adresse frei geworden, während er im Gefängnis saß. Jeder, inklusive meiner eigenen Mutter, hätte sich als Puppenspieler anmelden können. Dafür muss man nicht mal seinen echten Namen oder die Adresse angeben. Deswegen war es ja auch unmöglich, Kohl bei der ersten Ermittlung aufzuspüren.«

»Sie behaupten also, ich hab das Ganze ausgeheckt, damit es so aussieht, als würde Kohl mich belästigen?«

»Versuchen Sie es einfach mal aus meiner Perspektive zu betrachten. Ich ruf Sie an, um Ihnen mitzuteilen, dass Kohl freigelassen worden ist, und was passiert? Im nächsten Moment erzählen Sie mir, dass in Büros eingebrochen wird, dass Mädchen vom Pferd gefahren und Kleider von der Wäscheleine gestohlen werden.«

»Und Geysire den Leuten ins Gesicht explodieren«, fügte Callum hinzu. Obwohl er merkte, dass es ein wenig lächerlich klang, als er es aussprach.

»Selbst wenn diese Dinge passiert sind, Cal – und ich habe wirklich ernste Zweifel daran –, dann ist es zumindest unmöglich, dass Kohl dahintersteckt. Wie ich Ihnen bereits erklärt habe, behalten wir ihn im Auge. Wir wissen, wo er wohnt, und wir wissen, dass er keine Möglichkeit hat, das Land zu verlassen.«

»O Mann, John, er erwähnt seinen falschen Pass doch schon im allerersten Satz.«

»Dann nehmen wir einfach mal an, er hat diese Mail tatsächlich geschrieben. Wir wissen doch, dass dieser Typ eine etwas zu lebhafte Fantasie hat. Herrgott, Sie müssen nur mal eines von den Büchern lesen, die er damals veröffentlicht hat. Als ich sein Haus durchsucht habe, habe ich echt bizarre Dinge gefunden. Ich glaube, ich erinnere mich da an einen vergnüglichen Roman über einen zoomorphen Nekrophilen, einen Typen, der sich ein Bunny-Kostüm anzog und dann überfahrene Tiere auf der Straße vögelte. Bunnyman ging nur einer ab, wenn er beim Vollzug des schmutzigen Aktes von den Scheinwerfern eines Autos erfasst wurde. Ich hab's aufgegeben, bevor ich's zur Hälfte durchhatte, aber meine Frau konnte es nicht mehr aus der Hand legen. Auf jeden Fall besteht kein Zweifel daran, dass Kohl eine überbordende Fantasie besitzt.«

»Genau. Und die benutzt er, um mich zu verhöhnen. Deswegen hat er mir damals den Reiseführer mit Sarahs Ermordung geschickt. Er konnte einfach nicht anders. Das hat er ja auch vor Gericht zugegeben. Und jetzt, wo er wieder auf freiem Fuß ist, hat er wieder gemordet, und er ist fest entschlossen, es mir wieder so richtig frontal zu geben. Und was werden Sie dagegen unternehmen?«

»Da kann ich nicht viel tun«, erwiderte Wedderburn. »Jedenfalls nicht, bis bewiesen ist, dass Kohl diese Mail wirklich geschrieben hat. Und wie wir aus Erfahrung wissen, könnte sich das als unmöglich herausstellen. Er hat keinen Zugang zum Netz in dem Haus, in dem wir ihn untergebracht haben, also erscheint da auch nichts auf der Telefonrechnung. Wenn ich die Mail hier so durchscrolle, würde ich sogar sagen, hier gibt es keine Spur, die wir zu ihm zurückverfolgen könnten.«

»Blödsinn. Es gibt jede Menge Arten, wie er draußen ins Internet gegangen sein kann. Ich wette, wenn Sie bei MSN anfragen, damit sie die Quelle zurückverfolgen, dann bekommen Sie eine ISP-Nummer in einer Bibliothek oder einem Internet-Café. Und dann könnten Sie deren Überwachungskameras checken. Die Mail ist mit Zeit und Datum versehen, so dass Sie wissen, wonach Sie suchen müssen.«

»Und was dann?«, wollte Wedderburn wissen. »Viele Leute benutzen Bibliotheken und Internet-Cafés.«

»Das schon«, meinte Callum. »Aber wenn dieses Café in

Großbritannien ist, dann könnten wir zumindest Ihre beschissene Beleidigung widerlegen, dass ich diese Mail selbst zusammengedichtet habe.«

»Wer sagt mir, dass Sie nicht irgendeinen Freund damit beauftragt haben?«

»John.«

»Ja, Cal.«

»Fick dich.«

Callum ließ sich rückwärts aufs Ledersofa fallen und zappte die Nachrichtensender durch. Bei einem Erdbeben in der Türkei waren zweiundzwanzig Menschen ums Leben gekommen. Ein deutscher Zug war an der schweizerischen Grenze entgleist und hatte fünf Menschen getötet. Die Waldbrände, die in Kalifornien wüteten, hatten drei Menschenleben gefordert und viele obdachlos gemacht. Die Vereinigten Staaten hatten zum zweiten Mal ein britisches Kampfflugzeug über Basra abgeschossen, ein Beschuss durch die eigene Seite, der vier Familien die Ehemänner, Söhne und Väter geraubt hatte.

Er schaltete um. Er suchte etwas, um seine Gedanken von Tod und Regen abzulenken. Etwas Nichtssagendes, Harmloses.

Schließlich landete er bei einer naturgeschichtlichen Sendung, isländisch mit englischen Untertiteln. Da er aufziehende Kopfschmerzen verspürte, drehte er die Lautstärke herunter und las nur die Untertitel.

Eines der außergewöhnlichsten tauchenden Säugetiere, die in Island beheimatet sind, der weiße Belugawal, kann seinen Atem siebzehn Minuten lang anhalten …

… und in einer Tiefe von fast einem Kilometer tauchen.

Der Seeelefant ist noch beeindruckender. Er kann zwei

Stunden unter Wasser bleiben, indem er in seinem Gewebe und in seinem Blut Sauerstoff speichert.
Wenn Eiderenten tauchen, lassen sie ihr Gehirn auf sehr niedrige Temperaturen abkühlen, um so Hirnschäden zu vermeiden.
Beim Menschen hingegen liegen die Dinge anders.
Auf Grund unserer Evolutionsgeschichte auf dem Land ist unsere Fähigkeit, den Atem anzuhalten, nur sehr gering ausgeprägt.
Ein Mensch hält es durchschnittlich zwei Minuten lang aus, bevor er das Bewusstsein verliert.
Hirnschäden treten nach vier Minuten ein. Die Chancen, dass sich das Hirn wieder erholt, sind schon nach zehn Minuten gleich null.
Deswegen sterben im Wasser auch so viele Menschen. Ertrinken ist eine erstaunlich wirkungsvolle Todesart.

Warum musste das passieren? Das war nun wirklich das Letzte, was er jetzt gebrauchen konnte, und prompt war er bei dieser Sendung hängengeblieben. Genauso erging es ihm immer, wenn er die Fußballergebnisse nicht wissen wollte, bevor die Zusammenfassung der Fußball-Highlights des Tages bei Scotsport kam – unweigerlich fiel ihm dann auf der Rückseite einer aufgeschlagenen *Evening News* eine Überschrift ins Auge, oder er sah jemanden in den Farben seiner Lieblingsmannschaft auf dem Heimweg im Bus, der ihm nicht nur das Ergebnis, sondern auch die Namen der Torschützen und den Zeitpunkt jedes Tores verriet. Warum war es umso wahrscheinlicher, dass Callum etwas über den Weg lief, je mehr er es zu vermeiden suchte?
Dasselbe galt für Kohl. Callum war nach Island gezogen, um ihm zu entkommen, und jetzt musste er sich wieder mit

dem Mörder auseinander setzen. In welchen gottverlassenen Winkel dieser Welt musste er eigentlich fliehen, um ihm nicht mehr zu begegnen? Was musste er noch tun, um diesen kranken Wichser loszuwerden? Oder sollte er für immer Gefangener seiner Trauer bleiben?

Trauer war der Grund, warum er so wenige Besitztümer mit nach Irland gebracht hatte. Was sind schon Besitztümer, wenn einem das Einzige geraubt worden ist, das im Leben wirklich zählte? Die Trauer hatte Callum an einen Ort gebracht, wo ihm aufging, dass kaum noch etwas zu ihm gehörte.

Er schleppte sich zum Kühlschrank und nahm die Flasche Wodka heraus, die Birna und er in ihrer letzten Nacht im Apartment zurückgelassen hatten. Die Deutschen hatten ihn nicht angerührt. Er goss sich einen Becher voll ein. Obwohl der Fernseher aus war, verfolgte ihn das Thema der Dokumentation.

Wie der Bericht betont hatte, hatte Kohl eine effiziente Todesart für Ásta gewählt. Er hatte sich fürs Ertränken entschieden, den Archetyp aller menschlichen Tode. Callum wurde klar, dass letztlich fast jeder an Sauerstoffmangel starb: der Herzkranke, das Krebsopfer, die Alten und Schwachen.

In Sarahs Fall hatten ihr die Hände ihres Mörders den Sauerstoff genommen. Ástas Vater war nicht durch Lava oder Feuer umgekommen, Birnas Worten zufolge war er gestorben, als giftige Gase und Kohlenmonoxid den Sauerstoff in seinem Blut ersetzten. Und es war auch nicht der Lungenkrebs gewesen, der Birnas Vater auf dem Gewissen hatte, im Grunde war es die Unfähigkeit seiner Lungen gewesen, weiterzuatmen. Bei dieser Krankheit hatte es Monate gedauert, bis Svein seinen letzten Atemzug nahm. Beim Ertränken wurde dieser Prozess jedoch grauenvoll beschleunigt.

Sollte Callum sich damit trösten? Sollte er dankbar sein, dass Kohl Birnas Mädchen auf so effiziente Weise getötet hatte? Sollte er Gott danken, dass Ásta nicht gelitten hatte?

Einen Scheiß sollte er.

Er zog den Gürtel aus seiner Jeans und legte ihn auf die Arbeitsplatte. Nachdem er seinen Wodka getrunken hatte, starrte er ein Weilchen die lange Lederschlinge mit der schweren Schnalle an. Sie wand sich wie eine Boa Constrictor, den flachen Kopf zurückgelegt und den silbernen Dorn wie eine Zunge herausgestreckt. Er fragte sich, wie es wohl sein würde, wenn er ihn an die Tür binden und die Schlinge sich um seinen Hals zuziehen würde.

Letztlich starb fast jeder an Sauerstoffmangel.

Aber er war weder mutig noch feige genug dafür.

Er nahm die Wodkaflasche mit auf den Balkon und blickte auf die Straße hinunter: eine Straße voller glücklicher Menschen, die sich vom Wetter nicht stören und stattdessen vom Licht aufmuntern ließen. Es war fast drei Uhr morgens, und die Kids standen immer noch Schlange vor der *Kaffibarinn*, dicht gedrängt an den Wellblechwänden in der Farbe von gefrorenem Blut.

Calum schmiss die Flasche in den Himmel und schrie: »Arschloch!« Er ging zurück ins Zimmer und setzte sich auf die Bettkante. Er merkte, wie er einnickte, wachte aber wieder auf, als es an der Tür klopfte.

Als er aufmachte, stand Birna vor ihm.

»Was machst du denn?«, fragte er.

»Das wollte ich dich auch gerade fragen«, erwiderte sie. Sie hielt ein Stück der zerschellten Wodkaflasche hoch. »Du hast mich fast umgebracht mit dem Ding.«

Callum sagte nichts.
»Kann ich reinkommen?«, fragte sie.
»Klar.« Er schloss die Tür hinter ihr. »Wie geht's dir?«
Birna humpelte zum Couchtisch und warf etwas darauf: Kohls Mail. Sie hatte wieder diesen stählernen Blick.
»Ich weiß, wo sie ist.«
Er fädelte seinen Gürtel wieder in die Schlaufen. »Woher willst du wissen, wo sie ist? Das weiß doch wohl nur Kohl.«
»Das glaubt er wahrscheinlich auch. Er hat extra darauf geachtet, in seiner Mail keinen der Berge und keine Straße zu benennen. Er hat sich für furchtbar schlau gehalten. Aber er hat nicht damit gerechnet, dass die Mutter seines Opfers die Landschaft hier besser kennt als die meisten anderen. Er hat gesagt, dass er Ásta in einen Gletscherfluss geworfen hat, der von Süden direkt Richtung Nordküste fließt: Jökulsá á Fjöllum, der wildeste Fluss in ganz Island, zweihundert Kilometer Stromschnellen, Schluchten und Wasserfälle.«
»Zweihundert Kilometer?«, vergewisserte sich Callum. »Das engt die Zahl der Schauplätze nicht unbedingt ein. Er könnte sie überall hineingeworfen haben.«
»*Já*, aber ich hab auch die Route nachvollzogen, also hab ich eine ziemlich genaue Vorstellung davon, wo er mit dem Auto zum ersten Mal an den Fluss kam.«
»Meinst du, dass du Ástas Körper finden kannst?«
»Ich glaub schon.«
»Aber du sagst selbst, dass es ein wilder Fluss mit Wasserfällen und Stromschnellen ist. Sie könnte mittlerweile ins Meer geschwemmt worden sein.«
»Wenn er sie in einen solchen Strudel geworfen hat«, erklärte Birna, »dann wird sie nirgendwo hingeschwemmt.«
»Sollten wir das nicht lieber der Polizei überlassen? Ich meine ... Kohl könnte noch immer da draußen sein.«

»Das hatten wir doch alles schon. Unsere Polizei ist unfähig. Wie du übrigens selbst festgestellt hast, als ich dich vom Polizeirevier abholte, obwohl du dich da etwas anschaulicher ausgedrückt hast. Aber du hast recht, Callum. Ástas Mörder könnte noch da draußen sein. Deswegen wirst du jetzt auch deinen Gürtel zumachen und mich begleiten.«
Callum konnte jetzt nicht mehr viel Entschlossenheit an Birna bemerken. Alles, was er sah, war Trauer und Illusionen.
Ein Gefühl, das er nur zu gut kannte. Er wusste, dass er jetzt ganz sanft mit ihr umgehen musste. »Birna, du bist furchtbar mitgenommen, du musst ein bisschen schla …«
»Jetzt, Callum!« Ihre Züge waren starr. »Wir holen mein kleines Mädchen zurück.«

25

Sie fuhr ihn direkt in die Hölle.
Beziehungsweise, sie fuhr ihn nach Hella. Von dort aus wandten sie sich ins Landesinnere und folgten einem Fluss – dem Ytri-Ranga –, während die ganze Zeit ein Berg über sie wachte, wie Kohl es in seinem Reisebericht beschrieben hatte.
»Bist du sicher, dass er das ist?«, erkundigte sich Callum.
»Ich bin ganz sicher«, bestätigte sie.
»Sieht aber nicht aus wie eine Paranuss, finde ich.«
Der Berg Hekla war tatsächlich sehr dominierend, das konnte nicht einmal Callum leugnen. Er ragte vor ihnen auf wie ein Killerwal, sein breiter Rumpf war mit Schnee ge-

sprenkelt. Träge wirbelnde geothermale Dämpfe deuteten darauf hin, dass in seinem Bauch einiges los war.

»Sieht aus, als würde er jeden Moment ausbrechen«, bemerkte Callum.

»Wer weiß. Hekla ist unser enthusiastischster Vulkan. Zuletzt ist er 1980 und 81 ausgebrochen. Die Ausbrüche hast du beide in der Vulkan-Show im Kino gesehen.«

»Ah«, sagte er. Callum erinnerte sich an den Film. Große glühende Felsbrocken waren von Heklas Gipfel in die Luft geschossen und auf die dicke Decke aus vulkanischen Ablagerungen zu seinen Füßen gekracht. Das war die »verbrannte Lasagne«, die Kohl beschrieben hatte, und nun fuhr Birna die Straße entlang, die darum herumführte. Callum konnte sich die geschmolzene Lava vorstellen, wie sie glühend rot und schwarz qualmend unerbittlich über das Land kroch. Ein versteinerter Wald aus Baumstümpfen war aus dem Lavafeld gesprossen, geformt von Klumpen aus flüssigem Gestein, die ausgespien wurden, bevor sie erstarrten. »Gezwirbelte Türme aus glänzendem schwarzen Obsidian«, so hatte Kohl diese toten Wäldchen beschrieben. Callum schätzte, dass sie bei der letzten Eruption entstanden waren, da die Zeit noch nicht gereicht hatte, die Schärfe ihrer Konturen abzuschleifen. Rundherum war nichts als ein Feld aus schwarzer Asche, abgesehen von ein paar vereinzelten Verzierungen durch weiße und lila Blumen, die in den Vulkanablagerungen Wurzeln geschlagen hatten und vom ewigen Fortdauern des Lebens kündeten.

»Das sind die Blumen«, sagte Callum und zeigte wie ein Kind mit dem Finger darauf. »Kohl hat lila Blumen erwähnt.«

»Glaubst du mir jetzt, dass wir auf der richtigen Straße sind?«, fragte Birna.

»Daran hatte ich nie gezweifelt«, log er.
»Das sind Lupinen«, erklärte sie. »Die gehören zu unserem Anti-Erosionsprogramm. In unseren Böden fehlt der bindende Lehm, deswegen hat die Erosion so leichtes Spiel. Man kann den Boden aber stabilisieren, indem man Lupinen sät. Die Pflanze breitet sich schnell aus und bindet auch dünnen Boden. Wir bekämpfen die Erosion also einfach, indem wir tonnenweise Lupinensamen über solchen Gebieten abwerfen. Ich wusste, dass hier Lupinen wachsen, und es ist wahrscheinlich der einzige Ort, an dem gleichzeitig Lavaspiralen und ein paranussförmiger Berg stehen.«
»Er hat aber nicht die Form einer Paranuss«, beharrte Callum. Er war froh, dass Birna über die Landschaft sprach, so wie früher. Zumindest kurzfristig war sie jetzt wieder Birna die Wissenschaftlerin. Das flößte ihm etwas Mut ein. Er wusste, wie sehr sie ihre Arbeit liebte. Als sie sich zum ersten Mal begegnet waren, hatte sie ihm erzählt, dass sie sich für Geologie und Vulkanologie entschieden hatte, weil Island der »geologische Bonbonladen der Welt« ist. Callum dachte, dass sie sich jetzt auf ihre Wissenschaft konzentrierte, um die Trauer in Schach zu halten, als wäre das Land um sie her das Einzige, dem sie vertraute. Ausgerechnet, dachte er, wo sie ihm doch immer erzählte, wie unbeständig und unzuverlässig dieses Land war.
Er schätzte, dass sie den Körper ihrer Tochter erst finden musste, bevor sie wirklich beginnen konnte zu trauern.
»Ich habe Hekla mal bestiegen«, sagte sie.
»Das überrascht mich nicht.«
»Ich habe etwas Wunderwunderschönes gesehen, als ich dort oben war ... einen riesigen Schneeblock, das war zu dem Zeitpunkt der einzige Schnee auf dem Vulkan, blendend weiß und einsam. Er stach aus dem Fels heraus wie

der Bug einer Yacht und war bizarrerweise mit einer Schicht aus vulkanischen Ablagerungen bedeckt. Nach einigem Überlegen wurde mir klar, dass der Schnee 1980 gefallen sein musste, und 1981 von der nächsten Eruption zugedeckt worden war. Die dunkle Asche kühlte ab, sobald sie in Kontakt mit dem Schnee kam, und hat ihn so über viele Jahre hinweg perfekt isoliert. Das war wirklich toll«, sagte sie. »Ich schätze, damit habe ich den Beweis gefunden, dass es auch in der Hölle Schneebälle gibt.«

Sie folgten weiter der F26 auf Callums Landkarte und fuhren in ein tiefes Tal hinab, dessen grüner und schwarzer Boden mit silbernen Girlanden verziert war – Flüssen, die das Sonnenlicht reflektierten. Sie kamen an dem See mit dem Wasserkraftwerk vorbei, den auch Kohl passiert hatte.

»Dieser Straße folgen wir, bis wir zum Tugnafellssjökull-Gletscher kommen«, erklärte Birna. »Da kommen wir in richtig übles Gelände.«

»Hier ist es hübsch«, meinte Callum. »So bunt.«

»Wir sind jetzt in einem Flusstal. Das Wasser kommt von den Gletschern und macht den Boden fruchtbar. Ich mache oft einen Umweg hierher, um Mutter ein bisschen Silberwurz oder Leimkraut, diese rosa Kissen, mitzubringen ... guck ... da drüben ...« Birna deutete aus dem Fenster.

»Ich dachte, du glaubst nicht an Sigriðurs Heilmethoden«, sagte er.

Birna verstummte.

Callum bereute, den Mund aufgetan zu haben. Jetzt sagte sie wieder keinen Ton mehr.

»Ich hatte kein Recht, meine Mutter anzuschreien.« Birnas Stimme klang gedämpft. »Sie meint es nur gut.«

»Sie wollte nur das Beste für deinen Vater, und das weißt du ja auch.«

Birna nickte.
Schweigend fuhren sie weiter.
Die Straße, so sie denn diesen Namen verdiente, war nur an den gelegentlichen Holzpfosten am Rand auszumachen, und an ein paar wenigen Reifenspuren, die mal näher, mal ferner verliefen. Maßlose Wut stieg in Callum hoch, wenn er daran dachte, dass die frischesten Spuren von Kohl stammten. Er versuchte, nicht weiter darüber nachzudenken, als der Suzuki langsam wieder aus dem Tal hinausfuhr. Die Straße verwandelte sich rasch in eine Piste aus Sand und Schotter, die hie und da mit schwarzen Lava-Kuhfladen gesprenkelt war. Callum blickte auf seine Karte. Sie hielten auf Sprengisandur zu, eine riesige Wüste aus grauschwarzem Sand, über den sich Kohl beschwert hatte.
»Die Karte hilft uns jetzt nicht mehr viel«, bemerkte Birna.
»Das klingt ja nicht so gut«, gab Callum zurück. »Haben wir denn einen Kompass?«
»Ein Kompass wäre auch zu nichts nütze. Vulkanisches Gestein ist magnetisch.«
»Scheiße.«
»Entspann dich. Wir werden uns nicht verfahren. Momentan gibt es sowieso nur eine Straße. Also müssen wir einfach weiter auf der entlangfahren.«
Sie waren erst anderthalb Kilometer auf dieser Straße gefahren, als Callum die Sinnlosigkeit ihrer Suche so richtig klar wurde. Birna hatte ihn in eine finstere, unfertige Ecke des Universums gebracht: Eine endlose Ebene aus Sand und Gletschergeröll, in der Menschen völlig fehl am Platz wirkten. Das war eine prähistorische oder postapokalyptische Szenerie, ein einfarbiges, von einer Marssonde aufgenommenes Bild. Riesige Felsbrocken waren von einem

längst vergessenen Gletscher wie Würfel über diese unfruchtbare ockerfarbene Ebene geworfen worden.
Ab und zu erhob sich ein Drachenrücken aus Stein aus dem Sand, um die Monotonie zu durchbrechen und Callum an die Wahnwitzigkeit ihres Unterfangens zu erinnern, diesen Ort in einem Auto mit Vierradantrieb zu durchfahren. Ein schlichter Flug auf einem Pterodaktylus wäre angemessener gewesen. Es war schwierig, sich über die Größenmaßstäbe klar zu werden: Was groß aussah, war nicht unbedingt nah, was klein wirkte, nicht unbedingt weit entfernt. Wer sich in den schottischen Highlands verirrt, verpasst die letzte Runde im Pub, dachte Callum, aber wenn du dich hier draußen verläufst, kochen sich die Elfen ein Süppchen aus deinen Knochen.
Die schwarzen Dünen sahen aus wie riesengroße Schlackenhalden. In den Vertiefungen im Sand sammelte sich schlammig graues Wasser, das trübe und ungenießbar aussah, und dessen Oberfläche vom ständigen Wind gepeitscht wurde.
»Das ist ja vielleicht ein ruheloser Ort«, sagte Callum.
»Ich hab dich gewarnt. Hier ist Gott mit seiner Schöpfung nicht ganz fertig geworden.«
»Das hätte er dann aber wirklich in der Schrift vermerken sollen: Und am siebten Tag ruhte Gott aus … nachdem er Island fürs nächste Jahrtausend vorgemerkt hatte.«
Birna lächelte. Unter den gegebenen Umständen war dieser Schöpfungsakt genauso bemerkenswert wie alles andere, was Gott zustande gebracht hatte. »Du kommst der Wahrheit näher, als zu glaubst. Auf der geologischen Zeitskala ist Island erst heute morgen geschaffen worden.«
Callum warf einen Blick auf seine Armbanduhr. Halb zwölf.

»Es ist immer noch heute morgen.«

»Eben«, erwiderte sie.

Callum rechnete nach, dass sie seit ihrer Abfahrt um fünf Uhr morgens schon über sechs Stunden unterwegs waren. Sie wären früher losgekommen, wäre Birna nicht zuerst noch nach Hause gefahren. Sie wollte Sigriður sagen, wohin sie fuhren. Birna hatte behauptet, dass das eine vernünftige Vorsichtsmaßnahme war, wenn sie in das raue Landesinnere aufbrachen, denn es war nicht unwahrscheinlich, dass sie nicht wieder herauskommen würden. Callum schickte obendrein stündlich eine SMS an Frikki.

Es hatte sie nicht überrascht, dass Sigriður sie nicht ziehen lassen wollte. Sie hatte lange und heftig mit Birna gestritten und alles getan, um ihrer Tochter klarzumachen, was für eine Torheit sie beging. Als sie schließlich akzeptierte, dass sie sie nicht umstimmen konnte, bestand sie darauf, dass Birna und Callum sich hinsetzten und ein warmes Frühstück zu sich nahmen, bevor sie aufbrachen. Sie waren im Begriff, sich in eine Gegend aufzumachen, in der sie kein Wasser kaufen konnten, die so leblos war, dass sie nicht einmal ein Tier jagen konnten, um es zu essen.

Birna bremste und riss Callum aus seinen Gedanken.

»Was ist?«, wollte er wissen.

»Ein Fluss.« Sie deutete auf den breiten Strom, der ihnen den Weg abschnitt. »Ich muss wohl aussteigen und eine Stelle finden, an der wir ihn sicher durchfahren können.«

»Kein Problem«, meinte Callum. »Ich wollte sowieso vorschlagen, dass wir mal anhalten und uns die Beine vertreten. Wir sind schon ein ganz schönes Stück gefahren.«

Sie kletterten aus dem Wagen und gingen steifbeinig ans Flussufer. Wie es so oft bei Flüssen der Fall ist, sah das Wasser nicht sonderlich gefährlich aus. Callum fand es auf eine

Art sogar ganz hübsch, ein ebenso planloses wie lustiges Geplätscher, aber er hatte schon genug Geschichten über große Fahrzeuge gehört, die von solchen unschuldig wirkenden Nebenflüssen davongerissen worden waren, und er war froh, dass Birna Vorsicht walten ließ. Die Reifenspuren zu ihren Füßen untermauerten, dass es Grund zur Besorgnis gab. Man sah, dass viele Leute hier in drei Zügen gewendet hatten – anscheinend hatten einige Fahrer, die vor ihnen hier gewesen waren, keine Neigung gehabt, den Fluss zu überqueren.

Birna folgte leicht humpelnd dem Strom. Alle paar Meter trat sie ins Wasser und testete mit ihrem guten Fuß den Grund. »Das ist ein Ergebnis der Erwärmung der Atmosphäre«, erklärte sie. »Viele dieser Gletscherflüsse waren vorher nicht mehr als kleine Rinnsale, aber der Schmelzwasserpegel steigt Jahr für Jahr an. Richtung Norden gibt es ein paar Fjorde, die normalerweise das ganze Jahr über zugefroren waren, aber mittlerweile kann man in ihnen schwimmen gehen. Alles steht Kopf.«

Der Sand wurde vom Wind aufgewirbelt, flog Callum in die Augen und in den Mund, wo er ihm zwischen den Zähnen knirschte.

»Vor dem Wasser muss man Respekt haben«, erläuterte Birna. »Es ist das Gegenstück zum Feuer, aber es ist noch zerstörerischer. Vor Millionen von Jahren war diese ganze Wüste von gefrorenem Wasser bedeckt. Die Gletscher zermahlten den Basaltboden unter sich, und als sie sich zurückzogen, blieb nur dieser schwarze Sand zurück. Heutzutage verrichten die *jökulhaups* dieses zerstörerische Werk.«

»Sind das die Flüsse, die du untersucht hast?« Callum wollte, dass sie weiterredete. Mehr reden, weniger denken, hatte Dr. Pope verschrieben.

»*Já*«, rief Birna. Sie war ein Stück weiter flussabwärts, wo sie knietief im Wasser stand und mit ihrem Fuß rundherum den Grund testete. »Diese Gletscher, die du da in der Ferne siehst, könnten jederzeit einen *jökulhaup* loslassen. Wenn die vulkanische Aktivität unter ihrer Oberfläche die Eisdecke schmelzen lässt, dann erreicht das Schmelzwasser ein kritisches Volumen und innerhalb von Sekunden bricht eine gewaltige Flut von mehreren Kubikkilometern Wasser hervor. Wir würden von einer Flutwelle davongespült werden, die ungefähr zehnmal so groß wäre wie der Amazonas.«

»Klingt übel«, brüllte Callum, der versuchte, den Wind zu übertönen.

Er nahm eine Hand voll Sand hoch: schwarz, feucht und klebrig, ganz und gar lebensfeindlich. Da er zu faul war, sich etwas zu trinken aus dem Auto zu holen, schöpfte er ein wenig Schmelzwasser mit der Hand und schlürfte es gierig auf, wobei er den Schwemmsand mit den Zähnen herausfilterte. Er hatte schon ein paar Mundvoll geschluckt, als er plötzlich merkte, dass Birna ganz still geworden war. Er blickte auf und sah sie in einiger Entfernung im Wasser stehen. An der Krümmung ihrer Schultern und der Art, wie sie den Kopf bewegte, konnte er erkennen, dass sie aus ganzem Herzen weinte.

Er rannte durchs Wasser zu ihr und fasste sie bei den Armen. »Schon gut«, sagte er. »Es ist gut, wenn du mal weinst, glaub mir.«

»Tut mir leid. Ich hab versucht, nicht an sie zu denken. Ich hab's wirklich versucht.«

»Ich weiß doch«, flüsterte Callum. Er bettete ihren Kopf an seine Brust.

»Ein *jökulhaup* hat sie mitgenommen«, sagte Birna. »So

fühlt sich das an … als hätte eine plötzliche, gewaltige Kraft sie aus meinem Leben fortgerissen. Was für eine Chance hat sie denn schon gehabt?«

»Ásta hatte keine Chance. Du hättest nichts tun können. Nichts.«

Birna nickte.

Sie machte sich von Callum los und wich ein Stückchen zurück, als dächte sie, dass sie ihn lieber nicht berühren sollte, als hielte sie es für unangebracht.

Sie beugte sich hinunter und sprengte sich ein wenig Wasser ins Gesicht, um die Tränen abzuwaschen. »Wir sollten zurück zum Auto«, sagte sie und strich sich die Haare hinter die Ohren. »An dieser Stelle können wir den Fluss gut passieren.«

Nachdem sie den Fluss durchquert hatten, führte der Weg um die schwarzen Dünen herum, mal war er zu sehen, mal nicht, bis er am Horizont an einem Punkt zwischen zwei Gletschern verschwand.

Callum schlug seine Karte auf. Zu ihrer Linken war der Hofsjökull, ein Pfefferminzstreifen, der sich am fernen Horizont gleichmäßig wie ein umgedrehter Teller erhob. Auf der rechten Seite stand, wesentlich näher, der Tugnafellsjökull: eine schimmernde Eiskappe, die auf dunklem Felsuntergrund klebte und aussah wie eine weiße Füllung in einem schwarzen Zahn.

Callum kam sich daneben richtig klein vor, und gleich noch ein wenig kleiner, als er die Karte betrachtete und feststellte, dass der Vatnajökull, ein Gletscher, der ein kleines Stück weiter östlich lag, so groß war wie vierhundert zusammengefrorene Tugnafellsjökulls auf einmal. Der Tugnafellsjökull, vergleichsweise also ein Winzling, stand dort in trübseliger Stille, wie er es schon viele Jahrtausende lang getan

hatte. Der Gletscher kroch mit unmerklicher Geschwindigkeit seine Flanken entlang und streckte sich Richtung Straße, bis er plötzlich mit einer glänzenden weißen Schnauze zum Stehen kam. Die langen parallelen Risse in der Eisoberfläche verliehen ihm das Aussehen von gekochtem Fisch, der in schimmernde weiße Einzelteile zerfallen war.
Als der Suzuki an eine Weggabelung kam, entschied sich Birna für die weniger befahrene Straße, eine Straße, die ihren Worten zufolge nur fünfundvierzig Tage im Jahr befahrbar war. Bei jedem anderen Wetter war sie nicht passierbar, sagte sie, und wo diese Straße hinführte, lebte keine Menschenseele.
Die Straße schlängelte sich wild dahin und war übersät mit Schlaglöchern und Gruben, wo das zugrundeliegende Gestein durch den Frost zerstört war. Die heftigen Bodenunebenheiten versetzten Callum harte Schläge aufs Hinterteil, aber noch heftiger waren sie für die Hände am Steuerrad. Er bot Birna an, sie beim Fahren abzulösen, aber sie wandte mit Recht ein, dass sie die Einzige war, die Erfahrung im Umgang mit so anspruchsvollem Gelände hatte.
Die Straße führte über Schlackenhügel, ging mal steil nach links hinunter, verschwand dann wieder nach rechts, und alte Reifenspuren schlingerten in alle Richtungen, als hätten wilde Pythons hier ihr Pas de deux getanzt. Birna ignorierte die Spuren ihrer Vorgänger, sie suchte ihre eigene Route. Mittlerweile legte sie eine eiserne Entschlossenheit an den Tag, ganz die unabhängige Isländerin, die ihren freien Willen demonstrierte. Es passte hervorragend zusammen. Callum erinnerte sich, dass heute der 17. Juni war, der Tag, an dem Birnas Heimatland seine Freiheit und Unabhängigkeit feierte, wie die Portiersfrau in Reykjavík Iago Kohl erklärt hatte.

Würde es auch der Tag werden, an dem Ásta aus ihrem ewigen Nass befreit werden würde?
Aber als Callum von seiner Karte aufblickte und sah, dass ihr Fahrzeug gerade unaufhaltsam einen Kieshang hinunterschlidderte und auf eine tiefe Lavagrube zurutschte, schien dieser Tag plötzlich ganz weit weg.
»Um Gottes willen!«
»Versuch jetzt, nicht in Panik zu geraten«, rief Birna. Sie kämpfte mit dem Steuerrad, um das Auto zu wenden, aber wie es aussah, konnte sie das Unvermeidliche damit nur ein wenig hinauszögern. Der Suzuki glitt den Kieshang weiter hinunter, und die Hinterräder schleuderten kleine Steinchen hoch, während Birna alles tat, damit die Reifen wieder greifen konnten.
Callum beobachtete, wie die hochgeschleuderten Steinchen lautlos in der tiefen Spalte verschwanden, die unter ihnen parallel zur Straße verlief. »O verdammt … Scheiße … lass los … wir müssen rausspringen.«
»Das Auto aufgeben? Das wäre Selbstmord.« Birna hatte den Fuß flach auf den Boden gestemmt, und Callum betete, dass es nicht ihr verletzter war.
»Wir fahren hier doch direkt in den Tod.«
»Nein, Callum. Hier wird niemand sterben.«
Er fasste nach dem Türgriff, wurde aber zurückgeschleudert, als das Auto mit haarsträubendem Quietschen zum Stehen kam.
»Wir sind an einem Steinbrocken hängengeblieben«, sagte Birna. »Der hat uns gerade noch gestoppt.«
Das Auto war auf halber Höhe stehengeblieben. Wenn sie durch die Windschutzscheibe nach oben blickten, konnten sie fünf Meter über sich die Straße erkennen. Durch die Heckscheibe sahen sie den Spalt, der immer noch erwar-

tungsvoll unter ihnen klaffte. Sie blieben ganz still sitzen, denn sie hatten Angst sich zu bewegen; jeden Moment konnte wieder die Hölle losbrechen.

»O Mann, schau mich mal an«, sagte Callum. »Ich bin total schweißgebadet.«

»Weil wir die Heizung voll aufgedreht haben.« Birna drehte die Klimaanlage in den blauen Bereich hinunter.

»Und was machen wir jetzt?« Callum warf einen Blick in den Rückspiegel und sah Minilawinen aus Geröll den Abhang hinabrutschen.

»Ich würde sagen, wir sollten mal aussteigen«, sagte Birna.

»Im Ernst?«

»Callum, vor einer Minute wolltest du noch rausspringen. Und jetzt willst du im Auto sitzenbleiben?«

»Ich hab nur Angst, dass wir die Balance durcheinander bringen, sobald wir uns bewegen. Und das wäre nicht unbedingt vorteilhaft für uns.«

»Das Auto sitzt auf einem Felsbrocken fest. Es kann nicht abstürzen. Wenn wir aussteigen und ein paar größere Steine unter die Räder legen, dann haben wir wieder genug Bodenhaftung, um den Abhang hoch und auf die Straße zu fahren.«

»Du bist der Boss«, meinte Callum.

Sie machten die Türen auf und traten hinaus in die chaotische Szenerie. Wo immer Callum hinsah, hatten sich riesige schwarze Lava-Cornflakes zu ungeordneten Massen aufeinander gestapelt. Es sah aus, als wäre ein Lavafluss explodiert und hätte dabei ein Feld aus unüberwindlichen Zacken hinterlassen. An mehreren Stellen war alles in sich zusammengefallen und hatte große Spalten hinterlassen. Ein knapp kniehoher Lavastummel hatte den Suzuki gerade noch davon abgehalten, in eine dieser Spalten zu stürzen.

Es war die einzige Felsnase in dem losen Schiefer, der den Abhang bedeckte.
»Verdammt«, sagte Callum, als ihm aufging, wie knapp es gewesen war. »Da hatten wir aber ganz schön Glück.«
»Das kann man kaum Glück nennen«, widersprach Birna. »Schau mal her, was für ein Schaden hier entstanden ist.« Sie zeigte auf die tiefe Kerbe hinten an ihrem Auto.
Callum schüttelte den Kopf. Er begann nach flachen Steinen zu suchen, die die richtige Größe hatten, um sie unter die Räder zu legen. Unter dem ersten Stein, den er aufhob, wohnte eine ganze Kolonie von kleinen braunen Motten, das erste Zeichen von Leben seit mehreren Stunden. Sie flatterten in die Luft und beklagten, dass sie das unwahrscheinliche Schicksal getroffen hatte, ihr Heim zu verlieren.
Birna schlug vor, zwei Reihen flachere Steine vor die Räder des Suzuki zu legen, um eine Art Rampe nach oben zur Straße zu bauen. Callum war einverstanden, kommentierte aber die Absurdität der Situation: Da versuchten sie nun, ein High-Tech-Auto aus einer primitiven Wüste zu befreien, indem sie eiszeitliches Werkzeug einsetzten.
Birnas Gesichtsausdruck verriet, dass sie den Scherz nicht zu schätzen wusste.
Als sie alle Steine in Position gebracht hatten, setzten sie sich auf die Straße, um zu verschnaufen.
»Die gehören mit zu den ältesten Steinen in Island«, erklärte Birna. »Die hat die Erde vor über sechzehn Millionen Jahren abgesondert und mit der Lava ausgestoßen, die hier immer noch ausbricht. Wir sitzen genau auf dem atlantischen Rift. Kannst du dich erinnern, wie ich dir mal erklärt habe, dass Island in der Mitte auseinander gezogen wird?«
»Ich weiß noch, dass du mir das mit einer Butterdose und einem Teller mit eingelegtem Hering demonstriert hast.«

»Tja, und genau da sind wir«, sagte Birna. »Es könnte sogar sein, dass du gerade auf dem europäischen Teil von Island sitzt und ich auf dem amerikanischen.«

»Du meinst also, du sitzt in der Butter und ich auf dem Hering?«

»Vielleicht.« Birna lächelte nicht. »Vielleicht sind auch wir zwei auseinander gedriftet.«

Callum lehnte sich zurück und stutzte sich mit den Ellbogen auf. »Wir hatten nicht wirklich eine Chance, oder?«, meinte er. »Irgendwie kommt es mir vor, als hätte es einfach nicht sein sollen.«

»Sieht so aus. Ein Schotte lernt eine Isländerin kennen. Feuer trifft auf Eis. Das ist eine gefährliche Kombination. Überall um uns herum siehst du den Beweis: Das sind die Zerstörungen, die die Begegnung von Feuer und Eis auslöst. Eine Spalte tut sich auf, und jede Menge entsetzliches Zeug quillt nach oben.«

Birna saß mit angezogenen Beinen auf dem Schotter und stützte das Kinn auf die Knie. Sie musterte die Verwüstungen rundherum. »Island ist eine Wunde in der Haut der Erde, die immer wieder heilt und aufreißt, heilt und wieder aufreißt, wenn der Planet seine Muskeln anspannt«, erklärte sie. »Die Leute werden von dieser seltsamen Schönheit angezogen, von der Stille, dem Hochgefühl. Aber im tiefsten Innern gibt es noch einen anderen Grund, den die meisten Menschen nicht richtig ausdrücken können. Ich glaube, dass sie von dieser Landschaft angezogen werden, weil sie uns näher an die Erfahrung unserer Sterblichkeit bringt.«

»Ich weiß, was du meinst«, sagte Callum. »Ich habe viel über meine eigene Sterblichkeit nachgedacht.«

»Glaubst du, dass ich dich beinahe umgebracht hätte?«, wollte sie wissen.

»Nein«, log er.
Kleine Tupfen Sonnenlicht bahnten sich ihren Weg durch die Wolken. Sie beleuchteten gekrümmte Figuren in der Lava, elementare Wesen, die sich in Stein verwandelten, sobald sie vom Tageslicht erfasst wurden. Vielleicht ist Sigriður ja doch nicht so verrückt, dachte Callum.
»Birna?«
»Já.«
»Hast du Angst vor dem Tod?«
»Früher schon«, antwortete sie. »Aber dann bekam ich Ásta, und ich machte mir um ihr Wohlergehen mehr Sorgen als um mein eigenes.« Birna griff sich einen spitzen Stein und zog einen Kreis in den Kies. »Und jetzt, wo Ásta tot ist, habe ich überhaupt keine Angst mehr vor dem Tod.« Sie malte dem Kreis eine Nase und Augen. »Als mein Vater krank war, gehörte der Tod zu unserem alltäglichen Leben. Es ist noch nicht lange her, da waren wir es gewöhnt, dass in unserem Haushalt ein Angehöriger starb. Aber heute ist das ganz anders. Wir erleben den Tod nicht mehr in dieser alltäglichen Form. Er ist in die sterilen Zimmer der Krankenhäuser verbannt. Niemand spricht gerne darüber.«
»Meinst du damit auch mich?«, fragte Callum. »Dass ich nicht über Sarah sprechen wollte?«
»Nein«, erwiderte Birna. »Vielleicht. In gewisser Weise ja. Was ich sagen will, ist, dass die Menschen gerne leugnen, dass der Tod unvermeidlich ist. Sie weigern sich, darüber zu sprechen, als wäre er eine Obszönität.« Sie fuhr mit dem Stein durch die Kiesel und malte eine Frisur, eine Mädchenfrisur. »Hast du Angst vorm Tod?«, fragte sie.
»Nein«, antwortete Callum, ohne zu zögern.
»Wovor hast du dann Angst?«
»Vorm Alleinsein.«

Birnas Mädchengesicht fehlte nur noch ein Mund. Ihre Hand schwebte über dem Gekritzel, als könnte sie sich nicht entscheiden, ob sie ein lustiges oder ein trauriges Mädchen daraus machen sollte.

»Komm«, sagte sie schließlich. »Wir müssen weiterfahren.«

Sie stand auf, klopfte sich die Steinchen vom Hosenboden und ließ das Mädchen unvollständig. Den Stein warf sie in die Spalte, in der sie um ein Haar verschwunden wären.

Klackediklack …

… klackediklack …

26

»Hier hat die NASA ihre Apollo-Astronauten geschult«, erklärte Birna. »Sie meinten, das hier ist der Ort auf Erden, der den Bedingungen auf dem Mond am nächsten kommt.«

Die Achterbahn wand sich durch eine Schlucht nach der anderen. Heißer Schwefel und kochendes Wasser schickten ihre Gase an die Oberfläche und erzeugten eindrucksvolle Trockeneisexplosionen über dem Boden.

»Wenn sie wirklich dachten, dass es auf dem Mond so aussehen würde, dann fragt man sich, warum sie überhaupt hingeflogen sind.«

Sie waren eine Stunde oder zwei am nördlichen Rand des Vatnajökull entlanggefahren, dem großen Gletscher, den Callum auf der Karte gesehen hatte und der auch jenes »Prachtstück von einem Fluss« geschaffen hatte, von dem Kohl gesprochen hatte. Die riesige, flache Gletscherzunge war mit Felsblöcken übersät und mit Zebrastreifen aus Gestein und Eis gemustert. Die kauernden Skelette der Zwergweiden zeugten von der Rauheit dieser Gegend.

»Wir nennen diesen Ort Ódáðahraun, das bedeutet ›die Wüste der schlechten Taten‹«, erklärte Birna. »Hier haben sich früher unsere Kriminellen versteckt. Die meisten sind verhungert beim Versuch, sich von Wurzeln und Wasser zu ernähren, aber unser berühmtester Gesetzloser – Fjalla-Eyvindur – hat in so einer Wüste überlebt, indem er Pferdefleisch aß, das er sich in den heißen Quellen kochte. Das würden wir jetzt auch tun, wenn ich deinem Rat gefolgt wäre, das Auto aufzugeben.«

»Hast du schon mal Pferdefleisch gegessen?«

»Nein. Aber dieses Gerede über Essen macht mich langsam hungrig. Haben wir ein bisschen Schokolade?«

Callum zog eine zerknitterte Verpackung aus dem Handschuhfach. »Zwei Stücke noch. Die kannst du haben.«

»Komm, die teilen wir uns. Jeder ein Stück.«

»Nein, wirklich, du kannst sie haben. Ich hab keinen Hunger«, behauptete Callum.

»Aber du hast seit heute morgen nichts gegessen. Du musst doch schon halb verhungert sein.«

»Mein Magen fühlt sich grade so ein bisschen komisch an.«

»Sag jetzt bitte nicht, dass du dich übergeben musst«, sagte Birna.

»Ich muss mich nicht übergeben.«

Langsam fuhren sie durch die Lavafelder. Der Suzuki hielt auf eine eindrucksvolle Silhouette großer Vulkanberge zu, deren Kehlen zwar fest von wirbelnden Nebelschwaden umschlossen wurden, deren Gipfel sich aber stolz vor dem blauen Himmel abzeichneten. Birna sah, wie Callum sie anstarrte.

»Die Dyngjufjöll-Vulkane«, erläuterte sie. »Der größte ist Askja, ein aktiver Vulkan, der in den sechziger Jahren zum letzten Mal ausgebrochen ist.«

»Diese Gegend hier hält keine fünf Minuten still, oder?«

»Wenn man dort hinaufgeht, sieht man, dass Askja zu einer riesigen Untertasse zusammengefallen ist, quadratkilometerweise Lava, Bimsstein und Schnee. In dieser Untertasse hat sich ein großer See gebildet – Öskjuvatn – und ein kleinerer Krater namens Víti, das heißt ›Hölle‹.«

»Können wir bitte mal anhalten?«, unterbrach Callum.

»Warum?«

»Mein Magen«, klagte er. »Ich glaube, ich muss … du weißt schon …«

»Aber du hast doch gesagt, du musst dich nicht übergeben«, sagte Birna.

»Muss ich ja auch nicht«, erklärte Callum. »Es gibt eher ein Problem am entgegengesetzten Ende.«

»Verstehe. Kannst du nicht noch ein bisschen warten?«

»Worauf denn warten?« Callum war verzweifelt. »Wir befinden uns mitten in einem Lavafeld. Wir sind seit ungefähr einer Woche mitten in einem Lavafeld. Ich würde sagen, unsere Chancen, hier einen Waschraum für gehobenere Ansprüche zu finden, stehen ziemlich schlecht, oder?«

»Da irrst du dich«, meinte Birna. »In ungefähr zehn Minuten erreichen wir eine Hütte. Und da gibt es auch eine Toilette.«

»Eine Hütte? Warum sollte jemand hier draußen eine Hütte errichten?«

»In den entlegeneren Gebirgsgegenden stehen überall Hütten. Die sind auch auf deiner Karte eingezeichnet. Sie sind als Schutzhütten für die Wanderer gedacht.«

»Wanderer? Du liebe Güte, wenn man sich hier draußen

einen Knöchel bricht, ist man doch so gut wie tot.« Im selben Moment ging Callum auf, was er gerade gesagt hatte. »Tut mir leid«, sagte er.

»Was tut dir leid? Ich hab dir doch gesagt, es ist in Ordnung, über den Tod zu reden. Und du hast ja auch recht. Diese Landschaft hat schon viele Leben gefordert.«

»Es ist doch schon übel genug, hier mit dem Auto durchzufahren. Warum sollte irgendjemand, der seine fünf Sinne beisammen hat, hier wandern gehen?«

»Vielleicht haben diese Leute ihre fünf Sinne ja nicht beisammen«, meinte Birna.

Eine halbe Stunde später parkte sie das Auto vor zwei Hütten, die eine etwas größer als die andere. Sie standen auf einer Fläche mit grobem, aber üppigem Gras. Die Hütten waren nichts weiter als schlichte Holzkisten mit einem blauen Blechdach, das steil abfiel, um Regen und Schnee besser abzuwehren. Callum hielt sich jedoch nicht lange mit Diskussionen über architektonische Details auf. Er rannte geradewegs auf die kleinere Hütte zu, denn er vermutete, dass man darin seine Notdurft verrichten konnte. Die Tür war mit einer Schnur zugebunden. Er dachte, dass man auf diese Art wohl die Tiere fernhalten wollte, wenngleich sich ganz bestimmt kein Tier mit einem Rest von Selbstachtung freiwillig hier hereingewagt hätte. Callum musste würgen, als er die Tür öffnete. Der Gestank war dick und schwefelig. Die Toilette bestand aus einer Holzkiste, in deren Oberfläche man ein Loch gesägt hatte. Er spähte hinein und wurde mit einem Anblick konfrontiert, der nicht schrecklicher hätte ausfallen können, wenn er in Heklas Innerstes geblickt hätte.

Als er seine Geschäfte erledigt hatte, war er froh, wieder in den frischen Nachmittag hinaustreten zu können. Die Regenwolken waren über Askja aufgezogen, so dass der Berg jetzt nur noch als dunkler Schatten hinter einem fernen Regenvorhang zu erkennen war. Ringsherum schien die Sonne hell auf das hohe nasse Gras, an dessen Halmen Tröpfchen wie kleine Kristalle hingen. Die Luft war glasklar.

»Geht's dir wieder besser?«, erkundigte sich Birna.

»Nicht so richtig. Ich habe gerade mein halbes Körpergewicht verloren.«

»Möchte ich das wirklich wissen?«

Callum schüttelte den Kopf. Er hatte das Gefühl, wenn er jetzt den Mund aufmachte, müsste er sich tatsächlich übergeben.

Birna schien sich Sorgen um ihn zu machen. »Du siehst aus, als hättest du dich vergiftet. Ich kapier das nicht. Wir haben doch dasselbe zum Frühstück gegessen, und mir geht es gut.« Sie legte ihm die Hand auf die Stirn.

»Ich weiß. Und ich habe seitdem nichts mehr gegessen, nur ein paar Stückchen Schokolade und ein paar Schluck kaltes Gletscherwasser.«

»Du hast aus dem Fluss getrunken?« Birna schien entsetzt.

»Ist das denn schlimm?«

»Ja, allerdings ist das schlimm. Woher willst du denn wissen, was in dem Wasser alles drin ist?«

»Aber ist das nicht das klarste und reinste Mineralwasser auf der ganzen Welt? Jahrtausendelang durch feinsten isländischen Basalt gefiltert?«

»Du hast zu viele Etiketten auf Mineralwasserflaschen gelesen. Du weißt doch nicht, wodurch das Wasser sonst noch gefiltert wurde. Das Wasser, das du getrunken hast, kann vorher genausogut durch ein totes Schaf geflossen sein. Es könnte voller Bakterien sein, die jetzt aus dir raus wollen.«

Callum zuckte schmerzlich zusammen.

»Du kannst von Glück sagen, dass ich ein Heilmittel dagegen kenne«, sagte Birna.
»Du hörst dich an wie deine Mutter.«
»Keine Heilkräuter. Ich verschreibe dir ein kurzes Bad in einem Hot Pot.«
»Birna, wir sind Hunderte von Kilometern von Reykjavík entfernt.«
»Nein. Hinter den Hütten ist eine heiße Quelle.« Sie deutete über seine Schulter nach hinten. »In dieser Gegend gibt es viele Quellen. Deswegen auch plötzlich das viele Gras.«
Callum folgte ihr zu einem dampfenden Becken mit orangefarbenem Wasser, das von rotem und gelbem Gestein eingefasst war. Es sah nicht tief genug aus, als dass man wirklich ganz hätte hineinsteigen können, aber er nahm an, dass es wie bei diesen Pfützen in Cartoons war, die täuschend flach auf dem Gehweg lauern und dann die Menschen verschlucken.
»Steigst du auch mit rein?«, fragte er.
»Das möchte ich nicht riskieren. Bei dir kann es schließlich jederzeit wieder zu einer Eruption kommen.«
Callum zog sich bis auf die Unterhose aus.
»Du solltest lieber alles ausziehen«, meinte Birna.
»Das kommt mir irgendwie so unpassend vor. Du weißt schon … weil du und ich nicht mehr …«
»Zieh deine Hose aus und hör auf, dich so kindisch aufzuführen«, befahl Birna.
»Okay. Aber nicht gucken.« Callum drehte ihr den Rücken zu und zog seine Unterwäsche aus. Dann setzte er sich auf den Stein und ließ sich in das kleine Becken gleiten.
»Gut«, lobte Birna. »Fühlst du dich schon ein bisschen besser?«
Callum nickte. Das Wasser pulsierte mit jedem Herzschlag

der Erde, massierte seine Beine und lief über seine Schultern und seinen Hals.

»Es ist so schön hier«, sagte Birna. »Wenn wir in einem Monat wiederkommen würden, würde die Sonne über diesen Bergen überhaupt nicht untergehen. Sie würde die ganze Zeit über unseren Köpfen hängen wie eine große rosa Discokugel.«

Callum blickte nach oben. Die Sonne beschien ein paar Wolkenfetzen und verwandelte sie in Gold. Sie rasten über den blauen Himmel wie die wallenden Schweife von Islandponys, die gerade durch die Brandung galoppierten.

»Wie weit ist es von hier noch bis zum Fluss?«, erkundigte er sich.

»Pscht«, machte Birna. »Wenn du ganz still bist, dann kannst du ihn vielleicht sogar schon hören.«

Callum hielt die Luft an und lauschte.

»Ich hör überhaupt nichts«, gestand er.

»Du bemühst dich nicht richtig. *Hlusta á Þnina*«, drängte Birna.

»Bitte was?«

»Das bedeutet ›lausche der Stille‹. Das machen wir hier oft.«

Callum versuchte es noch einmal, schloss die Augen und hielt ganz still. Er horchte. Es war ganz schwach, aber er konnte es gerade eben hören: das flüsternde Rauschen eines fernen Gewässers, als würde man sich eine Muschel ans Ohr halten.

»Ich hör's«, sagte er. »Aber ich könnte unmöglich sagen, wie weit es weg ist. Könnte ein Kilometer sein, könnten aber auch zehn sein.«

»Es ist nahe genug«, sagte Birna. Ihre Haare brannten rot in der Sonne, und einen Moment lang erinnerte sie Callum wieder an das Mädchen, dem er in Glasgow zum ersten Mal begegnet war: das Mädchen, das sich von ihm zum Mittagessen hatte einladen lassen, als sie entdeckte, dass man ihr das Portemonnaie gestohlen hatte.

»Bist du sicher, dass du nicht auch kurz hier reinsteigen willst?«, bot Callum an. »Ganz ohne Hintergedanken.«

Birna schüttelte den Kopf. »Ich glaube, Callum Pope geht es schon wieder besser. Du hast fünf Minuten, dann fahren wir weiter. Das sollte reichen, um alles rauszuschwitzen.« Sie wandte sich zum Gehen.

»Wohin gehst du?«, hielt Callum sie zurück. Plötzlich überfiel ihn die Panik. »Du fährst ohne mich weiter, stimmt's?« Er versuchte, aus dem Wasser zu klettern, glitt mit den Füßen aber im Schlamm aus. »Du lässt mich hier allein zurück, ohne Klamotten.«

»Jetzt mal ganz ruhig. Ich gehe nur zu der Hütte rüber und guck nach, ob ein Wanderer uns irgendwas dagelassen hat. Geh wieder ins Wasser. Genieß die Stille.«

Callum lehnte sich zurück und betrachtete den bunten Ring, der den Hot Pot einfasste. Das Kaleidoskop aus Rot, Gelb und Limonengrün stammte von Organismen, die die Hitze liebten und den Steinrand besiedelt hatten, um dort ihre Meisterwerke aus Farben und Formen zu vollbringen. Sie erinnerten Callum an Birnas Fotos, aber so sehr er sich auch bemühte, er konnte nirgendwo ein Herz ausmachen. Er hatte gerade wieder die Augen geschlossen, um der Stille zu lauschen, da hörte er eine Frauenstimme.

»Callum«, sagte sie.

Er öffnete die Augen.

Birna stand über ihm und hielt ein paar lila Turnschuhe in der Hand. »Er ist hier gewesen. Ástas Mörder ist hier gewesen.«

Callum kletterte aus dem Becken, und sein heißer Körper dampfte in der kalten Luft. Er bedeckte seine Blöße mit seiner Jeansjacke, indem er sich die Arme um die Taille legte und die Jacke wie eine riesige Kilttasche trug. Dann ging er Birna hinterher.

Die Hütte war ziemlich spartanisch eingerichtet und hatte denselben feuchten Geruch, den Callum von den Matratzen und Sofas kannte, die regelmäßig vor dem Glasgower Mietshaus entsorgt wurden, in dem seine Eltern wohnten. Die dreckigen kleinen Fensterscheiben ratterten im Wind.

»Ich hab sie auf dem Schuhregal gefunden«, sagte Birna, deutete zum Boden und presste die Schuhe ihrer Tochter an die Brust.

Callum umrundete die Hütte, um nach weiteren Beweisstücken zu suchen, irgendetwas, das ihnen einen Hinweis darauf geben könnte, wo Kohl Ástas Leichnam gelassen hatte – ein Fußabdruck mit Spuren eines ganz speziellen Schlamms, wie er nur an einer bestimmten Stelle am Fluss vorkommt, eine Karte, auf der die entsprechende Stelle mit einem Kreuz bezeichnet war – irgendetwas.

Auf dem Tisch lag ein kleines Gästebuch. Callum überflog es kurz, aber es las sich nur wie eine Anthologie deutscher Haikus. Fast jeder Eintrag war von einem Friedrich, Franz oder Jürgen gezeichnet. Die Landschaft hatte die Wanderer offensichtlich größenwahnsinnig gemacht, denn ihr wirres Geschreibsel endete jedesmal mit einer langen Reihe von Ausrufezeichen, wie Nadeln im Nähetui: !!!!!

»Es ist ziemlich unwahrscheinlich, dass ihr Mörder einen Eintrag hinterlassen hat«, bemerkte Birna mit mehr als nur einer Spur von Sarkasmus in der Stimme.

»Du kennst Iago Kohl nicht«, widersprach Callum, als er das Buch zuschlug. »Das würde ihm nur zu ähnlich sehen.«

Aber Birna hörte ihm gar nicht mehr zu. Sie hatte die Turnschuhe ihrer Tochter auf den Tisch gestellt und jeweils eine Hand hineingesteckt, bis sie ganz fest saßen. Dann verlagerte sie ihr Gewicht auf ihre Arme, wie um die Elastizität der Sohlen zu testen.

»Alles in Ordnung?«, fragte Callum.

Birna ließ ihre Hände über die Tischplatte marschieren. »In all den Jahren muss ich so viele Schuhe von ihr weggeschmissen haben. Sie wachsen so schnell aus ihnen raus. Ich wünschte nur, ich hätte sie aufbewahrt … jedes einzelne Paar … von ihren Babyschuhen bis zu diesen hier. Dann hätte ich eine Erinnerung daran, dass ich einmal ein Mädchen großgezogen habe … ein Mädchen, das zu einer wunderbaren jungen Frau herangewachsen war.« Birna sah Callum an. »Ich war doch eine gute Mutter … *já?* Sag mir, dass ich eine gute Mutter war.«

»Natürlich warst du das.« Callum setzte sich auf die Tischkante. »Du warst mehr als eine Mutter für Ásta. Du warst auch ihre beste Freundin.« Er schauderte. Langsam wurde ihm kalt.

Birna zog die Hände aus den Turnschuhen. Sie hob einen von ihnen hoch und spielte mit der Zunge. »Er hat sie ihr ausgezogen, ohne die Schnürsenkel aufzumachen. Ich hab Ásta immer die Schnürsenkel aufmachen lassen. Er muss es wirklich eilig gehabt haben, sie zu töten.«

»Tu dir das nicht an«, sagte Callum. »Ich kann die Schuhe ja nehmen und sie ins Auto tun, wenn sie dich so aufwühlen.«

»Nein!« Birna riss sie vom Tisch. »Sie wühlen mich nicht auf. Durch sie fühle ich mich meiner Tochter näher. Außerdem geben sie mir Hoffnung, dass sie ganz nah ist. Und das macht mich glücklich.«

»Bist du sicher?«
»Ganz sicher.«
Callum stand auf. »Dann lass uns losfahren und weitersuchen.«
Laut Karte gab es auf ihrer Route eine Abzweigung zur F88. Diese Straße würde sie an den Rand des Jökulsá á Fjöllum bringen, der »dicken blauen Vene«, die Kohl in seinem *Reiseführer durch Reykjavík* erwähnt hatte. Derselbe Fluss, der den Dettifoss speiste, den mächtigsten Wasserfall in Europa, wie Birna ihm erklärte. Was ihn nur in der Überzeugung bestärkte, dass sie ihre Tochter niemals finden würden.
Obwohl er es nicht zugeben wollte, war Callum vom ersten Moment an skeptisch gewesen, als Birna die Suche vorschlug. Er war darauf eingegangen, weil er wusste, wieviel es ihr bedeutete. Aber sie hatte es nicht ganz durchdacht. Für den unwahrscheinlichen Fall, dass Ástas Körper noch in dem Wasserstrudel herumgeschleudert wurde wie eine Puppe in der Waschmaschine, wie sollten sie sie dort herausziehen? Der Fluss hörte sich einfach zu tückisch an. Callum schätzte, dass sie ein spezielles Rettungsteam dafür anfordern müssten, und er war nicht sicher, ob die Leute sich diese Mühe für eine Tote machen würden. Natürlich glaubte er nicht, dass es überhaupt dazu kommen würde. Ásta war wahrscheinlich schon vor einer geraumen Weile den Dettifoss hinuntergeschwemmt worden.
Er ließ seinen Finger über die Karte gleiten und fuhr den Fluss nach. Es sah nicht gut aus, aber Callum wollte Birna nicht wissen lassen, was er dachte: Die Wahrscheinlichkeit war größer, dass ihre Tochter im Laufe der kommenden Wochen auftauchte, wenn sie stückweise an der Öxarfjörður-Küste angespült würde. Er hatte schreckliche Visionen von

Fischern in Húsavík, die Ástas abgeknabberte Gliedmaßen mit ihren Netzen aus dem Wasser holten.

Birna fuhr an den Straßenrand und stellte den Motor ab. Trotzdem wurde es nicht leiser. Der Fluss hatte das Motorengeräusch durch sein tosendes, schäumendes weißes Rauschen ersetzt, ein Klang, der Herzklopfen machte.

»Also dann«, sagte Callum. »Wie sieht dein Plan aus?«

»Wir teilen das Gebiet auf. Wir wissen, wonach wir suchen – ein rosa Aufblitzen – so hat ihr Mörder es beschrieben.«

Sie stiegen aus dem Auto und gingen bis an den Rand einer Schlucht, die der Fluss aus dem Fels gegraben hatte. Zu ihren Füßen bahnte sich ein gewaltiger Gletscherstrom, der vom zerriebenen Gestein schmutzigbraun gefärbt war, seinen Weg durch die zerklüfteten Ufer aus Basalt und Lava. Sie sahen die Brühe über Felsbrocken wirbeln und zwischen den Steinblöcken hin und her peitschen. Einige Abschnitte sahen relativ flach aus, während andere tief und bedrohlich wirkten.

»Diese Kraft ist unglaublich«, sagte Callum.

»Weil es ein Schmelzwasserfluss ist. Der Vatnajökull schmilzt ab. Ein Gletscher, der größer ist als die Alpen zusammengenommen, schmilzt ab. Und gibt die Regengüsse ganzer Zeitalter frei.«

Sie gingen flussaufwärts und ließen die Augen dabei suchend über die tödlichen Tiefen des Stroms schweifen. Insgeheim kam Callum sich dabei ein wenig lächerlich vor. Dieses ganze Unterfangen war völlig sinnlos. Es erinnerte ihn daran, wie er einmal ein Glas mit Fünf-Pence-Münzen gestohlen hatte, die seine Mutter gespart hatte, und wie er dann seinen Eltern beim Suchen geholfen hatte, obwohl er doch wusste, dass er das Geld schon für eine Talk-Talk-Platte ausgegeben hatte.

»Wie hat er Sarah umgebracht?«, wollte Birna wissen, ohne die Augen vom Wasser zu nehmen. »Entschuldigung«, sagte sie. »Du musst mir darauf natürlich keine Antwort geben.«

»Nein … nein, das ist schon okay«, sagte Callum. »Er hat sie erwürgt.« Dabei beließ er es. Er dachte, dass er ihr die Details besser ersparte.

»Er ist ihr also nach Prag gefolgt und hat sie erwürgt, weil sie ihm einen Kredit verweigert hat?«

»Das Ganze war noch ein bisschen komplizierter.« Callum schlug eine Fliege von seiner Jacke. »Kohl meinte, dass Sarah ihm seine Geschäftsidee geklaut und sie dann in das Strawdonkey-Konzept umgearbeitet hätte. Der Typ ist völlig größenwahnsinnig. Er ist verrückt.« Callum spuckte eine Fliege aus. »Wie sich später herausstellte, hatte er schon eine gewisse Vorgeschichte aufzuweisen. Das Gericht entdeckte jede Menge psychologische Probleme. Kohl war in Kroatien aufgewachsen, besser gesagt, im ehemaligen Jugoslawien. Seine Familie beantragte Asyl in Großbritannien, als er ein kleiner Junge war, aber in dem Alter hatte er schon schreckliche Dinge erlebt.«

»Das klingt ja so, als hättest du Mitleid mit ihm.« Birna blieb stehen, um angestrengt etwas im Wasser anzustarren, aber dann ging sie rasch weiter.

»Ich habe kein Mitleid mit ihm. Aber eine Zeit lang dachte ich, ich sollte versuchen, ihn zu verstehen. Ich dachte mir, wenn ich ihn verstehe, dann könnte ich auch Sarahs Tod besser verstehen. Das Ganze kam mir so sinnlos vor.«

»Und, verstehst du es jetzt?«

»Da gibt es nichts zu verstehen«, sagte Callum. Er schnipste sich eine Fliege vom Ärmel. »Iago Kohl ist ein Verrückter, widerlich und durch und durch böse.«

»Ich kann sie sehen!« Birna rannte plötzlich los. »Schau … ihre Jacke!«
Callum rannte ihr hinterher und sah sie auf einen großen Felsblock deuten, der in den wildesten Abschnitt des Flusses gestürzt war. Ein Malstrom aus grünlich-braunem Schaum wirbelte um ihn herum. Das Wasser schäumte hoch und sank wieder zurück, schäumte wieder hoch und sank wieder zurück und gab dabei jedesmal kurz den Blick auf etwas Dunkles, Rosafarbenes frei.
»Schau«, rief Birna. Callum sollte ihr bestätigen, was sie sah.
Er war nicht überzeugt. »Das ist nicht Ásta.«
»Doch!«
»Das ist nur ein rotes Stück Felsspitze«, sagte er. »Ist das ein Rhyolith?«
»Das ist nicht rot, sondern rosa!«, beharrte Birna.
»Das liegt am Winkel, in dem das Sonnenlicht darauf fällt.«
»Nein.« Die Verwirrung verzerrte Birnas Gesicht. »Nein«, wiederholte sie, aber es dämmerte ihr bereits, dass dies nicht ihre Tochter war.
Es brach Callum das Herz.
Und dann kamen die Fliegen. Bis zu diesem Moment waren sie nur ein bisschen lästig gewesen. Nun aber wuchsen sie sich zu einer richtigen Qual aus, als sie wie winzige schwarze Korinthen in Callums Gesicht flogen und gegen Lippen und Wangen prallten. Sie landeten in ganzen Scharen auf ihm, brummten in seinem Haar und machten lautstarke Versuche, sich in seinem Ohr anzusiedeln. Er spuckte ein paar aus dem Mund. Er schnaubte sie aus den Nasenlöchern. Er hustete eine aus seiner Kehle. Aber es kamen immer noch mehr und mehr.

»Haut ab!«, rief Birna. Sie versetzte sich Schläge auf den Kopf und führte einen verrückten Tanz auf. »Lasst mich in Ruhe!«

»Sollen wir zum Auto zurückgehen?« Callum schlug mit beiden Händen nach den Fliegen.

»Verdammte Scheiße!«, schrie Birna. »Gottverdammte Scheiße!« Sie drehte sich um sich selbst, trat um sich, schlug nach den Insekten und wedelte mit den Armen. »Verdammte Scheiße aber auch!« Dann rannte sie geradewegs auf den Fluss zu.

»Nein!«, brüllte Callum. Er hechtete ihr hinterher und streckte die Hand nach ihrem Hosenbund aus. Als sich seine Finger um den Stoff schlossen, spürte er, wie seine Sehnen sich schmerzhaft überdehnten. Birnas Körper fiel mit einem Ruck nach hinten und sie stürzte auf ihn, knapp zwei Meter vor dem Abgrund.

»Du dachtest, ich würde runterspringen«, sagte sie. »Du dachtest, ich würde mich umbringen.«

»Wolltest du das etwa nicht?«, fragte Callum.

»Warum sollte ich mich denn bitte schön umbringen?«

»Weil du keine Angst vorm Sterben hast.«

»Ich hab zwar keine Angst vor dem Tod, Callum, aber das bedeutet nicht, dass ich sterben will. Mannometer, du bist so melodramatisch.«

»Was zum Teufel hattest du denn dann vor?« Jetzt war er wütend.

»Ich bin vor den Fliegen davongerannt.« Birna stützte sich rücklings auf einen Ellbogen und blickte auf ihn hinunter. »Dachtest du allen Ernstes, dass ich mich umbringen will?«

»Ich weiß langsam überhaupt nicht mehr, was ich glauben soll«, erwiderte Callum.

»Natürlich weißt du das. Ich bin doch nicht blöd. Du glaubst, dass wir sie nicht finden werden.«
Callum stritt es nicht ab.
»Vielleicht hast du recht«, meinte sie. »Vielleicht war das Ganze nur Zeitverschwendung.«
»Es ist keine Zeitverschwendung, Birna. Nicht, wenn es dir wichtig ist.«
»Ist das der einzige Grund, warum du mitgekommen bist … weil es mir wichtig war?«
Callum nickte.
»*Dir* ist es also nicht wichtig, dass wir meine Tochter finden?«
»Natürlich ist es das«, antwortete er säuerlich. »Aber es ist ziemlich unwahrscheinlich, oder nicht?« Er rollte sich auf den Bauch und blickte ins Wasser, in derselben Position, in der damals Ásta die Dokumentation über ihren Vater angesehen hatte. »Schau dir doch bloß mal das Wasser an, Birna. Schau dir die Geschwindigkeit an. Versuch dir die Tiefe vorzustellen. Hör dir diesen Lärm an. Und das ist nur ein Abschnitt von hundert Metern. Das geht doch kilometerlang so weiter. Es fließt über Wasserfälle. Glaubst du denn wirklich, dass Ásta drei Tage lang hier dringeblieben ist?«
Das Wasser drosch zwischen den Wänden der Schlucht hin und her und machte dabei einen Lärm wie eine ganze Gang Halbwüchsiger, die eine Straße entlangrennen und im Vorbeilaufen mit voller Kraft auf die Mülltonnendeckel schlagen.
»Nein«, räumte Birna ein. »Ich weiß, dass sie weg ist.«
Das war nicht die Antwort, die Callum erwartet hatte.
»Wenn ich ehrlich bin, habe ich eigentlich nie geglaubt, dass sie noch hier sein würde«, gab sie zu. »Aber ich hatte es eben gehofft. Und ich hätte immer weiter gehofft, wenn ich

nicht hierher gekommen wäre, um diesen Ort selbst in Augenschein zu nehmen.«
Sie wischte eine Fliege von Callums Bein und setzte sich auf, so dass sie auf den Fluss blickte. Sie starrte konzentriert auf das Wasser.
Callum schwieg.
Birna war wie gebannt. Der Fluss übte eine hypnotische Wirkung auf sie aus, und sie blieb unbeweglich sitzen. Wenn die Brise nicht ihr Haar leicht bewegt hätte, hätte Callum geschworen, dass er eine Statue betrachtete. Lange kastanienfarbene Strähnen peitschten ihre Wangen, bis sie von dem feinen Sprühnebel so schwer wurden, dass sie an der Haut kleben blieben. Birna kniff die Augen fest zu und ballte ihre Hände zu Fäusten. Einen Moment später entspannte sie sich. Sie öffnete die Augen und ihre Finger lösten sich wieder. »Jetzt können wir gehen«, verkündete sie.

Sie fuhren Richtung Herðubreiðarlindir, durch Felder aus gelbem Bimsstein, der vom Wind zu sanften Dünen geformt worden war, die stark mit der dunklen Lava rundherum kontrastierten. Im Nordwesten war am Horizont der Berg Herðubreið zu sehen, ein Schokoladenkuchen, dem der weiße Zuckerguss an den Seiten herablief. Birna erzählte Callum, dass er halb Island filmen könnte, wenn er mit seinem Filmteam auf diesen Berg stiege.
Herðubreiðarlindir war eine grüne Oase, die sich an den Berg schmiegte. Rund um die Quellen, die zwischen der Lava hervorsprudelten, wuchs üppiges Riedgras. Birna deutete im Vorbeifahren auf ein paar dicke Grasbüschel.
»Schau … Wollgras. Als ich noch auf Heimæy wohnte und wir noch keinen Strom hatten, haben wir aus dem Wollgras die Dochte für unsere Tranlampen gemacht.«

»Bis 1990 also«, witzelte Callum.
Birna brachte das Auto zum Stehen. Callum dachte schon, dass sie ihn jetzt rausschmeißen würde, aber dann merkte er, dass sie wegen ein paar dämlich dreinschauenden Schafen gebremst hatte, die mitten auf der Straße standen. Birna hupte, und sie hopsten davon.
»Warum hast du das getan?«, fragte Callum. »Das war unser Abendessen.«
»Du hast also wieder Appetit?«, erkundigte sie sich.
»Ich könnte schon was zu essen vertragen. Wie steht's bei dir?«
Birna zuckte unverbindlich mit den Achseln.
»Hättest du nicht gerne ein Stück von diesem Geburtstagskuchen?« Callum deutete auf den Berg.
»Das ist kein Geburtstagskuchen. Das ist die Königin aller Berge«, gab Birna zurück. »Er ist absolut symmetrisch. Egal, aus welcher Richtung man ihn betrachtet, er hat immer dieselbe Form.«
Callum blinzelte den Berg an, dann wandte er seinen Blick wieder Birna zu. »Warum erzählst du mir das?«, wollte er wissen.
»Wieso fragst du? Hast du ein Problem damit?«
»Nein. Nur … dieser ganze Kram von Bergen und Flüssen und dem verdammten Wollgras … ich meine, warum erzählst du mir das? Gibst es denn keine größeren Dinge zu besprechen?«
»Ich dachte, ich helfe dir damit.« Birna wirkte verunsichert. Ihre Wangen hatten sich gerötet. »Du bist doch immer noch dabei, dieses Land kennenzulernen.«
»Warum sollte ich dieses Land weiter kennenlernen wollen?«, fragte Callum.
»Weil du dich entschieden hast, hier zu wohnen.«

»Ja, aber wie lange noch?«

»Solange, wie du hier noch ein Unternehmen betreibst.«

»Scheiß doch aufs Geschäft! Ich bin nicht hierher gekommen, um ein Unternehmen aufzubauen, Birna. Ich bin gekommen, um bei dir zu sein.«

»Falsch, Callum«, korrigierte Birna, in einem Ton, der Schafe hätte erschrecken können. »Du bist nicht hierher gekommen, um bei mir zu sein. Du bist hierher gekommen, weil du vor … vor ihm davongelaufen bist. Oder vielleicht auch vor Sarah.«

»Das ist nicht wahr.« Callum stieß einen resignierten Seufzer aus. »Das ist zumindest nicht die *ganze* Wahrheit.«

»Es ist mir egal, was du machst«, fuhr Birna fort. »Aber du hast hier eine Firma und bist für deine Angestellten verantwortlich. Du kannst entweder hier bleiben oder wieder mal davonlaufen.«

»Und wenn ich bleibe? Was ist dann mit uns?«

»Wie kannst du mich danach fragen?«, rief sie und schlug mit beiden Händen auf das Lenkrad. »Wie kannst du mich jetzt danach fragen, wo ich gerade Abschied von meiner Tochter genommen habe?«

Birna verlangsamte. Sie war auf einen Campingplatz eingebogen. Callum sah ein halbes Dutzend hell erleuchtete Zelte, die auf einer Wiese festgepflockt waren. Daneben gab es noch andere Zeichen von Zivilisation: eine große Hütte, einen kleinen Parkplatz und ein ebenes, kahles Stück Land, das Callum für eine Start- und Landebahn hielt, da direkt daneben ein Windsack flatterte (entweder das, oder ein Camper trocknete gerade seine Unterwäsche). Über ihren Köpfen flatterte an einem hohen Mast enthusiastisch die isländische Flagge. »Hier können wir über Nacht bleiben«, erklärte Birna. »Ich habe ein Zelt hinten im Auto.«

»Und wo schlafe ich?«
»Jetzt hör schon auf, Callum.« Birna lenkte das Auto knirschend über den Kies und parkte neben der Hütte. »Ich rufe Mutter an und sage ihr, dass wir morgen früh nach Reykjavík zurückfahren. Aber zuerst müssen wir dir was zu essen besorgen.«
Birna kletterte aus dem Wagen und holte eine Kühltasche unter dem Rücksitz hervor.
»Was ist das?«, wollte Callum wissen.
»Meine Mutter hat uns was zum Abendessen eingepackt.«
Normalerweise hätten diese Worte genügt, um Callum tiefstes Grauen einzuflößen. Aber in diesem Moment war er so hungrig, dass er ein Pferd gegessen hätte. Oder eine Lumme. Was auch immer Sigriður zusammengesucht haben mochte.
»Wir setzen uns zum Essen rein«, verkündete Birna.
Als sie die Hütte betraten, fühlte sich Callum an seine alten Klassenzimmer erinnert. An den Wänden waren mehrere große Landkarten aufgehängt, und er war fast enttäuscht, nirgends eine Tafel zu entdecken, auf der mit Kreide die Buchstaben des Alphabets aufgeschrieben waren. Ein mürrisch aussehender Typ, wahrscheinlich ein Franzose, saß an einem der beiden kleinen Tische. Er blickte nicht einmal auf, als die beiden hereinkamen. Stattdessen quetschte er irgendeine Masse aus einer Zahnpastatube auf einen Korkuntersetzer und steckte sich das Ganze dann in den Mund. Das macht diese Landschaft aus den Menschen, dachte Callum, obwohl er den Kerl um seine Cracker mit Streichkäse beneidete.
Sie nahmen ihre Kühlbox mit an den freien Tisch. Callum saß mit dem Rücken zum Fenster, während Birna Ausblick auf den Berg Herðubreið hinter ihm hatte. Sie machten sich

an ihr Picknick aus geräucherten Lammfleischstreifen, Roggenbrot, Milch, Äpfeln und Keksen. Callum öffnete eine Packung Milch und setzte sie an die Lippen. Die dicke, kalte Flüssigkeit rann seine Kehle hinunter und sang in seinen geschundenen Eingeweiden, wo die eisigen Bächlein in jeden Winkel krochen.

»Du findest also, er sieht aus wie ein Geburtstagskuchen?«, hakte Birna noch einmal nach. Sie nahm sich eine Scheibe rosa Lammfleisch und rollte sie zu einer Zigarre zusammen, womit sie neidische Blicke von Seiten des Franzosen auf sich zog.

»Herðubreið?« Callum drehte sich um, so dass er aus dem Fenster sehen konnte. Er musterte den Berg. »Vielleicht doch eher wie eine Weihnachtstorte.«

»Keine Paranuss?«

Callum drehte sich um, so dass er wieder Birna ansah. Dabei kleckerte er sich Milch übers Kinn. »Wahnsinn, war das erst heute morgen, dass wir an Hekla vorbeigefahren sind? Mir kommt's vor, als wäre das schon eine ganze Woche her.«

Er führte den Ärmel zum Mund, aber bevor er sich abwischen konnte, ergriff Birna seinen Arm.

»Das ist er!« Sie starrte auf etwas hinter Callum, etwas, das sie durchs Fenster sehen konnte. Ihr Griff war fest, und doch zitterte ihre Hand. Sie wirkte zu Tode erschrocken. So hatte ihre Mutter ausgesehen, als sie den Geist auf Callums Schulter gesehen hatte.

»Was meinst du mit ›das ist er‹?«, wollte Callum wissen. Er wusste nicht, warum er flüsterte.

»O mein Gott! Das ist er.« Birnas Augen bewegten sich in den Höhlen, als sie einer Bewegung folgten. »Das ist tatsächlich er.«

»Kohl?« Callum hatte zu große Angst, um sich umzudrehen.
»Arnar.«
Callum veränderte seine Position ganz leicht, so dass er einen verstohlenen Blick aus dem Fenster werfen konnte.
Sie beobachteten einen großen Mann mit dichtem schwarzen Haar, der ein Zelt auf dem Dach eines grünen Cherokee befestigte. Der Jeep hatte ein großes Hertz-Logo auf der Seite, daneben stand *Flugvöllur Keflavík*. Eine rothaarige Frau saß bei geöffnetem Fenster auf dem Beifahrersitz. Jetzt setzte sich der Typ mit dem dichten schwarzen Haar neben sie. Die Rothaarige bot ihm ein Stück Schokolade an, aber er lehnte ab. Sie brach ein Stückchen ab, aß es aber nicht. Stattdessen reichte sie es dem Mädchen auf dem Rücksitz: dem Mädchen mit der rosa Daunenjacke.

27

»Ásta!«, schrie Birna, während sie auf den Jeep zulief.
Die Rothaarige blickte auf, wandte sich dann an den Mann mit dem dichten schwarzen Haar und rüttelte ihn an der Schulter.
»Arnar!«, rief Birna.
Dröhnend sprang der Motor des Jeep an, und unter den Hinterrädern spritzte der Kies hoch und traf Birnas Beine. Der Wagen fuhr davon.
Das Mädchen in der rosa Jacke drehte sich um und sah durch die Heckscheibe zurück. Dann verschwand sie in einer dunklen Wolke aus Vulkanasche.

»Steig ins Auto!«, brüllte Callum.
Birna versuchte die Schlüssel aus ihrer Jeanstasche zu ziehen, aber sie hatten sich im Futter verfangen. Wie wild zerrte sie an ihnen, konnte sie aber nicht losbekommen. »Sag mir bitte, dass das alles nicht wahr ist.«
»Langsam.« Callum versuchte ihr bei den Schlüsseln behilflich zu sein, aber sie schlug seine Hand weg.
»Du machst es nur noch schlimmer.« Birna kämpfte mit ihrer Tasche. Sie war völlig außer sich. »Sie entkommen!«
»Sie können gar nicht entkommen«, versicherte Callum. »Wohin wollen sie schon fahren?«
»Sag mir bitte, dass das alles nicht wahr ist«, wiederholte Birna, und Callum war nicht sicher, ob sie die Schlüssel meinte oder die Tatsache, dass sowohl Ásta als auch Arnar von den Toten auferstanden waren.
Callum war erleichtert, dass Ásta lebte, und obwohl sie offensichtlich noch immer in Gefahr schwebte, dankte er Gott im Stillen dafür, dass er es nicht mit einem Monster wie Kohl zu tun hatte. Die Euphorie durchflutete ihn wie heißes Blut, wenn es in eingeschlafene Gliedmaßen zurückschießt. Sarahs Mörder hatte Ásta nichts getan, wie Callum voreilig angenommen hatte. Kohl hatte Island gar nicht betreten. Wahrscheinlich saß er die ganze Zeit in seiner überwachten Wohnung, kratzte sich am Sack oder fummelte an seiner elektronischen Fußfessel herum. Wedderburn hatte Callum die Wahrheit gesagt. Warum hatte er das alles so schnell abgetan?
Paranoia, nahm er an. Die ganze Zeit über hatte er geglaubt, dass er vor einem Feind aus Fleisch und Blut davonlief, einem verurteilten Mörder, der eines Tages freikommen würde, um sich dann an ihm zu rächen. Dieser Tag war früher gekommen, als Callum erwartet hatte. Aber jetzt wurde

ihm klar, dass sein wahrer Feind viel angsteinflößender war, ungreifbar und schemenhaft. Sein wahrer Feind war seine eigene Paranoia, eine dunkle Verschwörung seiner inneren Dämonen mit einer Welt, der er nicht mehr vertraute. Er war nur zu schnell bereit gewesen zu glauben, dass Kohl das Schreckgespenst war, das sich auf die Jagd nach ihm gemacht hatte. Sein Vertrauen in die Polizei war so gering geworden, dass er von Kohls Flucht überzeugt war. Und der Eindruck, dass es keine Gerechtigkeit gab, hatte ihm das Gefühl gegeben, sehr verletzlich zu sein.

Irgendwie war Birnas Exfreund von den Toten auferstanden und hatte seine Schwäche ausgenutzt.

»Hab sie!«, rief Birna. Sie warf Callum die Schlüssel zu.

Als er den Motor anließ, fühlte Callum eine Woge der Energie durch seinen Körper branden. Er wollte Ásta unbedingt zurückholen. Das Schicksal hatte beschlossen, ihm eine Chance zu geben, genau der Heldenvater zu sein, für den Ásta ihren leiblichen Vater immer gehalten hatte. Ásta zuliebe, aber auch Birna zuliebe durfte er diese Chance auf keinen Fall vergeben.

»Keine Panik, Birna. Die kriegen wir schon.«

Callum ratterte mit dem Suzuki durch eine ganze Reihe von Schlaglöchern und ließ ihn dann über eine kleine Bodenerhebung springen. Der Jeep hatte Vorsprung, aber er blieb in Sichtweite. »Die haben gar keine Möglichkeit, uns abzuschütteln. Nicht in diesem Ödland. Hier gibt es kein Versteck.«

»Aber das gibt's doch gar nicht«, sagte Birna. »Wie kann er nur überlebt haben?«

»Das Entscheidende ist doch, dass Ásta überlebt hat.«

»Darüber freue ich mich in dem Moment, wo ich sie in meinen Armen halte.«

Birna ließ den Kopf sinken. »Das ist alles so verwirrend.«
»Ich bin sicher, dass Arnar das Ganze erklären kann, wenn wir ihn zu fassen kriegen.« Callum warf einen prüfenden Blick auf den Benzinstandsanzeiger: der Tank war weniger als ein Viertel voll. Verdammter Mist, dachte er, aber er ließ sich vor Birna nichts anmerken.
»Das gibt doch hinten und vorn keinen Sinn«, fuhr sie fort. »Arnar ist auf Heimæy gestorben. Er ist beobachtet worden, als er in die Apotheke einbrach. Als sich unser Schiff von der Insel entfernte, konnten wir sehen, dass die Lava das Gebäude verschlungen hatte. Das Dach der Apotheke bewegte sich auf und ab, und zuerst hielten wir das für die Bewegungen unseres Schiffes. Aber dann machte es auf einmal Puff!, und das ganze Haus war eine einzige Flamme, wie eine Motte auf der heißen Herdplatte.«
»Wie gesagt, das Wichtigste ist jetzt, dass Ásta lebt und wir sie zurückkriegen.« Callum legte ihr beruhigend die Hand aufs Knie, aber Birna war mit ihren Gedanken ganz woanders.
»Ich erinnere mich noch an die Nacht vor dem Ausbruch«, erzählte sie. »Wir spürten das Haus vibrieren, und Mutter dachte, das läge an der neuen Zentralheizung, die mein Vater eingebaut hatte. In der Nacht zählte ich ein halbes Dutzend kleiner Erdbeben, nur ganz leichte. Ich machte das Licht aus und ging schlafen. Wenn man in Island aufwächst, gewöhnt man sich dran, dass die Erde immer ein bisschen nachreguliert.«
»Ich hab das Gefühl, mein Magen muss gerade auch ein bisschen nachregulieren.« Callum nahm die Hand von ihrem Knie und hielt sie sich vor den Mund, als er aufstieß. »Entschuldigung. Hab wohl zu schnell gegessen.«
»So war das damals«, fuhr Birna fort. »In der Nacht vor der

Eruption, war Heimæy wie ein großer, rumorender Magen. Am nächsten Morgen, als ich in die Stadt ging, bemerkte ich, dass viele kleine Vögel auf dem Boden saßen. Einmal im Jahr kommt das vor, bei den kleinen Papageitauchern, aber diese Vögel hatte ich noch nie gesehen. Sie waren ganz klein und braun und hatten gegabelte Schwänze. Als ich näher kam, flogen sie nicht weg, sondern hüpften bloß ein Stückchen zur Seite. Ich wusste, dass sich Seltsames zusammenbraute, und prompt fing die Erde auch wieder an zu beben. Ich hörte einen Knall, und plötzlich schoss hinter den Häusern eine Wolke aus Feuer in die Höhe. An den Gesichtern der alten Leute war deutlich abzulesen, dass sie eine Wiederholung von ’73 befürchteten, als unsere Insel beinahe ganz zerstört wurde.«

Der grüne Jeep am Horizont glänzte kurz im Sonnenlicht auf: ein winziger Smaragd, in Feuer gefasst. Callum konnte nicht sagen, ob er ihn langsam einholte, denn er konnte weder Abstand noch Geschwindigkeit einschätzen.

»Niemand geriet in Panik«, erzählte Birna weiter. »Vermutlich wissen Isländer einfach, dass so etwas jederzeit passieren kann; wir waren darauf vorbereitet. Die meisten Leute sind nach Hause, um Koffer zu packen, bevor sie zum Hafen gingen. Ich weiß noch, wie meine Mutter und ich durchs Haus gingen und nicht wussten, was wir eigentlich mitnehmen sollten. Sie griff sich eine Packung gefrorenes Walfleisch, denn sie dachte, Essen würde uns nützlicher sein als alles andere.«

»Sigriður, wie sie leibt und lebt«, kommentierte Callum.

Birna lächelte nicht. »Die Polizei fuhr mit heulenden Sirenen durch die Straßen, zum Zeichen, dass wir unsere Häuser verlassen mussten. Wir schlossen uns der Menschenmenge an und gingen zu den Fischkuttern. Sie waren unsere einzige Möglichkeit, von der Insel zu kommen, und Mutter hatte Angst, dass die Lava zu Ende bringen würde, was sie ’73 nicht ganz geschafft hatte, nämlich, den Hafen für immer zu verschütten. Sie war überzeugt, dass wir nicht mehr wegkommen würden. Als wir durch die Straßen liefen, konnten wir die Gase von der Eruption schon riechen. Unsere Kehlen brannten. Mutter und ich tauchten unsere Ärmel in eine Pfütze und hielten sie uns vor den Mund. Der Boden war so heiß geworden, dass die Leute sich Wasser über die Schuhe gossen. Und dann begann die Asche auf uns herabzuregnen wie schwarzer Schnee, heiße Flocken so groß wie Entenfedern, die brennend an der Haut kleben blieben.«

»Warst du zu der Zeit nicht auch schwanger mit Ásta?«, fragte Callum.

»Im achten Monat ... aber ich hatte keine Zeit, mir darüber Gedanken zu machen. Als wir am Schiff Schlange standen, konnten wir sehen, dass sich im Vulkan, der ganz in der Nähe der Stadt steht, ein Riss aufgetan hatte. Aus dieser Wunde floss ein hellorangener Lavastrom. Wir wussten alle, was die Lava für Schaden anrichten konnte. Wir sahen den Beleg, als unser Schiff an dem schwarzen Lavafeld vorbeifuhr, das zwanzig Jahre zuvor im Hafen erstarrt war. Riesengroße Felsbrocken, die in den Lavastrom geraten waren, waren damals geschmolzen wie Eiscreme. Wir wussten, dass dasselbe mit unserer Stadt passieren konnte. Und wir rechneten nicht damit, dass diese Eruption nach einem Tag erledigt sein würde. Wir dachten tatsächlich, dass wir gerade für immer Abschied von Heimæy nahmen. Aber niemand weinte, als wir wegfuhren. Alle waren ganz ruhig.« Birna hielt die Augen starr geradeaus gerichtet. Sie war wieder auf dem Schiff.

»Wir dachten, dass die Evakuierung erfolgreich gewesen wäre, also alle sechstausend Einwohner der Insel entkommen wären. Aber dann sagte einer der Männer auf dem Schiff, dass er gesehen hätte, wie Arnar in die Apotheke einbrach. Er erzählte, Arnar habe nach Drogen und Geld gesucht. Vor all den Leuten sagte er mir, ich sollte mich schämen, ein Kind von so einem Junkie zu bekommen. Er meinte, wenn ich seine Tochter wäre, hätte er mich gezwungen, das Baby abzutreiben.«

»Meine Güte. Wie hat Sigriður darauf reagiert?«

»Sie hat ihn k.o. geschlagen«, erklärte Birna. »Mit einem Paket gefrorenem Walfleisch.«

Callum rang mit der Gangschaltung, als der Suzuki die nächste Steigung nahm. Das hier hatte keine Ähnlichkeit mit den Verfolgungsjagden, die er in den siebziger Jahren immer im Fernsehen angeguckt hatte. Es gab keine Ampeln, die man überfahren konnte, keine Seitenstraßen, um den Weg abzukürzen, es gab keine Stapel mit Pappkartons, die es zu zerstören galt, und es gab natürlich auch keine Sackgassen. Die Straße erstreckte sich einfach ewig weiter und weiter. Er jagte den Jeep in die Unendlichkeit, ans Ende der Ewigkeit, durch eine Landschaft, die von Feuer und Eis übel zugerichtet und zerklüftet worden war. Für Callum war dies kein Ort der Erneuerung und der Wiedergeburt, ein Ort, an dem die Erde noch mitten im Schaffensprozess steckte. Für ihn war es nichts als die Szenerie eines apokalyptischen Untergangs.

»Arnar ist in mein Büro eingebrochen«, sagte Callum. »Ich hab ihn wiedererkannt. Er ist mir auf der Treppe entgegengekommen, kurz bevor ich den Einbruch entdeckt habe. Da machte er wohl gerade seinen Abgang.«

»Bei dir ist eingebrochen worden? Du hast doch gesagt,

dass du selbst die Tür aufgebrochen hast, weil du deine Schlüssel verloren hattest.«

»Ich weiß. Tut mir leid. Ich hab dir zu viele Lügen erzählt, Birna. Ich dachte, ich beschütze dich damit.«

»Ich kann mich selbst beschützen, Callum. Aber nicht, wenn du mir gegenüber nicht aufrichtig bist. Alles, was ich von dir wollte, war Aufrichtigkeit. Wenn wir uns nicht die Wahrheit sagen konnten, wie hätte es da jemals Hoffnung geben können, dass unsere Beziehung überlebt?«

Bei ihren Worten wurde ihm das Herz zu Stein. Sie hatte von ihrer Beziehung unmissverständlich in der Vergangenheit gesprochen. Callum wurde klar, dass er in der ganzen Sache immer nur an sich gedacht hatte, und er empfand Schuldgefühle wegen seines Egoismus'. Ein junges Mädchen musste gerettet werden, und ihm fiel nichts Besseres ein, als über seine Zukunft mit Birna nachzudenken. Wenn sie Ásta nicht zurückbekamen, gab es für niemanden hier eine Zukunft.

Er hatte ständig ein Auge auf dem Benzinstandsanzeiger, mit dem anderen behielt er den Jeep im Blick.

»Ich kann es kaum glauben, dass Arnar diesen *Reiseführer durch Reykjavík* geschrieben hat«, sagte Birna.

»Der wusste ganz genau, was er tat«, meinte Callum. »Bei dem Einbruch ist nichts gestohlen worden. Arnar suchte Informationen, und die hat er auf meinem Laptop gefunden. Er hat Kohls Bericht über den Mord an Sarah gelesen. Und wenn er weiter im Netz recherchiert hat und nach Einträgen zu meinem Namen gesucht hat, dann hat er sicher auch Artikel gefunden, die von Kohls Freilassung handelten. Da muss er auf die Idee verfallen sein, Ásta zu kidnappen und uns vorzumachen, es sei Kohl gewesen, indem er seinen *Reiseführer eines Mörders* zusammendichtete.«

»Aber wie hat er uns überhaupt gefunden?«

»Ach komm, Birna, nichts einfacher als das. Reykjavík ist schließlich nicht Peking. Er musste nicht wirklich die Nadel im Heuhaufen suchen, oder? So viele Birna Sveinsdóttirs kann es im Telefonbuch nicht geben.«

»Ich kann's immer noch kaum glauben, dass er das geschrieben haben soll. Arnar war nie besonders gut in Englisch.«

»Seitdem sind elf Jahre vergangen. Du weißt doch nicht, wo er gewesen ist oder was er in der Zwischenzeit so gemacht hat.«

»Nein, aber ich kann raten. Wenn er '92 die Insel verlassen hat – und das hat er ja ganz offensichtlich –, dann hat er sie in einem Boot voller Drogen und Geld verlassen. Diese Apotheke machte ein gutes Geschäft.«

»Was meinst du, wo er von Heimæy aus hingegangen ist?«

»Er könnte nach Grönland gefahren sein ... die Färöer ... wer weiß. Aber auf die eine oder andere Art hat er wohl dafür gesorgt, dass er Geld in den Taschen hatte, genügend, um sich ein Leben aufzubauen.«

»Als was?«

»Arnar konnte nur zwei Dinge richtig gut: Papageitaucher fangen und Drogen nehmen. Papageitaucherfleisch ist außerhalb Islands nicht sonderlich begehrt. Wenn er also so lange überlebt hat, dann hat er sein Geld höchstwahrscheinlich mit Drogen gemacht.« Birna lehnte sich zu Callum herüber und schaute aufs Tachometer. »Kannst du nicht schneller fahren?«, drängte sie.

Callum hielt es nicht für den besten Zeitpunkt, Birna zu eröffnen, dass er versuchte, Benzin zu sparen. Die Nadel tanzte um den roten Bereich hin und her. Sie waren auf dem Weg zurück in die schwarze Sandwüste, und Callum wusste, dass sie eine Durchquerung nicht mehr schaffen würden. Irgendwann wären sie am Ende.

»Vielleicht hat Arnar die Mail gar nicht geschrieben«, schlug Callum vor. »Diese Frau, mit der er da zusammen ist, vielleicht hat die ja den Reisebericht für ihn geschrieben.«

»Kann sein.«

Callum bemerkte, dass Birna den rechten Fuß auf den Boden presste.

»Warum haben sie das nur gemacht?«, fragte er. »Wenn sie vorhatten, Ásta zu entführen, warum haben sie es nicht einfach getan? Warum haben sie sich die Mühe gemacht, diesen *Reiseführer eines Mörders* zu schreiben?«

»Wie du schon sagtest, auf die Art konnte er uns weismachen, dass jemand anders sie entführt hatte.«

»Ich weiß, aber das Ganze kommt mir so unnötig vor. Arnar mag Ástas leiblicher Vater sein, aber er ist doch wirklich die letzte Person, die du in Verdacht gehabt hättest, deine Tochter entführt zu haben. Er musste es doch gar nicht so aussehen lassen, als hätte es jemand anders getan. Jeder auf der Insel hätte bestätigt, dass Arnar tot ist. Tote brauchen ihre Spuren doch gar nicht zu verwischen.«

»Aber das ist es doch gerade, Callum. Wir dachten ja gar nicht, dass Ásta entführt worden wäre. Wir dachten, sie wäre ermordet worden. Arnar wollte, dass wir sie für tot hielten und alle Hoffnung aufgäben, sie jemals wieder zu sehen. Dann hätten wir sie nämlich auch nicht weiter gesucht. Also hat er uns mit seiner Mail einen Mord vorgegaukelt. Er wusste von dir und Sarah, und dieses Wissen hat er dazu benutzt, um dich zu überzeugen, dass Ástas Mörder tatsächlich existiert.« Birna schien alles völlig logisch zu finden. »Und das hat er ja auch glänzend hingekriegt. Wir hatten sie schon aufgege…« Birnas Lippen zitterten, als würde ihr ein Nerv zucken. Sie drückte den Finger dagegen. »Ich komm mir so schlecht vor, Callum. Ich hatte meine Tochter schon aufgegeben, bevor ich ihre Leiche gesehen hatte.«

»Nicht doch. Du hast einfach noch eine zweite Chance bekommen. Ásta geht es gut. Sie sitzt in dem Auto vor uns. Und diesmal geben wir sie nicht auf.« Callum warf einen Blick auf den Benzinstandsanzeiger und sagte ein kleines Stoßgebet. Sie fuhren nur noch mit Benzindämpfen. Die Nadel zeigte mittlerweile direkt auf den Buchstaben E, und das stand sicher nicht für »Endlose Vorräte«. Callum wünschte sich sehnlichst, diese Nadel wäre eine Kompassnadel, die durch das magnetisierte Vulkangestein in die falsche Richtung zeigte. Aber er wusste, dass die Jagd demnächst zu Ende sein würde.

»Wollte Sarah eigentlich Kinder?«, erkundigte sich Birna.

»Ist das wirklich der richtige Zeitpunkt, um über Sarah zu reden?«

»Irgendwann musst du mal über sie reden.«

Mittlerweile war Callum der Schweiß ausgebrochen. Das Lenkrad war rutschig unter seinen feuchten Handflächen. Während er die Augen fest auf den Jeep gerichtet hielt, lauschte er dem Motor, horchte auf ein erstes Ruckeln oder Husten.

»Wir haben über Kinder geredet«, erklärte er. »Aber ich glaube, Sarah hat nur ein wenig mit dem Gedanken geflirtet. Sie dachte, sie müsste ein Kind kriegen, weil das alle von ihr erwartet haben. Aber in ihrem Innersten hatte sie nichts dafür übrig … fürs Mutterdasein, meine ich. Obwohl sie das natürlich nicht zugeben wollte. Wahrscheinlich hatte sie Angst, dass die Leute sie dann nicht mehr als vollwertige Frau betrachten würden.« Callum biss sich auf die Lippe, um seinen Schmerz mit einem Gegenschmerz zu betäuben. »Aber sie hat sich diese ganzen Bücher gekauft ... Ratgeber für jeden Bereich, von der Empfängnis bis zum ersten Tattoo. Was Sarah über Pessare und Gebärmuttervorfall nicht wusste, das war auch nicht wissenswert. Aber das war typisch Sarah. Sie handelte nicht nach ihrem Instinkt. Sie war immer die Praktische in unserer Beziehung. Egal, ob es um Familiengründung oder Firmengründung ging. Sarah hat sich über alle Einzelheiten informiert, bevor sie sich auf etwas einließ. Ich mach die Dinge mehr aus dem Bauch raus. Ich handle erst, und danach stelle ich mir die dazugehörigen Fragen.«

»Hast du so auch deinen Entschluss gefasst, hierher zu kommen, um mit mir zusammenzuleben?«, wollte Birna wissen. »Bist du einfach drauflos, ohne lange drüber nachzudenken?«

»Über Verliebtheit darf man nicht groß nachdenken«, behauptete Callum. »Da geht man einzig und allein nach seinem Bauchgefühl.«

»Was macht der denn?«, rief Birna aus. »Der fährt ja wie ein Verrückter.«

Der Jeep vor ihnen beschrieb wilde Schlangenlinien auf der Piste.

»Der baut gleich einen Unfall! Er bringt meine Tochter um!«

»Warte ... er hält an«, sagte Callum.

Sie sahen, wie der Jeep an den Straßenrand fuhr und stehenblieb. Eine kleine Figur sprang auf der Fahrerseite heraus und zog eine andere Figur aus dem Auto. Ihre Körper verschmolzen für einen Augenblick, dann fiel eine von beiden zu Boden. Die größere Figur stieg wieder ins Auto und fuhr weiter.

»Er hat Ásta rausgeschmissen!«, meinte Birna. »Schnell, wir müssen zu ihr.«
»Ich fahr schon, so schnell ich kann.«
»Wenn er ihr wehgetan hat, dann bring ich ihn um.«
»Jetzt holen wir sie erst einmal.«
Aber als sie näher kamen, stellte sich heraus, dass die Figur gar nicht Birnas Tochter war. Es war die rothaarige Frau. Sie stand mitten auf der Schotterpiste und winkte Callum, er solle anhalten.
»Soll ich um sie rumfahren?«, fragte er.
»Fahr durch sie durch, wenn's sein muss«, fauchte Birna. »Wir müssen Ásta kriegen.«
Callum ging vom Gas.
»Was machst du denn?«
»Ich kann sie nicht einfach hier stehenlassen.« Callum bremste und brachte den Suzuki wenige Zentimeter vor der Frau zum Stehen. Sie sah wild aus, wie ein katzenartiges Tier. Ihre Kleidung war mit Asche beschmutzt, und sie blutete an der Lippe. Sie rannte auf die Fahrerseite und klopfte an Callums Fenster.
Er ließ es herunter.
»Bitte ... wir müssen ihn einholen ... er will sie umbringen ... ich habe versucht, ihn davon abzubringen ... ich wollte das alles nicht ... Sie müssen mir glauben ... ich wollte das alles nicht ...«
»Steigen Sie ein«, forderte Callum sie auf. Ihr Akzent kam ihm amerikanisch vor.
»Lass sie doch stehen!«, rief Birna. »Er will Ásta umbringen!«
Sie drückte auf Callums Knie, damit er den Fuß wieder aufs Gaspedal setzte.
Die Rothaarige öffnete die hintere Tür und krabbelte auf

den Rücksitz. »Es tut mir so leid ... ich wollte das nicht ... bitte glauben Sie mir ... es war Arnies Idee ... wir dachten, das wäre die einzige Art, wie wir ein Kind haben könnten ...«

»Arnie?«, fragte Callum. »Er nennt sich Arnie?«

»Ist doch völlig egal, wie er sich nennt«, unterbrach Birna. »Sie hat gesagt, er will sie umbringen.«

»Okay, okay. Wir fahren ja schon ...« Callum trat aufs Gaspedal, und der Suzuki fing an zu stottern. »Nein ... tu mir das nicht an.« Er drehte den Zündschlüssel.

Der Motor starb ab.

Alles wurde ganz still, so still, wie öde, endlose Wildnis nur werden kann.

»Verdammter Mist«, sagte Callum. Er wandte sich an Birna. »Wir haben kein Benzin mehr.«

Sie sah ihn an, als hätte er soeben ihre Tochter umgebracht.

28

»Es war Arnies Idee ... er war sauer auf mich ... er wusste nicht, dass ich keine Kinder kriegen kann ... ich hab's ihm nicht erzählt ... ich dachte, er würde unsere Hochzeit platzen lassen ... wir haben es versucht ... zwei Jahre lang ... zuerst tat ich so, als sei alles in Ordnung ... ich wollte nicht, dass er von meiner Unfruchtbarkeit erfährt ... ich sagte, dass bei ihm irgendwas nicht stimmen könnte ... ich habe ihn sogar gebeten, sein Sperma untersuchen zu lassen ... aber dann erzählt er mir, dass er bereits ein Kind gezeugt hat und ...«

»Es reicht!«, schrie Birna. Sie schoss giftige Blicke auf die Rothaarige ab.
Die drei saßen auf der Straße, direkt vor dem Suzuki, als wären sie Demonstranten, die ihm den Weg versperren wollten. Die Rothaarige war extrem blass. Durch die Haut sah man jeden ihrer Knochen. Callum hatte immer geglaubt, dass alle Amerikaner zwei Reihen gerader perlweißer Zähne besaßen, aber ihre waren klein und verfärbt. Sie zeigte die klassischen Symptome von Magersucht.
»Es war seine Idee, sie zu entführen … also hab ich mitgemacht … ich wollte ihn nicht wieder enttäuschen … ich dachte, wir könnten eine Familie sein …«
»Warum sollte er sie dann umbringen wollen?«, wollte Birna wissen. Sie hatte die Ellbogen auf die Knie gelegt und den Kopf mit einer Hand unter ihrem Pony abgestützt. Mit dem Daumenballen wischte sie sich ein paar Tränen von den Augen.
»Wenn wir keine Familie sein können, warum solltet ihr dann eine Familie sein … so hat Arnie gesagt … ich glaube, er meint es ernst … ich hab ihn noch nie so erlebt … ich habe versucht, ihn aufzuhalten, aber er hat mich geschlagen … und er hat mich aus dem Auto geworfen.«
»Merkwürdig«, sagte Callum.
»Ja … er hat mich rausgeschmissen, weil ich ins Steuerrad gegriffen habe … ich hab mir Sorgen um das Mädchen gemacht …«
»Das klingt merkwürdig.«
»Sag mal, was hast du eigentlich für ein Problem, Callum?«, erkundigte sich Birna gereizt.
»Sie ist keine Amerikanerin.«
»Spielt das irgendeine Rolle?«, fragte Birna. »Sie hat mein Kind entführt.«

»Ich bin Kanadierin«, erklärte die Rothaarige. »Arnie und ich leben in Vancouver.«
»Warum hat er das nur getan?«, wollte Birna wissen. »Warum ist er vor all den Jahren verschwunden und entschließt sich jetzt plötzlich, zu kommen und seine Tochter zu holen?«
»Wie gesagt, das war die einzige Möglichkeit für uns, eine Familie zu haben«, erklärte der Rotschopf.
»Aber wenn er Ásta so liebt, wie konnte er dann so schreckliche Dinge schreiben und mir weismachen, dass sie tot ist?«
»Das war Arnies Idee«, protestierte die Frau. »Er hat mich gezwungen, die Mail zu schreiben. Ich kann gut schreiben. Ich bin Übersetzerin am Flughafen. Wir arbeiten beide für Air Canada. Da haben wir uns auch kennengelernt.«
»Ist Arnar etwa Pilot?«, wunderte sich Birna.
»Nein«, antwortete Rotschöpfchen. »Aber sie nennen ihn den Vogelmann. Vancouver ist ein großer Umschlagplatz für geschmuggelte seltene Vögel aus Indien, Thailand und Japan. Arnies Job ist es, sie aufzuspüren und sich um sie zu kümmern, bis sie wieder in ihre Heimat zurückgebracht werden können.«
»Arnar fängt also immer noch Vögel«, stellte Callum fest.
Birna lachte gequält auf.
»Vögel, Schlangen, Eidechsen ...«, erklärte Rotschöpfchen. »Arnie muss das Frachtgut nach allen möglichen illegal eingeführten Tieren durchsuchen. Er hat sogar ein paarmal geschmuggelte Drogen entdeckt. Arnie weiß über alles Bescheid, was am Flughafen so ein und aus geht.«
»Ja, das kann ich mir vorstellen«, meinte Birna. »Und ich möchte wetten, dass so einiges, was den Flughafen verlässt, ihn in Arnars Taschen verlässt.« Sie starrte ins Leere. Der grüne Jeep glänzte durch Abwesenheit.

»Warum hat er versucht, mich umzubringen?« Callum war der sabotierte Geysir-Test eingefallen.
»Er hat versucht, dich umzubringen?« Die Rothaarige klang aufrichtig verstört, was ihn ein wenig aus dem Konzept brachte.
Birna hingegen blieb gelassen trotz dieser Enthüllung. Wahrscheinlich hatte sie ihn sowieso schon abgeschrieben, dachte Callum.
»Arnar hat einen Special-Effects-Test im Hafenviertel manipuliert, bei dem ich anwesend war. Er hat sich an einer Öltonne zu schaffen gemacht, die mir ins Gesicht explodieren sollte. Ich konnte ausweichen, aber ein anderer Mann musste ins Krankenhaus.« Callum hätte noch angefügt, dass er froh war, am Leben zu sein, aber wenn er Birna so anschaute, war er sich dabei nicht so sicher.
»Das war nicht Arnar«, beteuerte Rotschöpfchen. »Ich hätte davon gewusst. Wir waren über einen Monat in Island, und er ist mir kaum von der Seite gewichen.«
»Nur einmal, um in mein Büro einzubrechen.«
Rotschöpfchen senkte den Kopf.
»Sie meinen also, da haben Sie auch mitgemacht?«
»Ich hab das Fluchtfahrzeug gefahren«, gab sie zu.
Birna fuhr hoch, als wäre ihr ganz plötzlich etwas eingefallen. »Sie haben Ástas Pony mit dem Jeep gerammt«, rief sie. »Sie haben versucht, meine Tochter zu töten.« Der Ärger, den sie mühsam unterdrückt hatte, gewann nun die Oberhand. Sie griff nach den roten Haaren der Frau, aber Callum ging sofort dazwischen.
»Sie hat versucht, meine Tochter zu töten!«, schrie Birna.
»Das bringt sie doch auch nicht wieder zurück«, rief Callum, der Birna an den Armen festhielt, während sie mit den Beinen in der Asche strampelte.

»An dem Tag saß nicht ich am Steuer«, verteidigte sich Rotschöpfchen. Sie befreite sich aus dem Handgemenge und stellte sich hin. »Arnar ist gefahren. Aber er wollte seiner Tochter nichts tun. Er wollte sie sich nur zurückholen.«
»Ásta ist nicht seine Tochter«, zischte Birna. »Sie ist meine Tochter, und er hatte überhaupt kein Recht, sie mitzunehmen.«
»Ich weiß.« Rotschöpfchen setzte sich auf die vordere Stoßstange des Suzuki. »Ich weiß. Und wenn ich ehrlich sein soll, hab ich die ganze Zeit gewusst, dass wir etwas Falsches tun.«
»Warum haben Sie's dann getan?«, fragte Callum.
Birna hatte ihre Fassung soweit zurückgewonnen, dass er ihre Arme wieder loslassen konnte. Sie stand auf und klopfte sich den Staub von der Jeans. Dann ging sie zum Außenspiegel des Suzuki und betrachtete ihr Gesicht. Was sie sah, gefiel ihr nicht.
»Als Arnar mir zum ersten Mal erzählte, dass er eine Tochter in Island hat, habe ich vorgeschlagen, dass wir Kontakt zu ihr aufnehmen«, erzählte Rotschöpfchen. »Erst da erklärte er mir, dass er nicht in seine Heimat zurückkehren könnte … wegen Birna.«
»Was hat er über mich gesagt?« Birna lief auf und ab wie ein Hund im Zwinger.
»Er hat gesagt, dass Sie eine schlechte Mutter wären. Er hat gesagt, dass Sie mit einem Messer auf ihn losgegangen wären und ihn verletzt hätten.«
»Er hat was?«, rief Birna. Ihr Ärger begann erneut hochzukochen.
»Das hat er mir jedenfalls gesagt«, sagte Rotschöpfchen vorsichtig. »Er hat gesagt, dass das einer der Hauptgründe war, warum er Island verlassen hat. Und er wollte keinen

Kontakt zu Ásta aufnehmen, weil das bedeutet hätte, auch mit Ihnen in Kontakt zu treten. Er hatte Angst, dass Sie wieder gewalttätig werden würden.«

Birna lachte laut, aber in ihrer nächsten Nähe gab es nichts, was ihrem Gelächter auch nur das geringste Echo verleihen konnte. Was Callum wiederum die Hoffnungslosigkeit ihrer Situation noch stärker empfinden ließ. Er hatte sein Handy bereits ins Handschuhfach gelegt, nachdem er festgestellt hatte, dass er hier draußen kein Netz hatte, um Hilfe herbeizurufen.

»Arnar hat mich überzeugt, Ásta einfach mitzunehmen«, fuhr Rotschöpfchen fort. »Er hat gesagt, dass es nur im Interesse des Mädchens wäre, wenn sie mit uns nach Kanada käme, denn Sie wären nicht geeignet, sich richtig um sie zu kümmern. Deswegen haben wir beschlossen, herzukommen und sie mitzunehmen.«

Birna wandte sich an die Frau. »Wollen Sie den wahren Grund wissen, warum Ihr Mann Island vor all diesen Jahren verlassen hat?«

Rotschöpfchen nickte. Als ob Birna ihr eine Wahl gelassen hätte.

»Dann werd ich's Ihnen erzählen. Er ist weggelaufen, weil er ein Feigling war. Ein Junkie und ein Feigling. Er kam mit seinem eigenen Leben nicht klar, also hat er sich weggebeamt, indem er sich diesen Dreck in die Venen gespritzt hat. Er kam weder mit seiner Freundin klar noch mit dem Baby, das sie austrug, also sprang er einfach ab. Erzählen Sie mir jetzt also bitte nicht, dass er nach all dieser Zeit seiner Tochter plötzlich ein Vater sein will. Elf Jahre lang glaubte sie, dass ihr Vater tot sei. Haben Sie auch nur die geringste Vorstellung davon, was er ihr angetan hat?«

»Arnar hat mir erzählt, dass Sie Ihrer Tochter die grässlichsten Geschichten in den Kopf gesetzt haben«, sagte Rotschöpfchen. »Er hat gesagt, Sie hätten ihr eingeredet, dass er tot ist.«

»Jeder hat ihn für tot gehalten!«, schrie Birna. »Der Grund, warum ihm so unwohl dabei war, nach Island zurückzukehren, war der, dass er befürchten musste, erkannt zu werden. Er hatte Angst, man könnte ihn wegen eines Diebstahls vor elf Jahren auf unserer Heimatinsel anklagen. Sein Widerwillen, Kontakt mit mir aufzunehmen, hatte nichts damit zu tun, dass ich einmal mit dem Messer auf ihn losgegangen bin.«

»Arnar hat also nicht gelogen?«, fragte Callum. »Du bist tatsächlich mit dem Messer auf ihn los?« Er hatte eine Weile geschwiegen, und nun sah Birna ihn an, als versuchte sie sich zu erinnern, wer er überhaupt war.

»Arnar hat mir die Narbe gezeigt«, bestätigte Rotschöpfchen.

»Dann bin ich hier also nicht der Einzige, der Geheimnisse hatte«, bemerkte Callum spitz.

Birna setzte sich im Schneidersitz auf den staubigen Boden. Dann wischte sie sich über ihre nassen Wangen, in die sofort das Blut stieg, so dass es aussah, als hätte sie ein wenig Rouge aufgetragen.

»Arnar hat mich manchmal geschlagen«, erzählte Birna. »Eines Nachmittags, eines Scheißnachmittags war er total high; ich war total am Boden, und da hat er mich in den Bauch getreten. Da hab ich ihm eine Stichwunde mit dem Jagdmesser verpasst. Ich war zu dem Zeitpunkt schon schwanger, aber er wusste noch nichts davon. Arnar wich rechtzeitig aus, und das Messer ritzte ihn an der Hüfte ordentlich auf. Ich dachte, jetzt bringt er mich um. Stattdessen sah er mich gar nicht mehr an. Er marschierte einfach zur Haustür hinaus, polterte dabei von einer Wand des Korridors zur anderen, hielt sich seine Wunde und sah so verzweifelt aus wie ein Fisch auf dem Trockenen, der sich windet und zappelt, um wieder ins Meer zurückzukommen.« Birna fuhr mit gespreizten Fingern durch die Asche und pflügte wellenförmige Furchen hinein. »Danach habe ich nur noch ein einziges Mal mit Arnar gesprochen, und zwar, um ihm zu sagen, dass ich ein Kind von ihm erwartete und er damit nichts zu tun haben würde.«

»Warum hast du mir das nie erzählt?«, wollte Callum wissen.

»Damit du glaubst, ich könnte jemanden erstechen?«

»Ich hätte es doch verstanden. Ich wollte sagen, ich *verstehe* es doch«, korrigierte er schnell, als ihm bewusst wurde, dass er von ihrer Beziehung auch schon in der Vergangenheit sprach. »Ich kenne das Gefühl.«

»Du weißt also, wie es sich anfühlt, wenn man einen anderen Menschen so dringend aus dem eigenen Leben entfernen will, dass man sogar bereit wäre, jenes Leben dafür zu beenden?«

»Das hab ich alles schon erlebt«, sagte Callum. »Ein bisschen geht es mir sogar immer noch so.« Er dachte an Kohl. Birna nickte. Sie starrte auf den Boden.

Eine leichte Brise war aufgekommen, die die Asche rundherum aufwirbelte. Sie puderte ihre Gesichter und füllte die Furchen, die Birna in die graue Erde gekratzt hatte. Aber als ihr plötzlich die Tränen heruntertropften, entstanden dort dunkle Krater. Sie blickte auf zu Callum. »Wenn er meine Tochter anrührt, bring ich ihn um. Und diesmal werd ich's richtig machen. Arnar wird nicht noch einmal von den Toten zurückkommen.«

»Dann bitte … wir können nicht einfach hier sitzen blei-

ben«, flehte die Rothaarige. »Wir müssen ihn aufhalten, bevor er irgendwas Verrücktes tut.«
»Und wie sollen wir das bitte anstellen, hm?«, fragte Callum. »Es mag Ihrer Aufmerksamkeit vielleicht entgangen sein, aber wir sind hier im absoluten Scheißniemandsland, außer unseren Beinen haben wir kein Fortbewegungsmittel, und, wenn ich ehrlich sein darf, Ihre Beine sehen so aus, als könnten sie kaum Ihr Körpergewicht tragen. Ich möchte unsere Chancen gegen einen Jeep gar nicht erst ausrechnen.« Der Wind begann in Callums Ohren zu rauschen.
»Vielleicht bringt er sie ja gar nicht um«, meinte Birna, deren Stimme wieder an Festigkeit gewonnen hatte. »Vielleicht versucht er sie ja nach Kanada mitzunehmen.«
»Unwahrscheinlich«, widersprach Rotschöpfchen. »Sie haben ihn nicht gesehen. Ich habe Arnie noch nie so wütend gesehen. Und eins können Sie mir glauben, ich habe ihn zuvor auch schon ganz schön wütend erlebt. Sie sind nicht die einzige Frau, gegen die er seine Hand erhoben hat.«
»Aber Arnar hat doch ihre Kleidung gestohlen«, wandte Birna ein, die wenig Neigung hatte, Mitgefühl zu bekunden. »Hat er nicht ihre Kleider von der Wäscheleine gestohlen?«
»Er hat ein paar Sachen genommen«, gab Rotschöpfchen zu. »Wir brauchten ja ein paar Sachen, für die Zeit, in der wir uns versteckt halten wollten, so war der Plan.«
»Und das könnte immer noch sein Plan sein, sobald er merkt, dass wir ihn nicht mehr verfolgen«, sagte Birna. »Er hat seine Tochter und er hat ihre Sachen. Er könnte versuchen, mit ihr das Land zu verlassen.«
Callum sah die Rothaarige an. Er sah ihren teils schmerzlichen, teils mitleidigen Gesichtsausdruck und wusste sofort, dass Birnas neu aufflammender Optimismus gänzlich

fehl am Platze war. Aber er brachte es nicht fertig, sie zur Besonnenheit zu ermahnen.
So diskret war Rotschöpfchen allerdings nicht. »Ich hoffe, dass er Ihr Kind außer Landes bringt. Denn wenn er das nicht tut, dann wird er sie nicht lebendig zu Ihnen zurückkehren lassen.«
»Was macht Sie da so sicher?«, wollte Birna wissen.
»Er.« Rotschöpfchen blickte zu Callum hinüber.
»Ich? Was habe ich denn damit zu tun?«
»Arnie hasst Sie.«
»Er hasst mich? Warum sollte er mich denn hassen?«
»Er hasst den Gedanken, dass Sie für seine Tochter jetzt den Vater spielen wollen. Und das wird er nicht zulassen. Deswegen ist er auch so wütend geworden, als ich gesagt habe, er soll anhalten.« Rotschöpfchen stand auf. Sie ging vor ihnen auf und ab, während sie weitersprach. »Arnar hat Birna leicht aufspüren können, indem er sich bei ihrem Verleger erkundigte. Er hatte nicht damit gerechnet, dass sie einen neuen Partner haben könnte oder dass Sie zu dritt die glückliche Familie spielen und zusammen ausreiten würden. Wir sind Ihnen an jenem Tag zum See gefolgt. Wir hatten eine Gelegenheit abpassen wollen, Ásta mitzunehmen, aber mit der Zeit dachte Arnie immer weniger an seine Tochter, sondern hatte nur noch Sie im Kopf, Callum.«
»Woher wussten Sie meinen Namen?«
Rotschöpfchen zuckte die Achseln. »Arnie hat die ganze Zeit von Ihnen geredet. Es machte ihn wütend, Sie zusammen mit seinem Kind zu sehen. Er war eifersüchtig. Und er war fest entschlossen, alles über Sie herauszufinden. Deswegen ist er in Ihr Büro eingebrochen, und er fand dort mehr heraus als nur Ihren Namen.« Sie sah Callum an. »Sie waren aber auch eine Persönlichkeit, über die man jede

Menge Informationen kriegen konnte, das müssen Sie zugeben. Wenn man kurz im Netz recherchierte, erfuhr man von Ihrer Firma in Großbritannien, dem Mord an Ihrer Freundin und dem Prozess.«

Genau darüber hatte sich Callum Sorgen gemacht, für den Fall, dass Journalisten in Island sich zu sehr für ihn interessierten. Wenn sie eine Story brauchten, dann mussten sie nicht lange suchen. Er schüttelte den Kopf. Was wie ein ausgetüftelter und wohlkalkulierter Plan gewirkt hatte – Ásta entführen, und es dann so aussehen lassen, als wäre sie ermordet worden –, war ein Kinderspiel gewesen. Sobald Arnar und diese Frau seinen Namen gekannt hatten, wussten sie auch alles andere: Sarahs Tod, Kohls Reisetagebuch, seine Freilassung, Callums Ausstieg bei Strawdonkey, die Gründung von Fire and Ice, seine Mailadresse – alles.

Er war dumm genug gewesen zu versuchen, diese Dinge vor Birna geheimzuhalten. Er war dumm genug gewesen zu glauben, dass er einen klaren Strich unter seine Vergangenheit ziehen könnte. Aber als er nun in der Asche saß und den aufgewirbelten Staub einatmete, ging ihm auf, dass es eine Figur aus Birnas Vergangenheit war, und nicht aus seiner, die nun über ihre Gegenwart und ihre Zukunft entscheiden würde.

Er konnte nichts tun, um Arnar aufzuhalten. Es stand nicht in seiner Macht, Einfluss auf Ástas Schicksal zu nehmen. Eine falsche Entscheidung, eine gewisse Dosis Paranoia und ein Schuss Pech hatten ihn hierher geführt; und hier saß er nun und war völlig machtlos.

Callum Pope war kein Held, der kleinen Mädchen das Leben rettete. Callum Pope war erledigt.

Die Brise wirbelte eine Hand voll Asche auf und warf sic ihm ins Gesicht. Die Szene wäre makaber, aber komisch gewesen, hätte sie nach einer Einäscherung stattgefunden. Der Wind war nach und nach immer stärker geworden. Eine Folge von kurzen, staccatoartigen Windstößen wurde bald von einem heftigen Sturm abgelöst, der Callum so kräftig durchschüttelte, dass er sich zu beiden Seiten mit gespreizten Händen am Boden abstützen musste, um nicht umzufallen. Staub und Sand fanden ihren Weg in seinen Mund und seine Augen, obwohl er sie geschlossen hielt, während der Wind brauste und heulte.

Dieses Geräusch ließ ihn schließlich die Augen öffnen. Callum wollte mit eigenen Augen sehen, dass er sich nicht täuschte. Denn er war sicher, dass dieses Geräusch kein natürliches mehr war, sondern ein mechanisches, und ein kurzer Blick bestätigte ihm, dass dieser Wind tatsächlich von den Rotorblättern eines Helikopters herrührte.

Die drei sprangen auf und tanzten und winkten und hüpften und brüllten. Nicht, dass sie sich sonderlich hätten anstrengen müssen, um sich in so einer Umgebung bemerkbar zu machen. Callum vermutete, dass der Suzuki der einzige aus der Luft sichtbare Farbtupfer in einem Umkreis von ungefähr zwanzig Kilometern war. Trotzdem brummte der Hubschrauber über ihre Köpfe hinweg und flog in die Ferne.

»Wo fliegt der denn hin?«, rief Birna. »Der muss uns doch gesehen haben.«

Callum kickte einen kleinen, schwammähnlichen Stein in einen Riss in der Straße. »Wir stehen mitten auf einem Lavafeld«, gab er zu bedenken. »Wo sollte er hier denn landen?«

»Die Straße ist doch breit genug«, meinte Birna.

»Wenn er versucht, hier zu landen, dann kriegen wir die ganzen Steinchen ins Gesicht«, sagte Callum.

»Vielleicht will er ja ein Stückchen weiter oben landen. Vielleicht sollten wir einfach mal losgehen.«

Aber der Hubschrauber war nur noch ein immer kleiner werdender Punkt am sich endlos erstreckenden Himmel.

»Vielleicht kommt er zu uns zurück«, sagte Rotschöpfchen. »Ich schätze, er hat schon Passagiere an Bord und muss sie erst absetzen. Dann hat er genug Platz für uns drei.«

»Verdammt noch mal!«, brüllte Birna. Sie hieb mit den Fäusten auf die Motorhaube des Suzuki.

»Birna«, bat Callum. »Das hilft doch nichts.«

»Und was hilft, bitte schön? Sag mir, was ich tun kann, um meine Tochter zu retten.«

Wenn er eine Antwort gehabt hätte, hätte Callum das Ruder vielleicht noch einmal herumreißen können. Sie gab ihm eine letzte Chance, es wiedergutzumachen, aber er blieb sich treu und ließ sie vorübergehen. Er hatte keine Worte mehr und auch keine Ideen.

»Ist das nicht ein Auto?«, fragte Rotschöpfchen. Sie blickte nach Süden, in Richtung des Vatnajökull, wobei sie ihre Augen mit der Hand gegen die untergehende Sonne abschirmte.

Callum sah eine Bewegung am Horizont, einen Staubfleck, der die dunklen, klaren Linien der Lavaebene unterbrach. Als dieser Minizyklon größer wurde, konnte man plötzlich in der Mitte einen roten Punkt erkennen, wie einen Kirschkern. Und wenn er sich nicht täuschte, war dieser Punkt magmarot metallic.

»Das ist unser Tundra«, sagte er. »Birna … das ist Frikki!«

29

»Wie hast du uns denn nur gefunden?«, fragte Callum.
»Daddi«, erklärte Frikki. »Mein Freund, der DJ. Er hat euch vom Helikopter aus gesehen und hat es uns durchgefunkt. Ich habe ihn gebeten, nach euch Ausschau zu halten, während Anna Björk und ich ihm auf der Straße folgten.«
Anna Björk bestätigte das Ganze mit einem Nicken.
»Habt ihr immer noch Funkkontakt mit ihm?«, erkundigte sich Birna.
»Já.«
»Dann müsst ihr Daddi sagen, dass er einen grünen Jeep finden soll«, bat sie.
Frikki wirkte unsicher. Er wandte sich an Callum, als wolle er sich den Befehl von seinem Chef bestätigen lassen.
»Ásta ist noch am Leben«, erklärte Callum. »Aber sie ist in Gefahr. Sie ist entführt worden.«
»Nei!« Anna Björks Mund verzog sich zu einem langgezogenen O.
»Bin schon dabei.« Frikki nahm ein Funkgerät aus einer schwarzen Box am Armaturenbrett. »Daddi … *í dag*, Daddi …«
Die fünf rasten über die Piste, die durch die gleichförmige Einöde führte. Callum saß vorne bei Frikki, während die drei Frauen die Rückbank einnahmen. Callum hatte Anna Björk gebeten, sich zwischen Birna und die Rothaarige zu setzen, um etwaigem Zank vorzubeugen. Nicht, dass Birna so ausgesehen hätte, als wäre sie in der Stimmung für Streitereien. Aus ihren Augen war jedes Leben gewichen, gleich den Feldern toten Gesteins, die über ihre Iris liefen, während sie ausdruckslos aus dem Fenster starrte.

»… *jeppavegur. Tíu fjórir.*« Die Stimme aus dem Funkgerät klang ganz ruhig.

»*Takk*, Daddi.« Frikki legte das Funkgerät zwischen seinen Beinen ab. »Er sagt, er verfolgt Reifenspuren. Er meldet sich wieder, sobald er das Fahrzeug identifiziert hat.«

»Na, wunderbar«, sagte Callum zu Birna. »Wir kriegen sie. Es wird ihr nichts passieren.«

Birna starrte weiter auf die erbarmungslose Welt, die vor ihrem Fenster vorbeizog. Anna Björk nahm einen von Birnas Armen und verschränkte ihn mit ihrem.

Krachend erwachte das Funkgerät wieder zum Leben. »*Gott kvöld*, Frikki. Ich hab die Ergebnisse von der Jury Reykjavík: Zwölf Punkte gehen an … den grünen Jeep.«

»Kannst du ihn sehen?«

»Ich kann ihn sehen«, antwortete Daddi. »Und er kann mich auch sehen. Er hat gerade die Hauptstraße verlassen und fährt jetzt direkt in den Askja hinein.«

Birna setzte sich auf und lehnte sich zwischen Frikki und Callum nach vorne. »Das ist doch der helle Wahnsinn!«

»Askja … ist das nicht dieses Untertassending mit dem See in der Mitte?«, fragte Callum.

»Hab ich dir also doch was beibringen können.« Birna zog ein Taschentuch aus ihrem Ärmel und putzte sich die Nase. »*Takk fyrir*, Daddi. Lass ihn nicht aus den Augen.«

»*Tíu fjórir.*«

»Ich versteh das nicht«, sagte Birna. »Das ist doch blödsinnig. Warum sollte er in den Askja hineinfahren? Die Straße endet dort in einer Sackgasse.«

»Ich dachte, hier gibt es keine Sackgassen«, meinte Callum.

»Doch«, erwiderte Frikki. »Die Straße endet am Víti-Krater.«

»Er hat die Straße zur Hölle eingeschlagen«, sagte Birna.
»*Zu des Teufels Kupferkessel, wo Pferde zittern in Todesangst und sich weigern, noch einen Schritt zu tun*«, vernahm man Frikkis tiefe Stimme, die er immer benutzte, wenn er irgendwelche längst vergessenen Texte zitierte.
Anna Björk trat von hinten gegen seine Lehne und sah ihn böse an.
»Zumindest in den Gutenachtgeschichten meiner Mutter war das so«, verteidigte sich Frikki.
»Du liebe Güte, konnte sie dir nichts vorlesen, was ein bisschen weniger grausig gewesen wäre?«, fragte Callum. »Was Lustiges, so wie ›Das kleine rote Hühnchen‹?«
»Was ist denn ›Das kleine rote Hühnchen‹?«, wollte Anna Björk wissen.
»Das ist die Geschichte von einem kleinen Hühnerküken, das immer Angst hatte, der Himmel könnte ihm auf den Kopf fallen.«
»Und das ist weniger grausig?«
»Da hast du auch wieder recht«, räumte Callum ein.
Frikki fuhr ein wenig langsamer und bog nach rechts ab, als ihnen die Schotterpiste nach einer halben Stunde zum ersten Mal eine andere Möglichkeit bot als »immer geradeaus«.
Sie hatten ein paar Kilometer zurückgelegt, als die Sonne vorübergehend von einem Helikopter über ihrem dahinrasenden Auto verdeckt wurde. Frikki führte noch ein Gespräch mit dem Piloten, diesmal auf Isländisch.
Birna lauschte und schlug dann die Hände vors Gesicht, woraufhin Callum in Panik geriet.
»Was hat er gesagt?«
»Daddi sagt, dass der Jeep an der Zufahrt zum Askja stehengeblieben ist«, übersetzte Frikki. »Ein Mann geht gerade auf den Krater zu. Er trägt einen Körper.«

»Ich bring ihn um«, fauchte Birna. »Wenn er ihr etwas angetan hat, dann …«
»Psch …«, beruhigte Anna Björk. Sie verschränkte ihre Finger mit Birnas.
»Wir sind fast da«, verkündete Frikki. »Wir haben ein bisschen aufgeholt.«
Wenige Minuten später bog Frikki auf einen kleinen Parkplatz ein, auf dem nur ein Auto stand: ein leerer Jeep. Arnar und Ásta waren verschwunden.
»Wohin sind sie wohl gegangen?«, fragte Callum.
»Auf dem Grat dort drüben führt ein Weg entlang.« Birna deutete auf einen Pfad in der schwärzlichroten Asche, der zu einem Felsplateau führte. »Er hat sie in die Untertasse mitgenommen.«
»Die Untertasse?«, wunderte sich die Rothaarige.
Birna beachtete sie gar nicht. »Da kann man nur zu Fuß hoch. Wir müssen uns beeilen.« Sie öffnete ihre Tür und sprang heraus.
»Sollen wir …« Callum wandte sich an die Rothaarige. »Entschuldigung, wir haben Sie überhaupt nicht nach Ihrem Namen gefragt.«
»Kathleen«, sagte sie.
»Birna, sollen wir Kathleen auch mitnehmen?«
»Kathleen kann von mir aus zur Hölle gehen.«
»Heißt das ja oder nein?«
»Nein, Callum! Für so was haben wir jetzt keine Zeit.«
»Aber sie ist seine Frau. Vielleicht kann sie mit ihm reden.«
»Wenn dieses Miststück mit ihm reden könnte, dann wären wir jetzt nicht in dieser Lage. Und jetzt beeil dich!«
»Ich komm mit«, verkündete Frikki.
»Nein«, befahl Callum. »Du kannst mit Anna Björk auf Kathleen aufpassen.«

»Müssen wir dazu zu zweit sein?«, fragte Anna Björk.
»Frikki muss am Funkgerät bleiben«, erklärte Callum. »Und außerdem weiß ich doch, wie gerne du mit ihm zusammen bist.«
Anna Björk zeigte ihm den Mittelfinger.
»Callum!«, rief Birna.
Sie liefen los. Anfangs kamen sie nur langsam voran. Sie folgten zunächst einer stetigen Steigung, die über einen Sattel aus Lava führte, der von gelben Schwefelstreifen durchzogen und mit rotem Eisenoxid überpudert war. Kleine Kegel aus grauweißem Sinter zischten und spuckten und verströmten faulig riechende Dämpfe, die ihnen folgten wie ein Gespenst. Sie rannten durch eine brodelnde, gärende Landschaft, deren lose Schlackebrocken unter ihrem Gewicht nachgaben.
Als sie schließlich das Plateau erreichten, blieb Callum stehen. Vor ihnen breitete sich Birnas Untertasse aus, 360 Grad schneegesprenkelte Lava und unglaubliche, endlose Öde. Callums Gefühle liefen zu einem ununterscheidbaren Gemisch aus Ehrfurcht, Schock, Begeisterung und Angst zusammen. Er stellte sich vor, das Askja aus der Luft betrachtet wie ein riesiges Auge aussehen musste, mit einem großen blauen See als Iris und einem Ring aus Vulkanen als Wimpern.
»Komdu!«, befahl Birna, als wäre Callum ihr Pony. »Er bringt sie zum Krater. Er will sie in den Víti werfen!«
Arnar hatte jetzt nur noch ein paar hundert Meter Vorsprung. Mit Ástas Gewicht auf den Armen konnte er nicht so schnell laufen. Er stellte sie auf die Füße und versuchte sie an ihrer Kapuze mitzuzerren, aber sie stolperte immer wieder auf dem zerklüfteten Boden. Als er sah, dass Callum und Birna ihn einholten, nahm er Ásta wieder auf die Arme

und trug sie an den Rand des Kraters – das riesige Loch in der Erde, das sich Víti nannte –, ein tiefer Schmelztiegel mit einem Becken voll milchig grüner Flüssigkeit.

»Arnar! Bleib stehen!«, schrie Birna, als sie in Hörweite waren.

Aber Arnar schien ganz darauf konzentriert, Ásta zur anderen Seite des Kraters zu tragen, auf den hohen Felskamm, der Víti vom benachbarten See trennte.

»Bitte, Arnar!«, rief Birna. »Wir können doch darüber reden!«

»Hier wird nichts geredet!«, rief er zurück.

Callum und Birna folgten ihm mühsam den Grat hinauf. Sie wurden wieder langsamer, als der Boden bröckliger wurde. Die Kruste aus zusammengepresster Asche gab unter ihren Füßen nach, so dass sie bis zu den Knöcheln in den schlammigen Kitt darunter sackten. Callum wusste überhaupt nicht mehr, wo er seine Füße hinsetzen sollte, argwöhnisch wie eine Katze im frisch gefallenen Schnee. Seine Vorsicht war durchaus angebracht. Der Rand des Kraters war nicht sehr stabil, und er hatte wenig Lust, die tiefen blutroten Abhänge bis zu dem dampfenden grünen Becken hinabzustürzen.

Als sie den höchsten Punkt des Grats erreicht hatten, stellte Arnar Ásta wieder auf die Füße. Sogar ihr geringfügiges Gewicht reichte, dass sich ein paar Steine lösten und krachend in die schwarze Finsternis stürzten. Die Sonne stand mittlerweile tief über dem Horizont, so dass der große Krater teilweise in Dunkelheit lag.

Birna und Callum kletterten das letzte Stück hoch und blieben stehen.

Arnar hatte seinen Arm um Ástas Hals gelegt und hielt sie mit baumelnden Füßen über den Abgrund. Unter ihnen verschwand der steile Abhang im Schatten und entzog sich der Sicht, bevor er auf der Höhe des milchigen Wassers wieder auftauchte. Callum wusste nicht, wie tief Víti war, aber man konnte sich ohne weiteres ausmalen, dass man durch dieses große Loch direkt ins Innerste der Erde gelangte.

»Arnar, bitte!«, flehte Birna. »Warum tust du das?«

»Sie ist meine Tochter«, antwortete er. »Sie soll bei mir sein.«

»Sie will aber nicht bei dir sein ... oder, Ásta?«

Ásta reagierte nicht. Sie konnte weder den Kopf bewegen noch ihren Mund öffnen, denn Arnar hielt sie fest im Schwitzkasten. Reden konnte sie nur mit den Augen. Und ihre Augen redeten nicht. Sie schrien.

»Ásta will bei mir sein«, beharrte Arnar. »Sie hat sich gefreut, als ich sie vom Schwimmbad mitgenommen habe.«

»Es ging ihr nicht gut«, rief Callum. »Außerdem hält sie dich für einen Helden. Kein Wunder, dass sie in dem Moment mit dir gegangen ist. Die Arme, sie fühlt sich total krank und verletzlich, und da taucht plötzlich ihr heldenhafter Vater auf. Natürlich ist sie gerne mit dir gegangen. Was hast du getan, Arnar ... hast du ihr angeboten, mit zu dir nach Hause zu kommen? Hast du ihr versprochen, bei ihr zu bleiben und ihr Vater zu sein? Hast du ihr eingeredet, dass ihre Mutter böse war, weil sie ihr gesagt hat, dass du tot bist?«

»Nein!«, schrie Arnar. Seine Augen lagen im Schatten, wie zwei bodenlose Krater unter seinen hervorstehenden Brauen. »Du redest doch bloß Scheiße! Ásta wollte mit uns zum Zelten fahren.« Er wandte sich wieder an seine Tochter. »Wir hatten ganz schön Spaß, stimmt's?«

Ásta nickte, aber nur, weil Arnar ihren Kopf bewegte.

»Was hattest du vor?«, fragte Birna. »Wohin wolltest du mit

ihr gehen?« Kathleen hatte es ihr schon zum Teil erzählt, aber sie musste es aus erster Hand hören. Außerdem dachte sie sich, je länger sie Arnar am Reden hielte, umso geringer würde die Gefahr, dass er etwas Unüberlegtes täte.

»Wir hatten vor, ein paar Tage im Landesinneren zu bleiben«, erklärte Arnar, »nur solange, bis sich der ganze Wirbel gelegt hätte und wir von Ástas Tod in der Zeitung läsen. Dann hätten wir sie nach Kanada mitgenommen.«

»Und ihr habt Ásta erzählt, dass ihr das vorhattet?«, fragte Birna.

Arnar wirkte gereizt. »Das hatten wir anvisiert.«

Callum sah, dass sich Arnars Griff um Ásta langsam lockerte. Vermutlich wurde ihm der Arm müde.

»Aber ihr hättet doch einen Pass gebraucht, um sie außer Landes zu bringen«, wandte Birna ein.

»Nicht, wenn wir das Boot genommen hätten«, widersprach Arnar.

»Bist du so auch von Heimæy entkommen?«, fragte Birna. »Wie konntest du das nur tun, Arnar? Wie konntest du mich in dem Glauben lassen, dass du tot bist?«

»Du hast dir doch überhaupt nichts mehr aus mir gemacht!«, schrie er. »Du hast Schluss gemacht und mir erklärt, dass ich mein Kind niemals zu sehen kriegen würde. Auf Heimæy gab es für mich nichts mehr zu tun. Als ich meine Chance sah, die Insel für immer zu verlassen, hab ich sie eben ergriffen.«

Klammheimlich begann Callum sich Stück für Stück näher an den dunkelhaarigen Isländer heranzuschieben. Er rutschte mit den Füßen so langsam und millimeterweise voran, dass es für Arnar gar nicht wahrnehmbar war.

»Man hat dich dabei beobachtet, wie du in die Apotheke eingebrochen bist«, sagte Birna. »Ich hab sie in Flammen aufgehen sehen, und dachte, du wärst da drin. Diesem flammenden Inferno konntest du unmöglich entkommen.«

»Du vergisst, dass es zu meinem Job gehörte, mich in schwierige Lagen zu bringen und mich dann wieder rauszumanövrieren«, erwiderte Arnar.

»Das war mehr als eine schwierige Lage. Das war der sichere Tod.«

»Nein. Ich hatte nämlich an demselben Morgen Papageitauchereier auf der Klippe gesammelt«, erklärte Arnar. »Ich kam gerade zurück in die Stadt, als der Vulkan ausbrach. Als ich in die Apotheke einbrach, hatte ich immer noch meine Kletterseile dabei. Ich hab das Geld genommen, aber dann merkte ich, dass das Haus bereits von Lava umgeben war. Ich rannte ins Obergeschoss und befestigte ein Seil an einem Medizinschrank. Dann kletterte ich zum Fenster raus und seilte mich an der Außenmauer ein Stück weit ab. Indem ich an der Wand hin und her rannte, konnte ich schließlich wie ein Pendel schwingen und so den Lavastrom überspringen.«

Erneut lösten sich Steine vom Kraterrand und stürzten in den Abgrund, als Ásta zappelte, um festen Boden unter die Füße zu bekommen.

Birna bemerkte, dass ihre Tochter weiße Lacksandalen trug. »Wie ich sehe, hast du Ásta neue Schuhe gekauft«, stellte sie fest. »Ihre alten habe ich nicht weit von hier in einer Hütte gefunden.«

»Ich fand das nett«, sagte Arnar.

Callum kam immer näher.

Vorsichtig zog er die Füße durch die krümelige Backmischung aus Aschepulver und schwefeligem Bimsstein, die unter ihm nachzugeben drohte.

»Und warum bist du jetzt zurückgekommen?« Birna merkte sehr wohl, was Callum vorhatte, und versuchte, Arnars Aufmerksamkeit weiter auf sich zu lenken.

»Kathleen, meine Frau, kann keine Kinder bekommen«, sagte Arnar. »Sie hat eine Krankheit … eine Essstörung. Aber ich habe ihr gesagt, dass das nichts ausmacht. Ich hab ihr gesagt, dass ich schon eine Tochter habe. Ich habe ihr versprochen, dass wir alle zusammen eine Familie sein könnten.« Arnar ächzte, als Ásta erneut zu zappeln begann.

»Dafür hättest du sie doch nicht entführen müssen, Arnar. Du hättest doch einfach an unsere Tür klopfen können.«

»Nein!«, rief er. »Du hast selbst gesagt, dass ich sie niemals zu Gesicht bekommen würde.«

»Aber das hab ich doch nicht so gemeint. Ich hätte dir erlaubt, sie zu sehen. Wie hätte ich dir das verbieten können? Sie ist schließlich deine Tochter.«

»Du lügst! Du hast doch schon einen neuen Vater für Ásta gefunden. Du glaubst ja gar nicht, wie wütend mich das gemacht hat, dass ein anderer Typ für Ásta den Vater spielt.«

»Callum ist nicht ihr neuer Vater.« Birna ging jetzt langsam auf ihren Exfreund zu. Sie lächelte ihn an. »Niemand könnte deinen Platz einnehmen, Arnar.«

»Zurück, oder wir springen!«, schrie er. »Ja, genau … ich gehe mit ihr. Wenn ich im Leben nicht mit meiner Tochter zusammen sein kann, dann wenigstens im Tod.«

»Arnar, hör mir zu. Ich hab in den letzten Jahren viel über dich nachgedacht.« Birnas Stimme war klar, ihr Ton ganz kühl. »Ich habe da einen Fehler gemacht, den größten Fehler meines Lebens. Jetzt sehe ich dich hier, und merke, wie sehr du deine Tochter liebst. Ich sehe, dass sie dich braucht. Und ich brauche dich auch. Ich glaube wirklich, dass wir es noch mal versuchen könnten, Arnar. Wir haben noch einmal eine Chance gekriegt, eine Familie zu sein … nur du, ich und Ásta.«

Callum und Birna waren mittlerweile so nahe an Arnar, dass sie ihn hätten berühren können, aber sie blieben ganz still stehen. Das einzige Geräusch in der leeren Weite war die leichte Brise, unterstrichen von dem leisen Pfeifen des heißen Dampfes, der vom Abgrund zu ihren Füßen hochstieg.

»Na, was meinst du, Arnar?« Birna legte ihm eine Hand auf seinen freien Arm.

Ásta hatte aufgehört zu zappeln. Ihre Beine hingen schlaff über dem Abgrund, als könnte ihr Gehirn sie nicht mehr steuern. Ihr Gesicht war so lila wie ihre Turnschuhe. Callum sah, dass sich die Kapuze um ihren Hals zugezogen hatte. Sie war kurz davor, das Bewusstsein zu verlieren.

Callum konnte es nicht mehr mit ansehen. »Du erwürgst sie ja.«

»Halt's Maul, Callum!«, schrie Birna. »Ich habe Arnar eine Frage gestellt.«

Arnar sah Birna tief und konzentriert an, als würde er sein ganzes Bewusstsein in ihr sammeln. »Hältst du das für möglich?«, fragte er. »Dass wir eine Familie sein könnten?«

»Alles ist möglich«, antwortete Birna. »Aber nur, wenn wir jetzt alle vom Kraterrand weggehen.«

Arnar sah in den Krater. Er sah seine Tochter an. Ihr Mund war verzogen, Spucke und kleine Bläschen liefen heraus. Er sah wieder zu Birna. »Ich glaube, wir könnten es versuchen.« Langsam lockerte er seinen Griff um das Mädchen. Als er einen Schritt auf Birna zutrat, explodierte plötzlich der Boden unter ihm.

»Nei!«, schrie sie, als Arnar im Sturz seine Tochter mit über den Kraterrand zog.

Callum griff sofort nach Ásta. Er bekam sie bei den Beinen zu fassen und wurde von der Wucht ihres Falls mit zu Boden gerissen. Verzweifelt klemmte er sich ihre Schienbeine unter die Achseln und legte sich mit seinem ganzen Gewicht auf ihre Knie. Ásta hing kopfüber nach hinten über den Kraterrand, während Arnar, der sich krampfhaft an ihrer Jacke festhielt, unter ihr baumelte und mit den Beinen zappelte und tastete, um Halt an der Felswand zu finden.
»Lass sie los, Arnar!«, rief Birna. »Du reißt sie mit dir!«
»Wir kommen schon klar«, rief er zurück. »Auf den Papageitaucherklippen bin ich schon aus schlimmeren Situationen als dieser heil wieder rausgekommen.« Unter ihm war nur Luft und in der Ferne ein milchiges Grün.
Ásta heulte auf. Am einen Ende ihres Körpers zog Arnar, am anderen Callum.
»Alles klar, Ásta«, rief Callum. »Ich lass dich nicht fallen, das versprech ich dir.«
»Arnar, lass ihre Jacke los«, schrie Birna.
Callum merkte, wie Ásta ihm langsam entglitt. Eine Ladung Geröll polterte den Abhang hinunter, und ihre Beine rutschten ihm unter den Armen weg, bis nur noch ihre Füße unter seinen Achselhöhlen eingehakt waren.
»*Mamma!*«, kreischte sie.
»Ganz ruhig, du schaffst es«, rief Callum. »Ich lass dich nicht fallen.« Er wandte sich an Birna. »Du musst irgendwas unternehmen. Der Rand hier kann jeden Moment unter uns wegbrechen.«
»Lass sie los, Arnar! Du bringst uns alle um.« Birna griff sich eine Hand voll Steine und begann damit nach Arnar zu werfen.
»Dreckstück!«, schrie Arnar, als ihm ein Stein das Ohr aufriss.

»Lass sie los!«

»Hjálpa!« Ásta wedelte mit ihrem freien Arm und versuchte, Arnar wegzuschlagen, der sich nur noch fester an ihre Jacke klammerte.

»Sie rutscht mir weg, Birna. Alles rutscht.« Callum war mittlerweile völlig verzweifelt. Er konnte nur hoffen, dass Arnars Arme schneller lahm werden würden als seine und dass die bröckelige Kante, über der sie hingen, sie alle noch so lange tragen würde.

»Schau … Callum, schau!«, sagte Birna. »Ásta braucht Hilfe mit ihrer Jacke.«

Callum schielte über den Rand des Abhangs und sah, wie Ásta mit ihrer freien Hand versuchte, am Reißverschluss ihrer Jacke zu ziehen. Ohne großen Erfolg, denn sie hätte die andere Hand gebraucht, um den Reißverschluss unten festzuhalten. Callum langte über ihren entblößten Bauch und zog den Bund ihrer Jacke straff nach unten.

»Ásta«, rief er. »Jetzt, zieh den Reißverschluss runter!«

Sie tat, was er sagte, und die Jacke ging auf. Sie fiel nach unten über ihr Gesicht, aber sie konnte sie immer noch nicht ausziehen. Ásta ruderte mit ihrem anderen Arm – der, an dem sich Arnar festhielt –, aber sie konnte ihn nicht aus dem Ärmel bekommen.

Callum sah, dass sie langsam müde wurde.

»Weiter, Ásta«, drängte er sie. »Du musst es weiter versuchen.«

Birna hatte aufgehört, mit Steinen nach Arnar zu werfen. Sie hatte auch aufgehört zu schreien. Sie sah nur noch wortlos zu, hilflos und mit letzter Hoffnung.

Es gelang Arnar, einen Fuß an die Wand des Kraters zu bekommen, aber er rutschte wieder ab und ein riesiger Stein löste sich unter ihm.

»Wenn du das noch einmal machst, Arnar, dann stürzt du ab und wir alle auf dich drauf«, rief Callum.
»Du verwechselst mich mit jemandem, dem das was ausmachen würde«, rief Arnar zurück.
Er fasste Ástas Arm noch fester. Es gab ein hörbares Schnalzgeräusch, als sich das Schultergelenk aus seiner Pfanne löste.
Ásta schrie auf.
Birna sah weg. Sie hatte angefangen zu weinen.
Callum fühlte, wie sich Ástas Körper plötzlich entspannte. Er hatte Angst, dass sie vor Schmerz ohnmächtig werden würde. »Ásta!«, bat er noch einmal. »Ásta, du musst es noch einmal versuchen. Du musst deine Arme frei bekommen.«
Sie reagierte nicht.
Callum sah nach unten und entdeckte, dass Ásta ihre freie Hand auf den Mund presste. Zuerst dachte er, sie müsste sich übergeben, tatsächlich aber hatte sie die rosa Manschette zwischen die Zähne genommen und zog daran. Mit einem Ruck ihres Kopfes befreite sie den einen Arm aus dem Ärmel.
Arnar hielt sich jetzt nur noch am zweiten Ärmel fest. Der bot nicht mehr viel Widerstand, sondern rutschte Ástas ausgekugelten Arm hinunter und krempelte die Innenseite nach außen, als er von ihrer schlaffen Hand rutschte.
Arnar drückte sich die rosa Jacke seiner Tochter ans Gesicht und atmete tief ein, als er in der Erde verschwand.

30

»Callum?«

»Neil! Wie zum Teufel geht's dir? Verdammt, du bist vielleicht schwer zu erwischen.«

»Tut mir leid, Cal. Ich hätte dich schon früher mal anrufen sollen, aber, na ja ... ich hatte 'ne Menge Spaß die letzte Zeit. Alles Gute zum Geburtstag, Kumpel.«

»Ach. Stimmt ja. Danke.«

»Geht's dir gut, Cal? Du klingst irgendwie ein bisschen ... o Scheiße, wie spät ist es eigentlich bei dir? Letzte Woche hab ich Morag in Glasgow angerufen, als es bei ihr gerade drei Uhr morgens war, und hab mit dem Telefonklingeln ihr Kleines aufgeweckt. Den Rest der Nacht konnte sie dann mit dem putzmunteren Kind verbringen.«

»Hier in Reykjavík ist es kurz nach drei.«

»Morgens oder nachmittags?«

»Schwer zu sagen«, meinte Callum. »Wo bist du denn?«

»Auf der anderen Seite des Planeten«, antwortete Neil. »Malaysia.«

»Das Leben ist schon hart. Ich nehme an, du hast nicht so schnell vor, bei Donkey aufzuhören, oder?«

»Bist du verrückt? Nicht solange Backpackers mich als ihren internationalen Botschafter durch die Welt fliegen lassen. Ich hab mittlerweile so viele Bonusmeilen zusammen, dass ich auf den Mond fliegen könnte.«

»Von da komm ich grade«, sagte Callum. »Ist gar nicht so doll, wie es immer heißt.«

»Wie geht's Bir...« Ein Schuss.

Noch einer.

»Neil? Mein Gott ... bist du noch da, Neil?«

»Alles in Ordnung. Das ist nur das Hotelpersonal bei der Affenjagd.«
»Meine Güte, in was für einem Hotel bist du?«
Weitere Schüsse.
»Das ist kein richtiges Hotel. Eher so ein Naturreservat, aber seit ich hier angekommen bin, haben sie alle Javaneräffchen ausgerottet, die es auf dieser Welt gab. Den ganzen Tag hört man hier dieses drollige Schnattern und Plappern von den Bäumen vor meinem Zimmer, und dann gehen plötzlich die Gewehre los, und die Hotelangestellten schießen die Affen in Stücke, um die Hackordnung wieder herzustellen.«
»Ich höre Schreie«, sagte Callum. »Das ist ja total surreal.«
»Das findest du surreal? Du solltest mal sehen, was die Angestellten tun, wenn sie das Schießen satt haben. Dann fangen sie ein großes Alphamännchen und sprühen es mit Farbspray ein, wie das Zeug, das du und ich genommen haben, als wir dachten, wir wären Punks. Ihre Lieblingsfarben sind Hellrot und Giftgrün, je nach Stimmungslage. Und rate mal, was sie danach mit dem Affen machen!«
»Sie rasieren ihm eine Augenbraue ab.«
»Nein.«
»Ich geb's auf.«
»Sie lassen ihn frei.«
»Ach komm, tatsächlich?«, sagte Callum. »Faszinierend.«
»Das *ist* auch faszinierend«, erklärte Neil. »Man kann das ziemlich deprimierte und bizarr gestylte Tier dann eine Weile beobachten, wie es durchs Unterholz schleicht und nicht recht weiß, was es mit sich anfangen soll. Aber nicht lange. Bald entdeckt ihn der Rest des Rudels, und da sie seine seltsame Färbung nicht wiedererkennen, rotten sie sich zusammen und reißen ihn in Stücke.«

»Ich weiß genau, wie der sich fühlen muss«, sagte Callum. »Läuft gerade nicht so toll, oder was?«

»Die Untertreibung des Jahres.«

»Ach.«

»Ja, in der Tat, ach.«

»Das hat aber nichts mit Sarah zu tun, oder, Cal?«

»Nein. Doch. Auf eine gewisse Art.«

»Birna weiß Bescheid, stimmt's? Ich hab dir immer gesagt, du sollst es ihr erzählen. Warum warst du so dagegen?«

»Ich wollte einen klaren Strich unter die Vergangenheit ziehen, Neil. Das war der einzige Weg für mich, einen ganz neuen Versuch zu starten.«

»Ja, aber deinem Ton entnehme ich, dass es ein ganz übler Fehlschlag geworden ist, hab ich recht?«

»Um genau zu sein, hab ich's komplett versaut.«

»Das kommt schon wieder in Ordnung«, beschwichtigte ihn Neil. »Sie wird eine Weile sauer sein, aber dann verzeiht sie dir doch. Das tun sie immer.«

»Das tun sie immer?« Callum fragte sich, seit wann Neil Experte für das schöne Geschlecht war.

»Wenn sie dich liebt, kannst du drauf wetten.«

»Das ist aber ein großes Wenn«, sagte Callum. »Um ehrlich zu sein, Neil, es ist vorbei zwischen ihr und mir. Ich komme wieder zurück.«

»Zu Donkey?«

»Nach Glasgow. Aber nur vorerst. Ich könnte nicht wieder in Glasgow wohnen. Zu viele Erinnerungen.«

»Und was ist mit deiner Produktionsfirma?«

»Die leg ich ein paar Monate auf Eis. Das sollte jetzt übrigens kein Wortspiel sein. Danach treffe ich eine Entscheidung, aber momentan kann ich mir einfach nicht vorstellen, nach Island zurückzugehen, in diesen endlosen Winter. Von

Oktober bis Februar ist hier Selbstmordsaison. Viel zu dunkel und gefährlich für jemanden in meinem Zustand. Jetzt bezahle ich meinen Angestellten erstmal einen verlängerten Urlaub. Eine von den beiden ist schon nach London abgehauen, um mit dem Regisseur zusammenzuziehen, der hier bei uns war. Kommt vielleicht doch noch was Gutes bei diesem ganzen Schlamassel hier raus. Vielleicht muss ich mir sogar noch einen Hut kaufen.«

»Tut mir leid, dass das alles nicht so geklappt hat«, sagte Neil. »Ich bin in ein paar Wochen auch wieder zu Hause. Nur noch Australien und New York, und das war's. Dann treffen wir uns im King Tut's auf ein paar Bier und bringen die Welt wieder in Ordnung. Ich bin dir noch was schuldig ... du weißt schon ... für diese Geschichte bei deinem Abschiedsessen ...«

»Schon vergessen«, sagte Callum.

Wieder ein Schuss. Wieder ein Schrei.

»Ich hör jetzt besser auf, Cal. Die Affen schießen zurück.«

Callum lehnte seine Stirn gegen das Bürofenster. Der Regen, der dagegen peitschte, wurde in seinem Kopf verstärkt. Wie so oft, schaute er den Vögeln auf dem Tjörn zu. Ein Schwarm schwarze Gänse flog in einem breiten V über das Wasser, wie ein angreifender Bomber unter feindlichem Radar. Sie landeten in hektisch federfliegendem Gleichklang, beruhigten sich aber rasch und schwammen dann mit stolz gebogenen Hälsen über den See, als wären sie nur für einen sonntäglichen Bootsausflug hierher gekommen und nicht gerade erst um die halbe Welt geflogen. Callum fragte sich, woher sie kamen und welches ihr eigentliches Ziel war.

Dieselbe Frage musste er sich selbst stellen.

Birna hatte nicht mit Callum gesprochen, als sie im Rettungshubschrauber nach Reykjavík zurückgeflogen waren. Sie war zu sehr mit ihrer Tochter beschäftigt gewesen. Ein Notarzt hatte Ástas Arm wieder eingerenkt, und die Schmerzmittel hatten sie für den Rest des Fluges in einen Dämmerzustand versetzt. Birna hatte auch geschlafen. Sobald sie abgehoben hatten, war ihr der Kopf auf die Schulter gesackt. Sie war die drei Tage, die Ásta vermisst war wach gewesen, und Callum schätzte, dass sie einiges an Schlaf nachzuholen hatte.

Er jedoch hatte das Gefühl, er würde nie wieder schlafen. Er hatte Island von oben betrachtet und den Schatten des Hubschraubers verfolgt, wie er wackelig über die zerklüfteten Lavafelder glitt, über die wogende schwarze Wüste und die Gletscher, deren Kratergipfel wie Kletten aussahen. Die unwirtliche Landschaft, deren Durchquerung sie etwas mehr als einen Tag gekostet hatte, sah aus der Luft beinahe harmlos aus. Doch Callum war froh, als die verrückten Farben der Reykjavíker Hausdächer immer deutlicher zu erkennen waren und der Hubschrauber schließlich über die Hallgrímskirkja brummte. Die Kirche sah aus wie ein umgedrehter Tapeziernagel, der der Stadt in die Skyline und ins Gewissen piekste. Callum wusste, dass er in Reykjavík keine Zukunft mehr hatte. Birna wollte nur mit ihrer Tochter zusammen sein. Er wusste, dass er komplett verschwinden und nach Glasgow zurückgehen musste. In Island zu bleiben, ohne mit der Frau – den Frauen – zusammenzusein, die er liebte, würde ihn schier umbringen.

Callum starrte aus seinem Bürofenster. Er beobachtete, wie Frikki draußen im Regen den Toyota abstellte. Der große Mann überquerte die Straße mit einem Mac, den er ohne jede Verpackung unter dem Arm trug. Callum ging zur Tür, um sie seinem Assistenten aufzuhalten.

»Auf dem Polizeirevier war ordentlich was los.« Frikki schleppte den Mac ins Büro, als hätte er ihn gerade gestohlen. »Sie hatten zwei Teenager festgenommen, die eine Tankstelle in Kópavogur überfallen haben. Die Kids sind nur deswegen gefasst worden, weil sie zurückgekommen sind, um die erbeuteten Zigaretten gegen eine andere Marke einzutauschen.« Er stellte den Mac auf Callums leeren Schreibtisch. »Den musst du wohl noch ein bisschen trocknen lassen, bevor du ihn wieder anschließt. Ich hol schnell eine Schachtel aus der Küche und bring dann noch die anderen beiden Geräte herauf.«

»Haben sie irgendwelche Fotos von nackten Kindern darauf gefunden?«, fragte Callum. Er konnte seine Verbitterung kaum verhehlen.

»Nein, aber der Polizist, der dich verhaftet hat, meint, dass er vielleicht ein paar von Birnas Bildern versehentlich gelöscht hat, als er versuchte, sie auszudrucken. Er hat gesagt, er wollte einen Kalender für sein Vernehmungszimmer daraus machen.«

Frikki nahm seine neue Strickmütze ab und wischte sich damit den Regen vom Gesicht. »Und du bist wieder in der Zeitung«, fügte er hinzu. Er machte den Reißverschluss seiner Jacke auf und zog eine pitschnasse Rolle aus der Innentasche. Nachdem er die Zeitung auseinander gerollt hatte, glättete er sie mit der Hand auf dem Tisch und verschmierte dabei die Druckerschwärze.

»Was sagen sie denn diesmal?«, wollte Callum wissen.

»Sie bezeichnen dich als Helden. Sie sagen, dass du dem Mädchen das Leben gerettet hast.«

Callum war ungerührt. Hatte er das nicht schon mal irgendwo gehört?

»Sie schreiben, dass der Typ, der die Kleine umbringen

wollte, total zu war«, berichtete Frikki. »Die Ärzte, die ihn aus dem Víti gefischt haben, haben allen möglichen Scheiß in seinem Blut gefunden. Kein Wunder, dass er mit ihr da runterspringen wollte. Und außerdem heißt es, dass er und seine Frau von der kanadischen Polizei im Zusammenhang mit Drogendelikten gesucht werden. Kathleen Van der Vlugt war bei Air Canada angestellt, und dieser Arnar hat sie als Dolmetscherin benutzt, wenn er Drogengeschäfte in Asien zu erledigen hatte.« Eingehend betrachtete Frikki das Foto der Rothaarigen, wie sie gerade durch den Reykjavíker Flughafen eskortiert wurde. »Irgendwas muss er ja an der gefunden haben. Sie ist ein Skelett mit Perücke.«

»Frikki, ich will nicht unhöflich sein, aber könntest du mir wohl was anderes vorlesen?«, bat Callum. »Betrachte es einfach als dein Geburtstagsgeschenk für mich.«

»Du hast heute Geburtstag?«, fragte Frikki. »Warum hast du mir das nicht gesagt?«

»Ich hab's vergessen.«

»Du hast deinen eigenen Geburtstag vergessen?«

»Ich weiß. Mich hat gerade ein Freund angerufen, der hat mich dran erinnert.«

»Ich hätte dir eine witzige Karte gekauft«, sagte Frikki.

»Du kannst mich aufmuntern wie sonst auch: Lies mir einfach die anderen brennenden Neuigkeiten aus Island vor.«

Frikki nahm die Zeitung und blätterte darin herum. *»Vor der isländischen Ostküste wurde gestern versehentlich ein Buckelwal gefangen. Ein Bauer und sein Sohn waren gerade auf dem Heimweg von einem erfolglosen Fischzug, als sich der Meeresgigant in ihren Netzen verfing.«*

»Ah, ich versteh schon«, sagte Callum.

»Mit einem Gewicht von über sechs Tonnen und einer Länge von über neun Metern war der Wal sogar größer als der

Kutter selbst«, fuhr Frikki fort. »*Nach Angaben des Bauern konnte der Buckelwal auf See nicht aus dem Netz befreit werden, so dass sie ihn mit an Land schleppen mussten, wo er verendete. Hlynur Guðbrandson will das Walfleisch in Island verkaufen.«*

»Und von dem Erlös kauft er sich eine Yacht und wandert nach Tahiti aus, wo er seine Tage im Kreise seiner schönen, hohlköpfigen Konkubinen beschließen wird«, fügte Callum hinzu.

Frikki hörte ihm gar nicht zu. Er war schon mitten in der nächsten Geschichte. »Hier, das sind tolle Nachrichten!«, sagte er. »*Island ist in der UN-Liste der Länder mit der höchsten Lebensqualität von Platz sieben auf Platz zwei gerückt. Norwegen wurde auf den fünften Platz verdrängt.«* Frikki schlug mit der Faust in die Luft. »Da können sie sich ihre kostenlosen Weihnachtsbäume doch in den Arsch schieben!«

»Ich wette, Norwegen ist immer noch ein paar hundert Plätze vor Schottland«, meinte Callum.

»Warum gehst du dann zurück? Du solltest hierbleiben. Das hier ist das beste Land der Welt.«

»Das zweitbeste«, korrigierte Callum und zeigte auf die Tabelle in der Zeitung. »Nach Schweden.«

»Ein Land, das Roxette hervorgebracht hat, kann nicht das beste Land der Welt sein.«

»Auch wieder wahr«, lachte Callum.

»Das kann dich also nicht verlocken, in Reykjavík zu bleiben?«

»Im Moment nicht.« Callum sah die Niedergeschlagenheit auf Frikkis Gesicht. »Was hast du mit deiner dreimonatigen Karrierepause vor?«, fragte er.

»Mich besaufen«, erklärte Frikki. »Ich gehe mit den 101

Dalmatinern auf Tour. Wir sind für die Sveitaballs gebucht worden. Das Geld ist nicht so doll, wie ich gehofft hatte, aber, he, die Frauen gibt's kostenlos dazu.«

Callum fühlte sich schuldig. Er hatte Frikki drei Monatsgehälter ausgezahlt, aber er wusste, wenn er nicht nach Island zurückkäme, dann müsste der große Mann mit ziemlicher Sicherheit wieder eine Saison auf den Krabbenkuttern mitfahren.

»Hör mal«, sagte er. »Es steht noch immer fünfzig-fünfzig, aber wenn ich den Laden hier schließe, dann möchte ich, dass du die Büroeinrichtung verkaufst. Was du da rausholst, kannst du dann behalten.«

»Du kommst zurück«, versicherte Frikki. »Du liebst dieses Land, trotz allem, was passiert ist. Island ist dir ins Blut übergegangen. Und wenn du es erstmal im Blut hast, kannst du es nie wieder loswerden.«

»Dasselbe könnte man auch von Malaria behaupten«, bemerkte Callum.

Bevor Frikki antworten konnte, mischte sich eine Frauenstimme in ihr Gespräch. »Hallo?«

Die beiden Männer drehten sich um und sahen Birna in der Bürotür stehen.

»Es war offen«, erklärte sie.

»*Já* … Okay«, sagte Frikki. Mit einem Mal sah er aus, als wäre ihm furchtbar unbehaglich zumute. »Callum … ich muss schnell runter und die anderen Macs aus dem Auto holen.«

»Wegen mir brauchst du nicht zu gehen«, sagte Birna, aber Frikki schlurfte schon an ihr vorbei.

Birna sah Callum an, als müsste sie ihm eine schreckliche Nachricht überbringen, könnte die richtigen Worte aber nicht finden. Jetzt standen sie sich ganz allein gegenüber.

Seit ihrer Mahlzeit aus Milch und geräuchertem Lamm in der Hütte in Herðubreiðarlindir waren sie nicht mehr zu zweit gewesen. Seitdem war eine Menge passiert. Zwei Menschen waren aus ihrem Grab auferstanden, einer von ihnen war gleich wieder dorthin zurückgekehrt. Zum zweiten Mal hatte Birna Arnar verloren und eine Tochter bekommen. Das Erlebnis hatte sie altern lassen. Im weichen Licht des Regentages sah man die Fältchen in ihren Augenwinkeln.

»Wie geht's?«, fragte Callum.

»Seit ich ein bisschen Schlaf nachgeholt habe, geht es mir wieder besser.« Birna setzte sich auf seinen Schreibtisch und nahm das Flugticket, das auf seinem Pass lag. »Das war's also. Du hast dich entschieden, nach Glasgow zurückzugehen.«

»Ich weiß, was du jetzt sagen wirst«, meinte Callum. »Ich laufe mal wieder davon.«

»Das wollte ich nicht sagen.«

»Dann denkst du es eben.«

Birna antwortete nicht. Sie blätterte seinen Pass durch und hielt kurz inne, als sie zu einer rosa Seite mit einem burgunderroten Stempel kam. Der Stempel zeigte einen kleinen Doppeldecker, über dem wie blutverschmiert das Wort »Praha« stand.

Sie blätterte weiter bis zum Ende und drehte den Pass dann, um Callums Foto zu betrachten.

»Von wann ist das Bild?«

»1996«, antwortete Callum.

»Du siehst gut aus.«

»Damals hab ich noch auf mich geachtet. Nach '96 ist mir alles ein bisschen außer Kontrolle geraten, und damit meine ich nicht nur meine Figur.«

»Du siehst immer noch gut aus«, behauptete Birna. »Und deine Haare sehen jetzt auf jeden Fall besser aus.«

»Was davon noch übrig ist.«

»Ich hab deinen Pass noch nie gesehen. Er sagt eine Menge über dich aus.«

»Es ist noch nicht allzu lange her, da waren die britischen Pässe noch große, dunkelblaue Pappdinger«, sagte Callum. »Aber zumindest waren sie unverwechselbar. Bei diesen windigen neuen Dingern ist das ganz anders. Irgendwie peinlich, wenn man versucht, mit seinem Sparbuch nach Ägypten einzureisen.«

»Ägypten, Indonesien, Kuba, Prag …«, las Birna, die die Seiten durchsah und jeden Stempel musterte. »Ist Sarah da überallhin mitgefahren?«

»Meistens war sie dabei«, sagte Callum. »Und von allen Reisen ist sie mit zurückgekommen, bis auf eine.«

Birna legte den Pass wieder auf den Tisch. Sie sah ihn an und seufzte. »Call …«

»Bir …«

»Sag du zuerst«, sagte sie.

»Ich wollte mich nur bei dir entschuldigen.«

»Wofür willst du dich entschuldigen?«, fragte Birna. »Ich sollte mich bei dir entschuldigen. Ich habe dir unterstellt, dass du meiner Tochter etwas ganz Schreckliches angetan hättest.«

»Du hast mir nicht getraut.« Callum zuckte mit den Schultern. »Daraus kann ich dir keinen Vorwurf machen. Ich hab dich angelogen, Birna. Ich hab Dinge vor dir geheimgehalten. Wie hätte ich erwarten können, dass du mir vertraust? Du kanntest mich ja gar nicht.«

»Du hast mich nicht angelogen, Callum. Du hast gedacht, dass du mich vor der Wahrheit beschützt. Das ist ein Unterschied.« Birna fuhr mit einem ihrer Fingernägel eine Maserung in der Tischplatte nach. »Und vielleicht kanntest du mich auch nicht. Du hast mir nicht genügend Vertrauen entgegengebracht, um mir von Sarah erzählen zu können. Und schließlich war es auch nicht Sarahs Mörder, sondern Arnar, der Ásta entführt hat.«

»Nicht, Birna. Mach dich mit so was nicht kaputt. Keiner von uns beiden hätte etwas tun können, um ihn aufzuhalten. Vielleicht wäre Ásta nicht entführt worden, wenn ich sie besser im Auge behalten hätte. Aber Arnar hätte sie dann eben bei einer anderen Gelegenheit entführt. Die einzigen Leute, die an Ástas Entführung Schuld hatten, sind Arnar und seine Frau.«

»Ich habe gerade mit ihr gesprochen«, sagte Birna. »Auf dem Polizeirevier.«

»Hast du deine Aussage gemacht?«, fragte Callum.

Sie nickte.

»Ich auch.«

»Sie schieben sie heute abend ab«, sagte Birna. »Sie sah gar nicht gut aus.«

»Ach Gottchen, die Arme.«

»Du solltest nicht so hart über Kathleen urteilen.«

Callum war überrascht. »Oh, ihr redet euch jetzt schon beim Vornamen an? Es ist noch nicht allzu lange her, da hast du sie als Miststück bezeichnet.«

»Sie hat gerade ihren Ehemann verloren«, schalt Birna. »Und sie ist krank. Durch ihre Magersucht ist sie unfruchtbar geworden. Es muss fürchterlich sein, wenn man weiß, dass man keine Kinder bekommen kann. Sie hat mir erzählt, dass auf dem Flughafen, wo sie gearbeitet hat, jeden Tag Kinder ihre Eltern plötzlich nicht mehr finden konnten. Sie hat gesagt, irgendwie hätte sie immer ein bisschen gehofft, dass die

Eltern nie mehr aufgetaucht wären und sie die Kinder mit nach Hause hätte nehmen können. So wie Arnar, der die Vögel mit nach Hause nahm und sich um sie kümmerte.«
»Sie ist also genauso durchgeknallt wie ihr Mann.«
»Sie ist eine intelligente Frau!«, meinte Birna. »Sie hat mir erzählt, dass sie für einen Topjob in Asien vorgesehen war, als sie Arnar begegnete. Ab da ist bei ihr alles nur noch den Bach runtergegangen, obwohl sie das so nicht zugeben will. Trotz Arnars Fehlern hat sie diesen Wichser wirklich geliebt.«
»Na bitte«, sagte Callum. »Wie intelligent kann sie schon sein, wenn sie sich in einen Junkie verliebt?«
Birna warf ihm einen bitteren Blick zu. »Du vergisst, dass ich mich mal in denselben Junkie verliebt habe.«
»Ja, aber du warst intelligent genug, ihn zu verlassen. Man sollte doch meinen, dass eine angeblich so schlaue Frau wie Kathleen bemerkt haben müsste, wie der Hase läuft, als Arnar sie bei seinen Drogengeschäften mit einspannte.«
»Sie hat ihn geliebt, Callum. Intelligenz und Urteilsvermögen haben damit überhaupt nichts zu tun. Arnar ist zu einer Zeit in ihr Leben getreten, als sie besonders verletzlich war. Kathleen leidet seit ihren Teenagertagen an einer Essstörung. Arnar hat ihr die Liebe gegeben, die sie sich selbst nicht geben konnte. Sie hätte alles für ihn getan.«
»Dadurch wird aus Unrecht aber kein Recht«, wandte Callum ein.
»Ich sage ja auch gar nicht, dass es richtig war. Aber so wie du Sarahs Mörder verstehen wolltest, muss ich die Menschen verstehen, die meine Tochter entführt haben. Ich glaube, ich verstehe Arnar, und ich bemühe mich sehr, seine Witwe zu verstehen. Sie sagt, dass sie vor ein paar Jahren auch mit Drogen angefangen hat. Arnar hat ihr erst ein

bisschen Kokain gegeben, und über Amphetamine war sie dann bald beim Heroin. Sie sagt, sie fühlte sich dann als etwas ganz Besonderes … durch *ihn* fühlte sie sich als etwas ganz Besonderes. Ihr Körper war durch ihre Magersucht bereits verwüstet. Ihre Eierstöcke waren einfach verdorrt. Ihre Rühreier, so hat sie sie genannt. Was konnte ein Schuss Heroin hie und da schon schaden?«

»Für ein Paar, das regelmäßig völlig stoned war, haben sie Ástas Entführung aber ganz schön gut geplant. Du solltest kein Mitleid mit ihr haben.«

»Ich habe auch kein Mitleid mit ihr«, sagte Birna. »Ich verstehe sie nur.«

»Dann musst du auch verstehen, dass es nichts gab, was einer von uns beiden hätte tun können, um Ástas Entführung zu verhindern. Die einzigen Leute, die Schuld daran tragen, sind Arnar und Kathleen.«

»Aber wir können ihnen nicht die Schuld daran geben, dass unsere Beziehung kaputtgegangen ist«, meinte Birna. »Daran sind wir beide Schuld.«

Callum sah aus dem Fenster und bemerkte, dass Frikki mit dem Toyota weggefahren war. Er ging zu Birna und setzte sich neben sie auf den Tisch. Dann stellte er seine Füße auf den Schreibtischstuhl und ließ ihn hin und her kreiseln, während er sprach. »Man kann schlecht sagen, wo wir unsere Fehler gemacht haben. Vielleicht hattest du recht, als du gesagt hast, dass unsere Beziehung wie eine Achterbahn war, die losgerast ist, bevor alle Schrauben und Muttern richtig festgezogen waren. Wahrscheinlich haben wir die Dinge wirklich einfach überstü…«

»Bleib hier«, sagte Birna. Sie sah Callum an, als hätte sie all ihre Spielmarken auf Zero gesetzt und wartete jetzt darauf, dass das Rouletterad zum Stehen käme.

Callum ergriff ihre Hand. Ihre Finger waren entsetzlich kalt. Überall konnte man die Aufschürfungen von den Steinen sehen, mit denen sie Arnar beworfen hatte.
»Birna, das meinst du doch nicht wirklich. Du bist immer noch durcheinander.«
»Blödsinn!« Birna neigte sich zu ihm hinüber. »Ich meine es so, Callum. Ich möchte, dass du hier bleibst. Vielleicht solltest du noch nicht in unser Haus einziehen, aber ich will, dass du in Reykjavík bleibst. Ich will, dass wir uns wieder richtig kennenlernen. Es kann wieder so werden wie in den alten Tagen, nur, dass es diesmal noch besser werden wird. Unsere Beziehung wird auf Vertrauen aufbauen, weil wir jetzt die Wahrheit voneinander wissen.«
»Ich dachte, du findest eine Beziehung aufregender, wenn man nicht alles voneinander weiß, wenn man noch viele schöne Enthüllungen teilen kann. Du hast gesagt, eine gute Beziehung ist wie eine gute Geschichte. Man kann auf Seite vier noch nicht alles wissen. Deine Worte.«
»Aber wir sind bei unserer Geschichte nicht mehr auf Seite vier. Und es gibt noch viel voneinander zu entdecken.« Birna zog Callums Hand auf ihr Knie. Plötzlich grinste sie spitzbübisch. »Du weißt zum Beispiel nicht, dass ich meinen ersten Orgasmus mit dreizehn Jahren hatte.«
»Dreizehn?«
»Ich bin auf einem Pony geritten … bevor du hier auf irgendwelche anderen Gedanken verfällst.« Birna kaute auf ihrer Unterlippe und kniff die Augen leicht zusammen, während sie nachdachte. »Und du weißt nicht, dass ich mal mit Eric Clapton zu Mittag gegessen habe.«
»Wie das?«
»Er ist begeisterter Angler und kommt zum Süßwasserfischen nach Island. Ich habe ihn vor ein paar Jahren mal

getroffen, als ich zufällig den Mineralgehalt des Flusses untersuchte, in dem er angelte. Er hatte stundenlang nichts gefangen und sagte, ich würde ihm die Fische verscheuchen. Das war natürlich nur Spaß. Auf seinem Gaskocher hatte er eine Forelle gekocht, und er hat mich eingeladen mitzuessen.« Birna ließ ihre Beine baumeln. »Was noch ... was gibt es noch, das du noch nicht von mir weißt ...«

»Stopp, das reicht erstmal«, unterbrach Callum. »Wenn dir jetzt schon die Geschichten ausgehen, dann nimmst du unserer Beziehung ja jedes Geheimnis.«

»Wir haben also eine Beziehung?«, wollte Birna wissen.

»Ich schätze schon.« Callum legte den Arm um sie. »Aber es gibt da ein paar Dinge, die du nie von mir wissen wirst, wie zum Beispiel die Geschichte von damals, als ich einen Flügel meiner Schule abgefackelt habe.«

»Und schon hast du's mir erzählt«, stellte Birna mit einem riesigen Grinsen fest.

Callum lehnte sich zu ihr, um sie zu küssen, aber sie stieß ihn fort.

»Was denn?«, protestierte er. »Ach komm, das ist schon Urzeiten her. Es war ein Unfall. Ich habe in der Mittagspause einen Bunsenbrenner angelassen, und der stand neben einer Wanne mit Kopierflüssigkeit. Bevor wir ins Klassenzimmer zurückkamen, explodierte es. Niemand wusste, dass es meine Schuld gewesen war.«

»Darum geht es nicht. Bevor ich dich küsse, muss ich noch was machen.« Birna stand auf, holte ihr Handy aus der Tasche und tippte eine SMS.

»Wem schreibst du da?«, erkundigte sich Callum.

»Deinem alten Schuldirektor.« Sie steckte das Telefon ein und sprang wieder auf den Tisch. »So, wo waren wir stehengeblieben?« Sie zog Callum an sich und küsste ihn.

Der Unterschied zu ihrem letzten Kuss hätte nicht größer sein können – da hatte sie ihm am Morgen, als sie ihn vom Polizeirevier abholte, ein schnelles, trockenes Küsschen auf die Wange gegeben. Dieser Kuss hingegen war lang und entschlossen und hatte überhaupt nichts Geschwisterliches an sich.

Dann machte sich Birna von ihm los und legte ihm eine Hand auf die Brust. »Übrigens, du brauchst dir keine Sorgen um das Geheimnis in unserer Beziehung zu machen. Je länger wir zusammen sind, umso mehr wird dir aufgehen, dass ich eine Frau mit ganz schön vielen Geschichten bin.«

Von der Tür war ein Hüsteln zu vernehmen. Callum sah auf und erblickte Ásta: schwarzes Haar, schwarzes Kleid, lila Turnschuhe und eine weiße Schlinge, die ihren Arm stützte. In der Hand hielt sie ein Handy, den gesunden Arm hatte sie hinter dem Rücken versteckt. Sie sah überhaupt nicht mehr aus wie ein kleines Mädchen. Sie sah aus wie eine junge Frau.

»Hallo«, sagte sie.

»Hallo«, sagte Callum. »Hat deine Mutter dir endlich ein Handy gekauft?«

Ásta nickte und lächelte.

»Ich hab auf dich gehört«, meinte Birna.

Ásta warf ihrer Mutter einen hoffnungsvollen Blick zu und bekam ein Nicken zur Antwort. Dann ging sie zu Callum und holte den gesunden Arm hinter dem Rücken hervor, um ihm ein bunt eingepacktes Geschenk zu überreichen.

Callum riss das Papier nicht auf, sondern öffnete die Verpackung mit aller Sorgfalt. Das glänzende Papier knitterte ein bisschen, aber es gelang ihm, die Verpackung in einem Stück herunterzubekommen, ohne das Papier zu zerreißen.

Er drückte es Birna in die Hand und nahm sein Geschenk in Augenschein: ein Marmeladenglas, das ungefähr einen Zentimeter frisches Regenwasser enthielt. Auf dem Glas befand sich ein Aufkleber, den Ásta mit lila Filzstiftherzen und Sternen verziert hatte.

Und in der Mitte stand: *Callum – 20 Júní, 2003.*

»Alles Gute zum Geburtstag«, sagte sie.

Von: callum@fail.is
An: travelogs@strawdonkey.com
Datum: Mittwoch, 6. August 2003, 14:49:20 +0000
Betreff: Sehr zu empfehlen: Ein Sonnentag auf Heimæy

Heimæy, die größte der Westmänner-Inseln (von den Einheimischen Vestmannæyjar genannt), erreicht man vom isländischen Festland aus entweder per Flugzeug oder per Schiff. Ich entschloss mich, meine Partnerin Birna, ihre Mutter Sigriður und unsere Tochter Ásta auf der Herjólfur-Fähre zu begleiten: eine dreieinviertelstündige Fahrt über ein rastloses, metallisch blaues Meer, von dessen Oberfläche uns unablässig das Sonnenlicht in die Augen blinkte.

Die Bootsfahrt rief Sigriður lebhaft in Erinnerung, wie sie Heimæy bei der Evakuierung 1973 verlassen musste. Sie entkam einem Vulkanausbruch, der die ganze Insel zu zerstören drohte. Im Laufe von fünf Monaten flossen in jenem Jahr 33 Millionen Tonnen Lava aus einem Riss im Vulkan an der östlichen Seite der Stadt. Der Lavastrom verschlang einen großen Teil von Heimæy, und es schien unvermeidlich, dass der kleine Hafen zugeschüttet werden würde, womit die Lebensader dieser kleinen Gemeinde abgeschnürt gewesen wäre. Nur den vereinten Anstrengungen mehrerer Baggerführer aus dem Ort ist es zu verdanken, dass unsere Familie diesen Bootsausflug überhaupt machen konnte. Sie pumpten mit Hilfe von Wasserwerfern unaufhörlich Meerwasser auf die verkrustende Lava.

»Wenn sich der Riss nur eine halbe Meile weiter westlich aufgetan hätte, hätte er die ganze Stadt verschluckt«, erklärte Sigriður, als wir zwischen zerklüfteten braunen Klippen dahinfuhren, die mit Seevögeln übersät waren – die berühmten Papageitaucher-Vorratskammern von Heimæy. Unsere Fähre näherte sich dem unheimlichen Feld aus dunkler Lava, die 1973 in die See geströmt war. Ausgerechnet diese Lava sorgt heute dafür, dass die Stadt einen zusätzlichen Schutz gegen die Elemente hat, denn mit ihr hat einer der besten natürlichen Häfen der Welt noch einen Windschutz bekommen.

»Damals sah es so aus, als könnte nichts die Lava aufhalten«, erzählte Sigriður. »Die Oberfläche war wie dicke Elefantenhaut, die immer wieder aufriss, so dass ständig neu geschmolzenes Gestein herausquoll. Als sie anfingen, Meerwasser darauf zu pumpen, hielten das viele für verrückt. Sie nannten es *pissa a hraunið*, was soviel heißt wie ›auf die Lava pissen‹. Es schien völlig sinnlos, ebenso sinnlos, wie wenn die Leute ihre Fenster vernagelten, um zu vermeiden, dass Lavabomben in ihren Häusern landeten. Der Vulkan spuckte diese riesigen Feuerbälle in die Luft, und da sie voll mit Gasen waren, explodierten sie beim Aufprall und verspritzten dabei glühendheiße Flüssigkeit.« Sigriður gestikulierte wild mit den Händen, um die gewaltigen Explosionen anzudeuten.

»Diese Lavabomben regneten mit vielen Tonnen Geröll auf die Insel nieder«, fuhr sie fort, »und die Häuser, die nicht Feuer fingen, wurden unter dunklen Aschedünen begraben oder zerquetscht wie Eier. Die verschütteten Häuser füllten sich mit heißem Dampf und kochten langsam, bis sich die Rahmen lösten und sprangen. Andere Häuser wurden von ihrem Funda-

ment weggerissen, und die Lava schleppte sie mit sich durch die Straßen, bis sie zerbrachen und verschlungen wurden.«
Unser Boot rollte in den engen Kanal, den die Lava geschaffen hat. Der Hafen erwies sich als eine lange, keilförmige Bucht vor zwei vulkanischen Felsnasen: Hegafell und Eldfell. Letzteren gibt es erst seit dem Vulkanausbruch, und Sigriður unterhielt ihre Enkelin mit der lustigen Geschichte eines älteren Einheimischen, der sich in seinem Krankenhausbett aufsetzte und wissen wollte, wo er war. Er war seit 1972 bettlägerig gewesen, bei der Eruption 1973 nach Reykjavík ausgeflogen und ein Jahr später nach Heimæy zurückgebracht worden. Man erklärte ihm, er sei immer noch auf Heimæy, wo er sein ganzes Leben verbracht hatte. Aber der Mann zeigte auf den neuen Vulkan, den er aus seinem Krankenhausfenster sah und sagte: »Ich kann nicht auf Heimæy sein. Wenn ich auf Heimæy bin, wer hat dann diesen Berg da hingestellt?«
Während wir in die Stadt hineinfuhren, erzählte Sigriður, wie stolz sie auf das neue Heimæy sei, das aus der Asche auferstand. »Man dachte, es gäbe hier keine Zukunft mehr. Man machte sich Sorgen wegen der entweichenden Gase, und manche Leute befürchteten sogar, die ganze Insel könnte explodieren. Ich erinnere mich, dass das Gas wegen der hohen Feuchtigkeit richtig sichtbar war. Vögel erstickten daran, und es war gefährlich, sich eine Zigarette anzustecken oder ein Auto anzulassen. Die Wolken waren mit Schwefel gesättigt, und wenn es regnete, hatten die Bauern Angst, ihre Schafe könnten ihnen bei lebendigem Leibe verfaulen. Ein Bauer in Kirkjubæ erschoss seine Kühe in der Nacht des Vulkanausbruchs. Er fuhr zum Festland, zum *fastalandið*, wie wir es nennen, und kam nie wieder zurück. Ich weiß noch, dass er auf seinem Hof wundervolles grünes Weideland hatte, alles voll mit Klee, und jetzt ist es für immer unter einer dicken Gesteinsschicht vergraben.«

Sigriður lehnte sich über die Reling und blickte ins Wasser. »Als wir hier entlangfuhren, kochte das Meer. Wir konnten die Lava in der Tiefe glühen sehen, als wir über den Riss fuhren. Ich weiß noch, wie das Meer explodierte und das Salzwasser mit kleinen Stückchen geschmolzenem Glas darin auf uns herabregnete. Es verbrannte mich nicht, aber es blieb in meinen Haaren hängen und ließ sich nicht herauskämmen. Als ich in Reykjavík ankam, musste ich mir den Kopf rasieren lassen. Ich sah aus wie eine Zuchthäuslerin.«

Im Unterschied zu vielen anderen Inselbewohnern war Sigriður nach Heimæy zurückgekommen, als man die Insel wieder für sicher erklärte. »Es war nicht einfach zurückzukehren. Erst musste man dieses furchtbare Chaos aufräumen, und Birnas Vater musste uns ein neues Haus bauen. Wenn der Wind kräftig blies – und auf den Westmänner-Inseln bläst er immer kräftig – dann zerbrachen fliegende Bimssteine und Asche unsere Fenster. Aber wir hatten das Schlimmste überstanden und bauten uns hier wieder ein Leben auf.«

Als wir an Land gingen, wurde offensichtlich, dass die Inselbewohner mehr als nur das Schlimmste überstanden hatten. Heimæy ist mittlerweile eine blühende Stadt mit 6.000 Einwohnern. Der Ort besticht durch den Kontrast von Gebäuden in fröhlichen Farben, die auf einem Riff aus schwarzer Lava stehen. Ich stellte mir die Lego-Version vor: viele makellose Ziegel in den Primärfarben, auf einer Basis aus schwarzen, geschmolzenen Bausteinen, die zu nahe an einem Feuer gestanden waren.

Als wir durch die Stadt liefen, begegneten uns auf Schritt und Tritt die Überbleibsel der Naturkatastrophe. Ich sah eine Straße, die in einem Lavaberg endete, und eine andere, die nicht mehr war als ein schwarzer Abhang, aus dem ein Schornstein herausguckte. Birna erzählte mir, dass die einfallsreichen Islän-

der nach der Eruption von 1973 die Lava an Schweden verkauften, wo man sie für den Bau von Landebahnen verwendete. Das gefiel mir.
Wir waren am *Verslunarmannahelgi* auf die Westmänner-Inseln gekommen – dem »Angestelltenfeiertag« im August – ein verlängertes Wochenende, an dem Tausende von Isländern aus der Stadt zu ihren Sommerhäusern hinausfahren oder in der Natur campen und riesige Partys veranstalten. Die Hand voll Spielverderber, die in der verlassenen Hauptstadt bleiben, nennt man liebevoll die »Ratten von Reykjavík«. Man hat ein kleines Musikfestival namens *Innipúkinn* (wobei *innipúki* soviel wie Stubenhocker bedeutet) für alle diejenigen organisiert, die lieber nicht das doppelte Vergnügen genießen wollen, auf scharfkantiger Lava zu schlafen und ohne Klopapier auf irgendwelche Felder zu kacken.
Da wir uns nicht als »Ratten« bezeichnen lassen wollten, hatten Birna und Sigriður beschlossen, Ásta und mich zu ihrer alten Heimat auf den Westmänner-Inseln mitzunehmen, wo wir am jährlichen þjódhátið-Festival teilnehmen wollten, das mit dem Verslunarmannahelgi-Wochenende zusammenfiel. Dieses Festival soll an den Tag im Jahre 1874 erinnern, an dem Island seine Verfassung bekam. Damals hatte das schlechte Wetter verhindert, dass die Insulaner auf dem Festland mitfeiern konnten, also arrangierten sie ihre Festlichkeiten selbst und haben das bis heute so beibehalten.
Diese Feier als unabhängig vom Festland zu bezeichnen, wäre jedoch unzutreffend, denn es trafen viele Gäste vom Festland auf Heimæy ein, die bei den Feierlichkeiten mitmachen wollten. Man erwartete 10.000 Camper im üppig grünen Herjólfsðalur-Tal, einem natürlichen Amphitheater, wo man sich traditionellerweise halbtot säuft, verrückt herumtanzt und Papageitaucherfleisch direkt vom Knochen nagt, um sich dann in einem

fremden Zelt zu übergeben. Freilich nur, wenn man sich vorher nicht versehentlich selbst einäschert bei dem Versuch, sich eine Zigarette an dem riesigen Freudenfeuer anzuzünden, das drei Tage und drei Nächte auf dem Gelände lodert.

Die meisten Unterkünfte in der Stadt waren schon auf Monate im voraus ausgebucht. Gott sei Dank hatte ein alter Nachbar von Sigriður uns sein Haus zur Verfügung gestellt. Er selbst ging der alljährlichen Tollheit aus dem Weg, indem er sich zum Golfen auf die Florida Keys verdrückte.

Es war schon spät am Freitagabend, als wir unsere Taschen auf seine Betten warfen und Sigriður sich daran machte, ein Festmahl vorzubereiten, weil wir den ganzen Tag nichts gegessen hatten. Ihr alter Nachbar hatte uns netterweise zwei gehäutete Schafsköpfe zum Verzehr in seinem Kühlschrank hinterlassen. Sie sahen grausig aus, aber auch ein wenig komisch, ganz rosa und roh, mit comicartig hervorstehenden Augen, bei denen ich mir richtig vorstellen konnte, wie sie in ihren Höhlen rotierten. Sigriður wollte sie zuerst kochen und dann über einem offenen Feuer rösten, bis die Wangen schön knusprig waren. »Wir essen alles vom Schaf«, prahlte sie. »Und von diesen Schädelstückchen, die wir abkratzen, stellen wir *sviðasulta* her, die Kopfsülze.«

Sigriður scheuchte uns drei aus dem Haus, solange sie kochte, wobei sie mich freilich nicht allzu sehr scheuchen musste. Ich schlug Birna vor, einen Burger King aufzusuchen oder das nächste Flugzeug zurück nach Reykjavík zu nehmen, aber sie bestand darauf, dass wir ein bisschen am Hafen spazierengingen.

Unsere Route führte uns am Aquarium vorbei. Obwohl es geschlossen war, versicherte Birna uns, dass es einen Besuch wert sei. »Die haben da drin einen ganz übellaunigen Wels«, sagte sie. »Als die Insel 1992 von der zweiten Eruption bedroht wurde, berichtete einer der Wissenschaftler des Aquariums, dass der Wels ans Glas schwamm und das Maul zu einem ›stummen Schreckensschrei‹ aufriss.«

Wir fanden eine Bank an der südlichen Seite des Hafens, die mit ihrer fröhlichen Bemalung gar nicht zu dem schwarzen Lavaboden passte, auf dem sie befestigt war. Wir setzten uns hin und beobachteten die Schiffe, die in den Hafen schaukelten, und die Möwen, die in der auffrischenden Brise dahinsegelten. Birna ließ Ásta und mich unsere Handflächen in die dunkle Asche drücken. Obenauf war sie kühl, aber wenn man ein paar Zentimeter wegwischte, wurde der Boden so heiß, dass wir unsere Hände zurückziehen mussten. Birna sagte, dass viele Leute immer noch gerne ihr Brot in dieser Asche buken. Das Innere des Lavastroms von 1973 war noch flüssig, und die kühle Haut aus Stein, auf der wir saßen, war nicht solider als das Eis auf einem zugefrorenen See. Auch die Feuerwehrleute, die damals im Einsatz gewesen waren, hatten gedacht, dass sie auf der kühlen Kruste stehen könnten und die Hitze darunter ihnen nichts mehr anhaben würde. Aber nur zu oft gerieten ihre Stiefel in Brand, und sie mussten ins Meer springen.

Wir saßen eine ganze Weile dort, bis die Sonne hinter den Papageitaucherklippen unterging und uns ihren warmen, orangefarbenen Schein entzog. Der Wind pfiff laut durch die löchrige Lava, und das Meer begann anzuschwellen, explodierte, und krachte rundherum auf die Felsen. Der Moment erschien mir passend, um Birna zu fragen, ob sie sich vorstellen könnte, nach Heimæy zurückzukehren und sich hier wieder niederzulassen.

»Natürlich. Wenn das Baby kommt.« Sie tätschelte sich den Bauch, ganz zart, um das neue Leben darin nicht zu stören.

Als das Licht schwächer wurde und wir in die Stadt zurückgingen, liefen uns drei aufgeregte Kinder entgegen, von denen jedes einen Pappkarton umklammerte. *»Lundi þysja! Lundi þysja!«,* riefen sie.

»Papageitaucherbabys!«, sagte Ásta. Eines der Kinder erlaubte ihr, seinen Karton aufzumachen. Darin saß ganz benommen ein kleiner Papageitaucher. Ásta hob ihn heraus und drückte ihn sanft an ihre Brust. Der Vogel sah zu ihr auf, mit seinem grauen, unfertigen Köpfchen, das ihn wie einen ungeschminkten Clown aussehen ließ. Als Ásta ihm den Schnabel kitzelte, watschelte ein zweites Papageitaucherbaby über die Straße und pickte an ihren Schuhen.

»Was hat das zu bedeuten?«, fragte ich.

»Die kleinen Papageitaucher kommen in die Stadt«, sagte Birna. »Das passiert jedes Jahr. Ihre Eltern haben aufgehört, sie zu füttern, und jetzt müssen sie ihre Nester verlassen und selbst für sich sorgen. Ihr erster Flug sollte eigentlich nur die kurze Strecke von der Klippe hinunter zum Meer führen, aber jedes Jahr werden sie von den hellen Lichtern der Stadt in die falsche Richtung gelockt.«

»Das klingt ja, als wäre das Las Vegas hier«, bemerkte ich.

»Für ein Papageitaucherbaby ist Heimæy ja auch genauso verführerisch. Als ich klein war, haben die Kinder bis zu tausend Papageitaucherküken an einem Tag aufgesammelt, um die sechzehntausend in zwei Wochen. Wenn wir sie nicht einsammelten, wurden sie von den Katzen gefangen oder von den Autos überfahren.«

Ástas Adoptivbaby zwickte sie in den Finger. Sie setzte es wieder in seinen Pappkarton. Überall um uns herum hatten sich die Straßen mit kleinen Kindern gefüllt, die die traditionellen Wollpullover trugen, schreiend herumrannten und sich im großen und ganzen so benahmen, wie die älteren an einem Freitagabend in Reykjavík. Aber während die Reykjavíker Ratten Bierflaschen schwenkten, hatten die Kinder hier Taschenlampen. Hundert kleine Suchscheinwerfer suchten rundherum den Boden ab. Ich sah ein junges Mädchen, das ganz still stand und den Strahl seiner Taschenlampe auf einen dunklen Ball gerichtet hielt, der vor ihr über den Boden kroch. Sie kniete sich hin und nahm das desorientierte Papageitaucherküken hoch, um es in den Korb an ihrem Fahrrad zu legen.

»Die Kinder nehmen die Küken über Nacht mit nach Hause«, erklärte Birna. »Morgen früh bringen sie die Vögel zu einem hohen Punkt an der Küste. Das hat mir als Mädchen immer am meisten Spaß gemacht. Ich hab die Vögel mit beiden Händen festgehalten, hab mit meinen Armen dreimal zwischen den Beinen Schwung geholt, und dann hab ich sie hoch in die Luft geworfen. Zuerst sieht es aus, als würden sie auf die Felsen stürzen, aber dann breiten sie ihre Flügel aus und fliegen ungeschickt übers Wasser, bis sie auf der Wasseroberfläche landen. Das ist ein ganz besonderer Anblick: Hunderte von Kindern heben die Arme, und dann fallen Tausende von Papageitaucherbabys aufs Wasser wie Regentropfen.«

»Das klingt wirklich ganz besonders«, meinte ich. »Bis einem einfällt, dass die Vögel im Netz eines Papageitaucherfängers landen werden und wenig später dann im Mund eines Teenagers, der den Feiertag feuchtfröhlich begießt.«

»Die Papageitaucherküken landen nicht auf unseren Esstischen«, erwiderte Birna. »Nicht, bis sie erwachsen geworden sind. Wir gewähren ihnen ein gutes Leben und warten, bis sie reif sind. Für Wein, Frauen und Papageitaucher gilt: Je älter sie sind, umso besser schmecken sie. Wenn du das immer schön im Hinterkopf behältst, Callum, dann kann uns beiden nicht mehr viel passieren.«

ENDIR

Giles Blunt bei Knaur:

Blutiges Eis

Thiller

Eines Morgens verschlägt es Ivan Bergeron die Sprache: Sein Hund legt ihm einen abgerissenen Arm vor die Füße. Zunächst glaubt Detective John Cardinal von der Polizei in Algonquin Bay, dass der Mann von Bären zerrissen wurde. Doch schon bald entdeckt Cardinal in einer abgelegenen Hütte weitere Leichenteile, und wenig später wird im Wald die nackte Leiche der Ärztin Winter Cates gefunden ... Cardinal stößt auf ein gefährliches Geflecht von Spitzeln und Informanten, das bis in die höchsten Kreise von Algonquin Bay reicht.

... Ausgezeichnet von den Crime Writers of Canada als bester Thriller des Jahres 2004

Giles Blunt bei Knaur:

Gefrorene Seelen
Thriller

In der klirrenden Kälte des kanadischen Winters wird in einem Minenschacht, festgefroren in einem Eisblock, die grausig zugerichtete Leiche eines Mädchens gefunden. Und in der Provinzstadt Algonquin Bay sind noch drei weitere Teenager spurlos verschwunden. Detective John Cardinal glaubt, dass ein perverser Serienkiller sein Unwesen treibt. Doch die Wahrheit ist noch viel erschreckender …

»Eine klare, schnörkellose Sprache, ein gutes Gespür fürs Timing und ein ebenso glaubwürdiges wie cleveres Ermittlerduo machen die Lektüre zum fesselnden Spaß. Und während ein eisiger Regen die Stadt umklammert und die Spannung ihrem Höhepunkt zutreibt, fröstelt auch der Leser im kuschelig warmen Bett.

Münchner Merkur

»Da läuft es einem eiskalt den Rücken runter.«

Für Sie

»Brillant, manchmal sogar poetisch, immer aber mitreißend. Giles Blunt ist ein geradezu teuflisch guter Erzähler.«

Publishers Weekly